Double nœud

2 – Les Secrets de Carthage

Erich ALAUZEN

Double nœud
2 – Les Secrets de Carthage

Du même auteur aux Éditions AGRAKAL :

Double nœud
1- Les Meurtres de Brandys Bay

Dépôt légal : quatrième trimestre 2017
www.doublenoeud.com
ISBN 978-9938-9530-4-6

A papa,
Avec tout mon amour.

Chapitre 1

Une peinture murale antique aux couleurs passées, représentant un notable accompagné de ses deux scribes, se distinguait à peine dans la pénombre de la salle souterraine, seulement éclairée par des torches accrochées au mur sur des supports de fer.

Au fond de la pièce, contre un mur arrondi, une statue de Baal Hammon, aux flancs ouverts et noircis, reposait sur un socle de granit gravé de caractères puniques rendant louange au dieu.

La céramique du sol, dissimulée sous une épaisse poussière, apparaissait à certains endroits, dévoilant de jolies scènes de flore et de faune.

Une odeur mélangée d'encens et de myrrhe rajoutait au recueillement du groupe.

Quatre hommes, habillés de longues robes de lin blanc resserrées à la taille par une ceinture de couleur pourpre, coiffés de bonnets de forme pointue à la mode punique et quatre femmes, vêtues de manière identique, mais les cheveux ramassés en chignon, se tenaient debout autour d'une table de pierre circulaire.

En face d'eux, un autre homme se tenait, seul, en robe de lin entièrement pourpre.

Tous chaussés de sandales blanches, immobiles et dans une attitude de vénération, ils attendaient que leur Maître, maintenant tourné vers Baal Hammon, ne finisse sa prière qu'il clamait dans une langue ancienne.

Sur chacune de leurs robes blanches, absolument identiques, un nom, distinct pour chaque personne, et brodé à hauteur de poitrine, les différenciait.

Les hommes s'appelaient YatonBaal, Bodachtar, Abdechmoun et Himilkat.

Les quatre femmes portaient sur leurs tuniques des colliers composés de petits pendentifs en pâte de verre représentant des masques ou des amulettes ; leurs couleurs, jaune et bleue, savamment choisies, possédaient, selon les croyances puniques, le pouvoir d'exorciser le mal et le danger.

L'autel de pierre, qui dépassait en longueur les deux mètres, gardait en ses veines des traces rougeâtres, témoins de son autre utilisation de table de sacrifice.

Le Maître s'agenouilla, imité aussitôt par ses condisciples : sa voix, dans la pièce souterraine, résonnait étrangement. Il répéta plusieurs fois les mêmes phrases, reprises en chœur par le reste de l'assemblée.

Se levant alors que les autres restaient agenouillés, il porta son regard vers la statue de Baal Hammon en élevant les bras en sa direction :

- Je prie, moi, Adonibaal, pour invoquer notre seigneur Baal Hammon-Hammon, Maître de notre univers, et sa face, Tanit. Nous te remercions, ô Baal Hammon, de tes largesses, nous te craignons et nous te vénérons comme notre dieu unique, régissant les forces des hauteurs... A la prochaine pleine lune, lorsque ta sœur et amante Tanit règnera sur l'astre de lumière, nous déposerons à tes pieds notre offrande vivante que nous sacrifierons pour toi et dont nous dispenserons les cendres sur ton *Tophet* Sacré.

Plusieurs minutes de silence se passèrent. L'odeur d'encens, mêlée à celle de la myrrhe, purifiait l'air.

Les hommes commencèrent alors à entonner un chant sacré dans la même langue ancienne que leur Maître avait utilisée dans ses prières. Du punique ancien parlé à Carthage il y a plus de deux mille ans...

Ils chantaient de plus en plus fort et toujours, telle une mélopée, les mêmes paroles revenaient... Elles signifiaient :

- Gloire à Baal Hammon, prince des hauteurs... Longue vie à toi Adonibaal, Serviteur Suprême du seigneur Baal Hammon !

Après de longs moments, Adonibaal se releva et rejoignit l'autel de pierre... Il s'assit sur un haut tabouret de bois, imité aussitôt par ses huit disciples.

Arriga, Calliope, Sufunis et Zénobie, comme les hommes, attendaient dans une attitude déférente que le Maître ne commence à parler.

Il prit la parole en anglais, langue comprise par tous, et commença à s'adresser en général à tous les disciples... Comme souvent, il parla du pouvoir de la corruption, du chantage, de la nécessité de connaître les secrets de la vie privée des puissants pour mieux les asservir. On entendait les noms de gens connus qui appartenaient au monde de la politique, de la presse, de l'industrie, des arts ou de la diplomatie.

Il conclut en rappelant, comme à chaque réunion, ses préceptes :

- Rappelez-vous, les gens vous obéissent s'ils sont convaincus que vous détenez le pouvoir, même si vous ne le possédez pas réellement... C'est ce que nous appliquons tous les jours quand les membres de notre organisation vous considèrent comme leur Maître suprême alors que vous n'êtes que ses lieutenants... Cloisonnez au maximum, combattez vos ennemis avec vos propres armes et maintenez-les en état de défense. Faites de leurs handicaps vos atouts et ne bluffez jamais si vous n'êtes pas capable de les battre !

Adonibaal se tourna alors vers Calliope, placée à sa droite. Les uns après les autres, les disciples présentèrent leurs rapports au Maître. Ils avaient dû apprendre leurs textes par cœur, car ils répondaient sans aucune hésitation. Dès qu'ils avaient terminé, ils semblaient guetter la moindre réaction, positive ou négative, d'Adonibaal pour se sentir apaisé ou angoissé...

Le Maître commentait, corrigeait, fustigeait, encourageait et pouvait même féliciter comme il le fit pour Zénobie qui venait d'approcher un très haut notable algérien...

Himilkat fut le dernier à présenter son rapport. Il essayait de paraître détendu, mais sa voix tremblait légèrement. Toute l'assemblée le remarqua. Adonibaal ne le laissa pas terminer son rapport et l'interrompit :

- Himilkat, nous reparlerons de vos résultats médiocres plus tard... Pour le moment, du fait de votre résidence à Tunis, je vais vous confier une mission des plus importantes, car elle touche la sécurité de notre Ordre. J'espère que vous y excellerez pour me faire oublier vos autres manquements...

Himilkat parut à la fois soulagé et inquiet : soulagé comme le Maître laissait de côté ses manques de résultats, inquiet pour la difficulté et l'importance qu'Adonibaal donnait à cette nouvelle tâche.

Les autres disciples préférèrent diriger leurs regards vers la table, heureux que cette responsabilité ne soit pas tombée sur leurs épaules. Chacun, intérieurement, plaignait Himilkat...

- Écoutez-moi bien, Himilkat... Le manuscrit de Howard Bartell est devenu ma priorité absolue... Nous découvrions l'existence de ce document lorsque Lord Duncan se faisait assassiner à Brandys Bay, en Angleterre. Cette épée de Damoclès pesait depuis longtemps sur nos têtes, mais nous n'en savions rien !

Le Maître s'interrompit un instant et fixa de ses yeux perçants toute l'assemblée :

- La trahison d'Anton Duncan est grande ; il avait parlé de notre Ordre à Howard Bartell... Il lui avait révélé nos secrets... Bartell essaya alors de le convaincre de quitter notre organisation, mais Anton connaissait le sort que nous réservions aux dissidents. Notre organisation l'avait pourtant enrichi grâce à nos réseaux qui s'arrangeaient pour lui donner tous les grands marchés de travaux publics, nombreux à cette époque à Tunis. Howard Bartell, condamné à mort par l'organisation, ne fut sauvé que grâce à l'intervention de mon père. Bartell quittait la Tunisie quelques semaines plus tard et nous ne nous occupions plus de lui. Pourtant, nous avions tort : ce satané journal lui a survécu et je suis convaincu qu'il y a consigné des détails très dangereux pour notre pérennité ! Peut-être a-t-il même indiqué certains lieux de nos rencontres, nos noms...

Plus le Maître parlait, plus Himilkat semblait vouloir disparaître sous la table, tellement il réalisait la nature dangereuse du cadeau empoisonné que l'on venait de lui donner. Le Maître s'adressait maintenant à lui :

- Himilkat, Rosemary Bartell quitte Londres après-demain pour séjourner ici à Carthage, chez Robert Barnes, le fils bâtard de Duncan. Pour notre malheur, cette femme est très intelligente, vive et semble ne pas reculer devant le danger. C'est elle qui a résolu l'énigme des meurtres de Brandys Bay, en partie grâce à ce fameux journal intime de son mari.

Himilkat se crut obligé de secouer la tête pour approuver les dires d'Adonibaal :

- Himilkat, je vous charge de récupérer, par tous les moyens, le journal de Howard Bartell et de me l'apporter. Je vous donne carte blanche et tout l'argent nécessaire pour vos frais. Faites suivre la veuve Bartell et ne la perdez pas de vue, même une seconde. Je veux savoir à qui elle parle, qui elle rencontre, à qui elle écrit. Le rapport que vous me ferez, jusqu'à ce que la vieille Bartell soit installée chez Barnes, doit être extrêmement détaillé...

Adonibaal fixa Himilkat d'un air mauvais :

- Je n'accepte aucun manquement, cette fois, Himilkat. Et s'il faut vous débarrasser à tout jamais de Rosemary Bartell pour arriver à vos fins, n'hésitez surtout pas !

▼▼▼▼

Après le départ de ses huit lieutenants, le Maître avait retiré sa robe de lin pourpre pour se sentir plus à l'aise : le souterrain, où il se trouvait, n'était pas aéré et il commençait à transpirer. Assis tout seul à la table de pierre, il buvait avec délectation un verre de son whisky irlandais préféré qu'un molosse de presque deux mètres, sorti de l'ombre, venait de lui apporter.

Il aimait se retrouver seul dans les vestiges de cette ancienne maison de notable punique, enfouie sous les vestiges de la ville romaine. Les lumières vacillantes des torches semblaient donner du mouvement aux personnages des fresques, peintes sur les murs...

Il était arrivé hier à Tunis dans le plus grand secret. Heureusement, durant le voyage depuis Bône, il n'avait croisé aucune connaissance.

Auparavant, il avait mené ses réunions à la Villa de la Volière, dans le haut Carthage, pour respecter les préceptes du culte du dieu Baal Hammon, prince des hauteurs, dont les rites de célébration devaient avoir lieu sur des éminences. Mais, malgré son service de sécurité, quelques curieux les avaient dérangés. Le Maître, prudent et peu enclin à fournir des explications aux autorités, avait alors préféré migrer vers un endroit beaucoup plus discret et plus souterrain...

Il se plaisait à imaginer la vie agréable qu'une famille carthaginoise avait dû mener dans cette maison, quelque deux milliers d'années plus tôt. Son père lui avait transmis l'amour et la passion de la civilisation punique. Chacun de ses séjours à Carthage constituait un véritable plaisir, car il pouvait plonger à nouveau dans leur univers. Il aimait leur style de vie raffiné, leur amour de la propreté et du bien-être, leur sens de la découverte et de la conquête, leur art...

Adonibaal sourit à lui-même en repensant à son père. Hormis la faiblesse notoire dont il avait fait preuve dans l'affaire Howard Bartell, son père n'avait montré que du génie, surtout en fondant, à la fin du siècle d'avant, l'Ordre des

Disciples de Baal Hammon. Il était parvenu, à partir du nom du dieu carthaginois dont la réputation sulfureuse perdurait à travers les siècles, à exploiter l'intérêt pour l'immatériel et le surnaturel de riches initiés en les faisant baigner dans une atmosphère mystique, susceptible de garantir leur fidélité à vie.

Mettant en place des rituels, copiés sur d'autres sociétés secrètes, le père d'Adonibaal avait créé, en quelques années, une organisation tentaculaire qui se plaçait par elle-même au-dessus des formes officielles de gouvernements.

Le Maître Fondateur et ses proches collaborateurs avaient recruté les initiés de l'Ordre des Disciples de Baal Hammon parmi les grands de ce monde, surtout issus des sphères politiques et économiques. Leur faisant miroiter les bénéfices et les avantages incroyables et personnels qu'ils pouvaient tirer de ces réseaux influents, les nouveaux disciples versaient annuellement une forte cotisation à l'organisation, sur un compte basé à Zurich.

L'Ordre, après une enquête presque policière et des filatures discrètes, répertoriait minutieusement les handicaps, les faiblesses ou les vices cachés du postulant sur des fiches nominatives enfermées dans un coffre-fort. Bien sûr, le Maître n'hésitait jamais à s'en servir en cas de défaillance du disciple.

Dès la cérémonie d'investiture qui se déroulait toujours à Carthage, haut lieu de la civilisation punique, le Maître ou un membre de hiérarchie supérieure révélait à l'initié les signes de reconnaissance, les mots de passe et les rituels secrets de l'organisation. Le nouveau disciple apprenait également comment, par ses services répétés au profit de l'Ordre, il allait pouvoir s'élever dans la hiérarchie complexe de l'organisation en répondant aveuglément à tous les désirs du Maître.

Adonibaal sourit encore au souvenir des différentes cérémonies d'investiture qu'il avait menées depuis la mort de son père : lorsque le nouveau disciple revêtait pour la première fois sa robe de lin brodée à son nouveau nom punique, en prêtant allégeance au dieu Baal Hammon et à son serviteur unique, Adonibaal, il ne réalisait pas encore qu'il ne pourrait plus jamais sortir de l'Ordre... sauf dans son cercueil. Bercé par ses illusions et endoctriné, il se sentait seulement appartenir à une puissante communauté où il retrouvait des frères et des sœurs d'adoption qui partageaient ses goûts et son souhait de devenir toujours plus riche et plus puissant.

Les tenues de cérémonie, l'odeur de l'encens, la lueur des torches, les prières récitées en punique ancien et l'ambiance inimitable de Carthage, où les fantômes de ses anciens habitants semblaient encore se promener, rajoutaient à la magie que le Maître voulait créer.

Vingt ans après, les disciples toujours en vie s'en souvenaient encore et en parlaient aux nouveaux disciples...

Le nouvel initié repartait vers son pays, différent et intérieurement plus fort : la puissance et le secret du réseau des disciples le rassuraient, l'enhardissaient et le rendaient souvent plus mauvais dans sa vie parce que beaucoup de ses inhibitions avaient disparu. Un sens sacré avait été donné à son existence par Adonibaal !

Pour encore plus de véracité, au début du nouveau siècle, son père avait décidé d'aller très loin pour lier à tout jamais les membres à l'Ordre et leur prouver qu'il ne plaisantait pas. Adonibaal n'avait jamais participé au sacrifice suprême dont les rituels respectaient scrupuleusement ceux des prêtres de la Carthage punique.

Bientôt, Adonibaal, en tant que Grand Maître de l'Ordre, allait devoir faire un nouveau sacrifice, pour asseoir de manière définitive son incontestable autorité... Une nouvelle occasion pour exacerber les vices de ses disciples et les rendre complices de son acte.

Le visage de Rosemary Bartell effaça bientôt les images du nouveau sacrifice à venir. Il se leva et se dirigea vers l'escalier étroit qui permettait de remonter à la surface. Le gardien l'attendait avec une torche et le précéda pour lui éviter de gravir les marches dans l'obscurité.

- Pourvu qu'Himilkat soit enfin à la hauteur ! pensa-t-il en fronçant les sourcils.

En haut de l'escalier, le Maître trouva un autre gardien devant la porte. Il se fit raccompagner à sa voiture garée, sous un cyprès, à l'extérieur de la zone de fouilles.

Il ne prenait jamais son chauffeur pour se rendre à de telles réunions nocturnes et fit démarrer sa nouvelle *Peugeot Quadrilette* qu'il venait juste de faire venir de Paris.

En s'éloignant de la colline de Byrsa, il se réconforta tout seul en pensant qu'Himilkat ne constituait pas son seul joker pour régler son problème. En fait, Rosemary Bartell venait se jeter toute seule dans la gueule du lion et il serait là pour s'assurer qu'elle ne reverrait jamais l'Angleterre, une fois arrivée à Carthage !

Il éclata de rire à cette pensée...

▼▼▼▼

Si, un peu plus tôt, un visiteur nocturne avait eu l'idée de se promener en pleine nuit sur le périmètre des fouilles de Carthage, du côté de Byrsa, il aurait pu entendre des chants rythmés, provenant des entrailles de la terre, et se demander si les anciens habitants ne se retrouvaient pas durant la nuit pour faire la fête !

Mais personne, absolument personne ne pouvait écouter, car deux gardiens, taillés comme des colosses, faisaient la garde à l'entrée du souterrain. Ils guettaient tout mouvement suspect et empêchaient tout intrus de s'avancer plus avant.

Ils avaient acheté à force de bakchichs, Omar, l'agent de sécurité supposé assurer la surveillance de ce périmètre durant la nuit : lorsque les Disciples de l'Ordre de Baal Hammon entraient sur le terre-plein, l'un après l'autre, Omar se trouvait toujours loin de cette zone pour ne pas les voir et s'arrangeait, par tous les moyens, pour se faire oublier de ces étranges personnages. D'ailleurs, on le payait pour cela...

Travaillant depuis longtemps pour les Disciples, les deux gardes, Leith et Youssef, frères jumeaux nés à Carthage, maintenant âgés d'une quarantaine d'années, ne posaient jamais aucune question : grassement rétribués pour leur silence, ils préféraient ne pas trop s'intéresser aux activités de leur employeur.

Dès l'âge de dix-sept ans, le père de l'actuel Maître les avait engagés à la faveur du hasard... Les croisant au Kram alors qu'il se rendait à la maison du bey, le fondateur de l'Ordre avait été impressionné par la carrure des jumeaux et les avait immédiatement embauchés comme gardiens de sa demeure de Carthage qu'il occupait très peu.

Pour s'assurer de la justesse de son choix un peu rapide, il avait demandé des renseignements sur les frères à l'un de ses amis, haut gradé dans la police française... Les jumeaux s'avéraient irréprochables.

Petit à petit, en les testant, en les jaugeant, en leur tendant même des pièges pour s'assurer de leur loyauté, le Maître avait eu la certitude qu'il pouvait leur faire confiance et commença à les mêler à l'Ordre...

Il leur avait d'abord confié la sécurité du périmètre lors des réunions qu'il organisait alors à la Villa de la Volière dans le haut Carthage. Plus tard, les jumeaux avaient été chargés d'aller chercher les disciples étrangers à la Gare Maritime ou à la Gare Française. Ils servaient alors à la fois de chauffeur, de guide et de garde du corps à ces personnalités toujours importantes qui voyageaient souvent incognito.

De temps en temps, leur Maître les chargeait discrètement de surveiller certains membres qui devenaient douteux... ou trop bavards ! Par plusieurs fois, ils avaient même reçu les ordres d'intimider quelques disciples récalcitrants ou déviants en leur infligeant de bonnes corrections qui devaient leur faire passer leur envie de résistance... sans laisser de trace, bien sûr.

Pour les deux frères, la mission la plus atroce fut sans aucun doute le sacrifice accompli selon les rites de Baal Hammon-Hammon... Un horrible souvenir qui remontait à vingt années... Ils essayaient d'enfouir cette nuit tragique au plus profond de leur mémoire, mais leurs cauchemars ne leur permettaient pas d'oublier. Même entre eux, ils n'en parlaient plus. Mais chacun savait que l'autre y pensait toujours.

Le Maître leur avait fait comprendre que la mort les punirait s'ils se mettaient à bavarder, mais leur avait aussi donné beaucoup d'argent pour oublier le sacrifice... Tellement de francs qu'ils avaient pu acheter facilement leur maison au Kram, au bord de la plage.

Une maison qu'ils habitaient seuls, à part une ou deux bonnes et leurs compagnes d'une nuit, des femmes de mauvaise vie qu'ils allaient chercher dans les bouges de la médina de Tunis ou du port de La Goulette. Jamais aucun cri d'enfant ne se fit entendre dans leur maison, car les jumeaux ne se marièrent pas.

Installés dans leur confortable routine, vivant tout près de leur père dont l'appartement donnait sur la rue principale du Kram, ils ne voyaient presque personne.

A la mort du Maître Fondateur de l'Ordre, son fils avait continué à les employer. Travaillant peu et uniquement au service de leur nouveau Maître qui pouvait les faire appeler à n'importe quel moment, ils passaient leur temps à la pêche et au culturisme pour maintenir la force de leur musculature nécessaire à leur travail.

De temps en temps, ils faisaient quelques tâches manuelles dans une villa moderne de Carthage, habitée par un couple de

Français. Le Maître leur avait procuré ce travail récemment et leur avait demandé de surveiller discrètement les allées et venues du maître de maison, un certain Pierre Malet.

Depuis vingt ans qu'ils travaillaient au service de l'Ordre des Disciples de Baal Hammon, les jumeaux avaient vu arriver beaucoup de nouveaux disciples. Leith et Youssef savaient bien, par quelques indiscrétions, que les huit membres qui venaient de quitter la salle souterraine, représentaient l'échelon supérieur de la hiérarchie de l'Ordre. Ceux-ci ne se réunissaient que deux fois par an.

Ils connaissaient certains membres de l'Ordre, les ayant identifiés : des hommes politiques étrangers, des diplomates, des artistes locaux, des hommes d'affaires fortunés, des femmes seules et riches...

D'autres cérémonies, plus courtes et plus ludiques, réunissaient de temps en temps une vingtaine de disciples pour la plupart étrangers et non résidents en Tunisie : tous partageaient l'amour et le culte de Baal Hammon...

Les jumeaux savaient que tout nouveau membre ne pouvait entrer dans l'Ordre sans la recommandation d'un disciple appartenant déjà à l'organisation. Ils savaient aussi que la candidature du postulant devait recevoir l'aval du Conseil Supérieur, regroupant les disciples de haut rang.

Ils avaient aussi réalisé que le fait de se mettre au service de ce dieu impie procurait à ses disciples un plaisir intense et pervers. Leur endoctrinement révélait au grand jour les côtés obscurs de leurs personnalités.

Leith et Youssef avaient participé à certaines de leurs bacchanales sur ordre de leur Maître qui voulait faire plaisir à quelques femmes esseulées : les carrures impressionnantes des deux frères plaisaient à ces femmes en quête de sensations fortes.

Leith referma soigneusement la porte en fer et accrocha deux énormes cadenas à une solide chaîne.

La mer, que l'on apercevait au loin, scintillait de tous ses feux sous le soleil naissant. La température s'annonçait douce pour un début de mois de janvier. Les cloches du séminaire des Pères Blancs, un peu plus haut sur la colline, se mirent à sonner.

Youssef frissonna et regarda d'un air apeuré son frère Leith :

- J'ai vu le regard du Maître... Je crois qu'ils vont recommencer comme il y a vingt ans...

Leith baissa les yeux et ne répondit pas. Il pouvait toujours sentir l'odeur âcre de la chair brûlée se consumant dans le ventre ouvert de Baal Hammon-Hammon. Il entendait aussi les cris déments des disciples souvent ivres, mêlés aux battements des tambours qui ne s'arrêtaient jamais.

Sans regarder son frère, il s'éloigna rapidement.

Chapitre 2

- Madame Bartell, regardez sur votre gauche. La terre que vous voyez au loin est la Tunisie... Nous arrivons au bout de notre traversée !

- Commandant, je suis désolée de quitter votre merveilleux navire, mais je ne vous cache pas ma joie de retrouver la Tunisie. Je vais avoir l'impression de marcher sur les pas de mon défunt mari qui adorait ce pays.

Le commandant joua un court instant avec sa moustache et prit le bras de Rosemary Bartell pour l'aider à se lever de son transat.

- Je partage complètement l'avis de feu votre mari. Cette terre chargée d'histoire sait donner beaucoup de plaisir à celui qui la visite. Carthage dévoile chaque jour de nouveaux trésors et je croise sans cesse, à bord de ce paquebot, des équipes d'archéologues de diverses nationalités qui me font part de leurs découvertes. Quelle chance vous avez de séjourner dans cet endroit féerique ! La dernière fois que je séjournais à Carthage, il y a plus de vingt ans, il n'y avait que les palais du bey et quelques villas uniquement occupées durant l'été... Tout a changé maintenant, me racontent les passagers : les Français et de riches notables tunisiens y ont construit des villas et y séjournent toute l'année.

Rosemary, habillée d'une élégante cape de renard et coiffée d'un original chapeau Gabrielle Chanel, que sa nièce Janice lui avait ramené de Deauville, fit un large sourire au Commandant du paquebot *Lamoricière* et s'éloigna sur le pont-promenade.

Âgée d'une soixantaine d'années, mince et très coquette avec ses cheveux blancs qu'elle avait récemment décidé de couper selon les nouveaux canons de la mode, Rosemary Bartell respirait dynamisme et santé. Faisant beaucoup de marche et évitant les mets trop gras, elle restait pourtant très gourmande, surtout quand il s'agissait des gâteaux au miel que lui faisait souvent sa fidèle servante, Semora.

Ses jolis yeux d'un vert pâle adoucissaient son visage. Depuis leur départ du port de Marseille où elle avait embarqué la veille avec son amie, Darlene Randwick, Madame Bartell appréciait chaque minute de sa traversée sur le *Lamoricière*. Le temps clément rajoutait au plaisir, bien évidemment.

Elle regarda un court instant la Méditerranée et pensa avec tristesse à sa petite sœur disparue dans le naufrage du Titanic, quelques années plus tôt. L'image de sa nièce Janice dont elle s'occupait depuis la mort de sa mère, lui redonna rapidement le sourire.

D'ailleurs, le paquebot *Lamoricière* construit à Newcastle et seulement mis à la mer trois ans auparavant, offrait tout ce qui se faisait de mieux en matière de sécurité maritime et de plaisir de traversée. C'est en tout cas ce que lui avait promis la *Compagnie Générale Transatlantique* lorsque Rosemary avait pris ses billets à Londres !

Continuant à avancer sur le pont-promenade dont le parquet à grosses lattes luisait dans l'ombre, elle atteignit l'escalier qui menait aux cabines de première classe. Elle soupira en se parlant à elle-même, comme elle le faisait souvent :

- Déjà trois mois que les évènements de Brandys Bay se sont terminés... Quand je repense à cette période, je me sens fatiguée à nouveau ! J'adore les Cornouailles, mais pas aussi mouvementées !

Cette enquête policière lui avait pourtant beaucoup plu et permis d'oublier un peu la tristesse causée par la mort de son cher mari Howard, survenue deux années plus tôt.

- Au diable la routine, se répétait-elle. Howard n'aimerait certainement pas une Rosemary Bartell amorphe et faiblarde. Je vais vivre intensément chaque minute de ce voyage !

Elle pensa à Robert Barnes et se réjouit de le revoir à Carthage. Frank Duncan, le fils du défunt Lord Anton Duncan, serait aussi là-bas. Son amie Darlene adorait son cousin Frank et ressentait pour lui beaucoup d'affection, le considérant plus comme un neveu que comme un cousin.

Sa mine se renfrogna lorsque l'image de Moira Barnes, l'épouse de Robert, se présenta à son esprit :

- Espérons qu'elle ait mis un peu d'eau dans son vin, car j'aurais du mal à supporter son caractère de mégère autoritaire. Mais, bon, son mari a beaucoup d'argent maintenant et cela lui a peut-être permis de soigner ses frustrations !

Madame Bartell s'en voulut tout de suite pour ses pensées peu chrétiennes. Moira venait de passer de très mauvais moments à Brandys Bay et l'on pouvait comprendre ses angoisses : son mari venait de découvrir qu'il n'était en fait que le fils adultérin de Lord Anton Duncan qui avait eu le mauvais goût de se faire poignarder dans son manoir de Brandys Bay, alors qu'ils venaient d'arriver dans les Cornouailles… Situation des plus inconfortables surtout quand le reste de la famille Duncan, à part Frank, ne s'était pas gêné pour les mépriser ouvertement !

Quelle enquête ! Elle se mettait de temps en temps à regretter l'excitation de ces journées et des moments intenses de réflexion, partagés avec le Detective Inspector Lomar pour découvrir qui se cachait derrière les meurtres de Brandys Bay. Il avait reçu une promotion bien méritée pour cette affaire qui avait fait le tour de tout l'Empire britannique !

Les crimes de Brandys Bay avaient d'ailleurs plus ou moins provoqué sa décision de partir pour la Tunisie, car ils avaient réveillé des souvenirs enfouis dans sa mémoire.

Elle avait amené dans ses bagages l'un des cahiers manuscrits de son défunt mari, celui où il avait consigné tous ses souvenirs sur la Tunisie… Elle commencerait à le lire dès qu'elle serait à Carthage pour éprouver le désir de voir ce qu'il avait connu, de découvrir ce qu'il avait aimé et de ressentir ce qu'il avait peint dans ses nombreuses toiles d'inspiration tunisienne.

Darlene Randwick, l'amie perdue de longue date que Rosemary avait retrouvée à Brandys Bay, avait décidé de l'accompagner dans ce voyage. Préférant passer les fêtes de fin d'année à Londres, elles avaient quitté la capitale britannique au tout début du mois de janvier par un temps glacial, avaient voyagé en voiture jusqu'à Douvres, traversaient la Manche et avaient pris un train pour Paris où elles avaient séjourné durant plus d'une semaine.

Un peu moins riches à cause d'une tournée effrénée dans les plus belles boutiques de Paris, les deux amies avaient repris le *Train Bleu* jusqu'à Marseille pour immédiatement embarquer sur le paquebot *Lamoricière*.

- Rosemary, mais où étiez-vous donc passée ? Je vous cherchais partout.

Madame Bartell se retourna et sourit à son amie Darlene Randwick, une femme d'environ son âge. Plus grande que Rosemary, ses cheveux gris serrés dans un chignon coiffé sur le côté et retenu par un turban orné de plusieurs grosses perles, elle respirait la bonne humeur et la joie de vivre.

Sa manière de s'habiller, par contre, ne ressemblait en rien aux choix sobres de Rosemary, tout comme sa manière, bien à elle, de dire tout haut ce qu'elle pensait tout bas, ce qui lui causait parfois quelques inimitiés.

Aujourd'hui, Darlene portait un long manteau de couleur beige, qu'une ceinture basse resserrait à peine en dessous de la taille. Le motif écossais du col, large et triangulaire, s'assortissait avec la robe qu'on apercevait sous son manteau.

Darlene était suivie de Lynnett, la jeune femme dont elles avaient fait la connaissance après le déjeuner, alors qu'elles se trouvaient dans le salon de conversation du paquebot.

Lynnett représentait bien sa génération avec sa silhouette androgyne et ses cheveux roux courts et crantés, coiffés sur le côté. Un long châle blanc enroulé autour de son cou mettait en valeur ses yeux d'un vert émeraude.

- *Une jeune femme très comme il faut*, se plut à dire Madame Bartell.

Très bien élevée, cultivée, et connaissant beaucoup de détails sur Carthage et son histoire, Lynnett avait confié aux deux amies qu'elle venait de décrocher son diplôme d'archéologue, profession encore peu répandue parmi la gent féminine. Elle serait une guide de premier ordre !

La jeune femme s'excusa, devant partir écrire quelques cartes postales qu'elle avait achetées sur le paquebot.

Toujours très curieuse, Madame Bartell ne put s'empêcher de lui demander où elle logerait, une fois arrivée en Tunisie.

- En fait, j'ai loué un petit pavillon à Carthage, chez des Français résidents. Je me trouverai proche de la zone de fouilles du quartier punique et ceci me facilitera beaucoup la vie.

- J'espère que nous aurons le plaisir de nous revoir, ma chère Lynnett. Vos connaissances en civilisation antique sont étonnantes !

- Merci, Madame Bartell. Carthage ne doit pas être très grande et nous nous reverrons sûrement. Je ne connais pas exactement l'adresse, mais je connais le nom du propriétaire : Pierre Malet... Passez un bon séjour en Tunisie.

Darlene Randwick se joignit à Rosemary pour les salutations d'au revoir et toutes les deux, bras dessus, bras dessous, continuèrent à remonter le couloir de première classe en direction de leurs cabines.

- Je suis vraiment impatiente de connaître la Tunisie, Rosemary, et trop heureuse de la découvrir avec vous. Après tous les évènements de Brandys Bay, j'aspire à un vrai repos !

Rosemary ne répondit pas et Darlene se tourna vers elle.

Son amie regardait fixement un homme, au teint mat et aux yeux noirs, qui se dirigeait vers elles, mais qui retourna précipitamment sur ses pas...

- Bizarre, confia Rosemary à son amie, j'ai l'impression d'avoir déjà croisé cet homme au Ritz à Paris et aussi dans le *Train Bleu*, lorsque nous allions dîner. On pourrait croire qu'il nous suit, mais il doit tout simplement aller à Tunis comme nous...

Madame Randwick se mit à rire en levant les yeux au ciel et en jouant avec son collier de perles en sautoir :

- Rosemary, nous ne sommes plus à Brandys Bay et personne ne nous suit. Toutes les énigmes, vous les avez dénouées et plus rien, ni personne n'est bizarre...

Rosemary secoua la tête en guise d'approbation :

- Vous avez raison, ce doit être à cause du livre de cette nouvelle romancière, Agatha Christie, que je viens de terminer...

Darlene laissa son amie devant sa porte de cabine et se dirigea vers la sienne :

- Refermez vos romans policiers, ma chère Rosemary... et ouvrons nos ouvrages d'histoire : Carthage nous attend !

▼ ▼ ▼ ▼

- Reprenez un peu de thé, Édith, et parlez-moi de votre visite de la Maalga et de l'amphithéâtre. Dommage que Lotfi n'ait pu vous accompagner, car il sait faire revivre toutes ces vieilles pierres qui nous entourent quand il vous raconte leurs histoires.

- Ne vous inquiétez pas pour moi, Moira, vous savez que j'arrive toujours à me débrouiller. Je me suis faufilée dans un groupe d'américaines qui voyageaient avec l'agence *Cook*.

Leur guide parlait parfaitement l'anglais. Personne ne s'est rendu compte de ma présence !

Grande et extrêmement maigre, Édith Steinway se pencha et approcha sa tasse : son cou trop long paraissait encore plus démesuré à cause du col montant de dentelle de sa robe noire démodée.

Quiconque regardait Édith Steinway savait qu'il n'allait pas trop s'amuser en sa compagnie. Rigide et droite comme la justice, elle souriait peu et ne se laissait jamais aller à aucune effusion. Très victorienne dans ses manières de penser, elle avait du mal à accepter les turpitudes actuelles de la jeunesse et ses nouvelles modes qu'elle jugeait absolument outrancières.

Nathaniel et Édith Steinway résidaient dans la maison de Robert et de Moira Barnes depuis deux jours ; en fait, ils avaient un peu débarqué par surprise, en prévenant leurs hôtes à la dernière minute.

Nathaniel Steinway, exportateur de vins et de cédrats, avait fait fortune à Alger au cours des quinze dernières années. Après la vente de son affaire à des Français, le couple Steinway avait choisi Nice comme lieu de retraite. Ils avaient connu Robert à Oran lorsque ce dernier mettait en place la nouvelle filiale algérienne de Duncan Holdings.

Nathaniel avait recherché l'amitié de Robert et les deux hommes ne s'étaient jamais perdus de vue depuis cette rencontre. Les femmes s'appréciaient, même si leurs caractères respectifs causaient de temps en temps quelques affrontements mémorables.

S'enfonçant dans son fauteuil, Édith posa sa tasse de thé sur le guéridon et raconta en détail son après-midi dans les ruines : rien que le récit du voyage en calèche jusqu'aux citernes romaines de la Maalga prit presque dix minutes...

Moira Barnes commença à penser qu'elle n'aurait peut-être pas dû poser la question, ne s'attendant pas à un rapport aussi détaillé et aussi ennuyeux. Elle fit, pendant quelque temps, bonne figure et prétendit montrer de l'intérêt au récit de son amie, mais bientôt ses pensées vagabondèrent pour se tourner vers la priorité du moment : l'arrivée imminente de Rosemary Bartell et de Darlene Randwick.

Dans sa tête, elle lista une nouvelle fois tout ce qu'elle devait faire et conclut avec soulagement qu'elle n'avait rien oublié. Ah, si... le bouquet de fleurs qu'elle ferait poser dans leurs chambres, juste avant leur arrivée. Il faudrait qu'elle le redise à Patricia.

Elle sourit malgré elle en pensant à sa gouvernante. Même si elle la payait très bien pour faire son travail, Moira se sentait excessivement redevable. Entre le déménagement de Hammam-Lif, les finitions des travaux d'extension de la nouvelle maison de Carthage, la décoration, les achats et l'embauche de tout le personnel, elle savait qu'un désastre inéluctable l'aurait guettée sans la présence réconfortante de Patricia...

La jeune femme n'oubliait rien et prévoyait tout avant même que la maîtresse de maison ne vienne à y penser ! En quelques semaines, la gouvernante était devenue l'incontournable cerveau de la maison sur lequel tout le monde semblait se reposer : tout passait par elle et Moira, chaque soir avant de s'endormir, remerciait Dieu de lui avoir donné Patricia.

Par politesse, Moira se remit à écouter quelques instants le discours diffus d'Édith qui dissertait maintenant sur l'amphithéâtre romain :

- A vrai dire, pérorait Édith Steinway, il ne reste plus grand-chose de l'amphithéâtre à part quelques murets entre lesquels se faufilaient les bêtes sauvages qui dévoraient les pauvres chrétiens.

- Vraiment, Édith…, lui répondit son hôtesse d'un ton faussement intéressé.

Lorsqu'elle aborda la description de la colonne de marbre blanc, bâtie sur le site pour perpétuer les souvenirs de quelques bonnes saintes dévorées par les lions romains, Moira préféra retourner à ses pensées tout en continuant à émettre de petits cris d'intérêt ou d'horreur, pas nécessairement au bon moment.

Elle regarda autour d'elle avec un sentiment de satisfaction. Elle aimait son salon, vaste et lumineux, ouvert sur la Méditerranée. Son décorateur parisien, hautement recommandé par ses nouvelles amies, avait compris ce que sa cliente désirait : un intérieur cosy, moderne, répondant aux goûts du jour, mais sans ostentation et en privilégiant la simplicité du chic au m'as-tu-vu.

Toute la maison, dont la construction remontait à plus de soixante-dix ans, avait été restaurée, y compris le chauffage, l'électricité et la plomberie. Les fenêtres des chambres du premier étage du côté mer, transformées en portes-fenêtres, permettaient d'accéder au toit-terrasse de la récente extension, composée de quatre nouvelles chambres auxquelles les architectes avaient ajouté des salles de bains.

Les anciennes chambres, peu remaniées, conservaient leur charme du siècle d'avant avec leurs murs lambrissés et leur mobilier rustique.

Des paysagistes avaient redessiné le parc en mettant plus en valeur les magnifiques colonnes et bustes romains que les premiers propriétaires avaient dû trouver sans trop d'efforts sur le terrain... et oublié de signaler à *l'Administration des Antiquités et des Arts*. Profusion de palmiers, de bougainvillées, d'hibiscus et de parterres de fleurs aux couleurs variées achevait de créer l'effet particulièrement réussi de l'ensemble.

Moira Barnes se tourna un instant vers l'élégant miroir au cadre chromé : elle aimait sa nouvelle silhouette amincie, son teint légèrement hâlé et sa coupe de cheveux plus courte et plus carrée.

René, son coiffeur français, lui avait également appris à se maquiller et à n'utiliser que les meilleurs produits, français bien sûr.

Sa robe, faite de panneaux droits de crêpe soyeux, laissait découvrir un bras. Les motifs inspirés de l'Egypte, très à la mode depuis la découverte du tombeau de Toutankhamon, imitaient des sphinx et des hiéroglyphes

- Plus rien à voir avec la Moira Barnes d'avant la guerre, se dit-elle en continuant à commenter les paroles d'Édith avec des *oh !* et des *hum !*... Les amies de mon village passeraient à côté de moi sans même me reconnaître !

Elle ne put s'empêcher de penser que les gens qui affirmaient que l'argent ne faisait pas le bonheur, étaient de fieffés imbéciles, sans doute très pauvres. Quel plaisir de ne plus avoir de fins de semaine difficiles, de s'acheter tout ce que l'on désire, de réaliser tous ses rêves, de devenir plus jolie, de rajeunir et de se sentir le centre d'intérêt de gens en vue, inconnus quelques mois auparavant...

Quel chemin parcouru depuis sa petite ville natale où elle travaillait chez des patrons prétentieux en qualité d'employée administrative... C'est là qu'elle avait rencontré Robert, aussi seul qu'elle dans la vie ! Vite mariés, ils vivaient l'un pour l'autre, sans enfant et assez heureux.

Robert l'avait rendue riche... et elle se fichait du passé ! Brandys Bay s'effaçait peu à peu de sa mémoire... La seule chose intéressante, son futur plein de promesses et de bonheurs !

La pensée de l'argent la fit sourire, ce qui troubla Édith qui s'arrêta abruptement dans ses explications :

- Ai-je dit quelque chose d'insolite, Moira ? Ce que je vous dis n'est pourtant pas drôle

Moira Barnes rassura son amie, redressée sur son fauteuil et prête à fondre sur sa proie, les lèvres pincées.

- Mais, non, Édith... Ce que vous dites est très intéressant.

La narratrice se détendit et reprit son long monologue :

- Imaginez ces pauvres enfants brûlés vifs pour satisfaire ce dieu carthaginois, Baal Hammon je ne sais plus quoi... Les prêtres jetaient dans le feu tous les premiers-nés des familles puniques. Le guide racontait aussi qu'ils se livraient à ces atrocités pour faire tomber la pluie. Les sorciers des tribus africaines montrent beaucoup plus de civilité... Eux, ils exécutent seulement leurs danses de Saint Guy pour tenter d'obtenir le même résultat ! Mon Dieu, je n'aurais jamais pu imaginer une telle barbarie chez ces Carthaginois !

Pour ponctuer ses affirmations, Édith secouait sa tête en avant, donnant l'impression que son cou allait se déboîter.

La dissertation d'Édith fut heureusement interrompue par l'arrivée toujours intempestive de Malika qui oubliait toujours – *ou faisait semblant d'oublier* – de frapper à la porte.

Elle entra passablement essoufflée :

- Madame, dit-elle dans son mauvais anglais que seule Moira comprenait, Mademoiselle Patricia m'a interdit de servir à table quand les dames seront arrivées.

Madame Barnes savait répondre aux domestiques. Son ton toujours sec faisait des merveilles :

- Oui, Malika. C'est moi qui ai donné cet ordre. Le service à table requiert des qualités que vous n'avez pas et que vous refusez d'apprendre. J'ai donc décidé que vous vous consacrerez uniquement aux chambres, ce que vous faites *à-peu-près* bien.

L'*à-peu-près* ne semblait pas convaincant dans la bouche de Moira.

- Pas juste, Madame. Je suis la plus ancienne ici et je vous servais seule à Hammam-Lif.

- Malika, nous n'allons pas revenir là-dessus. La vie a changé depuis Hammam-Lif...

La domestique comprit que l'entretien était terminé. En traînant ses babouches, comme à son habitude, elle maugréa entre ses dents quelques injures bien senties envers Patricia.

Chapitre 3

- Je n'arrive pas à réaliser comment Tunis a pu changer autant en quelques années, ma chère Darlene. La dernière fois que j'y ai séjourné avec Howard, avant la Grande Guerre, ce n'était qu'une grosse ville de province. Maintenant, elle est devenue une véritable capitale ! C'est incroyable.

Darlene Randwick ne répondit pas, occupée à observer la clientèle, principalement européenne, qui peuplait la terrasse du Grand Café du Casino, juste à côté du Théâtre Municipal.

Elle étudiait les toilettes des femmes, qu'elle jugea *provinciales et loin des canons de la mode parisienne ou londonienne.* Évidemment, la couleur verte de son manteau cape demi-saison et son chapeau cloche, rehaussé de plumettes d'aigrette tenues par un ruban de soie noire, attirait les regards et les commentaires. Mais Darlene ne semblait pas s'en soucier.

Elles se promenaient sur l'avenue Jules-Ferry, principale artère tunisoise. Précédées de leur chauffeur, Lotfi, qui leur servait aussi de guide, les deux amies dévoraient des yeux tout ce qu'elles pouvaient voir et entendre.

Les deux touristes appréciaient beaucoup Lotfi, mis à disposition par Robert Barnes, leur hôte à Carthage, qu'elles rejoindraient dès le lendemain : non seulement il était beau avec sa peau claire et ses grands yeux noirs frangés par de longs cils qui auraient rendu jalouse n'importe quelle femme, mais en plus, il les charmait par son excellente éducation et sa connaissance de la culture de son pays. Bien bâti et musclé à force de fréquenter une salle de gymnastique de son quartier – *Rosemary lui avait arraché tous ces détails* - il savait attirer les regards gourmands des jeunes femmes qu'il croisait.

Rosemary avait aussi appris que son père était instituteur, presque à la retraite, dans une école du quartier de Bab Jdid.

Sa mère étant décédée, Lotfi, aidé par son père, s'occupait de ses deux jeunes sœurs.

Madame Randwick ne pouvait s'empêcher de s'enthousiasmer pour Tunis qu'elle visitait pour la première fois :

- Ce que j'aime à Tunis, depuis que je suis arrivée, Rosemary, c'est la variété de ses habitants. Vous y croisez des Européens de toutes nationalités et des indigènes, habillés de toutes les manières inimaginables. Vous y entendez des langues connues ou complètement bizarres, vous découvrez les souks tellement typiques, mais vous pouvez aussi reconnaître des boutiques qui ressemblent aux nôtres. Chrétiens, musulmans et juifs ont l'air de vivre en parfaite harmonie ! Ce pays m'impressionne...

Rosemary entendit à peine ce que lui disait Darlene, tellement la foule, autour d'elles, était bruyante et tapageuse.

Elle préférait regarder la jeune femme autochtone, fière et hautaine qui se dirigeait vers eux : son visage découvert, enveloppé dans un *sefseri* blanc, établissait un contraste saisissant avec ses yeux noirs et ses longs cheveux d'ébène. Une sorte de casaque de soie rayée recouvrait une chemise bouffante qu'elle portait sur un pantalon collant en soie brochée dont la couleur rouge jurait affreusement avec le vert outrancier de ses bas. Le triangle de tissu qu'elle portait sur sa tête, sous le *sefseri*, rappelait à Rosemary la forme d'un bonnet phrygien. Elle était chaussée de babouches en maroquin rouge.

- Lotfi, vous avez vu cette femme... J'ai vu plusieurs d'entre elles ce matin dans la médina, avec ces habits qui ne ressemblent pas aux autres...

- Oui, Madame Bartell, ce sont des femmes juives. Certaines portent toujours leurs habits traditionnels, beaucoup d'autres ont choisi de se vêtir à l'européenne. Cette femme doit venir du quartier de la Hara.

Lotfi raconta avec beaucoup de précisions l'histoire des Juifs de Tunisie en insistant sur leur statut de protégé.

- Notre religion musulmane, Madame Bartell, est la tolérance même : nous acceptons les autres religions et nous les protégeons s'il le faut en nous assurant que ces gens peuvent pratiquer leurs cultes en toute liberté. Nous appliquons la même règle pour les chrétiens, mais là, nous n'avons plus grand choix, n'est-ce pas ?

Le ton devint ironique à souhait et Rosemary préféra ne pas répondre à la question ouverte. Elle se contenta de hocher la tête.

Lotfi proposa alors aux deux amies de traverser l'avenue pour atteindre la placette centrale plantée de palmiers qui devaient donner en été un ombrage salvateur.

Il voulait leur montrer de plus près la cathédrale Saint Vincent de Paul, située en face du Théâtre Municipal. En guide érudit et connaisseur de son sujet, il leur raconta l'historique de l'église dont la construction ne se terminait qu'à la fin du siècle d'avant.

- L'Église Romaine veut marquer sa présence depuis que la France nous gouverne. De nombreuses églises ont été construites depuis le début du protectorat. A Carthage, je vous ferai visiter la cathédrale primatiale Saint-Louis sur la colline de Byrsa.

Pour l'instant, Lotfi ne proposa pas de visiter l'édifice religieux au grand soulagement des deux dames qui commençaient à se sentir fatiguées.

Parties de l'hôtel le matin après le petit déjeuner, elles avaient marché jusqu'à la Porte de France où elles s'étaient engouffrées dans la médina, véritable dédale de petites rues. Lotfi, tout à fait à son aise, leur avait montré les Souks où chaque corporation de métier était regroupée dans des zones distinctes.

Les deux touristes avaient apprécié la majesté de la mosquée Zitouna et Darlene en avait profité pour poser d'innombrables questions sur les rites de la religion musulmane qu'elle connaissait peu.

Elle avait échangé un regard entendu avec Rosemary quand Lotfi avait abordé l'épreuve du ramadan. Darlene avait remercié Dieu d'être née anglicane ! Supporter trente jours de jeûne lui semblait complètement au-dessus de ses forces !

Retournant ensuite à pied à la Porte de France par un autre circuit, elles avaient pris un thé à la menthe au salon de l'hôtel Tunisia Palace, juste à côté.

Les deux amies avaient goûté avec délice ce moment de pause, tellement elles se sentaient fatiguées, mais un peu moins le thé qu'elles trouvèrent trop sucré.

La placette, où elles se trouvaient maintenant, constituait un endroit stratégique. Située en haut et au milieu de l'avenue Jules-Ferry, elle permettait d'admirer toute sa perspective et même de deviner, au fond, le lac de Tunis.

A droite, un peu plus bas, un tram s'ébranlait doucement en direction des quartiers nord de la ville.

Ce tram rappela à Rosemary son dernier voyage à Tunis avec Howard : ils avaient osé y monter pour se rendre au bord de la mer afin d'échapper à la chaleur estivale suffocante qui régnait à Tunis.

Plus ils s'étaient approchés de la Méditerranée, plus la fraîcheur les avait revigorés... Ils étaient descendus à *la Briqueterie* pour aller à pied jusqu'au petit village typique de Sidi Bou Saïd. Un peu plus tard, ils avaient repris le tram jusqu'à la station *Goulette Casino*... Elle se rappelait encore les nappes à petits carreaux rouges et blancs du sympathique restaurant sicilien du port où ils avaient dîné. Ils n'étaient rentrés à Tunis que tard le soir, heureux de leur excursion improvisée !

- Rosemary, à quoi pensez-vous ? questionna Darlene, inquiète. Revenez avec nous !

- Pardon, Darlene, les souvenirs du passé m'accaparaient encore.

Ne voulant pas montrer son émotion, elle prit un ton enjoué pour s'adresser à Lotfi :

- Où allons-nous maintenant ? Pensez-vous à nous nourrir ?

Lotfi éclata de rire et confirma qu'il était temps de déjeuner. Il les rassura aussitôt en leur disant que le restaurant se trouvait à deux pas.

- Un restaurant français qui vous donnera entière satisfaction... Je vous laisserai devant la porte et reviendrai vous chercher dans une heure trente. Vous le voyez là-bas, il est juste de l'autre côté de l'avenue.

Darlene et Rosemary tendirent le cou et aperçurent en effet la façade du restaurant *Le Coq d'Or* qui jouxtait un cinéma. Le tramway de l'avenue Jules-Ferry passait devant ses larges baies vitrées.

- Prometteur et appétissant, confirma Madame Randwick qui se retourna vers le guide. Lotfi, faites-nous le plaisir de vous joindre à nous. Madame Bartell et moi serions heureuses de vous inviter.

Lotfi baissa les yeux, intimidé devant une telle offre, mais la déclina aussitôt. Les deux femmes n'insistèrent pas, sentant que cette invitation le gênait plus qu'autre chose.

- Peut-être avait-il reçu des ordres de Robert Barnes de ne pas devenir trop familier avec nous, pensèrent-elles, chacune de leur côté.

Traverser l'avenue Jules-Ferry relevait de l'exploit, car il fallait éviter à la fois le tram, les voitures, les fiacres à deux chevaux, les charrettes tirées par des ânes bruyants et les piétons indigènes, emmitouflés dans leurs *burnous* qui déambulaient au milieu de la chaussée, insouciants.

Lotfi fit signe aux deux dames de s'arrêter et s'engagea seul sur la chaussée, tel un éclaireur.

Rosemary, comme à son habitude, profita de cette nouvelle pause pour observer ce qui se passait autour d'elle : son regard se dirigea sur un jeune porteur d'eau qui ployait sous le poids de son outre et qui avançait avec peine de l'autre côté de l'avenue. Il s'arrêta un instant et s'appuya contre le mur d'un immeuble, sans doute pour se reposer.

Sans savoir pourquoi, son attention fut attirée par l'homme qui se tenait à côté de lui : en fait, l'attitude de l'individu avait suscité l'intérêt de Rosemary, car il semblait vouloir se cacher derrière le réverbère tout en regardant dans leur direction.

Son visage ne lui semblait pas inconnu, mais elle n'arrivait pas à le situer. Se sentant dévisagé par Rosemary, l'homme préféra s'éloigner et tourna au premier coin de rue.

Subitement, elle claqua ses doigts, attirant l'attention de Lofti qui revenait vers le terre-plein pour inviter les deux amies à traverser. Rosemary se rappelait maintenant où elle avait vu cet homme petit et basané au visage peu avenant et sournois.

C'était sur le paquebot *Lamoricière*, lorsqu'elle retournait vers sa cabine en compagnie de Darlene qui s'était moquée d'elle en lui demandant de ne pas voir de mystères partout... Pourtant, elle détenait maintenant la certitude que c'était bien ce même homme qu'elle avait remarqué dans le hall du Ritz, faisant semblant de lire son journal et dans le *Train Bleu* alors qu'elle circulait dans le couloir du wagon des premières classes.

Rosemary regarda encore dans la direction du réverbère, mais ne vit plus que le porteur d'eau qui reprenait sa marche. Escortée par Lotfi, elle commença à traverser l'avenue.

Elle se sentit soudain mal à l'aise et inquiète... Pourquoi cet homme prenait-il la peine de les suivre depuis Paris ?

Croisant les regards toujours inquisiteurs de Darlene, elle décida de ne pas partager ses appréhensions avec son amie et préféra lui sourire pour la rassurer.

▼▼▼▼

Pierre Malet aimait montrer les splendeurs de son parc à ses invités. Il y furetait souvent pour imaginer de nouveaux parterres de fleurs ou pour trouver un emplacement idéal pour planter un palmier ou de nouveaux hibiscus.

Encore bel homme malgré sa cinquantaine, il avait dû être attirant dans sa jeunesse et plaire aux femmes. Ses yeux perçants et pétillants d'intelligence traversaient comme des glaives. Mince à la limite de la maigreur, son costume de tweed et sa pipe lui conféraient un air britannique alors qu'il était français de pure souche.

Pour l'instant accompagné d'une jolie jeune femme rousse aux cheveux courts dont il avait immédiatement remarqué les jolis yeux émeraude, il se dirigeait vers le pavillon situé au fond du parc.

La charmante jeune femme, de nationalité anglaise, venait d'arriver chez les Malet pour prendre possession du pavillon qu'elle avait loué pour trois mois. Elle avait préféré passer sa première nuit tunisienne au Tunisia Palace à Tunis où elle avait aimé se perdre dans les rues de la médina.

Menue, emmitouflée dans un long manteau croisé, une étole de fourrure posée négligemment sur ses épaules, elle semblait impatiente de découvrir son nouveau logis.

- J'espère que vous vous plairez à Dar Tawfik, Miss Bowridge. Le pavillon n'est pas très grand, mais il offre tout le confort nécessaire pour une jeune femme. Ne vous inquiétez pas, l'eau de votre bain sera bien chaude.

En disant cela, Pierre se rappela tous les problèmes domestiques qu'ils avaient connus, avec sa femme Cécile, lors de leur installation dans la villa : quand le chauffage au charbon commençait à fonctionner, les coupures d'eau survenaient ou bien alors des pannes électriques inexpliquées se produisaient en soirée.

Lynnett Bowridge remercia son hôte et se réjouissait intérieurement de passer trois mois dans un si joli cadre. Elle apercevait déjà son pavillon tout en pierres, entouré d'une terrasse pavée et situé derrière quelques arbres dénudés par l'automne.

Sa première impression s'annonça très positive. Dès qu'elle entra, elle aima les dimensions restreintes des pièces et ses plafonds bas. Le joli séjour à l'orientale, composé de deux banquettes basses recouvertes d'épais tissus de couleur grenat, agrémentées de coussins dans les mêmes tons, lui plut immédiatement. Le grand plateau rond de cuivre martelé, placé sur un tréteau en guise de table de salon, ajoutait à la touche locale de la pipe à eau qui trônait sur un joli bahut de bois, peint aux motifs multicolores, et de la cage de bois traditionnelle de Sidi Bou Saïd, en forme de mausolée de marabout.

Une cheminée, en angle, avec un feu allumé, réchauffait la pièce. Un bureau et une bibliothèque en merisier meublaient un autre coin, derrière les banquettes.

Une jeune femme, avec les cheveux cachés sous un foulard aux couleurs criardes, s'affairait aux derniers nettoyages. Vêtue d'un long tablier et d'un pantalon bouffant, elle s'appelait Aicha. Pierre Malet la présenta à Lynnett comme la domestique du pavillon. Gênée et rougissante, la domestique préféra partir en courant.

- Ne vous inquiétez pas, Miss Bowridge. Aïcha est timide, mais travaille bien. Si vous aviez le moindre problème avec elle, prévenez-moi tout de suite.

De l'autre côté du couloir d'entrée, une chambre, dotée d'une salle de bains moderne et d'un beau poêle en fonte, donnait directement sur une petite terrasse pavée où deux chaises longues et une petite table en bois attendaient des jours plus chauds.

La cuisine, de petite taille, se trouvait derrière le salon et lui sembla bien équipée.

- Miss Bowridge, notre chauffeur est à votre disposition si vous désirez vous déplacer à Tunis, précisa Pierre en tirant sur sa pipe presque éteinte.

- Merci, Monsieur Malet. Je n'aurais pas besoin de me rendre à Tunis, car j'ai rendez-vous demain à l'Hôtel Saint-Louis avec mon chef de mission. Puis-je m'y rendre à pied ?

Pierre Malet lui répondit que c'était un peu loin à pied. Le Grand Hôtel Saint-Louis de Carthage se trouvait tout en haut de la colline de Byrsa, près du séminaire des Pères Blancs.

Il laissa passer son chauffeur qui apportait les bagages de la jeune Britannique, suivie d'Aïcha qui marchait les yeux rivés au sol.

Tandis que le maître de maison allait s'éloigner, quelqu'un cria son nom au fond du parc. Il se retourna et sourit à une jeune femme blonde qui arrivait par la porte de la plage.

- Ah, Miss Bowridge, je vais pouvoir vous présenter mon épouse Cécile.

Lynnett regarda en direction de l'épouse de son logeur et constata aussitôt qu'elle était beaucoup plus jeune que lui. Habillée d'une robe de tennis et d'un long chandail en laine blanche, elle incarnait ce genre de femme sur lequel les hommes se retournent toujours. Blonde – *et naturelle en plus, remarqua la jeune Anglaise* – grande et élancée, dans sa jeune quarantaine triomphante, Cécile Malet savait qu'elle était belle et devait en profiter.

Lynnett, très observatrice, remarqua la crispation de Pierre Malet quand il vit apparaître un homme à l'allure sportive marcher derrière elle.

Cécile Malet s'approchait en souriant. Elle tendait la main :

- Vous devez être Miss Bowridge... Vraiment désolée de n'avoir pas pu vous accueillir, mais je dois blâmer Frank qui marche trop bien et qui m'emmène toujours trop loin ! Imaginez que nous avons presque atteint Sidi Bou Saïd ! Nous ne nous rendions pas compte de l'heure.

Se retournant vers l'homme séduisant que Lynnett supposa être *le Frank* en question, Cécile Malet le lui présenta :

- Frank Duncan, notre voisin.

Le jeune homme la corrigea en riant :

- Plutôt, le frère du voisin, en vacances à Carthage pour quelque temps. Cécile me parlait de vous... Etes-vous l'archéologue ?

Lynnett baissa les yeux, intimidée par le regard si bleu de cet homme charmant :

- Disons, une apprentie archéologue. J'ai la chance de participer à une mission de fouilles commanditée par le British Museum pour mettre à jour des vestiges puniques sur la colline de Byrsa.

- Votre première expérience de fouilles, Miss Bowridge ?

- Non, j'ai aussi eu l'honneur de faire partie de l'équipe de l'éminent Howard Carter, au Caire, et de rentrer dans la tombe de Toutankhamon, quelques heures après lui. Une expérience absolument inégalable, je vous assure !

Frank regarda avec admiration ce petit bout de femme qui avait eu la chance d'entrer dans la tombe de Toutankhamon, inviolée depuis des siècles !

- Miss Bowridge... commença Cécile.

- Madame Malet, interrompit la jeune femme, appelez-moi Lynnett. Vous me ferez plaisir.

Cécile Malet acquiesça et retourna la même demande. Elles continuèrent à échanger quelques politesses, tout en visitant de nouveau le pavillon.

La maîtresse des lieux répéta plus ou moins les paroles de son mari et rassura sa jeune locataire en lui disant qu'elle pouvait compter sur elle à tout moment.

Frank les accompagna à l'intérieur. Pierre préféra les attendre sur la terrasse et s'assit dans un des fauteuils de bois. Il s'enferma dans son silence et semblait nerveux.

Tous les trois ressortirent quelques instants après.

- Lynnett, annonça d'un ton enjoué Cécile, nous organisons un dîner ce soir et je serais enchantée que vous y assistiez. Il y aura nos voisins, les Barnes, Frank et notre autre voisin, Graham Tatley, également britannique.

Frank l'interrompit sur un ton enjoué :

- Oui, Lynnett, venez, ce sera amusant, surtout que ma cousine de Londres arrive aujourd'hui avec sa meilleure amie. Nous passerons une excellente soirée !

Miss Bowridge accepta avec plaisir, toute heureuse d'avoir déjà fait de nouveaux amis alors qu'elle n'avait pas encore défait ses valises.

- Et tant pis pour la relecture de mon rapport pour mon chef de mission que j'avais prévue pour ce soir. Je me lèverai plus tôt demain, se dit-elle, heureuse de repousser cette tâche fastidieuse.

Pierre Malet vida le tabac de sa pipe dans le cendrier posé sur la table de la terrasse du pavillon et s'éloigna en grognant un rapide *à ce soir*... Il n'avait pas décroché un mot depuis l'arrivée de Frank Duncan.

- Un mari jaloux, pensa Lynnett Bowridge, qui n'apprécie pas le fait que sa jeune et jolie femme soit escortée par un mâle aussi charmant que Frank.

Cécile Malet ne sembla pas faire cas du courroux de son mari. Elle était trop occupée à remarquer le regard langoureux que Frank posait déjà sur la nouvelle locataire.

▼▼▼▼

Chapitre 4

Ahmed se tapit derrière le moucharabieh qui séparait les salons du hall d'entrée de l'hôtel Majestic, l'établissement le plus chic de Tunis.

Ses yeux perçants ne voulaient rien manquer et pour l'instant, il fixait avec intérêt deux dames d'un certain âge, entourées de valises, qui étaient en train de converser sur l'une des confortables banquettes du hall.

Il avait pu accéder à l'hôtel Majestic sans se faire remarquer, profitant du désordre caractéristique qui accompagnait toujours l'arrivée de groupes de touristes étrangers, en l'occurrence américains.

De petite taille, bedonnant, le teint olivâtre et les mains toujours moites, Ahmed ne possédait pas un physique très avenant, mais plutôt dérangeant. Les femmes n'appréciaient guère la concupiscence de son regard appuyé qui semblait déshabiller leurs anatomies.

Habillé à l'européenne, d'un costume froissé de couleur claire, sur une chemise mal repassée dont le col rebiquait, il passait partout inaperçu... En fait, il se confondait dans la masse des petits employés administratifs de Tunis.

Toujours caché par le moucharabieh, il décida de se rapprocher encore pour mieux entendre leurs conversations,

Comme d'habitude, elles parlaient de vestiges, vieilles pierres et culture tunisienne. La plus grande, la Randwick, comme il l'appelait, passait toujours du coq à l'âne dans ses conversations. Il avait du mal à la suivre, mais par le plus grand des hasards, elle aborda un sujet d'intérêt : son cousin Frank Duncan.

Frank Duncan, le fils de Lord Anton Duncan, assassiné quelques mois plus tôt à Brandys Bays en Angleterre. Il ouvrit plus grand ses oreilles... Rien d'intéressant pourtant, à part d'affreuses banalités et la joie enfantine de la Randwick de revoir son cousin à Carthage, chez les Barnes.

A la demande de son employeur, Ahmed avait suivi les deux femmes depuis Paris et avait essayé par tous les moyens de ne pas se faire remarquer d'elles. Pourtant, il lui avait semblé que la plus petite d'entre elles, la Bartell, avait découvert son manège : une fois dans le hall de leur hôtel parisien et une autre fois encore sur le paquebot *Lamoricière*. Hier encore, elle l'avait regardé fixement sur l'avenue Jules-Ferry et il avait préféré s'éloigner pour revenir un peu plus tard.

Il ne s'en tint pas rigueur, se disant que ces deux vieilles femmes étaient trop écervelées pour penser qu'il les prenait en filature.

Le patron avait exigé la discrétion la plus totale, il ne voulait pas l'oublier. Il craignait énormément les colères retentissantes de son maître et voulait lui faire un rapport le plus complet et le plus circonstancié de son voyage… Un périple qui prendrait sa fin au moment où les deux perruches atteindraient Carthage pour aller séjourner chez les Barnes.

Leur emploi du temps, depuis leur arrivée à l'hôtel Majestic à Tunis, n'avait présenté presque aucune complication pour les suivre. Le premier soir, elles s'étaient aussitôt retirées dans leurs chambres, sans doute fatiguées par le voyage.

Le lendemain matin, avec leur chauffeur qui leur servait aussi de guide, elles s'étaient promenées dans le centre-ville de Tunis. Après un déjeuner au *Coq d'Or* où Ahmed les avait attendues un peu plus bas, elles étaient rentrées à leur hôtel.

Ahmed avait attendu pendant deux longues heures sur la terrasse d'un café qui se trouvait en face de l'hôtel au cas où elles ressortiraient.

Le soir, après dîner, elles avaient assisté à la représentation de *Carmen* au Théâtre Municipal de Tunis, tout proche de l'hôtel. Peu intéressé par l'opéra, Ahmed, assis dans le poulailler du théâtre d'où il pouvait les observer, avait dormi pendant toute la représentation.

Dès que *Carmen* se termina, Ahmed les avait vues se diriger vers le Casino, voisin du théâtre… Il avait alors lancé l'un de ses jurons préférés à l'encontre des deux femmes :

- Oh, non, je dois être maudit ! Mais pourquoi ces deux perruches ne vont-elles pas se coucher pour que je puisse rentrer chez moi ? Combien de temps vont-elles rester au Casino ?

Il avait déjà redouté l'accueil désagréable et la mauvaise humeur de sa femme quand il allait rentrer à la maison : il ne pouvait jamais lui expliquer la raison de ses rentrées tardives et devait inventer des raisons que lui-même jugeait peu crédibles.

Seule, la vue de l'argent la calmait à chaque fois... Paris lui avait déjà coûté une fortune quand sa femme lui avait ordonné de rapporter un flacon de *Mon Parfum*. Elle avait vu la réclame *si chic* sur l'un des magazines qu'elle achetait depuis peu pour imiter quelques-unes de ses voisines françaises et italiennes. Sans compter les cadeaux pour ses deux filles, devenues aussi exigeantes que leur mère !

Le lendemain matin, en fin de matinée, les deux Anglaises s'étaient rendues à La Marsa, une ville côtière située à une dizaine de kilomètres de Tunis pour déjeuner avec le Consul de Grande-Bretagne et sa femme. Leur magnifique maison se trouvait à l'entrée de la ville, perdue dans un vaste jardin.

Ahmed avait attendu dans sa voiture, cachée derrière un muret, le long de la route... Il avait passé son temps à manger des pistaches dont il crachait les coques par la vitre de la portière et à lire *Le Sport*, pour s'enquérir des derniers exploits de l'*Espérance Sportive de Tunis*, son équipe ô combien préférée !

N'ayant plus rien à lire sur le football, il s'était plongé dans la lecture d'un article sur Edmond Zerbib, le champion de boxe que tout le monde appelait *le Roi du K.O*... Tellement concentré sur le récit des derniers combats du champion tunisien, il n'avait pas vu la *Renault KZ* sortir du Consulat.

Le bruit grinçant que fit la grille, en se refermant, avait attiré son attention. Lançant un juron en arabe, il avait brutalement réveillé son chauffeur en lui assénant un coup de coude dans les côtes et avait égrené son chapelet d'injures habituelles avant de lui ordonner de démarrer.

Jetant son journal d'un air rageur sur la banquette arrière de la voiture, il s'était dit qu'il ferait mieux de se concentrer sur sa filature s'il ne voulait pas s'attirer les foudres de son maître.

Fort heureusement, le chauffeur de ces dames ne conduisait pas très vite et Ahmed, dans sa *Citroën HP*, mise à disposition par son maître, put les rattraper rapidement.

Elles avaient décidé de s'arrêter sur la corniche de La Marsa pour s'y promener et de s'asseoir sur l'un des bancs pendant presque une heure. Elles n'arrêtaient pas de pérorer tout en regardant la Méditerranée, en face d'elles.

- Je me demande ce que peuvent se dire ces perruches, annonça d'un air mauvais Ahmed à son chauffeur. Elles n'arrêtent pas de papoter. Elles me rappellent ma femme quand sa sœur vient à la maison… Je préfère sortir tellement elles me cassent la tête !

Le soir, il avait appris auprès de son informateur de l'hôtel Majestic qu'elles allaient dîner sur place et avait conclu qu'elles ne ressortiraient pas.

Il en avait profité pour rentrer dans sa maison de Salambô, tout près de Carthage, pour trouver le repos tant espéré. Il n'en fut rien, car Alya, son épouse, l'avait attendu sur le pas de la porte pour l'accuser de tous les maux de la terre. Elle lui avait reproché le manque d'argent qui l'empêchait d'aller rendre visite à sa sœur qui habitait à Souk El Arba, près de l'Algérie. Elle avait également émis des doutes sur la fidélité de son mari : sa rentrée, à presque deux heures du matin la veille au soir, l'avait rendue encore plus méfiante…

Ahmed avait dû promettre beaucoup d'argent à sa femme pour passer une soirée à peu près calme.

Ressorti tôt, ce matin, pour échapper à de nouvelles questions d'Alya sur ses continuels déplacements, Ahmed avait trouvé les deux femmes déjà prêtes dans le hall de l'hôtel. Leurs valises semblaient indiquer qu'elles allaient quitter l'hôtel Majestic.

- Elles vont sans doute se rendre chez Robert Barnes… Tant mieux, cela signifie que ma mission va se terminer et que je vais enfin me reposer !

Ahmed songea avec bonheur à son jardin ombragé qui donnait sur la Méditerranée. Il pourrait reprendre son rythme normal de vie, envoyer sa femme à Souk El Arba et faire ses longues siestes de début d'après-midi au lieu de courir après deux vieilles dames qu'il trouvait beaucoup trop remuantes.

Un jeune homme au visage souriant venait d'entrer dans le hall et Ahmed le reconnut immédiatement comme étant le chauffeur des perruches. Il se dirigea vers elles et tout en les saluant, commença à prendre les valises, tout de suite aidé par le groom de l'hôtel.

Les deux femmes se levèrent, immédiatement précédées d'un homme maigre et affable, voire cérémonieux, qu'Ahmed connaissait. C'était le chef de réception.

- J'espère que vous avez passé un bon séjour, Madame Bartell. Nous serons toujours à votre disposition en cas de besoin. Bon séjour à Carthage et présentez nos respects à Monsieur Barnes et nos hommages à Madame.

L'employé, presque courbé en deux, accompagna ses deux clientes jusqu'à leur voiture, garée devant la porte de l'établissement. Il patienta sur le seuil jusqu'à ce que la voiture s'éloigne en faisant de nombreux signes de main et en se courbant encore davantage.

Le chef de réception ne savait pas exactement qui étaient ces deux dames, mais il savait que leur séjour était entièrement pris en charge par Monsieur Barnes dont le Tout-Tunis avait entendu parler récemment, suite à l'assassinat de son père, Lord Duncan. Comme tout le monde dans la ville, il avait lu tous les détails de l'affaire des meurtres de Brandys Bay, largement exposée sur divers quotidiens francophones. Des journalistes, accompagnés de photographes, avaient même attendu Robert Barnes, à son arrivée à Tunis, sur le quai du port de La Goulette. La côte des Barnes montait en flèche et tous les notables à Tunis, qu'ils soient français ou tunisiens, ne souhaitaient qu'une chose : les connaître, les inviter et en faire des amis.

Ahmed, bien loin de toutes ces mondanités, soupira d'aise en regardant la voiture s'éloigner. Lui aussi devait rejoindre immédiatement Carthage pour prévenir le maître qui attendait ses nouvelles.

- Pas grand-chose à lui raconter en fait, se dit à lui-même Ahmed. Ces deux bonnes femmes font du tourisme, un point c'est tout. Je me demande pourquoi le patron a voulu que je fasse ce voyage jusqu'à Paris et perdre mon temps à les suivre... Je n'ai rien trouvé, même quand j'ai fouillé la cabine de la Bartell.

Au fond de lui, Ahmed savait bien que le maître ne se trompait jamais et qu'il devait bien y avoir une raison ! Ce document, dont il lui avait parlé, devait bien exister... Il lui en voudrait sûrement de ne pas l'avoir trouvé, mais peut-être l'avait-elle laissé en Angleterre, rangé en lieu sûr !

Il sourit en imaginant l'enveloppe bourrée d'argent que son maître lui avait promise à son retour... Il espérait que le fait de rentrer bredouille n'en modifierait pas le contenu.

Rosemary Bartell n'arrivait pas à détacher son regard de la Méditerranée. Debout, les mains en guise de visière, elle regardait le paysage qui s'offrait à ses yeux depuis sa terrasse.

Ne prêtant pas attention au joli mobilier rustique de sa chambre, elle avait préféré en ressortir immédiatement pour accéder à la terrasse qui surplombait le jardin, séparé de la plage par un petit muret recouvert de lierre.

Elle voulait oublier les odeurs urbaines de Tunis pour respirer à fond l'air marin qui l'enivrait : elle appréciait la vue de ce ciel d'un azur pur et profond - *couleur céleste caractéristique des hivers d'Afrique du Nord* - qui touchait, à l'horizon, une mer d'un bleu plus grisé.

Des vaguelettes sans prétention venaient s'écraser sur la plage, mouillant continuellement des petits tas d'algues noires et luisantes.

Rosemary s'avança vers la droite et repéra un escalier qui descendait vers le jardin. A sa gauche, deux palmiers aux troncs centenaires s'élançaient vers le ciel et offraient leur ombre à une partie de la terrasse.

Une fois dans le jardin, elle se retourna pour regarder la maison et remarqua que la construction, dont le toit plat constituait la terrasse du premier étage, était récente. Quatre portes-fenêtres ouvraient directement sur le jardin ainsi que de larges baies vitrées qui laissaient deviner un salon de taille imposante.

- Ma chambre doit se trouver dans la partie ancienne de la maison... se dit Rosemary.

Finissant de se repérer, elle conclut que toutes les parties communes de la maison donnaient de l'autre côté, sur le grand parc couvert de pelouse et parsemé de magnifiques colonnes et de statues antiques.

Férue de jardinage, Rosemary avait rapidement noté la présence de quelques jolies plantes et de fleurs typiques. Elle se promit d'aller les voir de plus près et de trouver le jardinier pour la renseigner...s'il parlait français ou anglais !

En arrivant près de la maison, le chauffeur leur avait désigné sur leur droite un grand bac en pierre, assez profond, appelé *jebba*, qui gardait une eau très fraîche, bienfaisante lors des fortes chaleurs.

Madame Randwick avait regardé son amie Rosemary en clignant de l'œil... Ni l'une ni l'autre ne s'imaginait grimper dans ce *jebba*, même s'il faisait plus de quarante degrés à l'ombre !

Avançant jusqu'au coin de la maison, elle continua jusqu'au mur d'enceinte de la propriété. Derrière, elle remarqua une autre villa dont le premier étage dominait le parc.

- Je suis une incorrigible curieuse, se dit Madame Bartell. Il faut toujours que j'aille fureter. Je suis sûre que Darlene doit maintenant tranquillement se reposer dans sa chambre et ne pas penser à aller inspecter le jardin comme je le fais !

Un léger mouvement des rideaux, à l'une des fenêtres latérales du premier étage de la maison voisine, lui fit penser qu'on l'observait. Elle crut apercevoir le visage d'une femme au teint pâle et aux cheveux blonds durant un court instant...

Gênée et ne voulant plus regarder dans cette direction, Madame Bartell préféra retourner sur ses pas. Elle découvrit, dans le muret, une petite porte peinte du même bleu que le ciel. Une simple targette la fermait.

Elle l'ouvrit sans effort et se retrouva sur la plage... Ses talons s'enfoncèrent dans le sable, mais elle n'y prêta aucune attention. Le fait de marcher sur la plage lui fit penser à sa chienne Ulla, restée à Londres. Tout comme sa maîtresse, Ulla adorait ces longues promenades au bord de la mer...

Rosemary se dit qu'elle ne devait pas se faire de soucis et ne gâcher son séjour sous aucun prétexte. Son fidèle couple de serviteurs hindous, Singh et Semora, savait prendre soin de sa chère Ulla et de toute manière, elle serait de retour à Londres dans moins de trois semaines.

- Au moins, ils vont un peu se reposer pendant que je suis ici. Ces évènements de Brandys Bay les ont autant fatigués que moi...

Elle aimait beaucoup son couple de domestiques, à son service depuis de longues années. C'était son mari Howard qui les avait engagés. Elle ne voulait plus penser à Howard, trop présent dans ses pensées depuis son arrivée en Tunisie.

Elle poursuivit sa marche sur la plage en direction de la mer. Une barque aux couleurs bariolées revenait vers la plage, sans doute pleine de sa pêche...

Un vent un peu froid, venant du large, la fit frissonner. Heureusement, elle n'avait pas enlevé sa cape de fourrure. Rosemary n'aimait pas trop le froid et même si le climat tunisien offrait plus de clémence que celui d'Angleterre, ce n'était tout de même pas le plein été.

Elle avança encore vers la mer et se retourna pour découvrir la ligne côtière : à part la maison des Barnes, dont les fraîches peintures blanches tranchaient dans le bleu du ciel, la maison cubique de leurs voisins, cachée par un haut mur en pierre d'où émergeaient des palmiers légèrement courbés et une autre petite bâtisse, située à l'arrière et reliée à la plage par un chemin de sable, le paysage n'offrait que la vue de dunes, de cactus ou de buissons épineux.

La plage, assez étroite, s'étendait à perte de vue des deux côtés. Au loin, à gauche, une dizaine de villas blanches s'éparpillaient autour d'une grande bâtisse qui ressemblait à un palais... En face, une digue, construite en bois, s'avançait dans la mer. De l'autre côté, à droite, quatre ou cinq villas en construction n'avaient pas encore reçu leurs crépis et semblaient abandonnées.

Ressentant de plus en plus ce froid humide, Rosemary décida de rentrer et repassa par la petite porte dérobée... Devant baisser la tête pour la franchir, elle ne vit pas la jeune femme européenne se dirigeant vers elle et la heurta.

Elle se confondit en excuses, mais la jeune femme y répondit par un charmant sourire :

- Ne vous inquiétez pas, Madame Bartell. Vous ne m'avez pas fait mal. Je voulais juste savoir si vous étiez bien installée et si vous n'aviez besoin de rien.

Rosemary regarda la jeune femme qui lui parlait anglais avec un léger accent. Grande, très mince, avec de jolis cheveux châtain clair, elle alliait élégance, classe et maintien.

Habillée d'une robe grise droite, ornée de gros boutons rouges, sur laquelle elle avait jeté sur ses épaules une écharpe d'un ton rose pâle, la jeune femme aurait pu passer pour la maîtresse de maison.

Voulant absolument pratiquer son français durant tout son séjour en Tunisie, Madame Bartell choisit cette langue pour lui répondre :

- Je vous remercie, Mademoiselle...

- Oh, vous parlez français... Je manque à tous mes devoirs, je ne me suis pas présentée. Je suis Patricia de Launay, la gouvernante. Je n'étais pas encore rentrée de Tunis lorsque vous arriviez avec Madame Randwick. Je me trouvais très occupée à acheter de jolis tissus typiques à la médina pour finir les coussins du boudoir de Madame Barnes. Vous ne pouvez imaginer le temps que cela prend, entre les salamalecs d'usage, la tasse de thé à la menthe incontournable et les discussions de marchand de tapis pour faire baisser les prix. Heureusement, notre chauffeur m'accompagnait !

Madame Bartell se mit à rire à l'évocation du souk. Elle avait déjà subi l'épreuve du marchandage lorsqu'elle avait voulu acheter, à Tunis, un joli napperon brodé pour sa nièce Janice.

- Je vous remercie, Mademoiselle de Launay. J'étais en train d'apprécier votre merveilleux jardin, la plage, le bleu du ciel. Cela fait de nombreuses années que je n'étais pas retournée en Tunisie !

- Oui, comme je vous comprends ! J'ai ressenti aussi un véritable coup de foudre pour ce pays.

Rosemary, comme à son habitude, ne put s'empêcher de poser ses questions, toujours empreintes de beaucoup de curiosité. Elle avançait en direction de la terrasse.

- Oh, vous venez d'arriver, alors… Me permettez-vous de vous demander de quelle région française vous venez ?

La gouvernante lui répondit volontiers :

- Je suis parisienne, tout simplement. Mais mon travail me fait voyager depuis quelque temps. Avant de venir à Tunis, je me trouvais au Caire dans une famille également britannique… Un aristocrate qui travaillait dans la haute administration britannique au Caire, mais qui est malheureusement décédé. Sa veuve est rentrée à Londres et j'ai dû chercher un autre travail. Je ne voulais pas retourner en Angleterre, franchement, ayant goûté à une vie plus aventureuse.

Elle brûlait de lui demander, connaissant le caractère peu commode de la maîtresse de maison, si elle s'entendait bien avec Moira… Elle s'en empêcha, trouvant la question un peu trop directe pour un premier entretien.

Pourtant, la jeune femme lui donna la réponse par elle-même, mise en confiance par le ton bienveillant de Rosemary :

- Je m'entends bien avec Monsieur et Madame Barnes… Ce sont des gens aimables, vraiment ! Nous venons de passer par des moments difficiles avec les travaux de la maison qui viennent de se terminer… Nous avons choisi ensemble les domestiques, mais je dois passer beaucoup de temps à les former pour servir à table, pour faire un lit correctement, pour savoir se comporter. Karim, notre maître d'hôtel, me soutient beaucoup pour traduire ce que je réclame…

- Mon défunt mari me parlait souvent de la souplesse d'esprit des Tunisiens qui ne refusent pas la culture européenne, mais qui au contraire veulent s'en imprégner, tant que ceci ne contrarie pas leur religion et leurs modes de vie.

- J'abonde dans ce sens. Je suis impressionnée par les progrès rapides que font certains d'eux en anglais et en français... Monsieur et Madame Steinway, des amis de Monsieur et Madame Barnes, sont arrivés avant-hier. C'est là que je me suis rendu compte que le personnel était en train de faire de grands progrès. Non seulement dans leur manière de parler à nos hôtes, mais aussi dans leur façon de servir à table...

Elle s'arrêta au milieu de sa phrase, les yeux fixés sur un point derrière Rosemary... Elle sembla gênée, l'espace d'un instant, mais se reprit aussitôt :

- Mais je parle, je parle, et l'heure du déjeuner approche... Le devoir m'appelle, Madame Bartell. Je fus ravie de vous connaître et je vous retrouverai au déjeuner. Il est servi à treize heures.

Elle s'éloigna presque en courant.

Madame Bartell se retourna pour savoir ce que la jeune femme avait vu, mais ne put discerner personne. Elle se demandait la raison de cette prise de congé trop rapide. Rosemary regarda sa montre et vit avec stupeur qu'il était déjà midi passé... Elle avait à peine une heure pour se rafraîchir et trouver une tenue décente pour le déjeuner.

- Arrête, ma fille, de trouver des mystères partout, et va plutôt te changer ! lança-t-elle à haute voix.

Regardant à nouveau le bleu du ciel et la beauté du parc environnant, elle regagna rapidement sa chambre. Elle ne vit pas l'homme qui l'observait, caché derrière le tronc massif d'un palmier centenaire.

▼▼▼▼

- Omar, qu'est-ce que tu fais ? La *chorba* va refroidir. Pourquoi ne viens-tu pas manger ?

D'un ton agacé, Omar Sediri répondit qu'il allait venir... Allongé dans son salon, sur un matelas posé sur une natte tressée, l'homme réfléchissait longuement. Il n'avait pas faim, mais irait quand même dîner pour ne pas inquiéter sa femme.

Heureusement, Selim et Oussama, ses deux fils, passaient deux jours chez sa sœur à Zaghouan. Au moins, il n'avait pas à jouer la comédie devant eux.

Il se leva et ouvrit la penderie où sa femme rangeait pêle-mêle tous les vêtements de la famille. La porte grinça sur ses gonds. Il se hissa et avança sa main sur l'étagère supérieure pour sortir la boîte en fer qu'il avait cachée là.

En haut de la penderie, sa femme ne rangeait que de vieux vêtements et des morceaux de tissu dont elle ne se servait plus. Il y avait peu de chance pour qu'elle aille fouiller à cet endroit, mais il faudrait tout de même qu'il trouve une meilleure cachette. Chedlia ou ses enfants ne devaient jamais rien savoir...

Il leur avait expliqué sa nouvelle aisance financière par une augmentation de salaire consentie par son employeur. De toute manière, Chedlia, analphabète et originaire de Soliman, un petit bourg du Cap Bon, acceptait les choses de la vie comme elles venaient, se contentant de remercier Dieu en répétant des *Hamdullah* à longueur de journée.

Tant qu'elle pouvait payer le loyer de la modeste maison du Kram où ils habitaient, faire manger sa famille, acheter des vêtements pour ses deux enfants, les envoyer à l'école, recevoir de temps en temps ses sœurs et ses cousines et rentrer plusieurs fois par an à Soliman pour rendre visite à ses parents, elle ne demandait rien d'autre.

Elle savait que son mari, gardien de nuit, faisait le maximum pour eux. Elle le respectait pour ses efforts et ne se plaignait jamais.

Omar ouvrit la boîte et regarda avec plaisir les billets qui la remplissaient. La vue de cet argent le réconfortait...

- Beaucoup mieux que le pourboire que me versent les jumeaux pour que je ferme les yeux sur les agissements de leurs patrons.

Il referma la boîte et la remit à sa place. La porte de la penderie grinça encore :

- Omar, mais qu'est-ce que tu fais dans la penderie ? Je t'ai dit que le dîner était prêt. Qu'est-ce que tu fabriques ?

- J'arrive, Chedlia. Je voulais juste prendre quelque chose.

Omar alla à la fenêtre qui donnait sur une petite cour intérieure. Le jour était déjà tombé.

Il repensa à cette journée du vendredi, quand sa vie avait basculé. Un homme, grand et athlétique, le visage barré d'une épaisse moustache noire, l'avait abordé à la sortie de la mosquée. Il s'était présenté comme étant Chokri et avait tout de suite annoncé qu'il voulait lui parler pour son bien. Omar avait senti que l'homme ne désirait pas se faire remarquer et l'avait invité dans un petit café discret du Kram, loin de la rue principale...

Tout en marchant, Chokri lui avait fait comprendre qu'il le connaissait en lui parlant de son emploi de gardien de nuit sur le site des fouilles de la colline de Byrsa. Il l'avait plaint pour travailler ainsi toutes les nuits avec un salaire si misérable... Il avait cité les prénoms de ses deux garçons. Il lui avait même parlé du surplus discret d'argent qu'il se faisait régulièrement lorsqu'il voulait bien fermer les yeux sur des réunions secrètes qui se tenaient sur la colline.

Omar se rappela qu'il avait alors commencé à transpirer et qu'il ne lui répondait rien. Est-ce que ce Chokri appartenait à la police ou à la Direction des Antiquités ? Que voulait-il exactement ? L'homme paraissait tellement sûr de lui. Pourtant, il n'avait teinté ses propos d'aucune menace. Était-ce pour mieux le coincer ?

Puis, l'homme avait abattu ses cartes, comme cela, seulement dix minutes après l'avoir rencontré : si Omar réussissait à savoir qui étaient ces mystérieux personnages qui se réunissaient durant la nuit dans des souterrains de Byrsa pour des motifs plus ou moins avouables, Chokri serait très généreux... Il pourrait toujours continuer à percevoir son pourboire misérable, mais en plus encaisser une belle somme d'argent pour ses renseignements.

Omar n'avait plus osé lever les yeux. Les jumeaux, Leith et Youssef, c'est vrai, ne lui donnaient qu'un modeste pourboire pour qu'il s'éloigne du site à l'heure des réunions secrètes. Mais, bon, jusqu'à maintenant, ce petit supplément était une aubaine et permettait d'arrondir des fins de mois difficiles.

Alors, sans trop réfléchir, Omar s'était mis à parler, mis en confiance par l'attitude bienveillante de l'homme. Il avait mentionné les jumeaux qui semblaient veiller à la sécurité de ces personnages. Il avait aussi précisé la régularité et les durées de leurs réunions nocturnes.

Il avait répondu à toutes les questions de Chokri. Il alla même plus loin en racontant qu'il avait trouvé une carte de visite, tombée sur la piste, après l'une de leurs réunions.

Le visage de Chokri s'était alors éclairé et son sourire s'était encore accentué quand Omar lui avait confié qu'il avait conservé cette carte de visite chez lui.

L'homme, en partant, lui avait glissé une liasse de billets dans sa poche et lui avait donné un rendez-vous pour le lendemain matin dans le même café. Omar y était retourné avec la carte de visite et avait encaissé le reste de l'argent promis. Une somme rondelette qui l'avait rendu heureux pendant plusieurs jours.

Il n'acheta rien pour lui, mais gâta sa femme et ses enfants avec de nouveaux vêtements et des jouets qu'il avait achetés au souk. Il avait donné de l'argent à Chedlia pour qu'elle achète tout ce dont elle avait besoin pour la maison. L'épouse reconnaissante en avait pleuré de joie et lui avait embrassé les mains avec respect ! Le reste de l'argent, il l'avait caché dans sa boîte en fer.

Omar interrompit ses pensées et se prit la tête entre les mains. Il ne se sentait pas bien, ses mains devenaient moites... L'épisode du matin lui revenait encore en mémoire quand il avait trouvé Leith et Youssef devant sa porte. Comment avaient-ils pu connaître son adresse ? Jamais, il ne l'avait mentionnée.

L'un des jumeaux – *il ne savait pas lequel, ne pouvant jamais les différencier* – lui avait juste demandé de passer boire un café avec eux, le lendemain soir, avant de se rendre à son travail. Lui et son frère l'attendraient dans un petit café, derrière les Abattoirs du Kram. Il fallait parler de quelque chose, avait-il rajouté sur un ton plein de sous-entendus...

Omar avait fait le lien avec Chokri et avait peur : il connaissait la mauvaise réputation de Leith et de Youssef au Kram et savait qu'il ne fallait pas jouer avec eux. C'est pourtant ce qu'il avait fait : les jumeaux exigeaient silence et discrétion. Mais lui, Omar, avait exactement fait tout le contraire.

Il ne pouvait même pas se placer sous la protection de Chokri, car il ne savait rien de lui. S'il allait se plaindre à la police, il se ferait jeter dehors et ses patrons le renverraient sur-le-champ.

Peut-être les jumeaux voulaient le voir pour quelque chose qui n'avait rien à voir avec sa traîtrise ! De toute façon, il devait aller à ce rendez-vous... Il n'avait aucune solution de fuite.

Chedlia l'appela encore.

▼▼▼▼

Ahmed tremblait de tous ses membres. Il entendait les cris du maître à travers la lourde porte en bois massif qui séparait son bureau du hall d'entrée de sa demeure.

Pourquoi fallait-il que cela lui arrive ? Quel imbécile était en train de le mettre de mauvaise humeur, juste avant son entretien avec lui ?

Il essayait de se raisonner en se disant qu'il n'avait rien à se reprocher à part le fait qu'il n'avait pas ramené le fameux manuscrit. Il expliquerait ceci en se cachant derrière le fait qu'il ne pouvait pas agir librement, étant donné qu'on lui avait imposé des consignes de discrétion à toute épreuve. Il avait mené sa mission jusqu'au bout en suivant le chauffeur des deux perruches jusqu'à la maison de Monsieur Barnes.

Il avait écrit son rapport circonstancié qu'il serrait dans ses mains encore plus moites que d'habitude. Ensuite, directement, il s'était rendu à la maison du maître pour lui rendre compte et prendre son argent, *inch'allah* ! De retour chez lui, il enverrait immédiatement sa femme et ses deux filles à Souk El Arba, chez sa belle-sœur, et profiterait pendant quelques jours du calme de sa maison, sans présence féminine autour de lui, à part la domestique.

Chaque jour, elle lui ferait du couscous qu'elle préparerait avec de l'*osbane* ou du poisson ou de la bonne viande d'agneau fraîchement égorgé… En secret, il boirait le soir quelques litres de bière *Gruber*, la marque qu'il préférait. Il irait jouer au rami avec ses amis au café du Kram, près des Abattoirs, et ne manquerait pas d'étonner ses amis en leur racontant son voyage à Paris, le luxe du *Train Bleu* ou du paquebot *Lamoricière*…

Il les imaginait déjà, avec leurs airs béats, quand il raconterait les détails réels ou ceux qu'il inventerait pour les impressionner encore plus !

Pourtant, pour l'instant, il ne pensait pas du tout à ses amis de café : assis tout droit dans la banquette en bois du hall d'entrée, il n'en menait pas large. Des domestiques empressés traversaient de temps en temps le hall, mais il ne les remarquait pas, même si elles étaient de jolies jeunes femmes qui lui jetaient un regard furtif et soumis en passant.

Il attendit encore un quart d'heure quand soudain, la porte du bureau s'ouvrit… Un homme, habillé d'un *burnous*, sortit sans dire un mot.

- Sans doute, l'objet du courroux du maître, se dit Ahmed.

Il n'eut pas le temps de penser plus avant, car Himilkat se montra à la porte du bureau... Sans le saluer, il lui fit signe d'entrer et sans l'attendre, regagna sa place près de la cheminée éteinte.

Ahmed referma soigneusement la porte après lui et attendit près du fauteuil où se tenait le maître. Il regardait par terre, n'osant affronter son regard. Il serrait nerveusement son chapeau entre ses mains avec son rapport maintenant tout humide.

Il réalisa que tout son futur résidait entre les mains de cet homme qui l'ignorait, assis en face de lui.

Quelques instants plus tard, le maître se décida à lui adresser la parole :

- Alors Ahmed, qu'avez-vous à me dire ? Vos vacances se sont-elles bien passées ?

Ahmed sentit l'ironie dans son ton. Il posa maladroitement son chapeau sur la table, près de lui, et tendit respectueusement le rapport, ses yeux rivés sur le parquet du bureau.

Himilkat ne regarda même pas le rapport et le posa sur le fauteuil vide, près du sien.

- Je n'ai pas le temps de lire... Je préfère vous écouter.

Pour la première fois, Ahmed osa regarder son maître et commença son récit. Sachant exactement ce que son patron voulait entendre, il résuma de manière concise son périple. Il fit le silence sur les fois où il pensait avoir été remarqué par la Bartell.

Il conclut son rapport en insistant sur le fait qu'il n'avait rien remarqué de suspect durant tout ce voyage : les femmes n'avaient presque parlé à personne, sauf sur le paquebot où il les avait vues entrer en conversation avec une jeune Française.

Le maître se retourna vers Ahmed :

- Une jeune femme ? Comment était-elle ?

- Assez jolie, cheveux roux, habillée comme les jeunes filles d'aujourd'hui, mais sans ostentation. Une jeune femme du monde, je pense, mais pas nécessairement fortunée.

Ahmed guetta l'expression de son patron et se détendit... Il se permit même de reprendre la parole sans en avoir été prié :

- J'ai demandé à un membre de l'équipage qui était cette jeune femme, prétextant que j'avais le béguin pour elle...

Il s'arrêta quelques secondes, craignant une réflexion désagréable. Rien ne se passa, aussi il s'enhardit :

- On m'a répondu qu'elle était, en fait, une jeune archéologue venue découvrir le site de Carthage. Elle doit participer à une mission de fouilles commanditée par le British Museum.

- Savez-vous comment elle s'appelle ?

- Oui, bien sûr, maître. Son nom est Lynnett Bowridge.

Himilkat secoua la tête, comme pour féliciter Ahmed. Il posa d'autres questions sur la jeune femme, voulant savoir si elles se parlaient souvent avec Rosemary Bartell.

- Non, maître, je les ai vues ensemble juste deux fois : la première dans le salon de conversation du paquebot, et la dernière fois sur le pont.

- Êtes-vous sûr que Madame Bartell ne lui a remis aucun paquet ?

Ahmed ne sembla pas surpris par la question et répondit par la négative.

Himilkat se leva de son fauteuil et se dirigea vers le bureau. Il le contourna et ouvrit l'un des tiroirs.

Il en sortit une enveloppe épaisse...

Ahmed laissa apparaître de la joie sur son visage. Il savait que cette enveloppe lui était destinée.

- Ahmed, rappelez-vous toujours la mission que je vous ai donnée. Elle n'est pas finie tant que Madame Bartell sera en Tunisie. Comme je vous le confiais avant votre départ à Paris, nous avons appris que la femme a un document qui peut nous nuire et nous devons par tous les moyens le récupérer. Avez-vous cherché à le trouver ?

- Oui, maître. Je suis allé fouiller sa cabine lorsqu'elle dînait à la voiture-restaurant... J'ai tout remis exactement à sa place, mais je n'ai rien trouvé.

- N'avait-elle pas d'autres bagages hors ceux de la cabine ?

Ahmed secoua la tête en signe d'approbation :

- Je pense que oui, car j'avais remarqué le nombre impressionnant de bagages des deux femmes. Dans sa cabine, il n'y avait qu'un sac de voyage et une valise de petit format.

- N'avez-vous pas pu vérifier ?

- Impossible, maître... Ce wagon, où sont stockés les bagages, est fermé à clef et il m'était impossible de pénétrer à l'intérieur.

Le maître se caressa le menton, ne semblant pas trop convaincu de la réponse d'Ahmed. Il passa de l'autre côté du bureau et se rapprocha de son employé :

- Voilà ce que nous allons faire. Mettez-vous en contact avec notre homme à Londres et attendez mes instructions. Nous allons agir très vite.

- Peut-être a-t-elle confié le document à son amie inséparable, la Randwick ?

- Je ne le pense pas, c'est trop personnel, trop intime. Etes-vous sûr qu'elle ne vous a pas remarqué ? Bartell est une femme âgée, mais loin d'être bête. Elle vient de le prouver en résolvant l'affaire des meurtres de Brandys Bay... Ne vous fiez pas à ses allures de vieille dame très digne !

En disant ces paroles, le maître lui tendit l'enveloppe. Quand Ahmed voulut la prendre, il sentit de la résistance. Son employeur la serrait fort dans ses mains.

- Ahmed, je veux ce document. Vous avez *carte blanche*... Le fait que Madame Bartell ait décidé soudainement de venir à Tunis, nous semble toujours aussi bizarre. Je suis persuadé qu'elle sait quelque chose et qu'elle désire vérifier par elle-même. N'hésitez devant aucun moyen, même si cela devait signifier que nous devions nous débarrasser d'elle... pour toujours ! Essayez également de retrouver cette jeune Miss Bowridge. Carthage n'est pas bien grande. Elle doit sûrement loger à l'Hôtel Saint-Louis pour être proche des champs de fouilles.

La prise sur l'enveloppe se détendit et Ahmed la saisit, en murmurant un *oui, maître*, les yeux baissés.

Empressé, il se courba en deux et sortit de la pièce, à la fois heureux d'avoir reçu ses appointements, mais inquiet pour son avenir.

L'argent, que lui donnait son maître, devenait de plus en plus malodorant...

▼▼▼▼

Chapitre 5

Azzedine consulta sa montre gousset et hâta le pas : il ne voulait pas arriver en retard à son important rendez-vous.

Grand et athlétique, dans sa trentaine, son visage barré d'une épaisse moustache noire, l'homme travaillait pour Graham Tatley depuis de nombreuses années. Il connaissait toute l'histoire de son employeur et éprouvait pour lui beaucoup d'amitié. Débrouillard, hâbleur avec les filles et n'hésitant pas à braver la loi s'il le fallait, il savait se faire respecter et n'hésitait pas à jouer du poing si le besoin s'en faisait sentir.

Il descendit rapidement du TGM qui l'avait amené de la gare de Douar Chott à Marsa Plage... A cette heure de l'après-midi, en plein mois de janvier, il n'y avait pas grand monde et il put sortir sans encombre.

Il aperçut, tout près, le Zéphyr Hôtel et se dit qu'en se pressant, il arriverait juste à l'heure.

De loin, il voyait déjà la jeune fille qui l'attendait près de la rambarde, derrière laquelle la terrasse de l'hôtel s'étendait face à la mer.

Azzedine avait déjà eu le privilège d'entrer dans ce magnifique établissement quand son employeur lui avait offert un thé à la menthe sur la terrasse de restauration. Tout seul, on ne l'aurait jamais laissé entrer dans un tel établissement.

Il s'approcha de la jeune fille et regarda autour de lui pour voir si personne ne l'observait. Ils échangèrent les usuelles formules de politesse et s'éloignèrent rapidement.

Ils se mêlèrent aux rares promeneurs qui profitaient du pâle soleil de janvier sur la corniche de La Marsa. Repérant un banc vide, Azzedine proposa à Salwa de s'asseoir.

La jeune femme accepta et regarda Azzedine d'un air amoureux.

- As-tu apporté avec toi le document ? lui demanda-t-il, impatiemment.

Salwa chuchota un *oui* hésitant tout en fouillant la poche de la veste de son tailleur bon marché. Elle en sortit une feuille de papier soigneusement pliée.

Azzedine la déplia et poussa un soupir de soulagement : c'était bien le bon document... Il sortit un stylographe de la poche intérieure de son veston et commença, sans parler à la jeune fille, à recopier son contenu sur une feuille de papier qu'il avait amenée avec lui. Il y avait plus de soixante noms et cela lui prit un certain temps.

Pendant ce temps, Salwa n'osait rien dire : elle savait qu'elle avait fait quelque chose qu'elle n'aurait jamais dû faire et qui pourrait bien lui coûter sa place. Mais que pouvait-elle refuser à ce bel homme qui, depuis plusieurs semaines, l'amenait manger des glaces, lui offrait des petits cadeaux et lui parlait d'amour quand il était d'humeur ?

Son regard allait de la Méditerranée, toute teintée d'émeraude, qui s'étendait devant eux, à Azzedine... Elle devinait qu'elle en était tombée amoureuse, même si elle savait que ce genre d'homme n'était en rien le mari idéal qu'elle recherchait.

Il termina sa retranscription et replia la précieuse feuille dans ses plis initiaux.

- J'espère que personne ne s'est rendu compte de ce petit emprunt, finit-il par lui demander d'un ton doux.

- Non, ne t'inquiète pas, Chokri. C'est mon jour de sortie. Ma maîtresse est partie hier pour Hammam-Lif chez son frère et sa belle-sœur. Monsieur est en voyage. Je suis la seule à pouvoir entrer dans sa chambre. Je remettrai le papier, exactement à la même place, dans le tiroir secret de son secrétaire. Elle ne sait pas que je connais l'emplacement... Je l'ai trouvé un jour, par hasard, alors que je faisais la poussière.

Azzedine, qui devenait Chokri pour elle, parut rassuré et ne posa plus de questions. Il lui recommanda de rentrer sans plus tarder à la maison pour remettre le document en place. On ne savait jamais !

Salwa sembla déçue que ce rendez-vous avec son ami de cœur se termine si vite, mais elle aussi se sentirait plus tranquille une fois que le fameux document reprendrait sa place.

Docilement, la jeune femme se leva et attendit qu'Azzedine ne fît mine de vouloir la raccompagner. Il se leva également, mais lui dit qu'il était plus prudent qu'elle rentre seule.

Encore plus déçue, la jeune femme s'éloigna à contrecoeur, non sans se retourner plusieurs fois sur Azzedine qui la regardait s'éloigner.

Lorsqu'elle dépassa le Zéphyr Hotel, il se dirigea vers l'un des nombreux cochers qui attendaient sur la corniche et se fit raccompagner chez lui. Il ne reverrait jamais plus Salwa.

▼▼▼▼

- Merci de m'amener dans ces lieux si typiques, mon cher Robert. Je connaissais de renom Sidi Bou Saïd, mais je n'aurais jamais pu imaginer la splendeur de ce site.

- On le surnomme, le petit paradis blanc et bleu, Nathaniel. Depuis quelques années, un décret oblige tous les habitants du village à n'utiliser que ces couleurs pour peindre leurs maisons. Ce qui explique cette heureuse uniformité.

Nathaniel Steinway hocha la tête. Il ne pouvait détacher son regard de la Méditerranée, toute scintillante sous les rayons de midi d'un soleil de janvier.

De belle taille, encore mince, Nathaniel avait de la classe avec ses beaux cheveux blancs bien peignés. De gros sourcils épais, aussi blancs que ses cheveux, rajoutaient à son aspect très digne et respectable. Ses vêtements, sobres, mais de bonne coupe, complétaient le personnage.

Attablés à la terrasse du café El Alya, tout en haut du village de Sidi Bou Saïd, voisin de Carthage, Robert et Nathaniel partageaient un narguileh et buvaient du thé à la menthe dans des petits verres colorés dans lesquels trempaient des pignons.

Le café ne désemplissait pas, visité par des touristes de toutes nationalités qui s'extasiaient sur l'endroit. Quelques résidents étrangers, sans doute, des artistes, se faisaient remarquer par leurs tenues plus ou moins excentriques.

L'odeur suave du tabac s'échappait en volutes du narguileh de cristal.

La réflexion de Nathaniel, sur la beauté du site, n'avait été dite que pour détendre l'atmosphère : Robert Barnes, en train de finir de lui raconter toutes ses mésaventures de Brandys Bay, semblait tellement revivre ces évènements qu'une pâleur inquiétante envahissait son visage.

- Te rends-tu compte, Nathaniel, de mon désespoir quand quelqu'un de parfaitement inconnu t'apprend que tu n'es pas le fils de ton père, que tout le monde t'a menti durant quarante ans et que tu n'es en fait que le bâtard d'un aristocrate qui veut à peine te rencontrer, sans compter sa famille qui refuse de te recevoir ? Tu réalises que ce que tu croyais avoir réussi, comme ta carrière par exemple, n'était que le fruit d'habiles machinations d'un homme, ce *père*, qui voulait payer sa mauvaise dette envers toi. En fait, tu as l'impression, qu'en l'espace de quelques minutes, on a effacé ta vie.

Robert Barnes serrait les poings.

- Heureusement que cette brave dame, je ne sais plus comment tu l'appelles, a pu te sortir de ce mauvais pas en trouvant l'assassin. Sinon, tu croupirais en prison.

Nathaniel faisait souvent des gaffes de ce genre et regretta immédiatement sa dernière phrase. Robert lui sourit.

- Merci pour ces belles et généreuses pensées, Nathaniel, mais je ne croupirai pas en prison. Je ne serai plus en vie, déjà pendu ! Je dois beaucoup à Rosemary Bartell.

- Je me réjouis de mieux connaître cette femme, tu me l'as décrite comme une véritable héroïne de roman policier. Parle-moi donc d'elle.

Robert appela le garçon pour qu'il lui ramène de nouvelles braises pour le narguileh. Il adorait fumer. Il lui parla pendant plus de cinq minutes de Rosemary Bartell, de son intelligence, de son pouvoir de déduction et lui raconta quelques anecdotes.

- Vraiment une intéressante personne, Robert. Mais pourquoi est-elle venue en Tunisie ?

- Elle m'a confié qu'elle voulait marcher sur les pas de son défunt mari, le célèbre peintre Howard Bartell. Tu as dû en entendre parler... Il travaillait ici avec Lord Anton. Je qualifierai son voyage de pèlerinage.

Nathaniel ne releva pas, l'air absent. Il revint sur la tragédie de Brandys Bay :

- Quelle épreuve pour la pauvre Moira !

- Elle s'en sort très bien, je te jure. Moira apprécie chaque seconde de sa nouvelle vie. Elle m'épate vraiment ! Je suis heureux qu'elle connaisse maintenant des jours heureux après avoir partagé avec moi autant d'épreuves. En plus, son caractère s'arrange de jour en jour comme tu as pu le remarquer. Elle veut tenir son nouveau rang et passe tout son temps à s'appliquer à devenir une femme du monde. Elle apprend vite et s'entoure de personnes expérimentées. Patricia, notre gouvernante est un exemple !

- Comment avez-vous trouvé cette perle ?

- Une maison de placement, que nous ne connaissions pas, nous l'a proposée... Elle a plu à Moira et nous l'avons tout de suite engagée... Elle ne se plaisait plus dans son ancienne place... Elle travaillait au Caire, je crois ! J'ai parcouru très vite ses références, je laisse tout ceci à Moira.

Robert sourit en coin et fit un clin d'œil à son ami :

- Bon, son mauvais caractère ressort de temps en temps quand je ne fais pas ce qu'elle veut, mais c'est de plus en plus rare.

- L'argent peut aussi avoir des retombées positives, Robert. Il arrondit beaucoup d'angles...

Robert hocha doucement la tête et tira une grande bouffée de son narguileh qu'il exhala doucement. L'odeur typique du tabac flotta un instant dans l'air.

- Tout Carthage et tout Tunis veulent nous rencontrer, nous croulons sous les invitations. Moira voudrait aller à toutes ces réceptions pour montrer ses nouvelles robes, mais moi, je la freine, ne voulant pas transformer nos vies en futilités.

Nathaniel prit le tuyau du narguileh et se mit à fumer à son tour. Il toussait de temps en temps, peu habitué à la légère acidité du tabac.

- Te sens-tu mieux maintenant ? demanda-t-il d'un ton sérieux à son ami.

Robert hésita une seconde avant de répondre.

- On peut dire oui. Ce n'est pas tellement la terrible histoire de Brandys Bay qui m'a éprouvé, mais plutôt la révélation. Peut-être mon père nourricier m'aurait dit la vérité s'il avait vécu plus longtemps.

Personne ne pouvant répondre à cette question, ils préférèrent changer de conversation.

- Dis-moi, Robert, qui est cet homme qui habite derrière chez toi ? Je l'ai vu sortir de chez lui alors que je venais ici pour te retrouver. Évidemment, je lui ai dit bonjour quand je suis passé près de lui, mais il n'a même pas pris la peine de me répondre, m'ignorant complètement et tournant même la tête pour encore mieux marquer son mépris.

- Ah, tu dois parler de Graham Tatley... Nous l'appelons l'ermite, car il parle à très peu de personnes. En fait, il s'avère assez lunatique. De temps en temps, il vient chez nous, heureux et volubile, pour prendre l'apéritif. Moira le garde de temps en temps à dîner. Le lendemain, il nous ignore. Nous avons appris à le connaître et nous ne faisons plus attention à ses sautes d'humeur. Moira dit qu'il doit être un peu dérangé et son intuition féminine lui confie qu'il a connu un grand chagrin d'amour !

Nathaniel se mit à rire, ce qui lui causa une forte quinte de toux comme il fumait en même temps :

- Je crois volontiers Moira. Quelle femme pourrait supporter un goujat pareil !

- Il n'empêche que ce goujat, comme tu l'appelles, pourrait t'en apprendre et t'en réapprendre sur le monde punique. Il connaît par cœur tous les sites de Carthage, leur histoire… Et quand il commence à te raconter des détails sur leur vie quotidienne, je t'assure que tu te crois revenu à l'époque de la glorieuse Carthage !

Monsieur Steinway parut surpris, mais peu enclin à revoir son jugement sur le voisin de son ami.

- Un gardien des sites confiait à mon chauffeur qu'on le voyait errer en pleine nuit dans les collines ou près des ports puniques... Il chante dans une langue inconnue et paraît-il qu'il se met à danser sans raison ! Son endroit préféré est la colline de Byrsa. Il veut peut-être y rencontrer le fantôme de la reine Didon !

Robert fit un peu de vent à l'aide de l'éventail d'osier pour raviver les braises du narguileh.

- Cela ne m'étonnerait pas qu'il chante en punique, car un jour, il a apporté avec lui un carnet de maroquin, recouvert de dessins bizarres. Je pensais tout de suite à des signes cabalistiques, vu la bizarrerie du bonhomme… Mais non, c'était de l'écriture punique qu'il qualifiait d'écriture mère du monde, celle dont toutes les écritures actuelles sont issues.

Robert prit le tuyau du narguileh que lui tendait Nathaniel tout en continuant à parler :

- Il lisait le texte en punique aussi facilement que je ne le fais en anglais. Il a lu l'alphabet punique… et s'est amusé à nous le faire répéter. Ce soir-là, il faisait rire tout le monde et semblait d'excellente humeur !

- Ton bonhomme m'a vraiment l'air un peu cinglé !

- Tu as raison, et surtout bien mystérieux ! Je me rappelle que lors de notre installation à Carthage, il était passé pour nous souhaiter la bienvenue…

- Oh ! Mais il sait être poli et bien élevé de temps en temps, interrompit Nathaniel sur un ton ironique.

Robert sourit avec indulgence à son ami :

- Il devait être dans l'un de ses excellents jours... Bien évidemment, il a fallu que Moira lui fasse subir un véritable questionnaire de police : êtes-vous marié ? Avez-vous des enfants ? Habitez-vous ici depuis longtemps ? De quelle origine provient votre léger accent ?

- Que répondait-il ?

- En fait, rien. Il précisait juste qu'il avait été marié sans ne donner aucun détail. L'homme semblait gêné de parler de son passé. J'avais l'impression que la tristesse se lisait sur son visage...

- Cela confirmerait ce qu'avait supputé Moira : un chagrin d'amour qui lui a ruiné sa vie !

- Peut-être ! Mais je n'en suis pas persuadé.

Nathaniel finit d'un trait son verre de thé à la menthe et ramassa les pignons restés au fond avec sa petite cuillère.

- De toute manière, tu vas le rencontrer ce soir. Nos voisins et amis, les Malet, que nous croisions hier sur la plage...

- Difficile d'oublier Madame Malet... coupa encore Nathaniel. Sa beauté m'a littéralement transcendé ! Je ne pensais jamais rencontrer une si jolie femme, ici à Carthage...

Robert partit d'un éclat de rire et pointa du doigt son ami, comme pour le gronder :

- A ton âge, tu remarques encore les jolies femmes...

En son for intérieur, Robert avait toujours plaint Nathaniel d'avoir une femme si peu charmante et surtout si rigide. Il se demandait souvent comment ce couple avait survécu et comment son ami supportait Édith.

Jovial et souvent drôle lorsque sa femme s'éloignait, Nathaniel redevenait triste et taciturne dès qu'elle s'approchait.

- Je te disais donc que tu auras l'occasion de le rencontrer ce soir au dîner de nos amis Malet. Cécile, justement, l'a invité.

- Un énergumène comme lui ne viendra pas nécessairement. Trop changeant pour compter sur lui !

- On verra bien ce soir... Allez, rentrons, Moira aime déjeuner à treize heures précises. Nous avons juste le temps de prendre une calèche en bas du village.

Nathaniel se leva, triste d'avoir à quitter un si bel environnement. En descendant l'escalier du café El Alya, il se dit qu'il y reviendrait rapidement.

▼▼▼▼

- La maison des Barnes est vraiment splendide ! Cette vue sur la Méditerranée, je ne voudrais jamais en détourner les yeux… Merci de me faire connaître cette belle Tunisie, ma chère Rosemary !

- Je vous l'avais dit, Darlène. Ce pays est envoûtant et vous n'en avez encore rien vu…

- Édith Steinway nous propose de visiter quelques ruines demain après-midi. Elle veut nous emmener visiter un cimetière d'enfants à Salambô ! Un peu morbide, n'est-ce pas ?

Madame Bartell sourit à son amie et remonta la couverture de mohair. Assises toutes les deux dans de confortables fauteuils d'osier, sur la terrasse de la chambre de Rosemary, elles profitaient de leur première après-midi à Carthage.

Lors de ce premier déjeuner dans la maison des Barnes, les deux amies avaient eu le plaisir de revoir Frank Duncan – *plus beau que jamais avec son teint hâlé, avait commenté Darlene* – et de faire la connaissance du couple Steinway également invité chez leurs hôtes.

Une fois les cafés servis dans le salon, tous les résidents, y compris les domestiques, s'étaient retirés silencieusement dans leurs chambres pour la sieste. Une coutume méditerranéenne qui surprit Darlene, peu habituée à dormir dans l'après-midi.

Rosemary, qui ne prisait pas plus cette habitude, avait préféré l'inviter sur la terrasse de sa chambre, située au premier étage de la demeure, pour profiter du plein air et de la vue magnifique, mais surtout pour papoter.

- Oui, ce cimetière a été découvert voilà seulement deux ou trois ans. Je me rappelle avoir lu un article à ce sujet… Il se situe près des ports puniques que nous pourrons visiter en même temps !

Darlene approuva du chef, même si on n'en parlait pas sur son *guide Cook*, sa référence de tout instant quand il s'agissait de visites archéologiques. Elle préféra changer de conversation, impatiente de partager avec son amie ses premières impressions sur les Barnes :

- J'ai à peine reconnu Moira lorsqu'elle nous accueillait. Incroyable, cette métamorphose en quelques semaines ! Je m'en souvenais comme d'une femme un peu commune, malgré l'excellente qualité de ses vêtements que j'avais remarquée chez Anton Duncan à Brandys Bay.

- Oui, l'argent modifie tout, ma chère Darlene... Elle a minci, changé de coiffure... Elle s'est offert une nouvelle garde-robe, a appris à se maquiller et parle même moins fort qu'auparavant... Je me souviens de ma première entrevue avec elle, au White Mermaid's Inn à Brandys Bay. Elle s'était montrée particulièrement désagréable ! Mais bon, je ne lui en veux pas, elle traversait avec son mari des moments très difficiles avec l'assassinat de Lord Duncan !

- L'argent leur a également permis de s'offrir une magnifique demeure... Ma chambre ressemble à une page décoration de *Better Homes and Gardens...* Moira parlait d'un décorateur français durant le déjeuner ! Je passerai la journée entière dans ma salle de bains tellement elle est belle et confortable

Rosemary éclata de rire aux remarques désopilantes de son amie. Elle aimait sa bonne humeur perpétuelle.

- Par contre, continua Darlene, n'avez-vous pas trouvé Robert un peu éteint ? On dirait qu'il n'arrive pas à remonter la pente ! A moins que notre présence ait ravivé en lui des souvenirs récents peu agréables...

- Darlene, ce pauvre homme a beaucoup souffert, croyez-moi. Lord Duncan lui avait volé sa vie et je pense qu'il lui faudra plus de trois mois pour s'en remettre, même si entretemps il est devenu un homme riche.

Durant un moment, Madame Randwick resta silencieuse en repensant à ces meurtres de Brandys Bay auxquels elle avait été personnellement mêlée...

Darlene se pencha vers son amie avec une expression amusée qui fit penser à Rosemary qu'elle allait dire du mal de quelqu'un... Elle la connaissait bien !

- Édith Steinway, ne pensez-vous pas qu'elle ressemble à une femme girafe avec son cou démesuré ? Elle me rappelle ces femmes du Burma dont j'ai vu les photographies sur je ne sais plus quel magazine.

Madame Bartell, comme d'habitude, leva les yeux au ciel et mit la main devant sa bouche en faisant mine d'être choquée. Au fond d'elle-même, elle adorait les commentaires corrosifs que Darlene faisait souvent sur ses semblables, surtout sur les femmes.

- Quant à sa manière de s'habiller, on dirait qu'elle sort tout droit de *La Mode Illustrée* de la fin du siècle dernier... Elle est *horriblement* démodée ! Et franchement barbante avec les histoires de sa Fondation. En fait, c'est peut-être bien pour son mari qui la voit ainsi moins souvent. Elle a dit qu'elle voyageait entre Alger et Tunis pour aller voir ses orphelinats. Pauvres orphelins !

- Vous êtes bien méchante, Darlene, répondit Rosemary d'un air amusé. Mais je ne peux m'empêcher d'approuver vos dires. Son pauvre mari ne doit pas s'amuser tous les jours. J'ai noté qu'il se laisse aller uniquement quand il se trouve en compagnie de Robert.

- Alors, nous ferons une bonne action si nous acceptons de visiter ce cimetière... Nathaniel a dit qu'il préférait rester avec Robert, sous-entendu qu'il voulait avoir un peu la paix !

Rosemary poussa à nouveau un petit cri offusqué. Elle changea de position sur son fauteuil, son dos commençant à la faire souffrir.

- D'où viennent ces Steinway ? Je suis sûre, ma chère Darlene, que vous savez tout sur eux... Je vous ai entendu longuement parler avec Édith Steinway lorsque nous prenions le café.

- Pas grand-chose de très intéressant... Ils habitent à Nice en France, mais là, ils arrivaient de Bône qui n'est pas très loin des frontières tunisiennes. Aussi, son mari Nathaniel a insisté pour venir en Tunisie rendre visite à leurs vieux amis Barnes qu'ils avaient connus à Oran. Elle n'a fait que se plaindre de l'état de la route entre Bône et Tunis où elle dit avoir été secouée comme un prunier... Elle disait que ses lombaires en sont encore toutes retournées !

Rosemary sourit et changea de conversation :

- J'ai trouvé Frank en pleine forme par contre. Quel bel homme, vraiment ! Avec son teint bronzé, il me rappelle beaucoup Anton à son âge.

- Oui, mon cousin s'en tire sûrement beaucoup mieux que son frère Peter...

- Oui, les destins de vie sont incompréhensibles, soupira Rosemary.

- Frank a eu une bonne idée en s'éloignant de l'Angleterre, reprit Madame Randwick. L'éloignement aide à la guérison... Je ne sais pas s'il voit encore...

Une voix masculine l'interrompit :

- Ah, ah... ! Vous êtes en train de parler de moi... En bien, j'espère...

C'était Frank Duncan. Il riait de la peur qu'il avait provoquée chez les deux vieilles dames et s'en excusa vite :

- Je vous ai vu toutes les deux sur la terrasse et je n'ai pu m'empêcher d'aller vous rejoindre. J'ai frappé plusieurs fois à votre porte, Rosemary, mais vous n'entendiez pas. Aussi, je me suis permis d'entrer pour vous surprendre. J'ai réussi !

- Frank, vous ne nous avez pas surprises, vous nous avez effrayées... Nous ne sommes que deux vieilles dames. Voulez-vous nous faire mourir de peur ? Venez m'embrasser pour vous faire pardonner, petit coquin.

Frank Duncan embrassa de bon cœur sa cousine Darlene. Il éprouvait beaucoup d'affection pour elle et, vu la différence d'âge, il la considérait plus comme une tante que comme une cousine. Elle était la seule qui avait connu réellement sa mère, décédée alors qu'il n'était encore qu'un enfant.

Frank savait que sa mère et Darlene, cousines germaines, avaient été très proches du temps de leur jeunesse.

Il rapprocha un fauteuil et vint s'asseoir entre les deux dames. Habillé sportivement d'un pantalon de flanelle marron clair et d'une chemise blanche sur laquelle il avait enfilé un chandail de laine beige, il respirait bonne santé et bonne humeur :

- Alors, mesdames, qu'étiez-vous en train de raconter sur ce pauvre Frank ?

- Que de bonnes choses, rassurez-vous, intervint Rosemary. Darlene me disait qu'elle approuvait votre décision de vous éloigner de l'Angleterre.

Frank hocha la tête en signe d'assentiment :

- Oui, je crois que j'ai bien fait. Je me sens beaucoup mieux qu'à Londres. Une vie beaucoup plus saine, loin du Ritz et du Berkeley, de l'alcool et de mes conquêtes féminines. Je repose mon corps et mon esprit en d'autres termes. Les femmes...

Darlene et Rosemary se penchèrent en même temps vers lui. Elles espéraient qu'il finirait sa phrase, mais il préféra changer de conversation au grand regret des deux curieuses.

- Alors, mesdames, qu'avez-vous prévu de faire demain ? N'oubliez pas que ce soir, nous dînons chez nos voisins, les Malet...

Rosemary haussa les sourcils. Elle avait déjà entendu quelque part ce nom à consonance française, mais comme d'habitude sa mémoire lui jouait des tours. Le détail oublié lui reviendrait, comme toujours !

- … qui sont des gens charmants, installés en Tunisie depuis deux ou trois ans. Ils ont invité nos autres voisins.

- Ah, oui, intervint Madame. Qui sont-ils ?

- Graham Tatley, un homme un peu dérangé, mais très féru en ce qui concerne les Carthaginois et le monde punique en général. Et une très charmante Britannique, Lynnett Bowridge, qui…

- Lynnett Bowridge, s'écrièrent en même temps Rosemary et Bartell. Parlez-vous de l'archéologue ?

Le regard surpris de Frank alla de sa cousine à Rosemary. Comment pouvaient-elles connaître Lynnett qui venait d'arriver à Carthage ? Était-elle déjà si connue malgré sa jeunesse ?

- Nous l'avons rencontrée sur le bateau, expliqua Darlene. Et nous l'avons trouvée très sympathique.

Rosemary l'interrompit :

- Voilà pourquoi le nom de Malet ne m'était pas inconnu. C'est Lynnett qui avait cité ce patronyme comme étant celui de ses logeurs. Une très brillante jeune femme… et très charmante !

Frank sentit le regard de connivence des deux vieilles dames et se mit à rire :

- Vous êtes incorrigibles, s'écria-t-il en faisant semblant de cacher son visage derrière ses mains. J'avoue, Mesdames, j'avoue : je la trouve également très jolie. Mais elle n'est pas venue en Tunisie pour se reposer, elle vient travailler…

Il expliqua aux deux femmes que Lynnett avait loué le pavillon des Malet au fond de leur parc.

- Nous serons très heureuses de la revoir, confia Rosemary Bartell.

Frank se leva de son fauteuil pour prendre congé.

- Je suis ici pour me reposer et ne veux pas entendre parler d'aventures ou d'histoires d'amour. La fin abrupte de ma relation avec Innocencia m'a déjà suffisamment fait mal et je ne peux encore l'oublier. Compris, Mesdames ? conclut-il en leur faisant un clin d'œil.

Il se leva d'un bond et siffla un jeune homme très brun qui passait sur la plage. Gêné de l'avoir appelé ainsi devant des dames, il s'excusa, penaud :

- Désolé d'avoir sifflé ainsi, Mesdames. Ce n'est guère élégant. Ce jeune homme s'appelle Dali et il est le fils du maître d'hôtel de la maison. Je m'entraîne avec lui et il m'a fait connaître son sport préféré, la boxe... On fait aussi de la natation ensemble. Il vient de finir ses études. Il parle presque parfaitement notre langue. Je vous le présenterai à l'occasion.

Il cria au jeune homme de l'attendre et disparut par la porte de la chambre de Rosemary.

Les deux dames se regardèrent, amusées.

- Frank ne changera jamais ! On ne dirait jamais qu'il a quarante ans passés... Il se comporte comme un gamin. Mais je suis heureuse de le retrouver ainsi...

Rosemary Bartell approuva son amie et se leva à son tour, son dos lui faisant mal. Heureusement qu'elle n'avait pas oublié d'apporter sa potion qui la soulageait temporairement, à chaque prise.

Darlene reprit son *guide Cook* et se replongea dans sa lecture. Rosemary pensa qu'elle devait l'apprendre par cœur !

Elle s'étira de tout son long, comme un chat, pour soulager ses lombaires et s'accouda sur le muret de la terrasse. Elle sentit sur son visage la chaleur tiède du soleil qui jouait à cache-cache avec de gros nuages blancs.

Regardant la plage toute proche, son attention fut attirée par une jolie barque peinte de bleu et de blanc, échouée sur la plage. Un homme, assis sur son flanc, regardait dans sa direction.

Bonne observatrice, Rosemary remarqua que ses habits n'avaient rien à voir avec ceux d'un pêcheur : il semblait porter un costume clair... Elle se dit que sa tenue frisait le ridicule avec son pantalon relevé à mi-mollet et ses chaussures de ville.

Soudain, elle frissonna... Involontairement, elle recula comme si elle voulait mettre plus de distance entre elle et cet homme. Elle en était sûre... C'était l'homme qu'elle avait déjà croisé plusieurs fois et qui semblait la suivre depuis Paris. Toujours ce même costume clair !

Rosemary voulut appeler Darlene, mais se ravisa : elle la prendrait pour une folle, toujours à la recherche de mystères ou d'évènements bizarres !

Elle se rapprocha à nouveau du muret. Pour la première fois, l'homme ne prit pas la fuite. Au contraire, il continua à la fixer, ayant compris qu'elle l'avait remarqué...

Rosemary, silencieuse et inquiète, alla se rasseoir dans son fauteuil d'osier.

Chapitre 6

Himilkat avait reçu par la voie habituelle la convocation du Maître. L'envoyé avait utilisé le mot de passe correct et lui avait présenté le message de papier vélin, cacheté au sceau rouge de l'Ordre.

La nuit était tombée. Il attendait maintenant dans la fraîcheur de l'antichambre de la salle souterraine que son Maître l'appelle. Seules, deux torches avaient été allumées et la pièce baignait dans une pénombre inquiétante.

Adonibaal cria son nom et Himilkat entra dans la grande salle. L'ombre de la statue de Baal Hammon se projetait monstrueusement sur les murs...

Le Maître n'avait pas l'habitude de convoquer ses lieutenants en dehors des cérémonies et Himilkat s'en était inquiété. Cet imbécile d'Ahmed n'avait pas pu récupérer le manuscrit et sans doute Adonibaal allait le tancer pour ce manquement.

Himilkat pouvait à peine distinguer son Maître, caché dans l'ombre du dieu. Il portait une tenue de ville et sans sa tunique de pourpre, il semblait plus trapu.

- Himilkat, j'ai reçu votre rapport et je l'ai bien lu. Je peux comprendre que votre employé n'ait pu dérober le manuscrit à Bartell comme il devait rester discret... Mais je ne peux plus attendre et nous allons passer à la vitesse supérieure.

Le lieutenant respira un peu mieux : son Maître se montrait compréhensif, mais il savait qu'à partir de maintenant, il ne pouvait plus faillir à sa mission.

- Nous allons agir à la fois à Londres et à Carthage. Lancez immédiatement votre opération en Angleterre. Si l'on ne trouve rien à Londres, le manuscrit se trouve à Carthage, car Bartell ne confierait jamais le journal intime de son mari à un étranger. Je veux des résultats, Himilkat. M'avez-vous bien compris ?

Himilkat répondit par un signe de tête et baissa la tête. Pourquoi fallait-il que cette Rosemary Bartell vienne passer ses vacances à Carthage ? Si elle était restée sagement chez elle, il n'aurait pas à recevoir de tels ordres...

Le Maître, sans le saluer, sortit de la pièce. Au moment où il allait, accompagné du gardien, grimper la première marche de l'escalier, il se retourna vers Himilkat :

- Si vous vous débarrassez de la Bartell, faites-le proprement et veillez à ce que cela ressemble à un accident. Je ne veux pas de police dans nos affaires. Contactez-moi par la voie habituelle et amenez-moi le manuscrit dès qu'il est en votre possession.

Himilkat comprit que l'entretien était terminé.

▼▼▼▼

- Madame Bartell, navré de vous interrompre dans votre conversation avec Madame Randwick. Je voudrais vous présenter Graham Tatley qui est notre voisin et ami. Graham est un passionné de l'histoire punique et un éminent professeur d'histoire ancienne. Il enseignait au Lycée Carnot à Tunis. Il se consacre maintenant corps et âme aux fouilles de Carthage. Graham est très modeste et préfère toujours rester dans l'ombre...

Après ces présentations, Pierre Malet se retira aussitôt.

Graham, gauche et sans doute peu habitué aux mondanités, resta près des deux femmes sans rien dire. Grand, le crâne presque complètement dégarni, légèrement voûté, il devait faire plus que son âge. Une barbe fournie mangeait presque tout son visage. Il fixait Madame Bartell avec insistance.

Comme d'habitude, Darlène Randwick sauva la situation.

- Votre parcours est intéressant, Monsieur Tatley. Nous allons avoir besoin de vos connaissances, car Rosemary et moi savons bien peu de choses sur ces Carthaginois. Je sais tout juste qu'ils furent de grands marins...

Rosemary apprécia la modestie de son amie, mais reconnut qu'elle n'était pas obligée de l'inclure dans le clan des ignares. Depuis son départ de Paris, elle avait lu quatre ouvrages en anglais sur la civilisation punique sans compter deux autres en français sur la Carthage Romaine.

Darlène lui avait, d'ailleurs, emprunté tous ces livres sur le paquebot qui les avait emmenées à Tunis. Elle continuait à les lire, sans compter les lectures incessantes de son *guide Cook* qui ne la quittait jamais.

Édith Steinway, ayant entendu la conversation, s'y joignit sans même avoir été invitée. Elle interrompit Rosemary qui voulait en savoir plus sur cet homme qu'elle trouvait étrange, avec son costume sombre lustré, ses chaussures mal cirées et son regard de chien battu. Pourquoi la fixait-il ainsi ?

- Monsieur Tatley, enchantée de vous connaître. Je suis Édith Steinway, une amie des Barnes. Je vous présenterai mon mari tout à l'heure, il est actuellement occupé avec Robert...

La présentation de son mari ne semblait pas représenter sa priorité du moment. Elle avait un sujet sur lequel elle voulait plus de précision et l'homme idéal se trouvait en face d'elle pour la renseigner.

- Monsieur Tatley, je visitais hier les citernes de la Maalga et notre guide nous confiait des détails insensés sur ces Carthaginois que j'avais toujours considérés comme un peuple raffiné et cultivé. Voilà que cet homme - *entre nous, je doute de ses connaissances* - commence à nous parler des sacrifices d'enfants desquels ils étaient coutumiers. Est-ce vrai, Monsieur Tatley ?

Rosemary Bartell observa Édith Steinway et partagea un regard de connivence avec Darlene Randwick : on aurait dit qu'elle sortait tout droit d'une gravure de mode du début du siècle. Sa robe du soir, en bouillonnés de mousseline noire, à la taille très cintrée, la faisait paraître encore plus maigre et plus osseuse.

Monsieur Tatley ne parut pas du tout surpris par sa question :

- Madame Steinway, vous abordez là un sujet qui fâche et divise beaucoup d'archéologues. La découverte du *Tophet*...

Aux yeux interrogatifs de son auditoire, en entendant le nom *Tophet*, il préféra d'abord expliquer...

- Le *Tophet* est un cimetière d'enfants qui fut mis à jour récemment, voilà environ deux ans, à Salambô, près des ports puniques, pas loin d'ici. Bien évidemment, cette découverte fit du bruit chez les archéologues et certains en firent la preuve irréfutable que les habitants de la Carthage punique assassinaient tous les premiers nés de chaque famille, en les jetant dans un feu ardent. Ils se référaient aussi aux affirmations d'historiens anciens, comme Plutarque ou Denis d'Halicarnasse pour ne citer qu'eux.

Rosemary nota que le cou d'Édith se rallongeait encore, tellement elle semblait passionnée par les paroles du professeur d'histoire.

- Je ne suis pas nécessairement d'accord avec tout ceci, car ces historiens n'ont jamais montré beaucoup d'objectivité envers Carthage... Je pense que d'autres explications existent : peut-être le *Tophet* était-il juste un cimetière réservé aux jeunes enfants, la mortalité infantile devant être très importante à cette époque.

- Mais on ne peut pas nier que les sacrifices humains existent dans l'histoire punique, se risqua Darlene qui venait de lire un chapitre consacré à ce sujet dans un des livres prêtés par Rosemary.

- Bien sûr, ils existaient, mais on les réservait pour des circonstances graves quand on avait véritablement besoin des bienfaits des dieux...

- Pour faire tomber la pluie, par exemple, coupa Édith, sèchement et avec son air le plus pincé.

- Je vois ce que vous voulez dire : vous vous référez au siège des Grecs de Sicile, en 310 avant Jésus-Christ, lorsque Carthage, assiégée, n'avait plus d'eau... On raconte que, pour plaire au dieu Baal Hammon, cinq cents enfants de la cité furent sacrifiés en une seule nuit... Les prêtres, avant de les jeter au feu, chargeaient chaque enfant de tous les péchés du monde et criaient à leur dieu : « *Seigneur, mange et donne-nous la pluie !* »...

Tout le monde s'était tu dans le salon, même les domestiques qui ne bougeaient plus pour servir les apéritifs... Seuls, les ronronnements combinés de la cheminée et du poêle se faisaient entendre.

- ... La statue du dieu Baal Hammon, en airain, rougeoyait et n'arrivait plus à consumer tous ces pauvres enfants, jetés vivants dans le brasier. Les prêtres se lacéraient le visage, s'enfonçaient des piques de lances dans la poitrine et plongeaient leurs mains dans les cendres chaudes pour les jeter sur la foule frénétique en transes... Dans cette ivresse, des Carthaginois en profitèrent pour assassiner leurs ennemis et régler leurs comptes de la manière la plus violente qu'il soit... Quelques heures plus tard, pourtant, un violent orage éclata... Carthage fut sauvée et délivrée des assiégeants, noyés ou pataugeant dans la boue.

Un malaise palpable enveloppait la pièce et personne ne voulait parler. Heureusement, Graham Tatley finit sur une note plus optimiste, qui détendit l'atmosphère :

- Je vous rassure, cette histoire n'a jamais été prouvée... Le siège de Carthage par les Grecs de Sicile a bien existé, mais nous ne savons pas exactement ce qui s'est passé à l'intérieur de la cité et comment la ville s'est libérée...

Graham Tatley avait l'impression qu'il avait trop parlé et se tut subitement. Un court moment de silence succéda à son récit, vite interrompu par Édith Steinway.

Pour une fois, tout le monde apprécia sa réflexion.

- En termes juridiques, nous pouvons donc leur donner ce que l'on appelle le bénéfice du doute. Ouf ! C'est bien rassurant, Monsieur Tatley, car ces Carthaginois me sont très sympathiques, croyez-moi !

Darlène et Rosemary se regardèrent encore, amusées : on aurait dit qu'une horde de Carthaginois allait débarquer dans le salon de Cécile Malet pour remercier Édith Steinway de sa compréhension à leur égard...

Rosemary détacha son esprit des histoires de Graham Tatley et contempla la pièce où elle se trouvait : elle aimait l'ambiance du grand salon de la maison de Cécile Malet. Il ressemblait à celui de sa maison de Honfleur en France avec son parquet de bois sombre, sa haute cheminée et son ameublement rustique qui sentait bon la cire d'abeille. Des carrés de dentelle agrémentaient le haut des dossiers et les accoudoirs de fauteuils Voltaire, recouverts de velours grenat.

Les conversations se renouèrent et le malaise se dissipa complètement. Pourtant, quelques instants plus tard, tout le monde se tut encore lorsqu'une très jolie jeune femme, habillée d'une magnifique robe de mousseline de soie rouge, fit son entrée. Elle avait cintré le haut de son front d'un bandeau de soie rouge duquel s'échappaient des plumes d'aigrette de tailles différentes.

Pierre Malet se précipita à sa rencontre et la présenta à tous ses invités :

- Je vous présente Lynnett Bowridge qui va occuper notre pavillon durant quelque temps. Lynnett est archéologue et est envoyée par le British Museum pour participer à des campagnes de fouilles sur les sites puniques de Carthage.

- Décidément, pensa Rosemary, les Carthaginois sont à l'honneur. On ne parle que d'eux ce soir...

En se resservant d'une olive panée, elle nota, durant un court instant, de l'inquiétude et de la jalousie dans le regard de Cécile Malet qui toisait la jeune Britannique. Pourtant, en excellente maîtresse de maison, c'est déjà avec un large sourire qu'elle alla à sa rencontre pour lui présenter individuellement tous ses invités.

En fait, Cécile n'avait rien à envier à Lynnett, hormis peut-être vingt ans de moins... Sa toilette était aussi des plus élégantes, en crêpe de soie brodée de couleurs vives et garnie de volants unis.

- Hum, se dit Madame Bartell, il y a de la compétition dans l'air. Cécile n'a peut-être pas l'habitude d'avoir des rivales affichant une telle beauté...

Darlène, qui n'avait rien raté, lui fit un clin d'œil et se rapprocha d'elle pour lui murmurer à l'oreille :

- Regardez notre Frank. Heureusement qu'il nous disait qu'il ne tomberait plus amoureux... Il a l'air complètement ébloui par Lynnett !

Madame Bartell regarda dans la direction de Frank et hocha la tête.

- Il est incorrigible, ma pauvre Darlene. Et il ne pourra jamais résister à la beauté d'une jolie femme !

Lynnett Bowridge ne put s'empêcher de pousser un petit cri en découvrant Rosemary et Darlene. Elle claqua des mains, heureuse de les revoir :

- Oh, quelle bonne surprise ! Je ne pensais pas vous revoir si vite... C'est incroyable ! Mais que faites-vous là ? Vous connaissez les Malet, je suppose...

Les deux femmes se levèrent pour la saluer chaleureusement. Elles lui expliquèrent la raison de leur présence :

- En fait, nous sommes les voisins des Malet comme nous séjournons chez nos amis Barnes qui habitent juste à côté.

- Ah, dit-elle en s'adressant à Rosemary. Vous devez être la cousine de Frank, alors... Il me parlait de votre arrivée, cette après-midi, quand je m'installais dans mon pavillon.

Rosemary corrigea la jeune femme :

- En fait, c'est Darlene qui est sa cousine. Moi, je suis l'amie de la cousine !

Les trois femmes se mirent à rire et parlèrent chacune à leur tour de leur installation à Carthage. Lynnett les invita à venir prendre le thé.

- Et vous, chère Lynnett, répondirent en chœur les deux amies, vous venez nous voir quand vous voulez.

Elles reconnurent la voix de Frank qui s'approchait de la banquette où elles étaient assises. Il était accompagné de Robert et de Moira, toujours contente de rencontrer d'autres Britanniques.

- Venez déjeuner avec nous demain midi, Miss Bowridge. Vous nous feriez plaisir. Racontez-moi ce que vous faites à Carthage, je suis sûre que c'est passionnant !

Moira accapara la jeune femme et s'éloigna avec elle, au grand dam de Frank qui souhaitait sûrement lui faire la conversation. Darlene ne put que le taquiner :

- Non, non, Frank, rappelez-vous ce que vous avez dit : aucune histoire amoureuse durant votre séjour à Carthage…

Frank partit d'un grand éclat de rire qui attira l'attention de Cécile Malet. Elle s'approcha de leur groupe et s'adressa à lui de manière très autoritaire, ne lui laissant même pas le temps de répondre :

- Frank, venez, j'ai besoin de vous. Nathaniel me soutient que Suzanne Lenglen…

Darlene n'entendit pas la suite... La maîtresse de maison avait littéralement enlevé Frank en le prenant par le bras et en ne se souciant absolument pas d'avoir interrompu une conversation.

Elle ne remarqua même pas le regard ulcéré que lui lança son mari. Réalisant que Darlene et Rosemary avaient noté la scène, Pierre Malet se donna une contenance en saisissant une jolie carafe de cristal :

- Mesdames, reprenez de ce muscat. On en buvait déjà au temps des Carthaginois… C'est un vin doux qui ressemble un peu à nos muscats de Rivesaltes…

Les deux amies acceptèrent en précisant, de concert, qu'elles n'en désiraient que très peu.

- Je vais tenir compagnie à Graham. Il est tout seul dans son coin…indiqua Pierre Malet.

- Amenez-le-nous ici, Monsieur Malet. Nous lui tiendrons compagnie. Vous devez vous occuper de tous vos invités. D'ailleurs, son discours sur les sacrifices humains m'a passionnée…

Pierre Malet s'éloignant, Rosemary se tourna vers son amie. Elle semblait étonnée du fait que les sacrifices d'enfants pouvaient la passionner.

Darlene éclata de rire :

- C'est juste une excuse ! Ne me dites pas que vous ne vouliez pas en savoir plus sur cet homme. Je remarque que vous l'observez depuis tout à l'heure... et j'ai aussi noté qu'il ne fait que de vous regarder...

Madame Bartell baissa les yeux, abasourdie et gênée.

- Vous ne me connaissez que trop bien, chère Darlene. Je dois me méfier de vous maintenant, vous me lisez comme un livre ouvert. C'est vrai que cet homme m'intrigue : il a l'air complètement perdu, triste et l'on dirait qu'il porte toute la misère du monde sur ses épaules... Il ne doit pas être très riche, non plus, car il n'a pas les moyens de s'acheter un nouvel costume. Le sien est très fatigué, vous l'avez remarqué. Et puis, c'est vrai, dès qu'il a entendu mon nom, son regard ne m'a plus lâchée. Je me demande pourquoi.

Elle arrêta de parler, car Graham Tatley s'approchait. Les deux femmes lui firent une place sur la banquette...

Rosemary constata avec plaisir qu'Édith s'éloignait pour aller rejoindre son mari Nathaniel, maintenant en pleine conversation avec Moira et Lynnett. Pourvu qu'elle ne revienne pas avec ses incessantes questions, se dit-elle.

- Monsieur Tatley, étiez-vous sérieux quand vous nous proposiez de nous accompagner au *Tophet* ?

Le visage de Graham Tatley s'éclaira :

- Bien entendu, Madame Randwick. Vous me demandez de parler de mon sujet favori... Surtout, demain, arrêtez-moi si je vous ennuie, car je pourrais en discuter durant des heures et des heures...

- Mais nous sommes là pour tout apprendre, Monsieur Tatley, intervint Rosemary. Nous voulons passer des vacances instructives... Mon défunt mari m'avait littéralement ensorcelée en me parlant sans cesse de la Tunisie.

- Howard Bartell ?

Elle parut étonnée que cet homme ait entendu parler de son mari.

- Connaissiez-vous Howard ?

Graham Tatley sembla gêné durant l'espace d'une seconde, mais se rattrapa vite :

- Il travaillait avec Lord Duncan si je me souviens bien. Je l'ai croisé de temps en temps à Tunis. Il m'avait semblé un homme respectable et...

Darlene Randwick, partie pour se resservir d'olives panées, entra de manière impromptue dans la conversation.

- Monsieur Tatley, j'ai beaucoup apprécié la justesse de votre exposé sur les cimetières d'enfants. Vos élèves devaient adorer vos cours, vous savez si bien faire revivre ces époques antiques.

- Merci, Madame Randwick. Il est vrai que je regrette cette période où j'essayais de leur transmettre ma passion de l'histoire ancienne. Certains élèves ont un a priori sur cette discipline et pensent que c'est ennuyeux au possible. Ils n'ont pas tort, mes propres professeurs d'histoire ne savaient que réciter leurs ouvrages et nous faisaient apprendre par cœur des dates et encore des dates.

- Où avez-vous fait vos études, Monsieur Tatley ?

L'archéologue parut surpris par la question abrupte de Darlene et hésita une seconde avant de répondre :

- En Angleterre, Madame Randwick. A Londres exactement...

Rosemary, de manière plus douce, lui posa une nouvelle question en l'accompagnant d'un large sourire :

- Enseigniez-vous à Tunis ?

- Oui, au Lycée Carnot. J'ai démissionné juste après la Grande Guerre... Depuis lors, je me suis concentré sur la Carthage punique et je participe à de nombreuses missions de fouilles qui me permettent de gagner quelques subsides... Et vous deux, qu'est-ce qui vous a fait venir dans ce beau pays ?

L'occasion était trop belle pour Rosemary, elle pouvait maintenant faire revenir la conversation où elle le souhaitait.

- Mon mari, Monsieur Tatley... Il adorait l'Afrique du Nord et tout spécialement la Tunisie. Il aimait ses paysages différents et comme vous le savez, y travaillait en qualité d'architecte, son premier métier, avant de se consacrer corps et âme à la peinture. Il y faisait de nombreux séjours avant la Grande Guerre. Je l'avais accompagné seulement deux fois. Puis, ne souhaitant plus retourner à Tunis, il m'avait emmenée plusieurs fois à Djerba, deux ou trois ans avant sa mort.

Rosemary remarqua, le temps d'une seconde, la crispation involontaire de la mâchoire de Graham.

- Oui, j'ai en effet appris sa mort, Madame Bartell, mais ne pouvais me rendre à ses obsèques. J'ai ensuite entendu parler de vous lors de l'assassinat de Lord Duncan à Brandys Bay. Je sais que vous avez joué un rôle déterminant dans l'arrestation de l'assassin. Moira m'a tout raconté lors d'un dîner chez elle. Elle ne tarit pas d'éloges à votre sujet.

- Je n'y serai jamais arrivée seule sans l'aide d'un policier de Brandys Bay, rétorqua-t-elle, toujours gênée par ces compliments trop directs. Êtes-vous Anglais, Monsieur Tatley ? J'ai décelé un vague accent étranger quand vous parlez notre langue.

Au moment où Graham Tatley allait répondre, Édith interrompit tout le monde :

- Alors, Monsieur Tatley, à quelle heure voulez-vous que nous allions à Salambô ? Lynnett Bowridge nous accompagnera, mais peut seulement le faire dans l'après-midi comme elle travaille avec son chef de mission demain matin.

- Très bien. Je vous propose à trois heures. Je passerai vous chercher avec Lynnett. Nous irons à pied, ce n'est pas très loin.

- Monsieur Tatley, je suis en train de penser... Pourquoi ne viendriez-vous pas faire une conférence sur nos amis carthaginois dans l'orphelinat de notre Fondation ? Ces pauvres enfants seraient intéressés par ces histoires de leurs ancêtres, n'est-ce pas ?

Graham Tatley se contenta de sourire, sans répondre. Édith Steinway en eut pour cinq minutes pour faire la présentation de la Fondation qu'elle représentait à Tunis et à Alger et passa en revue toutes les actions mises en oeuvre pour ses chérubins.

Profitant d'un court instant de silence, Darlene et Rosemary confirmèrent que l'heure proposée par Monsieur Tatley leur allait à ravir. Heureusement, un domestique vint annoncer que le dîner était servi, ce qui causa une fin brutale aux longs discours d'Édith Steinway.

En se dirigeant vers la salle à manger, Graham Tatley se rapprocha de Rosemary Bartell. Profitant de ce que tout le monde était occupé à finir son verre ou à parler, il la prit doucement par le bras et lui souffla à l'oreille avant de s'éloigner rapidement :

- J'espère pouvoir vous parler en privé au cours de notre visite du *Tophet*, demain. Mais surtout, faites attention à vous, Madame Bartell. Le passé de Carthage n'est pas toujours bienveillant.

▼▼▼▼

Omar transpirait beaucoup. Les regards froids et assassins des frères jumeaux semblaient le transpercer de part en part.

Il tremblait quand il prit sa tasse de café turc et la lâcha presque lorsqu'il voulut la reposer sur la soucoupe.

L'un des frères – *était-ce Leith ou Youssef ? Il les confondait toujours* – lui parlait d'un ton de plus en plus impatient.

- Écoute-moi bien, Omar. Nous sommes, mon frère et moi, au courant de tout ce qui se passe au Kram. Notre réseau est meilleur que celui de la police et nos indicateurs plus nombreux. Alors, je vais répéter ma question encore une fois : qui est l'homme moustachu à qui tu as parlé en sortant de la mosquée, il y a environ une quinzaine de jours ?

Omar Sediri prit sur lui pour répondre de manière assurée :

- Je ne sais plus... Mais pensez-vous que je me rappelle toutes les personnes à qui je parle quand je sors de la mosquée ? Je connais plein de monde au Kram et beaucoup d'hommes viennent me saluer. Certains me disent même bonjour sans que je ne les connaisse vraiment. Et puis des hommes moustachus chez nous, il y en a beaucoup...

Leith et Youssef se regardèrent... La conversation durait depuis une quinzaine de minutes. Au début, les deux jumeaux avaient été presque sympathiques, demandant même des nouvelles de la famille d'Omar, s'intéressant aussi à son travail... Puis, leur attitude avait changé et ils avaient commencé à parler de la confiance qu'ils plaçaient en lui et combien ils seraient déçus s'il commençait à jouer le poisson.

Omar comprit parfaitement l'image du poisson qui se déplace en zigzaguant et qui vous glisse entre les doigts... Le jumeau qui n'avait pas encore parlé, s'adressa à lui :

- Écoute, Omar, nous n'aimerions pas devenir méchants avec toi. Tu nous connais, nous nous fâchons uniquement quand nous y sommes forcés. Alors, maintenant, tu vas nous dire qui était cet homme et pour cela, on va te rafraîchir ta mémoire qui semble avoir des faiblesses.

Omar sentit ses mains devenir plus moites. Pour se donner une contenance, il but une gorgée de son café turc.

- Non seulement tu as parlé à ce moustachu, mais, en plus, tu t'es éloigné avec lui... Veux-tu que je te dise où tu t'es rendu en sa compagnie, Omar ?

Le gardien se redressa sur sa chaise, nerveux. En fait, il se savait perdu d'avance... Il réalisait avec horreur que quelqu'un l'avait vu et l'avait suivi jusque dans le petit café. S'il continuait à faire l'ignorant, les jumeaux perdraient patience et pourraient lui administrer une bonne correction pour lui faire cracher le morceau.

Il réfléchit quelques secondes et pensa que l'homme, qui les avait suivis, n'avait pas pu entendre sa conversation avec Chokri. Il se rappelait très bien qu'il n'y avait pas de clients aux tables voisines. Cette pensée le réconforta, il pouvait toujours admettre que Chokri l'avait bien abordé, mais sans leur dire le véritable motif de leur conversation.

Plus détendu, il répondit aux jumeaux :

- Ah, vous parlez de cet homme-là... Je m'en souviens maintenant que vous précisez que je suis allé prendre un café avec lui... Non, c'était un homme qui venait de la campagne et qui savait que je travaillais comme gardien sur les champs de fouilles. Il m'a juste demandé si je pouvais l'aider à lui trouver un travail.

Omar se paya le luxe de sourire :

- Vous connaissez ces *fellahs*... Ils vous parlent de leur famille qu'ils doivent nourrir, de la difficulté de survivre en ce moment à la campagne avec les mauvaises récoltes et j'en passe... Je lui répondais, pour rester poli, que j'allais voir ce que je pouvais faire pour lui.

Les deux frères sourirent à leur tour. Youssef appela le serveur et lui demanda de lui apporter une chicha. Il ne précisa pas la nature du parfum du tabac, le serveur semblait déjà la connaître.

Les jumeaux se faisaient respecter partout, Omar le savait... En fait, ils faisaient plutôt peur, pensa-t-il. Ils traînaient avec eux une réputation sulfureuse et beaucoup, au Kram, se demandaient comment ils étaient parvenus à s'acheter une maison sur la plage. Le fait qu'ils soient encore célibataires, en dérangeait d'autres... Les plus religieux leur reprochaient leurs sorties nocturnes quand, complètement ivres, ils titubaient dans les rues, accompagnés de voyous ou de prostituées.

- C'est la raison pour laquelle tu le revoyais le lendemain, n'est-ce pas ?

Omar approuva :

- Oui, je lui avais donné rendez-vous pour le lendemain. Je lui racontais que j'avais parlé à mon patron, mais qu'aucune place de gardien n'était disponible en ce moment. Et, sans doute, le savez-vous, je ne l'ai plus jamais revu...

Il semblait content de sa dernière phrase qui, pour lui, réglait le problème. Tout lui semblait parfaitement logique et il se félicitait d'avoir trouvé cette parade de réponse... Tous les jours, les *fellahs* venaient à Tunis pour chercher du travail.

Les deux jumeaux se regardèrent et échangèrent un clin d'œil. On aurait dit qu'ils n'avaient pas besoin de se parler pour se comprendre.

- Très bien, Omar... Tu peux aller travailler, tu vas être en retard. Nous savons bien que tu ne ferais jamais quelque chose qui pourrait nous nuire. Tu es l'un des nôtres et tu sais que notre employeur a horreur de la trahison. Fais attention à toi, Omar, quand tu te promènes le soir : les rues de Carthage ou les allées de Byrsa ne sont plus aussi sûres qu'avant. Nous n'aimerions pas qu'il t'arrive quelque chose... de fatal.

Leith avait prononcé cette phrase avec son plus beau sourire.

▼▼▼▼

Graham Tatley, dès qu'il rentra du dîner des Malet, alla s'asseoir dans son salon pour réfléchir tranquillement à ce qu'il allait faire dans les prochains jours.

Il décida d'abord de finir la longue lettre qu'il voulait confier le plus rapidement possible à Azzedine. Il avait réuni, avant le dîner des Malet, les documents qu'il voulait joindre à ce courrier.

Tâche difficile pour trouver un coin pour écrire, car tous les sièges et toutes les tables se cachaient sous des tas de magazines, de livres et d'objets de toutes sortes : statues en terre cuite, masques en pâte de verre coloré, vases canopes...

Il regarda sa montre et constata qu'il était presque onze heures trente. Il repoussa d'un coup de main deux piles de livres qui se trouvaient sur la table de la salle à manger, alla chercher les documents et la lettre à terminer.

Il se mit à écrire...

Le salon ressemblait en fait à une annexe du musée Alaoui. Des cartes anciennes étaient accrochées au mur, des éclats de stèles jonchaient le sol poussiéreux.

Au fond de la pièce, un placard aux vitres sales enfermait des objets hétéroclites que les Carthaginois utilisaient quotidiennement à leur époque. Il savait qu'il n'avait pas le droit de conserver ces objets, car il ne les avait jamais déclarés à l'Administration des Antiquités et des Arts. Il arrangeait sa conscience en se disant qu'il les rendrait une fois qu'il aurait fini de les étudier.

Il connaissait par cœur l'article 31 du décret sur les Antiquités et réalisait qu'il pourrait payer une amende de cinq mille francs pour avoir gardé tous ces objets sans les déclarer. Il savait aussi qu'il n'aurait plus le droit d'en conserver le quart. Il s'en moquait éperdument !

Personne ne venait chez lui à part son fidèle serviteur, Azzedine. Même durant la journée, des rideaux épais assombrissaient la pièce.

Les meubles, de style français, typique de la fin du siècle d'avant, n'avaient pas dû recevoir la visite d'un plumeau depuis plusieurs années. Graham Tatley ne voulait pas de femme de ménage. Elles avaient la réputation de voler, sinon de casser, et sa maison recélait de véritables trésors...

Graham poussa un soupir de soulagement à la relecture de sa lettre... Elle était précise, un peu trop longue sans doute, mais il avait dû inclure tous les détails d'une tranche de vie de plus de quinze ans. Il se releva pour aller chercher une grande enveloppe et y rangea tout ce qu'elle devait contenir, y compris la liste des noms, recopiée par son fidèle Azzedine.

Heureux d'avoir fini ce travail, il alla cacher l'enveloppe dans la cuisine, au fond d'un placard profond et sombre. Il revint dans le salon et choisit le fauteuil le moins encombré, le débarrassa de ses livres pour lesquels il eut quelque mal à trouver une nouvelle place et s'assit. Il se releva pour aller prendre la bouteille de *Buchanan* qui traînait sur une table basse.

Il ne perdit pas de temps à aller chercher un verre, sans doute introuvable, et but une rasade directement de la bouteille. Ces gestes ne correspondaient pas à ses habitudes, mais il s'en moquait.

Il repensa à ce dîner et se dit qu'il avait, en fait, passé un bon moment : il avait juste fait une erreur en avouant connaître Howard Bartell... De toute manière, l'homme avait été un peintre célèbre connu partout dans le monde. Il avait remarqué que sa veuve l'avait observé durant toute la soirée ! Savait-elle quelque chose ?

- Je dois aider cette femme par devoir pour Howard Bartell, mais en même temps je dois me méfier, car elle pourrait me causer des ennuis sans le vouloir, se dit-il.

Il but à nouveau une rasade de son scotch.

Au moins, Madame Bartell était plus supportable que cette Édith Steinway qui allait sans doute l'assommer de ses questions stupides lorsqu'ils visiteraient le *Tophet* et les ports puniques... sans compter les histoires de sa Fondation.

Un autre détail l'intriguait pourtant : l'inhabituelle gentillesse de Pierre Malet et son ton bizarre lorsqu'il l'avait présenté. Pourquoi cette insistance à dire qu'il était un homme de l'ombre ?

Il but une nouvelle rasade de son scotch préféré et se dit qu'il se faisait trop d'idées. Mais, bon, il devait rester vigilant surtout en ces jours. En tout cas, ce pauvre Malet devrait surveiller sa jeune femme de plus près...

L'image agréable de Lynnett Bowridge s'imposa à son esprit, sans doute parce qu'il avait pensé à Cécile Malet qui semblait excédée de l'intérêt qu'avait porté Frank Duncan à la jolie jeune femme durant toute la soirée.

- Une gentille fille, se dit Graham, très respectueuse de mes connaissances et qui ne se prend pas trop au sérieux. Elle se passionne pour le monde punique, déjà un bon point pour elle.

Graham se dit que c'était la première femme archéologue qu'il rencontrait dans ce monde exclusivement masculin. Il ne s'en plaignait pas. Une femme pouvait présenter des qualités pour ce travail : minutie, sens de l'organisation, intuition...

Un jour, elle serait sans doute comme lui : elle passerait plus son temps avec les Carthaginois qu'avec son entourage réel ! Une véritable drogue, ce peuple de l'antique Carthage ! Graham voulait toujours mieux lire leur écriture, mieux parler leur langue et connaître plus de détails sur leur vie quotidienne, leur religion. Il avait noirci des pages et des pages sur ce sujet... Peut-être les publierait-il un jour quand tout sera fini !

S'enfonçant dans son fauteuil, Graham Tatley ferma les yeux un instant et fit défiler les vingt dernières années de sa vie : ses cachettes successives, la mort de sa femme, son départ de Douvres en plein hiver dans des circonstances tragiques, sa difficulté pour s'adapter à un pays tellement différent du sien, sa solitude, ses cauchemars qui revenaient chaque nuit, ce manque douloureux des deux êtres qu'il avait tant aimés...

Pourtant, un jour, sans crier gare, son désir de vengeance suppléa sa douleur. C'était venu d'un coup ! Il avait toujours mal, mais se donnait un but dans sa vie : poursuivre les gens responsables de son malheur ! A son départ d'Angleterre, il n'avait pas choisi Tunis par hasard. Il savait les trouver là, heureux et riches, insouciants et intouchables. Calmé, il avait retrouvé son amour de l'histoire antique et s'était encore davantage passionné pour ce monde punique qui l'entourait de partout...

En dix ans, Graham Tatley était devenu un spécialiste du monde punique et beaucoup de sommités de l'archéologie venaient lui demander un avis ou l'invitaient à partager leurs fouilles...Des universités lui demandèrent d'animer des conférences, des éditeurs lui firent des ponts d'or pour qu'ils leur confient ses écrits, mais il refusa toute offre, tout honneur, toute réclame...

La discrétion devait toujours faire partie de son personnage s'il voulait mener à bien sa vengeance. Sa photographie ne devait jamais apparaître sur les journaux, ni sur les magazines.

Il aimait cette réputation d'homme dérangé, original et un peu fou que son voisinage lui avait collée depuis qu'il habitait cette petite villa de Carthage.

Il avait beaucoup craint l'arrivée de ses nouveaux voisins britanniques, les Barnes... Il les avait observés de temps en temps quand ils venaient surveiller les transformations de leur maison ! Moira Barnes ne faisait que crier, jamais contente du travail... Puis il sut qu'ils étaient liés aux crimes de Brandys Bay, et là, il eut peur qu'ils n'amènent dans leur sillage, journalistes, photographes et policiers à ses portes... Heureusement, ce ne fut pas le cas, à part quelques reporters qui arpentaient devant leur portail à leur retour d'Angleterre ! Brandys Bay, comme le monde est petit !

Graham repensa au reporter qui avait réussi à le photographier lorsqu'il sortait de chez lui... Il revoyait encore le pauvre homme en train de le supplier de le laisser tranquille et de ne pas casser son appareil photo. Ne voulant pas avoir d'ennui, Graham s'était juste arrangé pour que la photographie soit irrémédiablement inutilisable !

En fait, ces Barnes étaient bien inoffensifs ! La pauvre Moira, très curieuse de son passé, essayait toujours de lui tirer les vers du nez, mais sans succès... Il ne disait que ce qu'il voulait dire et pouvait même mentir si le besoin s'en faisait ressentir !

Cécile Malet lui plaisait moins. Elle l'ignorait complètement, très hautaine et préférant s'intéresser à des hommes plus jeunes. Son mari Pierre avait montré davantage de sympathie... Il lui avait même proposé de s'occuper de son jardin complètement laissé à l'abandon.

Il avait accepté leur invitation à dîner pour ce soir, juste pour connaître les nouveaux invités du couple Barnes.

- Le monde est bien petit, se répéta Monsieur Tatley. Rosemary Bartell, ici ! Frank Duncan ici ! Enfin, tous à ma portée...

Graham rouvrit les yeux et regarda le cadre posé sur le bahut : il renfermait la photographie d'une jeune femme qui tenait par la main une petite fille habillée d'une robe à volants.

- La mort fait partie de la vie... Tout le monde pleure ses disparus et je ne suis pas plus malheureux qu'un autre.

Le bruit caractéristique du grincement du portillon du jardin se fit entendre.

- Sans doute Azzedine qui revient coucher ici comme il le fait quand il a un peu trop bu !

Graham se leva pour entrouvrir la porte d'entrée afin d'éviter qu'Azzedine ne sonne... Toujours ce besoin de discrétion et de silence qui le poursuivait depuis si longtemps !

Il se rassit dans son fauteuil.

▼▼▼▼

Graham Tatley resservit un peu de *Buchanan* à son fidèle serviteur Azzedine. Seulement musulman de nom, ce dernier ne refusait jamais un verre d'alcool ou de vin et savait même en abuser très souvent.

Assis tous les deux dans les fauteuils du salon, ils profitaient d'un moment de répit que Graham avait qualifié de bien mérité.

- Azzedine, tu as rempli ta mission au-delà de ce que j'espérais... Je te remercie pour tout ce que tu as fait pour moi.

Azzedine, pour tout remerciement, tendit son verre déjà vide à son employeur afin qu'il le remplisse une troisième fois... Ce n'était pas souvent qu'il buvait un si bon scotch et il comptait en profiter.

- Tout travail de ce genre, Graham, demande de la patience, ce que nous possédons, vous et moi... Le reste n'est que question de chance et d'opportunité que nous savons saisir.

- J'espère qu'Omar n'aura pas de problème et qu'il ne parlera pas. Ce genre de type se fait acheter par tout le monde et nous ne pouvons pas nous permettre de nous faire déjà remarquer.

Azzedine avala son verre d'un trait :

- Si l'on regarde bien, il n'a rien fait : il nous a juste donné une carte de visite qu'il avait trouvée sur le chemin qui menait au lieu de rencontre de l'Ordre... Personne ne m'a vu parler avec lui, je pense, et nos rendez-vous ont eu lieu dans un café discret du Kram. Cette carte de visite nous amenait à la dame... dont la bonne tombait amoureuse de moi après seulement deux rendez-vous ! J'ai pu recopier tranquillement la liste des membres de l'Ordre que sa maîtresse cachait dans un tiroir secret de son secrétaire.

Le serviteur sourit, lissa sa moustache épaisse et semblait tout fier de lui-même. Il continua :

- Cette petite bonne, je regrette de n'avoir pas eu le temps de m'en occuper davantage pour vous parler franchement, Graham. Un beau brin de fille pas trop farouche que j'aurais pu facilement séduire !

Graham sourit, il connaissait les goûts d'Azzedine pour les femmes. Il se leva de son fauteuil et écarta un peu le rideau épais pour savoir si quelqu'un observait la maison.

Azzedine se resservit un autre verre de *Buchanan*. Sa tête tournait, car il avait commencé à boire bien avant son arrivée chez Graham. Il se sentait euphorique.

Graham regagna son fauteuil.

- Que faisons-nous maintenant, patron ? Je suppose que cette liste nous ouvre de nouvelles pistes...

- Oui, Azzedine, répondit Monsieur Tatley en se grattant la barbe. Ce document, je le cherchais depuis longtemps... Il contient des noms de gens très connus. Je peux maintenant comprendre la force de l'Ordre en Tunisie...

Azzedine réitéra sa question.

- Cher Azzedine, je dois maintenant fermer ce dossier par moi-même. Tu as fait ta part, je vais maintenant faire la mienne. Le temps des révélations est venu... J'ai maintenant suffisamment de preuves, mais je dois être encore plus prudent. Je veux que tu prennes quelques jours de congé et que tu te reposes un peu ! Voilà qui t'aidera à t'amuser !

Graham Tatley alla vers un bahut, ouvrit le tiroir et en ressortit une liasse de billets qu'il tendit à Azzedine.

- Graham, je ne veux pas de cet argent. Vous me donnez un bon salaire et je ne veux rien prendre de vous.

Son employeur se leva et le força à prendre l'argent :

- Cette mission ne fait pas partie de ton travail... Tu es à mon service depuis cinq ans, tu n'étais qu'un tout jeune homme quand le destin m'a mis sur ton chemin. Prends cet argent, fais-moi plaisir !

Azzedine se souvint des circonstances étranges de leur rencontre : alors que Graham était encore professeur d'histoire ancienne, Azzedine, éméché et sans le sou, lui avait volé son portefeuille dans la médina de Tunis, plus exactement au Souk El Berka. Après que Graham eut donné la description du voleur, les enquêteurs avaient vite fait le rapprochement avec Azzedine, bien connu des services de police, et l'avaient tranquillement cueilli dans un bouge de la médina où il dépensait son argent mal gagné avec une prostituée juive.

Graham, devant la jeunesse d'Azzedine, avait préféré retirer sa plainte et lui avait donné une nouvelle chance en lui proposant un travail. Le jeune homme, marqué par la bienveillance de cet étranger, avait aussitôt accepté et revenait tout doucement dans le droit chemin, malgré quelques petits dérapages par ci, par là... Son respect et sa vénération pour son patron avaient grandi à mesure des années et il disait souvent qu'il serait prêt à mourir pour lui.

Azzedine se leva et prit Graham dans ses bras pour le remercier. Avec les années, il était devenu pour lui le père qu'il n'avait jamais connu.

- Dès que j'ai besoin de toi, je t'appelle par le canal habituel. En attendant, profites-en bien !

Azzedine rangea les billets dans la poche de son sérouel et allait sortir quand Graham s'adressa encore à lui :

- Écoute, Azzedine, un jour, tu vas peut-être entendre de mauvaises choses sur moi. Peut-être que tu viendras te recueillir sur ma tombe au Cimetière Chrétien ou tu auras appris que je suis à la prison de Tunis... Que sais-je ? Ne me juge pas, tu connais mon histoire et tu imagines mon destin... Attends un instant...

Graham s'éloigna pour aller dans la cuisine. Il revint avec une grande enveloppe, épaisse et fermée.

- Azzedine, écoute-moi bien, je me sens en danger. J'ai sans doute été repéré par ces charognards... Prends cette enveloppe et ouvre-la seulement si quelque chose de fâcheux m'arrivait. A l'intérieur, tu trouveras mes instructions précises, je sais que tu les exécuteras comme je te le demande. J'ai confiance en toi.

Le serviteur regarda gravement son maître. Il allait répondre et, sans doute, lui dire qu'il voulait rester près de lui si le moindre danger le guettait. Graham ne lui en laissa pas le temps et plaça un doigt sur sa bouche en signe de silence.

Le jeune homme hocha la tête et ne dit rien. Il savait que Graham n'écouterait pas sa supplique. A contrecoeur et en se retournant vers son maître, il referma la porte.

Sur la piste qui longeait la villa, il se mit à réciter tout haut une prière en arabe pour le salut de Monsieur Tatley. Il n'avait pas prié depuis bien longtemps !

▼▼▼▼

Au sortir du dîner des Malet, Rosemary Bartell retrouva sa chambre avec plaisir. Au contraire de Darlene, de Frank et des Steinway qui occupaient les nouvelles chambres du rez-de-chaussée, Moira avait préféré la mettre au premier étage dans les anciennes chambres de la maison.

Toute lambrissée, la chambre avait gardé tout son cachet d'origine. Rosemary aimait son grand lit à baldaquin de bois dont le matelas dur convenait parfaitement à ses problèmes de dos. De son fauteuil, placé à côté de la cheminée, elle pouvait voir la Méditerranée et la plage...

- Que du bonheur, mais j'en profiterai à partir de demain, se dit-elle. Pour l'instant, dodo !

Elle se dirigeait vers la salle de bains quand on frappa à sa porte.   Elle alla ouvrir et laissa entrer une domestique, tout de blanc vêtue, comme tout le personnel de la maison. Elle posa sur sa table un plateau avec son infusion préférée, la verveine.

Presque plus large que haute, Malika avait un sérieux problème de poids. Elle se déplaçait difficilement et traînait ses babouches. Des mèches de cheveux teints au henné s'échappaient du foulard qui enserrait sa tête et un tatouage ornait son front entre ses deux sourcils.

- Quelle délicate attention, merci beaucoup.

- Je vous en prie, Madame Bartell. Moi, Malika. Madame Barnes a demandé à moi de m'occuper toi. Moi avec Madame depuis longtemps... Moi contente m'occuper de toi...

Rosemary sourit à son français cassé et à son tutoiement, mais la remercia vivement. Elle lui demanda de la réveiller à huit heures le lendemain matin du fait que le petit déjeuner était servi à neuf heures, avait précisé Moira.

- Oui, Madame. Moi apporter tasse de thé à toi comme je fais avec Madame.

Rosemary la remercia encore une fois et lui souhaita une bonne nuit. Elle ferma sa porte à clef et ne pensa plus qu'à rejoindre son lit le plus rapidement possible.

Quelques instants plus tard, elle se préparait à se coucher. Comme elle ne pouvait jamais s'endormir sans parcourir quelques pages d'un livre, elle se dit que ce serait une bonne idée de relire quelques passages du journal intime qu'avait écrit son mari. Peut-être parlait-il de ses visites de sites archéologiques !

Howard avait noirci de sa petite écriture bien formée, huit cahiers de maroquin. Elle n'avait amené à Carthage que celui où il relatait ses séjours en Tunisie et laissé les autres dans son appartement de Londres…

Elle n'avait pas rouvert le cahier depuis les évènements de Brandys Bay. Elle le feuilleta, lisant quelques passages au hasard… En regardant la numérotation des pages, elle réalisa qu'Howard avait arraché une trentaine de pages, car la page 122 était immédiatement suivie par la 154. Rosemary se rappelait avoir noté ce détail à Londres, mais l'avait complètement oublié. En regardant mieux, elle pouvait encore apercevoir quelques restes des pages grossièrement arrachées

Une fois encore, Rosemary Bartell se demanda pourquoi son mari avait arraché ces pages… D'abord, ce n'était pas dans ses habitudes de faire de telles choses et pourquoi l'avoir fait ? Voulait-il cacher quelques secrets ? Avait-il regretté d'avoir couché quelques détails de sa vie ?

Rosemary réalisa que son mari lui avait peu parlé de ses séjours en Tunisie, mais elle ne posait guère de questions. Elle lui avait fait entièrement confiance, même si ses amies se moquaient d'elle en disant que tous les hommes se ressemblent s'ils sont éloignés de leurs femmes !

Elle comprenait leurs sous-entendus, mais n'était jamais parvenue à imaginer qu'Howard puisse la tromper. Ce n'était pas un homme à femmes. Elle connaissait ses passions : la peinture, les timbres et les voyages.

Peut-être avait-il fauté en Tunisie ? Surtout lors de son long séjour de six mois. Il avait peut-être relaté cette relation dans son journal, puis avait regretté de l'avoir fait craignant que son épouse ne tombe un jour sur ses écrits... Prudemment, il avait arraché les pages où il avait raconté son aventure extraconjugale pour ne pas la blesser !

Elle but d'un trait sa verveine, éteignit sa lampe de chevet et décida de dormir... La fatigue la rendait idiote ! Cette disparition des trente pages devait avoir une autre explication. Peut-être n'était-ce pas lui qui les avait arrachées ? Mais qui ? Le cahier n'était jamais sorti de l'appartement de Londres...

Le visage de l'homme de la plage s'imposa à son esprit... Elle frissonna et sombra quelques instants plus tard dans un sommeil peuplé de cauchemars...

Chapitre 7

Vendredi 18 janvier

- Penses-tu m'avoir assez ridiculisé, Cécile, lorsque tu t'es affichée toute la soirée avec ce Frank Duncan ? Tu ressemblais à une chatte en chaleur qui cherchait son matou. C'était proprement dégoûtant... Tout le monde l'a remarqué. Je suis sûr qu'aujourd'hui, les commentaires vont bon train chez nos voisins.

Les yeux de Pierre Malet lançaient des éclairs. Il tournait autour du lit encore défait sans jamais pouvoir s'arrêter. Les mains dans les poches de sa veste de tweed, il regardait le parquet de leur chambre et fulminait depuis plus de dix minutes.

Il disséqua chaque instant de la soirée de la veille quand ils avaient invité à dîner leurs voisins et amis. Il lui parla du moment où Cécile avait harponné Frank et ne l'avait plus lâché, de celui où ils s'isolaient de longs instants sur la terrasse et lui rappela qu'elle avait sans doute fait exprès de le placer à côté de lui à table, alors que le bon usage aurait exigé qu'elle plaçât les Barnes ou les Steinway près d'elle.

Il revint également sur l'épisode de la fin de soirée quand elle avait prétendument voulu raccompagner les Barnes et leurs invités chez eux et qu'elle n'était revenue qu'une demi-heure plus tard...

- Je suis sûr que tu lui murmurais des mots doux à l'oreille comme tu sais si bien faire quand tu veux un homme. Cécile, je ne suis plus prêt à supporter tes frasques, tes manques de respect et tes infidélités.

- Mes infidélités, mon chéri... Comme tu y vas ! Ce sont des accusations absolument gratuites et qui n'engagent que toi, n'est-ce pas ? M'as-tu trouvé avec un homme dans une situation indélicate ? Je ne pense pas, Pierre, alors je te conseille d'arrêter de me harceler avec ta jalousie maladive.

Ils étaient dans leur chambre au premier étage de leur villa. Cécile, devant sa coiffeuse, achevait de se maquiller et conservait tout son calme malgré les propos acerbes de son mari.

Elle se leva, comme si de rien n'était, pour saisir le flacon de son parfum préféré, *Nuit de Noël*, dont elle s'aspergea abondamment. Saisissant un châle de soie qui traînait sur le dossier d'une chaise, elle le passa d'un geste gracieux autour de son cou.

Se regardant une dernière fois dans son miroir et corrigeant sa coiffure, elle sembla ravie du résultat. Elle étrennait une nouvelle tenue qu'elle venait d'acheter à Tunis : une robe de tricotine, taille basse, dont le dos uni tranchait avec le devant garni d'une rangée de boutons nacre. Le châle de soie rose pâle, assorti à ses chaussures à talons, complétait l'effet.

- Si tu n'as plus rien à me dire, je vais aller prendre mon petit déjeuner sur la terrasse. La journée s'annonce merveilleuse...

En passant devant son mari, elle tendit son bras vers lui et lui pinça la joue, lui susurrant d'un ton mutin :

- Tu devrais faire attention à ta santé, mon chéri. Ces crises de colère sont mauvaises à ton âge. Ton médecin te le répète régulièrement...

Lui saisissant le bras d'un geste brusque, Pierre, devenu rouge de colère, la bouscula. Il planta son regard dans le sien :

- Écoute-moi bien, Cécile. Je ne suis plus prêt à supporter tes minauderies et ton manque de respect à mon égard.

- Mais arrête, Pierre, tu me fais mal... et tu me l'as déjà dit !

Son mari la lâcha et recula. Cécile massa son poignet douloureux et lui montra les marques que ses doigts avaient laissées.

- Contrôle-toi, Pierre, continua-t-elle d'un ton toujours calme, ou demande le divorce si cela t'arrange. Mais épargne-moi tes scènes ridicules.

Fière comme la reine de Saba, Cécile Malet s'éloigna sans se retourner et en continuant à se masser le poignet. Avant qu'elle n'atteigne la porte, elle put entendre la dernière réflexion de son mari, aboyée sur un ton ironique et rageur :

- De toute façon, Cécile, ton Frank Duncan se moque de toi... Il a trouvé plus jeune et plus fraîche que toi, ma chère. Tu n'as pas remarqué ? Il n'a fait que lorgner sur Lynnett Bowridge durant toute la soirée !

Elle ne répondit rien, se contentant de se retourner pour fixer méchamment son mari. Sans bruit, elle sortit de la chambre.

Pierre Malet, dépité, s'assit sur le lit et se prit la tête entre les mains. Même s'il devait paraître ridicule, il décida de dire deux mots à ce paltoquet de Frank Duncan.

▼ ▼ ▼ ▼

Darlene Randwick se tourna vers Rosemary et afficha sa déception de sa visite du *Tophet* :

- Rien que des stèles à peine arrachées de la terre… Je suis vraiment déçue par ce *Tophet*. D'ailleurs, on n'en parle même pas dans mon *guide Cook*, c'est tout dire ! J'ai préféré de loin la visite des ports puniques. Au moins, il y avait quelques ruines et grâce aux explications rationnelles de Lynnett, j'ai pu tout comprendre.

Rosemary sourit à l'air désabusé de son amie. Elle pensait sûrement trouver un cimetière beaucoup plus élaboré et sans doute aussi typique que les cimetières anglais, toujours perdus dans la verdure autour d'églises anciennes.

Édith, qui s'était éloignée pour aller inspecter un souterrain où se cachaient d'autres stèles et cippes, sortit en pleine lumière en clignant les yeux :

- Mon Dieu, quelle chaleur ! Cela me rappelle lorsque nous habitions Alger. En janvier, nous pouvions déjeuner, bras nus, sur notre terrasse.

Comme d'habitude, elle passa du coq à l'âne…

- Je suis vraiment déçue que Monsieur Tatley ne se soit pas joint à nous… Il avait pourtant promis de faire la visite avec nous. Heureusement que nous avons Lynnett pour nous expliquer tous ces mystères ! J'aurais bien voulu savoir s'il pouvait venir faire une conférence à l'orphelinat la semaine prochaine… J'en ai déjà parlé à la Fondation qui a trouvé l'idée merveilleuse.

Rosemary préféra ne pas répondre pour ne pas ouvrir une conversation avec Édith qui l'avait passablement énervée durant une partie de l'après-midi avec ses questions qui n'en finissaient pas.

Édith poursuivit toute seule sa conversation. Personne ne semblait intéressé par ce qu'elle disait.

Rosemary s'éloigna et préféra aller chercher l'ombre des nombreux arbres aux essences mélangées qui entouraient le cimetière. Sans en connaître la raison, elle ne se sentait pas très bien depuis le matin.

Elle avait passé une nuit horrible et s'était réveillée en sueur, poursuivie dans son rêve par l'homme qu'elle avait aperçu, la veille, sur la plage. Elle espérait ne plus jamais le revoir !

Elle monta quelques marches délabrées et s'enfonça davantage dans la végétation pour aller s'asseoir sur une pierre taillée qui avait dû appartenir à un édifice ou d'un temple. Elle pouvait voir, de cet endroit, tout le cimetière, au moins ce qui en avait été extrait jusqu'à ce jour... Lynnett avait parlé d'une équipe d'archéologues américains qui arriverait dans les prochains mois pour systématiser les fouilles et comprendre les différentes strates qui composaient le terrain.

Elle se sentait bien dans cette fraîcheur et surtout se reposait de sa marche entre les ports puniques et le cimetière... L'îlot du Cothon, comme l'avait appelé Lynnett, entouré du bras de mer par lequel arrivaient les bateaux marchands ou de guerre, abritait quelques ruines des bâtiments de l'Amirauté et des hangars où se remisaient les bateaux.

Les trois touristes ne pouvaient rêver d'un guide plus férue et durant une dizaine de minutes, Lynnett leur avait donné toutes les explications voulues sur les ports puniques. Elle réinventait pour eux les quais, les loges qui pouvaient accueillir plus de deux cents vaisseaux, le pavillon de l'Amiral...

Regardant toutes ces stèles en face d'elle, Rosemary réalisa qu'elle se trouvait dans une aire sacrée, marquée par le malheur : elle imagina soudain la douleur des familles, venues enterrer leurs enfants morts à la gloire de cet horrible dieu, Baal quelque chose ! Elle pouvait presque entendre les atroces cris de douleur de ces mères, privées de leur enfant unique... et voir, dans les yeux de ces pauvres gens, les pleurs et les larmes que cette terre, sous ses pieds, avait dû absorber !

Rosemary laissa son esprit vagabonder : des images assaillaient son esprit. Le cimetière, les stèles, le visage de l'homme de la plage qu'elle ne pouvait oublier. Maintenant, elle ressentait une grande fatigue, ses yeux devenaient lourds et elle ne pouvait résister au sommeil en train de l'envahir. Elle se dit que les esprits des Carthaginois hantaient peut-être ces lieux chargés de tant d'émotions et de malheurs... Curieusement, elle se sentait dans un cocon confortable, mais en même temps menaçant.

Le visage de Graham Tatley lui apparut... Elle aussi se demandait pourquoi il n'était pas venu les accompagner, malgré sa ferme promesse de la veille. Mais bon, tout le monde le prenait pour un excentrique et le souci de la parole donnée ne devait jamais trop le tracasser. Pourtant, il lui avait bien précisé qu'il désirait lui parler. Ses paroles, empreintes de menaces diffuses, l'inquiétaient.

Elle s'assoupit un moment...Quand elle redressa la tête et rouvrit les yeux, le soleil avait disparu, caché par un gros nuage en même temps qu'un vent léger et inattendu faisait bouger les feuillages des arbres dans un bruissement inquiétant... Rosemary réalisa qu'elle n'entendait plus les voix de ses amis et même qu'elle ne les voyait plus... Mal à l'aise, elle tendit le cou pour essayer de les apercevoir, mais personne... Peut-être l'avaient-ils oubliée !

Elle eut soudain l'impression de se retrouver seule au monde dans ce cimetière où elle marchait sur des milliers d'ossements d'enfants.

Un silence angoissant l'enveloppait et la força à se lever. Elle tituba un peu et toucha sa tempe... Une sueur froide lui parcourut le dos. Elle voulut appeler, mais se résigna à ne pas le faire. Bizarrement, elle commença à se sentir observée... Des froissements de buissons l'alarmèrent sur sa droite, tout près du muret en pierre. Il y avait quelqu'un qui l'épiait, elle en était persuadée. Et si c'était l'homme de la plage qui la suivait partout ?

Elle réalisa tout d'un coup qu'elle se trouvait sans défense... Mais il suffisait qu'elle appelle... Non, ce serait ridicule. Que diraient ses amies si elle arrivait affolée, en prétendant qu'un homme l'observait à travers les buissons ? Darlene s'était déjà moquée d'elle quand elle lui avait montré l'homme au complet clair sur le paquebot.

Avançant vers le muret, elle se dit que le mieux était d'en avoir le cœur net. Elle le contourna et avança vers les buissons... S'il y avait quelqu'un, se disait-elle, soit il détalerait comme un lapin, soit il lui sauterait dessus...

Elle avança encore de quelques pas... Il lui sembla entendre des pas derrière elle, mais elle n'eut pas le temps de se retourner... Il lui semblait qu'une main la précipitait en avant...

Déjà, elle tombait dans le trou béant en poussant un long cri d'effroi.

▼ ▼ ▼ ▼

- Il n'y a que toi, Dali, pour me faire nager dans cette Méditerranée en plein mois de janvier. C'est vrai que c'est glacial au début, mais agréable par la suite.

- En tout cas, j'ai gagné la course. Désolé de te le dire !

Exténué, Frank Duncan sortit de l'eau et alla rejoindre Dali sur la plage. Ce dernier avait en effet gagné la course, haut la main, et attendait Frank depuis plusieurs minutes.

Depuis le matin, la journée était merveilleuse… Frank communiait littéralement avec ce ciel d'un bleu pur, ce soleil chaud et cette mer Méditerranée aussi lisse qu'un lac.

- Normal, tu as quinze ans de moins que moi et tu pratiques la natation tous les jours. On va voir comment tu vas te comporter au tennis.

- Mais je suis un sportif accompli, Frank. J'apprends vite et je ne pense pas que ce soit très difficile de renvoyer une balle à un adversaire avec une raquette !

Frank ricana et envoya une poignée de sable humide à Dali. Ce qui provoqua immédiatement une réaction de sa part et une bataille de sable où poursuites, plongeons et plaquages au sol se succédèrent dans une cadence infernale. Tout cela dans un concert de cris et de menaces aboyées.

- Arrête, Dali, lança Frank à bout de souffle. Allons-nous reposer un peu !

Il se dirigeait vers les chaises longues, installées devant la maison des Barnes.

- Viens prendre un verre avec moi. Je meurs de soif.

- Tu sais très bien que je ne bois pas d'alcool, Frank.

- Je t'ai invité à boire un verre. Je n'ai pas précisé son contenu. Regarde, Patricia nous a fait préparer du jus d'orange frais…

Dali sembla hésiter à le rejoindre :

- Tu crois que je peux m'asseoir avec toi ? Je te rappelle que je ne suis que le fils du maître d'hôtel…

- Arrête de dire des bêtises et profite de cette chaise longue. Nous allons nous sécher un peu et je vais t'apprendre ensuite les rudiments du tennis.

Le jeune homme émit un *pff* révélateur et prit le verre de jus d'orange que lui tendit son ami. Il l'avala d'un trait, reposa le verre sur la table et poussa un soupir d'aise :

- C'est bien d'être riche, non ? On ne fait rien toute la journée, on fait du sport tous les jours, on sort tous les soirs, on se fait servir, on roule en voiture de sport et toutes les filles veulent sortir avec vous ! J'aimerais bien mener ta vie !

Dali regardait le ciel et semblait rêver… Grand et beau garçon sportif, légèrement rebelle et définitivement sympathique, mat de peau et alignant ses dents parfaitement blanches dans des sourires perpétuels, il admirait Frank comme personne.

Pour lui, son ami représentait la perfection. Il aurait souhaité lui ressembler en tout point : sa richesse, son aisance, sa simplicité, son humour, son goût du sport et ses succès avec les femmes lui plaisaient.

- Tu sais, Dali, la richesse ne donne rien que du matériel. Moi, par exemple, je te dirai que je ne me sens pas véritablement heureux.

- Comment peux-tu dire des choses comme cela, Frank ? C'est *haram* ce que tu dis.

- C'est quoi *haram* ?

- *Haram*, c'est péché. Nous, les musulmans, quand Dieu nous accorde ses bienfaits, comme Il le fait avec toi, on dit *hamdoulah* et on ne se plaint pas. *Hamdoulah*, c'est *Dieu soit loué* !

Frank hocha la tête et sembla approuver ce que Dali expliquait.

- Je me plains sûrement trop, tu as raison. Il y a tellement de misère partout et moi, je me comporte en garçon capricieux. Mais bon, je t'ai raconté ma vie et tu as bien vu qu'elle n'était pas si attendrissante que cela… On vient d'assassiner mon père, j'ai découvert un demi-frère dont je n'avais jamais entendu parler, je ne sais rien de ma mère et la femme dont j'étais tombé éperdument amoureux… bon, je préfère ne plus en parler. C'est sympathique, n'est-ce pas ?

Dali ne put s'empêcher de sourire et plaignit Frank. Lui, au moins, il n'était pas riche, mais il n'avait pas tous ces problèmes.

- Tu sais, moi aussi, j'ai un peu de chance… Nous ne sommes pas très riches, mais pas pauvres non plus. Mon père a toujours travaillé avec ma mère dans des familles européennes qui l'apprécient beaucoup et qui l'ont souvent aidé matériellement. Il a pu me payer mes études ainsi qu'à mon frère Wassim qui se trouve à Tunis… On vit dans une petite maison confortable à Carthage et je serai bientôt un jeune professeur d'anglais. Bah, je n'aurais pas un très gros salaire, mais suffisant pour vivre bien et aider ma famille qui s'est sacrifiée pour moi.

- Tu es un type bien, Dali, et je suis fier de t'avoir comme ami. Tu sais, à Londres, je n'ai pas d'amis… En fait, je veux dire que j'ai des centaines de personnes qui tournent autour de moi à cause de mon nom et de mon style de vie, mais je les qualifie de parasites. Je suis content de m'être enfui… Je réapprends à vivre ici et j'apprécie beaucoup Robert et Moira. Ils sont devenus ma famille.

Le jeune Tunisien s'étira de tout son long et se tourna vers Frank. Ses yeux pétillaient. Il se rassit sur son transat et prit son air de chien battu pour mieux influencer son ami :

- Frank, tu vas tenir parole pour demain soir ? Tu vas vraiment me prêter des vêtements pour mon rendez-vous avec Helen ? Tu sais, Frank, c'est du sérieux avec elle… Je l'ai déjà vue plusieurs fois, mais ce soir, je vais l'amener à l'Hôtel Zéphyr à La Marsa. Je dois faire bonne figure, non ?

Frank éclata de rire et rassura le jeune homme :

- Ne t'inquiète pas, Dali. Juste prie Dieu que nous ayons la même taille ! Tu seras très beau…

- Frank, tu es comme un grand frère pour moi. C'est vraiment important, ce premier vrai rendez-vous ! J'appelle Helen *mon épi de blé* tellement elle est blonde ! Je crois que je lui plais beaucoup… Bon, maintenant, j'ai peur de ses parents. Je t'ai dit que son père travaillait au Consulat d'Angleterre… Il n'appréciera pas que sa fille s'affiche avec un indigène ! En fait, pour demain soir, elle a dit à son père qu'elle sortait avec sa meilleure amie. J'espère que son stratagème va marcher.   Si elle ne venait pas à ce rendez-vous, j'en mourrais !

Quand Frank entendait Dali parler ainsi, il se revoyait lui-même à l'âge de vingt ans. Lui aussi ne ratait jamais une occasion !

- Demain, vers le coup de six heures trente du soir, tu passes dans ma chambre et je vais te transformer en bourreau des cœurs.

Dali regarda de haut son ami :

- Mais j'en suis déjà un, Frank ! Toutes les filles recherchent ma compagnie. Avant d'aller chercher Helen, j'irai voir Lotfi pour voir sa tête quand il va me voir, habillé comme un prince... Tu connais Lotfi, c'est le chauffeur ! Il a mon âge, et comme moi, il est amateur de sports. Nous sommes en compétition sur tout... En fait, c'est lui qui avait remarqué Helen en premier lieu... Pour me narguer et tout fier de me montrer qu'il avait une petite amie britannique, il m'avait invité à prendre un verre avec eux au Pavillon Beauséjour à Carthage... Malheureusement pour lui, Helen me préféra immédiatement ! Lotfi m'en a beaucoup voulu, criant à qui voulait l'entendre que je lui avais volé sa petite amie... N'importe quoi, il venait tout juste de la connaître et ils n'avaient même pas échangé un baiser ! Il me parle à peine maintenant. Alors, je vais me faire un plaisir d'aller le titiller un peu. C'est un bon garçon au fond et je l'aime bien... Pour revenir à ce que tu disais, à savoir que tu allais me transformer en bourreau des cœurs, je préfère que tu dises que tu vas améliorer l'apparence d'un bourreau des cœurs. Je t'en remercie vivement, Frank ! Je te revaudrai cela quand tu veux.

- Qui est un bourreau des cœurs, ici ?

Les deux hommes se retournèrent en entendant la question et aperçurent Cécile Malet qui venait à leur rencontre. Avec le soleil derrière elle, habillée d'une robe de tennis qui ne dépassait pas ses genoux, ses longs cheveux blonds ramassés dans un bandeau rose pâle, le visage hâlé, elle semblait s'être échappée de la page d'un magazine de mode.

- Nous sommes deux bourreaux du cœur, chère Cécile.

- Qui est ce charmant jeune homme, Frank ? Je l'aperçois souvent nager ou courir sur la plage.

- Je vous présente Dali. C'est mon compagnon de sports et mon ami. C'est aussi le fils du maître d'hôtel de mon frère.

Cécile regarda d'un air gourmand ce beau jeune homme musclé. Par correction, les deux hommes se levèrent et invitèrent la jeune femme à s'asseoir sur un transat.

- Incorrigible Frank, êtes-vous en train de lui donner des cours pour attirer les jolies jeunes filles dans ses filets ?

- Oui, c'est un peu cela. Mais Dali n'a pas besoin de mes cours, il se débrouille très bien sans moi.

Dali se rengorgea comme un paon et fixa la jeune femme. Il savait qui elle était, mais bien sûr, ne s'était jamais permis de lui adresser la parole.

- Merci pour l'invitation, messieurs, mais je dois continuer ma promenade. Où est passée Lynnett ? Je pensais la trouver avec vous... Vous ne la quittiez pas des yeux, hier soir !

Le ton était ironique à souhait, soutenu par un regard railleur. Frank détourna les yeux et répondit évasivement :

- Je crois qu'elle est partie visiter des sites archéologiques en compagnie de ma cousine et de Rosemary Bartell. Je ne sais pas exactement...

- Normal, elle est là pour cela. Au moins, elle évite à Darlene et à Rosemary de s'entourer de guides locaux souvent lourds et peu connaisseurs de leurs sujets. A plus tard, Frank.

Elle s'éloigna tranquillement, sans ajouter un mot. Dès qu'elle fut suffisamment loin, Dali se mit à rire :

- Bon, je ne lui en veux pas de ne pas m'avoir salué en partant. Mais je ne m'appelle plus Dali si ce que je viens d'entendre n'a pas trait à de la jalousie. Qui est cette Lynnett ? Lorsqu'elle prononçait son nom, elle avait comme un rictus.

- Une très charmante archéologue qui loue le pavillon des Malet. C'est vrai qu'elle m'a tapé dans l'œil, mais je ne pensais pas avoir été aussi... démonstratif. Cécile est jolie, bien sûr, mais un peu plus âgée ! Je me fais toujours avoir par les femmes, même si je me répète sans cesse qu'elles ne m'y reprendront plus !

- Ah, les femmes sont ainsi et nous, pauvres hommes, nous ne pourrions jamais vivre sans elles, conclut Dali d'un ton docte et assuré, comme s'il avait eu des dizaines d'aventures féminines. Tu ne les changeras jamais et c'est mieux ainsi.

Frank éclata de rire et oublia Cécile Malet. Il ne pensait plus qu'à sa prochaine partie de tennis où il donnerait une bonne leçon à ce prétentieux de Dali.

▼ ▼ ▼ ▼

Rosemary se reposait dans sa chambre. Il lui semblait qu'elle avait marché des kilomètres et des kilomètres, tellement elle se sentait fatiguée et courbaturée.

Un bandage blanc enveloppait son poignet droit et quelques égratignures sillonnaient ses jambes et ses bras.

Sa chute avait heureusement été arrêtée par un terre-plein qui l'avait empêchée de tomber deux mètres plus bas. Ne perdant pas connaissance, elle avait réussi à appeler pour attirer l'attention de ses amies guidées par le cri qu'elle avait fait en tombant.

- Plus de peur que de mal, lui avait confié le médecin dépêché par les Barnes. Vous avez eu beaucoup de chance, Madame Bartell, et je vous recommande vivement de ne plus vous éloigner lorsque vous visitez des sites archéologiques, surtout ceux en cours de fouilles.

Il lui avait prescrit un léger sédatif, désinfecté ses légères blessures et préféré bander son poignet dont elle se plaignait.

- Vous m'avez l'air d'avoir une santé excellente et je vous promets que, d'ici un à deux jours, cette petite chute ne sera plus qu'un mauvais souvenir. Déjà, après une bonne nuit de sommeil, vous vous sentirez mieux demain matin.

La porte s'ouvrit tout doucement et Darlène apparut à l'embrasure. Rosemary lui fit signe de rentrer. Par la fenêtre, elle pouvait apercevoir les jolies nuances orangées du ciel qui annonçaient l'imminence du coucher du soleil.

Darlene, morte d'inquiétude pour son amie, fut rassurée de voir un sourire fleurir sur son visage. Elle rapprocha une chaise près du lit.

- Je suis désolée de vous avoir fait peur, ma pauvre Darlene. Je me rappelle à peine cet horrible accident, mais j'imagine la peur que j'ai dû vous donner.

- Votre cri était effrayant, je vous assure. En plus, nous n'arrivions pas à vous localiser... Comment avez-vous pu atterrir dans ce trou, Rosemary ?

Madame Bartell sourit à la question directe de Darlene.

- Je n'en sais rien. Je me rappelle seulement que je ne me sentais pas très bien, je me suis assise sur une pierre. Je m'assoupissais... Je revoyais le visage de Graham Tatley sans savoir pourquoi et...

Rosemary s'arrêta de parler. Elle se demandait si elle devait continuer. Elle ne voulait pas paraître ridicule aux yeux de son amie.

- Et... ? demanda Madame Randwick sur un ton frisant l'impatience.

- Ne me prenez pas pour une folle, Darlene, mais j'ai eu l'impression d'avoir entendu quelqu'un marcher derrière moi et me pousser dans le trou béant.

- Qui ?

- Je n'ai pas eu le temps de me retourner. Déjà, j'étais entraînée dans ma chute. Assise, j'avais déjà le sentiment que quelqu'un m'observait. J'ai entendu comme un bruissement de feuilles et me suis levée pour en avoir le cœur net. En contournant le muret et en me penchant vers les buissons, j'ai senti une main me pousser... Mais peut-être, l'imaginais-je, très perturbée par l'ambiance mystique du lieu ! Je n'en ai parlé à personne, bien évidemment.

Madame Bartell, tout en parlant, craignait encore une fois une réaction d'incrédulité à son encontre, mais cette fois Darlene prit tout ceci très au sérieux. Elle connaissait bien Rosemary et savait qu'elle n'était pas le genre à affabuler, ni à imaginer de telles choses. Elle comprenait son malaise.

Darlene se leva pour mieux réfléchir et se mit à parler, les yeux rivés sur le parquet.

- Nous étions les seules touristes lorsque nous sommes arrivées au *Tophet* et ceci durant tout le temps des explications données par Lynnett. Je me souviens que vous avez grimpé quelques marches... Moi-même, je m'éloignais de mon côté pour visiter les souterrains situés de l'autre côté du *Tophet*, ne supportant plus les commentaires incessants d'Édith. J'en ressortais vite comme il ne s'y trouvait que quelques débris de stèles. J'ai remarqué Lynnett, agenouillée près d'une stèle, en train de recopier je ne sais quoi sur un bloc papier. Un petit groupe de touristes, accompagné d'un guide, était en train d'arriver sur le site. Je n'ai vu personne d'autre, mais peut-être d'autres entrées existent...

Madame Bartell ne répondit pas, perdue dans ses pensées. Elle semblait vouloir se remémorer, de manière très précise, toute la scène, juste avant sa chute.

- Howard me disait souvent que je devais avoir des dons de médium, tellement je suis sensible à toute ambiance chargée d'histoire ou d'émotions ou d'ondes particulièrement négatives. J'ai ressenti des impressions étranges lorsque je me suis retrouvée seule dans ce cimetière d'enfants : je pouvais voir ces visages de mères, ravagées par la douleur de la perte de leur enfant. J'entendais leurs pleurs et je réalisais que je marchais sur tous ces petits ossements. Je fus prise de frissons et...

- Vous voulez dire, interrompit encore une fois Darlene, que les fantômes des Carthaginois, ou peut-être ceux des enfants morts, vous poursuivaient ou essayaient de vous transmettre des messages ? On lit des choses comme cela sur les journaux. Je n'y ai jamais cru, mais bon...

- Non, Darlene, je ne pense pas que mon mari parlait de phénomènes surnaturels. Je parle tout juste de vibrations auxquelles mon esprit est sensible. C'est vrai, qu'en fermant les yeux, je me mettais à imaginer, presque à voir, ces mères carthaginoises venant enterrer leurs enfants. Quand je rouvrais les yeux, un silence angoissant régnait autour de moi. Je ne vous entendais plus, ne vous voyais plus, mais me sentais observée derrière ces buissons qui bruissaient...

Madame Bartell ne termina pas sa phrase. Le sédatif commençait à faire son effet et elle marmonna à Darlene qu'elle voulait maintenant dormir. Elle rajouta pourtant :

- Graham m'avait dit, chez les Malet, que je devais faire attention, car le passé de Carthage n'était pas bienveillant. J'aurais mieux fait de l'écouter...

Darlene se rapprocha du lit et remonta la couverture. Elle regarda Rosemary avec affection, traversa la chambre sans bruit pour tirer les rideaux, vérifia que la porte-fenêtre était bien fermée et sortit silencieusement.

Une ride d'inquiétude barrait son front. Elle repensait à ce que Rosemary venait de lui confier sur les dangers de Carthage. Elle referma tout doucement la porte...

▼▼▼▼

- Frank, vous me faites trop rire avec vos histoires drôles... Et vous me faites oublier cette dure journée. Vous n'imaginez pas combien nous avons eu peur pour la pauvre Rosemary. Je ne veux même pas imaginer comment elle aurait pu se fracasser le crâne dans sa chute. Elle a vraiment eu de la chance et j'en remercie les cieux !

Malgré le sérieux et le tragique des propos de Lynnett Bowridge, Frank Duncan n'arrivait pas à détacher ses yeux de la jolie jeune femme qui lui faisait face. La couleur rousse de ses cheveux courts, sa silhouette, l'odeur enivrante et capiteuse de son parfum, sa pétillance lui plaisaient plus qu'il ne le fallait.

Lynnett Bowridge continua :

- Heureusement, nous sommes maintenant tous rassurés sur son état de santé. A en croire le médecin des Barnes, Rosemary sera remise sur pied d'ici deux ou trois jours.

- Ne vous inquiétez pas, Lynnett. Madame Bartell est une battante. Si vous l'aviez vue à Brandys Bay, vous réaliseriez les réserves d'énergie que possède cette femme !

Assis tous les deux sur le muret qui séparait la plage de la propriété des Malet, ils étaient tombés par hasard l'un sur l'autre sur le chemin de sable. Le fils Duncan rentrait du tennis et Lynnett sortait de la maison des Barnes.

Le soleil disparaîtrait bientôt dans la mer... C'était l'heure entre chien et loup quand le jour n'est plus le jour et quand la nuit ne s'appelle pas encore nuit.

Un silence gêné les sépara un instant. Lynnett reprit la conversation :

- Oui, bien sûr, Frank, j'ai entendu parler de l'affaire de Brandys Bay. C'est ainsi que les journaux avaient dénommé cette horrible histoire et je sais le rôle que Rosemary Bartell y a joué. Vous avez dû passer un moment horrible. Je suis triste pour vous. J'ai moi-même perdu mon père dans des circonstances brutales et j'imagine ce que vous avez dû ressentir.

Frank se retourna vers Lynnett et sembla l'encourager à continuer.

- Mon père était officier dans le *Royal Flying Corps*. Au début de la Grande Guerre, alors qu'il faisait du repérage photographique avec son avion, il fut abattu par les forces allemandes. Il avait déjà été blessé la veille, mais n'avait pas hésité à reprendre son avion, le soir même, ainsi que l'exigeait la tradition du *Corps*. On ne retrouva jamais son cadavre. Maman ne s'en est jamais remise. J'imagine que la douleur est pire s'il s'agit d'un assassinat.

- Je n'avais pas beaucoup d'affection pour mon père, confessa Frank en se rapprochant de Lynnett. Le comble, je me suis fâché contre lui quelques heures avant sa mort. Je suppose, avec le recul, que j'aurais pu être plus conciliant et plus ouvert quand il faisait des efforts pour se rapprocher de moi.

Lynnett, ne sachant pas quoi dire, resta silencieuse. La mort du père de Frank ne remontait qu'à quelques semaines et elle se demandait si elle devait continuer dans ce sujet ou changer complètement le cap de la conversation.

Elle n'eut pas à choisir, car Frank lui raconta toute sa vie... Il ne savait pas pourquoi il le faisait.

Lynnett ne l'interrompit jamais et ne l'aida pas quand il cherchait ses mots pour mieux lui expliquer les difficultés des situations qu'il avait connues. Elle ne sourcilla pas quand il aborda l'affaire de Brandys Bay, même quand il insista sur la nature des meurtres... Elle ne montra aucune réaction pour ne pas le gêner. Elle éprouvait beaucoup de peine pour lui, mais aussi de la joie à cause de la confiance qu'il lui portait.

Soudain, Frank réalisa que Lynnett frissonnait. Il ne s'était pas rendu compte de la fraîcheur et de l'humidité. Il enleva son chandail en laine et le posa sur les épaules de la jeune femme.

- Oh, Lynnett, comme j'ai dû vous ennuyer avec ce récit. Comme si ma vie méritait que j'en parle aussi longuement ! Je suis désolé, je ne réalisais même pas que vous aviez froid.

- Frank, je crois que vous aviez besoin de parler et je suis sûr que vous avez encore beaucoup de choses à dire. Voulez-vous que nous reprenions cette conversation demain ? Je vais rentrer maintenant.

Un rai de lumière les éclaira soudain. Quelqu'un avait allumé la lampe extérieure. Une porte claqua et des bruits de pas se firent entendre. Cécile Malet apparut.

- Ah, c'est vous Frank. J'entendais des voix et je me demandais qui pouvait converser à cette heure, dans l'obscurité. Ah, Lynnett... Vous êtes là aussi !

La voix de Cécile se fit plus sèche lorsqu'elle se rendit compte de la présence de la jeune femme.

- Frank, rappelez-vous que vous avez promis de m'emmener à Tunis demain matin. Passez me prendre vers dix heures. Nous déjeunerons au Tunisia Palace. Je suis sûr que vous aurez mille choses à me raconter...

Son visage, tourmenté par la jalousie et par la haine, frappa Lynnett.

- Elle considère Frank Duncan comme sa propriété, pensa la jeune femme. Attention à celles qui approchent son chéri de trop près !

Tournant les talons, Cécile Malet rentra dans la maison sans même dire bonsoir. Claquant la porte, elle éteignit la lumière extérieure.

Lynnett Bowridge sentit que le courant ne passerait pas très bien avec sa logeuse. Elle sauta à bas du muret et souhaita une bonne nuit à Frank.

- Désolé pour l'impolitesse de Cécile. C'est une femme-enfant très gâtée qui a un peu trop l'impression que tout le monde lui appartient. Mais n'en tenez pas compte !

- Oh, ne vous inquiétez pas pour moi ! Je sais gérer ce genre de femme… et de situation. Bonne nuit, Frank ! Je vous rapporte votre lainage demain.

Elle s'éloigna rapidement. Frank, resté seul, décida d'avoir une très bonne conversation avec Cécile Malet. Il n'admettait pas qu'une femme lui parlât sur ce ton devant une autre femme…

Contournant la maison des Malet, il reprit en sens inverse le petit chemin sablonneux qui menait à la villa des Barnes. Chemin faisant, le visage haineux de Cécile Malet disparut pour laisser place au joli minois de Lynnett Bowridge. Il pouvait encore sentir son délicieux parfum !

La nuit était tombée et une multitude d'étoiles embrasait le ciel. Il se mit à siffler, tout heureux de ce moment qu'il venait de partager avec Lynnett. Jamais, il ne s'était confié à une femme aussi rapidement, mais il sentait qu'il pouvait lui faire confiance. Il dépassa la maison de Graham Tatley, construite derrière celles des Barnes et des Malet.

Une lumière à peine perceptible brillait à travers l'épais rideau d'une pièce du rez-de-chaussée.

Il pensa à sa cousine et sourit :

- Darlene a raison, je ne saurai jamais résister à la beauté et au charme de la gent féminine. Dieu m'a fait comme cela, je suppose !

Il atteignit avec plaisir la grille du parc des Barnes. Un vieil homme affublé d'un *burnous*, qui faisait office de gardien de nuit, surgit de l'obscurité pour lui ouvrir et lui souhaita une bonne soirée.

N'étant pas habillé pour le dîner, il préféra contourner la maison pour aller directement dans sa chambre en passant par la porte-fenêtre qu'il ne fermait pas à clef durant la journée.

Il prit rapidement une douche, se servit un whisky et s'habilla. Avant de sortir de la pièce, il vérifia son image dans le miroir sur pied de sa chambre et parut satisfait de ce qu'il voyait : un bel homme de quarante ans, en habit, dont la chemise blanche à col cassé soulignait le bronzage.

Il décida de sortir par le jardin pour accéder à la terrasse de la maison et emprunta les escaliers extérieurs, juste à côté de sa chambre.

Une lune ardente éclairait à la fois le ciel et la mer du fait de ses reflets argentés. De minuscules vaguelettes à peine bruissantes clapotaient dans le silence nocturne.

A droite, au loin, une lumière étrange éclairait le ciel de manière intermittente, mais régulière. On aurait dit un phare, mais Frank savait qu'il n'y en avait pas...

Il resta à regarder ce spectacle et se dit qu'il en demanderait l'explication à son demi-frère, Robert Barnes.

Il interrompit ses pensées en regardant sa montre :

- Mon Dieu, il est presque neuf heures... Je vais me faire disputer par Moira...

Il entra dans la maison par la porte-fenêtre du salon.

Chapitre 8

Le soleil brillait déjà lorsque Rosemary Bartell se réveilla. Elle se sentait beaucoup plus en forme que la veille. Son poignet lui faisait encore mal, mais ses courbatures la laissaient plus en paix.

Elle décida d'oublier rapidement sa malheureuse chute pour se consacrer uniquement à ses vacances... Elle se sentait également plus positive : peut-être, en fait, avait-elle imaginé cette main dans son dos et qu'elle n'avait que malencontreusement glissé ! Elle ne pouvait s'en prendre qu'à elle-même, punie par le péché de la curiosité qui ne la quittait pas depuis son plus jeune âge.

Assise dans son lit d'où elle pouvait admirer la Méditerranée toute scintillante sous un ciel bleu, elle buvait avec délectation sa première tasse de thé de la journée que Malika venait de lui apporter en lui répétant des dizaines de fois *Inch'Allah labess...*

Grâce à son peu d'arabe, Rosemary sut que la domestique lui adressait des souhaits de prompt rétablissement avec l'aide de Dieu.

Darlene lui avait déjà rendu visite pour se rassurer sur sa santé. Elle avait insisté pour que Rosemary prenne son petit déjeuner au lit, mais cette dernière avait décrété qu'elle le prendrait en bas avec tout le monde.

Il n'était que huit heures quinze et elle décida de paresser encore dans ce lit tellement confortable et douillet. Sans savoir pourquoi, elle sentait des vibrations positives dans la pièce et y retrouvait la même sérénité que si elle était chez elle, à Brandys Bay, à Londres ou à Honfleur.

L'image de son mari se présenta encore à elle. Cela se produisait souvent depuis son arrivée en Tunisie et surtout dans cette chambre où elle pouvait laisser son esprit vagabonder.

Elle se pencha vers la table de nuit à sa droite et prit le manuscrit de son cher Howard. Enfin, elle avait un peu de temps pour le lire beaucoup plus attentivement.

Elle lut la première page, intitulée « *Souvenirs du pays tunisien* ». Sous le titre, il avait inscrit une phrase de Chateaubriand, sans doute parce qu'elle décrivait les paysages qu'il avait tellement aimé peindre : « *La campagne aux environs de Tunis est agréable : elle présente de grandes plaines semées de blé et bordées de collines qu'ombragent des oliviers et des caroubiers.* ».

Les oliviers lui rappelaient leur dernier séjour à Djerba quand Howard avait peint ces magnifiques mosquées blanches perdues dans les oliveraies. Une de ces toiles avait été achetée par Lord Duncan. Rosemary l'avait vue à Brandys Bay dans son manoir.

Les images de Djerba remontaient en grappes à son esprit : le Grand Hôtel à Homt Souk, le fort espagnol qu'Howard avait peint, les potiers de Guellala… Elle se rappelait aussi leurs promenades en barque autour de l'île, tôt le matin quand le soleil ne dardait pas encore !

Elle commença à lire l'écriture fine et régulière de son mari. Dès les premières lignes, elle fut surprise par l'excellent style et la minutie des termes qu'il utilisait. Howard détaillait tout ce qu'il vivait et expliquait simplement les coutumes tunisiennes, la religion musulmane, le ramadan. Dans la narration de ses promenades, il décrivait quelques monuments archéologiques et indiquait même les mots arabes les plus courants que Rosemary essaya de retenir.

Même, si à cette époque, il n'avait pas encore commencé sa carrière de peintre, il avait pris soin de montrer avec ses mots les paysages qu'il admirait entre Tunis, où se trouvaient les bureaux de la Duncan Holdings, et Carthage où il résidait. Duncan Holdings appartenait à feu Lord Anton Duncan dont les affaires se brassaient entre la Tunisie, le Maroc, l'Algérie et quelques autres pays appartenant à l'Empire britannique.

Rosemary était citée dans quelques passages quand elle l'avait accompagné par deux fois durant ses séjours d'avant-guerre. Howard n'habitait pas encore Carthage, mais avait pris une chambre à l'hôtel de Paris, dans la rue Aldjazira.

Pour vérifier la chronologie de son journal, elle alla à la fin du manuscrit et retrouva bien le récit de leur dernier séjour à Djerba. Les larmes lui vinrent aux yeux quand elle tomba par hasard sur ce passage : « *Ce qui est formidable quand vous voyagez dans une île aussi enchanteresse que Djerba, c'est la satisfaction intense de partager à chaque instant vos moments répétés de bonheur avec la femme que vous aimez. »*

Elle essuya ses larmes d'un revers de main et réfléchit à ces trente pages qui manquaient : sans trop de difficulté, après une courte réflexion et en faisant quelques recoupements de dates, elle comprit vite que les pages arrachées correspondaient au récit de son long séjour, d'environ six mois, qu'il avait passé seul à Tunis...Il lui avait tant manqué. Il avait accompagné Anton Duncan pour un gros projet immobilier entrepris en partenariat avec des sociétés françaises. Les deux hommes habitaient Carthage.

Elle recevait des nouvelles de son mari une fois par semaine... Il n'avait jamais voulu revenir à Tunis après ce long séjour, préférant aller dans l'île de Djerba après la Grande Guerre.

Rosemary retourna à la fin du livre pour chercher le récit du séjour djerbien. En faisant cela, elle se rendit compte de l'existence d'une légère protubérance entre la dernière page et la couverture de maroquin.

Elle eut l'impression que quelqu'un avait glissé quelque chose sous la couverture... Se relevant de son lit, elle alla chercher la petite paire de ciseaux qui ne la quittait jamais et se mit, malgré sa légère douleur au poignet, à découper soigneusement le dessous de la dernière couverture en prenant soin de ne pas trop abîmer l'ouvrage. Très précautionneusement, elle enleva la partie découpée... et put apercevoir une photographie jaunie par le temps.

En fait, elle réalisa vite qu'une coupure de presse avait été également glissée dans la cachette du manuscrit... Pour ne pas abimer sa trouvaille, elle sépara délicatement la photographie et la coupure de presse, collées l'une à l'autre. Cela lui prit un certain temps, mais elle y réussit sans trop causer de dommage... au carnet et à son poignet !

Contente d'elle-même, elle alla replacer la paire de ciseaux et se recoucha

La photographie représentait un homme européen, ventripotent, habillé d'un costume clair et chaussé de guêtres. Posant peu naturellement, il semblait à peine sympathique et très hautain. Il portait un canotier à la calotte ceinte d'un ruban sombre. Sa main, ornée d'une chevalière ancienne, écartait sa veste et laissait paraître une montre gousset attachée à sa poche de gilet.

Rosemary retourna la photographie et ne vit qu'un signe ou un symbole qui ressemblait à un 9 légèrement penché vers la gauche... Ayant été écrit à l'encre, le temps l'avait presque effacé. En fait, en le regardant bien, elle se dit qu'elle avait déjà vu ce symbole quelque part, mais bien évidemment, elle ne se rappelait pas où.

- Que peut vouloir signifier ce 9 penché et pourquoi Howard a-t-il caché cette photographie ? se demanda-t-elle tout haut.

Elle posa la photographie sur le lit et entreprit de lire la coupure de presse jaunie par le temps et dont l'encre commençait également à s'effacer. Provenant sans doute d'un journal français d'avant la Grande Guerre - *elle pouvait situer l'époque grâce à la réclame pour des écharpes de soie où une femme était habillée selon la mode du début du siècle* - l'article était court et semblait appartenir à une rubrique de faits divers. Elle inspecta le verso de la coupure pour ne trouver que le texte inintéressant d'un autre article traitant de la visite du Résident Général de France en Tunisie au Maroc.

Elle lut tout haut l'article :

Un cadavre non identifié et presque complètement calciné a été retrouvé sur le site de la colline de Byrsa hier matin par un ouvrier travaillant pour une mission archéologique britannique. Le corps avait été enterré sous un monticule de terre et de grabats. Il s'agirait, selon les premiers résultats de l'enquête, d'une jeune fille d'environ douze ans dont le corps avait été déposé à cet endroit depuis plusieurs semaines, compte tenu de la décomposition du corps. La police s'est refusée à émettre d'autres précisions. Une enquête a été diligentée par la police de La Marsa. Très curieusement, personne n'avait signalé la disparition d'une jeune fille d'un tel âge dans le voisinage.

Le début d'un autre article relatait un vol d'antiquités commis par un ouvrier appartenant à la Direction des Antiquités. Rosemary relit deux fois l'article... Pourquoi Howard s'était-il intéressé à la découverte du cadavre d'une jeune fille de douze ans ? Quel rapport avec son travail à Tunis ? Pourquoi une enfant de cet âge était-elle retrouvée calcinée ?

Trop de questions... Rosemary rouvrit le carnet pour en continuer sa lecture. Trop concentrée, elle ne vit pas le temps passer et constata avec horreur qu'il était déjà neuf heures moins dix. Il lui restait donc dix minutes pour se préparer pour le petit déjeuner.

Tâche impossible ! Elle décida par elle-même de son retard à ce premier repas de la journée, étant sûre que tout le monde lui pardonnerait, vu ce qui s'était passé la veille.

Vers neuf heures trente, elle descendit à la salle à manger. Elle avait choisi de porter, vu le temps magnifique, une élégante robe de soie grège dont les manches en aile lui donnaient beaucoup d'allure.

Dès qu'elle entra dans la pièce, elle sentit une atmosphère bizarre. Elle aurait pensé que tout le monde l'aurait accueillie avec plaisir, lui demandant des nouvelles de sa santé et comment elle avait passé la nuit. Au lieu de cela, un silence s'installa aussitôt et tous les regards convergèrent sur elle, gênés.

Darlene Randwick - *Rosemary nota incidemment sa robe à la couleur parme un trop voyante* - se leva et se dirigea vers elle. On aurait pu entendre une mouche voler !

Madame Bartell fronça les sourcils et demanda ce qui se passait. Elle craint aussitôt qu'il ne soit arrivé quelque chose à sa nièce Janice... En une fraction de seconde, elle pensa aussi à ses domestiques, à sa chienne Ulla...

Darlene lut dans ses pensées et la rassura :

- Rosemary, il n'est rien arrivé de mal à votre entourage. Rassurez-vous ! Robert a reçu un télégramme, ce matin, de notre ami de Brandys Bay, le Détective Inspector Lomar.

Rosemary s'étonnait de plus en plus et se demandait ce que Lomar pouvait lui apprendre.

- Lomar ?

Darlene la fit asseoir sur une chaise.

- Vous avez été victime d'un cambriolage dans votre appartement de Londres, Rosemary. Nous sommes désolés de devoir vous apprendre cette nouvelle après ce que vous avez dû endurer hier.

▼▼▼▼

Rosemary Bartell demeura sans voix. Elle écoutait Darlene.

- Tout a été fouillé et renversé, mais selon votre voisine, Madame Ruth Anskell, aucun objet de valeur n'a été volé. Les toiles de Howard sont toujours là ainsi que les quelques bijoux que vous aviez laissés...

- Oh ! par exemple, s'exclama Rosemary, c'est la première fois de ma vie que je suis cambriolée... Je laisse mes maisons d'Honfleur et de Brandys Bay inhabitées presque toute l'année et rien de ce genre ne s'est jamais produit.

- Lomar a lui-même été prévenu par le poste de police de Mayfair qui l'a appelé tôt ce matin. Le Detective Inspector a demandé à ses collègues de Mayfair de donner toute leur priorité à cette affaire. Une enquête est en cours, vous savez combien Lomar vous apprécie. Il va sûrement tout faire pour trouver l'auteur du méfait.

Madame Bartell regarda autour d'elle, visiblement assommée par la nouvelle.

- Mais pourquoi forcer la porte de mon appartement et ne rien emporter ? Les toiles de Howard coûtent plusieurs milliers de livres, au bas mot, et les bijoux, même si les plus précieux sont enfermés dans le coffre de ma banque, leur auraient rapporté une somme rondelette. Je ne comprends pas. Cherchaient-ils quelque chose en particulier ? A part les tableaux et les bijoux, je ne possède rien d'autre qui vaille la peine d'un cambriolage. Une ou deux pièces de décoration, peut-être... La coupe de cristal que le bey de Tunis m'avait offerte lors de mon premier voyage en Tunisie ou... Est-ce que ce ne serait pas la collection de timbres de mon mari qui aurait disparu ? Les albums se trouvaient bien en vue sur le bureau de Howard.

- Nous poserons la question à Madame Anskell. Je vais m'en charger, chère Rosemary. Je l'appellerai de la poste de Carthage.

- Merci beaucoup, chère Darlene. Vous êtes tellement efficace... Je ne vois rien d'autre à part la collection de timbres, et encore... je vous dirais franchement que je ne connais pas exactement sa valeur. La philatélie est un monde inconnu pour moi. C'était la passion de Howard.

Les conversations reprirent et chacun proposa son aide à la pauvre Rosemary Bartell : Patricia, présente dans la salle à manger, commença par lui servir une bonne tasse de thé. Frank se proposa d'envoyer un câble à Lady Duncan pour qu'elle use de son influence auprès de la police de Mayfair. Robert et Moira proposèrent de l'amener, après le petit déjeuner, à la poste de Carthage pour qu'elle puisse appeler qui elle voulait tandis qu'Édith Steinway commença un long monologue sur la criminalité de plus en plus importante à Londres, bien sûr à cause de tous les étrangers métèques, sans aucune éducation, qui venaient y habiter. Elle tint à rajouter qu'au moins, dans ses orphelinats de Tunis et d'Alger, les jeunes enfants recevaient une éducation française qui les élèverait plus haut dans la société que leurs petits congénères tunisiens ou algériens appelés, dans la plupart des cas, à devenir voleurs ou mendiants.

Darlene Randwick la fusilla du regard, mais préféra ne rien dire.

- Je vous remercie tous de votre sollicitude, mais rappelons-nous qu'à première vue, rien n'a été volé. Donc, je vais essayer de ne pas en faire toute une montagne. Savez-vous quand le cambriolage s'est produit ?

Rosemary se tourna vers Robert, mais il ne semblait pas savoir.

- Rosemary, conseilla Robert, terminez votre petit déjeuner et nous allons appeler Madame Anskell. Elle vous en dira plus et vous pourrez régler avec elle les détails...

- Oui, Ruth est très débrouillarde. Elle fera nettoyer l'appartement par mes domestiques et mettra une nouvelle serrure. Quelle histoire !

A ce moment, Patricia revint dans la salle pour annoncer Cécile Malet. Frank regarda sa montre et soupira.

- Mon Dieu, j'avais oublié que je dois accompagner Cécile à Tunis.

Il se tourna vers Rosemary :

- Voulez-vous que je reste avec vous, Rosemary ? Vous aurez peut-être besoin de moi ?

- Moi aussi, j'ai besoin de vous, coupa une voix autoritaire. Nous devons partir à Tunis, Frank. Bonjour à tout le monde ! Vous avez tous des mines de croquemort. Que se passe-t-il ?

Cécile Malet entrait dans la pièce, déjà précédée des effluves de son parfum. Tout le monde leva les yeux, ébloui par sa tenue élégante dont le vermillon se retrouvait dans le manteau demi-saison bien silhouetté, la robe légèrement plus longue et le chapeau cloche d'où s'échappaient quelques mèches blondes.

Par contre, les mélanges de l'odeur du café frais et de son parfum capiteux furent assez désastreux, mais personne ne le fit remarquer.

Darlene, ne laissant pas Rosemary parler, expliqua le cambriolage dont avait été victime son amie, sans entrer dans trop de détails. Elle se doutait que Madame Malet ne serait guère intéressée.

- Je suis désolée pour vous, Rosemary. Nous avions été cambriolés lorsque nous nous sommes installés ici. L'épisode m'avait beaucoup perturbée. Mais, si rien n'a été volé, ce n'est pas si grave. Installez des verrous de sécurité… Vous venez, Frank ? Bonne journée à tous, nous reviendrons dans l'après-midi.

Frank leva les yeux au ciel et n'eut que le temps de prendre sa veste, posée sur le dossier de sa chaise. Il quitta la pièce en courant.

- Mon Dieu, que cette femme est autoritaire et peu charitable, ne put s'empêcher de dire Édith Steinway. Et à la limite de l'impolitesse.

- C'est une bonne voisine, tempéra Moira, et chacun a son caractère. Vous avez aussi le vôtre, Édith.

Madame Steinway n'apprécia pas la dernière phrase et se mura dans un mutisme boudeur qui arrangea tout le monde.

Robert confirma à son invitée que Lotfi serait à sa disposition pour l'amener où elle le désirait. Il quitta la salle, suivi par Nathaniel, peu enclin à supporter la mauvaise humeur de sa femme.

Moira changea de place et se rapprocha des deux amies : Rosemary avalait avec difficulté un toast, n'ayant aucun appétit.

- Ne vous en faites pas, Rosemary. Vraiment, je n'aime pas que ceci vous arrive : votre chute d'hier, le cambriolage aujourd'hui… Je suis là si vous avez besoin de moi. Je voudrais juste comprendre pourquoi on entre chez quelqu'un par la force, juste gratuitement, sans rien voler. Peut-être cherchaient-ils seulement de l'argent liquide, ce qui expliquerait qu'ils ont fouillé partout pour en trouver ou alors ils ont été surpris dans leur cambriolage et ont préféré prendre la poudre d'escampette…

Sur cette question ouverte, Madame Barnes quitta à son tour la pièce, en tapotant l'épaule de Rosemary. Édith l'imita peu après en maugréant quelque chose qui ressemblait à une parole sans doute aimable.

Se retrouvant seules, Rosemary et Darlene se regardèrent, intriguées. Elles ne parlaient pas. Chacune pensait de son côté à la bizarrerie de tous ces tristes évènements.

Rosemary se mit à se demander si son séjour à Carthage se présentait sous les meilleurs auspices !

▼▼▼▼

La mauvaise humeur d'Adonibaal empirait d'instant en instant et Himilkat prit peur. Recevoir une convocation de la part du Maître deux fois de suite, en dehors des cérémonies régulières de l'Ordre, ne lui disait rien qui vaille.

Pour cette nouvelle rencontre, le Maître avait exigé qu'Himilkat l'attende à la Villa de la Volière, en haut de la colline de l'Odéon, là où les disciples de l'Ordre se réunissaient auparavant. A cette heure matinale, à part quelques visiteurs étrangers et les équipes d'archéologues concentrés à effectuer leurs fouilles, le site se trouvait plus ou moins désert.

Himilkat pensa que la promenade à la Villa de la Volière aurait pu être agréable avec ce magnifique ciel bleu et ce beau soleil qui le réchauffait agréablement. Du site, la vue sur la baie de Carthage était magnifique, sans doute l'une des plus belles au monde... Regardant vers le haut de la colline, il aperçut le Grand Hôtel Saint-Louis dont les murs blancs semblaient briller dans le soleil matinal.

Himilkat, en arrivant, avait tout de suite remarqué la présence des jumeaux, Leith et Youssef, qui se tenaient derrière l'une des colonnes de marbre rose du portique de la cour carrée. Lorsque le Maître était arrivé près d'eux, ils s'étaient éloignés en faisant un signe discret à Himilkat pour qu'il rejoigne Adonibaal.

Le Maître entra dans une colère épouvantable à l'approche de Himilkat qu'il rendit aussitôt responsable du raté de l'assassinat de Rosemary Bartell.

- Vous n'êtes tous que des incapables et vous mettez l'Ordre en grand danger avec vos fautes répétées. L'assassinat, déguisé en accident, de Rosemary Bartell représentait pour nous une nouvelle étape dans nos plans à long terme. Vous avez lamentablement échoué...

Adonibaal s'arrêta et se rapprocha de Himilkat qui recula tellement le regard de son Maître l'effrayait :

- Votre collaboration dans cette affaire est désastreuse et vous n'êtes qu'un imbécile. Je ne parle pas des autres missions où vous avez lamentablement failli et dont je vous reparlerai plus tard. Vous ne méritez en aucune manière la position élevée que vous occupez au sein de notre Ordre et je vous prierai de ne plus vous présenter aux réunions supérieures.

Himilkat ne répondit rien, baissant juste les yeux. Il craignait que le Maître ne le frappe, il en avait le pouvoir.

- En plus, pour rajouter à votre médiocrité, d'après le rapport de nos gens de Londres, la visite de l'appartement de la Bartell n'a rien donné. Cette femme commence prodigieusement à m'énerver. Sur les sept carnets que nous avons pu prendre, aucun d'eux n'a un rapport avec la Tunisie, signifiant qu'elle emportait avec elle celui qui nous intéressait.

Adonibaal s'interrompit. Il fixait toujours d'un regard méprisant le disciple qui osa enfin lever les yeux :

- Maître, comment voulez-vous que nous puissions voler le fameux carnet manuscrit alors que nous devions faire preuve de toute la discrétion possible ? Le carnet ne se trouvait pas dans sa cabine de train, sinon nous l'aurions récupéré. Elle l'avait sûrement enfermé dans l'une de ses malles consignées dans le wagon à bagage...

Adonibaal ne le laissa pas finir et haussa encore le ton :

- Si votre employé l'avait trouvé pendant son voyage, nous n'aurions pas eu besoin de forcer la porte de son appartement. En plus, vous avez commis une autre erreur, Himilkat. Votre imbécile de cambrioleur n'aurait pas dû dérober que les carnets. Pour noyer le poisson, il aurait pu s'intéresser à d'autres objets de valeur pour faire croire à un cambriolage banal. Le fait de ne voler que les manuscrits va mettre la puce à l'oreille de la Bartell. Je vous l'ai dit : cette vieille femme est tout, sauf une buse !

Le disciple ne répondit rien. Il n'avait pas pensé à préciser cette recommandation à son homme de main de Londres. Quant à la personne à qui il avait ordonné de tuer la Bartell, elle avait réussi son coup, mais la vieille perruche avait encore eu de la chance !

- Et pour couronner le tout, je viens d'apprendre que Lomar, ce policier de Brandys Bay s'occupe de l'affaire avec ses collègues de Mayfair. Si nous avons ce policier fouineur dans les pattes, cela compliquera encore la situation...

Le Maître tourna autour de la colonne comme pour se calmer. Il leva l'index dans un geste de menace :

- Himilkat, nous n'avons pas pu nous débarrasser de la Bartell et nous n'avons pas récupéré le manuscrit.

Heureusement, je garde toujours des jokers dans mon jeu et je vais m'occuper maintenant personnellement de nos affaires, vous ne serez plus qu'un simple exécutant avant que je ne m'occupe de votre cas... Je vais quand même vous expliquer comment je vais procéder afin que vous puissiez donner toute l'assistance à la personne que j'ai choisie pour récupérer le manuscrit qui doit se trouver dans la maison des Barnes. Vous lui obéirez au doigt et à l'œil, est-ce clair, Himilkat ?

Himilkat ne put que baisser la tête en signe d'obédience.

- Venez par ici, des gens s'approchent. Voilà ce que je compte faire...

▼▼▼▼

Moira Barnes avait rejoint Patricia qui s'entretenait dans l'office avec les femmes de chambre. Au nombre de trois, elles assuraient le service en chambre. Vêtues de pantalons blancs, larges et courts, et de tuniques longues, les cheveux enserrés dans des foulards de coton blanc, elles écoutaient religieusement les remarques de la gouvernante qui s'exprimait lentement, en français, pour leur permettre de la comprendre parfaitement.

Patricia de Launay, dans sa robe grise fermée par un petit col rond blanc, paraissait très professionnelle. La maîtresse de maison ne chercha pas à l'interrompre et attendit qu'elle eut fini. Les femmes de chambre sortirent bientôt de l'office.

- Elles sont pleines de bonne volonté, mais oublient toujours quelque chose. Mais ne vous inquiétez pas, nous en ferons du bon personnel. Elles se sentent très bien entourées et vous respectent beaucoup.

- Patricia, je ne suis pas sortie de la cuisse de Jupiter, vous le savez. Alors, je comprends ces pauvres femmes. La vie ne doit pas être trop facile pour elles. Alors, au moins, nous devons essayer de faire en sorte que le temps qu'elle passe chez nous ne soit pas trop désagréable.

La gouvernante française hocha la tête. Elle appréciait la simplicité de Moira.

- Elle n'a peut-être pas la naissance, se dit Patricia, mais au moins, elle a les pieds sur terre et l'intelligence ne lui fait pas défaut. Je préfère ce genre de femme aux bécasses bien nées, mais insupportables de snobisme et de bêtise !

Madame Barnes se rapprocha de Patricia :

- Patricia, j'ai parlé avec Robert et nous avons décidé d'organiser une grande soirée dans une dizaine de jours. Nous inviterons les Malet, bien sûr, Graham, Lynnett, mais aussi des notables tunisiens et français qui nous convient à toutes leurs fêtes : notre ami, le Consul de Grande-Bretagne, des proches du Résident Général et du bey…Je voudrais que vous m'aidiez à son organisation. Prévoyez déjà l'embauche du personnel supplémentaire pour que cette soirée soit un véritable succès. Nous parlerons avec la cuisine et Karim pour régler tous les détails.

- C'est une excellente idée, Madame Barnes. Ce sera l'occasion pour moi de tester le personnel et pour vous de faire connaître votre magnifique maison à tous ces invités. Comme nous sommes toutes les deux, je voudrais vous parler de Malika… J'ai un peu de mal avec elle : elle ne fait que braver mon autorité, tentant même de monter d'autres domestiques contre moi ! Sachant que vous l'employez depuis votre arrivée à Tunis et qu'elle me parle toujours du temps de Hammam-Lif où elle s'occupait seule de votre maison, je ne sais plus quoi faire… La qualité de son travail est aussi très approximative comparée au travail des autres femmes de chambre, de Chaima par exemple, que je viens de promouvoir à la fonction de première femme de chambre.

- Vous avez bien fait de m'en parler. Je vais encore la convoquer et changer de ton avec elle. Je prendrai Karim avec moi pour lui traduire exactement ce que j'ai sur le cœur. J'ai de la pitié pour elle à cause de son statut de veuve et de sa fille qui est retardée mentalement… J'ai déjà fait beaucoup pour elle. Je la loge dans la petite maison du parc pour qu'elle puisse surveiller sa fille dans la journée. Je lui ai donné un peu d'argent à la vente de la maison de Hammam-Lif pour améliorer son quotidien, je lui passe beaucoup de ses caprices… Vraiment, elle exagère !

Robert entra dans l'office à ce moment. Il sourit à sa femme qu'il trouvait de plus en plus jolie : sa robe bleu marine, brodée de motifs égyptiens dorés, lui allait si bien !

- Qui exagère, Moira ?

- Malika, comme d'habitude. Elle mène la vie dure à Patricia.

117

Son mari leva les yeux au ciel, ne souhaitant pas en entendre plus sur ce sujet qui revenait régulièrement dans les préoccupations du couple.

- Une bonne nouvelle, Moira, après la mauvaise nouvelle du cambriolage de Rosemary : Julia Harton sera là dans quelques heures. Bizarrement, nous n'avons jamais reçu son télégramme qui nous prévenait de son arrivée. Comme d'habitude, l'Office Postal n'a pas fait son travail ! J'ai eu beau insister, elle préfère se rendre par ses propres moyens à Carthage. Pas besoin de lui envoyer Lotfi au port !

- Pas grave, Robert, il nous reste des chambres. Patricia va tout de suite lui en faire préparer une.

La gouvernante confirma et quitta l'office.

- Je suis vraiment heureuse que Julia soit là. Elle fut tellement gentille pour nous à Brandys Bay et j'aimerais lui rendre toute sa sollicitude à notre égard.

Robert Barnes embrassa sa femme sur le front et sortit. Il ne voulait plus penser à Brandys Bay !

Chapitre 9

Samedi 19 janvier, midi et après-midi

- Heureusement que ce brave Lotfi était avec nous, sinon nous aurions attendu des heures pour téléphoner... Je ne savais pas qu'il pouvait y avoir autant de Français à Carthage qui voulaient appeler Paris, Lyon ou Marseille.

- Mais, Darlene, c'est presque la France... Normal que les résidents veuillent appeler leur famille ou leur bureau !

Darlene ne répondit pas, encore énervée par la longue file d'attente. Elles sortirent de la poste de La Marsa et trouvèrent Lotfi devant la voiture. Gênées par le soleil de midi, vraiment chaud pour un mois de janvier, elles ne parlèrent pas jusqu'à temps qu'elles soient assises confortablement dans la *Renault KZ*.

- Enfin, au moins, je me sens tranquillisée grâce à cette bonne Ruth. La nouvelle serrure est installée, sa domestique a tout remis en place et tout ce qui est cassé sera réparé ou jeté. Mais les timbres sont encore là... J'en conclus donc que Moira devait avoir raison : ils ont cherché de l'argent liquide et ne trouvant rien, ils sont partis. Peut-être n'ont-ils pas réalisé la valeur des toiles de Howard et ont cru que les bijoux étaient faux, ce qui d'ailleurs était le cas pour certains... Je vais donc oublier cet épisode et me consacrer à mes vacances ! La *Lloyd's Insurance* fera le reste...

- Voilà de bonnes résolutions, ma chère Rosemary. Quant à cet homme qui ne fait que vous suivre ou qui a presque manqué de vous tuer, il n'a qu'à bien se tenir, car Darlene Randwick ira l'affronter dès qu'elle reverra un bout de son costume clair défraîchi !

Les deux femmes se mirent à rire et applaudirent. Lotfi se retourna, un peu interloqué. Il n'avait pas l'habitude de voir des femmes d'un certain âge se comporter comme deux collégiennes. En tout cas, leur bonne humeur étant communicative, il rit avec elles et demanda ce qu'elles voulaient faire.

- Lotfi, comme nous avons très peu mangé au petit déjeuner, emmenez-nous dans un endroit où l'on pourrait boire une bonne tasse de thé et un toast. En fait, je meurs de faim !

Lotfi répondit tout de suite à Darlène Randwick :

- Très bien, Mesdames. Je vous amène au Grand Hôtel Saint-Louis de Carthage, juste à côté de la cathédrale primatiale et du séminaire des Pères Blancs, sur la colline de Byrsa. Vous y découvrirez une vue magnifique de la baie de Carthage et pourrez apercevoir quelques vestiges romains et puniques, un peu plus bas...

Les deux amies se réjouirent de l'idée de Lotfi et changèrent complètement de conversation. Rosemary demanda conseil à Darlène sur le choix des cadeaux qu'elle voulait ramener à sa nièce Janice. Darlene, toujours avec son *guide Cook* et ne répondant pas à la question de son amie, décréta qu'elles devaient visiter le plus tôt possible le musée Lavigerie et les tombeaux puniques, qu'elle espérait beaucoup plus intéressants que le *Tophet* de Salambô dont elle conservait un mauvais souvenir.

Elle émit également le souhait de ne pas être accompagnée d'Édith Steinway qu'elle pourrait très bien assassiner derrière un pilier antique pour rendre service au monde entier !

Rosemary se mit à rire, imaginant la scène... Lotfi les interrompit en commentant le paysage :

- Nous sommes maintenant sur l'avenue du Cardinal Lavigerie. Regardez à votre gauche, Mesdames, les citernes de la Maalga. C'est ici que les Romains conservaient l'eau qui venait tout droit d'une branche de l'aqueduc de Zaghouan, une ville située à plus de soixante kilomètres. Je vous conseille de les visiter, je pourrais vous y emmener quand vous voulez.

- Les avez-vous repérées sur votre *guide Cook*, Darlene, demanda Rosemary, malicieusement.

Darlene fustigea son amie du regard.

- Vous vous moquez de moi. Il n'empêche que vous y apprenez beaucoup de choses sur ce guide ! Je ferai d'ailleurs mes compliments à Thomas Albert Cook quand je le verrai. Ses fameux guides m'accompagnent toujours dans mes voyages. En Egypte notamment, j'ai pu comprendre tout ce que je visitais, car si je m'étais fiée à ce que me racontaient les guides locaux dans leur anglais incompréhensible, je serais revenue aussi ignare qu'avant mon départ.

Lotfi sourit.

- Voilà, nous allons monter sur la colline de Byrsa. Regardez la Cathédrale primatiale Saint-Louis, juste en face de vous. Elle a été bâtie entre 1884 et 1890, juste à côté de la chapelle Saint Louis, construite cinquante ans plus tôt. Le bâtiment tout blanc, que vous apercevez à côté, est le séminaire des Pères Blancs...

La voiture continua de gravir la route étroite et s'immobilisa devant le Grand Hôtel Saint-Louis, juste en face de l'entrée du jardin du séminaire...

Lotfi leur ouvrit la portière et invita les deux dames à découvrir la vue et les sites de fouilles qui s'étendaient sous leurs yeux.

Éblouies par le soleil, elles s'enthousiasmèrent à haute voix, tellement la vue était splendide : la mer, toute bleue et scintillante sous le soleil, se confondant avec l'azur pur du ciel, semblait dessiner une artistique toile de fond à la colline de Byrsa et à ses multiples ruines composées de piliers, de murets, de pierres taillées plus ou moins ordonnées... Des équipes d'archéologues travaillaient çà et là dans des périmètres délimités par des cordes tendues à ras de terre...

Un peu plus bas, des grappes de touristes américains, conduits par des guides polyglottes, visitaient les sites, commentaient et ne se gênaient pas pour ramasser quelques morceaux de marbre ou de porphyre. Certains préféraient gratter les morceaux de mosaïque afin d'en enlever les cubes multicolores.

Un petit garçon, en haillons et sûrement très sale, mais avec les plus beaux yeux du monde, s'approcha sans bruit des deux amies et tira leurs robes pour attirer leur attention. Il était accompagné par un Tunisien d'une vingtaine d'années, au visage doux et aux cheveux bouclés, qui lui ressemblait un peu.

Surprises, elles poussèrent un cri, mais fondirent littéralement devant la mine angélique du garçonnet qui s'adressait à elles en français cassé :

- Madame, madame, moi vendre pièces anciennes pas chères. Regarde, Madame, regarde...

Lotfi, ayant vu la scène, lui aboya une phrase en arabe qui l'interrompit dans son discours.

- Laissez-le, Lotfi, demanda Darlene tout en cherchant quelques francs dans son sac. Il est tellement mignon !

Le garçonnet, sûr de lui, regarda de haut le chauffeur et fit son plus beau sourire aux deux dames. Lotfi s'approcha et repoussa le petit garçon qui manqua de tomber sur les graviers.

- Lotfi, crièrent en même temps Darlene et Rosemary, il ne nous embête pas, laissez-le. Nous allons lui acheter une pièce.

Le jeune homme qui accompagnait le garçonnet se rapprocha vivement de Lotfi et l'écarta d'un geste.

Rosemary et Darlene ne comprenaient pas l'arabe, mais pouvaient comprendre que les deux hommes s'échangeaient des insultes. Elles réalisèrent aussi que le garçonnet était le petit frère du jeune homme.

Sans crier gare, Lotfi, qui avait jusque-là rongé son frein, s'approcha du jeune homme. Ils continuaient à hurler et leurs visages devaient se trouver à quelques centimètres, tels deux animaux sauvages prêts à bondir l'un sur l'autre.

Avant que les deux amies ne puissent intervenir, Lotfi, les yeux enfiévrés par la colère, prit une longue inspiration et frappa, du revers de la main, le jeune homme qui, sonné et ne sachant pas ce qui lui arrivait, préféra s'éloigner rapidement en se tenant la joue et en grimaçant de douleur. Son petit frère continua les insultes et le suivit en menaçant Lotfi du poing.

- Il ne faut jamais trop me chercher, je suis désolé, Mesdames, que vous ayez été témoins d'une telle scène. Nous devons être sévères avec ces trafiquants qui pillent notre pays. Vous ne le saviez pas, mais ces pièces sont fausses ! Un véritable trafic de fausses ou de véritables antiquités se fait à Carthage. Des vautours ne cherchent qu'à nous déposséder de tous nos trésors. Même les guides officiels trempent dans ces combines… On murmure que des bateaux à pavillon étranger, le soir, longent les côtes et remplissent leurs cales d'objets antiques ou même de colonnes ou de stèles…

Les yeux de Lotfi brillaient toujours de colère. Sans s'en rendre compte, il serrait les poings.

Rosemary et Darlene ne savaient pas quoi répondre, mais étaient toutes les deux d'accord sur le fait que leur chauffeur aurait pu éviter la claque donnée au jeune Tunisien.

- Je ne vous parle pas du vandalisme des Français, ou même des riches Tunisiens qui construisent leurs villas à Carthage ou dans ses alentours… Par exemple, les auteurs anciens citaient souvent, dans leurs récits de voyage, la *Platea Novea* et sa magnifique et immense jetée d'escalier de 120 marches. On en parlait encore à la fin du siècle d'avant... Eh bien, un propriétaire de Borj Jdid, il y a quelques années, n'a pas trouvé mieux que de démonter l'escalier et un mur adjacent pour bâtir sa villa. On raconte même qu'il a sèchement répondu à un touriste qui s'indignait de ces basses œuvres de destruction massive : « *Mais la pierre est de première qualité !* ».

Darlene et Rosemary ne purent réprimer un cri d'horreur.

- Ce garçon est violent aussi bien dans ses paroles que dans ses gestes, pensait Rosemary en l'écoutant parler... Cela lui jouera des tours dans sa vie, car il est incapable de masquer ses émotions et de se contenir. Il est également évident qu'il n'apprécie pas du tout la présence française dans son pays.

Darlene, comme à son accoutumée, essaya de dédramatiser la situation :

- J'ai trouvé les mêmes problèmes en Egypte, Lotfi, ajouta Darlene. Depuis des siècles, les tombeaux égyptiens sont vidés de toutes leurs richesses et souvent par des gens très comme il faut, croyez-moi ! Les Britanniques ne sont pas meilleurs que les Français et n'hésitent jamais à puiser, de manière éhontée, dans le patrimoine antique de leurs colonies. Mais bon, ce pauvre jeune homme que vous avez frappé ne méritait pas une telle correction, Lotfi.

- Il a bien mérité sa correction, croyez-moi, Madame Bartell. Vous ne connaissez pas ces voyous. Ils sont à la fois trafiquants, pickpockets, voleurs et mentent comme des arracheurs de dents. Ils sont une honte, pour nous, Tunisiens. Mais je vous ennuie avec toutes mes histoires, excusez-moi... Allez, entrez vite dans l'hôtel pour vous restaurer... Je vous conseille la terrasse pour profiter de la vue tout en buvant votre thé !

- Oublions cet incident, demanda Rosemary Bartell. Accompagnez-nous et vous continuerez à nous raconter les histoires de Carthage que nous aimons tant.

- Désolé, Madame Bartell. J'aime rester à ma place. Je vous attends près de la voiture, prenez votre temps.

Rosemary, devant le ton sans réplique de leur chauffeur, n'insista pas et entra avec Darlene dans le hall de l'hôtel.

Elles furent surprises de l'agitation fébrile qui régnait dans l'établissement. Elles n'avaient pas réalisé que la Tunisie commençait à attirer les hivernants que la Côte d'Azur ne dépaysait pas suffisamment.

Bientôt, avec l'aide d'un serveur affable, elles furent installées à une table de coin sur la terrasse couverte qui dominait la colline.

- Ce Lotfi est vraiment un garçon intéressant, mais un peu trop emporté à mon goût. Ses idées sont très arrêtées sur tout… Je le vois très bien mêlé à une organisation indépendantiste. Pas vous ?

- Oui, vous avez raison, Darlene. Je remarquais ses yeux pleins de colère quand il parlait des Français ou des riches Tunisiens qu'il considère sans doute comme des vendus ! Il pourrait devenir un dangereux activiste.

Le serveur, tout habillé de blanc, apporta la théière, deux tasses et deux toasts rangés dans une serviette de tissu, pliée en angle. Dès qu'il fut parti, elles soulevèrent le couvercle de la théière et comprirent, à l'arôme qui s'en échappait, que ce thé ne serait pas encore très fameux. Leur constatation fut identique pour les toasts qu'elles trouvèrent beaucoup trop grillés.

- Nous aurions mieux fait de prendre du café ! Mais bon, ne jouons pas les Américaines capricieuses !

Rosemary fronça les sourcils à la réflexion de son amie. Un groupe de New-yorkaises très bruyantes les entourait. Elles s'amusèrent à écouter leurs réflexions :

- J'aime bien toutes ces ruines, pérorait l'une d'elles, mais c'est un peu abîmé, non ?

- Mon Dieu, affirmait l'autre, je ne comprends jamais rien quand notre guide nous parle… Etes-vous sûre qu'il parle anglais ?

Rosemary et Darlene se regardèrent et se forcèrent à ne pas pouffer de rire. Bientôt, elles oublièrent les Américaines et ne firent plus qu'admirer le paysage qui s'étendait devant elles.

Darlene ouvrit son *guide Cook – Rosemary leva les yeux au ciel* - à la page du plan de Byrsa et entreprit de reconnaître chaque site à partir de sa place d'observation.

Rosemary fit de même, mais elle préférait observer ses semblables… Les Américaines, par la grâce de Dieu, quittaient les lieux, haranguées par le guide qui les rameutait comme un troupeau de moutons dans un grand bruit de chaises repoussées. Le calme revenait enfin, agrémenté d'une brise bienfaisante qui ne gâchait rien au plaisir.

Maintenant que le groupe bruyant avait quitté les lieux, elle pouvait voir toute la terrasse. Quelques indigènes habillés à l'européenne accompagnaient des touristes. Des couples sirotaient des cafés à la turque dans des tasses de porcelaine blanche et des thés à la menthe dans de jolis petits verres colorés...

Le regard de Rosemary s'attarda sur les serveurs qui s'affairaient autour des tables. Leurs larges *sarouels* d'un blanc immaculé amusèrent Rosemary. Ils lui rappelaient les *jodhpurs* de son serviteur Singh. Elle aimait aussi leurs gilets grenat, courts et brodés de fils dorés, qu'ils portaient par-dessus une chemise ample, aux manches bouffonnées. Une large ceinture de tissu tressé, également grenat, enroulait savamment leur taille.

Ils rattrapaient leur manque de dextérité et leur style de service approximatif par une grande gentillesse. Toujours souriants et attentifs au moindre désir d'un convive, Madame Bartell les trouvait beaucoup moins coincés que le personnel des hôtels britanniques et surtout bien plus sympathiques. Elle retrouvait le côté détendu de son couple de domestiques indiens.

Les maîtres d'hôtel, sans doute français, beaucoup moins conviviaux, ressemblaient à leurs confrères des brasseries parisiennes avec leur long tablier blanc immaculé qui leur tombait jusqu'aux chevilles. Ils dirigeaient de main de maître leurs brigades, n'hésitant pas à houspiller les employés qu'ils trouvaient trop lents.

Ses observations furent interrompues par Darlene qui semblait en avoir assez de son repérage.

- Rosemary, je pense que nous devrions y aller. Le pauvre Lotfi nous attend dans le soleil et il est bientôt onze heures trente.

- Vous avez raison. Nous paierons en sortant.

Madame Randwick ramassa son *guide Cook* dans son sac et les deux amies se levèrent. Rosemary laissa passer son amie et la suivit.

Une fois dehors, sur la place, le soleil presque à son zénith les aveugla. Darlene se plaignit de ne pas avoir pris son ombrelle avec elle, tout en désignant à Rosemary le chauffeur qui les attendait devant la voiture, un peu plus loin.

Sur la droite, une petite terrasse avait été aménagée avec quelques tables en fer et des parasols. Tournant la tête, Darlene eut la surprise de trouver Pierre Malet attablé avec deux hommes qui se ressemblaient étrangement.

- Regardez, Rosemary, Monsieur Malet est ici. Allons lui dire bonjour !

125

Le regard de Monsieur Malet croisa à cet instant celui des deux dames. Il parut gêné l'espace d'une seconde, mais se leva aussitôt. Les deux jumeaux restèrent assis et fixaient les femmes d'un air peu aimable. Rosemary se sentit observée par les deux Tunisiens et détourna les yeux. Elle réalisa qu'ils devaient être jumeaux...

Pierre Malet présenta rapidement les frères, Leith et Youssef, qui travaillaient chez lui, de temps en temps, et qui l'aidaient à construire une petite serre dans le parc de sa demeure.

Après quelques échanges de politesse, Darlene, toujours bavarde, fit part à Pierre Malet de la nouvelle du cambriolage de l'appartement de son amie.

- Oh, Madame Bartell, je suis vraiment désolé.

Rosemary expliqua brièvement que les voleurs n'avaient rien emporté, du moins de valeur. Tout en parlant, elle observait en catimini les frères jumeaux, maintenant occupés à bavarder. Lorsque l'un d'eux saisit son verre de thé, elle remarqua un tatouage sur son avant-bras musclé et bronzé. C'est à ce moment-là que Darlene décida de terminer la conversation en saluant Monsieur Malet.

Rosemary, elle, voulut encore rester pour mieux étudier le tatouage. Il lui rappelait...

Elle relança le sujet du cambriolage :

- Cécile me disait ce matin que vous aviez été aussi victime d'un cambriolage à votre arrivée à Carthage. Quel malheur !

Pierre Malet ne se fit pas prier pour en parler et fit une liste presque exhaustive de tout ce que les cambrioleurs avaient emporté avec eux.

Rosemary, faisant semblant d'être intéressée par son rapport, hochait la tête et poussait des *oh !* et des a*h !* pendant qu'elle observait discrètement les deux frères... Oui, c'était bien cela, elle en était sûre maintenant !

Elle essaya de ne pas se troubler et réussit à terminer normalement la conversation...

En quittant les trois hommes, elle se demandait, par quelle coïncidence bizarre, le tatouage, remarqué sur l'avant-bras de l'un des jumeaux, représentait le même symbole que celui qu'elle avait noté au dos de la photographie, retrouvée accidentellement dans le carnet de maroquin de son mari... Le fameux 9 renversé sur sa gauche !

Un frisson la parcourut.

▼▼▼▼

Rosemary avait pris son ombrelle pour se promener dans le magnifique parc des Barnes. Après déjeuner, le sommeil l'avait envahie alors qu'elle lisait, confortablement installée sur la chaise longue de sa terrasse.

Le déjeuner avait été sympathique et enrichi par la présence de Lynnett Bowridge, invitée par Moira Barnes. Brillante comme à son habitude, la jeune archéologue leur avait parlé longuement, souvent dans un silence religieux, des croyances et de la déesse Tanit, point d'orgue de la religion punique.

Madame Bartell, pour se réveiller complètement et sortir de cette torpeur qui ne lui ressemblait pas, décida d'aller découvrir le parc... Elle espérait trouver quelqu'un pour lui parler un peu plus de ces plantes et de ces fleurs qui avaient déjà attiré son attention.

Elle traversa la maison silencieuse... Elle fut surprise de trouver toutes les portes et les fenêtres grandes ouvertes, mais elle se dit que le temps le permettait. Aucun mouvement ne venait troubler la quiétude ambiante, même les feuillages des arbres ne bougeaient pas !

En sortant, Rosemary interrompit la toilette minutieuse du chat de la maison, tout tacheté de noir et de marron. La queue entre les pattes, il préféra aller se cacher sous la voiture de Robert et l'observer. Elle pensa à sa chienne Ulla et se demanda comment elle se comportait avec ses fidèles serviteurs. Elle se dit qu'elle reverrait tout son petit monde avec plaisir, mais pour l'instant, elle se concentrait sur le parc... Quelle chance de connaître un temps aussi clément en janvier ! A Londres ou à Brandys Bay, il devait pleuvoir des cordes et faire un froid de canard !

Elle prit la grande allée qui menait directement à la grille d'entrée et bifurqua tout de suite sur la droite, préférant l'ombre bienfaisante d'une petite allée bordée de pins parasols et de palmiers. Étrangement, les palmiers semblaient apprécier la protection des grands pins, leurs frondaisons se mélangeant harmonieusement.

Un banc de pierre attendait d'éventuels visiteurs. Rosemary pensa que ce serait un merveilleux endroit pour venir lire ou méditer... Mais, pour l'instant, sa priorité s'appelait fleurs et plantes...

Le soleil la rattrapa quand elle sortit de l'allée. Sous ses pieds, de petits graviers blancs qui délimitaient une placette, crissaient. Six colonnes de marbre, disposées en cercle, reformaient les limites d'un portique ancien. Deux autres colonnes, un peu plus loin, couchées par terre, attendaient qu'on les redresse.

Elle s'approcha de l'une des colonnes et se mit à parler tout haut :

- Une magnifique colonne de marbre dont le temps a souligné les belles veinures… Elle devait orner la demeure d'un riche carthaginois !

Rosemary aimait toucher ces vieilles pierres dont le froid glacé la rafraîchissait. Elle imaginait que d'autres mains, plus de deux milliers d'années auparavant, les avaient aussi contemplées, caressées… Chacune de ces ruines représentait pour elle un formidable lien avec le passé.

Dépassant la placette, son attention fut attirée par une jolie statue qui se cachait derrière un muret recouvert de lierre. Elle représentait sans doute une déesse, mais sa tête manquait. Dans une pose gracieuse, le sculpteur avait su reproduire le tombé élégant du drapé de sa tunique. Même sans tête, elle dégageait beaucoup de noblesse.

Elle décida de rebrousser chemin vers l'allée ombragée quand elle entendit son nom :

- Rosemary, que faites-vous dans le parc à cette heure ? Vous devriez faire la sieste comme le reste de la maisonnée.

Madame Bartell reconnut la voix de Robert Barnes et l'aperçut derrière la statue, confortablement assis dans une chaise longue. A l'ombre d'un palmier, il sirotait un jus de fruits, un livre posé sur ses genoux.

- Oh, Robert, vous avez su trouver l'endroit idéal.

- Venez-vous asseoir à côté de moi, lui demanda-t-il d'une voix douce.

Déjà, il se levait pour aller chercher une autre chaise longue, pliée contre un muret. Elle accepta avec plaisir et s'installa près du maître de maison dès qu'il eut déplié la chaise.

- Nous n'avons pas eu beaucoup l'occasion de nous parler depuis votre arrivée. Alors, je suis content de cette opportunité… Je me souviens de votre gentillesse lorsque j'allais vous rendre visite dans votre cottage de Brandys Bay. Vous sembliez me faire confiance et ceci me réconfortait beaucoup. Je sais que Moira ne fut pas spécialement aimable au White Mermaid's Inn, mais vous devez la comprendre…

Il lui servit un jus de fruits d'une carafe de verre multicolore, posée sur une petite table roulante en bois.

- Ne vous en faites pas, je comprenais très bien l'inconfort de votre situation. Tout cela appartient maintenant au passé, Robert...

Robert Barnes secoua la tête négativement :

- Non, Rosemary, pas vraiment... J'ai du mal à oublier ce voyage en Angleterre. Il devait me donner la possibilité de connaître mon père géniteur et je me retrouvais face à son cadavre avec votre police sur le dos ! Depuis le jour où l'avocat de mon père, Jeremy Temple, est venu m'annoncer que ma vie ne m'appartenait plus, je me sens toujours mal à l'aise, même si j'essaie de ne pas trop le montrer.

- Je sais, Robert. J'ai remarqué vos absences, votre manque d'appétit, vos réponses souvent à côté des questions que l'on vous pose ! Mais tout ceci est normal. Le temps effacera tout, jour après jour, je vous le confirme. La mort de mon mari, par exemple, m'a cruellement affectée, mais je recommence à vivre normalement...

- Mais, Rosemary, vous aimiez votre mari. Moi, je n'aimais pas mon père. Je ne le détestais pas non plus, d'ailleurs, jusqu'à cette fameuse journée où vous nous dévoiliez la vérité. Mais, en fait, je ne le juge pas... Il me laisse indifférent.

Rosemary Bartell le plaignait. Elle réalisait que cet homme, reconnu et déclaré fils bâtard de Lord Anton, avait perdu sa dignité en l'espace de quelques mois.

Elle dirigea la conversation vers d'autres sujets.

- En tout cas, Moira est superbe. Elle a tellement changé, aussi bien dans son aspect que dans son caractère... A l'aise, décontractée, elle me sidère !

Robert sourit :

- Moira m'aide, sans le savoir, à supporter tous mes tourments intérieurs. De la voir se transformer de jour en jour, de la sentir heureuse, plus aimante et moins mégère, m'apporte du bonheur. L'argent change beaucoup de choses, Rosemary, croyez-moi. Et Moira fut toujours à mes côtés, même dans les pires moments... Je n'oublie pas cela.

Madame Bartell aimait entendre de telles paroles qui confirmaient sa vision de Robert Barnes : un homme juste et droit, simple, reconnaissant et porteur de vraies valeurs...

En fait, il ressentait de la fierté en face de sa femme qui savait se hisser socialement et que le personnel appréciait pour sa simplicité.

A demi-mot, il reconnut que les notables du coin devaient se moquer d'eux pour leur nouvelle fortune et surtout pour son statut de bâtard. Mais il n'en faisait aucun cas, pas plus que Moira qui mettait sur sa liste rouge toute personne qui avait fait de mauvais commentaires sur eux. Il n'empêche que tout ce monde recherchait leur compagnie, les invitait sans cesse et se vantait même d'être « *ami des Barnes* » !

Il prononça ces derniers mots avec une fierté que Rosemary qualifia d'ironique... Il n'appréciait pas ces gens, c'était clair !

- Vous avez l'air d'aimer la compagnie de votre ami Nathaniel. C'est seulement avec lui que je vous sens *vivant* et véritablement heureux.

Robert but une gorgée de son jus avant de répondre. Il tamponnait son front avec son mouchoir, tout en parlant :

- Nathaniel est un véritable ami que j'ai rencontré à Oran. Il était spécialisé dans les cédrats qu'il envoyait en France et un peu partout en Europe. Un homme parti de rien qui est devenu très riche. Il a commencé sa carrière aux États-Unis en vendant des jus d'orange frais dans la rue ! Revenu en France à la fin du siècle d'avant, il a fait carrière dans le vin avant de s'expatrier en Algérie... Il venait de temps en temps en Tunisie où il avait également monté une filiale de sa société.

- Vous l'avez connu comment ?

- En fait, tout à fait par hasard... Il m'avait aidé à trouver des bureaux pour installer le bureau oranais de la filiale algérienne de Duncan Holdings. J'étais très occupé à l'époque, mais lui insistait toujours pour me voir et m'inviter. Il m'a également offert son aide dans l'obtention de permis de construire, toujours difficiles à obtenir en Algérie... Nathaniel et son épouse avaient beaucoup de contacts et de relations chez les Français. Nous sommes restés amis...

Monsieur Barnes se mit à rire :

- Moira et Édith ont des caractères assez similaires et je ne vous parlerais pas de leurs prises de bec de temps en temps. Sans vouloir être méchant avec Édith qui est sûrement une femme des plus vertueuses, je pense que Nathaniel aurait pu tomber sur une épouse, comment dire, un peu plus joyeuse. Je trouve qu'elle passe trop de temps à s'occuper de la Fondation dont elle nous rebat les oreilles. Elle part souvent à Alger durant une dizaine de jours, laissant son mari seul et un peu désemparé...

Rosemary ne voulut pas approuver ouvertement. Pourtant, elle était complètement d'accord avec Robert.

A son tour, il lui posa des questions sur Brandys Bay, sur les suites de l'affaire, sur les personnes que lui et Moira avaient côtoyées. Il parla aussi de Julia Harton qui venait d'arriver à Carthage.

- Je suis heureux que Julia soit venue nous rendre visite, ajouta Robert. Vous étiez nos deux seules amies durant ces tristes moments de Brandys Bay. Nous avons vraiment une dette envers Julia et nous ferons tout pour que son séjour lui soit le plus agréable... Malheureusement, elle ne reste que trois ou quatre jours.

- Elle est venue par surprise, n'est-ce pas ?

- Pas vraiment... Elle nous avait envoyé un télégramme pour annoncer sa venue, mais nous ne l'avons jamais reçu. Elle a des papiers à me faire signer, paraît-il, et Maître Temple doit la rejoindre. Je signe tellement de papiers que je ne sais même plus ce que je signe. Toujours aussi indépendante, elle a refusé que notre chauffeur vienne la chercher au port, préférant arriver à Carthage par ses propres moyens. Elle ne changera jamais !

Rosemary, qui ne signait jamais aucun document officiel sans en référer à ses avocats, parut surprise de cette nonchalance.

- Êtes-vous certain, Robert, que c'est une bonne chose que de signer des papiers de cette importance sans vérifier leur teneur exacte ?

- J'ai toute confiance en Maître Temple. Et je vous dirais franchement que je me fiche de ces satanés papiers. La somme qu'il a placée sur mon compte en banque pourra nous faire vivre sans problème aucun jusqu'à la fin de nos existences ! La vie en Tunisie est beaucoup moins chère qu'en Europe et nous avons décidé de ne pas rentrer en Angleterre pour le moment.

Rosemary ne répondit rien. Elle se dit qu'après tout, Robert devait avoir raison de ne pas trop se soucier du volet juridique de ses affaires. Lord Anton l'avait mis à l'abri du besoin, et mieux encore ! De plus, Jeremy Temple était devenu l'un des avocats les plus en vue du royaume et sa clientèle se déclinait comme un bottin mondain !

- En fait, il veut me faire signer un testament au cas où je quitterais cette terre un peu plus tôt que prévu...

Il se mit à rire nerveusement en parlant de son testament.

- Peut-être craint-il que l'on m'assassine... Tel père, tel fils...

Madame Bartell ne savait pas s'il plaisantait ou s'il parlait sérieusement. Elle avait horreur de parler de la mort et avait, pour sa part, réglé en moins d'une heure son testament avec son notaire. Un testament simplissime comme tout ce qu'elle possédait revenait à sa nièce Janice, moins une somme importante pour son couple de fidèles serviteurs.

Robert continuait à parler. Elle remarquait la sueur perler à son front.

- En fait, Maître Temple dit que je suis un homme riche maintenant et que je dois faire un testament. Nous en avons parlé avec Moira, bien sûr... Ma fortune lui reviendrait intégralement à ma mort... Sauf une somme importante que j'ai destinée à Frank, mon demi-frère et un don à Malika. Si nous mourrions tous les deux dans un accident, par exemple, Frank hériterait de tout... Il est mon demi-frère et nous n'avons ni enfant ni famille.

Rosemary se demandait pourquoi Robert Barnes lui livrait tous ces détails de son testament. Normalement, ce genre de détail financier se gardait pour la famille proche. Gênée, elle préféra revenir à Julia.

- Je n'ai pas eu le temps de beaucoup parler à Julia... Elle semblait fatiguée et s'est retirée dans sa chambre dès son arrivée...

- Vous la verrez ce soir au dîner... Elle va se reposer durant toute l'après-midi, a-t-elle précisé. Par contre, un détail m'a fortement étonné : elle parle très bien français ! Elle ne s'en était jamais vantée...

Rosemary Bartell sembla également étonnée, mais bon, pourquoi aurait-elle parlé français en Angleterre ? Elle n'était entourée que par des anglophones.

La conversation continua tranquillement sur des sujets plus généraux... Rosemary posa beaucoup de questions sur les Français, sur leur manière de protéger la Tunisie - *le qualificatif de protectorat l'amusait* - et leurs rapports avec les gens du pays... Elle se souvenait des attaques à peine masquées de Lotfi, le chauffeur, et se disait que beaucoup de jeunes de son âge, cultivés comme lui, devaient partager les mêmes aspirations à la liberté.

Robert l'étonna, car il savait beaucoup de détails sur l'histoire du pays où il s'était établi... Il lui parla des beys, de leurs palais, de leur pouvoir tempéré par la France et des ambitions du Destour, parti politique créé pour se libérer du joug du protectorat. Il citait les noms, les dates historiques et racontait même quelques anecdotes qu'il avait vécues chez des notables tunisiens ou chez des proches du bey qui affichaient leur sympathie pour le Destour.

- Les Français sont donc confrontés à des problèmes identiques à ceux que nous, Britanniques, nous connaissons dans nos colonies ?

- George Bernard Shaw, notre compatriote, disait que la liberté effrayait les peuples, car elle sous-entendait trop de responsabilité... Beaucoup de Tunisiens que j'ai rencontrés ici aspirent pourtant à se prendre en main... Ils ressemblent aux Égyptiens qui viennent de rejeter le protectorat britannique. Mais rappelez-vous le sang versé par les Égyptiens juste après la Grande Guerre pour en arriver là !

Rosemary ne souhaitait pas s'aventurer dans ces conversations trop politiques. Elle déclara qu'il était temps pour elle de regagner sa chambre. Elle termina son verre de jus, le reposa sur la table de bois et se leva, tout en remerciant son hôte pour ce charmant moment passé en sa compagnie.

Elle réalisa que Robert pouvait s'animer très vite, si ses interlocuteurs l'amenaient sur les sujets dont il aimait parler. Il sortait de sa torpeur, s'emportait, ronchonnait, félicitait et prenait même parti...

Peut-être la nouvelle superficialité de sa femme l'ennuyait-il... Ou encore s'ennuyait-il tout court : il n'avait plus de problèmes financiers, possédait toute une ribambelle de serviteurs qui s'occupaient du moindre de ses désirs et pouvait s'offrir tout ce qu'il voulait, sans batailler. C'était cela, pensait-elle... Robert était devenu spectateur de sa vie ! Il n'avait plus qu'un seul problème à régler : celui de son identité.

- Un plaisir tout à fait partagé, ma chère Rosemary. Je ne vous remercierai jamais assez pour tout ce que vous avez fait pour moi... Peut-être serais-je déjà pendu si vous n'aviez pas dénoué la difficile intrigue de Brandys Bay...

Madame Bartell protesta et s'éloigna en ouvrant son ombrelle. Elle se retourna pour faire un dernier salut à Robert, mais constata que ce dernier s'était déjà déconnecté de la réalité : son regard, perdu dans le vague, ne semblait plus rien voir.

Elle n'insista pas et décida, avant de regagner sa chambre, de faire un petit tour sur la plage, rien que pour voir la mer.

Le temps était splendide, il fallait en profiter. Bon, elle n'avait pas du tout avancé dans ses découvertes botaniques, mais elle se dit qu'elle avait encore plus de deux semaines pour s'occuper de son herbier.

Elle atteignit bientôt la petite porte peinte en bleu qui donnait directement sur le sable. En tirant le verrou, sans en connaître la raison, elle se sentit encore observée et regarda autour d'elle. Pourtant, personne ne la guettait, même pas son fameux suiveur ! Le parc, désert et silencieux, semblait aussi endormi que les occupants de la maison ! Toujours ses impressions bizarres dont il faudrait qu'elle se débarrasse !

Elle se rendit compte qu'une inquiétude diffuse ne la quittait pas depuis son arrivée à Carthage. Pourquoi ? Sans doute à cause de sa chute qu'elle voulait absolument accidentelle. Mais l'était-elle vraiment ? Avait-elle senti cette main ou était-ce le fruit de son imagination ? A moins que le cambriolage de son appartement londonien ne l'ait déstabilisée ? Ou était-ce toujours Brandys Bay dont l'atmosphère morbide continuait à la poursuivre ? Quelque chose dit par Robert l'avait aussi inquiétée, mais cela ne la regardait pas.

Abandonnant son idée de se promener sur la plage, Rosemary referma la porte bleue et décida de fureter dans le parc. Elle dépassa la villa pour s'enfoncer dans la végétation. Elle se rendait compte que la superficie de ce magnifique parc était beaucoup plus importante qu'elle ne l'avait d'abord cru.

Des pins parasols mêlés à des palmiers et à d'autres essences d'arbres, que Rosemary ne connaissait pas, créaient un ombrage agréable. Partout, des buissons d'hibiscus et de bougainvillées jetaient leurs tâches rouges, blanches ou parme dans le vert ambiant.

Madame Bartell eut la surprise de découvrir une petite maison sans étage dans le fond du parc, près du mur d'enceinte. Sans doute, la maison où logeait le personnel de la villa... Elle lui rappelait la petite bâtisse des employés du manoir de Lord Anton Duncan à Brandys Bay... Pourtant, elle ne voulait pas se souvenir de ce qui s'était passé dans cette maison, trois mois plus tôt ! Trop horrible...

Une enfant, habillée d'une longue robe blanche trop grande pour elle, sortit subitement de derrière un arbre au tronc énorme... Rosemary nota tout de suite le regard différent de l'enfant qui la dévisageait avec insistance, un pied sur l'autre, dans une attitude d'attente.

Elle se demanda si elle devait encore avancer. Elle n'avait pas à troubler la tranquillité du personnel de la villa qui devait sans doute se reposer à cette heure de l'après-midi. Comme d'habitude, la curiosité l'emporta et elle décida d'aller parler à l'enfant qui ne bougeait toujours pas, le regard vide.

Elle lui adressa un gentil *salam* en arabe, l'un des seuls mots que Rosemary connaissait - *à sa grande honte* - et s'arrêta. L'enfant ne répondit pas et ne semblait pas la comprendre.

Une femme, les cheveux enserrés dans un foulard d'un rouge orangé qui contrastait affreusement avec le vert bouteille de sa jupe longue, sortit de la maison et se rendit compte de la présence de Rosemary. Elle lui adressa un bonjour souriant en français et interpella en arabe la jeune fille.

- Vous devez être Madame Bartell, non ? demanda la femme en se rapprochant de l'enfant. Je m'appelle Monia, je suis soeur Malika et c'est Habiba, ma nièce, fille Malika.

Rosemary s'approcha encore. Habiba était maintenant près de sa tante et continuait à la fixer.

- Bonjour Habiba. Tu es bien jolie. Je m'appelle Rosemary.

La jeune fille ne sembla pas comprendre. Elle devait avoir une douzaine d'années et était déjà très grande pour son âge. Elle avait de longs cheveux noirs qui retombaient sur ses épaules.

Rosemary se rappela que Moira Barnes lui avait confié que Habiba était malheureusement attardée mentalement et qu'elle avait permis à sa mère de la garder avec elle dans la villa. La maîtresse de maison avait également donné la permission à la soeur de Malika de rester avec elles pour surveiller Habiba lorsque Malika travaillait.

Toutes les trois devaient donc habiter dans ce petit pavillon du fond du parc.

Madame Bartell voulut faire encore un pas vers Habiba, mais la jeune fille sembla avoir peur et se cacha derrière sa tante.

- Habiba, qu'est-ce que tu as ? Madame Bartell notre amie. Ta maman aime beaucoup Madame Bartell très gentille. Toi aussi être gentille.

Après quelques instants, Habiba s'éloigna de sa tante et s'avança lentement vers Rosemary. Un pâle sourire fleurissait sur son visage. Elle n'arrivait pas à détacher son regard de Rosemary. Habiba s'arrêta à quelques centimètres de Rosemary et commença à toucher ses cheveux. Ses mains effleurèrent ensuite son visage et elle se mit à rire.

Rosemary prit les mains de l'enfant dans les siennes et les porta à son visage tout en lui souriant. Habiba continuait à rire joyeusement et déposa soudainement un baiser sur la joue de Rosemary.

Puis, tout d'un coup, elle se mit à courir vers la maison et s'y réfugia tout en continuant à rire.

Monia paraissait très émue.

- Rare, Madame Bartell, quand Habiba donne ainsi confiance. Vous devez être bonne personne. Je dois rentrer voir ce qu'elle fait. Vous toujours bienvenue ici. Moi contente de vous offrir thé avec Habiba.

Rosemary était à son tour émue devant tant de gentillesse et promit qu'elle reviendrait.

Elle revint sur ses pas et décida de regagner la villa. Pour gagner du temps, elle passa par la porte de service.

Dès qu'elle fut rentrée dans la maison, l'ombre cachée derrière les feuillages s'enfuit sans bruit vers la plage...

Chapitre 10

Comme chaque soir chez les Barnes, l'apéritif se tenait au salon. Moira, habillée d'une robe droite de velours vert, perlée de cristal blanc et ornée d'un imposant nœud de velours noir et de perles d'argent à la taille, aimait ces moments, avant le dîner, où elle pouvait s'occuper tout spécialement de ses invités. Elle passait de l'un à l'autre, n'hésitant pas à ramener une assiette d'amuse-bouches qu'elle présentait à chacun, en vantant leurs mérites et leur originalité.

- Rosemary, goûtez-moi ces olives panées, c'est une véritable merveille... Elles sont dénoyautées, passées dans la chapelure et jetées dans l'huile très chaude. N'hésitez pas à reprendre ces petites boulettes de viande également... Elles sont parfumées à la coriandre et au citron. Karim, approchez le plat de boulettes pour Madame Bartell.

Karim, le maître d'hôtel, s'empressa de répondre aux ordres de Moira Barnes et présenta le plat à Rosemary.

- Merci, Karim. J'ai aperçu votre fils sur la plage aujourd'hui... Quel grand et beau garçon ! Vous devez être très fier.

- Merci du compliment, Madame Bartell. Dali représente beaucoup pour ma femme et moi. Un bon fils respectueux et toujours prêt à nous aider ! Bon, il fait des petites bêtises de temps en temps, mais rien de très grave. Il sera bientôt professeur d'anglais...

Le maître d'hôtel prononça ces derniers mots avec tellement de fierté que Rosemary Bartell en fut émue. Les rapports entre générations, en Tunisie, lui semblaient bien différents de ceux de ses compatriotes britanniques. Elle se rappela aussi du respect de Lotfi pour son père lorsque le jeune homme lui avait confié qu'il ne pouvait jamais fumer devant lui...

- Chez nous, pensait-elle, les filles fument au nez et à la barbe de leur père et leur manquent de plus en plus de respect. Bon, elles apprennent à s'émanciper, c'est vrai. Mais les changements de comportements, entre la fin du règne de notre bonne Reine Victoria et notre époque actuelle, ont été sans doute beaucoup trop rapides et radicaux...

- A quoi pensez-vous encore, Rosemary ? Vous sembliez très loin de nous...

Julia Harton s'assit près d'elle, avec un verre de sherry à la main. Secrétaire de Lord Anton Duncan jusqu'à son assassinat, elle assistait maintenant sa veuve, Lady Hillary... Sa fidélité à la famille Duncan était sans faille.

Elle était arrivée chez les Barnes en tout début d'après-midi, accueillie par toute la maisonnée. Égale à elle-même dans sa rigidité guindée, toujours aussi mal habillée, elle semblait pourtant plus décontractée qu'à Brandys Bay.

Rosemary Bartell devait profiter de ce moment privilégié, car elle mourrait d'envie d'avoir des nouvelles de la famille Duncan et de Brandys Bay. Toutefois, le sujet restait délicat et elle devait prendre des gants pour l'appréhender.

- Quel plaisir de vous voir ici à Carthage, ma chère Julia. Lorsque Robert et Moira nous apprenaient votre arrivée, Darlene et moi ne pouvions pas le croire. Êtes-vous ici pour les vacances ?

Julia Harton se servit d'une autre boulette avant de répondre.

- En fait, pas vraiment. J'avais plusieurs papiers importants à faire signer à Robert et je dois retrouver Maître Temple qui se trouve pour l'instant à Alger, pour finir les formalités de vente de notre filiale algérienne.

- Maître Temple va venir ?

- Oui, il est même peut-être en route... Je ne sais pas exactement. Nous repartirons ensemble à Londres.

Darlene, jamais loin de Rosemary, intervint :

- Ai-je bien entendu que Maître Temple va venir ? Nous voilà donc réunis comme au bon vieux temps.

Rosemary ferma les yeux, gênée, et se dit que sa chère Darlene ne ratait jamais une gaffe. *Au bon vieux temps* n'était peut-être pas le terme qu'elle aurait choisi, vu que ce n'était pas moins de trois assassinats qui avaient réuni tous ces gens...

L'air pincé de la secrétaire lui fit penser qu'elle n'avait pas beaucoup apprécié l'intervention de Darlene. Elle choisit de détourner la conversation.

- Comment va Lady Hillary ?

- Très bien, Rosemary. Elle a tellement changé depuis ces malheureux évènements. Même si elle ne préside pas la Fondation Duncan, elle s'en occupe énormément et le comité lui fait totalement confiance. Elle sait choisir les œuvres de charité dans lesquelles elle veut intervenir et va jusqu'au bout de toutes ses actions. Tout le monde l'aime beaucoup.

Un silence gêné gela encore l'atmosphère. Heureusement, Édith, toujours pleine de questions, vint s'asseoir sur la banquette en face d'elles et se mit à parler de Sidi Bou Saïd qu'elle avait visité durant l'après-midi avec Moira. Durant plus de cinq minutes, elle relata tout leur trajet en ne ménageant aucun détail et en se plaignant des vendeurs de souvenirs, toujours à ses crochets pour lui proposer des babioles sans valeur. Elle parla du Café El Alya, bien entendu, où il y avait beaucoup trop d'hommes à son goût, mais où elle avait consommé un excellent thé à la menthe avec des petites graines à l'intérieur.

Nathaniel, heureusement, l'interrompit pour la corriger en lui précisant que les petites graines s'appelaient, en fait, des pignons.

Édith, peu intéressée par les commentaires de son mari sur les pignons, s'adressa à Julia Harton :

- Connaissez-vous Sidi Bou Saïd, Miss Harton ?

- Appelez-moi Julia, je vous en prie. Non, c'est ma première visite de la Tunisie. J'ai l'impression de la connaître, car je travaillais beaucoup sur la filiale tunisienne avec Lord Anton. Je suis heureuse de connaître ce pays. Lord Anton s'y plaisait beaucoup et y avait passé du temps avec votre mari, n'est-ce pas, Rosemary ?

Madame Bartell réalisa avec surprise que Julia Harton parlait assez bien français. Un fort accent britannique, certes, mais elle se débrouillait très bien... Elle préféra esquiver la question de Julia, n'ayant pas du tout envie de parler de son mari à cet instant.

Robert, calme comme à son habitude, posa sa coupe de champagne sur la table basse et s'assit dans le fauteuil vide.

- Êtes-vous revenue à Brandys Bay, Julia ? demanda Moira d'un ton enjoué. Même si ce village me rappelle de bien mauvais souvenirs, je reconnais qu'il est tout à fait charmant.

- Non, Moira, je n'y suis pas retournée. Un peu après votre départ, nous avons fermé le manoir. En fait, Lady Hillary est la nouvelle propriétaire et m'a déjà confié sa volonté de le vendre au plus vite. De trop mauvais souvenirs pèsent sur la demeure et les Duncan préfèrent ne plus y penser.

Encore une fois, un ange passa... Rosemary remarqua la nervosité de Robert dès que le sujet de Brandys Bay était abordé.

Par un heureux hasard, Frank Duncan choisit cet instant pour faire son entrée. La veste de son habit, très élégante, aux larges revers de satin noir, mettait en relief la musculature de son corps d'athlète. Toujours sûr de lui, un sourire éclatant aux lèvres, il s'excusa pour son retard, salua l'assemblée d'un signe de la main et alla directement vers Julia Harton qui se leva pour l'embrasser.

- Il est vraiment beau, mon cousin, confia à voix basse Darlene à Rosemary. Beaucoup de ses manières policées me rappellent sa maman. Lisbeth était identique. Dès qu'elle entrait dans une pièce, toutes les conversations s'arrêtaient. Son naturel, son élégance et son sourire omniprésent captivaient tout le monde, y compris les femmes qui ne la considéraient jamais comme une rivale, mais plutôt comme une femme simple et avenante... Elles reconnaissaient même la supériorité de sa beauté ! Rare entre femmes, non ?

Madame Bartell sourit en hochant la tête. C'est pour cela qu'elle avait toujours préféré la compagnie masculine

- Désolé de n'avoir pu vous accueillir, Julia, mais j'étais à Tunis avec une amie. Avez-vous fait bon voyage ?

Les banalités d'usage s'échangeant, Rosemary s'adressa à Darlene, à voix basse, tout en sirotant son muscat tunisien :

- Peut-être Robert devrait-il se faire aider par l'un de ces nouveaux docteurs de l'esprit ! Je pense qu'il en a véritablement besoin pour l'aider à surmonter ses problèmes.

Darlene l'arrêta brusquement et oublia de parler à voix basse :

- Ces charlatans ! Non, Rosemary, ne me parlez pas d'eux... Ils sont en partie responsables de la mort de ma cousine Lisbeth ! Ils lui donnaient des potions de toutes sortes en lui promettant qu'elle se sentirait mieux. Quelle bêtise ! Je n'ai rien contre la psychanalyse telle que nous commençons à la comprendre de nos jours, mais la médecine de cette époque, croyez-moi, ne faisait qu'empirer l'état des malades. Et vous connaissez l'origine de la dépression de Lisbeth...

Frank releva la tête quand il entendit le prénom de sa mère... Il lança un regard interrogateur à Rosemary qui lui fit un petit signe discret de ne pas intervenir.

Elle se dit qu'elle aurait mieux fait de ne pas aborder le sujet de la psychanalyse, mais n'en voulait pas à Darlene, touchée indirectement par toutes ces histoires de Brandys Bay. Son amie avait aussi beaucoup souffert et tout comme Robert, le temps n'avait pas encore eu le temps de faire son œuvre de guérison. Heureusement, à part Frank, personne n'avait remarqué l'agitation subite de Madame Randwick.

Moira Barnes écoutait avec plaisir Julia Harton qui racontait les derniers potins de Londres. La vie britannique lui manquait, mais elle se disait qu'elle pouvait maintenant se permettre d'y aller régulièrement, déjà pour y dévaliser les boutiques. Même si son mari ne ressentait pas la même nostalgie des scones et de la famille royale, Moira savait qu'elle trouverait les arguments pour le forcer à l'accompagner. D'ailleurs, elle prévoyait pour eux un séjour à Londres au début de l'été pour éviter les grosses chaleurs de la Tunisie, et de là, ils prendraient un luxueux paquebot à Southampton pour aller visiter les États-Unis... Pourquoi pas ? Leurs comptes en banque le permettaient largement !

- On ne parle plus que de l'Exposition Coloniale, vous savez, ma chère Moira. Elle aura lieu à Wembley comme vous devez le savoir... Cela va nous coûter une petite fortune, je peux vous le dire. Maître Temple me racontait qu'ils sont en train de construire une véritable nouvelle ville avec des pavillons pour les soixante et quelques pays. Le pavillon de l'Inde est la reconstitution d'un véritable palais hindou... Ils ont même construit un stade et un parc d'amusement ! Les journalistes, sans doute très optimistes, annoncent plus de vingt millions de visiteurs ! Ils disent que cette Exposition sera la plus grosse manifestation de tous les temps. Est-ce que vous pouvez imaginer ? Vous devriez en profiter pour venir en Angleterre à cette période, Moira. C'est en avril prochain, mais l'Exposition va durer plusieurs mois.

Moira préféra ne pas révéler ses plans de voyage, elle n'en avait pas encore parlé à son mari. Au moins, cette Exposition Coloniale serait une superbe excuse pour voyager, pensa-t-elle aussitôt, et l'événement ne l'empêcherait pas de faire les boutiques ! Et puis visiter plus de soixante pays en une seule fois, cela pourrait être drôle !

Entendant Julia parler de l'Exposition Coloniale, Nathaniel, Frank et Robert, maintenant sorti de sa torpeur, se mirent à poser de nombreuses questions.

- Je pense que notre ami Graham va encore nous faire faux bond, annonça Moira d'une voix triste. Je lui avais laissé un petit mot dans sa boîte aux lettres… En fait, je commence à m'inquiéter, car personne ne l'a vu depuis le dîner des Malet. J'ai même interrogé Pierre et le personnel à ce sujet.

La conversation n'alla pas plus loin... Le maître d'hôtel annonça que le dîner était servi.

▼▼▼▼

Rosemary, comme d'habitude, retrouva son lit avec un grand plaisir. Elle savait que le dîner, trop lourd, la gênerait durant la nuit.

Son poignet la faisait encore un peu souffrir et cela lui rappela de refaire son bandage le lendemain. Elle se sentait très fatiguée… Elle se dit qu'elle devait continuer la lecture du journal de son cher Howard, n'ayant jamais le temps de le faire dans la journée.

En plus, elle préférait lire son manuscrit dans cette chambre où elle le rejoignait souvent par les pensées…

Elle pensait à lui plusieurs fois par jour depuis son arrivée à Carthage. En fait, elle ne savait rien sur ses activités lorsqu'il se trouvait en Tunisie : comment étaient organisées ses journées ? Qui étaient ses amis ? Où se rendait-il lorsqu'il avait quelques loisirs ? Où habitait-il exactement ?

Plus personne ne pourrait plus la renseigner, car Lord Anton n'était plus de ce monde. A moins que son mari n'ait cité, dans son journal, quelques noms de personnes qu'elle pourrait peut-être retrouver s'ils habitaient toujours à Carthage ou à Tunis.

Elle avait besoin de mettre ses pas dans les siens. Elle se dit qu'elle poserait la question à Julia Harton… Elle avait travaillé avec Lord Anton durant de nombreuses années et peut-être connaîtrait-elle quelques détails sur ces séjours.

Dommage que les trente pages, relatant son long séjour de six mois à Carthage, aient été arrachées… En six mois, on a le temps de créer des relations plus solides, des amitiés plus durables qui laissent des traces.

Sans doute, Jeremy Temple, lorsqu'il sera à Tunis, pourra également l'aider. Il s'occupait de toutes les filiales internationales de Duncan Holdings et devrait donc connaître les personnes que fréquentaient Howard et Anton à cette époque...

Rosemary se tourna vers sa table de nuit pour prendre le journal, mais constata avec surprise qu'il ne s'y trouvait pas. Sans doute, Malika l'avait rangé quelque part... Elle avait remarqué que la domestique ne supportait pas la vue d'objets traînant sur les meubles et les ramassait dans les nombreux placards de la chambre.

Elle n'eut pas le courage de se relever et préféra finir sa tasse de verveine, maintenant à bonne température... Eteignant sa lampe de chevet quelques instants plus tard, elle s'endormit presque aussitôt.

▼▼▼▼

Chapitre 11

Rosemary Bartell se réveillait tout doucement… Elle avait passé une nuit calme et appréciait le bleu du ciel tunisien d'un matin de janvier… Encore une belle journée, constata-t-elle avec joie.

Elle but une gorgée de sa première tasse de thé que Malika venait de déposer sur sa table de nuit. La domestique avait ouvert les rideaux de la porte-fenêtre qui donnait sur la terrasse.

Madame Bartell s'étira et se dit qu'elle pouvait encore s'accorder une demi-heure de repos. Elle se souvint qu'elle devait chercher le fameux journal manuscrit de son mari et s'en voulut de ne pas avoir posé la question à Malika, ce qui lui aurait sans doute évité d'avoir à sortir de son lit douillet.

Enfilant sa robe de chambre qu'elle posait toujours au pied de son lit, elle se leva, enfila ses pantoufles et se dirigea vers la commode aux nombreux tiroirs… Les ouvrant les uns après les autres, elle ne trouva pas le fameux manuscrit.

Regardant les meubles de sa chambre, elle alla successivement inspecter les tiroirs des tables de nuit, celui de la console qui se trouvait sous le miroir, ouvrit la penderie et une autre petite armoire rustique de bois peint, mais ne trouva toujours rien. Elle n'oublia pas le bahut près de la cheminée.

Au milieu de la chambre, les mains sur les hanches, elle se demandait où Malika avait bien pu ranger le carnet manuscrit. Elle pensa qu'il était peut-être tombé sous le lit, comme elle avait l'habitude de le poser sur la table de nuit. Elle s'agenouilla, tout en prenant garde à son poignet, mais ne vit encore rien.

Elle se dit qu'il n'y avait plus que les valises, même si elle savait que l'idée relevait du saugrenu. Juste pour en avoir le cœur net ! Bien évidemment, aucun carnet manuscrit ne s'y trouvait.

Cette vaine recherche commença à l'énerver et elle se dit que le mieux était de poser la question directement à Malika.

Elle décida de ne pas sonner et de sortir chercher la domestique. Par chance, alors qu'elle finissait de descendre l'escalier, elle la vit traverser le hall avec un plateau de petit déjeuner. Rosemary pensa qu'il était destiné à Julia Harton.

Elle la héla et lui demanda en français si elle avait vu le carnet de cuir marron qui se trouvait sur sa table de nuit.

Malika se rappelait bien le carnet, mais dit qu'elle n'y avait pas touché. Elle l'avait soulevé pour faire la poussière de la table de nuit et l'avait reposé à sa place.

- Sûrement, Madame avoir laissé place autre... Pardon, Madame, moi porter plateau à Mademoiselle Julia.

Semblant peu intéressée par le carnet manuscrit de Howard, Malika se dirigea rapidement vers le petit couloir qui menait aux nouvelles chambres du rez-de-chaussée.

Dépitée, Rosemary remonta au premier étage et inspecta de nouveau sa chambre : elle refit le même circuit de recherche, mais sans plus de succès.

La dernière fois qu'elle avait lu le manuscrit de son mari, c'était la veille au matin... Elle en avait parcouru rapidement quelques pages, avait trouvé les deux photographies – *d'ailleurs, elles devaient toujours être dans son sac comme elle les avait retirées du carnet* – et l'avait posé à sa place habituelle sur la table de nuit.

- Non, je ne l'ai jamais pris avec moi hors de la chambre, réfléchissait-elle tout haut. Je suis sûre de ne pas l'avoir amené sur la terrasse, ni ailleurs dans la maison. Je l'ai lu uniquement dans mon lit, le soir.

Rosemary s'assit sur le lit et repensa à Malika... Elle ne voulait pas penser que la domestique avait volé le manuscrit. Il n'avait aucune valeur commerciale. En plus, elle ne savait pas lire. Qu'aurait-elle fait d'un tel objet ?

Bon, ce carnet devait bien se trouver quelque part... La porte de sa chambre n'était jamais fermée, bien qu'une clef se trouvât dans la serrure à l'intérieur.

Elle ne pouvait imaginer une personne entrer dans sa chambre pour emprunter le journal intime de son mari.

- Bon, je ferais mieux de me préparer maintenant... Je ne vais pas penser à ce carnet toute la journée. Je vais le retrouver, cela est certain.

Elle gagna sa salle de bain en continuant à chercher une explication logique à cette disparition. Elle se sentait quand même inquiète.

▼▼▼▼

Le jour finissait de se lever… Comme chaque matin, Malika se dit qu'il était temps de sortir les poubelles. La charrette des éboueurs passait vers les huit heures et il ne fallait pas la manquer, sous peine de devoir ramener les détritus de nouveau à la maison.

En sortant, elle scruta le ciel et se dit qu'il allait faire beau. Tant mieux, sa fille pourrait sortir un peu au lieu d'être confinée dans sa chambre.

Sa fille Habiba, depuis sa naissance, avait montré une aliénation du développement de ses facultés intellectuelles. Qualifiée de retardée mentale par les médecins, Habiba, fragile et timide, vivait dans son monde, loin de la réalité ambiante. Craintive, elle n'accordait sa confiance qu'à de rares privilégiés.

Malika, même si elle était un peu en froid avec sa maîtresse depuis l'arrivée de Patricia qui voulait tout régenter, lui était toujours reconnaissante de son extrême générosité.

Elle se rappelait le matin où elle s'était présentée à la maison de Hammam-Lif avec sa fillette dans ses bras. Elle avait entendu parler de ce couple de Britanniques qui cherchait une bonne à tout faire. Venant de perdre son mari, presque sans ressources à part la charité de quelques proches, elle avait tenté le coup et avait bien fait : Madame Barnes, généreuse, l'avait immédiatement embauchée, sûrement plus touchée par la fillette que par les références inexistantes de la mère.

Les Barnes les avaient hébergées dans une petite chambre de leur maison. Les années avaient passé… Pas tout le temps facile, la maîtresse, mais son bon fond et sa générosité l'excusaient en beaucoup d'occasions.

Malika aimait à se souvenir de cette époque où elle se sentait proche des époux Barnes : à part le jardinier, elle était la seule domestique qui s'occupait de tout dans la maison, du ménage au repassage, en passant par la couture et la cuisine de base.

Madame Barnes n'hésitait jamais à mettre la main à la pâte et s'occupait de ses plats anglais que Malika ne savait pas cuisiner. Et puis, un jour, tout avait changé… Un monsieur bien habillé, un peu gros et aux gestes bizarres, s'était présenté à leur porte et la vie avait changé du jour au lendemain.

Quelques mois plus tard, les Barnes avaient déménagé à Carthage dans un quartier complètement inconnu de Malika. Elle savait que le couple avait quitté Hammam-Lif avec regret : ils aimaient la plage, le casino et leurs amis italiens, les Rossi, qui habitaient dans cet immeuble moderne du centre-ville, le Palais Disca.

Elle-même regretterait son amie Cherifa, la domestique des Rossi, avec qui elle avait lié amitié. Les deux couples se voyaient au moins deux fois par semaine.

Habiba supportant mal le changement, Madame Barnes avait préféré la laisser à Hammam-Lif jusqu'au jour où la maison serait vendue.

Ce ne fut pas très long. Des colons français, venus s'installer en Tunisie, tombèrent amoureux de la petite maison.

Malgré les pleurs et les crises de sa fille, Malika alla rejoindre les Barnes à Carthage où elle trouva beaucoup d'autres domestiques déjà embauchés. Une Française, Patricia, avait pris sa place et régentait toute la maison. C'est vrai, reconnaissait Malika, qu'elle le faisait avec beaucoup de douceur, mais aussi avec autorité.

La fidèle domestique avait ressenti l'impression qu'on lui avait volé sa maîtresse et sa place… Elle détesta Patricia de prime abord et ne se gênait pour saper son autorité, même si elle conservait une place privilégiée auprès de ses maîtres : elle, seule, pouvait entrer dans la chambre des Barnes ; elle, seule, habillait et coiffait Madame Barnes ; elle, seule, avait accès au coffre à bijoux et elle, seule, recevait les confidences de sa maîtresse. Toutes ces préférences la rassuraient et lui redonnaient du moral quand la Française commençait à la houspiller ou quand elle essayait de la remettre à sa place pour la faire entrer dans le rang des domestiques ordinaires.

La servante marcha quelques instants pour atteindre l'enclos fermé sur trois côtés par un muret de briques.

Aucune âme qui vive ne venait troubler le silence matinal. Les trois maisons, celles des Malet, des Barnes et de Graham Tatley se trouvaient isolées par rapport aux grappes de villas nouvellement construites, près du palais d'été du bey.

La petite maison de Monsieur Tatley, située derrière les autres demeures, n'avait pas de vue sur la mer. Une petite piste sablée, bordée de figuiers de Barbarie, séparait les maisons et permettait d'aller jusqu'à la plage en contournant le mur d'enceinte de la propriété des Malet.

Tout autour des trois bâtisses, il n'y avait rien à part des dunes de sable qui descendaient lentement vers la mer... Des pourpiers, des caroubiers et des buissons d'épines tâchaient de vert l'uniformité du sable.

Elle s'empressa de vider ses ordures contenues dans une vieille bassine pour ne pas avoir à supporter longtemps l'odeur fétide qui s'échappait des grandes poubelles, déjà à moitié pleines.

Deux chats tachetés de noir et de blanc, assis l'un en face de l'autre, savouraient avec délectation quelques restes de poissons arrachés aux détritus et ne daignèrent même pas lever la tête lorsque Malika s'approcha d'eux.

Regardant la dune, son attention fut attirée par une forme bizarre qui reposait à terre. Sa vue n'étant pas très bonne, elle ne pouvait comprendre exactement de quoi il s'agissait et décida de s'approcher.

A quelques mètres, elle réalisa avec effroi ce qu'elle voyait : un cadavre, face tournée à terre, avec un long poignard planté dans le dos.

Elle n'eut pas longtemps à chercher qui était ce cadavre : elle avait reconnu sans effort le manteau beige ainsi que le pantalon gris perle d'un costume qu'elle avait repassé la veille.

Tremblante de peur et regardant autour d'elle, craignant que l'assassin ne soit encore dans les parages, elle se mit à courir vers la maison des Barnes en poussant des cris aigus et répétés...

▼▼▼▼

C'est en sortant de sa salle de bains, déjà habillée et coiffée, que Rosemary Bartell put entendre des cris qui provenaient du rez-de-chaussée.

Immédiatement, ces cris de frayeur lui rappelèrent ceux de Gladys, la femme de chambre du manoir de Lord Duncan à Brandys Bay, quand elle avait découvert le cadavre de son maître... Elle ne voulait pas faire un tel rapprochement. Pourtant, les cris se ressemblaient.

Elle s'arrêta près de son lit et écouta plus attentivement : les cris semblaient provenir d'une femme hystérique... Peut-être une crise de nerfs d'une domestique, pensa-t-elle, toujours prête à en faire un peu trop pour se faire remarquer.

Bientôt, le calme revint, mais des éclats de voix se faisaient toujours entendre. En fait, ces voix devenaient de plus en plus distinctes, accompagnées de bruits de pas rapides dans les escaliers et semblaient se rapprocher de sa chambre... Elle ne se trompait pas, quelqu'un frappait déjà à sa porte.

Se regardant dans le miroir pour contrôler son image, elle alla ouvrir la porte pour laisser entrer Moira, apparemment dans tous ses états. Elle semblait hors de souffle, sans doute à cause des escaliers, et avait du mal à exprimer ce qu'elle voulait dire :

- Rosemary, Rosemary, vous ne pouvez imaginer le malheur qui vient de nous frapper...

La maîtresse de maison dut s'interrompre et décida de s'asseoir sur le lit. Elle craignait le malaise.

Rosemary lui demanda si elle désirait quelque chose, mais Moira fit immédiatement non avec la main. Elle voulait lui dire quelque chose et essayait par tous les moyens de reprendre son souffle :

- Rosemary, nous sommes poursuivis par le destin... Le mauvais œil nous enveloppe de son regard maléfique et nous sommes maudits... Malika vient de trouver...

Édith Steinway venait d'entrer dans la chambre par la porte laissée entrouverte. Elle parlait dans une langue inconnue, du yiddish pensa Rosemary, et semblait s'adresser aux autorités célestes. Patricia la suivait, flanquée de Nathaniel et de Robert.

Édith passa à l'anglais :

- Vous devriez purifier votre maison, ma chère Moira. Le mauvais sort s'acharne sur vous... Belzébuth vous en veut ! La mort, prête à vous engloutir, vous poursuit partout avec ses grandes ailes... Des cadavres, partout, jonchent votre chemin de vie...

- Édith, ce n'est vraiment pas la peine d'en rajouter, ne crois-tu pas ? C'est déjà assez pénible, non ? Va t'asseoir dans ce fauteuil, s'il te plaît, et tais-toi !

Malgré la gravité de la scène, tout le monde se retourna, étonné de la réaction virile de Nathaniel Steinway. Soumise,

149

Édith alla s'asseoir dans le fauteuil, près de la cheminée, et se tut.

De Nathaniel, tous les regards se posèrent à nouveau sur Rosemary qui ne comprenait rien à cet intérêt sur sa personne... Il était arrivé quelque chose, certes, mais pourquoi est-ce que tous les regards convergeaient sur elle ?

Elle réalisa que Darlene ne se trouvait pas avec le reste des résidents de la maison et s'en inquiéta. Elle se tourna vers Moira qui semblait avoir repris son souffle :

- Moira, que se passe-t-il ? Vous êtes toute pâle ! Est-il arrivé quelque chose à Darlene ? Je ne la vois pas.

- Non, rassurez-vous, répondit d'un trait Moira. Elle dort encore. Sa chambre du rez-de-chaussée est la plus éloignée et elle n'a rien dû entendre.

Rosemary respira un peu mieux et se mit à penser – *était-ce le bon moment* – que l'oreille un peu dure de son amie était sans doute la vraie responsable.

Moira soupira et débita son annonce rapidement, comme si elle voulait s'en débarrasser au plus vite. Personne ne disait rien, les yeux rivés au parquet de la chambre, les bras croisés, dans des attitudes presque pieuses.

- Non, ce n'est pas cela... Malika vient de trouver... à côté de la maison, le cadavre de Frank Duncan, et nous ne savons pas comment l'annoncer à sa cousine Darlene... Il a un poignard planté dans le dos !

Madame Bartell ouvrit la bouche et ne la referma que quelques secondes plus tard... Elle s'assit à son tour sur le lit et resta prostrée durant de longs moments... Son cerveau, par contre, tournait à grande vitesse :

- Frank Duncan, ce bel homme dans la force de l'âge, poignardé à côté de la maison ! Mais qu'est-ce que ce nouveau drame ? Peut-être Édith a-t-elle raison : la famille Duncan doit être marquée par le destin... Le père poignardé, le fils poignardé... Suis-je, moi-même, poursuivie par le destin qui place des assassinats en série sur mon chemin ?

Rosemary Bartell secoua la tête et se débarrassa de ses mauvaises pensées. Non, elle ne rêvait pas... Identiquement, à peine trois mois plus tôt, à Brandys Bay, en Angleterre, on lui annonçait l'assassinat d'un autre être humain.

Moira l'arracha à ses pensées :

- Nous avons pensé que vous, seule, pourriez lui annoncer une telle nouvelle. Nous savons qu'elle accordait à Frank une grande affection... Pouvez-vous faire cela, Rosemary ? Je m'en sens incapable...

- Avez-vous appelé la police ? demanda Madame Bartell, retrouvant ses réflexes de détective amateur. Surtout, ne touchez à rien et laissez quelqu'un sur place jusqu'à l'arrivée de la police.

- Oui, Patricia s'en est chargée. Le gardien de jour se trouve sur les lieux... Imaginez encore ce que nous allons souffrir avec cette nouvelle réclame tapageuse !

Édith repartit dans ses supplications en yiddish. Patricia, partie quelques instants, revint avec un plateau sur lequel elle avait placé quelques verres et une carafe d'eau...

Tout le monde s'en servit et beaucoup se dirent qu'ils auraient préféré quelque alcool plus fort, même s'il était à peine neuf heures du matin !

Rosemary but son verre d'eau d'un trait. Elle avait recouvré son calme et décida d'affronter le destin en descendant parler à Darlene.

- Mon Dieu, se disait Rosemary en se levant du lit, comment vais-je annoncer cette catastrophe à Darlene ? Elle adorait son cousin. Il représentait un lien vivant entre elle et sa chère cousine Lisbeth, également disparue dans des conditions dramatiques ! Elle venait de recréer une famille, et voici qu'on le retrouve assassiné...

Elle regarda autour d'elle et réalisa que toute la maisonnée avait envahi sa chambre : Édith prostrée dans son fauteuil ne disait plus rien et Moira, toujours assise sur le lit, regardait d'un air interrogateur son mari qui se tenait en face d'elle. Nathaniel semblait perdu dans la contemplation du paysage...

Patricia déclara qu'elle allait revoir Malika qu'elle avait laissée dans le salon en compagnie des autres domestiques.

Une voix familière fit lever les têtes de toute l'assemblée :

- Que se passe-t-il ce matin, mes amis ? J'ai entendu des cris, je me demandais si je rêvais...

Frank Duncan les fixait avec son sourire ravageur !

▼ ▼ ▼ ▼

Édith, qui ne l'avait pas vu entrer dans la pièce, poussa un cri d'effroi, en écho aux *oh !* de stupeur qui s'élevaient dans la chambre... Le regard de Moira allait de son mari à Frank sans

151

comprendre. Nathaniel, en reconnaissant la voix de l'homme soi-disant assassiné, se retourna d'un coup et dut s'appuyer sur le rebord de la commode.

- Eh bien, vous pourriez être plus réjouis en me voyant, lança Frank Duncan. Pourquoi faites-vous tous ces têtes ? On croirait que vous avez vu un fantôme !

Rosemary Bartell fut la première à parler :

- Mon Dieu, Frank, vous êtes bien vivant !

Comme pour s'en assurer, elle s'approcha de lui et lui toucha le bras.

- Rosemary, pouvez-vous bien me dire ce qui se passe ici ?

Elle réfléchit deux ou trois secondes avant de lui répondre :

- Frank, je suis désolé de devoir vous dire ceci, mais on venait de nous annoncer que vous étiez... mort !

Frank éclata de rire :

- Mort, moi ? Mais non, je vous rassure, je suis bien vivant et je dirais même que je me sens en pleine forme, à part que j'ai très faim comme je n'ai pas encore pris mon petit déjeuner. Mais qui vous a dit que j'étais mort ? Les journaux ?

Édith, sans attendre Rosemary, répondit. Son cou s'allongeait encore quand elle parlait de manière saccadée :

- Non, c'est Malika, la domestique qui nous a dit qu'elle vous avait découvert poignardé, près de la maison.

Rosemary aurait mis plus de forme.

- Moi, poignardé... Mais qu'est-ce que c'est que cette histoire ?

Frank fronça les sourcils, ne semblant pas trop apprécier qu'on lui reparle de poignard et d'assassinat.

- En fait, continua Madame Bartell, Malika a trouvé un cadavre près de la maison, à l'endroit où elle jette les ordures.

- Mais pourquoi a-t-elle immédiatement pensé que j'étais ce... cadavre ?

Rosemary ne sut pas répondre à cette question et se tourna vers Moira qui répondit à Frank :

- Malika avait sans doute cru reconnaître vos vêtements... Elle semblait tellement sûre que nous l'avons crue sans trop réfléchir, vu que nous n'avons pas vu ce cadavre... Mais, en fait, il doit s'agir de quelqu'un qui avait le même manteau que le vôtre ! Un inconnu, en tout cas... Je suis désolée pour lui, mais reste heureuse de vous voir en chair et en os devant moi !

Moira se leva et tout naturellement, alla embrasser Frank sur la joue. Elle semblait soulagée et retrouvait toute sa vigueur.

- Je ne veux même pas imaginer la réaction de Darlene ! continua-t-elle. Heureusement que nous n'avons pas eu le temps de lui annoncer cette fausse nouvelle !

Tout le monde approuva et commença à quitter la chambre de Rosemary. Édith, en sortant, en profita pour commencer à raconter une histoire compliquée qu'elle avait lue récemment sur un journal, mêlant de vrais policiers se trompant sur l'identité de faux cadavres.

Rosemary fut heureuse que tout ce monde ait quitté sa chambre. Même si la présence de ce cadavre s'avérait particulièrement gênante, elle ne se sentait pas touchée personnellement. Elle se dit avoir eu assez d'émotions, entre son cambriolage à Londres et sa chute au *Tophet* de Salambô.

En se retournant, elle réalisa que Frank se trouvait encore là, près de la porte-fenêtre. Lorsqu'il lui fit face, elle remarqua immédiatement son teint blême et son air inquiet.

Il alla s'asseoir dans le fauteuil et se prit la tête entre les mains :

- Que se passe-t-il, Frank ? Tout va bien maintenant...

Il leva vers elle des yeux apeurés. Sa voix tremblait lorsqu'il lui parla :

- Rosemary, c'est affreux... Je connais l'identité du cadavre de la dune...

Madame Bartell parut surprise et s'assit dans l'autre fauteuil en face de Frank. Elle le laissa parler :

- Hier soir, j'ai prêté des vêtements à Dali. Il avait un rendez-vous avec une jeune Anglaise qu'il courtisait et voulait se mettre en valeur. Comme nous avons la même taille, je lui ai prêté un costume et mon manteau beige... Alors, c'est Dali qui...

Il ne termina pas sa phrase. Rosemary se leva et s'assit près de lui sur l'accoudoir du fauteuil...

- Vous imaginez, c'est Dali... Il n'avait même pas vingt-cinq ans, était amoureux, allait devenir professeur et faisait la fierté de sa famille...

Il plongea son regard dans celui de Rosemary :

- Sommes-nous frappés par le destin, Rosemary ? Est-ce que la mort va m'accompagner tout le temps ?

- Mais vous n'avez rien à voir avec cette mort, Frank. Dali portait simplement vos vêtements, c'est tout. Et puis, quelqu'un d'autre peut porter un manteau identique... Ne reproduisez pas la même faute que nous avons commise en croyant que vous étiez ce cadavre... Nous ne sommes sûrs de rien et l'identité de cet homme reste encore inconnue...

- Qui pourrait porter un manteau identique au mien, Rosemary ? Je l'ai acheté à Londres !

Rosemary préféra couper court à la conversation :

- La police sera là très vite... Nous saurons s'il s'agit de Dali ou non.

Frank se leva et décida d'aller tout de suite voir ce cadavre. Il voulait en avoir le cœur net. Il saurait reconnaître son ami.

Rosemary décida de l'accompagner pour ne pas le laisser découvrir, seul, la vérité.

Avant de quitter la chambre, elle eut l'impression de sentir la présence de Howard tout près d'elle... Elle ferma les yeux et se sentit mieux, enveloppée par son aura.

Refermant la porte tout doucement, elle savait déjà que cette journée serait très pénible.

▼ ▼ ▼ ▼

Chapitre 12

- Madame Bartell, j'ai beaucoup lu votre nom sur les journaux, lorsque vous avez résolu ces crimes de Brandys Bay... Vous ressemblez à l'une de ces héroïnes de romans policiers qui se trouve continuellement confrontée à des crimes... Ils vous collent à la peau, ou quoi ?

Le ton, ironique à souhait, déplut fortement à Rosemary qui n'en laissa rien paraître.

L'homme en face d'elle, une véritable force de la nature qui devait dépasser le mètre quatre-vingt-dix, répondant au nom de Vincent Lafouèche, dégageait pourtant bonhomie et jovialité. Il s'était présenté comme l'inspecteur chargé de l'enquête.

Rapidement venu du poste de police de La Marsa, avec une horde d'agents en uniforme, il appartenait à la Police Française et semblait très à l'aise dans son métier. Il donnait des ordres sur un ton décourageant toute réplique, mais ensoleillé d'un accent chantant que Rosemary reconnut comme originaire du sud-ouest de la France.

Parlant très vite, et avec cet accent inattendu, Rosemary avait de temps en temps du mal à le comprendre.

Une ambulance, dont la sonnerie rauque retentissait encore à l'entrée du parc des Barnes, rajoutait au désordre ambiant : des badauds, autochtones pour la plupart et surgis de nulle part, commençaient à se regrouper autour de la grille et échangeaient entre eux, à voix très haute, leurs commentaires sur la découverte du cadavre qui n'avait pas encore été déplacé.

Rosemary avait eu le temps de voir le corps sans vie, couché sur le ventre, avant que l'Inspecteur Lafouèche ne l'ait priée sèchement de regagner la maison des Barnes. Un photographe de la police prenait plusieurs clichés du corps étendu. Le poignard se trouvait toujours fiché dans son dos.

D'ailleurs, elle avait obéi prestement au policier, ne voulant plus regarder le cadavre du jeune homme. Frank venait de reconnaître formellement le corps comme étant celui de Dali Ben Mabrouk, fils du maître d'hôtel des Barnes.

Frank, blême, semblait atterré et profondément choqué par la mort brutale de son ami. Rosemary avait voulu lui dire un mot de soutien, mais elle n'en avait pas eu le temps : il courait déjà vers la maison, préférant sans doute rester seul.

- Cléry, allez dire à cette satanée ambulance d'arrêter son tintamarre. On s'entend à peine ici !

L'agent de police obtempéra aussitôt et quelques secondes plus tard, la sonnerie de l'ambulance s'arrêta. Madame Bartell ne s'en plaignit pas.

Assise sur la banquette du salon, elle attendait les prochaines questions de l'Inspecteur Lafouèche. Patricia venait de faire apporter, par Malika, un plateau avec du thé et du café.

- Puis-je vous servir une tasse de thé, Madame Bartell ? demanda le policier français sur un ton beaucoup plus courtois.

Rosemary, étonnée de cette soudaine politesse, accepta avec un sourire. Elle s'amusa de voir les grosses mains velues du policier prendre aussi délicatement que possible la théière de porcelaine.

- Sûrement pas le mauvais bougre, pensa-t-elle en le regardant servir, mais plutôt le genre soupe au lait, un peu ours, qui ronchonne souvent.

Contente d'avoir pu se résumer, en ces mots, le caractère de l'Inspecteur Lafouèche, elle lui tendit le sucrier alors qu'il finissait de se servir d'une tasse de café.

- Non merci. Je prends toujours mon café noir et sans sucre, surtout lorsque c'est le premier de la journée. Ce matin, mes hommes m'ont réveillé brutalement...

Il avala une grande gorgée de café en affichant un air satisfait sur la qualité du breuvage. Il reposa sa tasse un peu bruyamment et se carra plus confortablement dans la banquette, face à Rosemary :

- Madame Bartell, – *en fait, il prononçait Bartell**e** en appuyant sur un hypothétique* **e** *final* – comme vous avez déjà baigné dans l'ambiance d'enquêtes policières, j'ai commencé par m'adresser à vous... Je suis persuadé que vous avez déjà remarqué une foule de détails et que vous serez à même de m'aider comme vous aviez fait pour Lomar.

Le policier partit d'un éclat de rire inattendu.

- Savez-vous que je connais ce Lomar ? Je l'avais croisé à Paris à la conférence qui avait réuni les polices française et anglaise, juste avant ma mutation à Tunis. Ce vieux filou d'Inspecteur Gilles me l'avait présenté. Un bon garçon !

Rosemary sourit à l'évocation du brave Lomar. Il devait être en train de rechercher très sérieusement le cambrioleur de son appartement.

- Madame Bartell, nous venons de trouver le cadavre de ce pauvre Dali. Je viens de l'annoncer à son père... La partie de mon travail que je déteste par-dessus tout. Je ne sais pas s'il s'en remettra un jour ! Enfin...

Il s'interrompit un instant pour boire une gorgée de café. Rosemary en profita pour prendre la parole :

- Inspecteur, je ne sais pas si je peux beaucoup vous aider. Je ne connaissais pas personnellement le jeune Dali que j'avais seulement croisé une fois ou deux. En fait, c'est Frank qui était ami avec lui. Ils faisaient du sport ensemble et semblaient partager une réelle amitié.

- Bizarre qu'un Duncan soit ami du fils du maître d'hôtel, non ?

- Pourquoi, Inspecteur ? Sommes-nous sortis de la cuisse de Jupiter pour ne pas parler aux enfants de nos domestiques ?

Rosemary reconnut la voix de Frank Duncan qui venait d'entrer dans le salon. Il avait repris ses couleurs. Sans saluer l'Inspecteur, il alla s'asseoir directement près de Rosemary, face au policier passablement gêné...

Lafouèche fit mine de se lever pour se rasseoir lourdement. Le français de Frank étant très approximatif, Rosemary servit de traductrice.

- Monsieur Duncan, je comptais vous rendre visite...

- Allez-y, Inspecteur, coupa Frank, d'un air impatient. Posez-moi toutes les questions que vous voulez. J'ai pris l'habitude d'y répondre à Brandys Bay...

Le policier lui demanda de lui parler de Dali.

- Un jeune homme fort sympathique, sain dans sa tête et son corps. Nous partagions notre passion : le sport. Je lui apprenais le tennis et il m'enseignait la boxe. Nous nous rendions dans sa salle à La Marsa. Nous nagions ensemble de temps en temps. Je ne pourrai pas vous en dire plus...

- Connaissiez-vous ses amis ou s'était-il confié à vous ? Avait-il des ennemis ? Des problèmes ?

- Nous n'étions pas si intimes, Inspecteur. Il avait l'air d'un jeune homme heureux, bientôt professeur d'anglais. Il faisait la fierté de sa famille et je ne l'imagine pas dans des problèmes.

Rosemary se demandait s'il allait aborder l'échange de vêtements.

- Rien d'autre à déclarer, Monsieur Duncan ?
- Si...

Frank se leva, contourna la banquette et se retourna vers l'Inspecteur.

- Dali avait un rendez-vous galant hier soir et il m'avait demandé de lui prêter des vêtements pour faire meilleure impression à la jeune fille en question, une Anglaise, dont le père travaille au Consulat. Je lui ai prêté un costume gris clair et un manteau qu'il portait encore à la découverte de son cadavre. Cela explique pourquoi Malika se trompait et annonçait à la terre entière que j'avais été assassiné.

L'Inspecteur Lafouèche parut très intéressé par ces détails, même s'il se trouvait déjà informé de la confusion.

- A quelle heure avait-il rendez-vous ?
- Je crois qu'il m'avait dit à huit heures du soir à l'Hôtel Zéphyr à La Marsa. J'espère que vous serez discret avec la jeune fille, car cette dernière avait menti à ses parents en prétextant une sortie avec sa meilleure amie.

- Malheureusement, je ne peux rien vous promettre. Je dois faire mon enquête, Monsieur Duncan, et apprendre de la bouche de la jeune fille si un problème était survenu durant cette soirée... Peut-être quelqu'un lui a-t-il cherché des noises et réglé son compte un peu plus tard... Comme il portait vos vêtements, peut-être l'a-t-on pris pour un gentleman et suivi pour le détrousser... Que sais-je encore !

Frank Duncan n'insista pas et alla se rasseoir sur la banquette, l'air soucieux :

- A moins que quelqu'un, prenant Dali pour moi-même, ait cherché à me tuer... Nous avons la même stature, la même silhouette. Il faisait noir et la méprise était facile. La preuve nous en a été donnée avec Malika qui m'a confondu avec lui alors qu'il faisait jour !

Rosemary ne réagit pas, mais avait déjà pensé à une telle éventualité.

- Monsieur Duncan, vous êtes blond comme les blés, et Dali est très brun. Quand même difficile de vous confondre, n'est-ce pas ?

- Je pense que Malika n'a vu que le manteau et a immédiatement imaginé que c'était moi... La nuit, par contre, tous les chats sont gris !

Le policier français secoua la tête en signe d'approbation aux propos de Frank.

- Maintenant, Monsieur Duncan, dites-moi une chose : pourquoi quelqu'un attenterait-il à votre vie ?

▼▼▼▼

L'agent de police, Claude Cléry, était un homme chétif, ce qui lui valait beaucoup de moqueries de ses collègues de travail. Originaire de Paris, de petite taille, il n'avait jamais su imposer une image de force et de protection, ce qui l'avait toujours desservi dans son travail de policier.

Intelligent et extrêmement minutieux, il compensait ses faiblesses physiques par une grande dévotion à son métier : déjà apprécié de l'Inspecteur Lafouèche en poste depuis quelques mois à Tunis, Cléry savait anticiper les demandes de son patron qui se reposait entièrement sur lui pour le travail de recherche et d'interrogatoires de témoins, ceci au grand dam des autres inspecteurs qui éprouvaient de la jalousie, face à ce subalterne décidément trop intelligent.

Justement, sans ordre de son supérieur hiérarchique, Cléry avait décidé d'aller interroger le voisin dont la maison se trouvait juste derrière celle des Barnes. Mademoiselle Patricia, la gouvernante, lui avait dit que cette maison appartenait à un certain Graham Tatley, ami de la famille Barnes. Elle n'avait rien rajouté et lorsque le policier avait demandé à la jeune femme quel type de travail faisait ce Graham Tatley, elle avait répondu vaguement qu'il s'intéressait aux ruines de Carthage.

- Oui, la plupart des étrangers, résidant à Carthage, s'intéressent à ses vestiges. Rien de très original, se dit Cléry en se dirigeant vers la maison du voisin.

Le policier poussa la petite porte basse et grinçante qui ouvrait sur l'étroit jardinet devant la maison. Il nota que le jardinage ne devait pas constituer une priorité pour Monsieur Tatley, vu l'état d'abandon qui caractérisait le jardin, envahi par les mauvaises herbes dont certaines arrivaient au niveau des fenêtres.

Cléry frappa à la porte et attendit quelques instants... Il en profita pour regarder l'autre maison, en face de celle de Graham Tatley. Il savait qu'elle appartenait à des Français, les Malet.

- Tous ces gens riches ont bien de la chance d'avoir de belles maisons en bord de mer ! pensait-il.

Il ne s'estimait pas trop malheureux, car il venait de déménager, comme beaucoup de Français et d'Italiens, à La Marsa dans un petit appartement, avec sa femme et son fils unique, Jules.

Jusqu'alors, ils résidaient à Tunis en plein centre-ville, près de l'avenue Jules-Ferry, où la chaleur devenait insupportable en été. La jolie petite ville de La Marsa était beaucoup plus fraîche et on y vivait plus agréablement. En plus, il pouvait se rendre à pied à son travail. Lorsqu'il habitait Tunis, il devait emprunter le TGM pour se rendre à La Marsa, ce qui lui prenait environ quarante-cinq minutes chaque matin et chaque soir.

Cléry frappa à nouveau à la porte et attendit encore plusieurs secondes. Il essaya de voir à travers la petite fenêtre à côté de la porte, mais un rideau tiré empêchait de voir l'intérieur de la maison. Il joua avec la poignée et à sa grande surprise, constata que la porte n'était pas fermée à clef.

Il poussa la porte tout doucement tout en demandant s'il y avait quelqu'un... Aucune réponse ne se faisant entendre, il avança précautionneusement dans la pièce rendue sombre à cause des rideaux tirés. Il pouvait noter le désordre incroyable qui régnait dans la pièce : chaises renversées, livres épars, objets jetés à même le sol. Pour faire plus de clarté, il alla ouvrir le rideau et se retourna pour mieux voir la pièce. Franchement, il se demandait comment on pouvait vivre dans un tel capharnaüm... Il savait bien que ces archéologues n'accordaient jamais grande importance au ménage ou à tous ces détails qu'ils qualifiaient de futilités, mais bon...

Le policier avança et se demanda en fait si cette maison n'avait pas été cambriolée en l'absence de son propriétaire. Pourtant, tous les objets antiques avaient l'air de se trouver à leur place sur leurs étagères : des fioles, de petits bijoux, des amulettes carthaginoises, des vases et des objets bizarres qui avaient l'air de ressembler à des rasoirs antiques. Des gargoulettes en terre reposaient sur le sol, parmi des stèles funéraires, identiques à celles qu'il avait vues, avec sa femme et Jules, au *Tophet* de Carthage.

Le nombre incroyable de livres qui se trouvait dans le salon de Graham Tatley le surprit : les étagères ployaient sous le nombre d'ouvrages anciens et modernes, les chaises et les fauteuils aussi. Beaucoup semblaient avoir été jetés au sol... Le policier remarqua une bouteille de *Buchanan* sur la table. Un bureau était installé en coin de la pièce, recouvert de dossiers et de papiers de toutes sortes dont certains avaient été jetés sur le parquet.

Il décida de continuer son inspection de la maison tout en demandant à nouveau s'il y avait quelqu'un... Il alla au fond de la pièce où une porte donnait sur la cuisine : là aussi, le policier put constater que l'ordre ne faisait pas partie des priorités du propriétaire de la maison. Un monceau de vaisselle sale se trouvait dans l'évier, des restes de pain traînaient sur la table de bois avec des tasses sales et des verres vides. Les portes des placards muraux étaient ouvertes, laissant voir de la vaisselle mal rangée et des provisions de nourriture sans doute non consommables.

Cléry ressortit de la cuisine et emprunta le petit escalier qui montait au premier étage, composé de deux chambres et d'une salle de bains. L'une de ces deux chambres était seulement meublée d'un lit d'une place, d'un placard et d'une chaise. Le lit n'était pas fait, tout comme dans l'autre chambre qui semblait habitée par le maître de maison avec ses placards remplis de vêtements, un bureau orné d'une machine à écrire et d'une lampe. Un canapé bancal, sur lequel Graham Tatley avait jeté pêle-mêle des vêtements, complétait l'ameublement de la pièce.

- Rien de très intéressant, donc, se dit le policier. Juste une maison sale et mal rangée où le propriétaire doit être plus intéressé par les ruines de Carthage que par les contingences de la vie quotidienne... Mon Dieu, je ne pourrais pas vivre dans une telle saleté. Je dois plus souvent remercier ma sainte femme de s'occuper si bien de notre appartement !

Il redescendit lentement l'escalier. Des craquements provenant du rez-de-chaussée le firent s'arrêter. Il entendait des bruits confus comme si on fouillait dans des papiers. Quelqu'un se trouvait maintenant au rez-de-chaussée. Le policier pouvait entendre des pas qui faisaient craquer les lattes du parquet du salon.

Sans doute Monsieur Tatley était entré et il serait sans doute étonné de le trouver dans ses escaliers :

- Monsieur Tatley ? C'est vous ? Je suis l'agent Cléry de la police, je voulais vous interroger à propos du meurtre commis sur la dune. Votre porte étant ouverte, je me suis permis d'entrer...

Le policier supposa que le sieur Graham devait parler français malgré son nom à consonance britannique. Son anglais à lui se limitait à deux ou trois mots.

Arrivé en bas de l'escalier, Cléry laissa échapper un juron et eut juste le temps de voir une ombre qui s'échappait dehors en courant. Un indigène, sans doute, vêtu d'un burnous marron. Le policier lui cria l'ordre de s'arrêter, mais l'homme n'en fit aucun cas. Cléry entendit le grincement de la porte du jardinet et le temps qu'il sorte de la maison, l'homme, sans doute très sportif, avait déjà disparu au coin du mur d'enceinte de la villa des Malet.

Le policier estima que ce n'était pas la peine de se lancer à sa poursuite et retourna dans la maison. Sans doute, l'homme au burnous était un voleur qui avait vu, en passant, la porte entrouverte de la maison de Tatley. Sans réfléchir, il était entré et constatant que le propriétaire n'y était pas, il avait sans doute voulu dérober de l'argent ou des petits objets.

Tunis, malheureusement, regorgeait de ces petits voleurs dans sa médina. La construction de ces nouvelles villas de Carthage, habitées par de riches étrangers et des notables tunisiens, commençait à les attirer. Ils savaient qu'elles renfermaient de l'argent et des objets précieux...

De toute manière, Cléry ne pouvait pas savoir si le visiteur avait pu dérober quelque chose dans ce bric-à-brac. Il allait ressortir lorsqu'un détail attira son attention : une ombre étrange se profilait sur le sol entre la table et le mur. Ce coin de la pièce était plongé dans une semi-obscurité et il avait du mal à comprendre ce qu'il voyait.

Pour mieux voir, il décida d'ouvrir les rideaux de la seconde fenêtre et se rapprocha de la table. Il eut alors l'impression que ses chaussures collaient au sol.

Il porta sa main à la bouche et sursauta en comprenant ce qu'il était en train de découvrir : le cadavre d'un homme couché sur le dos, les yeux grands ouverts et la tempe trouée, reposait sur le sol dans une mare de sang...

▼▼▼▼

Assis confortablement dans l'un des canapés du salon, l'Inspecteur Lafouèche écoutait religieusement Rosemary Bartell lui faire un rapport détaillé sur les meurtres de Brandys Bay. Même si cela pouvait paraître hors sujet à un moment où l'on venait de découvrir, sur la dune, le cadavre de ce pauvre Dali, le policier sentait l'importance de connaître les détails de cette affaire qui avait fait la une de nombreux journaux en Angleterre, mais aussi en France et en Tunisie.

De toute manière, il avait donné les ordres pour que le cadavre du jeune homme soit ramené à la morgue de Tunis pour une autopsie. Il ne pensait pas qu'elle lui apporterait beaucoup d'éclaircissements supplémentaires, mais c'était la procédure et le Commissaire Toutlevent, son patron, ne lui pardonnait pas le moindre manque à la satanée procédure !

Vincent Lafouèche aimait mieux mener ses enquêtes en suivant son flair qu'en suivant les procédures qui ne représentaient pour lui que des accessoires utiles de temps en temps. Ce comportement lui valait souvent des remontrances de sa hiérarchie, mais ses qualités d'excellent policier dépassaient largement ses indisciplines. Le policier le savait et il en profitait lorsque nécessaire.

Pour respecter la divine procédure, l'inspecteur Lafouèche avait planifié d'interroger tous les résidents de la villa des Barnes, sans oublier les domestiques. Il ferait ensuite son rapport à son patron qui l'avait déjà prévenu que l'affaire était au niveau du Procureur Général. Des journalistes avaient déjà montré le bout de leurs stylographes à la grille de la villa, sans doute prévenus par le voisinage.

- Du foie gras à donner à ces charognards de journalistes, pensa le policier. Imaginez, un crime commis juste à côté de la maison du célèbrissime Robert Barnes, fils bâtard d'un lord anglais, poignardé quelques semaines auparavant dans sa maison de campagne des Cornouailles en Angleterre... Ce nouveau meurtre représente un fait divers inespéré en un début de mois de janvier où les rédacteurs n'ont pas beaucoup de sensationnel à offrir à leurs lecteurs à part, l'ouverture imminente des premiers jeux olympiques d'hiver à Chamonix, en France.

Lafouèche s'en voulut d'avoir perdu le fil du récit de Rosemary Bartell et redevint attentif : il appréciait

163

l'intelligence de la dame anglaise qui lui donnait une approche très factuelle et très objective de cette mystérieuse affaire de Brandys Bay. Il aimait aussi sa modestie lorsqu'elle savait mettre en valeur l'Inspecteur Chef Brian Lomar qui avait mené l'enquête avec elle.

- Je reste persuadé que cette vieille chouette a fait tout le travail d'investigation, pensa-t-il. Ce Lomar, même s'il me semble un excellent policier, ne possède pas la finesse d'analyse de l'Anglaise. Elle sait mêler avec brio flair, déduction logique et analyse objective des faits, sans compter son intuition féminine.

Il décida qu'il allait la mêler à son enquête en considérant qu'elle pourrait l'aider. On se méfiait moins d'une vieille dame que d'un policier bourru ! Beaucoup de ce beau monde ne parlant pas la langue de Molière, il lui fallait aussi une traductrice !

- Voilà, Inspecteur Lafouèche, toute l'histoire des meurtres de Brandys Bay, résumée bien entendu... Ma présence ici en Tunisie tient au fait que j'ai voulu à nouveau marcher sur les pas de mon défunt mari qui adorait ce pays.

- Merci, Madame Bartell. Je savais qu'il était important que je connaisse les moindres détails de cette tragique affaire.

- Ah bon... Pourquoi, Inspecteur ? Voyez-vous un lien entre Brandys Bay et le meurtre de ce jeune homme tunisien ?

Le policier français sembla pris au dépourvu par la question directe. Il sourit un court instant et répondit :

- Si nous partons du principe que c'est bien Dali qui était visé par le meurtrier, non... Mais si l'on démontre qu'en fait, le meurtrier croyait tuer Frank Duncan, pourquoi pas ?

L'image de l'homme au complet clair se présenta à nouveau à l'esprit de Madame Bartell : cet homme, qui semblait la poursuivre depuis Paris, pouvait aussi représenter un lien entre les Cornouailles et la Tunisie. Mais elle préféra ne pas encore en parler au policier.

- Qu'êtes-vous en train de me cacher, Madame Bartell ? Pendant trois secondes, vous pensiez à autre chose et une ombre d'inquiétude a obscurci votre visage...

Rosemary Bartell sourit et pensa qu'elle devait faire attention à ce policier très observateur. Elle trouva une réponse adéquate :

- Non, rien... Je pensais seulement à un manuscrit écrit par mon mari. Je l'ai égaré et je dois absolument le retrouver... C'est tout !

- Est-ce le fameux manuscrit dont vous me parliez tout à l'heure, celui qui avait servi à mieux comprendre ces meurtres de Brandys Bay ?

- En fait, je n'ai pas amené tous les manuscrits. J'ai seulement pris celui que mon mari avait consacré à la Tunisie. Il y avait fait un long séjour avec Lord Duncan du temps où il était encore architecte. Je ne sais plus ce que j'ai fait de ce carnet. Il a mystérieusement disparu de ma chambre, mais je suis persuadée que je vais le retrouver. Les autres carnets sont dans mon appartement de Londres.

En prononçant ces mots, Rosemary Bartell sentit qu'elle venait de dire quelque chose d'important... Elle réalisait qu'elle n'avait pas pensé à demander à sa voisine, Ruth Anskell, si les carnets de maroquin se trouvaient toujours sur sa coiffeuse, après son fameux cambriolage. Elle les avait complètement oubliés, mais elle n'imaginait pas un voleur emporter une pile de vieux carnets sans aucune valeur marchande.

- Je vais appeler Ruth demain pour lui demander, juste pour être tranquillisée.

Rosemary avait prononcé cette dernière phrase tout haut à la surprise du policier qui la regarda étrangement :

- Pardon, Madame Bartell, qui devez-vous appeler ?

- Non, non... Personne, Monsieur l'Inspecteur... Je parlais à moi-même.

Une barre d'inquiétude fronçait encore le front de Madame Bartell. Vincent Lafouèche devinait que l'Anglaise lui cachait bien des choses, mais il saurait lui arracher ses secrets. Pour le moment, il préféra changer de conversation.

- Madame Bartell, vous connaissez Frank Duncan mieux que moi. Pensez-vous que c'était vraiment lui qui était visé par le meurtrier ? Connaissez-vous quelqu'un dans son entourage qui pourrait avoir envie de l'envoyer dans l'autre monde ?

Rosemary réfléchit quelques secondes avant de donner son avis.

- Non, franchement, je ne vois pas... Si nous étions à Londres, je vous aurais peut-être répondu que le mari de l'une de ses nombreuses maîtresses aurait pu adorer l'envoyer de vie à trépas. Frank est un incorrigible bourreau des coeurs et je sais que le fait de sortir avec une femme mariée ne le gêne pas outre mesure. Concernant l'affaire de Brandys Bay, pour moi, elle est bien close...

Une hésitation avait accompagné les derniers mots prononcés par Rosemary, détail qui n'échappa pas au policier.

- En êtes-vous bien sûre, Madame Bartell ? Votre ton n'est guère convaincant... Vous êtes sûre de n'avoir rien à me dire qui pourrait un peu m'aider ?

- Inspecteur, pour l'instant, ce ne sont que des conjectures. Je vous promets que si j'en sais plus, je vous en ferais part. Je ne veux pas vous ennuyer avec des idées saugrenues.

Vincent Lafouèche n'insista pas. A ce même instant, Moira Barnes entra dans le salon, suivie de Patricia et de Darlene Randwick. Le policier se leva à leur entrée.

- Je vous en prie, Inspecteur, restez assis, annonça poliment Moira dans un français approximatif. Patricia a prévenu toute la maisonnée, y compris les domestiques, que vous alliez procéder à des interrogatoires. Nous nous tenons à votre disposition.

- Merci infiniment, Madame Barnes. Je ne vais pas réquisitionner votre salon. Pourrais-je m'installer dans une autre pièce où je ne vous dérangerai pas trop ?

- Le bureau de mon mari sera parfait, Monsieur l'Inspecteur. Patricia va vous y conduire.

- Merci encore. Je vais commencer par Monsieur Frank Duncan si vous n'y voyez pas d'inconvénient et ensuite, votre mari, Madame Barnes.

Darlene Randwick se rapprocha de son amie Rosemary. Elle sentait que son amie était très tendue et lui prit la main pour la rassurer.

A ce moment, des bruits de pas précipités se firent entendre sur le sol en marbre du hall. Tout le monde se retourna vers la porte du hall pour voir un agent de police entrer dans le salon.

Cléry, haletant, s'arrêta net en voyant tous les yeux fixés sur lui et chercha du regard son supérieur hiérarchique, l'Inspecteur Lafouèche. Il le vit près du canapé.

- Inspecteur, puis-je vous voir de toute urgence en privé ? C'est très important.

Le policier sortit de la pièce rapidement avec l'agent. Rosemary se tourna vers Darlene, inquiète. Moira préféra s'asseoir dans un fauteuil, persuadée qu'ils allaient apprendre à nouveau une mauvaise nouvelle. Patricia resta debout, imperturbable.

Personne ne dit un mot jusqu'au retour de l'Inspecteur dans le salon. Il avait l'air grave et préféra aller droit au but :

- Je suis vraiment navré de devoir vous apprendre un nouveau décès, celui de votre voisin, Graham Tatley. L'agent Cléry vient de le retrouver mort dans son salon... Il semble, à première vue, qu'il se soit suicidé...

Rosemary Bartell regarda, à travers la porte-fenêtre, le ciel maintenant envahi par des nuages noirs...

▼▼▼▼

A l'annonce de ce suicide, Rosemary Bartell avait annoncé qu'elle se retirait dans sa chambre. Elle ne se sentait pas bien et avait l'impression que ses vacances allaient être gâchées...

- Me voilà encore replongée dans une histoire de meurtres, se disait-elle. Est-ce moi qui les provoque ou suis-je l'oiseau de mauvais augure ? Je pense que bientôt, les gens vont m'éviter comme étant porte-malheur !

Darlene Randwick l'avait arrachée à ses tristes pensées :

- Rosemary, je viens avec vous. Vous m'inquiétez beaucoup depuis quelque temps et je veux vous parler.

Joignant le geste à la parole, elle prit son amie par le bras et la suivit dans sa chambre où elles allèrent s'asseoir dans les deux fauteuils, près de la cheminée.

Le temps semblait vouloir se mêler à la morosité générale. La Méditerranée prenait une couleur gris sale et perdait son aspect de mer d'huile, avec des vagues de plus en plus agitées.

- Moi aussi, il fallait que je vous parle, Darlene, car franchement, trop de choses bizarres se passent autour de moi. Mais je me demande si je n'exagère pas ou si carrément, je n'invente pas !

Darlene rassura son amie en lui disant qu'elle n'était pas le genre à inventer des choses qui n'existaient pas. Rosemary ne sembla pas très convaincue et se carrant confortablement dans son fauteuil, raconta à Darlene tous les événements dont elle n'était pas encore informée.

Elle lui reparla d'abord de l'homme au complet clair qui la suivait depuis Paris et dont elle était sûre des mauvais desseins. Puis elle relata la disparition mystérieuse du manuscrit de son mari... Elle fit toutefois des réserves quant à Malika qui avait pu le ranger quelque part sans se rappeler. Cette réflexion suscita une vive réaction de Darlene qui, avec son bon sens habituel, lui rétorqua que ce genre d'oubli n'était guère plausible et qu'en outre, une domestique n'avait pas à toucher à un objet personnel d'une invitée de la maison.

Rosemary se leva pour aller chercher la photographie et la coupure de presse, cachées dans le manuscrit de Howard. Elle les tendit à Darlene sans commenter. Darlene commença par inspecter la photographie qu'elle retourna vite pour découvrir à son tour le mystérieux signe qui ressemblait à un 9 penché.

- Qui est cet homme hautain et désagréable, Rosemary ? demanda Darlene d'un air étonné. Etait-il un ami de Howard ? Que veut dire ce signe bizarre derrière la photographie ? Il me semble que je l'ai déjà vu auparavant, mais je ne pourrais pas vous dire où.

Elle lut l'article traitant de la découverte d'un cadavre d'une jeune fille et parcourut plus rapidement les autres bouts d'articles. Elle s'attarda sur la réclame qui vantait les écharpes de soie.

- Vu la tenue de la dame sur la réclame, cette coupure ne date pas d'hier, mais je la situe plutôt avant la Grande Guerre... commenta Darlene. Que tout ceci est mystérieux, ma chère Rosemary... Cet homme hautain, cette coupure de presse relatant la découverte du cadavre calciné d'une jeune fille et ce signe cabalistique que je connais de je ne sais où.

Madame Bartell ne dit rien, mais apprécia le fait que Darlene avait fait les mêmes commentaires qu'elle-même, au sujet de la date de parution de l'article. Son amie avait également eu la sensation d'avoir vu ce 9 déformé. Mais où et quand ?

- Je vais vous raconter quelque chose d'encore plus bizarre et qui m'a vraiment fait froid dans le dos.

Darlene Randwick regarda son amie se rasseoir dans son fauteuil, les yeux grands ouverts. Elle se demandait ce que son amie allait encore lui annoncer. Au fond d'elle-même, elle commençait à aimer cette ambiance d'intrigues et de mystères qui lui rappelait Brandys Bay, sauf que cette fois, elle était beaucoup moins impliquée personnellement. Elle se sentait pourtant inquiète pour son amie.

- Rappelez-vous lorsque nous sommes sorties du Grand Hôtel Saint-Louis à Carthage... Nous sommes allées saluer Pierre Malet, vous vous êtes éloignée rapidement. Il était accompagné par deux molosses, des jumeaux dont j'ai déjà oublié les noms...

Darlene approuva mollement de la tête, elle ne se rappelait pas vraiment ces deux Tunisiens. Rosemary continua :

- Eh bien, figurez-vous que l'un des deux jumeaux portait, sur son bras tatoué, le signe que vous venez de découvrir au dos de la photographie. Exactement le même... C'est la raison pour laquelle j'ai prolongé ma conversation avec Pierre Malet, car je voulais en avoir le coeur net. C'était bien exactement le même signe !

- Alors, peut-être était-ce pourquoi il me semblait avoir déjà vu ce signe bizarre... Pourtant, je ne me suis guère approché de la table et me rappelle à peine de ces deux molosses, comme vous les appelez. Non, j'ai vu ce signe auparavant, j'en suis persuadée.

- Le comble est que j'ai la même impression... J'ai déjà vu ce signe, mais il y a longtemps ! Ce n'était pas en Tunisie... Plus j'y pense et plus j'en suis convaincue...

Rosemary se leva encore une fois du fauteuil.

- Je dois être sûre que ce manuscrit a été dérobé et par qui... Mais j'ai déjà parlé du manuscrit à Malika qui ne semblait pas très intéressée par sa disparition...

Darlene Randwick l'interrompit comme elle savait si bien le faire avec les gens :

- Rosemary, laissez-moi vous aider. Si vous le permettez, nous allons fouiller de fond en comble votre chambre encore une fois avec nos quatre yeux. Si nous ne trouvons rien, nous appellerons Malika pour la *cuisiner* sur ce manuscrit.

Madame Bartell sourit au terme "*cuisiner*" imaginant Darlene en train de torturer gentiment la pauvre Malika. Elles se mirent au travail et inspectèrent toute la chambre : placards, bahut, armoires, tables de chevet, valises…

Se relevant avec peine, Madame Randwick déclara avec tristesse :

- Rien de rien, chère Rosemary. Votre manuscrit ne se trouve plus dans cette pièce, nous en sommes maintenant convaincues. Je vais chercher Malika, ne bougez pas.

Elle revint quelques instants plus tard, accompagnée de Malika, visiblement inquiète de cette convocation.

- Bonjour, Malika, dit d'une voix douce Rosemary Bartell.

La servante répondit à son bonjour d'une voix timide en baissant les yeux. Elle ne semblait pas du tout à l'aise.

- Malika, nous sommes en train de rechercher une sorte de cahier auquel je tiens beaucoup. J'ai laissé ce cahier, dont la couverture est en cuir marron, sur ma table de chevet et maintenant je n'arrive plus à mettre la main dessus. Avec Madame Randwick, nous venons de tout fouiller ma chambre, mais rien... Malika, auriez-vous déplacé ce cahier ? Je le lisais encore hier matin avant le petit déjeuner.

Rosemary avait parlé doucement en articulant bien les mots pour être sûre de se faire comprendre de Malika dont le français n'était pas excellent.

La servante rajusta son foulard sur ses cheveux et répondit, rassurée par la douceur du ton de l'Anglaise :

- Oui, Madame Bartell, moi souvenir bien de ce livre avec couverture cuir. Mais moi jure, Madame, *wallah*, Madame, *wallah*, que moi j'ai pas pris livre cuir. Moi-même pas touché... Moi dire à vous hier : juste levé pour faire poussière... *Wallah*, Madame Bartell, *wallah* ! Vrai que j'ai pas vu livre après...

Darlene intervint dans la conversation. Son français était moins bon que celui de Rosemary, mais plus que passable.

- Est-ce que quelqu'un à part vous peut entrer dans la chambre de Madame Bartell ?

La domestique sembla horrifiée que l'on ait pu lui poser cette question :

- Non, Madame, non... Personne n'entrer chambre à part moi. Autre personnel, pas le droit. Moi en charge de Madame Bartell. Madame Barnes dire comme cela.

- Vous n'avez rien vu de bizarre dans la maison ? Un rôdeur autour de la maison ?

Madame Bartell expliqua en d'autres termes la signification du mot "rôdeur" qui n'était pas inclus dans le vocabulaire restreint de la servante.

Malika sembla beaucoup hésiter avant de répondre et ses yeux fuyants se perdaient loin des regards de Darlene et de Rosemary.

- Malika, si vous savez quelque chose, vous devez nous le dire, commanda d'une voix ferme Darlene Randwick.

La domestique sembla encore plus effrayée. Madame Bartell la prit doucement par la main et la fit asseoir sur l'un des fauteuils, près de la cheminée. Elle s'assit également et s'adressa à Malika avec sa voix la plus douce :

- Malika, mon mari Howard est mort et ce manuscrit est l'une des seules choses qui me restent de lui. C'est donc très important pour moi que je retrouve ce cahier.

A l'écoute du mot "mort", la Tunisienne déclama toute une litanie de phrases en arabe, supposées protéger l'âme défunte. Elle se tourna vers Rosemary en évitant son regard :

- Madame Bartell, moi pas méchante. Mais hier après-midi, moi fatiguée beaucoup. Chaleur forte pas normale en hiver. Beaucoup de travail avec Mademoiselle Patricia qui crie toujours sur moi. Beaucoup des invités en ce moment. Alors moi, faire un peu sieste sur terrasse de chambre Monsieur Frank pas là. Grand fauteuil très confortable et moi dormir un peu. S'il vous plait, pas dire à Mademoiselle Patricia ou Madame Barnes, car moi avoir plein de problèmes... S'il vous plait Madame Bartell...

- Rassurez-vous, Malika. Je ne dirai rien. Tout ce que vous allez dire restera entre nous trois.

La domestique se retourna avec un air méfiant vers Darlene Randwick, restée debout près de la cheminée. Elle ne semblait pas beaucoup lui faire confiance. Elle continua :

- Tout d'un coup, moi entendre bruit porte plage juste dessous chambre Monsieur Frank. J'ai peur et je regarde pour voir qui. Je vois porte s'ouvrir toute seule et un homme avec burnous entrer jardin. Je me dis peut-être nouveau jardinier, car beaucoup personnel dans grand jardin. Mais homme bizarre et on dirait qu'il se cache... Je vois lui pas un employé de la maison. Il referme porte plage et se cache derrière grand arbre palmier.

Malika s'arrêta pour reprendre son souffle. Cette fois, elle regarda Rosemary dans les yeux :

- Tout d'un coup, je vous vois, Madame Bartell. Vous vous dirigez vers ma maison, fond du parc. Alors homme en burnous sort cachette et je vois lui faire tour maison. Après, je vois plus lui... C'est tout.

Rosemary se souvenait de son impression d'avoir été surveillée. Un homme était bien là qui l'observait !

- Pourquoi n'avez-vous rien dit, Malika ? Vous voyez quelqu'un qui ne fait pas partie du personnel entrer dans le parc et vous ne reportez ceci à personne ?

Malika se retourna vers Darlene qui avait posé la question :

- Si moi dis que j'ai vu homme, Madame Barnes va demander ce que je fais dans maison à cette heure. Normalement, moi pas dans les étages, moi office ou cuisine. Grand problème pour moi.

- Vous n'avez pas vu cet homme dans la maison ?

- Non, Madame Darlene. Moi tout de suite sortie terrasse et allée à l'office. Moi pas voir l'homme en burnous dans la maison. Peut-être homme pas voleur, seulement ami ou famille d'un employé. Toujours amis des employés entrer par porte plage.

- Vous n'avez vu personne d'autre de la terrasse, Malika ?

- Si, moi voir avant sieste Mademoiselle Julia promener dans jardin, mais elle s'asseoir sur banc près mur. Elle lire magazine. Après moi dormir, moi très fatiguée.

- La porte du jardin qui donne sur la plage, Malika, elle reste toujours ouverte ? L'homme dont vous parlez semble être entré sans aucune difficulté...

Malika répondit sans hésiter :

- Madame Barnes toujours insister pour porte fermée avec verrou... Mais quand gens sortent par cette porte, impossible la refermer de l'extérieur. Alors, elle reste ouverte et quand Madame Barnes voir cela, elle très fâchée.

- Malika, sous son burnous, n'avez-vous pas vu si l'homme portait un costume de couleur beige clair ?

La servante répondit par la négative.

Rosemary Bartell préféra mettre un terme à la conversation et remercia la domestique qui lui fit encore promettre de ne rien répéter. Elle la raccompagna à la porte et revint s'asseoir près de la cheminée.

Madame Randwick se laissa choir dans le fauteuil qui avait été occupé par Malika :

- Croyez-vous vraiment, Rosemary, que cet homme soit le voleur de notre manuscrit ?

- Je ne sais pas, mais tout semble l'indiquer... Je ne vois pas quelqu'un de la maison venir dans ma chambre et voler un manuscrit qui n'a aucune valeur. Bizarre aussi que ce monsieur en burnous ait pu entrer si facilement, même si la porte peut rester ouverte, selon Malika. En tout cas, je sais maintenant que mon manuscrit a été dérobé et je me demande bien pourquoi.

Rosemary en profita pour raconter à son amie qu'une trentaine de pages avait été arrachée de ce manuscrit dérobé.

- Je m'en suis rendu compte en Angleterre. Sans doute Howard qui y avait révélé des détails trop intimes. Peut-être avait-il des choses à cacher... Ce passage correspond chronologiquement à son long séjour de six mois à Carthage.

Darlene sourit.

- Qu'aurait pu cacher Howard ? Il n'était pas homme à avoir des secrets.

- Je ne sais plus, Darlene. Je me sens propulsée contre ma volonté dans une tourmente dont je ne réalise pas l'ampleur maintenant : le fait d'être suivie par cet homme au complet clair depuis Paris, puis l'épisode du *Tophet* et celui du cambriolage de mon appartement à Londres... Si je rajoute le vol du manuscrit, je pense véritablement que quelqu'un tente de me nuire. Je n'ose pas ajouter le crime du pauvre Dali et le curieux suicide de Monsieur Tatley...

Darlene ne put rien répondre à cela, car c'est exactement ce qu'elle pensait.

- Écoutez-moi bien, Madame Bartell, dit-elle en lui souriant et en lui prenant la main. A partir de maintenant, je vous prends sous ma protection. Vous ne sortez plus jamais seule, vous ne vous éloignez pas de la maison sans ma permission et vous ne jouez pas les détectives sans m'avoir près de vous. Est-ce clair ?

- Merci, Darlene. Je savais que je pouvais compter sur vous. Je me sens tellement mieux maintenant que je vous ai tout raconté. Cet inspecteur français n'"a pas l'air idiot et je lui ai parlé de la disparition du manuscrit. Je vais maintenant lui dire que je suis persuadée de son vol. Entretemps, demain, j'appellerai ma voisine Ruth Anskell pour lui demander de vérifier la présence des autres manuscrits de Howard sur ma coiffeuse.

Darlene Randwick soupira et regarda d'un air résolu son amie :

- Vous voilà redevenue détective, Rosemary. Mais cette fois, faites attention, car, sans vous effrayer, quelque chose me dit que vous êtes devenue la proie de gens bien peu sympathiques...

Madame Bartell sourit à son amie et amena la conversation sur le suicide de Graham Tatley :

- Je suis persuadé que Monsieur Tatley voulait me dire quelque chose... Sa façon de me dévisager durant ce dîner et d'essayer de me passer un message, je ne peux l'oublier... Je l'ai trouvé bizarre, c'est vrai, mais nullement déprimé... Et pourtant, quelques heures après ce dîner, il décidait de se suicider au même moment, sans doute, que le pauvre Dali se faisait lâchement assassiner... Je ne saurai jamais ce qu'il avait voulu me dire...

Darlene Randwick hocha la tête : elle restait persuadée que son amie était réellement en danger... Trop d'événements bizarres les entouraient depuis leur arrivée en Tunisie.

Un éclair zébra le ciel maintenant tout gris, suivi par les premières gouttes de pluie qui venaient frapper aux carreaux. Le beau temps semblait avoir complètement disparu...

▼▼▼▼

Chapitre 13

Dimanche 20 janvier, midi

La tristesse à peine cachée du déjeuner de ce dimanche rappelait à Rosemary ceux du manoir Duncan pendant la période trouble et éprouvante des meurtres, trois mois plus tôt.

Servi avec une heure de retard à cause des interrogatoires menés par l'Inspecteur Lafouèche, le déjeuner avait été assuré par Patricia elle-même, assistée par Malika et Chaima, la première femme de chambre. Certains domestiques étaient toujours entendus par la police et les autres avaient été incapables de travailler, traumatisés par la mort du fils du maître d'hôtel.

Tous les convives, autour de la table, avaient été également entendus par l'Inspecteur Lafouèche, sauf Rosemary Bartell.

Un menu simplifié - salade *méchouia*, viande froide, assortiments de légumes et de pâtisseries tunisiennes - avait été mis en place par Patricia qui avait rassuré Madame Barnes sur le personnel qui reprendrait bientôt ses habitudes normales de travail. Comme d'habitude, la maîtresse de maison avait pris la défense de son personnel et avait demandé à Patricia de leur donner du temps pour qu'ils puissent assimiler cette horrible nouvelle qui les touchait au plus près.

Karim, le père de Dali, avait été reconduit chez lui par Lotfi, le chauffeur. Madame Barnes l'avait raccompagné jusqu'à la portière de la voiture et lui avait promis de lui rendre visite dès la fin des funérailles qui se tiendraient immédiatement après la fin de l'autopsie.

Tout le monde ayant remarqué ses larmes lorsqu'elle était revenue vers la maison, elle avait préféré regagner sa chambre. Robert lui avait emboîté le pas. Il semblait très mal et parlait peu.

Pourtant, tout le monde faisait les efforts d'usage pour paraître enjoué dans cette volonté de produire l'effet *"on fait comme si rien ne s'était passé"*. Peine perdue, car les visages des convives trahissaient leur inquiétude et traduisaient le fait qu'il s'était bien passé quelque chose.

La nouvelle du suicide de Graham Tatley s'était répandue comme une traînée de poudre dans tout le voisinage. Cécile Malet avait fait irruption chez les Barnes, au début du déjeuner, sans se faire annoncer. Habillée d'une jupe d'un vert bouteille dont le plissé s'affichait en taille basse et d'une longue chasuble assortie - *Rosemary jugea le col en V un peu trop profond* - elle portait un chapeau cloche également de couleur verte, enfoncé sur son visage.

Elle s'était dirigée directement vers Frank qui était assis dans l'un des canapés du salon. Elle avait distraitement salué les autres personnes présentes et s'était répandue en plaintes de toutes sortes, affirmant que Carthage était devenu le repaire d'un tueur en série qui tuait, au hasard, domestiques et gentlemen.

- Frank, j'ai vraiment très peur avec ce meurtre. Je disais à Pierre que je ne me sentais plus en sécurité et il a engagé deux gardiens supplémentaires qui surveillent la porte latérale et celle qui donne sur la plage… Nous avons aussi les frères jumeaux qui sont en train de construire la serre dans le parc. Ce sont de véritables forces de la nature.

En entendant le mot "jumeaux", Darlene et Rosemary avaient échangé un regard complice. Elles savaient de qui parlait Cécile Malet.

Édith Steinway, bien sûr, avait dû commenter :

- Je ne suis pas convaincue que vos deux cerbères vont vraiment vous protéger. Le meurtrier est beaucoup plus malin qu'eux, je suppose, et s'ils veulent vraiment vous tuer, il s'arrangera pour le faire quand vous êtes seule. Vous n'allez quand même pas vous enfermer dans votre villa toute la journée, non ?

Cécile Malet n'avait pas daigné répondre, se contentant de toiser Édith Steinway d'un regard haineux. Elle s'était adressée d'une manière beaucoup plus douce à Rosemary et à Darlene qui étaient assises sur le canapé en face de Frank :

- Franchement, je vous plains toutes les deux. Vous voilà en Tunisie pour les vacances et à nouveau dans l'ambiance criminelle de meurtres perpétrés juste à côté de votre porte… Je suis vraiment désolée. Jamais, un événement aussi horrible ne s'était passé à Carthage, je vous assure.

Sans même écouter les réponses des deux amies, elle avait raconté avec force détails la visite de la police qui se trouvait encore chez elle pour interroger les domestiques.

- Frank, je ne veux pas rester à me morfondre toute l'après-midi à la maison. Passe me prendre après déjeuner, nous irons nous promener à Tunis. Je dois a-b-s-o-l-u-m-e-n-t me changer les idées, sinon je sens que ma tête va exploser.

Sur quoi, sans même attendre que Frank lui dise oui, elle avait quitté la maison dans le sillage de son parfum trop sucré. Tout le monde avait compris que sa visite n'avait été dictée que pour *convoquer* Frank.

Robert et Moira Barnes, Rosemary Bartell, Darlene Randwick, Nathaniel et Édith Steinway, Frank Duncan et Julia Harton avaient repris leurs conversations après le départ de Cécile Malet.

Des conversations, sporadiques et portant sur des sujets peu intéressants qui donnaient une fausse impression de normalité. Personne ne souhaitait parler de Dali ou de Graham et tous les convives voulaient oublier les interrogatoires de l'Inspecteur Lafouèche qui avait passé près de deux heures, dans le bureau de Robert Barnes, à recueillir les témoignages de chacun d'entre eux.

- Rosemary, l'infirmière passera demain en fin d'après-midi à 17 heures pour vous refaire votre bandage. Avec tous ces événements, je ne vous ai même pas demandé si vous souffriez encore, demanda Moira Barnes en se servant de salade *méchouia*, faite maison.

Madame Bartell rassura la maîtresse de maison. Elle n'avait presque plus mal, mais préférait garder encore son bandage durant quelques jours.

- Cette infirmière que vous ne connaissez pas encore, vous allez beaucoup l'apprécier. C'est une vieille dame, une vraie Carthaginoise qui habite ici depuis sa naissance. Elle n'a pas d'âge en fait. Elle est aussi sage-femme et a mis au monde la moitié des habitants de Carthage, du Kram et de Salambô !

L'ambiance se dérida un peu. Édith se crut obligée de parler de la noblesse du métier de sage-femme pendant cinq minutes en racontant ses expériences et ses rencontres avec ces femmes exceptionnelles aux quatre coins du monde. Tout le monde pensa qu'elle en savait un peu trop, elle qui n'avait jamais eu d'enfants.

Son mari, heureusement, sut adroitement lui couper la parole en demandant à Darlene et à Rosemary si elles voulaient aller visiter les Citernes de la Maalga le lendemain après-midi.

Darlene, comme d'habitude, parla de son *guide Cook* qui recommandait fortement la visite de ce site extraordinaire. Croisant le regard amusé de Rosemary Bartell qui ne ratait jamais une occasion de se moquer d'elle et de son fameux *guide Cook*, elle leva les yeux au ciel et confirma la visite.

- Je me joindrai à vous, si vous le permettez, demanda Julia Harton. Je dois me rendre à Tunis tôt demain matin, mais je serai libre dans l'après-midi.

Édith Steinway, qui avait déjà visité toute seule le site de la Maalga, commença à parler de l'originalité de ce site. Elle fut de nouveau coupée diplomatiquement par son mari qui lui demanda de ne rien dévoiler pour *conserver la surprise.*

Tout le monde soupira d'aise.

Rosemary Bartell observait Julia Harton. Elle se rappelait l'attachement fidèle de la vieille fille à son patron, un attachement qui avait ressemblé à de l'amour... chaste bien entendu.

- Cette femme aurait été prête à tout pour défendre son cher Lord Anton. Elle serait devenue dangereuse si l'on avait touché ou menacé son patron. Elle s'est sûrement radoucie depuis qu'elle travaille pour Lady Duncan...

Sentant que Julia l'observait à son tour, Rosemary détourna son regard sur les autres convives : en bout de table, Robert Barnes ne parlait pas et mangeait peu. Il fixait son assiette et poussait de petits soupirs de temps en temps. Il semblait à bout.

Sa femme, assise à l'autre bout, faisait tous les efforts possibles pour rendre ses invités à l'aise. Elle y arrivait presque. Habillée d'une très élégante robe grise à grands motifs triangulaires argentés, elle semblait dominer la situation. De temps en temps, elle jetait des regards inquiets vers son mari et lui souriait dès que leurs regards se croisaient.

Nathaniel passait son temps à essayer de faire taire son épouse. La situation tendue semblait lui délier encore plus la langue et elle se sentait obligée de parler à tort et à travers au grand déplaisir de toute la table.

Frank Duncan ne participait pas activement aux conversations, se contentant de répondre poliment si son avis était requis. Il paraissait lointain et peu à l'aise.

- Ce nouveau crime ramène le pauvre Frank dans son passé douloureux, tout comme Robert d'ailleurs, pensa Rosemary. Avec Darlene, on doit lui parler et lui changer les idées pour lui éviter tout embourbement dans ses idées noires.

Elle observa Darlene en pleine conversation avec Nathaniel sur la politique de la France dans son protectorat tunisien. Vêtue d'une robe droite dans un tissu pied-de-poule, évasée dans son bas par des plis virevoltants et flanquée d'une rangée de gros boutons noirs partant des épaules, Darlene avait vraiment beaucoup de classe.

Rosemary comprenait maintenant pourquoi son amie avait voyagé avec deux malles : elle changeait de tenues trois fois par jour et toujours avec beaucoup de goût.

Lorsque Malika servait le café qui était pris exceptionnellement à table et non au salon pour faciliter le travail du personnel, Édith ne put s'empêcher de reparler du meurtre de Graham Tatley :

- Lorsque je pense au côté érudit de cet homme, je pense qu'il représente très certainement une grande perte pour le monde de l'archéologie. Lorsqu'il parlait des Puniques, on aurait dit qu'ils allaient entrer dans la pièce... Quel dommage qu'il ne puisse plus être là pour nous accompagner dans nos visites archéologiques !

Nathaniel allait demander à sa femme de changer de sujet lorsque Robert Barnes prit soudainement la parole. Il avait été silencieux tout le reste du repas.

- Je suis bien d'accord avec vous, Édith. Graham va nous manquer à tous, même s'il ne faisait pas partie de nos amis les plus intimes. Pourtant, j'ai toujours aimé cet homme qui me ressemblait quelque part : il semblait devoir porter le lourd fardeau de son passé... En fait, je n'en ai jamais parlé, mais un jour, il s'est confié à moi... Nous nous sommes retrouvés tous les deux à la poste de La Marsa et nous avons décidé d'aller boire un thé à l'Hôtel Zéphyr. Après toutes les banalités d'usage, et en résumant ses propos, il me confiait qu'il avait perdu deux êtres chers et que sa venue en Tunisie avait été provoquée pour oublier ce passé douloureux. Pourtant, me disait-il, même à des milliers de kilomètres du lieu où il avait perdu ses raisons de vivre, la douleur était aussi intense et il avait réalisé que seul, le travail pouvait la faire taire, mais jamais l'éradiquer complètement. Je me suis souvent rappelé son regard lorsqu'il prononçait ces paroles : si je vous disais un regard triste, ce serait bien en dessous de la réalité, tellement tout son être semblait souffrir... La souffrance morale est bien dure à supporter, croyez-moi.

Sur ces paroles, il se renferma à nouveau dans son silence.

- Robert, vous aussi, vous devez oublier le passé et vivre dans votre présent qui semble offrir beaucoup d'attraits quand je vois la beauté du lieu où vous vivez. Votre père, croyez-moi, vous aimait beaucoup, mais il n'a pas eu le temps de vous le dire, frappé par le destin. La sérénité ne se trouve que dans le pardon, jamais dans la haine.

Tous les regards des convives se tournèrent vers Darlene Randwick. Rosemary sourit, fière de son amie qui avait su adroitement faire dévier la conversation.

Moira Barnes se leva, signifiant la fin du déjeuner. Juste au moment où les convives se levaient de table, Patricia entra dans la salle à manger et prévint Madame Bartell que l'Inspecteur Lafouèche l'attendait dans le bureau de Monsieur Barnes.

▼ ▼ ▼ ▼

L'Inspecteur Lafouèche se leva lorsque Rosemary Bartell entra dans le bureau. Il était avec l'agent Cléry qu'il pria de sortir, mais à qui il demanda de ne pas être loin.

- Je vous rappelle dans une dizaine de minutes. Ne vous éloignez pas !

Le policier français pria Rosemary de s'asseoir dans le fauteuil qui faisait face au bureau. Il vint s'asseoir près d'elle avec un grand sourire.

- Madame Bartell, j'attendais que vous finissiez de déjeuner pour vous parler plus avant de mes interrogatoires... J'aurais préféré que vous assistiez à tous les entretiens avec votre connaissance parfaite du français, mais je ne suis pas autorisé à le faire. J'ai dû faire venir une traductrice assermentée.

- Merci de votre confiance, Monsieur l'Inspecteur.

- Je vous ai fait venir, car je voudrais partager avec vous le résultat de mes interrogatoires. Vous connaissez bien certaines des personnes qui habitent chez les Barnes et votre aide me sera précieuse.

Rosemary répondit qu'elle serait toujours heureuse de l'aider et attendit que le policier ne passe de l'autre côté du bureau pour prendre son calepin. Il lui rappelait Lomar à Brandys Bay.

- D'abord, pour vous mettre au courant, notre médecin légiste a convenu que le meurtre a dû être commis entre minuit et deux heures dans la nuit de samedi à dimanche en tenant compte de divers facteurs cliniques. Le meurtrier a lâchement frappé sa victime dans le dos, une seule fois... Le couteau à longue lame a transpercé le jeune homme et causé sa mort immédiate. Aucun témoin, la victime semblait se diriger vers la porte latérale d'entrée de service que le personnel de la maison Barnes utilise. Aucune lumière extérieure n'éclairant ce côté de la maison, le meurtre s'est passé dans l'obscurité la plus complète. Il est encore trop tôt pour avoir les résultats de prise d'empreinte sur le manche du couteau, mais bon, je ne suis guère optimiste. Je reste persuadé que le meurtrier portait des gants.

Rosemary approuva du chef. Elle se sentait transportée dans un passé récent, celui où elle était en train de faire une enquête en compagnie de Lomar à Brandys Bay. D'accord, la langue changeait, mais les pratiques policières restaient bien les mêmes... En fait, elle réalisait qu'elle se sentait tout à fait à l'aise dans ce milieu policier. Elle s'en étonna elle-même !

- Je vous résume les déclarations des habitants de la maison... Elles se ressemblent toutes et, malheureusement, je n'en ai strictement rien tiré. Après le dîner du samedi soir auquel vous avez assisté, tout le monde semble être monté se coucher après le café pris au salon. Tous les convives se sont retirés dans leurs chambres. Il était environ vingt-trois heures quinze selon eux... Seuls, Robert et Moira Barnes sont restés un peu plus longtemps au salon et ont bu un dernier verre. Ils déclarent qu'ils sont montés se coucher un peu avant minuit. Personne, parmi les invités, ne connaissait en particulier la victime, hormis Frank Duncan, bien sûr, qui paraissait très affecté par la perte de son ami.

- Avez-vous pu en savoir plus sur la soirée de Dali ?

- Oui, bien sûr. Nous avons interrogé très discrètement la jeune fille avec laquelle Dali était sorti, affublé des vêtements de Frank Duncan. Ils ont passé la soirée à l'Hôtel Zéphyr à La Marsa. Dali est allé raccompagner la jeune fille devant la maison de ses parents, juste un peu avant minuit. Helen Williams, c'est son nom, habite à La Marsa tout près de la Corniche. Elle a confirmé que Dali l'avait quittée quelques minutes avant minuit. Nous ignorons comment Dali est rentré à Carthage, mais en tout cas, il devait être proche de la maison Barnes, au plus tard vers une heure du matin, en admettant qu'il soit rentré à pied, ce qui représente quand même une bonne trotte. Peut-être est-il allé boire un ou deux autres verres... Nous sommes en train d'interroger les personnels de deux ou trois bars à la mode de La Marsa, mais Dali ne semblait pas être le genre de client à traîner dans ces endroits.

L'Inspecteur Lafouèche regarda les notes de l'agent Cléry qui s'était chargé des interrogatoires du personnel.

- Quant aux domestiques de la maison Barnes, Patricia affirme qu'elle est montée se coucher vers onze heures du soir, fatiguée. Elle est la seule employée, avec Lotfi, le chauffeur, à dormir sur place. Quant à Lotfi, il est sorti et rentré, selon lui, vers deux heures du matin. Il a avoué avoir plus bu que de coutume, mais n'en a pas vraiment donné la raison. Tous les autres personnels sont rentrés chez eux vers dix heures du soir, sauf Malika qui habite une petite dépendance située au fond du parc.

Rosemary Bartell regarda la porte pour s'assurer qu'elle était bien fermée et fixa l'Inspecteur Lafouèche :

- La question à se poser, Inspecteur, est de savoir si le meurtrier pensait tuer Frank Duncan quand il assassinait Dali Ben Mabrouk... Et si c'est le cas, pourquoi cherchait-il à tuer Frank ?

▼▼▼▼

Chapitre 14

Darlene Randwick se plaisait à regarder la foule bariolée qui déambulait devant elle. Assise à la terrasse couverte du Grand Café de France qui donnait sur la Grande Place de La Marsa, tout près du palais du bey dont elle avait admiré la façade aux murs bien blancs, elle fit une grimace en avalant la première gorgée de son thé anglais.

- Décidément, se dit-elle, il n'y a que le thé des Barnes qui soit véritablement britannique. Moira doit le faire venir directement d'Angleterre. Tout le reste n'est que jus de chaussettes insipide...

Oubliant vite l'absence de saveur de son thé, elle se remit à observer la foule qui passait devant sa table. Elle s'amusait de l'aspect hétéroclite de ce paysage humain composé de paysans en djellabas qui venaient vendre leurs fruits et légumes sur le marché, de muletiers et d'âniers qui poussaient des grognements pour faire avancer leurs montures, d'étrangers habillés à l'européenne qui vaquaient à leurs occupations quotidiennes et de curieux laquais noirs en livrées colorées qui entraient et sortaient du palais du bey.

De temps en temps, de grands attelages traînés par des chevaux vigoureux, appartenant sans doute à des princes ou à des notables de la cour, dépassaient dans un vacarme assourdissant les voitures plus modestes de consuls et de diplomates convoqués par le palais.

Les piétons n'avaient que quelques centièmes de seconde pour s'écarter de leur passage s'ils ne voulaient pas être écrasés. Dans cette foule, les marchands ambulants, vantant chacun leur marchandise, que ce soient des graines de lin séchées, des beignets, des cacahuètes ou des glibettes, criaient à tue-tête pour se faire remarquer, en répétant toujours les mêmes phrases.

Tournant la tête pour observer les autres clients du Grand Café de France, en majorité des étrangers ou des employés du palais du bey, Darlene se rendit compte qu'elle était la proie de regards appuyés et elle se demandait bien pourquoi.

Rosemary Bartell, si elle se trouvait près d'elle, lui aurait sans doute expliqué que son habillement particulièrement voyant et peu commun dans une capitale d'Afrique du Nord, en était la raison : son manteau cape de velours vert aux manches évasées, garnies de larges revers de fourrure de loutre d'Hudson, également présente dans son col haut et enveloppant, ne passait pas inaperçu. Sans compter le chapeau cloche assorti enfoncé jusqu'aux oreilles...

Darlene balaya d'un regard hautain tous ces gens qui la fixaient. Elle reprit une gorgée de son thé insipide et reprit ses observations. Elle se dit que Rosemary Bartell, partie à la poste pour joindre sa voisine de Londres par téléphone, ne devrait maintenant plus tarder.

Son regard fut attiré par un homme autochtone, vêtu d'un costume clair passablement usé... Il la fixait étrangement et ne détourna pas les yeux lorsque Darlene le dévisagea à son tour.

- Mon Dieu, mais j'ai déjà vu cet homme auparavant... Ne serait-ce pas ce Tunisien dont Rosemary m'a parlé et qui la suit partout depuis Paris ? Il lui ressemble en tout cas...

Ne voulant plus dévisager cet homme, Darlene détourna son regard pour voir arriver Rosemary Bartell qui traversait la Grande Place. Entourée par des enfants en haillons qui lui demandaient en plusieurs langues une petite pièce pour pouvoir manger, elle les écarta d'un signe de la main peu convaincant, tout en cherchant des yeux son amie Darlene.

Lotfi surgit de derrière un attelage transportant des paniers en osier, remplis de mandarines, et écarta de manière beaucoup plus virile les petits mendiants. Il prit galamment Madame Bartell par le bras et lui fit traverser le reste de la place jusqu'à la table de Darlene qui l'accueillit avec un air contrarié.

- Je pensais justement à vous, ma chère Darlene... Écoutez-moi bien et regardez-moi...

Rosemary sembla étonnée du ton de son amie, mais obtempéra.

- Au bout de la terrasse, sur votre gauche, un homme est assis, vêtu d'un costume clair un peu fatigué. Regardez-le, je suis sûr qu'il s'agit de l'homme qui vous suit depuis Paris.

Elle se retourna discrètement dans la direction indiquée par son amie. Un frisson la parcourut lorsque l'homme la fixa de manière arrogante, ne cherchant même pas à éviter son regard.

S'adressant à Lotfi qui, pour une fois, avait accepté de s'asseoir à leur table, Madame Bartell semblait perturbée. Le ton de sa voix montrait sa colère renfermée.

- Lotfi, pouvez-vous aller voir l'homme qui se tient en bout de terrasse, seul, vêtu d'un costume clair et lui demander pourquoi il me suit de manière intempestive depuis mon départ de Paris ? Cela me rendrait un grand service. N'hésitez pas à le malmener un peu, s'il le faut, pour l'effrayer... Je me suis déjà rendu compte que vous savez faire !

Le jeune Tunisien parut étonné de l'objet de la demande de l'invitée de ses patrons, mais docilement chercha du regard l'homme désigné. Il ne le trouvait pas...

- Excusez-moi, Madame Bartell, mais je ne vois pas votre homme. Pouvez-vous me le montrer ?

Ensemble, Rosemary et Darlene se retournèrent en direction de la table occupée par l'homme, mais ne virent plus personne. L'homme avait disparu, se fondant immédiatement dans la foule de plus en plus dense de la Grande Place.

- Voulez-vous que je le pourchasse, Madame Bartell ?

Rosemary répondit par la négative, arguant du fait qu'il ne pourrait jamais le retrouver dans toute cette foule.

- Êtes-vous sûre que ce Tunisien vous suit depuis Paris ? Pourquoi ferait-il une chose pareille ? Est-ce que vos inquiétudes sont liées au meurtre de Dali et au suicide de Monsieur Tatley ? Vous m'inquiétez, Madame Bartell, mais vous savez que je peux devenir votre garde du corps en toute occasion.

Madame Bartell sourit et posa sa main sur le bras du sympathique chauffeur :

- Vous êtes extrêmement gentil, Lotfi, et je vous remercie pour votre sollicitude. Je vous jure que je n'hésiterai pas à faire appel à vous en cas de besoin.

Voyant que l'Anglaise ne voulait pas aller plus loin dans des explications, le chauffeur préféra se lever pour aller commander les boissons. Darlene déconseilla le thé à son amie qui opta pour une orange pressée.

Profitant de l'absence de Lotfi, Darlene posa à Rosemary la question qui lui brûlait les lèvres :

- Alors, avez-vous pu avoir Londres au téléphone ? Que vous a dit votre voisine ? A-t-elle trouvé les manuscrits de Howard sur votre coiffeuse ?

Rosemary Bartell posa son sac sur ses genoux et lui répondit sur un ton grave :

- Les manuscrits ont bien disparu. Elle a cherché partout dans l'appartement bien que je sois sûre de les avoir laissés sur ma coiffeuse, mais elle n'a rien trouvé. Le cambrioleur a donc tout spécialement fracturé ma porte pour me voler les manuscrits de Howard. Au moins, je comprends mieux maintenant...

Darlene Randwick fronça les sourcils en signe d'incompréhension.

- Je veux dire, poursuivit Rosemary, que je commence à comprendre le pourquoi de tout ce qui se passe autour de ma personne : les manuscrits ou plutôt le manuscrit qu'Howard a écrit à propos de la Tunisie revêt une importance capitale pour des individus. Je pense que cet homme au complet clair a dû entrer dans ma cabine sans le trouver, du fait qu'il était rangé dans l'une de mes valises enfermées dans la soute à bagages du train. Ces individus, que je ne connais pas, sont continuellement à mes trousses et veulent savoir ce que je fais, où je vais, à qui je parle, etc. Maintenant, je dois comprendre pourquoi ils veulent ce manuscrit et pourquoi des pages, correspondant au long séjour d'Howard à Tunis, en compagnie du défunt Lord Anton Duncan, ont été arrachées...

Rosemary se tut à l'approche de Lotfi qui rapportait l'orange pressée et un café turc pour lui. La vue du café turc, épais et noir, provoqua chez Darlene une grimace des plus explicites :

- Oh, Lotfi, comment pouvez-vous boire ce breuvage ? On dirait qu'il y a plus à manger qu'à boire...

Le chauffeur sourit à la réflexion de l'Anglaise.

- Le café *arbi* est une tradition en Tunisie qui se retrouve d'ailleurs dans de nombreux pays méditerranéens. J'ai rajouté dans le mien une goutte de fleur d'oranger pour le parfumer. Voulez-vous sentir ?

Darlene refusa poliment et préféra reprendre de son thé, même s'il n'avait aucun goût. Elle ramena la conversation sur des sujets plus politiques et touristiques ayant trait à la Tunisie tandis que Rosemary gardait le silence.

Les deux amies remarquèrent encore une fois la haine qu'entretenait Lotfi pour l'occupant français. Ses propos n'étaient guère nuancés :

- Les Français considèrent les Arabes comme une race inférieure et osent même l'écrire noir sur blanc. Certains auteurs français, appartenant à l'extrême droite, n'hésitent pas à nous dépeindre comme des êtres maladroits, primitifs, incapables, paresseux, pervers et même inaptes à la science. Ils cherchent sans cesse à nous dévaloriser en tant qu'hommes pour nous rabaisser à un niveau presque animal. D'autres affirment que les Arabes ont besoin d'un joug continuel pour pouvoir avancer. Que des bêtises ! Un jour, nous leur prouverons le contraire lorsque la Tunisie sera indépendante et souveraine...

La colère rayonnait dans son regard. Il serrait les poings et saisit sa tasse d'un geste vif pour aspirer, plus que boire, son café turc épais et chaud.

Rosemary, attentive aux paroles de Lotfi, sortit de son mutisme :

- Le colonialisme a toujours ses mauvais côtés, mon cher Lotfi, et nous avons également nos travers dans notre empire britannique. La Rhodésie du Sud devenait notre nouvelle colonie en octobre dernier, mais nous perdions l'Egypte un an auparavant. Certains de nos protectorats ou dominions ou colonies réclament aussi l'indépendance et la souveraineté. C'est normal... Pour moi, nous ne devons être là que pour aider, moderniser, éduquer, soigner ces populations souvent miséreuses avant de partir sur la pointe des pieds, en nous assurant que la transition a été couronnée de succès.

Lotfi sourit à la remarque de l'Anglaise :

- Oui, je reconnais que votre empire ne fait pas mieux que la France, sauf évidemment avec vos colonies blanches à qui vous donnez plus rapidement de l'autonomie. Mais bon, je ne vais pas vous ennuyer avec mes théories politiques. Je crois que nous devrions rentrer, le temps passe et je vous ai promis de vous faire visiter Saint Germain, au sud de Tunis... Avec ce beau temps de janvier, nous pourrions nous promener sur la plage avant de rentrer déjeuner.

Rosemary Bartell n'avait pas particulièrement envie de jouer les touristes, mais se força à sourire et donna le signal du départ en se levant.

Quelques instants plus tard, les deux amies étaient confortablement installées à l'arrière de la *Renault KZ* conduite par Lotfi.

Elles reconnurent la résidence du Consul d'Angleterre où elles avaient déjeuné quelques jours plus tôt tandis que la voiture s'engageait sur la route carrossable qui retournait vers Tunis.

Darlene se tourna légèrement vers Rosemary tout en enlevant ses gants. La température était anormalement haute pour un mois de janvier. Le ciel avait de nouveau revêtu la couleur du bleu profond, caractéristique des belles journées d'hiver en Tunisie.

- Je suis vraiment inquiet pour Frank, Rosemary. Il n'est pas sorti de sa chambre depuis la découverte du cadavre de Dali... Il pense qu'il est responsable de sa mort et que c'est lui qui devrait être mort. J'essaie par tous les moyens de le convaincre du contraire, mais il ne veut rien entendre.

- Oui, en fait, il sera difficile de savoir si le meurtrier a cru assassiner Frank ou s'il visait effectivement ce pauvre Dali...

Madame Randwick interrompit son amie en levant les bras :

- Mais qui aurait intérêt à tuer Dali ? Un jeune homme sans histoire, bien élevé, bientôt professeur d'anglais à ce que me racontait Frank.

Rosemary Bartell sourit étrangement.

- Darlene, personne ne peut vraiment connaître un être humain. Peut-être Dali avait-il des ennemis cachés, un rival ou il pouvait être impliqué dans des querelles politiques...

Darlene ne répondit rien et se retourna vers la fenêtre pour voir défiler, sous ses yeux, la ville de Tunis... Les charrettes et les attelages de toutes sortes ralentissaient la voiture, mais Lotfi se frayait adroitement son chemin., évitant souvent de justesse des piétons qui traversaient sans regarder.

Lotfi interrompit le silence en se tournant l'espace d'une seconde vers le siège arrière.

- Si je peux me permettre de participer à votre conversation, Madame Bartell, je vous assure que Dali ne faisait partie d'aucun parti politique. D'ailleurs, je lui en faisais souvent le reproche et je lui disais que tout jeune Tunisien devrait se battre pour l'indépendance de son pays. Il se contentait d'exceller dans ses études, c'était son choix et...

Le chauffeur freina brusquement devant une vieille femme en safsari blanc qui avait décidé de traverser la route sans crier gare. Darlene poussa un léger cri et regarda d'un air inquiet son amie qui lui sourit en retour.

- Ne vous inquiétez pas trop, Darlene. Lotfi est un excellent chauffeur et il va nous amener, saines et sauves, à Saint Germain, n'est-ce pas Lotfi ?

Le jeune Tunisien approuva du chef et décida de se concentrer sur sa conduite pour éviter tout nouveau coup de frein intempestif.

Darlene repensa à un détail que lui avait confié Frank au sujet de Lotfi et allait faire un commentaire. Pourtant, après une courte réflexion, elle préféra se taire et regardant son amie d'un air convenu, elle ramena la conversation sur leur programme de l'après-midi.

- Rosemary, n'oubliez pas qu'avec Julia Harton, nous avons décidé de visiter les Citernes de la Maalga. Édith Steinway nous a recommandé l'endroit. Voudriez-vous nous accompagner ?

- Merci de votre invitation, chère Darlene, mais je vais me reposer, car je dois absolument mettre de l'ordre dans mes idées. De plus, j'ai l'infirmière qui vient refaire le bandage de mon poignet à 17 heures. Vous me raconterez...

- Oui, je me ferai un plaisir de vous raconter...

Au ton employé par son amie, Rosemary comprit que Darlene voulait lui parler de choses qui n'auraient sans doute rien à voir avec sa visite des Citernes de la Maalga...

▼ ▼ ▼ ▼

Azzedine se réveillait doucement. Il se retourna dans son lit et gémit, tellement son crâne lui faisait mal. Il se rappelait à peine sa soirée très arrosée de la veille, mais il savait qu'il avait particulièrement exagéré dans sa consommation de *boukha* et de vin rouge.

- Je suis en train de faire n'importe quoi, se dit-il.

Mais en fait, il se disait ceci chaque matin. Il sursauta lorsqu'il entendit une voix féminine s'adresser à lui dans un arabe teinté d'un fort accent étranger :

- Enfin, tu es réveillé... Tu sais qu'il est déjà onze heures du matin.

Azzedine se redressa péniblement en portant la main à sa tête et, réussissant à ouvrir un peu les yeux, aperçut une femme à peine vêtue qui le regardait debout près du lit. Il n'avait aucun souvenir de cette femme, mais se dit qu'il avait dû la ramener du cabaret comme il le faisait souvent.

Il put s'asseoir sur son séant et referma les yeux pour ne pas voir la pièce vaciller anormalement. La femme continuait à le regarder sans bouger. Elle semblait admirer la musculature de son amant et la couleur miel de sa peau.

Petite, un peu boulotte, la femme commença à se rhabiller devant le silence d'Azzedine qui rouvrit les yeux et l'observa sans aucun émoi. Dans sa semi-conscience, il constata qu'elle était habillée à l'européenne. Il lui parla en arabe :

- Écoute, comme tu es habillée, va me chercher quelques cigarettes et le journal au coin de la rue. Prends de l'argent sur la table, il y a toujours de la monnaie.

La jeune femme fit la grimace, mais n'émit aucun commentaire. Elle connaissait trop bien ce genre d'homme et savait qu'elle pouvait très vite se prendre une correction si elle osait se plaindre.

Elle enfila un paletot bon marché et prit de la monnaie sur la table.

- Ramène-moi *La Dépêche Tunisienne* et presse-toi. Tu t'appelles comment au fait ?

La fille baissa les yeux et lui répondit qu'elle s'appelait Sonia. Sur ce, elle sortit vite.

Azzedine décida de se lever et entra dans le minuscule cabinet de toilette de sa chambre meublée pour se passer un peu d'eau sur le visage. Il mit un peu de temps à trouver son pantalon qui se trouvait sous le lit ainsi que ses chaussures, mais réussit tant bien que mal à s'habiller. Regardant par la fenêtre, il remarqua comme d'habitude le flux incessant des piétons de la rue du Maroc où il habitait depuis plusieurs mois.

Il retourna dans son cabinet de toilette pour remettre un semblant d'ordre dans sa chevelure noire. Il sourit en voyant son visage très fatigué et presque gris, mais se dit qu'après un bon massage fait par son *tayeb* préféré au hammam, il aurait recouvré toute sa forme.

Meublée d'un grand lit, d'une table, de deux chaises et d'une armoire bancale en bois, la chambre d'Azzedine n'était louée par ses soins que pour venir dormir. Il ne restait jamais dans la journée, préférant prendre ses repas dans les petites gargotes de son quartier ou à *Bab Souika* où il comptait de nombreux amis plus ou moins recommandables. Un désordre bien masculin régnait dans la pièce et des vêtements sales traînaient sur les dossiers des chaises et sur la porte de la penderie grande ouverte.

Azzedine s'ennuyait et passait ses nuits dans les cabarets mal famés de la capitale. Partout craint et respecté, Azzedine bougeait continuellement et avait ses entrées aussi bien dans le quartier juif que dans les quartiers arabes les plus chauds. Maîtrisant à peu près le français et l'anglais, il fréquentait aussi quelques Européens à qui il rendait régulièrement service.

Le bon salaire que lui donnait Graham l'avait éloigné de tous les mauvais coups qui avaient marqué sa jeunesse. La police continuait à le surveiller, mais ne lui trouvait rien de reprochable. Il devait beaucoup à Graham Tatley et ressentait pour lui un dévouement presque filial.

La porte s'ouvrit et la dénommée Sonia rentra dans la chambre, timidement. Elle déposa sur la table quelques cigarettes et le journal. Elle attendit, debout, près de la table, qu'Azzedine lui dise quoi faire.

Il fouilla dans les poches de son pantalon pour en sortir quelques francs. Il lui tendit, mais devant la mine dépitée de la fille, soupira et mit encore la main à sa poche pour en sortir cette fois un billet. Le visage de Sonia s'illumina et elle lui fit comprendre qu'elle devait partir :

- Tu sais où me trouver, viens quand tu veux. Cela me fera toujours plaisir de te voir.

Azzedine ne répondit pas et la laissa sortir. Il savait qu'il faisait toujours beaucoup d'effet sur ce type de femme qui aimait sa virilité animale et son caractère pourtant peu aimable. Il oublia vite la prostituée et ouvrit lentement le journal tout en allumant une cigarette.

Comme d'habitude, il ne s'attarda pas sur les grands titres de la première page qui annonçaient l'ouverture imminente des premiers jeux olympiques d'hiver en France. Les sports d'hiver ne constituaient pas son sport préféré. Il préférait le football et son équipe fétiche, le Club Africain.

Il parcourut rapidement les pages intérieures. Son attention fut attirée par un entrefilet sur la page des faits divers. Il lâcha sa cigarette et relut attentivement l'article.

Son teint déjà gris vira vers le blanc et il cria un juron en repoussant violemment sa chaise. Il fit plusieurs fois le tour de la chambre en serrant les poings et en hurlant des insultes blasphématoires.

Il redressa la chaise et relut encore une fois l'article :

SUICIDE d'un ARCHÉOLOGUE BRITANNIQUE

Le cadavre d'un archéologue britannique, Monsieur Graham Tatley, ancien professeur du Lycée Carnot à Tunis, a été retrouvé dans son domicile à Carthage par la police. D'après les affirmations du Commissaire de Police de l'arrondissement de La Marsa, Vincent Lafouèche, il s'agirait d'un suicide. Une enquête a été ouverte. Des interrogatoires de voisinage sont en cours. Rappelons que ce suicide survient juste après le meurtre du jeune Dali Ben Mabrouk qui avait été perpétré à quelques mètres de la maison de Monsieur Tatley, située en face de la villa de Monsieur Robert Barnes, dont le père naturel, Lord Anton Duncan, avait été assassiné à Brandys Bay, dans les Cornouailles britanniques, en octobre dernier. Affaire à suivre...

Azzedine se prit la tête entre les mains et pleura.... Lors de son dernier entretien avec lui, il avait réalisé que Graham redoutait le pire. Toutefois, il n'avait remarqué en lui aucune velléité de mettre fin à ses jours.

- Graham, suicidé ? Non... cria à lui-même le fidèle serviteur. C'est impossible. Il avait une mission à remplir, je n'ai d'ailleurs jamais su de quoi il s'agissait exactement, mais il ne pouvait pas se suicider... On a maquillé son meurtre en suicide, j'en suis convaincu. Ce sont ces vautours qui l'ont tué et je le vengerai !

Il s'en voulait énormément, il aurait dû rester à Carthage près de lui pour le protéger... S'il avait été présent, il aurait pu empêcher cet affreux crime et Graham serait toujours en vie.

Repoussant encore violemment sa chaise, Azzedine se rappela soudain de ce que lui avait confié Graham Tatley. Il fouilla quelques secondes sous des vêtements, rangés sur l'étagère supérieure de la penderie, et en ressortit une grande enveloppe.

Il se rappelait très bien que Graham lui avait demandé d'ouvrir cette enveloppe le jour où il lui arriverait quelque jour de fâcheux. Malheureusement, ce jour était bien là et il savait que lui aussi se trouvait maintenant en danger...

▼ ▼ ▼ ▼

Adonibaal paraissait de très mauvaise humeur et Himilkat, cette fois, transpirait à grosses gouttes. Affronter deux fois son Maître en quelques heures lui semblait insupportable.

- Cette Rosemary Bartell commence réellement à m'énerver... Nous avons maintenant son manuscrit en notre possession, mais elle a déchiré toutes les pages qui nous intéressaient et que nous voulions faire disparaître ! Elle sait tout sur notre organisation, j'en suis sûr !

Himilkat se hasarda à faire une remarque :

- Maître, comment pouvons-nous savoir si c'est la Bartell qui a déchiré ces pages ? Peut-être était-ce son mari qui les avait fait disparaître et sa femme ne savait rien.

Adonibaal se rapprocha de son lieutenant, l'air mauvais :

- Himilkat, le doute subsiste et nous ne pouvons prendre aucun risque, surtout au moment où tous les grands dignitaires de notre organisation arrivent à Carthage pour assister au sacrifice suprême. Nous n'avons aucun intérêt à nous faire remarquer et c'est pour cela que j'ordonne à nos disciples éminents de venir séparément, accompagnés de leurs conjoints et de leurs enfants, pour ne pas attirer l'attention de la police des frontières. Officiellement, ils viennent faire du tourisme en famille et nous veillerons à ce qu'ils accèdent discrètement à notre cérémonie.

Le Maître réussit à sourire et alla se servir une coupe de champagne de la bouteille qui avait été déposée quelques instants plus tôt par un serveur. Leur entretien avait lieu dans une luxueuse suite du Tunisia Palace, en plein centre de Tunis, que le Maître occupait de temps en temps au gré de ses séjours tunisois.

Il ne proposa pas à Himilkat de se servir également, lui demandant simplement de venir s'asseoir sur l'un des canapés du salon de la suite.

Le lieutenant n'avait jamais eu autant d'intimité avec Adonibaal. Seuls les huit lieutenants les plus élevés dans la hiérarchie régionale de l'Ordre pouvaient voir le Maître hors des assemblées officielles. Le hasard avait voulu qu'ils soient répartis en quatre hommes et quatre femmes, vivant tous en Afrique du Nord entre la Tripolitaine, la Tunisie, l'Algérie et le Maroc.

- Himilkat, nous avons perdu beaucoup de temps avec cette Bartell. Les crimes de Brandys Bay remontent à octobre dernier et cette affaire a heureusement révélé que le fou de Howard Bartell avait écrit toute une série de manuscrits sur son passé, englobant obligatoirement son long séjour à Tunis où il avait appris l'existence de notre Ordre à cause de ce traître d'Anton Duncan que mon père - *Dieu ait son âme* - avait eu la faiblesse de pardonner et de laisser en vie !

Heureusement, quelqu'un d'autre s'est chargé de lui en le poignardant à Brandys Bay...

Adonibaal but une gorgée de son champagne, toujours sans en offrir à Himilkat. Il continua :

- Il est maintenant grand temps de se débarrasser de Rosemary Bartell une fois pour toutes. Vous avez échoué au *Tophet* de Salambô. Nous n'avons fait qu'attirer l'attention sur nous. Elle semble maintenant savoir que votre sbire la suivait, mais ceci est de moindre importance. Je suis heureux qu'elle soit sous pression et ressente de la peur. Le cambriolage a également été un échec, déjà du fait que vous ne trouviez pas le bon manuscrit et ensuite parce que vous n'aviez pas pensé à maquiller votre *visite* en un véritable cambriolage.

Le malaise d'Himilkat grandissait, car il se sentait responsabilisé par son Maître de tous les échecs des derniers jours. Il n'osait lever la tête et fixait d'un air préoccupé la bouteille de *Dom Pérignon 1921,* juste en face de lui sur la table. Pourquoi se laissait-il ainsi traiter ? Il ne mit pas longtemps à trouver sa réponse : l'argent que l'Ordre lui donnait et qui lui permettait de vivre comme un prince.

- Himilkat, continua le Maître, vos résultats sont très moyens, je vous l'ai déjà dit. Vous avez raté à peu près toutes les missions que je vous ai confiées. Heureusement, vous vous rattrapiez en réussissant à voler le manuscrit de Bartell, mais vous receviez un soutien non négligeable de notre taupe chez les Barnes...

Adonibaal se leva, sa coupe de champagne à la main. Il posa la coupe sur le manteau de la cheminée pour se réchauffer les mains à la flambée. Il se retourna, plantant ses yeux dans ceux de son lieutenant :

- Je suis informé en temps et en heure de chaque déplacement de Madame Bartell, mais elle ne réalise pas notre proximité. Je veux apprendre sa mort par les journaux d'ici la fin de la semaine, Himilkat, et je vous charge de cette mission. Je n'ai malheureusement pas le choix, car vous êtes le seul à vivre en Tunisie... A l'heure de sa mort, nous aurons tous un alibi irréprochable au cas où nos noms circuleraient chez nos chers amis policiers... Rappelez-vous que notre réseau inclut de hauts responsables de la police française en Tunisie. Les pages déchirées n'auront plus de valeur, une fois la Bartell disparue.

Une sueur glacée ébranla tout le corps de Himilkat... Il enviait les sept autres lieutenants qui n'avaient qu'à remplir des missions banales.

- Je vous défais d'une autre mission, celle de l'organisation de la cérémonie de sacrifice... Leith et Youssef ont repéré notre victime et ce sont eux qui vont aller la chercher...

Himilkat se savait maintenant perdu : entre le meurtre de Rosemary Bartell et sa participation à la cérémonie de sacrifice, il ne pourrait plus jamais convenablement dormir. Il tenta de penser à tout l'argent qu'il récupérerait en guise de récompense s'il réussissait sa mission criminelle, mais ce n'était pas suffisant. Toutefois, il n'avait plus le choix. Il avait bataillé pour arriver à cette position au sein de l'Ordre et s'était déjà sali les mains beaucoup de fois. Mais jamais, on ne lui avait demandé de tuer quelqu'un... De corriger et de frapper, oui, mais tuer, non ! Pourtant, il devait regagner la confiance d'Adonibaal pour assister à nouveau aux réunions supérieures du Conseil.

- Vous pouvez disposer, Himilkat... Prenez une coupe de champagne avant de partir, car vous êtes devenu bien pâle. Rappelez-vous : Rosemary Bartell doit mourir par accident avant la fin de la semaine... Sinon, c'est moi qui vous tuerai de mes propres mains...

Adonibaal partit d'un immense éclat de rire et servit une coupe de champagne à son lieutenant.

▼▼▼▼

Un léger coup frappé à sa porte réveilla Rosemary Bartell qui s'était assoupie dans son fauteuil, près de la cheminée.

Elle fut contente de sortir de son sommeil agité où l'homme au complet clair la poursuivait à travers les ruines d'un site archéologique inquiétant.

Elle se leva, un peu étourdie, et alla ouvrir la porte. Elle resta un court instant devant le miroir mural pour rectifier sa coiffure. Vêtue d'une élégante robe en lainage grège agrémentée par une rangée verticale de boutons ronds et rouges, évasée en plissés dans le bas et dont la taille basse était marquée par une fine ceinture de cuir rouge, Rosemary Bartell aima le renvoi de son image.

Une dame âgée, petite et un peu ronde, souriante et vêtue d'une blouse blanche, se présenta comme étant Emna Ayadi, l'infirmière chargée par Madame Barnes de refaire son bandage. Rosemary, à peine réveillée, avait complètement oublié son rendez-vous.

- Je suis désolée, Madame Ayadi, je m'étais assoupie et je faisais un horrible cauchemar. Merci d'avoir permis de m'en échapper…

L'infirmière lui sourit et déposa sa trousse sur la table près de la cheminée. Elle posa sa cape sur le lit. Rosemary reprit sa place sur le fauteuil et tendit son poignet pour défaire le bandage. Elle observa l'infirmière en train de sortir le nouveau bandage de sa trousse et diverses fioles. Elle se rappelait de ce que lui avait dit Moira à son sujet et pensa qu'il serait bon de lui poser quelques questions.

- Moira m'a dit que vous aviez accouché plus de la moitié de la population de Carthage et de La Marsa. Vous devez donc connaître beaucoup de gens.

L'infirmière ne répondit pas tout de suite, occupée à enlever délicatement le bandage du poignet de sa patiente.

- Je crois que Madame Barnes exagère un peu, mais il reste vrai que, vu mon âge avancé, j'ai mis au monde beaucoup de bébés et souvent sur deux, voire trois générations. J'habite à Megara, tout près de Carthage et tout le monde me connaît depuis plus de cinquante ans.

Emna se tut encore quelques instants le temps de vérifier la mobilité du poignet de Rosemary. A la grimace de sa patiente, elle sut qu'il fallait encore faire un bandage.

- Votre poignet est encore fragile, Madame, et l'on va faire un bandage un peu plus serré. L'arnica est le meilleur remède pour une simple foulure et je vais vous appliquer une pommade de ma fabrication. C'est un vieux remède de grand-mère, mais bien meilleur que ceux de votre apothicaire.

L'infirmière sortit une boîte ronde et commença à appliquer une crème odorante un peu grasse. Elle massait délicatement et guettait les expressions de Rosemary pour savoir si elle ne lui faisait pas mal. Elle reprit la conversation :

- Êtes-vous une amie de Madame Barnes ? Je crois que vous êtes anglaise à votre accent.

Rosemary sourit :

- Oui, je suis originaire de Londres, mais ma grand-mère était normande, alors j'essaie de ne pas trop écorcher la langue de Molière pour éviter qu'elle ne se retourne dans sa tombe. Elle tenait tellement à ce que je parle un français parfait. J'ai connu Moira à Brandys Bay lorsqu'elle s'y trouvait avec son mari.

L'infirmière hocha la tête et lui confia qu'elle connaissait toute l'affaire de Brandys Bay. Elle avait lu tous les articles sur les journaux en octobre dernier.

- Bien malheureuse affaire et je crois que Monsieur Barnes en ressent encore les séquelles. Est-ce votre premier séjour en Tunisie, Madame ?

Rosemary gémit à cause de la douleur :

- Non, avec mon mari, nous avions l'habitude de venir à Tunis régulièrement. Un peu avant sa mort, il préférait aller à Djerba pour peindre quelques toiles.

Emna secoua la tête et continua à lui masser doucement le poignet. Elle reprit un peu de crème dans la boîte.

- Oui, je suis allée seulement une fois à Djerba pour le mariage de ma cousine qui a épousé un Djerbien de Homt Souk. Elle vient me rendre visite de temps en temps ici à Carthage. Désolée pour le décès de votre mari... Je suis également veuve et il ne me reste plus que ma chère fille qui s'occupe très bien de moi avec son gentil mari. Elle travaille comme femme de chambre au palais du bey, tout comme son mari qui y est cuisinier.

Madame Bartell félicita l'infirmière et décida d'orienter la conversation vers le passé.

- Mon mari est venu passer un long séjour à Tunis avant la Grande Guerre. Il y était resté six mois. Peut-être l'aviez-vous rencontré ?

- Je ne pense pas, Madame, car je n'ai jamais croisé de peintre anglais à Carthage. Des peintres et des écrivains français, oui, mais pas d'Anglais.

Rosemary sourit à l'infirmière.

- Non, à cette époque, mon mari était architecte et s'occupait de projets immobiliers, ici en Tunisie.

Emna Ayadi demanda la permission de se laver les mains et Rosemary l'accompagna jusqu'à la salle de bains. Elle revint dans la chambre quelques instants plus tard et entreprit de poser le nouveau bandage :

- Comment s'appelait votre mari, Madame ?

- Howard Bartell.

Emna Ayadi s'arrêta net. Elle regarda Rosemary d'un air curieux.

- Vous voulez dire que Howard Bartell était votre mari ? Vous devez donc être Rosemary Bartell ? Je comprends maintenant votre lien avec l'affaire de Brandys Bay et Lord Anton Duncan. Madame Barnes ne m'avait pas précisé votre nom, parlant seulement de l'une de ses invitées qui s'était foulé le poignet en faisant une mauvaise chute.

- Oui, c'est bien moi. Voulez-vous dire que vous avez connu mon mari ?

L'infirmière recommença à bander sa patiente, tout en continuant à parler avec sa patiente :

- Oui, bien sûr. Oh, je ne l'ai pas vu souvent, mais je me souviens que Lord Anton s'était blessé sur un chantier. Je l'avais soigné et il m'avait présenté votre mari que j'avais revu à deux ou trois reprises. A l'époque, Carthage ne comptait que très peu d'habitants et les villas n'étaient pas très nombreuses. On ne voyait pas encore de touristes. Je me souviens donc très bien de mes patients étrangers.

- Comment vous avait semblé mon mari à l'époque ?

- Très occupé, je me rendais compte que ces messieurs travaillaient beaucoup avec Lord Duncan. Ils étaient sur des projets de construction d'immeubles au centre-ville de Tunis et je me rappelle qu'ils se plaignaient du trop grand nombre de formalités pour obtenir les permis de construction. Mais je n'ai pas eu l'occasion de vous voir à Tunis à cette époque, Madame Bartell ?

- Non, je ne me suis pas rendue à Tunis durant ce long séjour tunisien de mon mari. Je me partageais entre Londres et Honfleur et entre nous, le temps me paraissait bien long du fait que je n'avais jamais été séparée de mon mari.

Emna leva les yeux au ciel en lui disant qu'elle comprenait bien ce que Rosemary avait ressenti :

- Mon mari était fonctionnaire dans l'administration beylicale et ses fonctions l'appelaient à voyager dans toute la Tunisie. Ses longues absences me pesaient également beaucoup. La dernière fois que j'ai vu votre mari, c'était lorsqu'il avait été souffrant vers la fin de son séjour. Vous ne connaissiez donc pas cette belle maison ?

Madame Bartell ne comprit pas bien la question et afficha son incompréhension sur son visage.

- Non, c'est la première fois que je viens chez les Barnes. En fait, je n'étais pas retournée à Tunis depuis plusieurs années. Comme je vous le disais, dans nos derniers voyages en Tunisie, mon mari insistait pour que nous allions à Djerba.

L'infirmière termina son bandage avec un air de satisfaction. Elle se releva et cambra son dos en faisant une grimace :

- Mon Dieu, qu'il est désagréable de vieillir ! Si mon dos ne me faisait pas souffrir, tout irait bien...

Elle commença à ramasser ses affaires dans sa trousse.

- Ce que je voulais dire, Madame Bartell, continua-t-elle, lorsque votre mari était souffrant, j'étais venu lui rendre visite dans sa chambre pour lui faire une piqûre.

- De quel mal souffrait mon mari pour que lui fassiez une piqûre ?

- En fait, un peu avant son retour en Angleterre, Monsieur Bartell était dans un état dépressif. Il avait cessé son travail avec Lord Anton et si je me rappelle bien, les deux hommes ne semblaient plus vraiment bien s'entendre. C'est à ce moment, en fait, que votre mari m'a parlé de vous et il me disait son impatience de vous retrouver pour oublier ce qu'il venait de vivre à Tunis.

Rosemary Bartell parut surprise des révélations d'Emna. Il ne lui avait jamais parlé de problèmes qu'il aurait pu connaître en Tunisie. Elle se rappelait très bien le jour où elle était allée le chercher à Douvres : il semblait détendu et heureux de retrouver son épouse et sa chère Angleterre... Elle se rappelait encore la soirée qu'ils avaient passée au *Burlington Hotel* à Douvres avant de repartir vers leur appartement londonien, le lendemain matin.

L'infirmière referma sa trousse et regarda Rosemary Bartell avec intérêt.

- Mais je pense que vous ne réalisez pas, Madame Bartell, que la chambre où nous nous trouvons actuellement, était celle de votre mari. La villa appartenait à Lord Anton Duncan et Monsieur Howard y résidait...

▼▼▼▼

Darlene Randwick venait de rentrer des Citernes de la Maalga. Lotfi les avait accompagnées et s'était montré un guide brillant, sachant faire revivre toutes ces vieilles pierres et expliquant comment l'eau était amenée de Zaghouan, ville d'eaux située à une soixantaine de kilomètres de Carthage.

Elle avait simplement regretté que des familles aient pris possession de ces citernes pour en faire leurs habitations et que le site ne soit pas suffisamment protégé par l'administration française.

Une fois qu'ils furent arrivés devant la villa des Barnes, Julia lui avait proposé de prendre un thé avec elle sur sa terrasse comme le temps avait conservé toute sa clémence à part des nuages de plus en plus nombreux, mais Darlene lui avait répondu qu'elle voulait aller rendre visite à Lynnett Bowridge chez les Malet. L'ex-secrétaire de Lord Anton avait marqué sa surprise devant cette visite non prévue, mais n'avait pas insisté en lui recommandant de rentrer avant la nuit à cause des meurtres.

Julia l'avait regardée se diriger vers la maison des Malet et était entrée dans le parc de la villa Barnes, accompagnée de Lotfi qui avait laissé la *Renault KZ* le long du mur d'enceinte.

Madame Randwick se retourna et constata que Julia et le chauffeur avaient disparu. Elle ralentit le pas. Elle arrivait devant la maison de Graham Tatley. Elle avait décidé, depuis l'après-midi, d'en savoir plus.

Madame Randwick avait un sens aigu de l'amitié et de plus, elle se sentait redevable d'un service à son amie qui l'avait sortie d'un problème inextricable à Brandys Bay. Aussi avait-elle décidé d'aider son amie et de la protéger envers et contre tout...

Elle s'arrêta devant la maison de Graham Tatley et regardant si personne ne l'observait, elle entra dans le jardinet. S'approchant de la porte d'entrée, elle constata avec surprise que les scellés qui y étaient apposés, avaient été rompus. En plus, la porte était entrouverte, laissant supposer que quelqu'un pouvait se trouver à l'intérieur.

Darlene Randwick n'était pas une peureuse et décida d'entrer dans la maison. Elle se rappelait de Graham Tatley. Elle l'avait rencontré une seule fois au dîner organisé par Cécile Malet. Elle avait eu l'impression que cet homme cachait un lourd secret. Il ne dégageait aucune joie de vivre sauf lorsqu'il parlait de ses Carthaginois... Elle se souvenait aussi de son léger accent étranger et de ce que Madame Barnes avait dit à son sujet. Elle avait parlé de chagrin secret et Robert avait confirmé en relatant une conversation plus intime qu'il avait eue avec Graham où il avait regretté la perte d'êtres chers.

Elle poussa la porte dans un bruit de grincement... L'obscurité régnait à l'intérieur comme les rideaux étaient tirés. Elle laissa la porte grande ouverte pour laisser entrer la lumière.

Avançant de quelques pas, elle constata le désordre qui régnait dans la pièce et vit la multitude d'objets hétéroclites qui provenaient sans nul doute des fouilles archéologiques de Graham. Elle remarqua également que des statuettes avaient été rangées soigneusement dans un coin de la pièce, à même le sol, comme si quelqu'un avait commencé à venir à bout de ce désordre. Elle se demandait ce qu'elle cherchait véritablement, mais elle ne le savait pas. Elle voulait juste connaître l'endroit où vivait cet homme qui avait choisi de mettre fin à ses jours.

Continuant d'avancer dans l'obscurité, elle entendit soudain des planches craquer au-dessus d'elle. Elle savait maintenant qu'une autre personne se trouvait également dans la maison de Monsieur Tatley. Si c'était la police, elle pourrait toujours dire qu'elle avait trouvé la porte entrouverte, les scellés rompus et qu'elle avait voulu voir ce qui se passait.

Elle entendit encore des pas qui semblaient descendre un escalier de bois qui grinçait à chaque marche. Pour plus de sécurité, elle préféra rapidement ressortir de la maison et se trouver dans la rue lorsque l'individu surgirait de la maison.

En effet, quelques secondes plus tard, un homme sortit de la maison avec quelques papiers qu'il tenait à la main. Il s'arrêta net lorsqu'il vit Darlene et sembla rassuré de voir une femme.

Madame Randwick décida de parler la première et en français :

- Monsieur, sachez que j'étais une amie de Monsieur Tatley et je me suis inquiétée lorsque j'ai vu les scellés rompus. Tout va bien ?

L'homme la regarda et sembla la jauger pour savoir s'il devait ou non lui faire confiance. Jeune, d'environ trente ans, il avait un corps musclé et bien dessiné. Habillé d'un veston et d'un pantalon dépareillés, il ne paraissait pas très riche. Son regard était vif et intelligent.

- Sûrement pas le genre d'homme que j'aimerais rencontrer au coin d'un bois. Mais là, je ne crains rien, se forçait-elle à penser. Je n'ai qu'à crier et les gardiens des villas des Barnes et des Malet viendront à mon secours.

L'homme continuait de la regarder tout en refermant tranquillement le portillon du jardinier. Il avait l'air de se demander pourquoi cette femme du monde, habillée si élégamment dans son manteau de fourrure de grand prix, s'intéressait à Graham Tatley.

- Qui êtes-vous ? lui demanda-t-il en français. Vous êtes anglaise à ce que je peux entendre.

Darlene se détendit un peu. L'homme ne paraissait pas avoir de desseins violents envers elle.

- Je m'appelle Darlene Randwick et je suis effectivement anglaise. En fait, j'habite dans la villa de Monsieur Barnes. Je suis une amie de la famille.

L'homme secoua lentement la tête, peu convaincu des paroles de l'Anglaise.

- Et comment connaissiez-vous Monsieur Graham ?

- Par l'intermédiaire des Barnes. Avec mon amie, Rosemary Bartell, nous avions été subjuguées par les connaissances de Monsieur Tatley sur la Carthage punique. Son suicide fut une chose horrible pour nous.

L'homme avait froncé les sourcils et levé la tête vivement au nom de Rosemary Bartell. Darlene l'avait remarqué.

- Vous avez bien dit Rosemary Bartell ? Elle est votre amie ? Où se trouve-t-elle en ce moment ?

Darlene préféra ne pas montrer son étonnement en face de la question de l'homme tunisien.

- Elle est, je pense, avec son infirmière chez les Barnes. Elle a fait une très mauvaise chute quand elle visitait le *Tophet* de Salambô... Vous connaissez mon amie ?

L'homme ne répondit pas et, tête baissée, commença à s'éloigner en direction de la villa des Malet. La route étant en cul-de-sac si l'on prenait cette direction, Darlene pensa qu'il voulait se diriger vers la plage. A un moment, il s'arrêta et revint sur ses pas en direction de Darlene. Son visage était dur et fermé.

- Écoutez bien Madame Randwick. Votre amie, Madame Bartell, court un très grand danger. Si vous êtes son amie comme vous le dites, convainquez-la de reprendre le premier bateau pour l'Europe. La mort plane autour d'elle et ses ennemis sont sans pitié.

Sur ces paroles, il s'éloigna tranquillement, sans même se presser. Darlene essaya de le retenir, elle devait en savoir plus.

- Monsieur, Monsieur... Ne partez pas. Dites-moi exactement ce qui se passe... Je ne connais même pas votre nom.

L'homme ne répondit rien et fit juste un signe de la main. Darlene frissonna et pensa qu'il ne lui dirait rien de plus, même si elle insistait. Elle décida de rentrer immédiatement chez les Barnes pour parler à Rosemary.

La nuit tombait déjà et le ciel se voilait de gros nuages noirs qui venaient de la mer. Un vent froid commençait à souffler.

Pensive, la tête fixant le sol, elle ne vit pas Julia Harton qui se trouvait près de la porte d'entrée du parc de la villa et la heurta.

- Darlene, que vous arrive-t-il ? Vous avez la mine défaite... Vous n'avez pas trouvé Mademoiselle Bowridge au cottage ? En fait, je voulais aller vous rejoindre pour qu'elle me fasse un petit programme des sites les plus intéressants de Carthage afin que je ne revienne pas tout à fait ignare en Angleterre.

Darlene bafouilla quelques excuses et mentit en disant que Lynnett ne se trouvait pas dans son cottage. En se dirigeant vers la villa, elle se demandait si Julia Harton l'avait vue parler avec le Tunisien dont elle ne savait même pas le nom.

▼▼▼▼

Le Café des Abattoirs au Kram se remplissait de minute en minute. A la fin de la journée, après le travail, il devenait le lieu obligé de rencontre des employés des Abattoirs, mais aussi des ouvriers du Kram et de ses environs.

Dans un coin du café, à une table discrète située derrière un gros pilier rond, Leith et Youssef conversaient avec un homme. Peu de gens avaient osé les approcher, car tous les deux avaient leur tête des mauvais jours...

Personne ne connaissait l'individu avec lequel les jumeaux s'entretenaient. Il ne semblait pas à l'aise et évitait les regards durs et fermés des deux frères.

- Nous sommes bien d'accord sur tout, Imed ? Vous avez bien compris ce que nous attendons de vous ?

La conversation se déroulait en tunisien. L'homme releva la tête. Ses mains moites trahissaient son anxiété. Il aurait vraiment souhaité que les jumeaux ne s'adressent jamais à lui, mais il était trop tard !

Au début, les échanges avaient été brefs et courtois, puis les jumeaux l'avaient invité à prendre un café à Carthage. Imed travaillait en qualité de gardien chez les Barnes.

Un jour, Leith - *ou peut-être Youssef comme il les confondait toujours* - avait insisté pour le raccompagner chez lui au centre-ville de Tunis, rue Menton, où il habitait un modeste appartement avec sa femme et son fils. En sortant, le jumeau lui avait donné de l'argent pour aider sa famille. Il avait rajouté qu'il pouvait gagner encore plus d'argent s'il le tenait informé de tout ce qui se passait dans la villa des Barnes.

Imed n'avait pas pu refuser une telle aubaine... Son salaire suffisait à peine à couvrir les dépenses de sa famille et puis, donner quelques renseignements sur ce qui se passait à l'intérieur de la villa de ses employeurs, n'était guère compromettant.

Aujourd'hui, à cet instant, il regrettait cette compromission, car il savait maintenant qu'il avait mis le doigt dans un engrenage qui ne s'arrêterait plus. Il s'était renseigné sur les jumeaux auprès de plusieurs autres de ses amis gardiens qui habitaient au Kram. Il avait réalisé, mais trop tard, que leur réputation était plus que sulfureuse.

Leith et Youssef attendaient sa réponse et il devait répondre.

- Oui, j'ai bien compris... Je vous promets que tout se passera comme vous le voulez. La porte d'entrée de service restera ouverte et le plan se déroulera comme vous l'avez décidé.

L'un des jumeaux sortit une enveloppe de sa poche et la tendit discrètement au gardien.

- Nous vous donnerons le même montant dès que nous aurons fini. Merci Imed.

Le gardien comprit que l'entretien se terminait et se leva. Il n'avait pas touché au café que les jumeaux avaient commandé pour lui.

Une fois seuls, Leith et Youssef restèrent silencieux de longs moments. Ils buvaient leurs cafés en silence sans oser se regarder. Pourtant, Youssef rompit le silence.

- Leith, nous sommes allés trop loin avec l'Ordre, mais nous ne pouvons plus reculer. Le Maître peut se débarrasser de nous comme il veut, rappelle-toi du sort réservé à Omar lorsqu'il nous a trahis. Vas-tu leur ramener le sacrifice ?

Leith regarda son frère jumeau avec affection. Youssef avait toujours été plus timoré que lui et surtout plus réfléchi. Son acceptation de rejoindre l'Ordre avait été uniquement dictée par l'appât du gain, car Youssef craignait alors l'avenir. Le résultat était là : leurs mains étaient salies, mais ils étaient devenus propriétaires de leur belle villa en bord de plage du Kram et du beau pactole qu'ils avaient pu épargner à la banque.

Leith n'en voulait pas à Youssef et se chargeait des tâches les plus ingrates pour protéger son frère jumeau.

Il ne racontait pas tout à Youssef. Par exemple, ce dernier ne savait pas quel sort il avait réservé à Omar Sediri... Leith avait veillé à le faire parler et à lui faire avouer qu'il avait remis à un inconnu la carte de visite de l'un des membres influents de l'Ordre. La description de l'inconnu était également assez précise pour identifier le serviteur de Graham Tatley et il avait même pu remonter à la servante de la dame qui avait imprudemment laissé tomber sa carte de visite.

Sous les gifles combinées de sa maîtresse et de Leith, la pauvre malheureuse avait fini par avouer qu'elle avait remis une liste de noms à un inconnu qui se faisait appeler Chokri, mais que Leith identifia encore comme étant le serviteur de Tatley.

La vie de la jeune fille avait été épargnée par sa maîtresse qui s'en était débarrassée au profit d'un réseau de prostitution algérien. On lui avait fait passer la frontière du Djebel Ghorra en pleine nuit. Elle ne reviendrait jamais en Tunisie.

Pourtant, cette fois, la mission était bien différente : ils allaient devoir fournir une jeune victime au Maître pour en faire l'objet du sacrifice qui allait réunir à Carthage tous les hauts dignitaires de l'Ordre à travers le monde.

- Youssef, je m'occupe de tout, ne t'inquiète pas. Reste loin de cette histoire et au contraire, sois mon alibi en cas de problème. On va acheter la complicité de deux voyous qui jureront avoir joué à la chkobba avec nous pendant toute la nuit.

Le sacrifice humain avait été mis en place pour la première fois par le père du Maître avant la Grande Guerre. Le Maître leur avait expliqué que cette cérémonie permettait de lier encore plus étroitement les disciples à l'Ordre lorsqu'ils devenaient complices d'un meurtre déguisé.

- Comprenez-moi bien, les jumeaux, avait dit le Maître un jour qu'il était particulièrement de bonne humeur. Ces hommes et ces femmes, que vous voyez régulièrement, gagnent beaucoup d'argent grâce à nous. Ils deviennent rapidement riches, mais on leur apprend vite qu'ils ne peuvent garder leurs mains propres et on les oblige à les salir, même à les rougir, pour qu'ils soient impliqués dans notre réseau. Cet apparat carthaginois, mystérieux et obscur, n'est qu'une illusion pour leur donner l'impression qu'ils appartiennent à une véritable secte tentaculaire et puissante qui puise ses origines dans le coeur punique de Carthage. Les codes secrets, les tenues puniques, les cérémonies qui se tiennent dans les entrailles de la Carthage antique dans une odeur d'encens et aux lueurs de torches, les psalmodies chantées en langue punique, leur entrée officielle dans l'Ordre dont ils et elles se souviennent toute leur vie ne représentent rien par rapport au sacrifice suprême qui les effraie, mais qui les motive en même temps et qui révèle toutes leurs noirceurs cachées au fond de leurs âmes. Les soixante disciples, qui sont invités, savent qu'ils reçoivent de ma part une marque privilégiée de confiance. De plus, nous les récompensons pour leur participation et leur implication, en virant sur leurs comptes secrets une somme d'argent indécente. Ayant favorisé tous leurs mauvais instincts, nous savons qu'ils nous seront dévoués corps et âme et qu'ils motiveront encore plus les membres de petite hiérarchie. Un système parallèle que je gère avec un membre secret de l'Ordre me permet de contrôler le dévouement et l'implication de chaque membre de grande hiérarchie. S'il dévie, nous le corrigeons ou nous le supprimons si sa faute est grave.

Leith et Youssef n'avaient pas été bernés par les confidences de leur Maître : elles représentaient pour eux un avertissement officiel. En effet, très peu de disciples pouvaient se vanter de servir directement le Maître, de connaître son visage, son adresse à Tunis, ses habitudes. Position très privilégiée, certes, mais aussi très dangereuse...

- Leith, nous avons déjà mis un pied en enfer. Veux-tu vraiment que nous y mettions les deux ?

Leith se leva et posa, d'un air protecteur, sa main sur l'épaule de son frère jumeau.

- Pour l'instant, mon frère, nous n'avons aucun pied en enfer. Nous sommes sur terre et grâce à cette cérémonie, nous allons encore gagner une grosse somme d'argent. Alors, rentre à la maison. Demande à la bonne de nous préparer un bon *couscous à l'osbane*. Nous l'arroserons d'un bon vin rouge de France et nous oublierons... Ne t'inquiète pas, je suis en train de mettre au point un plan qui nous éloignera de l'Ordre à tout jamais.

Youssef regarda son frère, étonné. Il ne pouvait imaginer comment Leith et lui pourraient échapper à cette organisation tentaculaire... Quelques instants plus tard, il avait déjà oublié l'objet horrible de la nouvelle mission pour ne penser qu'à sa récompense...

▼▼▼▼

- Oh, je suis tellement contente de vous revoir, ma chère Darlene, mais je ne sais pas si j'aurais le temps de tout vous raconter avant l'heure du dîner. En plus, je ne me suis pas encore changée.

Darlene venait d'entrer dans la chambre de Rosemary Bartell qui était en train de s'y reposer. Elle remarqua l'air soucieux de son amie, mais désira de ne pas s'y arrêter, tellement elle était impatiente de lui raconter sa rencontre avec le jeune Tunisien.

Rosemary se força à sourire et fit signe à son amie de s'asseoir près d'elle. Malika avait allumé la cheminée. Dehors, les premières gouttes de pluie tapaient contre les carreaux des fenêtres de la chambre.

Darlene allait commencer à parler lorsque son amie l'interrompit :

- Pardon de vous interrompre, Darlene, mais je dois tout d'abord vous faire part d'un extraordinaire détail que nous ignorions toutes les deux. Il vient de m'être révélé par l'infirmière qui m'a refait mon bandage. Il est tellement surprenant qu'il a réussi à m'ébranler, mais il m'a aussi beaucoup ému.

Devant les yeux interrogatifs de Darlene qui s'installa plus confortablement dans son fauteuil, Rosemary s'expliqua :

- Moira nous l'avait dit. L'infirmière qui s'appelle Emna Ayadi est âgée... Je pense qu'elle doit approcher les soixante-dix ans, mais elle garde toute sa tête et semble avoir une mémoire d'éléphant.

Rosemary regarda gravement son amie dans les yeux. Darlene s'était penchée vers elle dans un mouvement d'intérêt.

- Darlene, je vais vous résumer en deux mots la révélation d'Emna qui va vous étonner autant que moi : cette maison où nous nous trouvons maintenant est celle qui était habitée par mon mari Howard durant son long séjour à Tunis et cette chambre, où je dors, était également la sienne...

Madame Randwick se rejeta en arrière et leva les yeux au ciel en tapant des mains :

- Mon Dieu, quelle coïncidence ! Mais je n'arrive pas à le croire... Howard se trouvait ici dans cette chambre... Peut-être s'asseyait-il dans votre fauteuil durant les longues soirées d'hiver sans savoir que des dizaines d'années plus tard, vous vous reposeriez à la même place.

- C'est la raison pour laquelle je vous disais que je suis très émue. D'ailleurs, depuis le premier moment où je suis entrée dans cette chambre, j'ai senti la présence de mon cher Howard : il est près de moi ici, même à cet instant.

Rosemary se dit que ce n'était vraiment pas le moment de se montrer émotive et se leva. Elle continua de parler.

- Darlene, ce n'est pas une coïncidence du tout. Bon, le fait que Moira me donne cette chambre en est une, je vous le concède. Mais, revenons dans le passé. Le jour où Lord Anton a décidé d'offrir une maison au couple Barnes, à la demande de Moira si je me souviens bien, je pense qu'il a choisi la simplicité. Il devait être propriétaire de cette villa, vu les nombreux déplacements qu'il faisait en Tunisie à cette époque. Alors, pourquoi chercher une autre villa ? A ce que les gens disent, les villas ne faisaient pas légion à Carthage à cette époque.

Darlene hocha la tête en signe d'assentiment.

- Donc, au lieu de chercher, il fait don de sa maison à son fils avec l'aide de Maître Temple, je suppose. La maison est en mauvais état. Lord Anton l'a désertée durant de longues années, surtout avec la Grande Guerre. Il commence à faire des travaux et donne de l'argent à Robert et à Moira pour qu'ils finissent la nouvelle décoration à leur goût en appelant un architecte français.

Rosemary s'interrompit quelques secondes en levant le petit doigt.

- Je viens de me rappeler : Moira m'a dit que ma chambre n'avait pas été restaurée et qu'elle avait voulu la conserver en l'état, à part quelques travaux de rénovation de la salle de bains.

Darlene fronça les sourcils et pensa qu'il était temps de lui parler de sa rencontre avec le jeune Tunisien. Elle n'omit aucun détail

- Rosemary, ce jeune homme avait l'air très sérieux. Et si vous aviez vu à quoi il ressemblait, vous comprendriez doublement que ce n'est pas le genre à plaisanter. Vous devez tenir compte de ses conseils. On cherche à se débarrasser de vous.

Madame Randwick ne savait pas si elle devait continuer dans sa pensée, mais elle osa.

- Rosemary, prenons le premier bateau et retournons en Angleterre. J'aime vous savoir à l'abri.

Madame Bartell partit d'un éclat de rire :

- Comment pouvez-vous affirmer que je serais plus en sécurité en Angleterre ? On vient de cambrioler mon appartement à Londres, cela démontre que ces gens savent où j'habite. Ils peuvent revenir à tout moment. Quant à l'homme au complet clair, je le remarquais déjà au Ritz à Paris... Donc, ces gens qui cherchent à me nuire sont puissants et partout.

- Il n'en reste pas moins que l'homme vous disait de prendre le premier bateau. Sans doute parce que le coeur du problème se trouve à Tunis ou à Carthage.

Rosemary Bartell revint s'asseoir près de son amie qui s'était rapprochée de la cheminée. Dehors, la pluie redoublait.

- Darlene, je ne rentrerai pas, vous me connaissez. Je dois savoir pourquoi je suis devenue un centre d'intérêt pour ces inconnus. Tout est relié à mon défunt mari, j'en suis sûre, et la clef de ces énigmes doit encore se trouver dans le passé. Sans le vouloir, nous avons déterré quelque chose qui s'avère dangereux pour des gens. Si l'on a pris soin, je dis bien *on,* pouvant signifier mon mari ou d'autres personnes, de déchirer les pages du manuscrit de Howard qui relataient son long séjour à Carthage, ce n'est pas pour rien. Il a dû se passer un événement grave durant cette période, si grave qu'Howard ne m'en ait jamais parlé...

- La boîte de Pandore, Rosemary !

Rosemary acquiesça de la tête et alla chercher un chandail dans le tiroir de sa commode. Elle l'enfila et revint près du fauteuil où se tenait Darlene.

- J'ai un peu froid, pardon... Je repensais à un détail avant votre arrivée : pourquoi mon mari ne voulait jamais revenir à Tunis après la Grande Guerre ? Lorsque je lui disais que je voulais aller à Tunis, Howard me répétait imperturbablement qu'il préférait Djerba pour la qualité de sa lumière. Que craignait-il à Tunis ?

- Peut-être voulait-il oublier certains événements

- Oui, Darlene, c'est exactement cela. Nous devons trouver beaucoup plus de détails sur cette époque. J'ai oublié de vous dire qu'Emna m'a avoué qu'elle avait trouvé Howard différent, lors des dernières semaines de son séjour ici. Il semblait s'être fâché avec Lord Anton selon les affirmations de l'infirmière. Il n'était plus le même. Pourtant, lorsqu'il était rentré en Angleterre, il m'avait paru tout à fait normal.

Darlene et Rosemary restèrent silencieuses, pensant chacune au plan qu'elles devaient échafauder pour tenter de découvrir la vérité.

- Tout tourne encore autour de Lord Anton comme à Brandys Bay. Il reste le coeur de cette nouvelle intrigue, j'en suis persuadée. Rosemary, nous devons tout raconter à l'Inspecteur Lafouèche. La situation est trop grave maintenant et votre vie est en danger, je vous le répète.

Rosemary Bartell paraissait ne rien entendre des réflexions de son amie. Elle se leva et commença à tourner autour de son lit.

Darlene préféra ne rien dire et attendit qu'elle ait fini ses cogitations. Elle regarda sa montre, sachant qu'elle devait repasser par sa chambre pour se changer avant le dîner, toujours servi à 19h30.

- Darlene, écoutez-moi bien et ne m'interrompez pas, sinon je risquerai de perdre le fil.

Madame Randwick demanda à Rosemary de s'asseoir. Elle commençait à avoir le tournis à force de la voir aller et venir autour de son lit.

- Pardon, Darlene, mais je réalise que je dois me remettre dans le même état d'esprit qu'à Brandys Bay, sauf qu'en Angleterre, je n'étais pas la proie d'un meurtrier.

Darlene préféra ne plus penser à ces moments également difficiles pour elle.

- Je pense que tout est lié, Darlene. Je ne crois pas aux coïncidences, il y en aurait trop. Quand je dis que tout est lié, je pense au pauvre Dali. Le meurtrier croyait peut-être tuer Frank. Je pense au suicide de Graham qui est sans doute lié à mon histoire et à tout ce qui me concerne : le cambriolage, le vol du manuscrit, la tentative d'assassinat au *Tophet* et maintenant, cet homme qui vous dit que je suis en danger de mort.

Madame Randwick nota avec plaisir l'évolution dans la réflexion de Rosemary : elle parlait bien d'une tentative d'assassinat au *Tophet* de Salambô. Cela la rassurait de savoir que Rosemary avait réalisé les dangers qu'elle courait.

- Partons du commencement : quelqu'un nous suit depuis Paris, nous pouvons maintenant en être sûrs comme cet homme ne se cache même plus. On le voit dès Paris au Ritz, je pense qu'il nous suivait depuis Calais. Puis on l'aperçoit dans le *Train Bleu*, puis sur le paquebot *Lamoricière*, puis à Tunis et à Carthage. Il me nargue sur la plage lorsque nous sommes sur la terrasse et vous l'apercevez encore ce matin. Puis, lors de notre visite au *Tophet*, quelqu'un me pousse dans un trou d'où heureusement, je m'extirpe avec seulement une foulure au poignet. Pourquoi ? Quel danger puis-je bien représenter au point de vouloir me tuer en plein site archéologique ? Mon appartement de Londres est ensuite cambriolé et après réflexion, je me rends compte que tous les manuscrits de Howard ont été volés, mais rien d'autre. Ce qui signifie bien que les voleurs étaient uniquement venus pour ces documents. Puis, ils réussissent enfin à dérober, dans ma chambre, le manuscrit qui les intéresse. J'avais remarqué qu'une trentaine de pages, ayant trait à son séjour à Carthage, avait été arrachée. Par qui ? par Howard ? Par hasard, je récupère une photographie représentant un homme qui m'est inconnu et un signe bizarre représentant un chiffre 9 penché vers la gauche, ainsi qu'une coupure de journal relatant la découverte du cadavre calciné d'une jeune fille. Je remarque ce 9 penché, tatoué sur l'avant-bras d'un Tunisien qui travaille chez les Malet. J'apprends aujourd'hui que la maison des Barnes était celle de Lord Anton. Ma chambre était celle de mon mari ! Enfin, un homme sort de la maison de Graham et vous annonce, dès que vous prononcez mon nom, que je suis en danger, ce qui confirme les paroles de Graham : *le passé de Carthage est dangereux*. On se croirait dans un roman policier, pas dans la réalité.

Darlene se permit quand même de l'interrompre :

- Et hier, on nous annonce la mort de Dali et de Graham... En quoi, selon vous, ces morts vous sont liées ? Vous ne connaissiez ni l'un ni l'autre.

Rosemary se pencha à nouveau vers son amie :

- J'ai aussi réfléchi à cela. Parlons de Graham. Rappelez-vous cette soirée où nous le rencontrions pour la première... et dernière fois. Dès qu'il a su que je m'appelais Rosemary Bartell, avez-vous remarqué comme son visage a changé ? On aurait dit que j'étais un fantôme du passé, revenu dans sa vie présente. Ensuite, lorsque je lui ai demandé s'il connaissait mon mari, il a indiqué qu'il l'avait croisé, mais je pense qu'il connaissait très bien Howard. Il insistait pour me voir le lendemain... et il se suicidait peu de temps après ! Etrange, non ? Pourquoi s'est-il suicidé ? Que savait-il ?

Darlene Randwick, pour une fois, n'avait aucune réponse. Elle demanda à son amie ce qu'elle pensait du meurtre de Dali.

- Le plus complexe... Nous ne savons pas qui était visé. Dali ou Frank ? Frank ou Dali ? Si c'est Frank, bien entendu, là encore, il peut être un lien avec ce nouveau mystère, mais comment ?

On frappa à la porte. Rosemary répondit immédiatement en français d'entrer et Frank ouvrit doucement la porte.

- Vous allez vivre très longtemps, mon cher cousin. Nous étions en train de parler de vous.

Frank lâcha un sourire timide. Déjà habillé pour le dîner d'un costume sombre et cintré, le fils de feu Lord Anton avait beaucoup de classe. L'air triste qu'il affichait rajoutait encore à son charme. Sa cousine Darlene aimait le mettre sous sa protection.

- J'espère que je n'interromps rien. Je vous connais bien toutes les deux et je crois que vous êtes encore en train de comploter quelque chose.

Darlene regarda Rosemary qui comprit que cette dernière avait envie de mettre son cousin dans la confidence. Rosemary n'y vit aucun inconvénient, bien au contraire sachant qu'un homme devenait indispensable dans leur équipe.

- Rosemary, je préfère que vous résumiez à Frank ce que vous venez de me dire. Vos explications sont toujours beaucoup plus claires que les miennes et vous ne passez pas du coq-à-l'âne.

Darlene alla s'asseoir sur le lit pour laisser la place à Frank dans son fauteuil. Il fit mine de refuser, mais sa cousine lui fit comprendre que le temps n'était pas aux politesses.

Madame Bartell reprit tout ce qu'elle avait dit à Darlene, mais sans résumer. Elle voulut que Frank comprenne exactement la situation grave dans laquelle ils se trouvaient. Plus Madame Bartell parlait, plus Frank semblait surpris par ce qu'elle disait, surtout lorsqu'elle annonça que cette maison avait été celle de son père.

- Mon père a vécu ici, demanda-t-il, incrédule, en se retournant vers sa cousine. Et votre mari, Madame Bartell, dormait dans cette chambre où nous nous trouvons ?

Il se leva brusquement de son fauteuil et sembla abasourdi :

- Je suis fâché avec vous deux. Vous êtes en train de m'annoncer tranquillement que vos vies sont menacées, du moins celle de Madame Bartell, mais connaissant ma cousine, je sais qu'elle prendra aussi des risques insensés... Et c'est seulement maintenant que vous me prévenez. Je devrais être déjà en train de vous protéger, de vous accompagner partout et de vous chaperonner.

Darlene et Rosemary sourirent au terme *chaperonner*, mais Frank ne remarqua pas, tout à sa colère.

- Frank, si Rosemary vous a tout dit, cela signifie que nous avons besoin de vous. Vous avez remarqué que nous ne sommes pas particulièrement peureuses à nos âges, mais la force et la protection d'un homme ne seront pas de trop.

Frank regarda méchamment les deux femmes et leva le doigt en signe d'ordre :

- Écoutez-moi bien, Mesdames les détectives, à partir de cet instant, nous ne nous séparons plus. Je suis toujours à côté de vous et nous essayons de ne pas nous séparer. Le danger rôde autour de nous, car si le meurtrier a fait une erreur en assassinant Dali, je reste toujours une proie. Maintenant, je veux comprendre pourquoi ces gens nous en voudraient et en quoi votre mari pourrait être mêlé à ces mystères, Madame Bartell ?

Darlene répondit avant Rosemary.

- Frank, nous ne sommes pas sûrs que Dali n'ait pas été, en fait, la véritable cible du meurtrier. Racontez à Rosemary tout ce que vous savez sur Dali, cela peut l'aider, et surtout sa mauvaise entente avec Lotfi.

Frank Duncan essaya de brosser un tableau rapide de son défunt ami. Il relata le fait que Lotfi pouvait être très jaloux de Dali comme il pensait que ce dernier lui avait volé sa petite amie.

- Oui, il est évident que Lotfi ne doit pas porter Dali dans son coeur. Il lui reprochait aussi de ne pas être un militant indépendantiste. Mais bon, ceci ne signifie pas qu'il a poignardé Dali, c'est un peu mince comme mobile.

- Je ne suis pas tout à fait d'accord avec vous, Rosemary. Rappelez-vous le jour où il s'est montré violent avec le jeune Tunisien devant l'Hôtel Saint-Louis. Il ne supporte pas la contradiction et entretient de la rancoeur à l'égard de beaucoup de gens. Son engagement politique n'arrange rien.

Rosemary préféra changer de conversation :

- L'Inspecteur Lafouèche a téléphoné à Moira : je dois déjeuner avec lui, demain à Tunis. Je vais nous mettre sous sa protection, car il me paraît être un bon policier. Pas le même genre que notre Lomar de Brandys Bay, mais attentif et organisé... Pas un mot sur ce que nous venons de dire, j'ai toujours l'impression d'être espionnée dans cette maison. Nous devons nous méfier de tout le monde et notre confiance ne doit pas dépasser le cercle de nos trois personnes et l'Inspecteur.

Tous les trois se regardèrent d'un air entendu. Darlene annonça qu'elle devait vite aller se changer avant le dîner et Frank prit congé.

Au moment où il allait refermer la porte, il se rappela qu'il avait oublié d'annoncer un détail important :

- Ah, mesdames, j'ai oublié de vous dire : Jeremy Temple est à Tunis. Il ne restera que très peu de temps, mais viendra dîner avec nous demain soir. Je pense que nous obtiendrons foule de renseignements grâce à lui. Nous devons lui parler dès son arrivée. Notre cercle des survivants de Brandys Bay est maintenant reconstitué...

▼▼▼▼

Chapitre 15

Tous les jours, pour le déjeuner, le restaurant *Au Rosbif* faisait salle comble. Il faut dire que ses propriétaires français en avaient fait l'un des restaurants les plus huppés du Tout-Tunis et, sans doute, l'endroit où l'on mangeait le mieux.

Rosemary Bartell et l'Inspecteur Vincent Lafouèche avaient obtenu une table le long de la baie vitrée de la terrasse qui donnait sur l'avenue Jules-Ferry. La pluie tombait dehors et les gouttes frappaient contre le carreau.

Le policier avait ses habitudes *Au Rosbif* et venait y manger régulièrement avec ses amis ou son supérieur hiérarchique, amateur de bons plats ou avec des personnes qu'il voulait mettre très à l'aise, au cours de ses nombreuses enquêtes.

C'était le cas pour Madame Bartell. L'Inspecteur Lafouèche avait décidé de la mettre dans son camp et savait que son aide serait très précieuse. Sans qu'elle le sache, il avait appelé le Détective Inspecteur Lomar en Cornouailles pour avoir un avis de policier sur l'affaire de Brandys Bay, d'abord, et pour lui demander s'il avait du nouveau sur le cambriolage de l'appartement de Madame Bartell.

Il lui avait ensuite raconté les circonstances du meurtre de Dali, commis à Carthage et lui avait également demandé de se renseigner sur Graham Tatley, sujet britannique.

Lomar lui avait alors vanté les nombreux mérites de l'Anglaise, mais lui avait dit que malheureusement, ses collègues de Mayfair n'avaient pas avancé dans la recherche des cambrioleurs... qui n'avaient rien dérobé.

L'Inspecteur Lafouèche l'avait immédiatement corrigé en lui révélant que Madame Bartell venait de se rendre compte que les manuscrits de son défunt mari avaient bien été volés. Il expliqua que ce détail pouvait lui faire penser que ces nouvelles affaires avaient un lien avec Brandys Bay. Il insista sur le fait que Dali Ben Mabrouk portait les vêtements de Frank Duncan lorsqu'il avait été lâchement assassiné.

L'Inspecteur sourit à son invitée qui, toujours très curieuse, l'avait longuement interrogé sur sa carrière et sa famille.

Elle avait appris que le policier n'avait été muté en Tunisie que depuis quelques mois et que pour l'instant, sa famille composée de sa femme, Jacqueline, et de sa fille, Paulette, âgée de huit ans, était toujours dans la région parisienne. Elles allaient le rejoindre en mai prochain.

Elle savait en outre qu'il était âgé de trente-huit ans et qu'il était très heureux de travailler à Tunis pour rompre la routine parisienne. Ambitieux, il voulait vite grimper les échelons par son travail, précis et sérieux, qui serait apprécié de sa hiérarchie. Il lui avait aussi confié qu'il était satisfait de son équipe, principalement de l'agent Cléry dont il avait fait un assistant très utile et qui fut le lien pour amener la conversation sur le sujet voulu.

- D'ailleurs, Madame Bartell, l'agent Cléry travaille activement sur notre affaire.

Le serveur annonça le plat de Madame Bartell, du pigeonneau aux olives, accompagné de haricots verts, et celui du policier, un filet de boeuf madère et champignons avec des petits pois à la française...

L'appétit d'oiseau de Madame Bartell était comblé depuis longtemps avec un repas composé d'un Consommé Velours et d'une entrée déjà copieuse, les bouchées Montglas. Elle ne savait pas comment elle pourrait avaler les pigeonneaux et se félicitait d'avoir annulé la seconde viande, les canetons rôtis !

L'Inspecteur Lafouèche, par contre, semblait avoir un bon coup de fourchette, témoin sa stature de rugbyman. Approchant le mètre quatre-vingt-dix, il devait dépasser les cent kilogrammes, mais ce qui ne l'empêchait pas de montrer beaucoup de souplesse lorsqu'il se déplaçait.

Le sommelier s'approcha de la table et fit goûter au policier le vin rouge qu'il avait choisi : un Bordeaux Château Latour 1920.

Rosemary Bartell ne dit pas un mot pendant la cérémonie de goûter du vin et devant le sourire éclatant de Vincent Lafouèche en train de savourer en bouche le grand cru. Elle sut qu'elle allait apprécier ce vin rouge.

- Que j'aime ces plaisirs bien français, se dit Rosemary Bartell, toujours fière de rappeler la nationalité française de sa grand-mère.

Elle goûta à son tour le vin et ne put que fermer les yeux un court instant. Elle essaya de trouver un qualificatif, mais en vain.

- Ne dites rien, Madame Bartell, savourez. Il est rare qu'une Anglaise apprécie à ce point le vin français !

Bien évidemment, Rosemary ne put s'empêcher de reparler de la cave de sa chère grand-mère qui renfermait, à Honfleur, des trésors de vins de Bordeaux et de Bourgogne, sans oublier les cabernets d'Anjou et les gris de Provence qu'elle affectionnait tout particulièrement.

Quelques minutes de silence furent ensuite consacrées à goûter les premières bouchées des pigeonneaux aux olives et du filet de boeuf madère... Comme d'habitude, malgré ses peurs de ne pouvoir terminer son plat, Rosemary fit honneur aux oisillons et n'en laissa pas une miette.

- Revenons à nos moutons, chère Madame Bartell, maintenant que nous en avons fini avec le boeuf et le pigeon.

Rosemary sourit à l'humour du policier et repoussa son assiette, prête à écouter.

- Si j'ai voulu partager ce déjeuner avec vous, hormis le plaisir de profiter de votre charmante compagnie, c'est que je voudrais que nous collaborions sur cette affaire. Mon ambition est de remplacer l'excellent Inspecteur Lomar à Brandys Bay. Les crimes de Brandys Bay étaient très différents de notre affaire de Carthage, ils étaient plus intimistes, même s'ils étaient commis dans plusieurs lieux.

Madame Bartell sourit à l'évocation de son ami Lomar et exprima au policier français toute sa gratitude. Elle lui promit de son côté de partager toutes ses informations avec lui.

- Je vais vous laisser parler, Monsieur l'Inspecteur, et ensuite je dois vous révéler beaucoup de choses qui vous permettront de voir cette affaire de Carthage d'une manière très différente.

Le policier hocha la tête d'un air étonné et sortit un calepin de la poche intérieure de son veston. Il le posa sans l'ouvrir sur la table et se pencha vers son invitée :

- Commençons par le meurtre du pauvre Dali Ben Mabrouk qui portait, le soir de son horrible crime, les vêtements de Frank Duncan. La question que vous aviez posée : *est-ce Dali ou Frank que le meurtrier visait ?* Nous avons travaillé d'arrache-pied sur des indices autour du lieu du meurtre, sur des empreintes et avons mené une enquête de voisinage précise. Comme je vous l'ai déjà dit, l'emploi du temps de Dali a été entièrement reconstitué à part la manière dont il a regagné la maison des Barnes, sans doute à pied compte tenu de la distance et du temps mis à rentrer. Bien évidemment et comme je l'avais prédit, le manche du poignard, un couteau de boucherie que l'on peut trouver partout, n'a révélé aucune empreinte. L'enquête de voisinage fut rapidement conduite comme les voisins sont rares et dormaient à cette heure avancée de la nuit ! Le coup de poignard a été donné avec une extrême violence. Dali est mort sur le coup selon notre médecin légiste.

Le policier fit une pause et appela le sommelier pour qu'on leur resserve du vin rouge. Madame Bartell ne refusa pas un nouveau verre.

- Nos interrogatoires des résidents de la villa Barnes et de son personnel n'ont rien donné, à part un détail : Lotfi M'Hamdi, le chauffeur des Barnes, qui sert aussi de guide pour leurs invités, était en froid avec Dali, suite à une querelle amoureuse. Le chauffeur disait, à qui voulait l'entendre, que Dali lui avait volé sa petite amie, la fameuse petite anglaise dénommée Helen. Dali s'en défendait. En tout cas, ils n'étaient plus amis et s'évitaient le plus possible. Malheureusement pour Lotfi, il ne peut nous donner un emploi du temps précis pour ce samedi soir. Il est vrai que certains barmen se rappellent l'avoir vu, mais personne ne sait exactement à quelle heure il est rentré. Il avait beaucoup bu. On peut donc imaginer que, saoul et colérique, il a pris un couteau de boucherie et a tué Dali pour récupérer Helen...

Les images d'un Lotfi nerveux et colérique, n'hésitant pas à frapper un homme, lui revinrent à l'esprit. Pourtant, elle avait du mal à l'imaginer en train de poignarder Dali. Mais, bon, sait-on jamais ?

- Le plus grave pour lui est qu'il a été vu à l'Hôtel Zéphyr au moment même où les deux tourtereaux s'y trouvaient. Peut-être les a-t-il vus et observés. Une crise de jalousie passionnelle l'a submergé... Il vient d'être interpellé à Carthage et interrogé par mes hommes.

Madame Bartell sembla étonnée de cette décision, mais ne dit rien. Le policier faisait son travail et il restait vrai que Lotfi possédait un mobile et n'offrait aucun alibi. Le policier continua.

- Frank Duncan était également sorti ce soir-là, invité par des amis britanniques à lui. Ayant également trop bu, il fut raccompagné chez lui par un chauffeur vers deux heures du matin. Rien à signaler. Pour résumer, nous n'avons qu'un seul suspect dans le crime de Dali.

L'Inspecteur Lafouèche se resservit d'un peu de vin avant de continuer...

- Passons à Graham Tatley. Lorsque Cléry le découvrait en cette matinée du dimanche, il était déjà mort depuis plus de vingt-quatre heures. Le médecin légiste place le suicide dans la nuit du vendredi au samedi ou un peu plus tard... Très étonnant dans ce contexte de suicide, le fait que la maison ait été mise en sens dessus dessous. Un psychiatre m'a indiqué que Monsieur Tatley a pu avoir une crise de folie subite avant de commettre son geste fatal, ce qui, selon lui, peut se produire lors de suicides inexplicables... Je n'y crois pas vraiment, mais le fait est là ! Pour essayer de faire un inventaire de toutes ces richesses archéologiques, sans doute mêlées à des objets sans valeur marchande, j'ai appelé la Direction des Antiquités pour qu'ils viennent inspecter la maison. Je suis persuadé que Monsieur Tatley gardait des petits trésors qu'il aurait dû remettre aux autorités, mais bon, le pauvre homme est mort. De son côté, Cléry et un agent fouillent systématiquement la maison pour essayer de trouver des indices qui pourraient nous aiguiller sur une piste. Nous avons trouvé chez lui plusieurs portraits et photographies de deux femmes qui pourraient être son épouse et sa fille... A part ces photographies, nous n'avons encore rien trouvé qui pourrait relier Graham Tatley à son passé. Nos équipes ont consciencieusement analysé la position du corps et l'angle de pénétration de la balle ainsi que le pistolet qui a servi à ce malheureux suicide. Des questions se posent... J'attends des réponses définitives d'ici quelques heures.

Rosemary Bartell sembla intéressée par le détail, mais n'interrompit pas le policier français.

Vincent Lafouèche ouvrit son calepin et chercha une page bien précise.

- Ce Monsieur Tatley, selon Pierre Malet et Robert Barnes, avait un serviteur ou un homme de confiance, disons. En fait, personne ne connaît son nom, y compris les gardiens des villas des Barnes et des Malet en qui je n'ai pas trop confiance... Il venait toujours tard le soir, souvent ivre, et ne parlait à personne. De temps en temps, il passait la nuit chez Monsieur Tatley. D'après les personnes qui l'ont vu, il valait mieux ne pas s'en approcher, surtout lorsqu'il avait trop bu.

C'est un musclé sec aux cheveux noirs et courts, pas très grand.

Le policier fit une nouvelle pause pour boire une gorgée de Bordeaux.

- Nous avons longuement interrogé les Barnes sur leur ami Graham. Madame Barnes nous confiait que l'homme avait connu un très grand drame dans sa vie, présomption confirmée par son mari qui affirme que Graham lui avait confié qu'il avait perdu deux êtres chers - *nous avons conclu, en retrouvant les photographies dans sa maison, qu'il s'agissait de sa femme et de sa fille* - et que le temps n'arrangeait rien à la douleur. Robert Barnes avait déclaré cela en votre présence.

Rosemary confirma d'un simple signe de tête.

- Monsieur Tatley avait un passeport britannique, mais votre amie, Madame Randwick m'a confié que vous aviez remarqué, toutes les deux, qu'il avait un léger accent étranger...

- Oui, Inspecteur, interrompit Madame Bartell. Hollandais, je pense, mais je n'en suis pas sûre. Pourtant, même lorsqu'il parlait français, j'ai cru percevoir ce type d'accent, hollandais, je pense...

Ayant la parole, Rosemary en profita pour lui raconter son unique rencontre avec Monsieur Tatley. Elle avait admiré son érudition, mais remarquait son intérêt pour sa personne, surtout à la connaissance de son nom de famille. Elle finit en lui confiant le dernier message que lui avait laissé Graham Tatley, celui de faire attention au passé de Carthage, pas toujours bienveillant.

- Intéressant, Madame Bartell. Pourquoi vous faire cette mise en garde ? Vous n'aviez jamais vu cette personne, même si l'on peut penser que Tatley connaissait votre défunt mari... Bizarre ! Pour en finir avec lui, nous avons vérifié son parcours. Il était bien professeur d'histoire ancienne au Lycée Carnot pendant plusieurs années. Puis, il a quitté un peu précipitamment son emploi et a mené ses propres fouilles pour des musées français et le British Museum. Il possédait un renom dans le monde de l'archéologie, mais curieusement restait toujours très discret. Sa photographie ne figure nulle part, uniquement ses écrits. D'après ce que nous savons sur lui, il refusait toujours de parler lors de conférences internationales qui se tenaient en Tunisie ou ailleurs. Nous ne savons rien sur lui avant la date de son arrivée en Tunisie. Absolument rien. Pourtant, il a bien eu une vie antérieure...

avec une femme et une petite fille. Pour revenir sur son souci de discrétion, un gardien des Malet m'a raconté qu'il l'avait vu, un jour, agresser un photographe, venu pour les Barnes à leur retour en Tunisie, après la tragédie de Brandys Bay. Ce pauvre homme avait eu la mauvaise idée de vouloir le photographier !

Rosemary Bartell nota ce détail. Il était important, selon elle, mais elle ne savait pas pourquoi.

- Voilà, Madame Bartell. Comme vous le voyez, rien de rien à la grande insatisfaction de mes supérieurs. La presse s'intéresse toujours à la mort d'un étranger surtout si elle est entourée d'un halo de mystère comme c'est le cas pour Graham Tatley. Par contre, le crime de Dali est passé inaperçu... Malheureux en un sens, mais au moins, ces satanés journalistes n'ont pas cherché à faire de lien entre les deux morts... Ils parlent juste de triste coïncidence !

Rosemary sentit que l'inspecteur français n'avait pas encore fini. Elle ne se trompait pas.

- Maintenant, si nous partons du principe que Frank avait été visé lors de notre premier meurtre, nous avons plusieurs suspects... Les invités des Barnes, le personnel et Lynnett Bowridge n'ont pas été très tendres avec Cecile Malet : son comportement peu respectueux envers son mari agace son entourage. Tout le monde, y compris votre amie Darlene en premier, remarquait vite l'intérêt de Frank Duncan pour la jolie Lynnett et la jalousie affichée, mais contenue, de Cécile Malet qui semble *apprécier* le beau mâle. Folle de rage et de jalousie, on peut imaginer qu'elle le guette dans le noir et lui plante un couteau de boucherie dans le dos... Un crime signé par une femme, non ?

Rosemary Bartell s'agita sur sa chaise et s'offusqua des dernières paroles du policier français. Au lieu de s'excuser, Vincent Lafouèche ne fit que sourire et continua sur sa lancée.

- On peut aussi imaginer que c'est le mari excédé qui a tué Dali croyant que c'était Frank. Cléry, mon assistant, sait vraiment y faire pour tirer les vers du nez des personnes interrogées. Le personnel des Malet a bien confirmé que Pierre Malet faisait des scènes continuelles à sa femme depuis l'arrivée de Frank Duncan à Carthage. Peut-être était-il au courant que Frank était sorti et il l'attend dans le noir à partir de minuit. Il se trompe et tue Dali.

- Oui, la piste existe, Monsieur l'Inspecteur, car j'ai croisé des regards méchants de Cécile envers Lynnett lorsque cette dernière s'approche trop près de notre cher Frank. Elle a une manière de traiter Frank comme s'il était sa chose. Notre ami est grand amateur de femmes et a tendance à se laisser un peu trop faire par elles.

Vincent Lafouèche ne put blâmer le fils de Lord Duncan, il aimait aussi beaucoup les femmes et se faisait souvent tancer par son épouse lorsque son regard accrochait trop une passante.

- Nous avons aussi un petit problème avec la jeune Lynnett Bowridge qui n'a aucun alibi pour la soirée. En effet, elle nous déclarait qu'elle restait travailler tard. Elle dit être rentrée aux alentours de minuit trente, ce qui correspond à l'heure du meurtre du pauvre Dali. Malheureusement, pour elle, personne ne l'a vue entrer, ni le gardien de la villa des Malet, ni la personne en charge de la sécurité des bureaux de la mission où elle travaille. Elle a sa propre clef et peut donc aller à sa guise. Bizarre, n'est-ce pas ?

Rosemary dodelina de la tête et estima que c'était à son tour d'intervenir. Elle but une gorgée de Bordeaux avant de commencer. L'intérêt du policier augmentait à mesure que son invitée parlait et il oublia même de se faire resservir un verre.

Il ne vit pas le serveur enlever son assiette et le maître d'hôtel approcher la table roulante, garnie d'une douzaine de fromages français. L'employé, n'osant interrompre ce client important, préféra ne rien dire et fit signe à sa brigade de patienter.

- Madame Bartell, avec vos révélations, nous sommes passés dans une dimension beaucoup plus grave et franchement plus inquiétante. Vous auriez dû me prévenir bien avant du fait que vous étiez suivie par cet homme au complet clair, comme vous l'appelez ! Je ne savais pas ce qui s'était passé au *Tophet* de Salambô, on m'avait juste dit que vous aviez malencontreusement glissé. En tout cas, je reste persuadé que l'homme qui a mis en garde Madame Randwick était l'homme de confiance de Graham Tatley. Votre description correspond. Pour Frank, nous l'avons déjà discrètement placé sous protection au cas où le meurtrier voudrait essayer une nouvelle fois de le tuer. Nous allons faire la même chose avec vous, Madame Bartell. Vous êtes en danger et nous allons rapidement connaître les personnes qui vous menacent. Vous aviez parlé de marcher sur les traces de votre mari en Tunisie, vous y êtes parfaitement parvenue en revenant dormir dans la chambre qu'il occupait !

Rosemary ne répondit pas et se contenta de finir son verre de Bordeaux. Elle déclina le fromage, mais commanda avec gourmandise un gâteau mascotte, accompagné d'un café.

- Inspecteur, j'apprécie votre sollicitude, croyez-moi bien. Mais vous savez que je ne suis pas peureuse et je veux garder toute ma liberté d'action. Je vous promets que je ne me trouverai jamais seule, Frank et Darlene ne me quitteront pas.

- Je ne pense pas que Madame Randwick puisse faire grand-chose si quelqu'un vous attaquait, Madame Bartell.

Elle ignora l'ironie de la réflexion du policier.

- Le noeud de l'intrigue, Inspecteur Lafouèche, se trouve dans le manuscrit de mon défunt mari et sans doute sur les pages arrachées. Je dois commencer par là et nous allons retourner dans le passé comme je l'avais fait à Brandys Bay. Lord Anton a également un rôle à jouer dans notre histoire et leur brouille, à la fin fin du séjour de mon mari à Carthage, signifie sans doute beaucoup de choses. Je ne connais pas le rôle de Graham Tatley, mais il est aussi relié à cette affaire... Quant à son suicide, je n'y crois pas trop non plus !

Rosemary prit son sac qu'elle avait posé sur le rebord de la baie vitrée et en sortit la photographie et la coupure de presse trouvées dans le manuscrit de son mari. L'inspecteur roula encore des yeux et examina attentivement l'homme. Son visage ne lui disait rien. Il se mit à lire ensuite l'article découpé sur le journal français d'avant la Grande Guerre. Il leva les yeux au ciel en signe d'incompréhension et rendit les documents à Madame Bartell.

- Rendez-moi service, Monsieur l'Inspecteur. Pouvez-vous vous renseigner sur cette histoire de découverte de cadavre calciné ? L'enquête avait été confiée à votre commissariat. Un dossier doit exister dans les archives.

Le policier répondit par l'affirmative et demanda s'il pouvait conserver la photographie. Madame Bartell lui répondit qu'elle n'y voyait aucun inconvénient, mais pas tout de suite. Elle voulait aussi la montrer à plusieurs personnes de son entourage.

- Très bien, Madame Bartell, mais essayez de me la remettre rapidement. Je vais être très occupé, demain, à gérer les arrivées, au port, de plusieurs personnalités européennes et américaines de la finance et de la politique qui ont décidé, toutes en même temps, de venir passer leurs vacances d'hiver

en Tunisie. On dirait que ces gens-là n'aiment plus la Riviera !
Mais surtout, n'hésitez pas à m'appeler.

Rosemary Bartell n'écoutait déjà plus le policier. Elle était
beaucoup plus intéressée par le gâteau mascotte que le
serveur venait de déposer devant elle.

En la regardant manger son dessert avec un tel appétit,
l'Inspecteur Lafouèche devisa en son for intérieur sur la
faiblesse des femmes...

▼ ▼ ▼ ▼

- Je viens de demander d'allumer toutes les cheminées
annonça Moira Barnes. La chaleur que dégagent les poêles
n'est plus suffisante. Le froid est arrivé avec du retard, c'est
vrai, mais il est bien là. On se croirait à Brandys Bay...

Rosemary Bartell venait de rentrer de Tunis, raccompagnée
galamment jusqu'à la porte par l'Inspecteur Lafouèche. Elle
avait beaucoup apprécié ce déjeuner, tant pour sa qualité
culinaire que pour les échanges qu'elle avait eus avec le
policier français. Elle le trouvait de plus en plus sympathique.

Dehors, le soleil avait bien disparu. Un ciel gris noir donnait
à la mer la même teinte salie. Il pleuvait, depuis ce matin,
sans discontinuer et le froid de janvier s'imposait partout.

Moira Barnes frissonna, mais sourit à Patricia qui apportait
les cafés dans le vaste salon de la villa Barnes. Habillée d'une
robe de panne de velours vert dont la taille basse était
marquée par une large ceinture du même tissu, Moira révélait
chaque jour son élégance en arborant des tenues toujours
originales. Les bas verts, assortis à sa robe, et la couronne de
plumes d'aigrette qui ceignait sa tête, rehaussaient sa tenue.

La maîtresse de maison était heureuse de son déjeuner de
femmes qui avait réuni Julia, Darlene, Édith et Lynnett. Elle
n'avait pas osé inviter Cécile dont les rapports avec Lynnett
Bowridge s'étaient considérablement détériorés à cause de
Frank. Adroitement, elle avait proposé à Robert d'aller
déjeuner à l'Hôtel Zéphyr à La Marsa et d'inviter son ami
Nathaniel. Frank s'était joint à eux.

Rosemary, sur l'insistance de Moira, avait dû accepter de les
rejoindre au salon pour une tasse de café. Elle aurait préféré
monter directement dans sa chambre pour se reposer et

mettre de l'ordre dans sa tête, particulièrement mise à mal avec tout ce que lui avait révélé l'inspecteur.

Dès qu'elle était entrée au salon, Julia Harton s'était presque précipitée sur elle pour lui demander si le déjeuner avec l'Inspecteur Lafouèche avait été profitable. Elle lui avait encore rappelé son efficacité durant l'affaire de Brandys Bay et avait affirmé, en prenant toute l'assistance à témoin, qu'elle seule pourrait encore venir à bout de ces nouveaux mystères.

Madame Bartell avait jeté un coup d'oeil meurtrier à son amie Darlene qui avait sûrement dû être trop bavarde et dire, à qui voulait l'entendre, et sans doute avec fierté, que "*son amie Rosemary déjeunait aujourd'hui à Tunis avec l'Inspecteur Lafouèche*".

Rosemary lui avait rétorqué que le déjeuner avait été purement amical et qu'en effet, ils avaient échangé quelques informations.

Patricia commença à servir le café et plaça un joli plateau argenté sur la table, rempli de mignardises.

- Moira, merci infiniment pour ce déjeuner succulent, intervint Lynnett. Votre loup grillé servi avec la *tastira* était véritablement une merveille. Bravo à votre cuisinier !

La maîtresse de maison remercia son invitée et se retourna vers Rosemary qui venait de s'asseoir près de Darlene, sur l'un des canapés.

- Comment avez-vous trouvé le restaurant *Au Rosbif* ? Nous sommes très amis avec les propriétaires français.

Madame Bartell prit presque cinq minutes pour dire tout le bien qu'elle pensait de la cuisine, mais aussi de l'endroit et du service. Elle passa en revue tous les plats qu'elle avait dégustés, ceux de l'Inspecteur Lafouèche, fit partager son goût sûr pour les vins de Bordeaux et finit par faire l'apologie du *gâteau mascotte*, son préféré.

Tout le monde l'écouta religieusement, tellement elle expliqua tous les détails de son déjeuner avec passion.

Les conversations se partagèrent bientôt. Darlene commença une longue conversation avec Lynnett sur la civilisation phénicienne tandis que Julia et Édith Steinway devisaient sur la définition d'une politique colonialiste.

- Croyez-moi, chère Madame Steinway, les peuples africains ont toujours besoin du joug européen. Ils ont besoin de notre organisation et de notre savoir-faire, qu'ils soient britanniques ou français. C'est ce que me répétait souvent mon cher Lord

Duncan dont les nombreux projets immobiliers en Tunisie ont permis de fournir du travail à beaucoup de nécessiteux. S'il n'avait pas été là, ces êtres auraient continué à vivre comme des misérables. Nos chantiers ont fait travailler des centaines d'ouvriers et personne ne nous a jamais dit merci...

Édith Steinway approuva les dires de Julia Harton... Depuis son arrivée chez les Barnes, Julia Harton lui avait toujours paru intéressante et proche de ses propres idées.

- Rosemary, Darlene nous a raconté ce que l'infirmière vous a révélé, à savoir que la chambre que vous occupez est celle que Lord Duncan avait également donnée à votre mari.

Rosemary hocha la tête et se dit, encore une fois, que son amie Darlene était décidément bien bavarde. Mais bon, elle ne lui en voulait pas, car il fallait que cette information circule pour étudier les réactions de la maîtresse de maison.

- En fait, je n'ai jamais eu la curiosité de me renseigner sur les anciens propriétaires de cette maison, continua Madame Barnes. Je sais que la villa n'avait pas été habitée depuis plusieurs années. Lord Duncan nous a offert cette maison, suite à ma demande. C'est Jeremy Temple qui a réglé toutes les formalités. Il a mis à ma disposition un architecte français et nous avons revu tous les volumes de la villa, en ajoutant une annexe composée de quatre chambres et salles de bains. Toute la plomberie ainsi que l'électricité ont été entièrement refaites, tout comme le chauffage.

Rosemary indiqua poliment que le résultat s'avérait excellent.

- J'ai suivi les conseils des décorateurs, ma chère Rosemary. Je n'avais jamais eu, dans ma vie, autant de moyens et je voulais rester dans la simplicité et l'authenticité. Tout cela est nouveau pour moi et vous savez que mes origines sont très modestes. Je dois écouter les gens autour de moi et c'est la raison pour laquelle une personne, comme Patricia, est tellement importante pour moi. Je dois apprendre et apprendre encore. La villa n'est pas encore tout à fait comme je voudrais !

Rosemary Bartell apprécia la simplicité de Moira Barnes. Elle réalisait combien la tragédie de Brandys Bay l'avait changée et combien elle avait progressé en l'espace de quelques semaines. Elle était en train de devenir une femme du monde, aidée par son intelligence et son sens pratique.

- Moira, vous êtes une parfaite maîtresse de maison et vos origines n'ont rien à voir avec la façon exquise dont vous traitez vos invités. Je vous aime beaucoup et je vous remercie de votre hospitalité...

Moira Barnes rougit de plaisir en entendant de tels compliments et proposa une mignardise à Madame Bartell qui refusa. Cette fois, elle ne pouvait plus avaler la moindre nourriture après ce déjeuner où elle avait trop mangé.

- Donc, vous n'aviez aucune idée que le père de votre mari avait résidé dans cette maison ?

- Franchement non, nous ne voyons que très rarement Jeremy Temple et lorsque nous sommes ensemble, nous avons mieux à faire que de parler du passé. Nous parlons plutôt de notre avenir lorsqu'il nous conseille sur nos placements, oriente nos investissements ou nous fait signer d'innombrables papiers.

Moira Barnes réfléchit un instant.

- En fait, je pense que la maison devait appartenir à Anton Duncan et il en a fait cadeau à son fils. Peut-être Robert était-il au courant, je n'en sais rien.

Agacée, la maîtresse de maison tourna la tête vers Julia Harton et Édith Steinway, plongées maintenant dans une conversation animée sur la mort de Lénine, survenue la veille. On n'entendait plus qu'elles dans la pièce, car elles partageaient leur haine pour ce *sinistre personnage* comme elles l'appelaient. Pour approuver les propos de la secrétaire, Édith tirait son cou démesurément.

- La nature du choix par lequel je vous attribuais la chambre de Monsieur Bartell, reprit Moira Barnes en élevant la voix, n'est qu'une pure coïncidence. Cette chambre est la plus grande de la villa et sa vue sur la Méditerranée est magnifique. Ce sont les raisons pour lesquelles je vous la donnais.

Rosemary remercia Moira pour l'avoir ainsi gâtée.

- Moira, avez-vous trouvé des meubles ou des objets lorsque vous avez pris possession de la villa ?

Madame Barnes réfléchit quelques instants.

- En fait, oui. Je me souviens que Robert a tout rangé dans un entrepôt qui se trouve derrière la petite maison de Malika dans le parc. Je ne suis jamais allée voir ce qui se cachait dans cette remise, ayant commandé du nouveau mobilier plus moderne pour toute la maison. Robert, un jour, a décidé de donner le tout à des organisations de bienfaisance. Il doit rester quelques meubles, je pense, mais franchement je ne me souviens plus. Je me rappelle avoir changé quelques meubles dans votre chambre, Rosemary, au moment où nous redécorions la villa.

- Moira, pourrions-nous visiter cette remise avec Darlene ? On ne sait jamais, peut-être trouverai-je un souvenir lié à mon défunt mari du temps de son séjour à Carthage.

- Je crois que la clef se trouve dans la maison de Malika. Demandez-lui, je sais qu'elle va y faire le ménage de temps en temps.

- Dernière chose, Moira : pourriez-vous faire en sorte que l'infirmière repasse me voir demain en fin de matinée ? J'aurais beaucoup de questions à lui poser et elle est la seule personne qui me relie au passé de Howard à Carthage.

La maîtresse de maison confirma sa demande.

Rosemary parut satisfaite. Elle termina son café, devenu froid avec le temps, et regarda avec amitié Lynnett et Darlene. Bien évidemment, cette dernière avait dû sortir son *guide Cook* et montrait à l'archéologue une page bien précise.

- Je ne peux attendre demain pour découvrir les tombeaux puniques de la colline de Junon. Qu'en pensez-vous, Rosemary ? Lynnett me racontait que les fouilles de cette zone avaient débuté juste après la Grande Guerre. Décevantes durant les premiers mois, elles se sont révélées, par la suite, très fertiles en découvertes de tombeaux, jamais visités par les pillards et riches en objets usuels de cette époque. Nous visiterons aussi des vestiges de maisons puniques.

Madame Barnes hocha la tête poliment, n'étant vraiment pas intéressée pour le moment par les chers amis carthaginois de Lynnett et de Darlene.

- Alors, Lynnett, comment se déroule votre mission archéologique à Carthage ?

La jeune femme sembla hésiter à la question de Rosemary :

- Oh, professionnellement, je suis très satisfaite et j'apprends des multitudes de choses au sujet de Carthage. Mon chef de mission, bien qu'extrêmement sévère avec nous, est un brave homme et je prends plaisir à travailler avec lui.

Lynnett s'arrêta et regarda le temps d'un court instant par la fenêtre. Elle semblait vouloir rajouter autre chose, mais n'osait pas. Moira l'aida.

- Et vous plaisez-vous bien chez les Malet ?

- Oui, Monsieur Malet est adorable avec moi.

Les deux femmes comprirent qu'elle sous-entendait que Cécile Malet l'était beaucoup moins.

Rosemary Bartell alla chercher son sac, laissé sur un fauteuil et revint avec. Elle en extirpa la photographie qu'elle avait trouvée dans le manuscrit de son défunt mari.

Darlene regarda son amie avec surprise. Elle se demandait pourquoi Rosemary rendait publique l'existence de la mystérieuse photographie.

- Puis-je vous demander quelque chose ? demanda-t-elle à l'archéologue avec son plus beau sourire.

Sans montrer la photographie de l'homme au gousset à Lynnett, Rosemary ne présenta que le signe bizarre dessiné par Howard.

- Est-ce que ce dessin vous dit quelque chose ? L'auriez-vous déjà vu ici, autour de vous ?

Lynnett saisit la photographie et sourit à Rosemary :

- Oui, bien sûr, on peut penser que c'est un 9 un peu penché... Mais en tant qu'archéologue, je pencherais plutôt vers la représentation d'une lettre punique... en fait, la lettre est trop ronde et pas assez angulaire, mais cela y ressemble. C'est l'équivalent de la lettre B dans l'alphabet romain. Pourquoi vous montrez-vous cela, Rosemary ? Avez-vous trouvé un objet contenant ce signe ?

Madame Bartell bredouilla lamentablement, car elle n'avait pas prévu la réponse à faire à ce genre de question. Heureusement, Lynnett enchaîna :

- En fait, il est un peu l'ancêtre de la lettre *bêta* en grec. En punique, on appelle cette lettre le *beth*. On le retrouve en syriaque et en araméen.

- A-t-il une signification spéciale ?

- Le nom de la lettre signifie "maison" que l'on retrouve, par exemple, dans l'arabe *bayt*. Dans la tradition juive, le *beth* est un signe bénéfique au contraire de l'*aleph*, supposé maléfique... Le *beth* a également une valeur numérique qui correspond à 2.

Rosemary Bartell hocha la tête perplexe et se rendit compte du silence qui régnait dans la pièce. Édith Steinway semblait particulièrement intéressée tandis que Julia Harton écoutait.

- Dans la tradition juive, comme vous dites, Mademoiselle Lynnett, le *beth*, équivalent du b vient avant l'*aleph* contre toute logique. Pourquoi ? parce que le *beth*, symbole du 2, traduit l'existence du monde présent et du monde à venir... Il est un symbole très fort, à la fois lettre et nombre... Le monde antérieur n'a pas de valeur en d'autres termes...

Édith Steinway avait prononcé ces mots sur un ton docte et posé qui ne correspondait, en rien, à ses habitudes de parler. Darlene la regarda étrangement... A ce moment, un coup de tonnerre se fit entendre au loin...

- Nathaniel pourrait vous en parler beaucoup mieux que moi, continua Édith. Il est très érudit dans ces choses...

Julia Harton se pencha par-dessus l'épaule de Madame Bartell et demanda à voir de plus près le signe.

- Tout ce tapage pour un 9 de travers et mal dessiné, s'écria-t-elle en riant.

Toujours curieuse, elle retourna la photographie.

- Qui est cet homme, Rosemary ? demanda Miss Harton, l'air surpris. Ce n'est pas votre défunt mari...

Madame Bartell, qui regardait la secrétaire juste à cet instant, ne préféra rien répondre. Bien heureusement, l'homme antipathique et arrogant de la photographie ne ressemblait en rien à son défunt mari.

- C'est une photographie que j'ai trouvée dans le manuscrit de Howard. Vous ne savez pas qui c'est ?

Julia regarda encore une fois la photographie et d'un air détaché, répondit par la négative. Moira demandant à la voir, elle la lui passa.

Moira hésita de longues secondes. Elle semblait à proie à des questions intérieures et balançait sa tête :

- Bizarre, je suis persuadée que j'ai déjà vu ce monsieur quelque part. Mais mon souvenir ne m'oriente pas vers la Tunisie, plutôt vers Londres... Comme si j'ai déjà vu cette photographie auparavant ! Ou peut-être ressemble-t-il à l'une de mes connaissances. C'est cette montre à gousset qui me rappelle quelque chose.

Rosemary regarda Moira passer la photographie à Édith et à Lynnett qui déclarèrent ne pas connaître cet homme.

Patricia entra à l'instant dans la pièce et demanda à Moira Barnes de lui parler en aparté. L'entretien entre les deux femmes fut court. La maîtresse de maison revint dans le salon avec un air contrarié.

- Notre chauffeur Lotfi a été arrêté par la police pour être interrogé. On le soupçonne d'être le meurtrier de Dali Ben Mabrouk.

Édith Steinway ne put s'empêcher de commenter :

- Oh, je suis étonné, car ce jeune homme m'a semblé bien élevé et très érudit. Pourquoi aurait-il assassiné ce pauvre Dali ?

Darlène eut envie de lui répondre que beaucoup d'assassins devaient être extrêmement bien élevés et érudits, mais préféra s'abstenir. Elle laissa parler Rosemary.

- Lotfi n'est pas arrêté, il est seulement entendu au poste de police par l'Inspecteur Lafouèche. Dali et Lotfi ne s'entendaient pas très bien et entretenaient une querelle au sujet de la petite amie de Dali qui est Anglaise. Le policier veut en savoir plus.

Moira sembla rassurée. D'une voix grave, elle s'adressa à Madame Bartell :

- Rosemary, que pensez-vous de toute cette histoire ? Dites-nous, vous êtes la seule personne qui pouvez nous renseigner.

Julia et Édith se rapprochèrent de Madame Bartell.

Darlene Randwick regarda Miss Harton et se dit qu'elle ressemblait beaucoup à Édith Steinway dans sa rigidité et sa manière de s'habiller. Elles portaient tous les deux des robes chasubles gris foncé dont les seuls ornements étaient de minces revers de fourrure aux manches pour Édith et un jabot de dentelles anciennes pour Julia. De la même taille et maigres, elles auraient pu facilement passer pour deux soeurs.

- Je ne peux dire grand-chose, hélas, sauf que nous devons faire tous attention à nous. Un crime a été commis autour de votre villa, Madame Barnes... Quelqu'un a voulu attenter à ma vie au *Tophet* de Salambô, j'en suis maintenant persuadée.

Des *oh !* de stupeur fusèrent dans le salon.

- Madame Barnes, vous devez vous mettre sous la protection de la police, supplia Lynnett. Mais qui pourrait avoir l'idée de vous assassiner ? Cela n'a aucun sens.

- C'est justement là le noeud du problème, chère Lynnett. Je suis venue ici en vacances, tout simplement pour retrouver un pays que mon mari et moi adorions. Pourtant, me voilà au centre de mystères avec un cambriolage, un vol de manuscrit, une tentative d'assassinat et un crime à la clef.

Lynnett se leva. Elle réfléchissait tout haut.

- Rosemary, à mon avis, tout est lié à votre manuscrit, car il représentait manifestement la convoitise d'individus prêts à tout pour vous le prendre. Sans vouloir montrer d'indiscrétion, n'avez-vous pas lu, avant qu'il ne disparaisse, quelque chose qui vous expliquerait cet engouement ?

- Malheureusement, non. En plus, une trentaine de pages avait été arrachée. Je m'en étais déjà rendu compte à

Londres. Elles correspondent à la longue période où mon mari travaillait à Carthage, avec Lord Anton, en qualité d'architecte.

Julia Harton intervint :

- Rosemary, je ne veux pas paraître désagréable, mais peut-être votre mari avait-il des choses à vous cacher. Tous les hommes ont des jardins secrets dont ils ne veulent pas donner les clefs à leurs épouses. Peut-être, imaginez-vous tous ces mystères…

Darlene sourit intérieurement à la réflexion de la vieille fille dont l'expérience des hommes ne devait pas être particulièrement probante.

- J'y avais déjà pensé, Julia. Howard a peut-être eu une maîtresse à Carthage et il a préféré déchirer les pages de peur qu'un jour, je ne les lise. Tout est possible, même si j'ai la faiblesse de croire que de tels comportements ne correspondent pas à Howard, mais bon…

Julia Harton reprit la parole :

- Ne partons pas en conjectures, Mesdames. Peut-être avez-vous tout juste glissé lors de votre visite au *Tophet*, Rosemary. Et vous ne connaissiez ni Dali ni ce voisin dont j'ai oublié le nom. Et votre vol de manuscrit masque juste une coïncidence.

Personne ne répondit à la remarque de la secrétaire. Rosemary semblait perdue dans ses pensées.

Darlene Randwick se leva pour prendre une cigarette dans le coffret que Patricia avait placé sur la table. Elle sortit son porte-cigarettes de son sac, alluma sa cigarette et ferma les yeux en exhalant la fumée. Elle réfléchissait à ce que venait de dire Lynnett à propos du 9 penché, mais ne comprenait pas le lien qui pouvait lier leur affaire au monde punique : Howard Bartell construisait de nouveaux immeubles, il ne déterrait pas des tombeaux antiques ! Idem pour Lord Duncan… Peut-être, le signe au dos de la photographie signifiait-il autre chose…

Lynnett parut gênée de s'être trop immiscée dans le problème de Rosemary et déclara qu'elle devait retourner sur le site de Byrsa. A ce moment, Patricia entra une nouvelle fois dans le salon en annonçant que Maître Jeremy Temple était arrivé…

Le visage de Julia Harton s'éclaira et elle déclara qu'elle était très heureuse de voir l'avocat de la famille Duncan en Tunisie.

- Nous voilà tous réunis comme à Brandys Bay ! conclut-elle avant de sortir de la pièce pour aller à la rencontre de l'avocat.

Rosemary Bartell, quant à elle, repensait à la phrase d'un livre de George Elliot. Le pauvre Révérend Ashley l'avait soulignée juste avant d'être assassiné à Brandys Bay : " La main puissante de Némésis est invisible, mais la victime chancelle sous son horrible prise"...

Allait-elle jouer les Némésis ? En tout cas, elle restait persuadée que quelqu'un avait menti à propos de la photographie et elle se demandait bien pourquoi...

▼▼▼▼

- Faites-moi plaisir, Rosemary... Reprenez-moi un peu de ce loup aux herbes. C'est la spécialité de mon chef et je sais que vous adorez le poisson.

Le signe éloquent que fit Rosemary Bartell avec sa main découragea la maîtresse de maison. Elle avait pourtant rappelé plusieurs fois son déjeuner du midi qui avait été particulièrement copieux. Elle n'avait pas grand-faim, mais Madame Barnes aimait voir ses hôtes bien manger.

La grande cheminée de la salle à manger ronronnait agréablement. La pluie tombait dehors. Moira Barnes avait allumé les bougies des deux magnifiques candélabres qui se trouvaient sur la table, ce qui conférait une ambiance particulièrement chaleureuse, renforcée par la lueur discrète des diverses lampes qui éclairaient tous les angles de la pièce.

Darlene Randwick échangeait des propos polis avec Cécile Malet, mais le courant ne semblait pas trop bien passer.

Maître Jeremy Temple, assis à sa gauche, ne refusa pas, lui, l'offre de Madame Barnes. En fait, si le célèbre avocat avait été installé à côté d'elle, ce n'était pas le fruit du hasard, mais une demande discrète de Rosemary à la maîtresse de maison.

Madame Bartell nota qu'il avait encore un peu grossi. Son costume taillé sur mesure ne marquait pourtant aucun pli et la richesse du tissu renforçait le parfait tombé de son vêtement.

Depuis le début du repas, lorsque Rosemary l'avait revu pour la première fois dans le courant de l'après-midi, elle avait noté quelques changements chez l'avocat. Il avait encore acquis davantage d'assurance et de charisme. Sans doute, la succession Duncan, suite à la mort de Lord Duncan, l'avait encore plus enrichi.

Toujours soucieux de son apparence, il s'exprimait toujours aussi bien et on l'imaginait en train de transformer ses plaidoiries en de véritables spectacles dans un palais de justice. En entrant dans la salle à manger, Rosemary l'avait surpris à se regarder longuement dans la glace pour s'assurer que sa réflexion lui renvoyait une parfaite image d'élégance.

L'affaire de Brandys Bays l'avait placé à plusieurs reprises sous la lumière des projecteurs et sur les unes des quotidiens les plus importants du Royaume. Cette notoriété n'était sans doute pas étrangère au regain de nouveaux clients que le cabinet Temple avait accueillis, toujours avec la même courtoisie et le même professionnalisme que du temps de son père. Et pas n'importe quels clients, bien sûr ! Le gratin du Tout-Londres y compris l'aristocratie, quelques membres de la famille royale et les plus grosses fortunes, même mal nées, s'enorgueillissaient d'être clients du cabinet Temple et de payer des honoraires indécents.

L'avocat, ayant fini de se resservir du fameux loup aux herbes, se retourna vers sa voisine :

- Ce dîner me rappelle nos repas du manoir de notre regretté Lord Anton à Brandys Bay... J'ai l'impression de revoir la même pièce théâtrale avec les mêmes personnages, mais dans un décor différent et avec une nouvelle histoire policière... Vous n'êtes pas d'accord ?

Madame Bartell trouva la comparaison intéressante et répondit par l'affirmative. Elle savait qu'un plat de viande allait suivre et elle se demandait déjà comment elle allait se débrouiller pour refuser.

- Vous voilà encore au centre d'une nouvelle affaire policière, Madame Bartell. Je suppose que certains destins ne peuvent empêcher ce genre de coïncidence... Vous fuyez Brandys Bay pour oublier sa tragique affaire et vous vous réfugiez à Carthage où vous êtes encore prise dans un nouveau tourbillon de morts inexpliquées. Incroyable, non ?

- D'abord, je n'ai pas fui Brandys Bay, Maître Temple, j'ai seulement décidé de repartir en Tunisie avec mon amie Darlene pour suivre les traces de mon défunt mari à Carthage. Et je dois avouer que j'ai réussi !

Maître Temple n'eut pas le temps de demander à sa voisine comment elle avait réussi, car Édith Steinway, son autre voisine à gauche, entra dans la conversation sans crier gare :

- Je suis vraiment heureux de vous revoir, Maître Temple. Nathaniel avait donc raison : nous nous étions rencontrés à Alger, juste après la Grande Guerre lorsque nous revenions en Algérie. Vous étiez souvent là-bas.

Jeremy Temple but lentement une gorgée de vin blanc avant de répondre :

- Oui, votre nom ne m'était pas inconnu lorsque Moira nous a présentés...

Rosemary Bartell se désintéressa de cette conversation où Édith et Jeremy passaient en revue leurs amis communs. Édith poussait de petits cris de temps en temps pour exprimer sa surprise lorsqu'elle apprenait la mort de l'un de ces amis communs ou lorsqu'elle s'extasiait sur un détail particulièrement intéressant du monologue de l'avocat. Elle semblait lui accorder beaucoup d'intérêt, sans doute parce que Moira lui avait dit qu'il possédait le cabinet d'avocats le plus en vue à Londres.

Le maître d'hôtel - *un nouvel employé, nota Rosemary, ce qui la fit penser au père du pauvre Dali* - entra dans la salle à manger, accompagné de deux serveurs. Il portait un impressionnant plat en argent sur lequel reposaient deux superbes pintades, flanquées de légumes variés. L'un des serveurs portait une saucière et l'autre un plat avec d'autres garnitures qu'elle n'arrivait pas à identifier de sa place.

Rosemary soupira un court instant et jeta un coup d'oeil vers les autres convives. Le hasard du placement de table, peut-être un peu aidé par Moira Barnes, avait réuni Frank Duncan et Lynnett Bowridge, radieuse dans une robe de soie grenat à taille basse dont l'échancrure décalée, rehaussée par un gros noeud de soie, laissait paraître un collier de perles de corail rose. Elle semblait heureuse d'être placée à côté de Frank, même si celui-ci affichait un visage triste, sans doute à cause du décès de son ami Dali.

En regardant ce bonheur évident de la jeune femme, le regard de Rosemary se déplaça tout naturellement vers Cécile Malet qui n'avait guère parlé depuis son arrivée chez les Barnes et encore moins lorsqu'elle avait découvert que Frank ne serait pas assis près d'elle, comme d'habitude. A chaque fois que Lynnett s'adressait en aparté à son voisin, Cécile Malet levait la tête vers Frank Duncan en le fusillant du regard.

Pierre Malet semblait savourer la frustration de sa femme. Rosemary ne l'avait jamais vu aussi heureux depuis qu'elle le connaissait : il racontait des histoires drôles en français ou en anglais, il se faisait souvent resservir du vin et s'adressait à tous avec gentillesse, s'intéressant à toutes les conversations.

Elle écouta tout particulièrement les détails de la période où il parlait de son passé en France. C'était la première fois qu'il évoquait les jours anciens. A l'opposé de la table, elle avait du mal à entendre à cause de la voix haut perchée d'Édith Steinway, mais elle réussit à comprendre qu'il avait appartenu à la Sûreté Générale pendant la Grande Guerre et qu'il était maintenant à la retraite. Il s'occupait de quelques associations charitables en Tunisie depuis son installation, sans plus.

Le maître d'hôtel l'interrompit dans ses observations. Il s'adressa à elle dans un parfait français et annonça que le vin rouge qu'il servait était un Beaune 1920 de la belle région de Bourgogne.

Rosemary prit son verre et huma le vin d'un air connaisseur. Elle en perçut l'arôme subtil et racé, mais se dit, après avoir goûté le vin, qu'il aurait pu vieillir davantage pour acquérir plus de maturité.

Moira Barnes l'avait observée.

- Vous n'aimez pas le vin, ma chère Rosemary ?

Un air gêné envahit le visage de Madame Bartell, car à la remarque de la maîtresse de maison, tous les convives s'étaient tus. Elle sentit le poids de tous les regards sur elle.

- Si, bien sûr, Moira...Ma grand-mère française m'a familiarisée avec les vins et m'a appris tous les rituels pour les goûter. Ce Beaune est du plaisir pur pour le palais, mais vous devriez encore le faire vieillir, il en gagnerait de la maturité et son arôme n'en serait que meilleur.

Madame Bartell espéra que sa remarque ne fâcherait pas la maîtresse de maison... Elle fut rassurée lorsque Moira lui rétorqua qu'elle suivrait son conseil. Les conversations reprirent de plus belle.

Du blanc de pintade accompagné de légumes verts - *Rosemary refusa les autres accompagnements* - fut servi dans son assiette. Elle soupira discrètement et se mit à manger.

Son attention fut attirée par son amie Darlene, maintenant en pleine conversation avec Robert Barnes et Nathaniel Steinway... Les deux hommes lui racontaient leurs souvenirs d'Oran d'avant la Grande Guerre lorsque Robert travaillait pour Duncan Holdings.

- Robert m'a tout de suite plus du fait de sa timidité... Il avait été chargé par son directeur de trouver des locaux pour le nouveau bureau de Duncan Holdings à Oran, mais il n'avait aucune connaissance de cette ville. Avec mes relations oranaises, nous lui trouvions un superbe bureau en quarante-huit heures et notre amitié n'a jamais cessé depuis. Robert est resté à Oran jusqu'au début de la Grande Guerre.

Pour la première fois depuis le début de cette soirée, Robert s'anima et raconta une foule d'anecdotes sur la région. Il semblait heureux de se remémorer ce passé où il n'était qu'un simple employé. De la tristesse assombrit pourtant son visage lorsqu'il parla brièvement de la mobilisation du début de la Grande Guerre où beaucoup de ses amis français avaient dû partir se battre en France et ne jamais revenir. Moira Barnes le regardait avec tendresse.

- Ce couple est vraiment touchant, se dit Rosemary Bartell. Moira adore son mari, c'est évident.

Darlene Randwick rit quelques instants avec les deux hommes, mais préféra ouvrir une conversation avec Julia Harton qui semblait apprécier sa pintade.

- Ma chère Julia, nous n'avons pas eu l'occasion de beaucoup parler depuis votre arrivée. Il faut dire que mon emploi du temps ne ressemble pas vraiment à celui d'une personne en vacances entre visites, déjeuners et dîners.

Rosemary Bartell ouvrit l'oreille, elle savait que son amie Darlene voulait tirer les vers du nez à Julia Harton.

- Travaillez-vous toujours pour Lady Duncan ?

- Oui, bien sûr, Lady Duncan a été très bonne pour moi et m'a offert les mêmes émoluments que ceux que me donnait son défunt mari. Comme le travail est beaucoup moins lourd qu'avant, elle me laisse travailler également avec Maître Temple pour toutes les affaires concernant la famille Duncan. Connaissant parfaitement tous les dossiers de la compagnie et toutes les affaires personnelles de chaque membre de la famille, je peux ainsi offrir ma contribution à notre avocat qui me rétribue également. Ainsi, je suis capable de mettre de l'argent de côté pour ma retraite qui approche.

- Est-ce que vous aviez accompagné Lord Duncan en Tunisie, avant la Grande Guerre, lorsqu'il venait ici régulièrement ?

- Non, il m'avait juste envoyé deux fois en Afrique du Nord, mais c'était après la guerre. Une fois en Algérie et l'autre en Tunisie.

- Aviez-vous dormi dans cette maison ?

- Non, pas du tout, je n'y avais jamais mis les pieds. Lord Anton m'avait reçue dans ses bureaux à Tunis et je séjournais au Tunisia Palace.

- Aviez-vous croisé Monsieur Bartell ?

- En Angleterre, oui, plusieurs fois... Mais jamais en Tunisie... En fait, je crois qu'il ne travaillait déjà plus avec Lord Anton lorsque je suis venue ici.

- Aviez-vous entendu parler d'une brouille ou d'une mésentente entre Lord Anton et Howard ?

Julia Harton venait de réaliser qu'elle répondait à des questions qui ressemblaient à un interrogatoire de police. Elle fronça les sourcils et toisa Madame Randwick :

- Au fait, pourquoi me posez-vous toutes ces questions ? Vous me rappelez Rosemary Bartell à Brandys Bay...

Darlene fut honorée d'être comparée à son amie, mais la soudaine mauvaise humeur de la secrétaire ne l'empêcha pas de continuer :

- Ne vous fâchez pas, chère Julia. Les récents événements ont mis en lumière cette époque où le mari de Rosemary se trouvait seul en Tunisie. Celle-ci veut donc reconstituer les éléments de ces quelques mois pour, peut-être, mieux comprendre le présent.

Julia Harton ne répondit pas et se concentra sur sa pintade.

Madame Bartell but un peu de son vin de Beaune et reprit ses observations pour s'intéresser à la conversation qui débutait, cette fois, entre Jeremy Temple et Julia Harton, assise en face de lui. Ils échangeaient des propos professionnels. Rosemary nota que Julia, tout comme à Brandys Bay, écoutait religieusement les propos de l'avocat. Son attitude de soumission ressemblait à celle qu'elle avait montrée avec Lord Anton Duncan lorsqu'elle travaillait pour lui à Brandys Bay.

- Julia semble avoir un caractère très partagé, se dit Rosemary Bartell en dégustant sa pintade. Très soumise lorsqu'elle se trouvait avec Lord Anton et maintenant Jeremy Temple, et très autoritaire et sectaire lorsqu'elle est en société. On dirait que cette femme cultive intelligemment une double personnalité... Elle alterne son côté soumis et son côté revêche...

Madame Bartell fit mine de se concentrer sur son blanc de pintade pour mieux écouter leur conversation. En fait, guère d'intérêt, car ils parlaient de situations ou de personnes qu'elle ne connaissait pas et souvent, elle ne comprenait pas de quoi il s'agissait.

Toutefois, elle continua de prêter l'oreille. L'avocat posait beaucoup de questions à Julia Harton qui répondait toujours précisément. A son tour, elle le questionna sur son voyage en Algérie et il mit rapidement terme à ce sujet en annonçant que la dernière entreprise de Duncan Holdings, sur le territoire algérien, venait d'être vendue à une entreprise française.

Rosemary Bartell sentit le regard appuyé de l'avocat sur sa personne, mais ne s'en soucia pas et fit mine de se concentrer sur son déjeuner. Pour se donner une contenance, elle but un peu de vin.

L'avocat avança alors son siège comme pour se rapprocher de Julia Harton. Il parla à voix plus basse :

- Julia, êtes-vous allée à Tunis comme convenu ? Je n'ai pas eu l'occasion de vous poser la question.

- Oui, Maître Temple. J'ai déposé les dossiers là où vous l'aviez demandé.

Jeremy Temple ne répondit rien durant quelques secondes, sans doute satisfait de la réponse de Miss Harton.

- Bravo, Julia. Vous êtes en train de faire un excellent travail. Autant je souhaite que Duncan Holdings se désengage complètement de ses activités en Algérie, autant je souhaite que nous conservions un pied à Tunis.

Rosemary leva rapidement les yeux pour observer la secrétaire dont le visage prenait une teinte rosée au compliment de Jeremy Temple.

- Oui, bien sûr, Maître Temple...

L'avocat estima que l'aparté devait prendre fin et se tourna vers la maîtresse de maison pour la complimenter sur la qualité du déjeuner.

Julia Harton, quant à elle, comme revigorée par les paroles de Maître Temple, s'adressa à Nathaniel Steinway pour lui demander où elle pourrait acheter des souvenirs à Carthage avant son retour à Londres.

Robert Barnes, assis à la droite de Rosemary Bartell, ne disait pas grand-chose, mais participait à toutes les conversations, poliment. Il échangeait de temps en temps quelques propos avec Pierre Malet, irradiant de bonne humeur.

- Rosemary, intervint Pierre Malet, Moira m'a parlé de votre découverte incroyable, à savoir que vous occupez la chambre de votre mari. Quelle coïncidence ! Saviez-vous, Robert, que cette maison était la propriété de Lord Anton ?

- Franchement, posez la question à Jeremy, car comme vous le savez, je ne regarde jamais ce que je signe, surtout si c'est Jeremy qui me présente les papiers. Je ne me souviens pas avoir fait attention au nom de l'ancien propriétaire...

Maître Temple tourna la tête vers Rosemary et Robert lorsqu'il entendit son nom prononcé. Il questionnait des yeux sa voisine.

Madame Bartell se demanda si l'heure était venue d'aborder le sujet qui la tracassait. Bon, elle se dit que si elle avait demandé à Moira de le placer près d'elle, ce n'était pas juste pour lui parler de la pluie et du beau temps. Elle décida donc de l'entretenir de ce que lui avait révélé l'infirmière et de se confier à lui.

L'avocat partit d'un éclat de rire :

- Oui, bien sûr que cette villa appartenait à Lord Duncan. Il avait entamé sa construction dès le début du siècle alors que la zone était presque déserte. Ensuite, beaucoup de transformations avaient été apportées, avec l'installation de l'éclairage et du chauffage. Puis, n'habitant plus la Tunisie, il était naturel pour lui de l'offrir à son fils Robert. Moira a tout transformé et en a fait une merveille. Je suis sûr qu'on découvrira bientôt la villa Barnes sur ces nouveaux magazines de décoration. Robert avait dû lire le nom de son père sur le contrat de vente qui mettait la maison à son nom.

- Howard avait donc habité ici lors de son long séjour en Tunisie ?

- En effet, Madame Bartell. Lord Anton avait besoin de lui, car il avait, si mes souvenirs sont bons, trois projets immobiliers à mener en même temps. Alors, ils logèrent, tous les deux, dans cette villa qui constituait également un pied-à-terre pour beaucoup de relations professionnelles de Lord Anton. Personnellement, je ne dormais pas ici, mais à l'Hôtel Saint-Louis.

Rosemary profita du moment où Robert Barnes se faisait haranguer par Édith Steinway pour se rapprocher de l'avocat et lui parler à voix basse :

- Puis-je me permettre de vous poser une question un peu plus personnelle au sujet de Lord Anton ?

Elle n'attendit pas la permission de Jeremy Temple :

- Aviez-vous entendu parler d'une brouille entre Anton et mon mari à la fin de ce fameux long séjour ? L'infirmière m'a sous-entendu que mon mari avait quitté la Tunisie un peu précipitamment...

L'avocat sembla hésiter un court moment, mais lui répondit avec un sourire :

- Franchement, à cette époque, je n'étais pas aussi proche de Lord Anton et il ne me confiait rien au sujet de sa vie personnelle. J'ai toujours vu Lord Anton et votre mari très amis... Ce que je connais, c'est le respect qu'Anton Duncan avait pour Howard Bartell. Il appréciait énormément son ami pour sa sagesse. J'ai toujours pensé qu'il voulait lui ressembler.

- Comment était Lord Anton à cette époque ?

Jeremy Temple sourit une nouvelle fois :

- Comme vous l'avez connu, Madame Bartell. Très matérialiste, sans pitié en affaires, pas forcément bien vu en Tunisie... Il passait déjà pour un véritable requin, croyez-moi.

- Ne s'est-il jamais rien passé de spécial à cette époque ? Pas de scandale, pas de grave problème ?

L'avocat prit quelques instants pour répondre :

- Franchement, je ne vois pas. Bien sûr, Lord Anton et Howard Bartell connaissaient, de temps en temps, des difficultés avec l'administration française pour tout ce qui touchait les permis de construire, mais les hautes relations de Duncan Holdings finissaient toujours par tout arranger.

Madame Bartell décida de jouer franc-jeu avec Maître Jeremy Temple qu'elle voulait mettre de son côté : elle lui résuma tous les événements des derniers jours, les menaces dont elle faisait l'objet. Elle parla de ce qui s'était passé au *Tophet* de Carthage, comme un accident et non comme une tentative d'assassinat.

Elle nota les regards de Frank Duncan et de Darlene Randwick qui l'observaient. Ils devaient bien penser que leur amie Rosemary était en train d'aborder le sujet.

Jeremy Temple prit un air étonné à ce que venait de lui révéler Madame Bartell. La tragédie de Brandys Bay lui revint en mémoire et il se dit que cette femme devait apporter le malheur avec elle.

- Avez-vous appelé la police, Madame Bartell ?

- Oui, ne vous inquiétez pas, je suis sous la protection de la police et aussi de Frank Duncan et de Darlene Randwick.

L'avocat sourit au nom de Frank Duncan, car d'après ce qu'il voyait en ce moment, ce dernier ne semblait guère intéressé par la sécurité de la vieille Madame Bartell. Il paraissait

241

beaucoup plus attiré par la pétulance de la jeune Lynnett Bowridge. Quant à Darlene Randwick, elle ne représentait vraiment pas l'image du garde du corps !

- Peut-être sont-ce des coïncidences, Madame Bartell. Vous avez lié tous les événements, mais deviez-vous le faire ? Ce que je peux vous dire de cette époque, avant la Grande Guerre, c'est que tout allait très bien pour Duncan Holdings et pour Lord Anton. Il obtenait gros chantier sur gros chantier et se plaisait beaucoup en Tunisie. Bien sûr, comme je vous le disais auparavant, il avait quelques problèmes avec les Français qui voyaient d'un mauvais oeil un *rosbif*, comme ils nous appellent, venir prendre leur travail, mais il réussissait à préserver de bons rapports avec les hautes autorités du protectorat. Le bey le recevait régulièrement, l'invitait à sa table et ils se rendaient, je l'imagine, des services réciproques. Je n'ai jamais entendu parler de fâcheries avec Monsieur Bartell. Mais bon, mes séjours en Tunisie étaient fréquents, mais courts.

L'air détaché de Jeremy Temple énerva un tant soit peu Rosemary Bartell. Elle eut l'impression qu'il ne la prenait pas au sérieux, voire même qu'il la considérait comme une vieille folle.

- Je vous remercie de votre aide, Maître Temple, lui répondit-elle ironiquement. De toute manière, l'inspecteur Lafouèche s'occupe de cette affaire.

L'avocat sourit.

- Vous avez trouvé un nouvel inspecteur Lomar, Madame Bartell. Je suis persuadé que votre talent, doublé de celui du policier français, viendra encore une fois à bout de ces mystères. En tout cas, si vous avez besoin de moi, je réside à Tunis. N'hésitez surtout pas, Julia vous donnera mes coordonnées.

Rosemary regretta de lui avoir fait part de ses confidences. Décidément, Maître Temple avait pris la grosse tête. Elle surprit le regard de Darlene qui la fixait et lui sourit.

Le plateau de fromages fut présenté par le maître d'hôtel – *Rosemary avait appris par Moira qu'il s'appelait Rachid et qu'il travaillait auparavant dans la maison de hauts fonctionnaires français à Tunis* - mais remporta peu de succès auprès des convives, apparemment rassasiés.

Le dessert apporta son lot de tartes aux fruits variés... Rosemary demanda une petite part de tarte à l'orange. Elle était contente que ce dîner soit enfin terminé, d'abord parce qu'elle était fatiguée et ensuite à cause de son estomac qui criait grâce !

Chapitre 16

Malgré une nuit peuplée de cauchemars, Rosemary Bartell se réveilla en forme. Son poignet ne la faisait plus du tout souffrir. Sa première tasse de thé venait de lui être apportée par Chaima, la première femme de chambre, qui semblait remplacer Malika.

Un pâle soleil réussissait à percer, de temps en temps, derrière de nombreux nuages. Il avait plu durant la nuit.

- J'espère que Malika n'est pas souffrante, s'enquit Rosemary en ajustant ses oreillers derrière son dos. C'est une femme très gentille que j'aime beaucoup.

Chaima afficha un sourire aussi pâle que le soleil :

- Non, rassurez-vous, Madame, répondit-elle dans un meilleur français que sa collègue. Malika doit aller Tunis pour visite docteur pour sa fille Habiba pas bien en ce moment. Elle très nerveuse et beaucoup souci pour Malika.

Rosemary était au courant du handicap mental de la fille de Malika. Toujours curieuse et n'ayant pas beaucoup parlé avec cette domestique qui semblait intelligente, malgré son air triste, Rosemary décida de la retenir un peu pour faire sa connaissance et peut-être en apprendre plus sur la maison Barnes.

- Vous travaillez avec Monsieur et Madame Barnes depuis longtemps, Chaima ?

La femme de chambre se fendit d'une esquisse de sourire :

- Non, pas vraiment, Madame Bartell. Moi arrivée ici il y a quatre semaines grâce à Mademoiselle Patricia qui m'a embauchée. Moi avoir expérience déjà dans grande maison de Français, moi devenue vite première femme de chambre pour montrer travail à autres trois femmes de chambre et de ménage. Malika ne veut jamais écouter, mais pas grave, elle protégée par Madame Barnes.

Rosemary sourit intérieurement, sachant que Moira était de plus en plus irritée par l'indiscipline de Malika. Elle pensa que le mot *protection* était exagéré, elle préféra se dire que Moira montrait de la *compréhension* pour sa plus vieille domestique.

- Vous plaisez-vous chez les Barnes ?
- Oui, beaucoup beaucoup, Madame. Mais moi, pas pouvoir rester chez Barnes, moi obligée partir...

En disant cela, d'une manière brutale, Chaima éclata en sanglots et cacha son visage entre ses mains. Rosemary, étonnée et ne sachant que faire, sortit rapidement de son lit, enfila sa robe de chambre et entoura la jeune femme de ses bras en l'invitant à s'asseoir sur le bord du lit, près d'elle.

- Non, non Madame, pardon Madame moi partir, pas le droit m'asseoir dans chambre invitée... Moi vais avoir problème avec Mademoiselle Patricia. Pardon, pardon Madame...
- Ne vous inquiétez pas, Chaima, vous ne craignez rien ici avec moi. Je crois que vous avez gardé vos larmes depuis trop longtemps et c'est le moment de vous laisser aller. Racontez-moi pourquoi vous devez partir ?

Les pleurs et les sanglots de la femme de chambre redoublèrent. Madame Bartell l'entoura davantage de ses bras en la rassurant et en lui disant que tout irait bien si elle lui confiait ce lourd fardeau.

Chaima se calma un peu et put parler en regardant le parquet, n'osant pas regarder Rosemary.

- Moi habite Nabeul près Hammamet, pas très loin Tunis. Mes parents veulent moi marier et n'aiment pas moi travailler chez étrangers. Alors eux ont choisi pour moi un mari, mais moi je ne veux pas marier avec lui : il est vieux et moi vouloir choisir homme avec qui je passe ma vie.

Rosemary approuva les sages paroles de la jeune femme, même si elle savait que les mariages forcés existaient toujours en Tunisie, surtout dans les milieux ruraux.

- Avez-vous parlé à vos parents pour leur dire que vous ne voulez pas de ce mariage ?

Chaima renifla et répondit d'une voix saccadée :

- Oui, bien sûr, mais mon père dire que c'est ordre et moi rentrer à Nabeul à fin du mois pour fiançailles. Moi pas vouloir, mais moi obligée alors que moi bon travail ici.
- Avez-vous parlé à Mademoiselle Patricia de ce problème ?
- Non, je n'ai pas osé mais je dois le faire.

La femme de chambre resta silencieuse tout en tordant ses mains et en fixant toujours le parquet... Rosemary sentit que la jeune femme n'avait pas terminé ses confidences.

- Il y a autre chose, je crois, Chaima...

- Oui, avoua-t-elle en osant poser son regard sur Madame Bartell. Moi rencontrer jeune homme gentil dans ancien travail. Il est chef jardinier dans maison de mes anciens patrons. Toujours respectueux. Six mois que moi je connais lui. Il veut fiancer avec moi. Lui pas de parents, seul au monde avec son petit frère.

La femme de chambre se leva comme propulsée par un ressort et se tourna vers Rosemary, ses mains croisées sur le coeur :

- Oh, Madame Bartell, moi aimer beaucoup lui, beaucoup. Je veux moi aussi marier avec lui. Lui habite Tunis et moi Carthage maintenant, mais lui m'aime toujours et moi aussi. On se voit de temps en temps, mais difficile.

Les larmes de la femme de chambre, qui coulaient sans bruit sur ses joues, émurent beaucoup Rosemary qui lui promit son aide.

- Allez, Chaima, vous devez être forte. Si vous aimez ce jeune homme et si ce jeune homme vous aime comme vous le dites, votre avenir est tout tracé. Ne passez pas à côté de cette chance qui vous est offerte, vous le regretteriez toute votre vie.

La jeune femme sortit un grand mouchoir blanc de la veste large de son uniforme et sécha ses larmes :

- Madame, madame, pas dire ceci aux autres, sinon moi perdre ma place, s'il vous plaît.

Rosemary rassura la jeune femme :

- Chaima, tout le monde apprécie votre travail et personne ne veut vous renvoyer. Laissez-moi vous aider à ma manière.

Instinctivement, la jeune femme s'approcha de Rosemary et lui embrassa la main en signe de respect. Elle sortit de la chambre sans se retourner.

▼▼▼▼

Adonibaal frappa violemment le bureau de son poing. Himilkat, une nouvelle fois appelé par son Maître, n'en menait pas large. Jamais, il ne l'avait vu dans une telle colère.

Convoqué aux aurores dans une suite du Tunisia Palace, il avait compris, au ton de la voix d'Adonibaal qui l'avait appelé dès sept heures du matin, que la journée allait très mal commencer...

Sans prendre la peine de se raser, il avait juste eu le temps d'enfiler un costume et se faire amener par son chauffeur au Tunisia Palace.

Il se demandait parfois pourquoi il avait rejoint l'Ordre. Sa fonction élevée dans l'administration beylicale lui donnait déjà un excellent salaire. Pourquoi en vouloir toujours plus ?

- Cette vieille chouette de Bartell m'exaspère. Elle ressemble à une prestidigitatrice qui sort, chaque jour, un nouveau lapin de son chapeau magique. Voilà maintenant qu'elle nous produit une photographie qui remonte au temps où son mari se trouvait en Tunisie avec Duncan. L'époque sensible, justement !

Le Maître s'éloigna du bureau et se laissa choir lourdement sur le canapé du salon de la suite. Habillé d'une élégante robe de chambre de velours bleu nuit, il semblait avoir mal dormi. Jamais, il ne se présentait dans cette tenue devant un membre de la secte, mais l'urgence prévalait.

Il se versa un peu de café sans en proposer à Himilkat, toujours debout devant lui.

- Nous savons qui est sur cette photographie. Heureusement, la Bartell ne sait pas encore qui est cet homme. Mais elle peut le découvrir d'un jour à l'autre. Le signe, qui nous rassemble, est également dessiné au dos de la photographie... Le lien sera rapidement fait.

Adonibaal but encore un peu de café. Himilkat ne bougeait pas, il savait qu'il ne pouvait plus décevoir le Maître qui allait sûrement lui demander de hâter le passage de vie à trépas de Rosemary Bartell.

- Je ne suis entouré que par des imbéciles.

Des éclairs de colère fusaient des yeux d'Adonibaal. Himilkat n'osait pas le regarder.

- En plus, elle devient de plus en plus intouchable : le gaillard de Frank Duncan, dont le meurtre fut également raté, est toujours près d'elle. Ne parlons pas de l'autre vieille chouette de Randwick, aussi intelligente et rusée que la Bartell, toujours à ses basques !

Adonibaal resta un long moment silencieux, les yeux dans le vague...

- Himilkat, ma position devient de plus en dangereuse et je ne peux plus être remarqué jusqu'à la cérémonie sacrificielle de vendredi. Je vais disparaître jusque-là. J'ai demandé à notre contact, sur place chez les Barnes, de dérober la photographie. D'après mes informations, la Bartell ne semble pas détenir les trente pages manquantes du manuscrit qui est en notre possession. Une autre épée de Damoclès plane sur nos têtes !

Il se leva et alla se planter devant Himilkat, plus grand que lui. L'éclat de ses yeux, la méchanceté qui s'en échappait, le ton péremptoire de sa voix et sa prestance compensaient largement sa petitesse de taille.

- Himilkat, malheureusement, je dois travailler avec vous. Alors, vous serez le vis-à-vis de mon contact placé chez les Barnes. C'est à vous que cette personne remettra la photographie. Parallèlement, vous connaissez votre mission : supprimer Rosemary Bartell par tous les moyens, mais avec délicatesse. Et pas de ratés, s'il vous plaît !

Le Maître s'éloigna de Himilkat et disparut dans sa chambre. Himilkat comprit que l'entretien était terminé. Il décida de se rendre aussitôt à Carthage et d'y résider durant les prochains jours.

- Si je ne me débarrasse pas de Bartell d'ici quarante-huit heures, c'est moi qu'ils vont assassiner, pensa Himilkat.

Sortant en trombe du Tunisia Palace, il passa d'abord chez lui pour rassembler quelques affaires avant de se faire conduire par son chauffeur à l'Hôtel Saint-Louis où il prendrait une chambre pour les prochaines nuits.

▼ ▼ ▼ ▼

Azzedine se réveillait une nouvelle fois difficilement. Sa tête lui faisait mal et la vue de la bouteille de *Buchanan*, qui gisait près de son lit, lui rappela qu'il avait encore trop forcé sur l'alcool, la veille au soir.

Il mit cinq secondes à réaliser où il se trouvait. Oui, c'est vrai, il était retourné dormir chez Graham Tatley. Il s'était dit que personne ne songerait à venir le chercher dans cet endroit. Les scellés avaient été replacés sur la porte d'entrée par la police, mais Azzedine était entré par une fenêtre latérale de la maison qui fermait mal. Il connaissait la maison de son ancien patron par coeur !

Azzedine avait retrouvé son lit dans la petite chambre mansardée du premier étage. C'était toujours là où il dormait.

- Le centre des opérations de l'organisation se trouve à Carthage et Graham m'a demandé de protéger Madame

Bartell. Je dois donc me trouver à côté d'elle et surveiller ses déplacements sans me faire remarquer, avait-il conclu.

En arrivant dans la maison, il s'était souvenu de la cachette où Graham Tatley remisait ses réserves de *Buchanan*, son scotch préféré. Il en restait encore trois bouteilles. Rapidement, il n'en resta plus que deux...

Il se leva avec difficulté et s'habilla. Dommage qu'il ne puisse pas aller se jeter dans le froid de la mer toute proche, cela lui aurait remis immédiatement les idées en place ! Il retourna vers son lit et sortit une enveloppe épaisse cachée sous le matelas.

Il descendit dans la cuisine pour se faire un café. Il eut du mal à trouver une tasse dans le monticule de vaisselle sale qui emplissait l'évier. Heureusement, il restait du café. La cafetière trônait, bien en vue, sur le réchaud.

Avec sa tasse de café noir bien chaud, Azzedine remonta au premier étage et s'installa au bureau de Graham, après avoir débarrassé tous les dossiers et les livres qui s'y trouvaient. Azzedine vida le contenu de l'enveloppe confiée par Graham Tatley.

Il regarda avec contentement l'épaisse liasse de billets de cent francs que son ancien maître avait placée dans la grande enveloppe. La vue des billets de couleur violette le rassurait. Si son père avait pu voir tout cet argent, lui qui gagnait moins de quatre francs par jour ! Pour lui, ce geste représentait l'amitié, la confiance et l'affection que Graham Tatley lui portait.

- Je dois faire bon usage de cet argent et en profiter pour ouvrir un petit commerce... Il est temps que je me stabilise, c'est ce qu'a toujours voulu Monsieur Tatley. Ma vie actuelle ne me mènera à rien, sinon aux mauvaises personnes et à la prison.

Azzedine ferma les yeux et se rappela sa première rencontre avec Graham Tatley lorsqu'il l'avait délesté de son portefeuille à la médina de Tunis, au souk El Berka. Tout cela était bien loin, maintenant, et Graham n'était plus de ce monde !

- Personne n'avait jamais été aussi gentil avec moi, se dit Azzedine. Il est devenu une sorte de phare dans ma vie tumultueuse. Il m'a toujours fait confiance, même lorsque je faisais mes bêtises... Un grand homme, ce Graham, qui va me manquer !

Écartant la liasse de billets, le jeune homme saisit la lettre que Graham lui avait écrite. Il était temps de la relire attentivement. Il devait comprendre exactement la situation s'il voulait remplir à bien la mission confiée par son patron.

▼▼▼▼

Rosemary Bartell beurrait un scone tout chaud qu'elle décida de tartiner de confiture de myrtilles, faite par le chef de Moira. Elle adorait les petits déjeuners à l'anglaise.

Elle venait de finir ses oeufs pochés auxquels elle avait ajouté du bacon cuit à point.

Habillée d'une élégante robe de couleur de mousseline noire et grège dont la guipure était ornée de perlages, elle avait décidé de voir la vie de manière positive et de garder sa bonne humeur. Elle se disait que, de toute façon, elle n'était pas seule pour affronter toutes ces épreuves ; elle avait Darlene et Frank près d'elle, sans compter le soutien efficace de la police.

Moira, toujours très en beauté dans une robe à taille basse à carreaux noirs et blancs dont le col Claudine blanc mettait en valeur son teint bronzé, donnait des ordres à Patricia pour la journée. Elle revint vers la table et se joignit à la conversation menée par Rosemary, Darlene, Frank Duncan et Julia Harton.

- Vous avez l'air en pleine forme, Rosemary, et je vois avec plaisir que vous n'avez plus votre bandage. Qu'avez-vous prévu de faire pour la journée ? L'infirmière arrivera dans un petit quart d'heure. Je souhaite qu'elle regarde encore une fois votre poignet et je crois que vous vouliez, de toute manière, la revoir.

- Merci, Moira.

Darlene profita du moment pour prendre la parole :

- Je pense que je vais retourner à Tunis pour visiter le Musée Alaoui dans le quartier du Bardo. Mon *guide Cook* nous promet de très belles mosaïques et des pièces archéologiques rares. Voulez-vous m'accompagner, Frank ?

- Ce serait avec plaisir, mais je préfère rester avec Rosemary. Elle ne doit absolument pas rester seule.

Moira sembla inquiète :

- Êtes-vous tellement préoccupé, Frank ? Vous me faites peur. Je pense plutôt que vous me cachez beaucoup de choses...

- Non, Moira. C'est juste que depuis l'accident de Rosemary, au *Tophet* de Carthage et son cambriolage à Londres, je n'aime pas la laisser seule. Rien de plus !

- Frank est un véritable gentleman, intervint Julia Harton. Je ne pense pas que Madame Barnes soit en danger. Sans doute, tous ces incidents ne sont que de malheureuses coïncidences comme la vie nous en fait de temps en temps subir. Ne transformons pas de vulgaires taupinières en montagnes !

Darlene éclata :

- Julia, comment osez-vous qualifier d'incident la chute de Rosemary ? Elle a manqué de se rompre les os et a eu une chance incroyable de s'en tirer à si bon compte ! Alors, gardez vos réflexions pour vous-même !

Julia Harton afficha son air le plus mauvais en face des paroles pleines de colère de Darlene. Tout le monde crut qu'elle allait lui répondre vertement, mais il n'en fut rien. Elle parvint à se contrôler.

Avec sa robe démodée de couleur grise et son jabot de dentelles mousseuses, elle ressemblait à un oiseau de mauvais augure, se dit Rosemary. Elle se rappelait lui avoir vu cet air mauvais au manoir Duncan de Brandys Bay. La secrétaire des Duncan se ressaisit et afficha un sourire forcé qui ne trompa personne :

- Vous avez sans doute raison, Darlene. Je n'aurais pas dû employer le mot. De toute façon, je vais devoir vous quitter. Comme vous le savez, je dois rentrer à Marseille par le bateau du soir et regagner Londres. Auparavant, je vais rejoindre Maître Temple à Tunis pour une séance de travail.

La dernière phrase fut prononcée avec beaucoup de fierté. Elle se rengorgeait comme un paon dès qu'elle prononçait le nom de Maître Jeremy Temple.

- Elle a sans doute reporté son amour frustré pour Lord Anton Duncan vers Maître Jeremy Temple, se dit Rosemary.

Elle regretta aussitôt sa méchante réflexion et se força à sourire à Julia :

- Bon retour à Londres, Julia. Toutes nos amitiés à Maître Temple. Nous aurions aimé profiter de votre présence et de la sienne plus longtemps.

Frank alla embrasser Julia. Darlene se contenta de lui souhaiter un *bon voyage* très sèchement.

Moira, toujours bien élevée, accompagna la secrétaire jusqu'à la porte et revint quelques instants plus tard. Elle remarqua la colère de Darlene et s'adressa à elle :

- Vous connaissez le caractère de Julia, Darlene, il ressemble beaucoup à celui d'Édith. Ces femmes parlent sans trop savoir ce qu'elles disent et surtout ne réalisent pas les conséquences de leurs paroles. Je suis désolée qu'elle vous ait énervée. Oublions tout cela. N'enflammons pas l'ambiance déjà pesante ! J'espère seulement que nous n'allons pas connaître à nouveau l'atmosphère électrique que nous avons dû subir à Brandys Bay. Robert ne le supporterait pas, je pense.

Personne n'osa répondre à Moira Barnes.

Darlene déclara qu'elle devait aller se préparer pour sa visite du musée et déclina l'offre de Moira de mettre une voiture à sa disposition. Elle se débrouillerait seule pour aller à Tunis et elle expliqua qu'elle prendrait le train TGM jusqu'à Tunis et de là, elle hélerait un fiacre pour se rendre au Musée Alaoui. Elle déjeunerait sur place à Tunis, sans doute au Tunisia Palace, et rentrerait à Carthage ensuite.

- Nous pourrons vous rejoindre au Tunisia Palace, proposa Rosemary. Qu'en pensez-vous, Frank ? Je n'ai pas trop envie de rester cloîtrée, même si le temps n'est pas très beau.

Frank fit son plus beau sourire à Rosemary :

- Je serai très heureux de vous accompagner. Ce déjeuner me changera aussi les idées. Darlene, voulez-vous que nous nous retrouvions à treize heures au Tunisia Palace ?

Darlene accepta la proposition avec plaisir mais fit promettre à Frank de ne pas lâcher son amie d'un pouce. Moira insista pour que le maître d'hôtel l'accompagne en voiture, au moins jusqu'à la gare Sainte-Monique. Frank se retira avec sa cousine.

- Ma chère Rosemary, je suis heureux que nous restions toutes les deux, car je voulais vous parler avant l'arrivée de l'infirmière. Venez, allons au salon !

Patricia entrait dans la pièce. Moira en profita pour lui donner ses directives pour le déjeuner.

- Désolé de vous interrompre, Madame Barnes. Maître Temple vient juste d'appeler et vous présente toutes ses excuses, mais il doit se rendre à Bône où une urgence l'appelle. Il vous remercie pour le dîner et ne manquera pas de vous prévenir de son retour à Tunis.

- Merci, Patricia. Jeremy n'est pas resté très longtemps, mais bon, nous avons pu faire l'essentiel... Prévenez également Miss Harton, je crois qu'elle devait retrouver Maître Temple à Tunis. La pauvre devra rentrer seule à Londres.

La gouvernante se retira silencieusement.

- Cet homme est en train de devenir la sommité de Londres en matière juridique, poursuivit Moira Barnes. Il ne sait plus où donner de la tête et je suis très heureuse qu'il continue à s'occuper de nous. Notre fortune doit être ridicule, comparée aux riches personnes dont il gère les biens !

Rosemary Bartell hésita une seconde, mais osa lui poser la question :

- Votre mari me disait que Maître Temple était venu pour vous faire signer vos testaments. Bien triste mission !

- Non, pas du tout. Il avait tout à fait raison. Nous avons fait le testament le plus simple du monde : la donation au dernier vivant. Et ensuite, ce sera Frank qui héritera…

- Quel geste élégant, chère Moira, de la part de votre mari !

- Robert aime beaucoup Frank. Il le considère plus comme son petit frère que comme un demi-frère. Lors de la tragédie de Brandys Bay, Frank s'est montré excessivement gentil avec nous et Robert n'a jamais oublié ce comportement.

Rosemary aurait souhaité poser d'autres questions, mais sa bonne éducation l'en empêcha. Elle se hasarda pourtant à en poser une dernière :

- Avez-vous bien lu le testament, Moira ? Votre mari me confiait qu'il ne lisait jamais ce que lui faisait signer Maître Temple.

Moira Barnes sembla un peu surprise par la question de son amie qui frisait l'indiscrétion.

- Nous avons entière confiance, ma chère Rosemary. Mettez-vous en doute son honnêteté ?

Madame Bartell s'agita sur son fauteuil. Elle savait que Moira Barnes s'énervait vite et ne voulait pas subir ses foudres.

- Bien sûr que non, Moira. Mais je dis toujours qu'il faut toujours lire ce que l'on signe. Personnellement, mon avocat s'occupe de mes affaires depuis trente ans, mais je lis chaque ligne de chaque document que je dois signer.

La maîtresse de maison ne répondit pas et préféra changer de conversation :

- Je voulais vous parler de Robert avant qu'il ne revienne de sa promenade sur la plage. Il m'inquiète énormément, Rosemary. Depuis le meurtre de Dali et le suicide de notre ami Graham, je crois qu'il est en train de revivre les évènements de Brandys Bay. Il ne dort pas, parle peu et ne s'intéresse à rien. Frank a essayé de le faire parler, mais s'est heurté à un véritable mur. Il ne fait que répéter qu'il va bien, mais je sais que ce n'est pas vrai. Que puis-je faire, Rosemary ?

Moira se releva et alla vers la porte-fenêtre du salon. Elle paraissait très agitée.

- Pourquoi sommes-nous poursuivis par ces histoires de meurtres, Rosemary ? Nous méritons un peu de bonheur, je pense, après Brandys Bay ! Vous voyez, le bonheur entier n'existe pas, une ombre vient toujours tout gâcher. Peut-être Robert a-t-il besoin de l'un de ces médecins qui soignent le mental...

Rosemary demanda à Moira de venir s'asseoir près d'elle sur le canapé. Elle lui prit les mains et lui parla doucement :

- Moira, votre mari a connu un énorme choc. A plus de quarante ans, on lui a enlevé son passé pour lui faire endosser une autre vie qui n'avait rien à voir avec la sienne. Vous revenez en Tunisie pour oublier et voilà que le fils de votre maître d'hôtel se fait assassiner avec les vêtements du demi-frère de votre mari et que votre voisin se suicide. Ne pensez-vous pas qu'il ne puisse pas être perturbé ?

- Je sais tout cela, Rosemary. Vous avez raison. Nous essayons d'oublier, mais tout cela reste dans nos mémoires, surtout dans celle de Robert qui est plus concerné que moi.

Rosemary lâcha la main de Moira Barnes.

- Moira, il faut absolument sortir Robert de son mutisme et peut-être, en effet, l'aide d'un psychologue serait utile. Il doit avoir quelqu'un pour vider son trop-plein de frustrations. Je ne sais pas si de tels spécialistes existent à Tunis, franchement ! Mais vous en trouverez à Londres ou à Paris. Ne parlez pas de ceci à Darlene, Moira, elle déteste ces nouveaux médecins !

Avec un sourire éclatant, elle ajouta :

- Le meilleur remède pour Robert est votre amour indéfectible. Votre époux vous aime, vous apprécie et vous respecte, Moira. Entourez-le plus que d'habitude, vous serez, vous, une parfaite psychologue.

Moira allait répondre, mais Patricia frappa et entra dans le salon avec l'infirmière, Emna Ayadi.

▼▼▼▼

Moira quitta le salon pour que Rosemary Bartell soit seule avec l'infirmière et demanda à Patricia d'apporter du thé. Elles étaient toutes les deux assises sur le canapé.

- Je suis désolée de vous avoir fait revenir, Madame Ayadi, s'excusa Rosemary.

- Je vous en prie, je voulais de toute manière revoir votre poignet.

Après quelques secondes d'examen, l'infirmière sourit :

- C'est parfait, Madame Bartell. Cette foulure n'est plus qu'un mauvais souvenir. Faites attention maintenant sur nos champs de fouilles, car nous avons beaucoup d'accidents

Patricia entra à ce moment avec le thé et sortit quelques secondes plus tard.

- Madame Ayadi...

- Appelez-moi Emna. Ici, tous les gens m'appellent *Khalti Emna*, ce qui signifie Tante Emna...

- Très bien, Emna. Vous m'avez très gentiment parlé de mon mari, la dernière fois, et je vous en remercie. Vous m'avez fait un très grand plaisir. Permettez-moi de vous poser quelques questions complémentaires...

L'infirmière sourit :

- Ma mémoire me fait défaut de plus en plus souvent, Madame Bartell. Mais c'est vrai que je me souviens bien de votre mari, car il était un homme vraiment très charmant.

Rosemary remercia l'infirmière pour ce compliment envers son défunt mari.

- Emna, vous m'avez confié qu'à la fin de son long séjour en Tunisie, mon mari était dépressif. Vous rappelez-vous exactement pourquoi ?

L'infirmière attendit quelques secondes pour répondre. Elle semblait vouloir regrouper tous ses souvenirs de cette période.

- Howard Bartell était en effet dans un état dépressif préoccupant. Je me rappelle que j'avais dû lui faire une piqûre de véronal pour calmer ses anxiétés. Je lui avais posé quelques questions pour connaître l'origine de cette dépression, mais il m'avait répondu très évasivement, disant que c'était un problème personnel entre Lord Anton et lui-même. Il rajoutait qu'il était en train de faire ses réservations pour rentrer en Angleterre...

Elle s'arrêta de parler comme pour aller chercher d'autres détails au fond de sa mémoire.

- Il y a bien quelque chose d'autre, je me rappelle maintenant...

Rosemary se pencha vers Emna avec un air interrogatif.

- Lorsque je m'apprêtais à faire la piqûre de véronal à votre mari, je notais sur son bras de nombreuses blessures. Cherchant la meilleure veine, j'inspectais son autre bras et je vis des blessures identiques, surtout sur l'avant-bras. Je lui posais la question pour en connaître l'origine, mais il me répondit qu'il était tombé sur un chantier avec un air tellement gêné que j'avais bien compris qu'il ne disait pas la vérité.

- Ces blessures, comment ont-elles pu être causées ?

- Ma longue expérience, Madame Bartell, me fait répondre sans hésiter. J'ai vu beaucoup de blessures durant la Grande Guerre lorsque j'étais infirmière à l'Hôpital Civil Français à Tunis. Ce type de blessure, en général sur les bras et avant-bras, est appelé blessure de défense, occasionnée lorsqu'une personne essaie de se défendre face à des agressions. En général, toute personne attaquée met ses bras en avant ou couvre son visage pour se protéger des coups.

Rosemary frissonna. Elle réalisait qu'elle ignorait beaucoup de choses sur son défunt mari.

- Emna, connaissiez-vous Graham Tatley, ce pauvre homme qui vient de se suicider ?

- Oui, bien sûr. Vous savez, avant la Grande Guerre, peu de gens habitaient dans ce quartier de Carthage et nous connaissions tous les étrangers qui y résidaient.

L'infirmière s'arrêta encore un instant.

- J'ai eu beaucoup de peine en apprenant la fin tragique de Graham. Le suicide est toujours un appel au secours et j'avais remarqué, depuis longtemps, que cet homme traînait avec lui beaucoup de peine et de douleurs. Je n'osais jamais lui poser des questions directes. D'ailleurs, je l'avais vu plusieurs fois avec votre mari avec lequel il avait l'air de merveilleusement bien s'entendre. Lorsqu'il m'est arrivé d'aller le voir chez lui - *un capharnaüm sans nom !* -, il se montrait toujours extrêmement courtois avec moi, mais parlait peu de lui-même.

- Avez-vous été surprise par son suicide ?

Emna, là encore, répondit sans aucune hésitation :

- Franchement, non, Madame Bartell. Car cet homme semblait vraiment être malheureux. J'avais remarqué une photographie, chez lui, représentant une femme et une jeune fille d'environ une douzaine d'années. Quand il avait réalisé que je regardais la photographie, il m'avait précisé que ces deux personnes étaient sa femme et sa fille, malheureusement décédées. Gênée par mon indélicatesse pour avoir regardé de trop près cette photographie, je ne lui posais aucune question sur les circonstances de la mort de ces deux pauvres êtres.

Emna s'interrompit encore.

- Quelque chose de bizarre s'est passé avec Monsieur Tatley. Je m'occupais, toujours avant la Grande Guerre, d'un malade en phase terminale de cancer, Monsieur Eleazar Salamo, un homme richissime qui habitait dans une très belle propriété à La Marsa. Ce patient avait préféré rentrer chez lui pour mourir. Je l'avais ramené de l'hôpital la veille... Un fait inattendu se passa le lendemain de son arrivée : j'étais en train de m'occuper de mon patient lorsqu'un valet entra dans la chambre. En tout cas, il avait l'uniforme de valet de la maison, mais je sus que ce n'en était pas un... En effet, je reconnus Graham Tatley sous ce déguisement.

Rosemary Bartell parut étonnée de la révélation de l'infirmière. Graham Tatley, aurait-il une double vie ? Elle ne s'en étonnait pas, cet homme avait beaucoup de secrets, elle en était persuadée.

- Il ne fit pas attention à moi, il semblait en proie à une vive agitation. Mon patient me fit signe de sortir et demanda à ne pas être dérangé. L'entretien ne dura pas très longtemps, environ une quinzaine de minutes. La porte s'ouvrit alors brutalement et j'entends encore Graham Tatley insulter ce pauvre Monsieur Salamo, pourtant à l'article de la mort : il le traitait d'assassin, il disait que *"c'était trop facile de vouloir se faire pardonner quand on sait que l'on va mourir"* et je vous passe les mots beaucoup moins sympathiques qu'il lui criait en français. La colère le faisait aussi s'exprimer en une autre langue que je ne connaissais pas. Ce n'était pas de l'anglais que je parle un peu.

- En néerlandais ?

- Peut-être... oui, après réflexion, cela pouvait être du néerlandais. Il me rappelle en effet l'accent d'un patient hollandais que je soigne régulièrement.

Madame Bartell laissa conclure l'infirmière.

- Il claqua la porte de l'antichambre avec fracas. Monsieur Salamo était très choqué et respirait avec difficulté. Il me prit la main en me disant qu'il ne voulait pas mourir, qu'il irait en enfer à cause de ses fautes et me dit qu'il fallait le sauver. J'essayais de le calmer, mais je dus lui faire une injection.

L'infirmière revivait douloureusement ce moment.

- Je restais près de lui toute la journée et toute la nuit. Dans son sommeil délirant, il prononçait des paroles insensées : il parlait d'un "*Maître*" et prononçait des noms dans une autre langue inconnue qui n'était pas du néerlandais cette fois. Le pauvre homme mourut en souffrances le lendemain dans une anxiété sans nom !

Rosemary avait les yeux rivés au sol, perdue dans ses pensées. L'infirmière toussota pour attirer son attention.

- Oh, pardon, Emna ! Ce que vous venez de me dire au sujet de Graham Tatley est vraiment intéressant.

- Vous paraissez soucieuse, Madame Bartell. Que se passe-t-il donc ?

- Rien, absolument rien. Le passé me revient toujours comme un boomerang depuis quelques mois.

L'infirmière ne comprit pas ce que voulait dire Madame Bartell. Elle se leva en souriant :

- Je suis désolée, mais je vais devoir partir, Madame Bartell. Mes patients m'attendent.

- Oui, je comprends, Emna. Je vous raccompagne. Merci infiniment pour tout ce que vous m'avez confié et pour vos soins.

Patricia entra dans la pièce juste au moment où les deux femmes allaient sortir.

- Je venais voir si vous aviez besoin de quelque chose, annonça la gouvernante avec un grand sourire.

- Emna doit nous quitter, ses patients l'attendent.

- Merci, Madame Bartell. Je vais raccompagner Emna.

Rosemary Bartell salua l'infirmière et revint vers le canapé pour s'asseoir. Elle était de plus en plus inquiète... Un détail, surtout, la gênait...

▼ ▼ ▼ ▼

Rosemary Bartell remonta dans sa chambre. Croisant Moira Barnes, celle-ci lui avait précisé, qu'en l'absence de Lotfi, Rachid les attendrait à midi pour qu'elle et Frank rejoignent Darlene au Tunisia Palace à Tunis.

Comme d'habitude, Rosemary avait besoin de tranquillité pour *digérer* tout ce qu'elle avait appris : les nouvelles du passé s'amoncelaient dans son cerveau et elle avait besoin de mettre cela au clair.

Elle ouvrit la fenêtre pour aller sur la terrasse et constata que, malgré un ciel très gris, il ne pleuvait pas. La température par contre n'était pas très chaude.

Elle referma la porte-fenêtre et s'assit dans son fauteuil préféré, près de la cheminée dont le feu se mourrait. Elle se releva pour prendre une bûche du panier en osier placé à côté de l'âtre et ranima le feu avec le tisonnier. Les flammes réapparurent...

Rosemary ferma les yeux, bercée par la douce chaleur que commençait à dégager la cheminée. Elle décida tout d'abord de passer voir l'Inspecteur Lafouèche, après son déjeuner au Tunisia Palace. Elle l'appellerait pour le prévenir de sa visite. Elle le tiendrait au courant de tout ce qu'elle venait d'apprendre.

Ensuite, elle se renseignerait, toujours avec l'Inspecteur Lafouèche, sur ce Monsieur Salamo. Enfin, elle parlerait au policier français du détail qui la gênait.

Elle se leva et alla à son bureau pour prendre une grande feuille blanche et commença à écrire une liste de phrases. Elle pensait que cette méthode, celle qu'utilisait d'ailleurs le Detective Inspector Brian Lomar à Brandys Bay, se révélerait efficace dans le cas de cet imbroglio.

Trente minutes plus tard, elle se sentait beaucoup mieux. Un peu d'ordre avait été fait dans son cerveau et elle pensa que ses cellules grises pourraient mieux fonctionner.

Elle continua de réfléchir quelques instants et regardant l'heure sur le réveil de sa table de chevet, constata qu'il était temps de se changer pour le déjeuner au Tunisia Palace.

Plus en forme que le matin, elle passa à sa salle de bains pour vérifier sa coiffure. Elle fut satisfaite de ce qu'elle voyait dans le miroir : il faut dire que ses jolis cheveux gris, coupés court et élégamment crantés sur le côté, ne lui posaient pas trop de problèmes.

Elle retourna dans sa chambre pour choisir sa tenue. Elle opta pour une jupe longue plissée de couleur châtaigne. Il fallait maintenant qu'elle choisisse une tunique dans les mêmes tons.

Rosemary Bartell était une femme ordonnée et excessivement méticuleuse, voire maniaque. Elle alla directement au tiroir où elle savait trouver ses tuniques, soigneusement pliées et rangées, chacune enveloppée dans un papier de soie transparent.

Dès qu'elle ouvrit le tiroir, elle constata que quelque chose n'allait pas : ses tuniques avaient été touchées, elle le savait. Tous les papiers de soie étaient légèrement froissés... Elle fit la même constatation en ouvrant les autres tiroirs qui contenaient ses bas, sa lingerie, ses tricots...

Elle alla ouvrir son tiroir de table de chevet dont le contenu, là aussi, était méticuleusement rangé. Sa boîte à bijoux qu'elle rangeait toujours contre la paroi du tiroir avait été déplacée vers le milieu. Aucun bijou n'avait disparu, elle le savait, elle en amenait toujours très peu en voyage.

Rosemary Bartell poussa un soupir d'agacement : encore une fois, quelqu'un avait fouillé sa chambre. On lui avait d'abord volé le manuscrit de son défunt mari et maintenant, quelqu'un était revenu pour lui dérober une autre chose qui lui appartenait. Devrait-elle dorénavant fermer sa chambre ?

Elle décida d'appeler Chaima pour en avoir le coeur net. Elle se rappelait maintenant qu'elle avait demandé à Malika de ne pas s'occuper de ses tiroirs ou penderies, mais pas à Chaima.

Elle tira le cordon de la sonnette de service et la femme de chambre arriva quelques instants plus tard. Elle avait l'air d'avoir retrouvé son sourire et sa bonne humeur.

- Comment moi aider vous, Madame Bartell ?

Rosemary lui demanda si elle avait touché ses affaires dans ses tiroirs.

- Oh non Madame, Malika m'a dit pas toucher aux tiroirs et aux affaires Madame Bartell. Alors moi pas toucher. Jamais moi toucher affaires des invités sauf si eux disent oui.

Madame Bartell sourit à la domestique et la remercia.

- Problème, Madame Bartell ?

- Non, rassurez-vous. Merci Malika.

La femme de chambre se retira avec un grand sourire.

Rosemary continua d'inspecter sa chambre, mais rien ne semblait avoir disparu. Énervée, elle préféra s'asseoir sur son lit et réfléchir en se posant quatre questions : *pourquoi ? qui ? quoi ? comment ?*

Elle avait au moins une réponse à la troisième question : *quoi ?* Elle était sûre qu'on avait voulu lui voler la photographie qu'elle avait trouvée dans le manuscrit de Howard.

Malheureusement pour le voleur ou la voleuse, elle avait confié la photographie à Darlene Randwick qui avait promis de ne jamais s'en séparer... Au *comment*, la réponse était simple du fait de l'accessibilité de sa chambre. Pour le *pourquoi*, elle se dit que cette photographie avait attiré l'attention de quelqu'un qui voulait, sans doute, que l'identité de la personne qui y figurait ne soit pas dévoilée. Quant au *qui,* elle commençait à avoir sa petite idée...

Chapitre 17

Darlene Randwick était très heureuse : elle se disait que sa visite au Musée Alaoui serait sans aucun doute le moment le plus intéressant de son séjour en Tunisie.

Vêtue d'un manteau trois-quarts de lainage de couleur ivoire, rehaussé de fines broderies et de passementeries, qui laissait voir les volants d'une robe noire en crêpe de chine, Darlene Randwick ne passait pas inaperçue dans les différentes salles du Musée. Ses chaussures à talons de cuir ivoire, assorties à son manteau, en rajoutaient, il faut bien l'avouer !

Les salles d'Althiburos, de Carthage, de Dougga et de Thuburbo-Majus n'avaient déjà plus de secrets pour elle. Aidée de son *guide Cook* qui ne la lâchait plus, elle avait décidé de ne pas prendre d'accompagnateur pour lui faire visiter les trésors du Musée Alaoui. Elle détestait ces troupeaux de touristes qui suivaient au pas-à-pas leur guide comme les moutons, leur pâtre.

Elle se trouvait maintenant dans la salle de Thysdrus. Elle regarda par-dessus son épaule et s'arrêta net : l'homme, qu'elle avait remarqué depuis son entrée au Musée, se trouvait encore là. Il avait, tout comme elle, choisi de déambuler seul dans les différentes salles. Le problème, c'est qu'il semblait la suivre partout.

Le col haut de son manteau beige de bonne qualité, mais un peu trop porté, et son chapeau de feutre enfoncé cachaient une partie de son visage. Elle n'arrivait donc pas à voir ses traits. Elle décida de ne pas faire attention à lui pour le moment, mais se promit de lui réserver bientôt une bonne surprise. Bon, peut-être avait-il décidé de visiter les salles du Musée dans le même ordre qu'elle ! De toute manière, elle n'était pas toute seule...

Elle se concentra de nouveau sur les trésors de la salle de Thysdrus et ouvrit son *guide Cook* pour en savoir plus. Elle apprit que la ville d'El Jem avait été construite sur le site antique de Thysdrus dont l'amphithéâtre était très célèbre.

- En effet, se dit-elle, en regardant la représentation sur son livre, c'est absolument magnifique et me rappelle le Coliseum à Rome !

Remettant son précieux ouvrage dans son sac, elle se passionna pour les mosaïques *xenia* qui représentaient des décors champêtres ou floraux ou d'animaux qu'elle affectionnait tout particulièrement.

Elle s'enthousiasmait à la vue des pavements de mosaïque où des chapelets de grives et des bouquetins étaient joliment représentés... Elle contempla longuement la nature morte au raisin. Elle admira les mosaïques et les statues antiques qui la transportaient dans ces heureux temps.

L'homme au manteau était toujours là... Il avait l'air de se concentrer sur tout et rien. Il ne restait pas en place...

Elle vit la pancarte qui indiquait la direction de la salle de Virgile.

- De nouveaux trésors à découvrir, se dit-elle.

Les grandes salles du Musée Alaoui étaient presque vides en cette fin de janvier, à part un groupe d'Américaines trop bavardes et d'Italiens qui s'esclaffaient pour un rien ! Heureusement, on ne les entendait plus.

La salle de Virgile était consacrée à l'épopée d'Enée... Elle ressortit son *guide Cook* pour en savoir un peu plus et apprit que cette salle était une ancienne chambre à coucher, du temps où le musée était encore un harem.

Se penchant pour voir de plus près la mosaïque de Virgile - *Darlene trouvait Virgile très noble et très aristocratique dans sa toge blanche, avec son parchemin sur ses genoux* - elle sentit une présence à ses côtés.

L'homme au manteau beige était près d'elle. Elle pouvait l'entendre respirer. Il la fixait avec ses yeux noirs sans sourciller. Il avait une main dans la poche de son manteau. Il ne bougeait pas.

De folles idées traversèrent l'imagination de Darlene en l'espace de quelques secondes : il avait un couteau dans sa poche et il allait l'égorger, il avait une arme à feu et il allait lui tirer dessus... Elle pensa qu'il pouvait aussi tout simplement l'étrangler.

Madame Randwick regarda autour d'elle : personne ! Aucun employé en vue ! Elle regrettait presque que le groupe d'Américaines ne soit plus visible.

Elle devait se ressaisir et se dit qu'elle avait connu bien pire à Brandys Bay. Elle s'adressa à lui en français.

- Monsieur, bonjour. Je vois que vous me suivez depuis le début de ma visite du musée. Voudriez-vous me dire quelque chose ou dois-je appeler quelqu'un ? Il y a un employé que je vois là-bas à l'entrée de la salle, vous le voyez aussi ?

L'homme se retourna et lui répondit en anglais, sans retirer son chapeau, comme il aurait dû le faire en face d'une dame.

- Non, Madame Randwick, il n'y a personne dans cette salle et les employés sont loin. J'attendais que vous visitiez cette salle, c'est la plus tranquille...

- Comment connaissez-vous mon nom ?

L'homme se mit à rire. Darlene eut l'impression qu'il se moquait d'elle.

- Décidément, vous n'êtes pas très physionomiste, Madame Randwick, répondit l'homme en rabaissant son col et en enlevant le chapeau qu'il avait trop enfoncé.

Darlene soupira d'aise : c'était le jeune homme à qui elle avait parlé devant la maison de Graham Tatley.

- Vous m'avez fait peur, Monsieur. Je...

- Allons là-bas derrière le pilier, Madame Randwick. Nous serons moins voyants si quelqu'un entre dans la salle.

Darlene le suivit, elle sentait qu'elle n'avait rien à craindre du jeune homme.

- Je m'appelle Azzedine, j'étais le serviteur de Monsieur Tatley. Je suis poursuivi par des personnes très dangereuses et peut-être par la police. Alors, j'ai peu de temps à vous consacrer. Vous allez m'écouter sans m'interrompre et je vais sortir.

Azzedine remit son chapeau et releva le col de son manteau.

- Madame Randwick, d'abord, je suis persuadé que mon patron ne s'est pas suicidé. Il a été assassiné par une organisation internationale spécialisée dans le crime. Je ne sais pas exactement comment ils procèdent, qui ils sont, à part quelques sous-fifres, mais ils sont nombreux, puissants et dangereux. Cette organisation a choisi Carthage comme siège et fait croire à ses disciples qu'elle est attachée à des cultes puniques. Graham Tatley les poursuit depuis des années... Une raison pour laquelle Graham n'aurait jamais pu se suicider, car sa vengeance personnelle était son seul objectif de vie. Pour conclure et ne pouvant vous en dire plus, Madame Randwick, votre amie Rosemary Bartell se trouve en grand danger. Elle doit rentrer en Angleterre par le prochain bateau... Mais avant, vous devez m'organiser un rendez-vous avec elle, car je dois lui remettre des documents de la part de Monsieur Tatley. Le plus rapidement possible, Madame Randwick. Je me suis caché dans la maison de Graham... Vous pouvez me retrouver là-bas demain, mais ne vous faites pas remarquer et ne parlez pas à la police, également infiltrée par l'organisation.

Sans la saluer, l'homme s'éloigna.

Darlene, interloquée, dut aller s'asseoir sur un banc à l'entrée de la salle de Virgile...

▼▼▼▼

Rosemary Bartell et Frank Duncan arrivèrent en avance au Tunisia Palace, sur l'avenue de France. Le restaurant commençait à se remplir, mais ils n'eurent aucun problème à trouver leur table, déjà réservée par Moira Barnes qui avait fait toutes ses recommandations pour que ses amis soient accueillis de la meilleure manière possible.

Frank, excessivement élégant, portait un costume de couleur gris anthracite. Rosemary avait noté la finesse de ses chaussures *Richelieu* bicolores, blanc et noir.

Rosemary aimait aussi le cadre fastueux du restaurant du Tunisia Palace. Avec son immense palmier dans un coin, cachant légèrement l'immense fresque murale représentant un paysage à la fois marin et champêtre qui couvrait une partie du mur, au-dessus d'un grand miroir de forme semi-arrondie, le restaurant avait belle allure. Sur les tables, recouvertes d'impeccables nappes blanches, les verres de cristal brillaient sous la lumière des appliques dont les abat-jour en grappes ressemblaient à des fleurs.

Particulièrement lumineux avec ses grandes fenêtres habillées de rideaux brise-bise, le restaurant était fréquenté par une clientèle principalement européenne et du meilleur monde. Les serveurs et les maîtres d'hôtel, affublés de longs tabliers noirs, s'occupaient le mieux possible de leurs clients.

- Je suis sûr que Darlene va avoir mille choses à nous raconter. Elle se réjouissait de sa visite du musée Alaoui.

- Oui, si son *guide Cook* recommande la visite, vous pouvez être sûr que Darlene ne manquera cela pour rien au monde, s'amusa Rosemary Bartell.

Sans rien avoir commandé, un maître d'hôtel leur apporta deux coupes de champagne.

Frank et Rosemary apprécièrent le geste sans doute dicté par Moira.

- Ce déjeuner est une bonne idée, Rosemary. Depuis la mort de Dali, je ne me sens pas bien. C'est moi qui aurais dû être tué, pas ce pauvre Dali.

- Personne ne sait encore, Frank, si c'est vous ou Dali qui était visé. Esope disait qu'on ne pouvait rien changer à son destin. Ne vous faites plus de mal. Vous avez suffisamment souffert à Brandys Bay, profitez sereinement de votre séjour à Carthage.

- Comment pourrais-je profiter de ce séjour alors que quelqu'un cherche à vous faire du mal, chère Rosemary ? Je vous aime beaucoup et je ne veux pas que quelque chose de fâcheux vous arrive. Ce que vous m'avez raconté, dans le fiacre, m'inquiète vraiment : les blessures aux bras de votre mari, son état dépressif qui ne lui ressemblait en rien, Graham Tatley qui se rend chez cet homme à l'article de la mort, la fouille de votre chambre. D'après ce que vous disiez, c'est peut-être quelqu'un de la villa Barnes qui aurait fouillé votre chambre, signifiant que l'ennemi se trouve dans la maison... C'est terrifiant, Rosemary.

Rosemary Bartell avait préféré lui parler de la fouille de sa chambre. Elle sourit à la gentille déclaration de Frank.

- Merci, Frank. Mais je ne me laisse pas faire si facilement, vous le savez. Et nous allons bientôt savoir qui se cache derrière tout cela. J'ai confiance dans l'Inspecteur Lafouèche et je me sens rassuré de vous avoir à mes côtés. Je vais bien, ne vous inquiétez pas et quant à la personne qui me surveille chez les Barnes, j'ai ma petite idée.

- Tout de même, vous devez rester très prudente. C'est sans doute ce que l'Inspecteur vous a également recommandé.

Madame Bartell confirma et laissa Frank continuer.

- Je suis allé voir la famille de Dali hier. J'avais tellement peur qu'ils me croient responsable de la mort de leur fils. Mais ils m'ont accueilli comme le fils de la maison ! Ils m'ont parlé du *mektoub* qui signifie destin, je crois. Je veux les aider financièrement, mais je ne sais pas comment faire. Je pense qu'il serait malvenu de leur donner de l'argent ainsi et ils pourraient mal prendre mon geste.

- Vous avez raison, je ne vous conseille pas de le faire, car les Tunisiens sont des gens très fiers. Robert et Moira ne les lâcheront pas, vous connaissez leur générosité.

- Oui, je sais, mais je dois également leur prouver ma sollicitude. J'appréciais beaucoup Dali...

Le regard plein de tristesse de Frank Duncan émut beaucoup Rosemary qui lui prit la main :

- Frank, laissez le temps au temps ! Vous pouvez sans aucun doute les aider, mais pas maintenant... Entourez cette famille de votre amitié, c'est ce dont ils ont besoin...

Rosemary préféra changer la conversation :

- Au fait, avez-vous revu Lynnett Bowridge ?

- Oui, nous avons fait une promenade sur la plage de Saint Germain hier. J'aime ce coin de Tunis. Elle me disait qu'elle se sentait suspecte auprès de la police, car durant la nuit de la mort de Dali, elle n'avait pu fournir aucun alibi. Je l'ai rassurée en lui disant que si elle n'avait aucun alibi, elle n'avait également aucun mobile. Pourquoi aurait-elle poignardé Dali ? Oh, mais voici notre amie Darlene.

Frank se leva et aida Darlene à s'installer à la table. L'entrée de leur amie avait été très théâtrale et tous les regards des clients du restaurant avaient convergé vers elle.

Rosemary nota qu'elle était en proie à une vive agitation.

- Vous allez bien, Darlene ?

- J'ai besoin d'un remontant, Rosemary.

Son souhait fut vite exaucé, le maître d'hôtel lui apportant une coupe de champagne. Elle en avala plus de la moitié en une seule gorgée.

- Désolée, mes amis, mais j'en avais vraiment besoin.

- Le Musée Alaoui vous a vraiment fait beaucoup d'effet, Darlene, s'amusa Frank Duncan, à moins que ce ne soit votre *guide Cook* ?

Darlene fusilla son cousin du regard.

- Je n'ai vraiment pas envie de plaisanter.

Elle but la seconde moitié de sa coupe de champagne et soupira. Rosemary et Frank sentirent qu'elle avait quelque chose d'important à leur dire. La connaissant, ils pensèrent qu'elle avait vu des merveilles au Musée et qu'elle voulait leur en parler.

- Vous vous rappelez cet homme dont je vous ai parlé ? Je l'avais vu sortir de la maison de Monsieur Tatley. Il avait brisé les scellés, posés par la police. Il m'avait prévenu que la mort planait autour de vous, Rosemary, et que vous deviez prendre le premier bateau pour l'Angleterre.

Rosemary sourit :

- Oui, Darlene, je me rappelle très bien, on ne peut oublier ce type de message tellement réjouissant !

Frank se dit que l'humour de l'amie de sa cousine était vraiment à toute épreuve.

- Eh bien, il m'a suivie au Musée Alaoui, J'ai oublié son prénom, toujours tellement compliqué. Mais cela ressemble à *Azzine* ou *Addine* ou quelque chose de ce genre... En fait, il m'a fait très peur, car je ne l'avais pas reconnu et à un moment donné, j'ai cru qu'il allait m'expédier dans l'autre monde !

Darlene essaya de répéter, mot pour mot, les paroles du serviteur de Graham Tatley et selon elle, elle y réussit à peu près devant les mines effarées de son cousin et de son amie.

- Une organisation criminelle internationale ? Etes-vous sûre, Darlene, que votre individu n'ait pas un peu forcé sur la divine bouteille ?

La réflexion ne sembla pas plaire à Madame Randwick :

- Non, Monsieur Duncan, répondit-elle ironiquement. Il était tout à fait sobre et m'a paru le plus sérieux du monde. Son inquiétude et la peur de se faire attraper par la police étaient palpables.

Rosemary Bartell, après son étonnement devant les révélations de son amie, se tut. Elle prit, sans s'en rendre compte, la carte que le maître d'hôtel lui tendait et continua de réfléchir.

Frank et Darlene continuèrent à parler entre eux, sans faire attention à elle.

- Je vais venir avec vous et Rosemary lorsque vous allez revoir cet homme. Il est hors de question de vous savoir, seules, avec un tel individu.

- Frank, il veut nous avertir et nous protéger, pas nous assassiner. Je pense qu'il n'apprécierait pas que nous amenions quelqu'un. De toute manière, le rendez-vous aura lieu chez Monsieur Tatley. Ainsi, vous aurez tout loisir de nous surveiller. Rappelez-vous aussi que Graham lui faisait entièrement confiance s'il lui avait confié des documents pour Rosemary.

Devant le silence de Rosemary, perdue dans ses pensées, ils étudièrent la carte. Ils hésitèrent entre plusieurs entrées, mais se décidèrent pour un *filet de sole aux aubergines* et un *loup poché sauce mousseline*, suivis d'un *poulet poêlé bouquetière* et d'une *côte de veau Pojarsky*.

Rosemary les interrompit dans leurs palabres culinaires :

- Je suis désolée, mes amis, mais je dois aller voir l'Inspecteur Lafouèche au plus vite pour lui apprendre tout cela. Avez-vous la photographie trouvée dans le manuscrit de Howard, Darlene ?

- Oui, bien sûr, je vous ai promis de toujours la garder sur moi.

Elle prit son sac et sortit la photographie. Rosemary la regarda longuement avant de la mettre dans son propre sac. Décidément, elle n'aimait pas cet homme, son air hautain et l'impression de pouvoir qu'il dégageait.

- Je vais remettre cette pièce à la police. Ils trouveront peut-être l'identité du monsieur pas sympathique qui y figure.

- Rosemary, nous vous accompagnons chez l'Inspecteur. Nous ne vous lâchons plus, vous êtes vraiment en danger si une organisation criminelle est à vos basques.

- J'allais de toute manière vous le proposer, mes chers amis. Je me sentirai en effet plus en sécurité près de vous. Darlene, je dois aussi vous tenir au courant de ce que l'infirmière m'a appris ce matin et de la fouille en bonne et due forme de ma chambre !

Darlene poussa un long soupir :

- Rosemary, pitié, grâce !

Ils décidèrent de ne commander qu'un plat et un dessert pour partir plus vite, oubliant entrées et poissons. Rosemary commanda une *timbale de ris de veau financière* et pour le dessert, ils prirent tous les trois des parfaits au café.

Par contre, tous les trois s'offrirent un excellent vin rouge, un *Château Canteloup 1920*, sachant que l'après-midi ne serait pas de tout repos.

Bizarrement, ils avaient faim !

▼▼▼▼

Dans le hall du Tunisia Palace, hommes d'affaires, touristes de toutes nationalités, membres du clergé et guides allaient et venaient. Le personnel de réception semblait passablement débordé, mais conservait tout son professionnalisme et son sourire face à sa clientèle de premier choix.

Près du hall, dans la véranda qui faisait office de tea-room, Adonibaal parlait à Himilkat. Toujours énervé par les évènements, il retenait sa colère pour ne pas se faire remarquer par les autres clients.

Il portait un costume de flanelle de couleur beige. Son chapeau en feutre assorti était posé, près de lui, sur la banquette. Il buvait un *Dubonnet.* Comme d'habitude, il n'avait rien offert à Himilkat.

- Vous n'avancez pas, Himilkat. Vous ne faites que me décevoir. Nous devons absolument récupérer cette photographie, car je sais qui elle représente. Notre contact de la villa Barnes l'a reconnu et cela devient extrêmement dangereux si cette photographie continue à circuler. Je veux la récupérer avant mon départ de l'hôtel.

- Notre contact dans la villa Barnes a fouillé la chambre de fond en comble, mais très discrètement, rassurez-vous. Aucune photographie n'a été trouvée, j'en suis désolé.

- Désolé, oui, Himilkat, vous allez être désolé, encore plus, très bientôt, quand je n'aurai fait qu'une bouchée de vous. Dans toutes les missions que je vous donne, vous échouez lamentablement. Vous n'êtes qu'un imbécile.

Himilkat n'osa affronter le regard de son Maître. Il préféra fixer le tapis.

- Je voulais partir ce matin tôt et à cause de vous, je suis encore là. Vous êtes en train de faire capoter tous mes plans. Dites-moi où cette vieille chouette a pu ranger la photographie ?

- Je ne sais pas, Maître. Nous la surveillons et nous savons qu'elle n'a pas pu donner la photographie à la police,

Il baissa la voix et demanda à Himilkat de se rapprocher de lui sur la banquette :

- Cela ne sert à rien de tuer la vieille Bartell si cette photographie continue à circuler. Ce serait trop dangereux pour nous. La police en sait trop et nous n'avons pas encore mis la main sur le serviteur de Graham Tatley. Elle doit garder la photographie sur elle pour écarter tout danger de vol.

- Je vais trouver une solution. Vous savez qu'elle déjeune ici, au Tunisia Palace ?

Adonibaal sauta lourdement sur la banquette :

- Quoi, elle est ici et vous ne m'en parlez pas ?

- Je n'en ai pas eu l'occasion, Maître. Je viens de l'apprendre par l'homme qui est là-bas, à la table, seul... C'est l'homme que j'emploie pour suivre Bartell partout où elle se rend.

- Bizarre qu'elle vienne déjeuner ici.

- Non, rien de bizarre. Darlene Randwick a visité le Musée Alaoui ce matin et la Bartell, accompagnée de Frank Duncan, est venue la rejoindre.

- La photographie est peut-être chez la Randwick. Rosemary Bartell lui fait totalement confiance. Si seulement nous pouvions nous débarrasser de ces deux pimbêches en même temps !

Un employé de la réception vint prévenir Adonibaal que son chauffeur était là.

Adonibaal se leva et enfila son manteau.

- Je dois partir maintenant, Himilkat. Je veux de bonnes nouvelles d'ici ce soir, mais pas de gestes inconsidérés. Ce qui m'intéresse, c'est la photographie en sachant que les feuillets disparus du manuscrit de Howard Bartell représentent toujours un gros risque pour nous. Si seulement mon père ne s'était pas montré aussi faible avec Anton Duncan ! Je n'aurais jamais pensé que cet imbécile de Howard Bartell nous menacerait depuis sa tombe...

Il s'éloigna, mais revint sur ses pas :

- Je compte sur votre présence vendredi soir, bien évidemment. Depuis hier, des membres de catégorie supérieure sont arrivés du monde entier à Tunis. Plus de soixante personnes vont assister à cette cérémonie. Ils se sont logés au Tunisia Palace, au Grand Hôtel Saint-Louis, au Majestic et dans des maisons privées, chez des amis à eux. Ils sont accompagnés de leurs épouses, voire de leurs enfants, pour ne pas attirer l'attention. Cette soixantaine de membres, Himilkat, représente des millions de dollars. Ils me seront liés à la mort, après la cérémonie, tout comme vous l'êtes déjà.

L'air sadique de son Maître effraya Himilkat qui frisonna. Ne pouvant soutenir son regard, il baissa encore les yeux.

La pluie tombait en averses depuis trois jours à Brandys Bay dans les Cornouailles Britanniques. Quatre heures de l'après-midi venaient de sonner à la pendule de son bureau. Pourtant, le Detective Inspector Brian Lomar avait été obligé d'allumer sa lampe de bureau, tellement la pièce était sombre.

Il aimait bien ces ambiances hivernales. Malgré ses apparences de bonhomie, son sens de l'humour souvent grinçant et son franc-parler, le policier était apprécié des habitants du village, surtout depuis l'affaire des meurtres de Brandys Bay où il s'était fait remarquer par sa perspicacité.

Bon, il reconnaissait lui-même qu'il avait été considérablement aidé par Rosemary Bartell qui lui avait laissé porter tous les lauriers du succès, ce qui lui avait permis d'obtenir une belle promotion.

Avec ses tempes déjà grisonnantes et sa bedaine naissante, Brian Lomar imposait le respect. Pour tous les habitants de Brandys Bay, il représentait l'ordre moral irréprochable.

Il se leva pour se servir un café chaud de la bouteille thermos, remplie chaque matin par sa femme, et retourna à son bureau. Il se mit à relire le rapport qu'il venait de recevoir de Londres et qui lui apprenait qu'en fait, Graham Tatley n'existait pas !

Londres en avait conclu que le passeport de ce sieur Tatley était un faux. Brian Lomar devait envoyer immédiatement l'information à Tunis, à son collègue, l'Inspecteur Vincent Lafouèche.

- Dans quel guêpier est encore allée se fourrer la chère Rosemary Bartell, se demanda-t-il ? Son appartement londonien cambriolé, un meurtre près de la maison où elle habite à Carthage et qui aurait pu viser Frank Duncan, une tentative d'assassinat dans un site archéologique... Qu'a-t-elle encore découvert ?

La veille, l'Inspecteur Lafouèche l'avait appelé pour le mettre au courant de toute l'affaire de Carthage. Il semblait persuadé que c'était bien Frank Duncan qui avait été visé dans ce meurtre et parlait même d'une organisation criminelle. Il affirmait également que cette affaire avait un lien avec les meurtres de Brandys Bay, survenus trois mois plus tôt.

Brian Lomar venait aussi d'apprendre par son collègue de Mayfair que des manuscrits de feu Howard Bartell avaient bien été dérobés lors du cambriolage de l'appartement de Rosemary. Il se souvenait très bien de l'importance de ces cahiers manuscrits dans le dénouement de l'affaire des meurtres de Brandys Bay.

- Pourquoi voler ces cahiers manuscrits ? se demandait le policier.

Brian Lomar décida qu'il était de toute manière trop loin de Carthage pour donner des réponses. Il ferait mieux d'appeler son collègue policier à Tunis...

▼▼▼▼

L'Inspecteur Vincent Lafouèche pressa le pas et se retourna pour vérifier s'il n'était pas suivi. Il se trouvait à La Marsa, sur la corniche, et se dirigeait vers le Café du Saf-Saf.

Habitant à Marsa Cubes, près de l'Archevêché, où il louait une petite villa récemment construite, le policier se rendait régulièrement au Saf Saf : il en aimait le côté typique et la délicieuse odeur des tabacs mélangés, rejetée par les narguilés.

Au Saf-Saf, il avait adopté la petite salle de droite où la direction s'arrangeait toujours pour lui trouver une table dans le coin le plus discret.

Il avait choisi d'organiser ce rendez-vous en fin d'après-midi lorsque la fréquentation du Saf-Saf atteignait son comble, dans le brouhaha de la clientèle bigarrée et très bruyante.

Vêtu d'un élégant manteau double croisé sombre au col d'astrakan, le policier fut accueilli par Belhassen, son serveur préféré qui s'occupait toujours très bien de lui.

- Je crois que votre rendez-vous est déjà arrivé, Monsieur Vincent. J'ai placé votre invité à votre table habituelle.
- Vous avez pris sa commande, Belhassen ?
- Oui, Monsieur, c'est déjà fait. Il prend un capucin.
- Alors, apportez-moi la même chose, merci.

La table de l'inspecteur était située le long du mur, au fond de la salle. L'inspecteur se fraya un passage entre les tables, presque toutes occupées par de vieux Tunisiens aux airs aristocratiques, conférés par leurs grandes moustaches blanches. Des commerçants marsois, venant se détendre après leur journée de travail, jouaient au rami ou à la belote.

Les joueurs, concentrés à leurs jeux de cartes, poussaient de temps en temps de grands cris de joie ou de désespoir, selon la qualité de leurs jeux.

Son invité se retourna et se leva à l'arrivée de l'Inspecteur qui lui fit signe de se rasseoir. Vêtu d'un manteau qui ressemblait à celui du policier, mais avec un haut col relevé qui lui cachait le visage, il attendit que le serveur ne leur apporte les consommations commandées, avant de commencer à parler.

Le policier inspecta du regard les clients... Personne ne lui inspirait de la méfiance ; il vit Belhassen arriver avec leurs capucins.

Depuis qu'ils se connaissaient, c'est-à-dire depuis peu, l'Inspecteur Lafouèche ne nommait jamais par son nom l'homme qu'il avait convié à ce rendez-vous. Ils ne s'appelaient jamais au téléphone.

L'inspecteur ouvrit la conversation et passa directement au sujet de leur entretien :

- Nous sommes maintenant persuadés que Graham Tatley ne s'est pas suicidé, mais a été assassiné. D'ailleurs, on dirait que l'assassin, très amateur, n'a pas pris beaucoup de soin à maquiller son crime en suicide. L'angle de pénétration, les plaies d'entrée et de sortie de la balle ne correspondaient à rien. L'assassin a tué Graham et a ensuite jeté l'arme près du corps, mais trop loin... Plus bizarre, aucune empreinte n'a été trouvée sur l'arme ! On aurait dû trouver celles de Graham Tatley, n'est-ce pas ? L'assassin a bêtement essuyé l'arme après l'avoir utilisée, sans doute pour effacer ses propres empreintes. Enfin, une sommité de l'acabit de Graham Tatley aurait sans doute écrit une lettre pour expliquer son geste. Nous n'avons trouvé aucun écrit. Une copie du rapport a été envoyée à votre Direction.

L'homme approuva de la tête et laissa continuer l'inspecteur.

- Autre révélation des plus surprenantes que le Detective Inspector Brian Lomar vient de m'apprendre : Graham Tatley n'existe pas. Il est absolument inconnu partout. Lomar en conclut que son passeport était sûrement un faux...

L'Inspecteur Lafouèche avait réussi à surprendre l'homme qui écarquilla les yeux.

- De plus en plus difficile, cette affaire... Tatley n'est plus Tatley ! J'aurais tout entendu aujourd'hui... Lomar va-t-il poursuivre ses investigations ?

- Oui, bien sûr. Je l'ai mis sur une piste bien précise.

L'homme leva la tête, étonné.

- Madame Bartell a parlé d'un léger accent néerlandais lorsqu'il s'exprimait en anglais... Si nous imaginons que sa femme était britannique, peut-être a-t-il été naturalisé.

- Pas bête du tout, Inspecteur. Tenez-moi au courant.

- Madame Bartell était dans mon bureau lorsque Lomar m'a appelé. Elle a donc pu lui parler directement au téléphone.

- Parfait, nous devons conjuguer toutes nos forces et agir au bon moment. Est-ce que vous imaginez tous les pas que nous sommes en train de faire grâce à Madame Bartell ? Si elle n'était pas revenue à Carthage, jamais l'Ordre n'aurait pris autant de risques.

- Brave Madame Bartell ! Cette vieille dame n'a pas froid aux yeux, je vous assure ! Nous devons parfaitement la protéger.

Le policier termina son capucin et demanda à l'homme la permission de fumer.

- Offrez-moi une cigarette, Inspecteur. Je suis parti en vitesse et j'ai oublié mon tabac.

Vincent Lafouèche reprit la parole :

- Je suis persuadé que le meurtre de Dali est lié avec celui de Monsieur Tatley. Pour moi, Frank Duncan était visé, pas Dali. Je ne sais pas ce que vous en pensez.

L'homme qui tournait le dos à la salle, but d'un trait son capucin et s'agita sur sa chaise :

- Je suis d'accord avec vous. Le dénominateur commun s'appelle l'Ordre des Disciples de Baal Hammon dont nous connaissons l'existence depuis la fin de la Grande Guerre. Je vous ai parlé de cette organisation criminelle depuis votre arrivée à Tunis. Mais la question à se poser : pourquoi chercher à tuer Frank Duncan ? Il ne représente aucun danger pour eux. Nous marchons sur des oeufs avec l'Ordre, car ses membres appartiennent à toutes les élites. De plus, ils sont partout. Les services de renseignements français, américains et anglais travaillent main dans la main pour les cerner. On sait que les cerveaux se trouvent en Angleterre, mais également à Carthage.

Le policier français se dit que, cette fois, il tenait une bonne longueur d'avance sur l'homme assis en face de lui. Cela lui fit plaisir, car de temps en temps, il se sentait en infériorité par rapport à lui.

L'homme regarda l'inspecteur et eut la conviction que ce dernier lui cachait des choses. Normal, il voulait garder pour lui tous les lauriers si ces mystères étaient résolus.

Il avait pourtant besoin du policier qui, lui, pouvait agir au grand jour. Il aborda le sujet *Graham Tatley*

- Je n'ai jamais cru au suicide de Graham Tatley. Il avait un secret, nous le savions, mais nous n'avons jamais pu le percer. Je connaissais Graham, je vous l'ai dit. Plusieurs fois, j'ai essayé d'en savoir plus, mais il me rétorquait que son histoire était non partageable. Il m'a parlé plusieurs fois de la haine qu'il éprouvait, mais il se refermait comme une huître dès que je posais des questions.

L'homme se pencha vers l'Inspecteur pour se faire mieux entendre à cause de joueurs de rami trop bruyants.

- Inspecteur Lafouèche, nous devons savoir qui se cache derrière l'Ordre... Je pourrais faire arrêter tout de suite des individus que nous savons entretenir des liens avec l'Ordre, de près ou de loin... Mais ces lieutenants ne parleront jamais une fois arrêtés, ils auraient bien trop peur. A notre avis, il est plus intelligent de les surveiller pour le moment. Nous devons faire tomber les têtes pensantes si nous voulons nous débarrasser des tentacules.

Le policier hocha la tête en guise d'assentiment et continua :

- Connaissiez-vous un certain Monsieur Salamo à qui Graham Tatley avait rendu visite pour l'insulter ?

L'homme parut surpris par la nature de la demande :

- Pourquoi me poser cette question ? Était-il un membre de l'Ordre ? Bien sûr que je le connais... Avant la guerre, ce monsieur était l'une des plus grosses fortunes de Tunis. Un Juif de souche tunisienne, très apprécié des différents beys et des autorités françaises. Quel rapport avec notre affaire ?

- Je n'en sais rien encore. Je vous tiendrai informé en temps voulu.

L'homme n'insista pas et changea de conversation :

- Bien. Occupez-vous du serviteur de Monsieur Tatley, un certain Azzedine. Nos informateurs l'ont perdu de vue. Il a disparu de son logement situé au centre-ville de Tunis. Je reste persuadé qu'il sait beaucoup de choses.

- Madame Randwick a parlé avec lui juste avant midi, lança le policier

- Allez-vous ainsi me surprendre chaque minute, Lafouèche ?

Le policier français sourit. Il lui raconta comment Azzedine avait pris contact avec Madame Randwick au Musée Alaoui et lui répéta mot pour mot ce qu'il lui avait dit.

- Dommage que vous n'ayez pas fait suivre Madame Randwick. Vous auriez pu le coincer facilement.

Vincent Lafouèche leva les yeux au ciel :

- Je n'ai pas autant d'hommes que cela. Mes effectifs ne sont malheureusement pas élastiques. Darlene Randwick n'est pas en danger, elle a eu son lot à Brandys Bay.

L'homme se leva de table, mais se rassit aussitôt.

- J'allais oublier de vous signaler un autre détail bizarre. Nos informateurs et la police des frontières nous ont fait part de l'arrivée, en Tunisie, de personnalités américaines et européennes, venues passer leurs vacances en Tunisie. Je sais que ce pays présente de plus en plus d'attraits touristiques, mais pas à cette période de l'année, en janvier ! Nous savons pertinemment que plusieurs de ces individus appartiennent à l'Ordre, mais à un niveau supérieur. Or, ces gens ne se déplacent jamais sans une bonne raison... Je voudrais que vous placiez des hommes en civil dans les établissements où ils vont descendre. Ils préparent quelque chose, nous en sommes persuadés.

L'homme se pencha vers le policier et lui parla à voix basse :

- Rappelez-vous, Lafouèche... Nous avons entendu parler, sans aucune preuve, de cérémonies sacrificielles qui se seraient passées avant la Grande Guerre... Si nos informations sont bonnes, lors de ces cérémonies, une centaine de membres de haut rang s'était déplacée à Carthage pour l'occasion. Nous devons ouvrir l'oeil, car les rituels de l'Ordre semblent copier ceux des sectes que nous connaissons. Les meurtres ne sont jamais bien loin...

L'homme salua le policier, se leva, enfonça son chapeau et releva son col de manteau... Il sortit rapidement de la salle du Saf Saf.

Vincent Lafouèche savait que l'homme lui cachait des choses, mais il se dit qu'il en avait fait autant...

▼▼▼▼

Darlene Randwick venait de raccompagner Rosemary Bartell à sa chambre. Elle était contente d'avoir presque deux heures devant elle avant le dîner.

Dans les escaliers, elle avait croisé Édith Steinway qui rentrait de Tunis où elle avait passé de longs moments à sa Fondation. Elle voulut lui parler de ses petits protégés, mais Darlene coupa court en prétextant une grande fatigue, due à une longue visite au Musée Alaoui.

- Mon Dieu, Darlene, vous avez visité le Musée Alaoui ? Je ne pouvais pas m'en extirper tellement j'ai trouvé les collections passionnantes. Aussi intéressant que le Musée Égyptien du Caire, n'est-ce pas ? Connaissez-vous le Musée Égyptien, Darlene ?

Darlene confirma qu'elle connaissait bien le Musée Égyptien qu'elle avait même visité deux fois. Elle ne trouva pas utile de préciser que sa première visite s'était faite lors de l'inauguration du musée, en 1902 : cela la vieillissait trop, d'un, et serait sujet à mille questions de la pie d'Édith Steinway, de deux.

- Édith, nous allons nous voir au dîner et vous allez me parler de votre journée à Tunis. Nous parlerons aussi du Musée Égyptien et de Toutankhamon, si vous voulez. Lynnett Bowridge sera là et vous savez qu'elle faisait partie de l'équipe de Howard Carter.

Rassurée qu'elle pourrait raconter en détail sa journée, Édith accepta de la laisser aller se reposer.

- Mon Dieu, merci Maman, de m'avoir donné une bonne éducation... Je pourrais la tuer sans aucun problème... L'étrangler serait facile grâce à son long cou !

Elle rit toute seule à ses remarques... peu charitables, elle en convenait.

Elle se dirigeait vers sa chambre, voisine de celle de Frank Duncan, quand elle se dit qu'elle avait oublié de prendre le numéro du *Time Magazine* dont elle voulait lire l'article sur la mort et l'oeuvre de Gustave Eiffel.

La maison était déserte et tranquille. Sans doute, les résidents se trouvaient encore dans leurs chambres. Elle trouva son magazine sur la table du salon et allait remonter lorsqu'elle aperçut une ombre dans le jardin.

Le salon, très vaste, faisait tout un coin de la maison, largement ouvert sur le jardin par de grandes baies vitrées. Le soleil commençait à se cacher derrière l'horizon marin, mais il faisait encore assez jour pour pour distinguer l'extérieur de la maison.

Oui, elle n'avait pas rêvé. Quelqu'un en burnous se déplaçait dans le jardin, cherchant à se dissimuler. Il ne pouvait pas la voir à cause des lampes du salon qui n'étaient pas allumées. Elle le voyait se déplacer lentement en cherchant à contourner le salon pour se diriger, peut-être, vers la porte de service à l'arrière de la maison qui permettait d'aller à l'office, mais aussi de monter vers les chambres.

Darlene Randwick se rappela que la chambre de son amie Rosemary avait été visitée deux fois et elle se dit qu'elle tenait peut-être le voleur. Elle se remémorait aussi de ce qu'avait raconté Malika au sujet de cet homme, également en burnous, qu'elle avait vu dans le jardin.

- Je n'ai pas le temps d'aller chercher Frank, pensa-t-elle en un éclair. Je dois me débrouiller toute seule.

Elle se dit, en même temps, qu'elle ne devait pas oublier qu'elle n'était qu'une faible femme et crut bon de prendre le tisonnier de la cheminée.

L'homme était en train de faire une longue pause derrière le tronc épais de l'un des palmiers du jardin. Darlene sortit du salon et se dirigea vers la porte de service, uniquement utilisée par les domestiques et les fournisseurs.

En ouvrant délicatement la porte, Darlene se dit qu'elle prenait beaucoup de risques, car l'homme pouvait être armé, perdre son sang-froid, prendre peur, tirer… et la tuer. Toutefois, elle devait remplir son rôle de protectrice par rapport à son amie Rosemary et savoir qui était cet homme.

A petits pas, elle s'éloigna de l'homme, toujours caché derrière son palmier et revint vers lui en longeant le muret, recouvert de bougainvilliers. Ainsi, elle le prendrait de revers. La pelouse étouffait ses bruits de pas et elle ne fut pas longue à se rapprocher de l'homme.

La capuche de son burnous, rabattue sur sa tête, empêchait l'homme d'entendre correctement et surtout d'avoir un large angle de vue.

Elle décida de s'adresser à lui en français. Elle prit la voix la plus assurée qu'elle put :

- Vous ne bougez plus maintenant. Les gardiens seront là d'ici une seconde et la police est déjà appelée. Deux policiers gardent la maison si vous ne le saviez pas.

L'homme qui était accroupi derrière le palmier se releva doucement sans se retourner. Darlene lui pressa le tisonnier contre son dos.

- Je ne vous ferai aucun mal, mais ne bougez pas d'un centimètre. Je veux juste savoir pourquoi vous vous cachez derrière ce palmier à épier la maison de Monsieur et Madame Barnes. Je crois que ce n'est pas la première fois que vous nous rendez visite. Des vols ont été commis récemment dans la maison.

Darlene réalisa que l'homme ne semblait pas être un bandit de grand chemin, sinon il l'aurait sans doute déjà maîtrisée. Elle avait un avantage et elle devait en profiter.

- Répondez-moi tout de suite avant que la police n'arrive.

- Madame, moi pas voleur, s'il vous plaît, Madame, moi pas voleur.

- Vous êtes entré par effraction dans une propriété privée et vous vous cachez. Cela ne démontre pas une grande honnêteté.

- Madame, Madame, moi pas voleur, je vous jure, Madame, moi pas voleur. Moi venir voir quelqu'un qui travaille ici.

Darlene Randwick pressa plus fortement le tisonnier contre son dos. Elle se dit que l'homme devait penser que c'était une arme. Il ne s'était pas encore retourné.

- Qui veniez-vous voir ?

L'homme hésita.

- Madame, si je vous dis, la personne que je viens voir aura grand problème avec Madame Patricia. Je ne veux pas cela.

- Pourquoi vous cachez-vous pour venir voir cette personne ? Si vous n'êtes pas notre voleur, pourquoi vous cacher alors ? Vous pouvez juste sonner à la porte et demander à parler à cette personne, n'est-ce pas ?

- Non, visites interdites pour le personnel. Madame Patricia décide tout.

Darlene pensa que l'homme ne lui mentait pas. Juste à ce moment, quelqu'un alluma le lustre du salon qui diffusa sa lumière jusqu'au coin de pelouse où elle se trouvait. Elle aperçut Frank Duncan, déjà habillé pour le dîner, et l'appela plusieurs fois en pressant encore davantage son tisonnier contre le dos de l'homme.

Frank parut surpris de cet appel et regarda de tous les côtés pour voir d'où il provenait. Apercevant enfin Darlene dans le jardin, il se précipita vers elle en passant par la porte-fenêtre du salon.

- Mon Dieu, Darlene, qui est cet homme ?

- Je n'en sais rien, Frank. Je l'ai aperçu du salon. Il se cache dans le jardin, mais je ne sais pas quel est son but. Il dit qu'il n'est pas voleur, mais qu'il vient rendre visite à une personne qui travaille ici.

- Reculez-vous, Darlene, je prends les choses en main. Alors, jeune homme, qui êtes-vous ?

Sans lui demander son avis, Frank lui fit tomber la capuche du burnous pour découvrir son visage : c'était un jeune Tunisien d'environ vingt-cinq ans, au visage anguleux, barré par une fine moustache.

Frank réalisa que l'homme ressentait une grande peur.

- Écoutez-moi : ou vous me dites tout de suite ce que vous êtes venu faire ici ou je vous livre à la police. Il est grave de pénétrer, sans y être invité, dans une propriété privée.

L'homme hésita encore une fois et baissa les yeux. Darlene s'approcha à nouveau de Frank. Elle aussi sentait qu'elle n'avait rien à craindre de l'inconnu.

- D'abord, moi pas voleur. Pas bien être voleur dans ma religion. Avant, main coupée pour les voleurs. Je m'appelle Elyes Soltani. Je travaille chef jardinier dans une villa chez des Français à Tunis. Je suis venu voir ma cousine Chaima qui travaille ici.

- Pourquoi vous cacher ?

- Chaima pas le droit recevoir visites et moi pas voir Chaima depuis moment. Moi dois voir ma cousine.

Frank et Darlene se regardèrent en souriant. Ce pauvre jeune homme n'avait sans doute rien à voir avec un voleur.

- Êtes-vous venu dans la villa Barnes, avant aujourd'hui ? Une autre femme de chambre vous avait aperçu du balcon.

- Oui, moi venir, mais pas pu voir Chaima. Pour cela moi revenir. Je voulais aller à côté office et attendre Chaima sortir pour lui parler.

Patricia entra dans le salon, les mains chargées d'un plateau rempli de verres vides. Elle vit tout de suite que quelque chose se passait dans le jardin. Elle posa son plateau sur la table du salon et sortit immédiatement.

Elle toisa le jeune inconnu. Frank lui expliqua la situation en deux mots.

- Je vais m'en occuper, Monsieur Duncan. Madame Randwick, vous avez pris un gros risque en surprenant toute seule cet homme.

- Désolé, Patricia, mais Madame Bartell s'est fait voler le cahier manuscrit de son mari et aujourd'hui quelqu'un a fouillé sa chambre. J'ai pensé que cet homme pouvait être le voleur.

Patricia regarda Darlene avec des yeux effarés :

- Des vols ici chez nous ? Mais je ne suis pas au courant. Je devrais être la première informée, non, Madame Randwick ? Est-ce que Madame Barnes est au courant ?

- Non, nous n'avons pas voulu mettre Malika en difficulté. Elle, seule, a accès à la chambre de Rosemary.

La gouvernante haussa légèrement le ton :

- Madame Randwick, c'est à moi de décider si Malika doit être en difficulté ou non. D'ailleurs, elle est déjà en difficulté avec moi, vu le manque de performance de son travail. J'aurais vraiment apprécié que vous m'informiez de ces vols. C'est grave, surtout quand vous me dites que sa chambre a été fouillée aujourd'hui. Qu'entendez-vous par là ?

Darlene Randwick soupira. Elle était en train de réaliser qu'elle avait, encore une fois, trop parlé. Rosemary ne lui avait pas donné la permission de révéler ces détails. Malika allait avoir un problème avec la gouvernante et c'était elle, la pie de Darlene, qui en serait la cause…

- J'ai un peu froid, Patricia. Je vais rentrer. Nous reprendrons cette conversation plus tard.

Le ton de Darlene Randwick avait été suffisamment sec pour rappeler à la gouvernante qu'elle devait rester à sa place.

- Qu'allez-vous faire de ce jeune homme ?

- La police est à côté de la maison, Madame Randwick. Ce jeune homme s'est introduit dans la propriété, c'est un délit. Je ferai mon enquête auprès de sa soi-disant cousine Chaima.

Le jeune homme commença à trembler :

- Mais Madame Patricia, moi pas voleur, moi pas voleur, moi voir Chaima, c'est tout.

Patricia ne lui répondit pas. Elle demanda à Frank s'il pouvait rester avec le jeune homme, le temps qu'elle aille chercher le gardien.

Elle s'éloigna. Le jeune homme se retourna vers Frank et Darlene. Il leur demanda d'une voix implorante :

- S'il vous plaît, Monsieur, Madame, moi pas voleur. Juste voir Chaima. Moi aimer Chaima beaucoup. Avant, Chaima travaille avec moi dans villa, mais maintenant elle loin de moi et moi manque Chaima.

Darlene prit le jeune homme en pitié. Franchement, avec son air malheureux et contrit, il n'avait rien d'un voleur, ni d'un bandit. Frank sembla partager son avis.

- Elyes, nous allons parler à Madame Barnes et aussi à Chaima. Madame Patricia ne fera rien si Madame Barnes n'est pas d'accord. Alors, vous suivez le gardien et vous ne dites plus rien. Lorsque Madame Patricia revient, je vais lui parler.

Un pâle sourire éclaira le visage du jeune homme.

▼ ▼ ▼ ▼

Darlene crut bon de déranger Rosemary. Elle avait fait une grande faute en répétant à Patricia que son amie avait été victime d'un vol et d'une tentative de vol.

Elle savait que Rosemary lui en voudrait, mais elle devait tout lui dire.

Elle frappa à sa porte qui s'ouvrit quelques secondes plus tard. Elle n'attendit pas d'entrer dans la chambre pour lui parler :

- Rosemary, j'ai fait une bêtise et je viens vous présenter mes excuses.

Madame Bartell se demanda ce qui se passait. Elle imagina le pire, elle connaissait le caractère de son amie qui pouvait se révéler...extrême !

Darlene s'assit dans le fauteuil près de la cheminée. Elle pensait avoir pris froid dans le jardin et la chaleur de la flambée lui était des plus agréables.

D'un bloc, elle raconta tout à son amie, passant souvent du coq-à-l'âne, rendant la compréhension de son discours difficile.

Madame Bartell, assise sur l'autre fauteuil proche de la cheminée, éclata de rire :

- Ouf, Darlene ! J'ai réussi à vous comprendre. Vous n'avez fait aucune faute, au contraire... Je voulais que tout le monde sache que j'avais été victime d'un vol dans ma propre chambre, mais j'avais du mal à le faire. Disons que vous avez mis les pieds dans le plat un peu brutalement, mais j'aime votre plat...

- Vous n'êtes pas fâchée ? Il faut toujours que je parle trop.

- Mais non, Darlene. Vous faites tout cela pour m'aider et me protéger. Je comprends que l'attitude hautaine de Patricia ait pu vous énerver. Vous avez bien fait de la remettre à sa place.

Rosemary confia qu'elle était déjà informée de l'histoire d'amour de Chaima.

- Vous m'étonnerez toujours, Rosemary. Je croyais vous apprendre des choses et voilà que vous me dites que vous savez déjà tout !

Rosemary Bartell sourit et prit la main de son amie :

- Je commence à comprendre, Darlene et c'est grâce à vous, suite à ce que vous a dit le jeune Azzedine. Je viens de passer trente minutes à fermer les yeux et à remettre, plus ou moins, les éléments du jeu de patience en place. Toutefois, même si je commence à comprendre, les détails principaux me manquent. Mais je sens que je suis sur la bonne piste.

Rosemary se leva et tourna légèrement le fauteuil vers son amie.

- Darlene, par contre maintenant, on ne dit plus rien à personne. Vous m'avez entendue, Darlene, à personne à part

283

Frank, bien sûr, et notre inspecteur préféré, ce cher Lafouèche.

Madame Randwick approuva comme un bon petit soldat.

- J'ai demandé à Moira d'inviter à dîner l'inspecteur. Ainsi, je pourrais lui parler de mes déductions... enfin disons de mes débuts de déduction.

- Je vous laisse, Rosemary. Je vais aller me reposer... Journée mémorable aujourd'hui : entre le musée Alaoui où j'ai cru me faire tuer, notre déjeuner, l'entretien avec l'Inspecteur Lafouèche et la rencontre avec le jeune homme du jardin, cela me suffit amplement... J'ai envie d'un bon bain et d'un dîner calme.

Rosemary approuva et avant de refermer la porte, s'adressa à voix basse à son amie :

- En tout cas, nous savons maintenant que ce jeune Elyes n'était pas notre voleur. Je suis donc persuadée que le cahier de Howard a été volé par quelqu'un qui réside ici, chez les Barnes.

Darlene ne répondit pas. Elle se dit que les problèmes n'étaient pas finis...

▼▼▼▼

- Rosemary, vous me cachez quelque chose, j'en suis certaine. Je vous observais, ce soir, durant le dîner et je retrouvais de temps en temps les expressions d'inquiétude que vous montriez à Brandys Bay.

Moira Barnes, superbe dans une robe de mousseline de soie de couleur parme de Lucien Lelong, avait pris le bras de Rosemary. Le dîner venait de se terminer et tous les convives passaient au salon. L'Inspecteur Vincent Lafouèche, très élégant dans son habit, avait été au centre de toutes les discussions et, sans doute, n'avait-il pas espéré autant d'intérêt.

Lynnett Bowridge avait également été invitée. Pierre et Cécile Malet avaient décliné l'invitation.

- Je ne vous cache rien, mais je vous en dirai bientôt beaucoup plus, ma chère Moira, ne vous inquiétez pas. Occupez-vous plutôt de ce pauvre Robert, je l'ai trouvé très taciturne durant le dîner.

- Oui, il a de longues périodes où il préfère rester seul. Il s'assoit sur la terrasse et ne parle pas. Lorsque je m'adresse à lui, il me répond à peine... Je ne comprends pas !

Rosemary lui sourit :

- Donnez du temps au temps, Moira. Tout va rentrer dans l'ordre, je vous le promets.

- Que Dieu vous entende ! Et qu'il fasse qu'Édith Steinway ne nous inonde plus de tous ses commentaires. Vraiment, elle me fatigue, que Dieu me pardonne ! Entre sa Fondation, son orphelinat et ses questions idiotes, elle m'exaspère ! Je dois me contenir pour ne pas exploser !

Rosemary ne put qu'approuver son amie Moira, car il fallait avouer qu'Édith avait excellé durant le dîner... Même son mari n'avait pu lui clouer le bec entre sa narration de sa journée à Tunis et ses énervements causés par le manque d'organisation des Tunisiens et le mauvais temps...

Ensuite, elle s'était attaquée à la pauvre Lynnett Bowridge avec des questions sans fin sur la découverte du tombeau de Toutankhamon, deux ans plus tôt : le caractère de Howard Carter, les circonstances de la découverte, la fiche signalétique de Toutankhamon, tout y était passé, sans compter les demandes plus générales sur les pyramides...

Moira demanda à Rosemary de s'asseoir près d'elle, sur le canapé. Elle semblait avoir quelque chose à lui dire. Elle laissa Patricia leur servir le café.

La mort de Lénine revenait sur le tapis dans une conversation partagée par Frank, Nathaniel Steinway et Robert Barnes qui se tenaient près de la cheminée.

Édith Steinway, assise toute droite dans sa robe démodée de couleur sombre qui devait dater d'avant la Grande Guerre, avait jeté son dévolu sur le pauvre Inspecteur Lafouèche. Elle avait décrété que les premiers jeux olympiques d'hiver, qui débutaient en France à Chamonix le surlendemain, ne présentaient aucun intérêt, malgré les protestations du policier français, grand sportif.

- Rosemary, je suis vraiment désolée pour Chaima, je sais que vous l'aimez beaucoup, mais Patricia a exigé son renvoi immédiat. Vous devez comprendre que ma gouvernante gère tout le personnel et elle remplit sa mission très bien. Elle représente le cerveau de cette maison et grâce à elle, je n'ai plus aucun souci d'intendance.

Rosemary Bartell rassura son amie :

- Non, non, je comprends très bien. De toute manière, ce jeune homme n'aurait pas dû s'introduire dans votre propriété. Je suis juste triste pour Chaima, car elle semble véritablement aimer Elyes. La réciproque semble aussi exister si ce jeune homme ose braver tous les dangers pour rendre visite à sa dulcinée.

Moira sourit :

- Oui, je suis comme vous, j'aime ce genre d'histoire. Mais je ne peux aller contre l'avis de Patricia et nous devons donner un exemple au reste du personnel.

Rosemary avait prévu de faire changer d'avis son amie, mais considéra qu'elle perdrait son temps. Sa décision était déjà entérinée. Moira poursuivit :

- Je suis fâchée avec vous, Rosemary. Vous m'avez caché quelque chose de très important : le vol du manuscrit de votre défunt mari dans votre chambre... chez moi !

Madame Bartell savait qu'elle aurait rapidement à subir cette conversation avec son hôtesse. Les bavardages de Darlene !

- Je n'ai pas voulu vous ennuyer avec ceci, Moira, et mettez-vous à ma place : il est quand même très inconvenant de dire à une amie qui vous reçoit chez elle, de la manière la plus délicieuse, qu'un voleur ou qu'une voleuse a dérobé un objet...

- Vous auriez dû me le dire, Rosemary, car vous avez laissé un voleur... ou une voleuse comme vous dites, agir en toute impunité. J'ai demandé à Patricia de faire son enquête pour retrouver votre manuscrit.

Rosemary Bartell ne répondit rien, car elle savait que le manuscrit ne se trouvait plus dans la villa Barnes.

Lynnett Bowridge vint se joindre à elles. Dès son arrivée, elle avait concentré tous les regards sur sa personne. Il faut dire que sa robe de crêpe noir, perlée de rose et de violet, avait fait sensation. La délicatesse de ses gestes, lorsqu'elle agitait son éventail de plumes d'autruche blanches, semblait hypnotiser Frank Duncan.

- Je viens me réfugier près de vous deux ! Édith Steinway a épuisé ma patience avec toutes ses questions.

Moira Barnes lui présenta ses excuses et s'éloigna.

- Alors, Madame Bartell, avez-vous avancé dans votre enquête sur le mystérieux homme de votre photographie et ce sigle qui ressemble à un caractère punique ?

Rosemary Bartell fut surprise de la question de Lynnett, mais ne le laissa pas paraître :

- Non, pas vraiment, mais ce n'est pas très grave. Comment allez-vous ? Nous n'avons pas pu nous parler durant le dîner.

La jeune femme éclata de rire :

- Oui, j'étais, disons, accaparée par Madame Steinway. Je peux dire que je vais bien. Mon travail me passionne et jour après jour, je me dis que j'ai choisi la bonne voie dans ma carrière professionnelle. Les archéologues ressemblent à des détectives. Nous aussi, nous cherchons des indices pour reconstruire les histoires du passé. C'est ce qui me plaît dans mon métier.

Lynnett semblait vouloir dire autre chose, mais n'osait pas. Rosemary s'en rendit compte.

- Un souci, Lynnett ?

La jeune femme se retourna pour voir si l'on pouvait les entendre. Elle prit une cigarette dans le coffret qui se trouvait sur la table du salon et l'enfila sur son porte-cigarettes. Frank Duncan se précipita pour lui donner du feu en lui lançant un regard appuyé.

Il comprit aussitôt que les deux femmes voulaient rester seules et s'éloigna avec un sourire.

Lynnett parla à voix plus basse :

- Oui, un petit problème avec la police locale. Je n'ai aucun alibi à fournir pour la mort de ce pauvre Dali que je connaissais à peine. Même si je ne suis pas suspectée, je sens que l'Inspecteur Lafouèche ne me lâche pas. Une situation des plus inconfortables...

- Je peux comprendre, Lynnett. Je crois que vous étiez restée à travailler tard et que vous rentriez un peu après minuit.

- Comment savez-vous cela, Rosemary ?

Madame Bartell aurait eu envie de se gifler. Pourquoi parlait-elle toujours sans réfléchir ?

- Je suis désolée, Lynnett. Mais vous savez, tout se sait très vite dans ce type d'enquête.

La jeune anglaise ne parut pas très convaincue.

- Je sais que vous aimez également le travail de détective, Rosemary. Sans doute, vous partagez des informations avec l'Inspecteur Lafouèche. Vous avez réussi à dénouer l'intrigue de Brandys Bay, je suis persuadée que vous pouvez renouveler votre performance, ici en Tunisie...

Rosemary se dit que cette jeune femme était tout sauf idiote.

- Pouvez-vous garder un secret, Rosemary ? Je dois me confier à quelqu'un...

- Videz votre coeur, mon enfant. Vous savez très bien que vous pouvez me faire confiance.

Lynnett Bowridge sembla soulagée. Elle se rapprocha encore de Rosemary :

- Frank Duncan est un véritable gentleman et je sais qu'il ne dira jamais rien... Je dois donc le faire. Ce soir-là, lorsque le pauvre Dali était lâchement assassiné, je me trouvais en fait avec Frank. Il passait la soirée chez des amis britanniques qui possèdent une maison à La Marsa. Il est vrai que j'ai travaillé tard, ce soir-là, pour déchiffrer les inscriptions d'une stèle que nous avions remontée d'un champ de fouilles de Byrsa. Mais avec la complicité bien innocente des amis de Frank, je suis allée le rejoindre en fin de soirée et je ne rentrais qu'au milieu de la nuit... Frank m'accompagnait. Le gardien dormait profondément et personne ne peut savoir à quelle heure je suis rentrée.

Rosemary Bartell répondit à brûle-pourpoint :

- Lynnett, nous sommes dans le cadre d'une enquête policière qui concerne un meurtre. Les mensonges n'ont pas leur place dans un tel contexte. Faites-moi plaisir ! Vous devez aller voir l'Inspecteur Lafouèche et lui dire la vérité. Frank, je le connais, ne le fera pas, car il refusera de vous impliquer dans cette affaire et de nuire à...

- ... ma respectabilité ?

Lynnett Bowridge sourit :

- Frank est un gentleman, Rosemary. Nous avions passé tout ce temps à parler et à refaire le monde.

- Je n'en doute pas une seconde, ma chère Lynnett. Suivez mon conseil : appelez l'Inspecteur demain matin et dites-lui toute la vérité.

Leur conversation fut interrompue par l'Inspecteur Lafouèche qui prenait congé.

- Je voulais vous dire bonsoir, Madame Bartell, ainsi qu'à vous, Mademoiselle Bowridge. Puis-je vous parler, Madame Bartell ?

Lynnett Bowridge ne laissa pas Rosemary répondre.

- Monsieur l'Inspecteur, je souhaiterais vous voir demain matin. Pourrais-je passer à votre bureau ?

- Avec plaisir, Mademoiselle. Nous pouvons dire à neuf heures trente.

La jeune Anglaise confirma l'heure de leur rendez-vous et salua Rosemary avec un sourire entendu.

Chapitre 18

L'archéologue britannique Graham Tatley ne s'est pas suicidé. Il a été assassiné, selon la police de la Marsa.

Selon une déclaration faite par l'Inspecteur Vincent Lafouèche, en charge de l'enquête, la police a confirmé que l'archéologue britannique Graham Tatley, ancien professeur d'histoire ancienne au Lycée Carnot, a été assassiné et ne s'est pas suicidé.

" Nous sommes maintenant sûrs, suite aux conclusions du service de médecine légale, que le meurtre de Graham Tatley a été maquillé en suicide par son assassin. L'affaire est suivie par le commissariat de La Marsa".

Rappelons que le corps de l'archéologue britannique, Graham Tatley, avait été retrouvé le 20 janvier dernier à Carthage, juste après la découverte du cadavre du jeune Dali Ben Mabrouk, près de la villa appartenant à Robert Barnes, voisin de la victime britannique.

L'Inspecteur Vincent Lafouèche a refusé de faire pour l'instant un lien entre les deux affaires, mais n'a pas non plus écarté cette hypothèse.

" Nous ne ménageons aucun effort pour trouver les assassins de Dali et de Monsieur Tatley. Nous sommes actuellement sur une piste sérieuse, mais ne pouvons en dire plus pour le moment." déclarait Lafouèche.

Rosemary Bartell reposa le journal sur son lit. Malika venait d'apporter sa première tasse de thé avec le quotidien, *La Dépêche Tunisienne*, qu'elle avait demandé à Moira la veille au soir, avant de remonter dans sa chambre.

Elle avait mal dormi et ne se réveillait pas en pleine forme.

Malika était de mauvaise humeur, Rosemary l'avait remarqué dès que la domestique était entrée dans sa chambre en maugréant un *bonjour Madame* du bout des lèvres, dans un rictus peu engageant.

Sans mot dire et sans un seul sourire, elle avait déposé le journal sur le bord du lit et posé la tasse de thé sur la table de nuit.

Madame Bartell savait pourquoi : l'histoire du vol du manuscrit de Howard, par la faute de sa chère amie Darlene, était venue aux oreilles de Madame Barnes et de Patricia qui avaient dû sérieusement la sermonner. De plus, elle supposait que son hôtesse et la gouvernante avaient également dû lui faire comprendre qu'elles avaient été informées de la visite antérieure d'Elyes, l'amie de coeur de Chaima... Une visite que Malika n'avait pas cru bon de rapporter du fait de sa présence dans un endroit de la maison où elle n'aurait pas dû se trouver !

Deux semonces consécutives, sans aucun doute exacerbées par les colères confondues de Moira et de Patricia, c'en était trop pour Malika qui avait décidé de bouder.

Rosemary avait pris le parti de faire comme si elle ne remarquait rien et avait remercié Malika avec son sourire habituel. Elle avait d'autres chats à fouetter, s'était-elle dit.

- En parlant de chats, je devrais dire des félins prêts à sauter sur moi et à m'enfoncer leurs griffes dans ma vieille peau...

L'article était donc bien paru, elle en était satisfaite. Ses ennemis sauraient que leur duperie n'avait pas réussi. L'Inspecteur Lafouèche lui avait déjà annoncé la parution de cette mise au point, la veille au soir, lorsqu'elle l'avait raccompagné à sa voiture. Il lui avait aussi confié que ses collègues de la police à Londres n'avaient trouvé aucune trace administrative d'un Graham Tatley en Angleterre alors qu'ils avaient bien trouvé un passeport britannique chez lui.

- Ce Monsieur Tatley est absolument inconnu partout, avait-il annoncé. En fait, cet homme n'existe pas. Il n'a aucun passé et nous penchons donc vers la conclusion que l'homme avait de faux papiers.

Rosemary Bartell se dit que l'homme devait avoir de bonnes raisons pour le faire : se cacher de la police ou d'autres personnes, se faire oublier... ou refaire sa vie ailleurs, sous un autre nom ?

- Je n'ai pas de réponse, pensa-t-elle, mais franchement je ne suis pas surprise. L'évidence, que cet homme cachait de lourds secrets, m'était apparue dès que je l'avais vu. Il ne se passionnait que pour la civilisation punique, tout le reste de sa vie devait ressembler à un immense vide où il essayait d'accrocher des images du passé.

Rosemary posa sa tasse de thé sur sa table de chevet et se renfonça dans ses oreillers :

- Je dois faire entièrement confiance à ce policier comme je l'avais fait avec Brian Lomar à Brandys Bay, même si de temps en temps, je ne lui racontais pas tout ! Mais, ici à Tunis, je suis une proie et je suis sans doute en danger !

Rosemary reprit sa tasse et but la dernière gorgée de son thé. Elle appréciait depuis toujours ce premier moment du matin. A Brandys Bay ou à Londres, elle suivait toujours le même rituel : commencer sa journée par une bonne tasse de thé dans son lit avant de se lever. Elle en profitait toujours pour réfléchir.

Ce matin, elle se rappelait surtout les paroles de la veille au soir du policier français :

- *Madame Bartell, ces individus, à votre poursuite, ne sont pas des enfants de choeur. Ils sont organisés, puissants, riches et ne reculent devant rien, absolument rien, pour préserver l'existence de leur organisation. Leur Ordre, comme ils l'appellent, ressemble à une véritable toile d'araignée mondiale dont les dirigeants sont impliqués, sous des aspects très honorables, dans toutes les formes de crime, que ce soit la prostitution, le racket, le trafic d'armes, la drogue. Leurs membres influent sur des décisions de gouvernements supposés intraitables... Ils touchent à la politique, à la diplomatie. Ils sont redoutables, Madame Bartell.*

Rosemary ferma les yeux un instant. Un frisson la parcourut quand elle se souvint des dernières paroles très directes du policier français et de son visage inquiet :

- *Madame Bartell, nous pensons à juste titre que votre défunt mari était lié de près ou de loin à cette organisation criminelle. Raison pour laquelle ils veulent se débarrasser de vous, persuadés que vous en savez long sur leurs agissements. Nous allons vous protéger, mais vous devez nous aider...*

▼▼▼▼

L'Inspecteur Vincent Lafouèche était arrivé très tôt à son bureau et avait eu la surprise d'y trouver l'agent Cléry qui lui apporta quelques instants plus tard un café noir très fort.

Il en apprécia aussi la chaleur, car son bureau n'était pas chauffé et le matin, il y faisait très froid. De petite taille, la pièce était séparée du bureau central, où travaillaient une dizaine de jeunes policiers en uniforme, par une baie vitrée enchâssée dans un cadre de bois vieillissant.

Il ne fermait jamais la porte de son bureau ; d'abord pour éviter le bruit fâcheux de son grincement lorsqu'on l'ouvrait ou on la fermait. Il aimait également entendre, voire écouter, les propos de ses collaborateurs.

La table en bois qui faisait office de bureau était recouverte par des dossiers aux étiquettes souvent déchirées. Certaines piles de dossiers ressemblaient à la Tour de Pise et menaçaient de s'écrouler à tout moment. Heureusement que Vincent Lafouèche était grand et bien bâti, sinon on ne l'aurait plus vu derrière ses monceaux de dossiers.

Le portrait d'Alexandre Millerand, le Président de la République française, trônait dans un cadre sur le mur fissuré, au-dessus du bureau de l'Inspecteur. Un plumeau avait oublié de le dépoussiérer depuis longtemps et le cadre penchait dangereusement vers la gauche.

Un grand tableau noir était accroché sur l'un des murs. On y avait écrit des phrases et de mots difficiles à déchiffrer. Des craies blanches cassées traînaient sur une table guéridon, placée sous le tableau, ainsi qu'un effaceur en bois trop utilisé.

A part ses dossiers, Vincent Lafouèche collectionnait aussi les quotidiens et les hebdomadaires sportifs tunisiens : des anciens numéros de journaux, *Les Sports de Tunisie* et *Le Sport,* recouvraient le dessus de la commode à tiroirs qui renfermait quelques archives.

La Coupe de Tunisie de Football remportait tous les suffrages au bureau. De temps en temps, Vincent Lafouèche s'accordait, avec ses jeunes policiers, des pauses où il était permis de commenter les matchs de football. Il avait placé tous ses espoirs dans son équipe préférée, le *Racing Club*, vainqueur du championnat, deux ans auparavant.

Le policier sirotait son café avec plaisir : il en avait bien besoin. Sa nuit avait été mauvaise. Sans doute à cause du dîner des Barnes de la veille au soir et de son affaire du meurtre ou plutôt des meurtres de Carthage, maintenant que l'on savait que Graham Tatley avait bien été assassiné.

Il regrettait surtout de n'avoir pas su parler à Rosemary Bartell lorsqu'elle l'avait gentiment raccompagné à sa voiture.

Ses derniers mots, il les regrettait. La diplomatie, décidément, lui manquait et il aurait pu aborder le problème de la possible implication de Howard Bartell dans l'Ordre des Disciples de Baal Hammon de manière... un peu moins tranchante.

La façon avec laquelle il lui avait demandé son aide, il n'en était pas très fier non plus. En fait, en y réfléchissant, il ne lui avait laissé aucun choix. Pourtant, cette brave Madame Bartell avait accepté, sans même broncher.

Même si cela le gênait, le policier français était convaincu que le défunt mari de Rosemary Bartell était lié, d'une façon ou d'une autre, à l'Ordre. Sinon, pourquoi ses membres prendraient-ils autant de risques pour la faire taire ? Ils avaient peur que Bartell n'ait consigné dans ses cahiers manuscrits des détails sur eux, des noms, des lieux de rassemblement, l'explication de leurs codes secrets...

Devant son air sombre, l'agent Cléry lui demanda si tout allait bien. Il lui répondit par un ordre :

- Cléry, vous allez me renforcer la protection autour de la Villa Barnes et surtout me surveiller encore plus activement Madame Bartell. Apprenez que cette dame, très courageuse, court un grand danger. Mais attention, cette surveillance doit être la plus discrète possible : pas d'uniforme et je veux être informé continuellement de ses déplacements.

L'agent Cléry ouvrit tout grand les yeux, mais se garda de demander des explications. Il avait compris, en regardant le visage inquiet de son supérieur, que le cas était grave. Il quitta la pièce.

L'Inspecteur Lafouèche appela le standard téléphonique du commissariat pour qu'on appelle le Detective Inspector Brian Lomar à Brandys Bay. Il savait que le policer britannique était aussi matinal que lui. C'était la bonne heure pour le joindre sans difficulté.

Quelques minutes plus tard, le téléphone de son bureau émit sa sonnerie enrouée. Vincent Lafouèche reconnut la voix de Brian Lomar. Entre le français hésitant du policier britannique et son anglais approximatif, ils arrivaient à se comprendre.

Vincent Lafouèche tint son collègue au courant des dernières nouvelles de l'affaire de Carthage, notamment du fait que le suicide de Graham Tatley s'avérait, en fait, être un meurtre. Un long silence suivit son discours.

- Vous êtes encore là, Detective Inspector ?

- Oui, oui, Monsieur l'Inspecteur, répondit Brian Lomar d'une voix hésitante. Je suis inquiet pour Madame Bartell.

- La Sûreté Générale est sur le coup, soutenue par votre Secret Intelligence Service et le Foreign Office. Madame Bartell est beaucoup plus protégée qu'elle ne le croit, mais nous devons rester très discrets. Jamais une occasion aussi magnifique ne se représentera pour mettre fin aux agissements de ces criminels ! D'après nos recoupements, nous sommes sûrs que le Grand Maître se trouve à Carthage...

L'Inspecteur Lafouèche termina rapidement la conversation et raccrocha. Il se préparait à sortir de son bureau lorsque l'agent Cléry courut vers lui, l'air affolé. La cravate de son uniforme ressortait par-dessus sa veste, ce qui était très inhabituel chez lui.

Cléry perdait rarement son sang-froid, qualité que son supérieur appréciait au plus haut point. Pourtant, cette fois, il semblait être sous le coup d'une émotion très forte.

- Monsieur l'Inspecteur, je viens d'avoir Madame Barnes au téléphone. Elle dit que la fille de sa bonne, une certaine Malika, a été enlevée ce matin par des hommes de main encagoulés... Elle demande si vous pourriez passer tout de suite.

Pour toute réponse, Vincent Lafouèche saisit son manteau et son chapeau, accrochés sur le portemanteau en bois. Au moment où il allait sortir du commissariat, un agent le héla pour le prévenir qu'il avait un appel téléphonique de la France…

Il demanda à Cléry de partir sur-le-champ, il le rejoindrait chez les Barnes.

▼ ▼ ▼ ▼

Faits à analyser :
  - Homme au complet clair
  - Accident ? au Tophet
  - Cambriolage Londres pour dérober manuscrits
  - Vol manuscrit Howard par résident de la villa ? Qui ?
  - Impression d'être surveillée
  - Meurtre Dali (Frank visé ?)
  - Meurtre Graham lié à celui de Dali ou Frank s'il était visé ?

- Les secrets de Graham Tatley : sa femme et sa fille disparues ?
- Le signe du 9 renversé est tatoué sur les bras des jumeaux
- Pourquoi trente pages du manuscrit ont-elles disparu ?
- Rôle d'Anton Duncan dans l'Ordre

Ce que j'ai appris par moi-même ou Darlene :
- Accent néerlandais Graham Tatley
- Homme sur la photographie ? Impression de déjà-vu
- Existence d'une organisation internationale
- Brouille entre Anton Duncan et Howard fin séjour Tunis
- Howard séjournait à la Villa Barnes !

Ce que j'ai appris de la police
- Signe 9 renversé ? - Signe de ralliement de l'Ordre
- Confirmation de l'existence de l'Ordre des Disciples de Baal Hammon
- Bague sur doigt de l'homme de la photographie avec le signe 9 renversé

Rosemary Bartell, assise derrière son bureau dans sa chambre, contempla avec plaisir ce qu'elle venait d'écrire rapidement. Elle avait sans doute oublié des détails, mais il était toujours important pour elle de clarifier ses idées et ses théories. Elle disait souvent que son cerveau devait ressembler à un bureau bien rangé.

- Encore pas mal de rangement à faire, cependant... se dit Rosemary en se levant avec sa feuille manuscrite entre les mains.

Comme à son habitude, lorsqu'elle réfléchissait très fort, Rosemary parlait tout haut : elle se posait des questions, y répondait tout en se traitant d'idiote et de buse si elle hésitait.

Sans réaliser, elle faisait toujours le même circuit : elle marchait autour de son lit, puis autour du petit salon, près de la cheminée, et revenait vers le lit en faisant deux pas dans la salle de bains dont la porte était grande ouverte.

Fatiguée par ses allées et venues, elle se rassit et posa la feuille sur le bureau. Son regard vide fixa la Méditerranée, agitée et grise, qui s'étendait devant elle. Sans y faire vraiment attention, elle nota qu'il pleuvait et que le ciel gris, encore sombre en ce début de matinée hivernale, ne présageait rien de bien beau pour la journée

- Mon mari impliqué dans les trafics de ce fameux Ordre ? Impossible ! Je ne veux plus jamais entendre de telles balivernes... J'aime beaucoup l'Inspecteur Lafouèche, mais là franchement, je n'ai pas du tout apprécié son ton convaincu lorsqu'il parlait de mon pauvre Howard. Il aurait pu se renseigner sur lui ! Howard avait le sens des valeurs, cultivait l'honnêteté et l'honneur. Il ne se serait jamais fourvoyé avec de tels criminels. Il était respecté partout où il passait ! De plus, si l'on en croit ce que ce jeune homme tunisien confiait à Darlene au Musée Alaoui, il n'avait jamais fait partie de l'Ordre.

Elle avait presque crié ses paroles et aussitôt, elle crut entendre une voix qui murmurait dans son cerveau :

- Ah oui, Rosemary, ton mari n'était pas impliqué dans cette organisation criminelle ? Laisse-moi rire. Pourquoi a-t-il arraché les trente pages de son manuscrit alors ? Justement, les trente pages relatant l'époque de son long séjour à Tunis où il habitait avec Anton Duncan. Ce n'est pas la première fois qu'il te cacherait quelque chose, Rosemary. Rappelle-toi à Brandys Bay : il s'était bien gardé de te révéler les côtés sombres d'Anton Duncan sous prétexte qu'il était son ami... Anton Duncan, l'Inspecteur te l'a dit hier soir, était un membre de l'Ordre, alors pourquoi pas ton mari ? Et puis, souviens-toi, il n'a jamais voulu retourner à Tunis, il insistait toujours pour aller à Djerba lorsque vous séjourniez en Tunisie après la Grande Guerre... Tunis lui rappelait les mauvais souvenirs, c'est pour cela. Les souvenirs de son appartenance à l'Ordre... Et puis, pourquoi croire ce jeune Tunisien ? Personne ne le connaît !

Rosemary répondit tout haut à sa petite voix :

- Oui, mais l'infirmière a bien précisé qu'il s'était brouillé avec Anton Duncan avant son retour à Tunis. Et ses blessures, d'où provenaient-elles ? Sans doute, infligées par le méchant Duncan. Pourquoi avait-il caché sous la couverture de son manuscrit la photographie de cet homme ? Et une coupure de journal qui relatait la découverte du corps d'une jeune fille... C'était bien pour quelque chose, non ? Et puis je connais mon défunt mari, il n'aurait jamais fait une telle chose...

Ses réponses à la petite voix ne l'apaisèrent pas : la police supputait une éventuelle implication de son défunt mari dans une organisation criminelle internationale et cela lui était insupportable.

Elle regarda son réveil et constata qu'elle avait peu de temps pour se préparer pour le petit déjeuner, servi dans moins de vingt minutes.

Son souci d'élégance suppléait toujours ses ennuis et elle ne passa pas moins de cinq minutes à choisir la tenue qu'elle allait porter. Inconsciemment, elle tint compte du temps engrisaillé et opta pour une création de Jeanne Lanvin qu'elle avait achetée à Paris durant son voyage vers Tunis : une ravissante robe de crêpe de soie bleu et corail, ourlée de velours de coton noir et rehaussée par de superbes broderies de corail et de fils de soie argenté.

Elle essaya d'oublier ses préoccupations du moment pour se consacrer à sa toilette. Elle savait que cette journée serait encore particulièrement difficile... En fait, son sixième sens lui indiquait qu'il allait se passer quelque chose de fâcheux.

Elle finissait de s'habiller lorsqu'elle entendit des cris provenant du rez-de-chaussée. Ils lui rappelèrent immédiatement ceux que Malika avait poussés lorsqu'elle avait découvert le corps du pauvre Dali.

- Que se passait-il encore ? se demanda Rosemary Bartell en enfilant ses chaussures à talon, en satin bleu marine.

Elle sortit de la chambre et descendit les marches aussi vite qu'elle le put. Les cris devenaient de plus en plus stridents et elle pouvait comprendre le nom de *Habiba* sans cesse répété.

Moira Barnes se trouvait en bas de l'escalier avec son mari, Darlene Randwick et Frank Duncan. Tous les quatre semblaient prostrés et regardèrent d'un air ahuri Rosemary.

- Que se passe-t-il encore ?

La maîtresse de maison prit le parti de répondre :

- La fille de Malika a été enlevée ce matin par des hommes encagoulés. Le gardien avait été assommé et nous a prévenus à son réveil... Malika, inquiète, est allée tout de suite vérifier si sa fille et sa sœur allaient bien. Elle constatait malheureusement que sa fille avait disparu. Patricia est près d'elle. Je vais appeler tout de suite l'Inspecteur Lafouèche.

Rosemary se mit à haïr son sixième sens et se demanda pourquoi les époux Steinway n'étaient pas descendus, avec toute cette agitation...

▼▼▼▼

- Pour une fois, vous n'avez pas failli à votre mission, Himilkat, et je vous félicite. Nous devons aussi féliciter les jumeaux qui ont brillé, comme d'habitude. Toutefois, je ne serai tranquille que lorsque notre cérémonie de demain soir sera terminée.

Adonibaal alla se servir une nouvelle tasse de café et en offrit une à la femme qui se trouvait près de lui.

Himilkat avait déjà vu cette femme auparavant. Elle était anglaise. Elle parlait peu, seulement pour approuver les paroles du Maître. Elle s'appelait Mouni dans l'Ordre des Disciples de Baal Hammon.

Le serviteur du Maître s'était levé au milieu de la nuit pour se rendre dans une villa discrète, sise près du Bois des Oliviers sur la route de l'Ariana. Il s'y était déjà rendu plusieurs fois et savait qu'elle appartenait à un riche Français, membre de l'Ordre, qui habitait à Nice. Il prêtait sa villa au Maître pour des réunions discrètes ou à d'autres disciples qui venaient y passer des vacances. Pour le remercier de ces gentillesses, l'Ordre prenait à sa charge les salaires de trois employés qui y travaillaient à longueur d'année, tous de la même famille : une cuisinière, sa soeur qui faisait office de bonne à tout faire et son mari, gardien, lui-même cousin des jumeaux Leith et Youssef.

- L'Ordre ne prenait jamais de risques avec le choix de ses employés, se dit Himilkat. En engageant cette famille, il s'assurait du silence de tous ses membres.

Les trois employés ne posaient jamais de questions et ne recevaient leurs ordres que des jumeaux. Payés grassement, ils savaient se montrer discrets, se contentant de faire parfaitement leur travail.

Le gardien de la maison s'était réveillé pour lui ouvrir la porte et l'avait prévenu que le Maître était arrivé la veille, accompagné d'une femme. Il avait précisé qu'il était de très mauvaise humeur à son arrivée.

Vers six heures et demie du matin, une fourgonnette *Citroën* s'était arrêtée devant la villa. Les deux jumeaux en étaient sortis rapidement et avaient ouvert la porte arrière pour en extirper un corps inanimé.

Ils n'avaient même pas daigné saluer Himilkat qui se trouvait à la porte de la villa avec le gardien. Le bousculant presque, les deux molosses avaient porté la jeune fille inanimée dans une chambre du premier étage où ils l'avaient couchée sur un lit préparé par la bonne.

Refermant la porte de la chambre à clef, Leith et Youssef étaient redescendus à la cuisine. La bonne s'était empressée de leur servir du café et de sortir du garde-manger du pain *tabouna*, du beurre et quelques dattes.

Adonibaal pria Himilkat de s'asseoir dans l'un des fauteuils du salon et lui proposa du café. Le serviteur ne refusa pas, car il aimait le bon café et il savait que celui du Maître était toujours excellent.

Le Maître appela les jumeaux qui se trouvaient dans la cuisine et durant une heure, ils fixèrent ensemble tous les détails de la cérémonie du lendemain soir.

Adonibaal conclut en regardant chacun de ses collaborateurs dans les yeux.

- Je veux de la perfection, vous entendez, de la perfection. Prévoyez beaucoup d'alcool et de la drogue, mais après la cérémonie... Je veux que nos disciples se rappellent chaque minute de cette belle nuit ! Certains disciples sont consommateurs de cocaïne, nous connaissons tous leurs travers et tous leurs vices. Le sacrifice humain que nous allons exécuter devant eux, ils vont tous et toutes en devenir complices... Au contraire de la cérémonie organisée par mon père, nous n'allons pas leur permettre de tout voir. Seulement, six membres de haut rang, que j'ai choisis et qui ne le savent pas encore, resteront près de moi, les autres sortiront... Plus tard, ils reviendront dans la salle du sacrifice et prieront Baal Hammon. Ils rentreront dans leurs pays respectifs, heureux et repus, fiers d'avoir participé à cette soirée, encore plus riches grâce à nous. Nous pourrons alors leur demander ce que nous voulons, exiger d'eux l'inacceptable et les avoir à notre botte, qu'ils soient ministres, ambassadeurs, capitaines d'industrie ou simples employés placés dans les sites stratégiques qui nous intéressent au plus haut point.

Un silence pesant régnait dans la pièce. Il fut rompu par Mouni qui n'avait rien dit jusqu'à maintenant, préférant regarder son Maître avec admiration.

- De toute manière, la fille que nous avons choisie est une attardée mentale. Nous lui rendons service en écourtant sa vie. Elle est une charge pour la société et pour sa famille. Elle ne souffrira pas et ne se rendra compte de rien.

Himilkat frissonna en entendant les paroles très dures de Mouni. Lui aussi était impliqué jusqu'au cou dans ce sacrifice et il savait qu'il ne pourrait plus jamais reculer.

Youssef, l'un des jumeaux, semblait extrêmement mal à l'aise. Son teint blême trahissait son anxiété. Il se tordait sans cesse les mains et regardait avec insistance le parquet, n'osant rencontrer le regard du Maître.

Son frère jumeau, par contre, respirait la sérénité. Se rendant compte de l'émoi de Youssef, Leith le poussa hors de la pièce en disant à Adonibaal qu'ils restaient à sa disposition dans la cuisine.

Himilkat allait suivre les jumeaux lorsque Adonibaal s'adressa à lui sur un ton toujours péremptoire :

- Himilkat, restez encore quelques instants ici. Je vais recevoir dans une dizaine de minutes un membre de notre Ordre, très influent en Allemagne. Nous sommes très intéressés par cet Adolf Hitler qui, malheureusement, se trouve maintenant en prison. Recevez cet émissaire avec beaucoup de respect et faites-le attendre dans le petit salon. Dites à Bochra de lui servir du café.

Ignorant déjà Himilkat, Adonibaal se retourna vers Mouni et lui demanda de lui résumer rapidement la situation politique allemande. Il ne voulait pas passer pour un ignorant devant son hôte de marque.

Mouni ne se fit pas prier : elle soutenait à fond le nouveau parti national-socialiste des travailleurs allemands et lui raconta, avec force détails, le putsch raté d'Hitler, survenu trois mois plus tôt.

Himilkat monta dans la petite salle de bains du premier étage pour aller se passer de l'eau sur le visage. Il transpirait et ne se sentait pas très bien, même si sa cote de popularité semblait avoir remonté auprès de son Maître.

En sortant de la salle de bains, il ne put s'empêcher de rendre visite à la jeune fille qui se trouvait dans la chambre voisine. La porte était fermée, mais la clef laissée à l'extérieur.

Ne voulant pas que les jumeaux l'entendent, il ouvrit la porte avec beaucoup de précaution et entra dans la pièce sombre.

La jeune fille, habillée d'une robe longue de couleur parme, dormait sur le lit étroit. Elle gémissait de temps en temps, mais ne semblait pas agitée.

La pièce n'était pas chauffée. Himilkat prit la couverture pliée qui se trouvait au pied du lit et l'étendit sur le corps de la jeune fille qui bougea sans se réveiller.

Himilkat sortit de la chambre sans bruit et prit soin de refermer la porte à clef. Il se sentait encore plus mal et son coeur battait la chamade. Il commença à descendre l'escalier qui craquait à chacun de ses pas.

Il entra sans bruit dans le petit salon et s'assit dans l'un des fauteuils. Il apprécia le calme et la fraîcheur de la pièce, plongée dans une semi-pénombre à cause des volets à moitié ouverts.

N'en pouvant plus, il se prit la tête entre les mains et se mit à pleurer doucement.

Il repensait à son enfance heureuse qu'il avait passée dans sa ville de Porto Farina. L'image de son défunt père envahissait son esprit. Il le revoyait le prendre sur ses genoux pour lui expliquer certains passages du Coran. Il insistait toujours sur ses principes fondamentaux.

- Tu sais, mon fils, rappelle-toi... Toute vie est sacrée selon notre Prophète. Personne n'a le droit de détruire une vie, le crime est un grand péché dans notre religion.

Quarante ans plus tard, Himilkat réalisait pourtant qu'il allait se rendre complice du meurtre abject d'une jeune fille innocente, déguisé en cérémonie sacrificielle destinée à contenter les vices de membres de l'Ordre.

Il resta prostré de longs moments. Il fut tiré de sa torpeur par Bochra qui entra comme une furie dans le petit salon. Elle annonça d'une voix forte l'arrivée de l'invité du Maître.

Ses larmes avaient séché. Il se leva en remerciant la servante. Avant de sortir, il prit soin d'ouvrir les volets pour laisser la pâle lumière d'un matin de janvier entrer dans la pièce.

Regardant son reflet dans la psyché qui ornait un coin du petit salon, il passa la main dans ses cheveux et vérifia sa tenue en renouant sa cravate et en boutonnant son veston.

Redressant le torse et arborant son plus beau sourire, il sortit de la villa pour accueillir l'émissaire allemand.

Leith demanda à Bochra de sortir de la cuisine et de ne pas les déranger. Il alla vers le garde-manger et sortit une bouteille de lait. Il en servit un grand verre à son frère Youssef, assis à la table de bois brut recouverte d'une nappe blanche.

Youssef ne se sentait pas bien. Il tenait sa tête entre ses mains et semblait en proie à une migraine. Leith lui demanda doucement de boire et Youssef obéit immédiatement.

Son frère jumeau ne s'inquiétait pas outre mesure. Il connaissait par cœur Youssef et savait comment faire pour éteindre ses inquiétudes qui se transformaient en de méchantes migraines.

Leith savait aussi qu'il devait laisser Youssef commencer à parler. Il regarda son frère boire son verre de lait et attendit de longues minutes, dans un silence pesant.

- Leith, je n'en peux plus de ce travail. Je veux partir loin et ne plus jamais entendre parler de l'Ordre.

Leith se leva et porta le verre maintenant vide de son frère dans l'évier. Il prit sa chaise et l'approcha près de celle de Youssef.

- Regarde-moi, Youssef. Je sais que tu en as assez de ce travail et la venue du nouveau sacrifice te fait repenser à celui que nous avions organisé au temps du Maître Fondateur. Les images nous hantent depuis toutes ces années et depuis que le Maître nous a parlé de sacrifice, toutes ces images, mêlées de mort, reviennent en force, même les odeurs…

Youssef hocha la tête en signe d'assentiment. Il portait pour son frère un amour sans limite et un respect presque filial. Il n'était plus son jumeau depuis longtemps. Leith représentait pour lui un grand frère ou un père…

- Youssef, tu sais comme moi que nous devons aller jusqu'au bout de cette cérémonie. On ne sort pas de l'Ordre, sauf dans un cercueil.

Leith se leva et alla ouvrir la porte qui donnait sur le couloir. Il voulait savoir si on ne les écoutait pas. Il n'y avait personne. Il retourna vers la table et se rassit en tapotant les épaules de Youssef.

- Je ne t'ai rien dit du plan que je mijote depuis plusieurs semaines, car je ne voulais pas prendre le risque que tu en parles à tes amis quand tu as trop bu. Mais, là, il est temps que tu sois informé. Ouvre bien tes oreilles, Youssef, car notre futur commun est en jeu.

Pendant dix minutes, Leith fit part de ses plans à son frère jumeau… La migraine de Youssef disparaissait au fur et à mesure qu'il entendait les détails du plan mis au point par son frère…

▼ ▼ ▼ ▼

L'Inspecteur Lafouèche était de très mauvaise humeur. Pâle et visiblement fatigué, il était arrivé vingt minutes plus tôt à la Villa Barnes. Il avait commencé par aller passer un savon aux policiers en faction devant la maison et demandé des explications pour savoir comment cet enlèvement avait pu se produire alors que la villa était surveillée.

Les deux policiers avaient du mal à trouver des explications pour satisfaire leur supérieur hiérarchique. Ils balbutièrent respectueusement que leur poste de surveillance se situait devant l'entrée principale de la villa et non du côté de l'entrée de service par laquelle les individus étaient passés pour enlever la fille de Malika. Ils invoquèrent également la présence du gardien de la villa qui aurait pu intervenir.

En interrogeant Moira Barnes, très touchée par ce drame, l'Inspecteur avait appris que l'enlèvement avait eu lieu tôt le matin lorsque Malika se trouvait déjà dans la villa, en train de prendre son service. La maîtresse de maison lui avait expliqué où Habiba, sa mère et sa tante habitaient. Elle avait aussi évoqué le retard mental de la jeune fille enlevée.

Le policier conclut que les ravisseurs connaissaient parfaitement l'organisation ancillaire de la villa et savaient, qu'à cette heure, la jeune Habiba serait seule avec sa tante Monia, encore endormie.

Monia déclara en effet à l'Inspecteur Lafouèche qu'elle n'avait rien entendu lors de l'enlèvement. Les ravisseurs avaient été rapides et efficaces. Sans doute, pensa le policier, avaient-ils chloroformé Habiba pour qu'elle ne crie pas, surprise dans son sommeil.

Il n'avait rien pu tirer de Malika, en profond choc. Il comprit que la domestique était très attachée à sa fille et préféra la laisser entre les mains du médecin de Carthage que Moira Barnes avait fait venir.

Patricia entra dans le salon avec un plateau chargé de tasses et d'une cafetière fumante. Le policier lui demanda de faire entrer le gardien qui avait donné l'alerte.

L'homme entra. Il semblait terrorisé. Habillé d'un manteau de laine marron, sans manche, doté d'une capuche pointue, il baissait les yeux, intimidé.

Il ne parlait pas français. Le policier se faisait traduire ses propos par Rachid, le nouveau maître d'hôtel, qui se trouvait dans la pièce. L'homme, qui se prénommait Imed, raconta qu'il était en train de dormir - *il dormait dans une petite cabane construite sous le mur d'enceinte de la villa entre les deux entrées* - lorsqu'il fut réveillé en sursaut par deux hommes encagoulés qui lui assénèrent un coup de massue sur la tête. Il précisa qu'il devait être environ six heures trente. Il s'était réveillé environ deux heures plus tard, avec une douleur intense au crâne et avait donné l'alerte.

- Pourriez-vous identifier ces deux individus, demanda l'Inspecteur Lafouèche de manière impatiente, tout en servant une tasse de café.

L'homme répondit que non, invoquant qu'il faisait sombre dans sa loge, que les ravisseurs étaient encagoulés et que sa vue n'était pas très bonne.

Le policier français contourna le canapé et alla se planter devant le gardien qui commença à trembler de tous ses membres. Sa tasse de café à la main, il leva le menton de l'homme pour l'obliger à le regarder :

- Maintenant, dites-moi, Imed, pouvez-vous m'expliquer comment ces hommes ont pu entrer dans la villa Barnes comme dans un moulin ? La porte de service n'est-elle pas fermée durant la nuit ? Qui possède la ou les clefs de cette porte ?

Le gardien, toujours tremblant, attendit que Rachid ne lui traduise les propos du policier. Il semblait de plus en plus effrayé.

- La clef est toujours rangée dans le placard à clef qui se trouve dans l'office, près de la cuisine. Chaque soir, je prends cette clef et je ferme la porte. Je remets la clef dans le placard. Le matin, vers sept heures, j'ouvre la porte pour permettre l'accès aux différents fournisseurs qui viennent faire leurs livraisons. La porte n'est pas fermée à clef durant la journée. En général, les fournisseurs activent la cloche avant d'entrer...

Le policier attendit la fin de la traduction pour se rapprocher davantage du gardien.

- Aviez-vous fermé la porte hier soir ?

Le gardien répondit par l'affirmative et accompagna ses réponses par des *wallah* répétés.

- Comment expliquez-vous que les ravisseurs aient pu entrer dans la villa si facilement ? De plus, ils devaient savoir que Habiba habitait dans le pavillon du parc et qu'à cette heure-là, sa mère serait déjà à son service dans la villa. Comment pouvaient-ils être aussi bien informés ?

Imed ne répondit rien, se contentant de trembler.

- Est-ce que quelqu'un de la villa aurait pu aller prendre la clef de l'office et rouvrir la porte à votre insu ? demanda Vincent Lafouèche.

Le gardien répondit que l'office était fermé à partir de vingt-trois heures jusqu'à six heures du matin. Donc, personne ne pouvait prendre la clef durant la nuit. Il reconnut pourtant, qu'entre six heures et l'heure de l'enlèvement, quelqu'un aurait pu ouvrir la porte.

Il prononça ces dernières paroles avec plus d'assurance, content que le policier puisse imaginer la mise en cause d'autres employés.

Le policier se fit expliquer d'autres détails, notamment qu'une seule clef ouvrait la porte de service de la villa Barnes. Il envoya Rachid vérifier si la clef était toujours dans le placard de l'office. La clef s'y trouvait bien.

- Je ne sais pas pourquoi, Imed, mais j'ai l'impression que vous me cachez quelque chose d'important. Car si la clef se trouve toujours dans la villa, cela signifie deux choses : soit vous ne fermiez pas la porte hier soir, soit vous, ou quelqu'un d'autre l'ouvrait entre six heures et six heures trente…

L'Inspecteur Lafouèche lui leva une nouvelle fois le menton et le regarda droit dans ses yeux. Il demanda au maître d'hôtel de traduire mot pour mot ce qu'il allait dire :

- Je pense que vous m'avez menti, je peux le voir dans vos yeux et dans votre attitude. Nous n'allons pas vous laisser tranquille, Imed, et si j'ai la preuve que vous êtes lié de près ou de loin à cet enlèvement, je vous promets que vous allez passer de longues années en prison. J'y veillerai personnellement. Alors, un bon conseil : dites-moi ce que vous savez maintenant.

En ponctuant son discours d'innombrables *wallah*, le gardien déclara qu'il ne savait rien. Il déclara qu'il aimait beaucoup la petite Habiba et ne pourrait jamais lui faire du mal.

Agacé, le policier français préféra le faire sortir en lui décochant un regard meurtrier. Il remercia Rachid et lui demanda de faire venir Rosemary Bartell et Darlene Randwick.

En les attendant, l'Inspecteur Lafouèche se rassit sur le canapé et termina sa tasse de café. Sa mauvaise humeur grandissait, il avait l'impression que tout le monde le menait en bateau.

Rosemary Bartell entra dans le salon, suivie de Darlene Randwick. Malgré les circonstances, il remarqua l'élégance des deux Anglaises. Darlene portait une ravissante robe en crêpe de chine bleu marine à petits pois blanc dont le large plastron blanc, orné de dentelles, laissait apparaître un magnifique triple sautoir de perles.

Vincent Lafouèche laissa les deux femmes s'installer et leur proposa de leur servir du café, ce qu'elles acceptèrent. En fait, elles n'avaient pas pu prendre leur petit déjeuner et la tasse de café fut bienvenue.

Le policier français résuma ce qu'il avait appris sur l'enlèvement de Habiba. Rosemary Bartell nota la mauvaise mine de Vincent Lafouèche.

- Je suis sûr que les ravisseurs ont reçu de l'aide de l'intérieur de la villa. Ils y sont rentrés comme dans un moulin. Il n'y a qu'une seule clef qui ouvre la porte latérale de service. Alors, soit on leur a remis un double, soit ils ont trouvé la porte ouverte pour eux.

- Vous rejoignez mes pensées, Madame Bartell. Maintenant, pourquoi ont-ils enlevé la fille d'une pauvre domestique ? Ce n'est sûrement pas pour exiger une rançon. Malika ne possède rien. Peut-être vont-ils la considérer comme une marchandise pour une prochaine tractation. L'Ordre n'est pas étranger à cet enlèvement, j'en mettrais ma main au feu.

- D'accord avec vous, Inspecteur. Je le pense aussi. Cet enlèvement a été mené par des professionnels. Leur toile d'araignée, comme vous me disiez hier soir, est tendue tout autour de la villa Barnes. Ils sont là tout autour de nous.

Darlene se remua sur le canapé et regarda autour d'elle comme si quelqu'un était en train de les écouter. Elle ressentait également cette impression de surveillance.

Le policier se leva et hésita avant de commencer sa phrase :
- Madame Bartell, je souhaiterais vous présenter mes excuses pour hier soir. Je crois avoir été très dur avec vous dans ma façon de vous parler de votre mari...

Rosemary Bartell l'interrompit en souriant :
- Je vous en prie, Inspecteur. Vous êtes policier et vous êtes factuel. Mon mari avait connaissance de l'existence de l'Ordre comme vous l'appelez. Maintenant, faisait-il partie de l'organisation ou en avait-il entendu parler par son ami Anton Duncan, sans doute membre ? L'avenir nous le dira. Peut-être, en toute innocence, avait-il rejoint l'Ordre, sans se rendre compte que ce n'était qu'une organisation criminelle. Lorsqu'il a voulu se retirer, il a alors connu de sérieux problèmes...

Darlene intervint :

- J'ai connu Howard Bartell, Inspecteur, et je ne peux pas croire qu'un homme d'une telle valeur, détenteur de convictions morales très arrêtées, ait pu frayer avec de tels voyous. C'est impossible. Peut-être a-t-il été entraîné de force dans une spirale diabolique par son ami Anton, je le croirais davantage. Tout le monde sait qu'Anton D uncan était un mauvais homme.

Toute la haine qu'elle éprouvait pour le mari de sa défunte cousine Lisbeth, première Lady Duncan, remonta à la surface.

- Cet Anton Duncan n'a causé que du malheur à tout le monde. L'affaire de Brandys Bay, voilà trois mois, a révélé tous ses vices : il a fait beaucoup de mal à sa première femme, ma cousine. Je ne parle pas de Robert Barnes dont il a, en fait, ruiné la vie, même s'il l'a enrichi... Je ne veux même pas imaginer les tourments qu'il avait dû infliger à des personnes innocentes lorsqu'il faisait partie de l'Ordre. Je hais cet homme qui, maintenant, de son cercueil, met en danger la vie de mon amie Rosemary.

Patricia entra en ce moment dans le salon et annonça que tous les résidents de la villa avaient été réunis. Le policier pria la gouvernante de les faire entrer.

Quelques secondes plus tard, Robert et Moira Barnes, suivis des époux Steinway, de Frank Duncan et des domestiques de la villa firent leur entrée.

Les domestiques restèrent, debout, dans un coin de la pièce tandis que les maîtres de maison et leurs invités prenaient place dans les fauteuils et le canapé du salon.

Patricia se rapprocha de Moira Barnes, mais resta debout.

Malika ne se trouvait pas parmi les domestiques. Le médecin lui avait donné un sédatif, avait expliqué Moira Barnes à Vincent Lafouèche. Elle se reposait dans son pavillon. Sa soeur, Monia, par contre, était là, les yeux rougis par les larmes.

L'Inspecteur s'adressa à eux en français et là encore, Rachid fit la traduction en arabe. Il demanda si l'un d'eux avait remarqué quelque chose de bizarre, tôt le matin, ou avait entendu des bruits, des cris...

Les signes négatifs de tête et les "non" qui fusèrent de toutes parts n'étonnèrent pas le policier. A part Malika, sa fille et sa soeur ainsi que Lotfi, Patricia et le gardien Imed qui dormaient sur place, tous les autres domestiques habitaient au Kram, à Salambô ou à a Marsa. Ils prenaient leur service à sept heures.

Pourtant, un homme, petit de taille et dans une tenue de cuisinier, sembla vouloir dire quelque chose. L'Inspecteur Lafouèche l'encouragea et se tourna vers Rachid pour qu'il traduise ses propos.

Le maître d'hôtel présenta l'homme comme étant Fakhreddine, le commis de cuisine.

- Monsieur l'Inspecteur, traduit Rachid, Fakhreddine vient toujours plus tôt pour travailler. Il habite avec son frère au Kram. Comme son frère commence son travail de gardien à six heures, il part avec lui. Alors qu'il s'approchait de la villa, il fut presque renversé par une voiture, une Fiat 10 CV à six roues, celle qui ressemble à un fourgon... Elle manqua de l'écraser dans le tournant un peu abrupt, juste avant ici. Fakhreddine a eu très peur, mais il a eu le temps de noter le numéro de la voiture.

- Quelle heure était-il, demanda le policier ?

- Environ six heures trente, confirma Rachid, en écoutant les paroles du commis.

L'Inspecteur Lafouèche arbora un sourire triomphant : enfin une piste... La route qui menait aux villas des Barnes et des Malet était en fait un cul-de-sac et forcément la voiture fourgon venait de l'une de ces villas.

Le policier alla ouvrir la porte du salon et cria le nom de son assistant, l'agent Cléry, qui rappliqua quelques secondes plus tard.

- Agent Cléry, prenez la déposition de Monsieur Fakhreddine. Il va vous donner l'immatriculation d'une voiture fourgon. Faites des recherches sur les propriétaires, je veux une réponse très rapidement.

L'Inspecteur Lafouèche vérifia ensuite les propos du gardien quant à la clef de la porte de service. Moira Barnes et Patricia confirmèrent que le gardien avait dit la vérité : une seule clef existait, enfermée dans le placard à clefs de l'office.

Il posa ensuite des questions sur le gardien lui-même. Moira répondit en indiquant que l'homme travaillait pour eux depuis plusieurs mois et qu'elle n'avait jamais eu de problème avec lui. Imed était marié avec un enfant.

- Mais une chose m'étonne : pourquoi personne, entre six heures trente et disons, huit heures tente, ne s'est rendu compte que le gardien avait été assommé ?

- La réponse est simple, Inspecteur, répondit Moira Barnes. Lorsqu'il a été assommé par ses assaillants, le pauvre Imed a glissé sur le sol de son cabanon et personne ne l'a remarqué. La porte latérale étant ouverte, les fournisseurs, toujours les mêmes le matin, ont leurs habitudes et vont directement à la cuisine de la villa, sans se préoccuper de la présence du gardien.

Ne voyant plus de questions à poser, l'Inspecteur demanda aux domestiques de retourner à leurs taches. Ils sortirent en silence, suivis de Patricia qui demanda à Moira Barnes si elle avait besoin de quelque chose.

La maîtresse de maison répondit par la négative.et se tourna vers le policier qui reprit la parole :

- Je suppose que vous n'avez rien entendu. Vos chambres ne sont pas orientées vers le parc.

Tout le monde approuva. En effet, toutes leurs chambres avaient une vue mer.

N'ayant plus rien à dire, l'Inspecteur s'excusa et leur annonça qu'il devait continuer son enquête. Il allait se lever du canapé, mais se rassit brutalement, pris d'un malaise. Il ferma les yeux, un court instant, et porta la main à sa tête.

Moira Barnes se précipita. Elle lui demanda si tout allait bien. L'Inspecteur ne répondit rien pendant plusieurs secondes, mais reprit vite ses esprits. Il esquissa un pâle sourire :

- Ce n'est que de la fatigue, Madame Barnes. J'ai très peu dormi et ai sans doute voulu me relever trop vite de votre confortable canapé.

Refusant le verre d'eau que la maîtresse de maison lui proposait, il se leva et d'un pas mal assuré, se dirigea vers la porte en murmurant un *au revoir* presque inaudible.

Édith Steinway, suivie de son époux, lui emboîta le pas. Elle ne salua personne.

▼ ▼ ▼ ▼

Chapitre 19

Azzedine se réveilla avec difficulté, mais son cerveau prit rapidement le dessus sur sa fatigue physique.

Le tintamarre que faisaient les voitures de police, sous ses fenêtres, le tira hors de son lit. Il réalisa qu'il était tout habillé. Les trois cadavres de bouteilles de vin, qui traînaient sur la table, lui firent comprendre la raison de son accoutrement.

Il avait mieux à faire que de repenser à sa soirée encore trop arrosée. Des voitures de police se trouvaient près de la maison de son défunt maître et il devait savoir si elles avaient fait tout ce chemin pour venir le cueillir.

Il descendit l'escalier rapidement, pieds nus, et se dirigea vers l'une des fenêtres du salon. Il tira précautionneusement le rideau et émit un soupir de soulagement : les voitures de police étaient rassemblées devant le portail de la villa Barnes et aucun policier ne semblait vouloir se préoccuper de sa personne.

- Tant mieux, se dit-il. Ce n'est pas le moment de me faire coffrer. J'ai trop de choses à faire.

Il regarda encore en direction de la villa Barnes et se demanda pourquoi la police était encore là.

- Pourvu que rien ne soit arrivé aux Anglaises ! Je ne me le pardonnerai pas. Monsieur Tatley m'a demandé de protéger la Madame Bartell.

Azzedine alla s'asseoir sur une chaise dont il débarrassa une pile de livres. Il se parla à lui-même :

- Je ne suis vraiment qu'un pauvre idiot. Graham, toujours tellement bon avec moi, me charge d'une mission importante, celle de protéger une vieille dame que l'organisation veut éliminer. Pourtant, moi qu'est-ce que je fais ? Rien, sinon boire et boire encore et fréquenter ces femmes qui n'en veulent qu'à mon argent.

Il frappa un grand coup sur la table de salle à manger qui ressemblait davantage à un bureau... La force de son coup provoqua la chute de piles de livres qui vinrent s'écraser sur le sol poussiéreux. Il se prit la tête entre les mains et resta prostré de longs moments, réfléchissant à sa vie.

Il se leva d'un bond et repoussa sa chaise violemment. Il décida qu'il était temps de se reprendre et surtout d'arrêter de dépenser son argent dans de telles balivernes. Rien ne le retenant à Tunis, il pensa même à rentrer dans sa ville natale, au Kef, une fois que toute cette affaire serait terminée.

Le Kef ! Il n'était pas revenu au *bled* depuis de longues années. Il ferma les yeux, un court instant, pour se remémorer les images de son enfance. Il pouvait encore sentir l'air pur et froid qui fouettait son visage durant les hivers enneigés.

Avec émotion, il revoyait sa mère préparer, durant de longues heures, le couscous à la façon keffoise où elle mêlait la viande cuite avec des dattes et des raisins secs. Ils habitaient rue Dar-El-Bey. Il se souvenait de la petite maison, seulement constituée de deux pièces au fond d'une cour un peu sombre. L'image du grand lavoir de pierre, où il accompagnait sa mère, lui revint en mémoire. Son père préférait l'emmener au grand marché aux bestiaux : travailleur journalier, il n'avait pas assez d'argent pour acheter une bête, mais le marché constituait pour eux un divertissement sans égal et l'occasion de rencontrer des gens venus d'autres régions.

Il secoua la tête pour revenir au présent et décida qu'il ferait bien de se faire un café très fort. Il se dirigea vers la cuisine et dut faire un peu de vaisselle pour pouvoir disposer d'une tasse propre.

Quelques minutes plus tard, une bonne odeur de café envahissait la maison. Azzedine s'était approvisionné la veille et put se restaurer convenablement de pain, de dattes fraîches, de *chamia* et de ricotta qu'il mélangea avec de l'huile d'olive, rangée dans le garde-manger.

Se sentant mieux, il alla dans le cabinet de toilette de Graham pour se laver et se raser. Il hésita, mais décida de s'habiller convenablement à l'européenne. Il emprunta le costume gris de son feu patron et une chemise blanche. Il trouva son manteau noir sur le dossier d'une chaise.

Il hésita sur les chaussures, mais son choix se porta sur des souliers noirs que son maître avait sans doute peu portés : les semelles semblaient neuves.

Le renvoi de son image dans le miroir de la penderie de la chambre lui plut : bon, le costume était un peu grand pour lui, mais il se trouvait élégant.

- Je dois faire honneur à Graham, se dit Azzedine, lorsque je serai en compagnie des Anglaises. Et puis, cela me fait plaisir de porter ses vêtements, c'est comme si je deviens *lui* pour continuer sa mission...

Il retourna dans le cabinet de toilette et trouva un flacon atomiseur à parfum en métal argenté. Timidement, il pressa la poire pour savoir si ce parfum allait lui convenir. Convaincu, il s'en aspergea légèrement. Il n'était pas vraiment homme à porter du parfum, mais bon, les circonstances prévalaient et encore une fois, il devait faire bonne impression aux Anglaises.

Azzedine se sentait maintenant prêt à affronter la situation et à remplir la mission que son maître lui avait confiée.

Les voitures de police s'étaient tues, mais il devait savoir ce qui se passait à la villa Barnes. Il se demanda comment il pourrait apprendre la raison de toute cette agitation. Il trouva rapidement la solution : aller interroger les gardiens de la villa Malet. Même si les jumeaux Leith et Youssef y travaillaient régulièrement, il savait qu'il obtenait toujours des réponses à ses questions.

Il décida de sortir par la porte arrière de la maison et fit un large détour pour regagner discrètement la porte de service de la villa Malet. Il eut de la chance, car le gardien qu'il connaissait le mieux se trouvait justement là.

Il rasa les murs pour se rapprocher de l'homme qui était en train de fumer sa cigarette, assis sur une chaise en bois, placée près de la porte.

Après les salutations d'usage et les formules de politesse, Azzedine posa les questions qui lui tenaient à coeur.

En entendant les réponses du gardien, Azzedine pâlit. Il prit rapidement congé de l'employé des Malet et regagna rapidement la maison de Graham Tatley, en utilisant le même chemin.

Il entra rapidement dans la maison et se rendit directement dans sa chambre où il s'assit lourdement sur le lit. Prenant sa tête entre ses mains, il se mit à insulter l'Ordre des Disciples de Baal Hammon.

Il avait compris que la fille de la domestique des Barnes avait été enlevée par l'Ordre pour être assassinée dans l'habituelle mise en scène punique...

▼▼▼▼

Robert Barnes se leva. Il semblait mal à l'aise et soupira longuement :

- Édith n'a pas tout à fait tort lorsqu'elle nous répète que nous sommes marqués par le destin. J'ai souvent l'impression que je dois payer très cher ma nouvelle fortune. La méchanceté de mon père me poursuit, je suis d'accord avec Darlene. Cet homme est le diable. Même mort, il nous fait tous souffrir.

Moira tenta de dire quelque chose, mais le regard que son mari lui adressa, l'en empêcha. Sa démarche, lente et hésitante, ressemblait à celle d'un homme beaucoup plus âgé que lui.

Dès qu'il eut refermé la porte, Moira Barnes laissa éclater son inquiétude. Elle parlait d'un ton saccadé :

- Je ne sais plus quoi faire avec Robert. Il ne mange presque plus, dort mal et me dit à peine deux mots par jour. Nous avions tout pour être heureux ici, mais non... Il a fallu que le destin nous poursuive jusqu'à Carthage.

Moira se rassit sur le canapé et se prit la tête entre les mains. Ses larmes se mirent à couler sur son visage. Frank, Darlene et Rosemary l'entourèrent aussitôt et essayèrent de la rassurer.

- La vie n'a pas été drôle pour nous, même si nos enfances nous ont apporté amour et protection. Avant l'arrivée de Maître Temple qui nous annonçait la filiation de Robert avec Lord Anton, nous menions une vie tranquille en Angleterre. Évidemment, nous ne roulions pas sur l'or, mais nous nous en tirions très bien. Robert travaillait déjà chez celui qui s'avéra être son père et moi chez l'un des fournisseurs du même Lord Anton.

Moira Barnes accepta le mouchoir que lui tendit Darlene et essuya ses yeux en continuant :

- D'un jour au lendemain, pourtant, notre vie changeait. Nous devenions riches, notre position sociale changeait. Le temps passa. Un jour, nous rentrions en Angleterre pour faire la connaissance de Lord Anton... Vous connaissez la suite horrible...

Frank, Darlene et Rosemary baissèrent les yeux. En effet, ils connaissaient la suite pour l'avoir vécue douloureusement.

- Le ciel avait l'air de s'éclaircir, nous repartions pour la Tunisie. Cette fois, nous pensions que le malheur était derrière nous. Mais, voilà, le passé a refait surface avec son cortège de meurtres, d'enquêtes de police, de suspicions et maintenant, de l'enlèvement d'une petite innocente.

Personne ne trouva de mots pour réconforter Moira Barnes. Pourtant, Rosemary Bartell s'éloigna du canapé et parla :

- Moira, tout cela n'est pas votre faute, mais la mienne. C'est moi qui ai ramené le cortège de meurtres, comme vous l'avez dit.

Frank, Darlene et Moira relevèrent la tête.

- Moira, nous vous avons caché, pour vous épargner, certains détails de cette nouvelle affaire.

Moira parut étonnée.

- Si votre vie s'est encore assombrie, Moira, j'en suis la responsable. Lorsque j'ai pris la décision de revenir à Tunis, j'ai déclenché, sans le savoir, tout un processus maléfique contre moi de la part d'individus peu recommandables...

Madame Bartell commença à révéler à Moira tout ce qu'elle ne savait pas encore : la tentative de meurtre dans le *Tophet*, l'existence de l'homme qui la suit depuis Paris, l'Ordre et ses noirs desseins, les révélations du serviteur de Graham Tatley, ce que signifiait le signe du 9 légèrement renversé...

Elle n'oublia rien. Elle avait rapidement pris la décision, sentant le danger se rapprocher de la maison Barnes. Elle devait la vérité à son amie Moira et ses révélations auraient sans doute de l'influence sur l'état de Robert qui se sentirait moins victime de son destin.

Frank et Darlène se tinrent silencieux pendant tout le temps que Rosemary expliquait à Moira Barnes ce qui se passait vraiment. Lorsqu'elle eût fini de parler, Frank intervint :

- Moira, je suis heureux que Rosemary vous ait tout raconté, car nous devons nous resserrer en face de cette adversité encore inconnue. Je sais que Rosemary avance vite dans ses déductions, mais elle court un grand danger. Ces individus de l'Ordre que la police, elle-même, traite avec beaucoup de prudence, ont des ramifications partout.

Moira Barnes se tapota le front. Elle avait l'impression de revivre les journées de Brandys Bay quand la police britannique suspectait tout le monde, et surtout son mari.

Elle se leva du canapé et alla tirer la sonnette pour appeler un domestique. Elle se dit qu'elle devait retrouver rapidement sa vitalité et sa force de caractère.

- Merci de m'avoir mis dans votre confidence, mes amis. Nous avons affronté ensemble les meurtres de Brandys Bay, il y a trois mois. Nous ferons la même chose ici à Carthage.

Frank, Darlene et Rosemary lui sourirent. Ils savaient que Moira était une femme forte si l'adversité passait par là.

- Je vais aller voir Malika. J'ai peur qu'elle ne soit pas très bien installée dans son pavillon...

Patricia entra à ce moment. Elle semblait fatiguée, mais gardait ses manières policées de gouvernante de grande maison.

- Patricia, faites servir le petit déjeuner. Nous devons prendre des forces, car je sens que les jours à venir vont être très durs pour nous tous.

Madame Barnes attendit que la gouvernante ne soit sortie pour s'adresser à Rosemary :

- Rosemary, n'oubliez pas de me montrer la photographie de cet homme que vous avez trouvée dans le manuscrit de votre mari. Je suis persuadée que je connais cet homme...

Une fois le petit déjeuner terminé, Rosemary décida de se rendre dans la petite maison de Malika. Malgré son mauvais caractère, elle appréciait la gentillesse de la domestique à son égard, même si ce matin, le sourire ne fleurissait pas vraiment sur son visage.

- La pauvre, elle venait de se faire remonter les bretelles par sa patronne et on lui annonce ensuite que sa fille Habiba a disparu. En plus, si elle s'est fait disputer par Moira, c'est un peu ma faute quand même !

Le frisson, qui parcourut Rosemary, la freina dans ses pensées. Elle se dit qu'elle aurait dû prendre son manteau pour sortir. Elle oubliait, après ces jours ensoleillés, que l'hiver était en train de prendre ses quartiers en Tunisie.

En passant devant la porte latérale de service, Rosemary entendit toute une suite de *psssss* qui semblait l'interpeller. Elle tourna la tête et eut la surprise de trouver Chaima qui se cachait derrière le tronc d'un arbre et qui lui faisait signe de venir la rejoindre.

Rosemary Bartell regarda autour d'elle pour voir si on l'observait, mais il n'y avait personne. Toute l'agitation se trouvait devant la villa, pas derrière.

- Madame Bartell, moi contente vous voir. Je n'ai pas beaucoup de temps. Gardien parti avec police, alors moi entrer pour voir pauvre Malika et je voulais vous voir aussi.

- Qu'avez-vous à me dire, Chaima ? Il ne vaut mieux pas que l'on vous voie dans les parages.

- Madame Patricia méchante avec mon ami et moi. Elle pas de pitié, pas de coeur et elle commande Madame Barnes. C'est le problème.

Rosemary sembla surprise du revirement du jugement de la femme de chambre envers la gouvernante. De plus, elle n'était pas tout à fait d'accord avec ce que venait de dire Chaima : Moira avait beaucoup de caractère, mais laissait Patricia régler intégralement tous les problèmes liés au personnel de la villa.

- Patricia, pas femme bonne. Moi vu quelque chose, Madame Bartell, quelque chose pas bien pour vous.

Rosemary poussa Chaima derrière le tronc du gros arbre qui se trouvait près de la porte latérale. Ainsi, personne ne pouvait les voir.

- Vous avez dit à Malika qu'un livre a disparu de votre chambre. Moi étais dans couloir et surpris Madame Patricia sortir de votre chambre avec un livre dans ses mains. Elle m'a pas vue. J'ai vu livre en cuir dans sa main.

Madame Bartell ne laissa pas transparaître son émotion. Dans la chambre, à part le manuscrit à la couverture de cuir, il n'y avait pas d'autres livres ou de cahiers en peau. Donc, ce que Patricia avait sorti de sa chambre, ne pouvait être que le manuscrit de Howard.

- Chaima, vous devez partir. On ne doit pas vous voir ici, c'est dangereux. Merci.

- Attention à vous, Madame Bartell. Madame Patricia méchante.

Sur ces paroles, la femme de chambre sortit rapidement par la porte de service, restée entrouverte. Rosemary alla la fermer derrière elle et se demanda pourquoi, en de tels moments, cette porte pouvait rester ouverte.

En continuant son chemin vers le pavillon de Malika, Rosemary se posa la question : devait-elle croire Chaima ? Peut-être était-ce juste une vengeance à l'encontre de Patricia qui l'avait renvoyée ? D'un autre côté, elle se disait que Chaima avait pris le risque de revenir à la villa pour la prévenir...

Elle pressa le pas et arriva devant la porte du pavillon. Elle frappa et entra directement dans l'étroit couloir sur lequel trois portes s'ouvraient. Elle avança timidement et trouva la première porte sur la droite, ouverte : c'était une petite chambre dont le lit en désordre constituait, avec une table de nuit et une commode, le seul mobilier de la pièce.

Elle continua et trouva Malika couchée dans la seconde chambre beaucoup plus grande. Un second lit, vide, devait normalement être occupé par Habiba.

La domestique était réveillée. Elle parvint à lui sourire et sembla heureuse de sa visite, même si les larmes coulaient sur ses joues.

Rosemary Bartell se rapprocha du lit et prit la main de la domestique en lui prodiguant des paroles de réconfort. Elle la rassura, en lui disant que toute la police était concentrée sur l'enlèvement de sa fille. Elle rajouta, toujours en parlant dans un français élémentaire pour que Malika puisse la comprendre, que l'Inspecteur Lafouèche était un excellent policier.

La domestique remercia Rosemary et lui baisa les mains dans un signe de respect. Peu habituée à ces marques de politesse, Rosemary, légèrement gênée, retira ses mains.

Elle raconta à Malika qu'elle venait de voir Chaima.

- Oui, Chaima venue ici. Très gentille. Madame Barnes croire Patricia et plus croire Malika. Patricia pas bien. Aime pas Patricia. Moi aime beaucoup Madame Barnes.

Rosemary Bartell ne douta pas une seconde de l'attachement de la domestique envers sa maîtresse.

- Vous a-t-elle dit qu'elle a vu Patricia prendre le manuscrit de mon mari dans ma chambre ?

Malika répondit sans hésiter :

- Oui, elle avait dit avant à moi, mais moi ne peux rien dire, car Patricia beaucoup pouvoir chez Madame Barnes. Patricia regarder partout, fouiller partout. Patricia maîtresse de la maison maintenant.

- Malika, je sais que ce n'est guère le moment et je vous prie de m'excuser, mais je voudrais visiter la petite remise juste à côté. Madame Barnes m'avait dit que vous gardiez la clef.

- Oui, Madame Bartell, répondit Malika en se redressant dans son lit. La clef dans couloir sur porte-clefs accroché sur mur. Vous allez voir. C'est la plus grosse clef.

Madame Bartell remercia la domestique et lui promit de revenir lui rapporter la clef.

Elle sortit rapidement et traversa la petite cour pour se rendre dans la remise, une petite bâtisse toute blanche au toit plat qui semblait n'avoir qu'une porte et qu'une fenêtre étroite.

Elle trouva un interrupteur à la droite de la porte d'entrée et l'alluma. Une ampoule pendait au bout d'un fil électrique.

Une épaisse couche de poussière recouvrait les meubles... Quelques toiles d'araignée ornaient même les coins de la pièce. Des chaises de bois empilées, des penderies imposantes et massives, des commodes en bois d'acajou, un joli secrétaire de style Empire, des guéridons plus ou moins jetés au fond de la pièce, des têtes de lit, des sommiers. Rosemary pensa qu'elle se trouvait chez un brocanteur.

Elle contourna les meubles pour aller inspecter de plus près le secrétaire Empire. Elle aimait ses moulures brillantes de bronze doré et sa couleur acajou. Elle ouvrit l'abattant pour inspecter l'intérieur, composé d'une niche entourée de six petits tiroirs à serrures dorées et d'un grand tiroir long et étroit en son dessus.

- Ce secrétaire est vraiment magnifique ! dit-elle tout haut. Je le vois très bien dans ma maison de Honfleur.

Elle réalisa que son mari Howard avait dû voir et toucher tous ces meubles, alors en place dans la villa. Peut-être était-ce de ce secrétaire qu'il lui avait écrit ses longues missives, lorsqu'il séjournait dans cette villa, ici, à Carthage. Le secrétaire semblait correspondre au style de sa chambre

Elle caressa de sa main l'écritoire du secrétaire. Curieusement, elle pouvait sentir la présence de son mari. Tout comme lorsqu'elle se trouvait dans sa chambre…

Elle ouvrit chaque tiroir et passa la main à l'intérieur. Elle savait qu'elle ne trouverait rien, mais elle ne pouvait s'en empêcher.

Elle allait ouvrir le tiroir supérieur quand elle entendit un bruit de pas derrière elle.

- Madame Bartell, mais que faites-vous ici ? Vous allez vous salir, c'est plein de poussière.

Rosemary renonça à ouvrir le tiroir et referma l'abattant du secrétaire. Elle avait reconnu la voix de la gouvernante de la maison.

- J'avais demandé à Madame Barnes la permission de visiter cette remise, répondit-elle calmement. Mon mari, ayant habité dans cette villa durant six mois, j'ai pensé que je pouvais trouver quelque souvenir qui me rattacherait à cette partie de sa vie que je n'avais pas partagée.

Patricia se rapprocha de Rosemary et la prit par le bras pour la ramener vers la sortie.

- Ne restez pas ici, Madame Bartell. Ce ne sont que de vieux meubles. Nous allons d'ailleurs bientôt nous en débarrasser pour récupérer cette remise.

La gouvernante lui prit la clef de la remise d'entre les mains et referma la porte à double tour.

Au fond d'elle-même, Rosemary n'apprécia pas la manière un peu violente qu'avait utilisée Patricia pour la sortir de la remise, mais était trop bien élevée pour le montrer.

Sans dire un mot, elle se laissa raccompagner à la villa par la gouvernante, regrettant de n'avoir pas pu aller saluer à nouveau la pauvre Malika.

Sur le chemin, elle fut gênée par un détail qu'elle avait observé avant l'arrivée de la gouvernante : pourquoi le secrétaire Empire n'avait-il pas de trace de poussière, alors que les autres meubles en portaient une épaisse couche ?

▼▼▼▼

Darlene Randwick et Frank Duncan regardèrent Rosemary Bartell se diriger vers le pavillon par la fenêtre de la bibliothèque.

Le feu avait été allumé dans l'âtre de la cheminée et une bonne chaleur s'en dégageait. Un gris menaçant colorait le ciel et annonçait des pluies.

- Frank, nous devons toujours surveiller Rosemary. Vous la connaissez, elle peut, sans rien nous dire, aller faire ses enquêtes, toute seule, et se mettre en danger en toute connaissance de cause. Elle est terrible !

Frank acquiesça. Il connaissait le courage de Rosemary Bartell pour l'avoir apprécié à Brandys Bay.

- Je dois absolument revoir le jeune homme qui m'a abordé. Il m'a demandé de le voir aujourd'hui. Il se terre dans la villa de Graham Tatley. Je trouve que c'est une bonne idée, personne n'ira le chercher là-bas !

- Je ne veux pas que vous y alliez seule, Darlene. C'est beaucoup trop dangereux.

Darlene se rapprocha de l'âtre et approcha ses mains pour les réchauffer.

- Non, Frank, je dois aller seule. Si vous êtes avec moi, il va se méfier et peut-être il va s'enfuir... De plus, il a des documents à remettre à Rosemary et je dois organiser un rendez-vous avec elle. Avant, je veux m'assurer que ce jeune homme est véritablement digne de confiance.

Frank comprit qu'il ne servirait à rien d'insister auprès de sa cousine pour l'accompagner. Il convint tout de même avec elle qu'il se rendrait dans la maison de Graham Tatley si elle n'était pas rentrée au bout de trente minutes.

Darlene promit d'être rentrée avant. Elle n'était même pas sûre qu'Azzedine se trouvât dans la maison.

Galamment aidée par son cousin, elle enfila le manteau de laine beige, fermé au cou par un épais col en renard, qu'elle avait pris soin de descendre de sa chambre après le petit déjeuner.

Sans perdre de temps, Darlene Randwick sortit et se dirigea vers le portail d'entrée de la villa. De nombreux policiers se trouvaient dans le parc. Elle entrevit l'Inspecteur Lafouèche en pleine conversation avec Pierre Malet qui devait lui soutirer des informations sur Habiba. Elle essaya de l'éviter, ne voulant pas lui expliquer le but de sa sortie. Peine perdue, le policier français se dirigeait déjà en sa direction. Elle remarqua son élégant manteau au col d'astrakan. Pierre Malet le suivait.

- Madame Randwick, où allez-vous donc de si beau matin ? demanda le policier, toujours heureux de trouver en face de lui quelqu'un qui parlait sa langue.

- Je vais marcher un peu, Inspecteur. J'ai besoin de sortir pour me changer les idées. Je ne vais pas aller loin.

Vincent Lafouèche se dit que l'accoutrement de Darlene Randwick n'était guère propice à une promenade sur la plage ou sur les chemins sablonneux. Mais bon, ces Anglaises restaient quand même très excentriques !

- N'allez pas trop loin, Madame Randwick, recommanda le policier. Des drôles d'énergumènes rôdent autour de la villa.

Pierre Malet salua Darlene en retirant son chapeau et lui proposa de l'accompagner dans sa promenade.

- Merci Monsieur Malet. Je suppose que vous avez des choses plus intéressantes à faire que de m'accompagner dans mes promenades matinales. Je ne serai pas très longue.

Pierre Malet n'insista pas. Il échangea un regard avec le policier et s'éloigna vers la villa.

Darlene reprit sa marche vers le portail, toujours accompagnée de Vincent Lafouèche.

- Avez-vous pu avancer dans votre enquête, Inspecteur ?

- Je vous répondrai oui et non. Oui, pour l'enquête qui s'intéresse aux meurtres du pauvre Dali et de Monsieur Tatley. Non, pour l'enquête concernant l'enlèvement. J'attends quand même des renseignements qui pourraient nous être utiles. Je vous tiendrai informée, ne vous inquiétez pas. Je vous souhaite une bonne promenade, Madame Randwick.

Darlene Randwick, heureuse de se retrouver seule, pressa le pas pour sortir rapidement du parc. Elle salua les policiers stationnés près du portail, remarqua plusieurs véhicules de police et tourna à droite pour se diriger vers les villas de Graham Tatley et des Malet.

Elle se retourna pour voir si les policiers l'observaient, mais non. Ils parlaient entre eux et semblaient véritablement concentrés sur la villa Barnes.

Elle arrivait déjà devant la maison de Graham Tatley. Elle fit semblant de chercher son mouchoir dans la poche de son manteau et ralentit. Elle regardait la maison pour tenter de savoir si Azzedine s'y trouvait.

Darlene n'eut pas à attendre longtemps : elle put entrevoir un mouvement de rideaux derrière la fenêtre de droite et aperçut le visage d'Azzedine qui lui faisait signe de venir.

Il fit un geste avec la main et elle comprit qu'il voulait qu'elle passe par l'arrière de la villa. Elle fit un signe de tête pour signifier à Azzedine qu'elle avait compris. Elle se retourna encore vers les policiers, mais personne ne faisait attention à elle.

Elle continua de marcher, dépassa la villa des Malet et alla jusqu'au bout du chemin qui s'arrêtait. Elle tourna à gauche et à l'abri des regards, revint sur ses pas en contournant la maison de Graham. Elle trouva une porte ouverte à l'arrière qui donnait sur un petit jardin. Azzedine l'attendait déjà.

Darlene remarqua qu'Azzedine avait fait un effort sur sa toilette, même s'il nageait dans son costume trop grand pour lui. Il la salua respectueusement et lui demanda d'entrer dans la villa. Il s'excusa pour le désordre du salon et la fit asseoir sur une chaise qu'il avait au préalable libérée de ses livres. Il préféra rester debout.

Curieusement, Darlene se sentait en sécurité en compagnie de ce gaillard musclé. Il lui parla en anglais. Ses grands yeux noirs la fixaient étrangement.

- Madame Randwick, merci d'avoir respecté votre parole. C'est vraiment très important que vous soyez là, car l'enlèvement de la fille de là domestique de Madame Barnes n'augure rien de bon. Je pense qu'elle va être exécutée par l'Ordre selon des rites puniques... Elle sera sans doute brûlée ensuite à moins que...

Il n'osa terminer sa phrase, car Darlene avait poussé un cri de stupeur. Elle ne pouvait croire ce que le jeune homme était en train de lui dire.

- Madame Randwick, je ne peux rien dire de plus. Je dois voir Madame Bartell. C'est à elle seule que je dois parler comme me l'avait demandé Graham.

- Azzedine, pourquoi n'allez-vous pas voir la police ? Vous devez tout leur dire si vous avez des informations qui pourraient sauver la petite Habiba. On ne peut la laisser dans un tel danger...

Le jeune Tunisien partit d'un éclat de rire, un peu incongru dans le contexte.

- La police ! Non merci, ils ont toujours essayé de me mettre en prison et ne m'aiment pas du tout. Il faut dire que j'ai un passé agité, Madame Randwick, et pour eux, je suis toujours un voyou alors que Graham m'avait sorti de ces problèmes en m'offrant ce travail et en s'occupant de moi. Une fois que Madame Bartell aura reçu l'enveloppe, elle pourra faire ce qu'elle veut avec la police. Je serai loin de Tunis.

Darlene comprit l'attachement que pouvait avoir Azzedine pour son défunt maître. Elle n'insista pas et proposa au jeune homme de s'entretenir avec Rosemary avant le déjeuner.

- Cela me convient, Madame Randwick. Je vous propose de nous revoir dans cette villa à onze heures trente précises. La police ne doit surtout pas vous remarquer. Vous prétendrez que vous allez faire une promenade sur la plage ou quelque chose comme cela. Vous passerez par la porte arrière de la villa...

Darlene acquiesça, remercia Azzedine et se levait déjà pour regagner la villa des Barnes.

- Ne vous faites pas remarquer, Madame Randwick. L'Ordre se faufile partout, même dans la villa Barnes. Il nous surveille et nous veut du mal.

Madame Randwick frissonna une nouvelle fois. Elle avait hâte de retrouver Frank et Rosemary.

▼▼▼▼

L'Inspecteur Lafouèche était de retour à son bureau. Il n'avait plus rien à faire chez les Barnes. Il se sentait mieux, après son malaise, mais conservait une pâleur extrême.

Ses hommes avaient essayé en vain de trouver des traces ou des indices du passage des ravisseurs qui avaient enlevé la petite Habiba.

Aucune trace de pas, aucun objet, aucune empreinte, rien de rien...

- Si l'on était dans un roman policier, on aurait trouvé un mouchoir tombé de la poche de l'un de ces voyous, mais malheureusement nous sommes dans la vie bien réelle. Et nous n'avançons en rien. Je viens de me faire copieusement réprimander par le commissaire, lui-même rappelé à l'ordre par le Procureur Général qui s'étonne que les meurtriers de Dali et de Tatley ne soient pas encore sous les verrous. Facile à dire pour ces messieurs qui restent dans le luxe de leurs bureaux, cossus et confortables... Ils nous taxent d'incompétence, de laxisme et j'en passe et des meilleurs !

L'agent Cléry ne répondit rien : il savait très bien que lorsque son patron rayonnait sa mauvaise humeur tous azimuts, il fallait parler le moins possible et se trouver toujours d'accord avec lui, surtout quand il tournait autour de son bureau, comme un lion en cage.

Depuis le matin, la mauvaise mine de l'Inspecteur Lafouèche l'inquiétait. Non seulement, il ne semblait pas dans son assiette, mais paraissait également préoccupé.

- Sans doute, la fatigue et la complexité de cette enquête policière. De plus, la pression qu'exerce le Commissaire Toutlevent n'arrange rien...

L'agent interrompit ses réflexions lorsque son supérieur se tourna vers lui d'un air mauvais :

- Avez-vous reçu des nouvelles pour l'identification du véhicule qui a manqué de renverser le commis ?

Cléry hésita. Il savait que la réponse ne plairait pas à son supérieur hiérarchique :

- Pas encore, Inspecteur. Je viens de les relancer. Leur classement vient d'être refait suite à l'instauration des nouveaux permis de conduire.

- Je me fiche des nouveaux permis de conduire. Je veux une réponse, point final.

L'agent Cléry pensa qu'il devait mieux quitter au plus vite le bureau de l'Inspecteur Lafouèche. Il ne voulait pas essuyer sa mauvaise humeur grandissante.

- Que l'on m'amène du café très chaud et pas du jus de chaussette, cria l'Inspecteur. Et que l'on me fiche la paix, je dois réfléchir.

L'Inspecteur retourna à son bureau et décida de s'y asseoir. Il pensa qu'il devait se calmer et ne pas faire porter le poids de sa mauvaise humeur à l'agent Cléry qui faisait de son mieux pour l'aider.

Ce dernier revint quelques instants plus tard avec une tasse de café fumante qu'il posa sur le bureau de son patron.

Vincent Lafouèche le remercia.

- Désolé, Cléry, je sais que vous faites le maximum pour moi. Mais nous devons avancer si nous ne voulons pas être la risée de toute la police. Fermez la porte, nous allons tout reprendre depuis le début.

L'agent Cléry sourit à l'Inspecteur Lafouèche :

- Pas un mauvais bougre, pensa-t-il. Mais vaut mieux l'éviter quand il rentre dans ses crises.

- Essuyez ce tableau, Cléry... Nous allons, pour une fois, essayer d'en faire bon usage pour sérier nos idées et nos pistes, toutes nos pistes y compris celles que je tiens des services secrets. Nous devons également compter avec les meurtres de Brandys Bay d'octobre dernier... J'ai, par ailleurs, rappelé Brian Lomar à ce sujet hier soir. Je voulais m'imprégner davantage de ces histoires sordides où étaient mêlés tous les personnages que nous revoyons ici à Carthage : Frank Duncan, les Barnes, Darlene Randwick, Rosemary Bartell... J'ai également découvert qu'une certaine Julia Harton, la secrétaire de Lord Anton à l'époque des évènements de Brandys Bay, se trouvait à Carthage très récemment, accompagnée d'un certain Jeremy Temple dont elle semble maintenant être l'assistante. Ces deux-là étaient également mêlés, de plus ou moins loin, à ces meurtres. Ce Jeremy Temple, un grand ponte du barreau en Angleterre, est l'avocat et le conseil financier des Duncan, mais aussi des Barnes, bien sûr.

- J'avais suivi toute cette affaire, Inspecteur. Elle avait fait grand bruit partout. Rosemary Bartell s'était, paraît-il, distinguée dans le dénouement de l'intrigue.

- Oui, elle a beaucoup aidé Lomar.

L'agent Cléry approuva.

Durant plus de trente minutes, les deux hommes retracèrent toute l'histoire des crimes de Carthage, depuis celui de Dali. A chaque fois, ils mettaient en face les mobiles et les alibis des gens qui se trouvaient proches de la victime. Ils prirent en compte le fait que Frank Duncan aurait pu être visé également. Puis ils passèrent au meurtre de Graham Tatley.

Les deux hommes arrivèrent à la conclusion qu'ils ne détenaient aucun mobile pour tuer Graham Tatley, à part celui de réduction au silence, bien évidemment.

Ils mirent sur le côté du tableau noir tout ce qu'ils savaient sur l'Ordre en utilisant des mots-clés. Puis, sur l'autre extrémité du tableau, ils écrivirent la liste de toutes les personnes impliquées, pouvant être suspectées.

Enfin, Vincent Lafouèche rajouta quelques mots sans expliquer le pourquoi à son assistant.

Satisfait et de meilleure humeur, l'Inspecteur s'éloigna du tableau et se rassit à son bureau. Il termina d'un trait sa tasse de café, maintenant à bonne température.

- Si nous résumons notre tableau, Cléry, nous n'avons trouvé aucun mobile pour le meurtre de Dali, à part son collègue Lotfi qui aurait pu le tuer par jalousie, mais la piste a été abandonnée. Si nous considérons que c'est Frank Duncan qui était ciblé, nous arrivons à la conclusion que Pierre Malet aurait pu le tuer, en tant que mari bafoué, à moins que ce ne soit Cécile Malet, en tant que maîtresse abandonnée. Lynnett Bowridge a maintenant un alibi, mais fourni par Frank Duncan, ce qui le fragilise. Personne d'autre n'avait d'intérêt à tuer Frank Duncan, apprécié à la fois des Barnes et de Darlène Randwick. Les Steinway le connaissaient à peine. Quant à Graham Tatley, il a sûrement été éliminé par l'Ordre, mais nous ne savons pas pourquoi. Peut-être l'Ordre a-t-il aussi éliminé Dali pensant que c'était Frank... Mais pour quelle raison ?

Le téléphone sonna. Cléry alla répondre, mais son supérieur hiérarchique fut plus prompt. L'agent comprit que c'était Brian Lomar, car il entendit des mots anglais, très mal prononcés sortir de la bouche de son patron et sans doute difficilement compréhensibles pour le policier anglais.

Cléry eut, malgré les évènements, envie de rire : la conjugaison de l'accent savoureux de son supérieur avec sa tentative de parler anglais ne faisaient assurément pas bon ménage.

Il raccrocha. Un grand sourire illumina le visage du policier.

- Cléry, nous savons maintenant qui est véritablement Graham Tatley. Il s'agit, en fait, de Gunther Vandenhind dont la fille Estelle avait été enlevée il y a plusieurs années. Je ne sais pas si vous vous en souvenez, mais l'affaire avait fait grand bruit en Angleterre. On l'avait soupçonné pendant longtemps d'avoir assassiné sa propre fille, mais aucune preuve n'avait pu être apportée. La jeune fille n'a jamais été retrouvée. Sa femme Freda était morte de chagrin et Monsieur Vandenhind disparut du jour au lendemain. Personne n'en entendit plus parler.

L'agent Cléry poussa un *oh !* de surprise.

- Madame Bartell avait encore une fois raison : il était bien de nationalité néerlandaise. Ce qu'elle n'avait pas réalisé, c'est que ce Monsieur vivait dans son village de Brandys Bay en Cornouailles lorsque sa fille fut enlevée...

▼▼▼▼

Rosemary Bartell n'en croyait pas ses oreilles. Ce que venait de lui apprendre l'Inspecteur Lafouèche était absolument incroyable.

Assise dans le salon de la villa Barnes, elle se releva et alla instinctivement vers la cheminée pour se réchauffer : le fait de savoir que ce pauvre Graham Tatley était en fait Gunther Vandenhind l'avait fait frissonner.

Elle avait besoin de chaleur... Dehors, il pleuvait et la température avait encore baissé durant la nuit.

Vincent Lafouèche la regardait sans parler. Il la laissa regagner le salon pour se rasseoir avant de recommencer à lui poser des questions.

- Madame Bartell, je suis désolé encore une fois de vous avoir donné ce choc. Je ne savais pas que Monsieur Vandenhind était un proche.

Rosemary releva la tête et sourit à l'inspecteur :

- Je n'étais pas véritablement une proche, Inspecteur. Je connaissais surtout sa femme Freda. A un moment, la police a soupçonné Graham, enfin disons Gunther, d'avoir assassiné sa fille. Le couple n'a pas résisté à ces suspicions, même si aucune preuve n'avait été produite pour confirmer la culpabilité de Gunther. Freda mourait de chagrin quelques mois plus tard et son mari disparaissait dans la nature. Bien évidemment, cette fuite fit dire à beaucoup d'habitants de Brandys Bays que c'était lui l'assassin, mais je n'ai jamais cru à ces atroces rumeurs. D'ailleurs, le corps de la petite n'a jamais été retrouvé.

Madame Bartell semblait absente... Elle s'interrompit quelques instants, les yeux dans le vague.

- Cette affaire a fait grand bruit dans toute l'Angleterre. Lors des meurtres de Brandys Bay, l'affaire avait refait surface. Je ne pourrai vous en dire plus. Je lisais les journaux comme tout le monde et Freda ne s'est jamais confiée à moi. Elle était déjà une personne très effacée avant le drame, mais la disparition de sa fille l'avait, à tout jamais, éloignée de ce monde.

Elle éleva la voix :

- En tout cas, Gunther n'a pas pu assassiner sa fille, j'en reste persuadée. Mon Dieu, je ne l'aurais jamais reconnu... Il faut dire que ma dernière rencontre avec Gunther remonte à de nombreuses années, avant la Grande Guerre. Avec sa barbe et son chagrin qui avait dû le faire vieillir de plusieurs années en quelques jours, il était devenu méconnaissable.

Rosemary semblait s'en vouloir de ne pas avoir reconnu Gunther. Elle pensait en elle-même qu'elle aurait pu le sauver de cet assassinat.

- Vous n'avez rien à vous reprocher, reprit le policier en se doutant des pensées de culpabilité qui traversaient l'esprit de Rosemary Bartell. Beaucoup d'années se sont passées depuis l'enlèvement de la petite Estelle et il était impossible pour vous de le reconnaître. Madame Bartell, c'est grâce à vous que nous avons pu savoir qui était réellement Graham Tatley, à cause de votre remarque sur son léger accent néerlandais.

Elle resta silencieuse pendant quelques instants. Le policier pouvait constater, à son regard, que ses cellules grises fonctionnaient à plein rendement.

- Inspecteur Lafouèche, pensez-vous que nous puissions faire un rapprochement entre l'enlèvement de la petite Estelle et celui de Habiba ?

Le policier se leva et répondit sans hésiter :

- Je le fais en tout cas. Nous savions que Graham Tatley avait en lui une soif de vengeance et en voulait à l'Ordre. Maintenant que nous savons qu'il est Gunther, nous pouvons arriver à la conclusion qu'Estelle avait été enlevée par l'Ordre pour une raison que nous découvrirons bientôt, sans doute.

Rosemary, revenue près de la cheminée, approuva les affirmations de Vincent Lafouèche. Soudainement, elle mit son pouce sur sa tempe et se retourna vers le policier, les yeux brillants :

- Mais oui, rappelez-vous la coupure de journal que mon mari avait cachée dans son manuscrit : la découverte du cadavre d'une jeune fille d'environ douze ans sur les collines de Byrsa... Personne n'avait jamais signalé la disparition d'une jeune fille ! Et si ce cadavre retrouvé était celui de la pauvre Estelle... Cela expliquerait que personne ne s'était soucié de sa disparition, la pauvre enfant ayant été enlevée en Angleterre et emmenée en Tunisie. Vous devriez vérifier si les dates correspondent.

Le policier hocha la tête en signe d'assentiment.

- Inspecteur, nous devons retrouver Habiba dans les plus brefs délais...Un détail me fait peur : le cadavre de la pauvre petite Estelle était calciné... Pourquoi ? En général, on fait brûler un cadavre si on désire cacher son identité à tout jamais. Mais dans notre cas, Estelle était complètement inconnue à Carthage. Alors, pourquoi brûler son cadavre ? J'ai bien peur que l'Ordre ne lui réserve une fin des plus cruelles. A moins évidemment qu'elle ne soit morte dans un incendie... Vous pourrez sans doute trouver tout ceci dans votre dossier, non ?

Le policier français ne répondit pas. Il ferma les yeux de longs moments. Il semblait en proie à une souffrance physique intense. Il revint à la réalité quand on frappa à la porte.

Il traversa le salon pour aller ouvrir et se trouva nez à nez avec l'agent Cléry qui paraissait très excité.

- J'ai besoin de vous parler en urgence, Inspecteur.

- Entrez, Cléry. Nous n'avons pas de secrets pour Madame Bartell.

L'agent de police salua respectueusement Rosemary Bartell et se tourna vers son supérieur hiérarchique.

- Deux faits importants, Inspecteur... Le premier, nous avons trouvé qui était le propriétaire du véhicule utilitaire, la Fiat 10 CV. En fait, elle appartient à un Français domicilié à l'Ariana, rue de l'Amirauté, près du Bois des Oliviers. Un certain Paul Astor... Nous avons fait des recherches sur ce Monsieur Astor, mais il ne se trouve pas en Tunisie en ce moment. Il habite à Nice et ne vient qu'en Tunisie que de temps en temps.

- Bien, nous allons nous rendre à cette adresse dès que je rentre au Commissariat. Quoi d'autre ?

L'agent Cléry balbutia un *oui Inspecteur* et reprit son rapport. Il savait qu'il devait aller droit au but.

- La mission de fouilles britanniques nous apprenait, ce matin, que l'une de ses archéologues, avait trouvé un cadavre...

Rosemary Bartell leva la tête lorsqu'elle entendit le mot *cadavre*.

- En fait, curieusement, la personne qui a trouvé le cadavre est Lynnett Bowridge, la jeune femme qui réside chez Monsieur et Madame Malet. Elle a tout de suite prévenu son Chef de Mission qui a appelé la police. Je n'ai pas encore eu de retour... Le cadavre a été trouvé sur la colline de Byrsa. Avec la pluie qui tombe depuis hier, des monceaux de terre ont glissé et ont découvert le cadavre.

- Pauvre Lynnett, ne put s'empêcher de dire Rosemary. Quel affreux moment pour elle !

Le policier ne montra pas autant de compassion et parla à son assistant d'un ton peu aimable :

- Cléry, je vous avais demandé, rappelez-vous, de me ressortir le dossier de la jeune fille, retrouvée calcinée à Byrsa. Je vous avais fait lire une coupure de presse à ce propos.

Cléry sembla surpris de la demande de l'inspecteur.

- Mais, Inspecteur, je vous ai déposé le dossier sur votre bureau le lendemain de votre demande. Ne l'avez-vous pas trouvé ?

Le policier sembla agacé de la réponse de Cléry :

- Non, sinon je ne vous demanderai pas.

- En fait, Inspecteur, peu de choses sur ce cadavre. Les enquêteurs du moment constataient que le cadavre avait été déplacé à l'endroit où il avait été trouvé. Aucun incendie n'avait été déclaré dans ces moments... Le dossier avait été classé rapidement du fait que personne n'avait jamais demandé le corps de cette jeune personne.

Darlene Randwick, accompagnée de Frank Duncan, fit son entrée au salon à cet instant. Elle était suivie de Robert et de Moira Barnes.

Le policier français annonça qu'il devait regagner La Marsa au plus vite et prit congé rapidement.

- Êtes-vous sûr que vous allez bien, Inspecteur Lafouèche ? Je vous trouve particulièrement pâle.

Le policier se contenta de sourire à Rosemary et sortit de la pièce.

- Que se passe-t-il encore ? demanda Darlene d'un air inquiet.

Rosemary Bartell fit le résumé de ce qu'elle venait d'apprendre de Vincent Lafouèche et de son Assistant. A l'annonce de la nouvelle de la véritable identité de Graham Tatley, Darlene Randwick eut un mouvement de surprise :

- Vandenhind ? Vous me dites vraiment Vandenhind ? Mais j'ai suivi cette histoire jour après jour... Je me rappelle avoir vu les photographies de Gunther sur les journaux, mais jamais je n'aurais pu faire le rapprochement avec Graham ! C'est incroyable, Rosemary... Imaginez, nous sommes à Carthage, loin de notre Angleterre, et nous revoilà confrontées avec l'une des plus grandes énigmes de l'histoire criminelle britannique, la disparition d'Estelle Vandenhind, jamais retrouvée !

Rosemary prit un ton grave pour répondre à son amie :

- Je pense malheureusement que nous l'avons retrouvée... Vous vous rappelez la coupure qui était glissée sous la couverture du cahier manuscrit de Howard ? L'article relatait la découverte du corps calciné d'une jeune fille de douze ans. Avec l'Inspecteur Lafouèche, nous pensons que cette jeune fille était en fait Estelle Vandenhind...

- Vous voulez dire que Graham... enfin je veux dire Gunther, aurait emmené sa fille avec lui de Brandys Bay ?

Rosemary ne put s'empêcher de sourire :

- Non, la pauvre Estelle a bien été enlevée et c'est l'Ordre qui l'aurait, pour une raison encore inconnue, emmenée en

Tunisie. Ensuite, elle a sans doute été assassinée et brûlée pour enlever toute trace du crime.

- A moins qu'elle n'ait été brûlée vivante...

Lynnett Bowridge surprit tout le monde avec son interprétation. Personne ne l'avait entendue entrer dans le salon dont la porte était restée ouverte.

- Pardon, je crois que j'ai effrayé tout le monde. J'étais venue voir l'Inspecteur Lafouèche.

- Il vient juste de quitter la pièce, annonça Moira Barnes.

- Oui, je l'ai croisé et nous sommes allés parler rapidement dans sa voiture pour éviter la pluie...

Robert Barnes s'assit dans l'un des fauteuils du salon. Toutes ces nouvelles avaient l'air de le fatiguer à l'extrême et il regardait le plafond d'un air vague, en se massant la nuque.

Tout le monde remarqua la présence de Patricia, restée sur le seuil de la porte du salon.

- Ah, Patricia, comme d'habitude, vous êtes toujours là où il faut et quand il faut. Apportez-nous un peu de café et du thé, je crois que nous en avons tous besoin, ordonna le maître de maison.

Dehors, la pluie redoublait d'intensité et frappait vivement les carreaux des portes-fenêtres.

Lynnett embrassa Moira, Darlene et Rosemary et salua d'un air joyeux Frank Duncan qui la dévorait des yeux. Il faut dire que sa tenue, composée d'un pantalon de laine fluide et ample, de couleur beige, et d'un chandail assorti sur lequel virevoltaient plusieurs colliers de perles, faisait de l'effet. Son chapeau cloche enfoncé jusqu'aux sourcils renforçait l'éclat de ses yeux et la rondeur de sa bouche.

Elle s'assit entre Moira et Rosemary.

- Désolée d'avoir été trop directe en rentrant, mais l'Inspecteur venait de me parler, en plus du cadavre que j'ai découvert fortuitement ce matin, de celui de la pauvre jeune fille anglaise, retrouvé à Byrsa il y a quelques années... Nous autres, archéologues, nous aimons retrouver des squelettes dont la mort remonte à des milliers d'années, mais sûrement pas des cadavres sauvagement brûlés ou étranglés.

- Vous ne semblez pas avoir été choquée par cette découverte ? Si c'était moi, j'aurais défailli.

Lynnett se retourna vers Moira en souriant :

- Vous savez, Moira, déterrer des objets ou des squelettes, fait partie de mon métier. Bon, ce cadavre n'était pas au stade d'un squelette, car sa mort ne remontait qu'à deux ou trois jours, pas plus. Mes cours d'archéologie englobaient des approches de médecine légale. Le pauvre homme a été étranglé et son corps jeté dans un trou pas très profond... La pluie a enlevé la terre et son cadavre est vite réapparu.

Frank admirait la façon prosaïque avec laquelle la jeune femme expliquait sa découverte. D'autres auraient poussé des cris ou se seraient évanouies. Lynnett, elle, racontait ce moment de manière très calme et analysait parfaitement.

Rosemary intervint :

- Qu'avez-vous trouvé de bizarre, Lynnett ?

A ce moment, Patricia entra dans le salon avec un plateau de tasses, suivie par une domestique qui amenait café et thé.

Rosemary fit un signe à Lynnett de ne pas continuer. Patricia allait se mettre à servir lorsque Moira, toujours très intuitive et ayant remarqué le signe de Rosemary, demanda à la gouvernante de disposer.

- Je vais m'en occuper, Patricia. Veillez à refermer la porte en sortant, merci.

Le ton directif de Moira Barnes sembla décontenancer la gouvernante qui se retira sans mot dire.

- J'aime beaucoup Patricia, mais j'ai l'impression qu'elle est toujours derrière moi. Je ne sais pas pourquoi elle tient toujours à faire le service lorsque je suis avec mes invités alors que nous avons des domestiques pour ce faire.

Robert Barnes sortit de sa torpeur :

- Tu donnes trop de pouvoir à cette femme, Moira. On dirait qu'elle est devenue la maîtresse de maison. Je suis content que tu songes à la remettre à sa place.

Moira, ne voulant pas exposer ses soucis ancillaires devant ses invités, préféra changer la conversation et demanda à Lynnett de reprendre le cours de son exposé sur le fameux cadavre.

- Merci, Moira. Votre café est toujours aussi excellent. Donc, que disais-je ? Ah oui, je confiais au bon Inspecteur Lafouèche que j'avais remarqué une chose bizarre sur le corps de ce pauvre homme : ses deux yeux avaient été crevés ! Bizarrement, j'ai cru que le policier allait avoir un malaise à cette annonce macabre !

Darlene et Moira poussèrent en même temps un petit cri...

- Mais c'est horrible ce que vous dites, Lynnett. Si je comprends bien, il fut étranglé et on lui creva les yeux ?

- Oui, j'en ai bien peur, Darlene. Ou le contraire...

Tout le monde regarda Lynnett Bowridge. Elle se leva avec sa tasse de café à la main. Elle avait l'air complètement fascinée par cette histoire.

- En fait, dans les civilisations anciennes, on crevait les yeux des traîtres. Ce rituel avait une signification : il empêchait les personnes qui avaient trahi, durant leur vie terrestre, de recommencer leurs méfaits dans l'au-delà. Leur cécité les empêcherait d'espionner ou de commettre toute autre trahison... Cet homme avait dû trahir et son assassin, sans doute érudit, a voulu reproduire ce rituel.

Frank Duncan ne pouvait détacher les yeux de son héroïne. Elle le fascinait dans sa manière de s'exprimer, de s'habiller, de bouger, de parler. Il comprit qu'il en devenait complètement amoureux...

Darlene et Rosemary échangèrent un regard convenu lorsque Lynnett expliqua le rituel : toutes les deux avaient bien compris que ce nouveau crime était encore signé par l'Ordre de Baal Hammon. Sans doute un dissident ou un traître qui n'avait pas été assez prudent.

- Lynnett, qu'avez-vous voulu insinuer lorsque vous nous disiez que la jeune fille de Carthage avait pu être brulée vivante, demanda Rosemary Bartell d'un air inquiet.

- Rien, Rosemary. Ce ne fut qu'une remarque idiote. Je vis trop avec mes Carthaginois en ce moment et du temps où Carthage était punique, on avait recours aux sacrifices humains pour demander des faveurs aux dieux. Le pauvre Graham nous en parlait, rappelez-vous… J'ai juste fait un parallèle entre le pauvre gardien et la jeune fille, car les deux morts semblent faire un rappel de traditions antiques…

Regardant sa montre, Lynnett déclara qu'elle devait repartir pour aller faire sa déposition au commissariat de La Marsa. Elle finit son café. Personne ne remarqua la pâleur extrême de Darlene Randwick qui se rassit dans un fauteuil.

Moira raccompagna Lynnett jusqu'à la porte et lui demanda de venir dîner le soir. Elle croisa le regard de Frank qui lui demandait d'accepter...

- Avec plaisir, Moira. Je me sens bien avec vous. Je viendrai.

Dès que Lynnett eut refermé la porte, Robert Barnes se leva et demanda à Moira de l'accompagner à son bureau. Il se retourna vers ses invités avant de sortir :

- N'hésitez pas à nous appeler, mes amis, si vous avez besoin de quelque chose. Nous sommes juste à côté.

Seuls, Frank et Darlene réalisèrent que Darlene semblait préoccupée :

- Quelque chose ne va pas, Darlene, demanda Rosemary, inquiète pour son amie.

- Rosemary, le serviteur de Graham... enfin, je veux dire Gunther, a parlé de cérémonie de sacrifice organisée par l'Ordre... Je viens juste de faire le lien entre le cadavre calciné de la petite Estelle et l'enlèvement de Habiba... Cette pensée m'a tourné les sangs !

Frank et Darlene comprirent le sous-entendu de leur amie.

- Vous voulez dire que le même sort risque d'être réservé à Habiba...

- Oui, Rosemary, c'est exactement cela que je voulais dire. J'ai demandé au jeune homme d'aller tout de suite à la police, mais il a refusé. En fait, ce qu'il veut faire, Rosemary, c'est vous voir et vous remettre des documents de la part de Gunther Vandenhind, appelons-le par son vrai nom. Il a dit, qu'avec ces documents, vous pourriez, vous, aller voir la police tandis que lui, quitterait Tunis au plus vite.

Rosemary se leva. Ses yeux brillaient et elle se sentait prête à attaquer n'importe qui pour sauver la petite Habiba :

- Vous imaginez ce que nous sommes en train de dire ? Des individus sacrifient des jeunes filles à peine nubiles ! Pourquoi est-ce que l'Ordre comment de telles atrocités ? Quel profit et quel plaisir en tirent-ils ?

Elle devait rencontrer rapidement ce jeune homme qui allait sans doute les faire avancer considérablement dans leur enquête... Elle partagerait immédiatement tout ce qu'elle apprendrait avec l'Inspecteur Lafouèche et tenterait de savoir où se trouve la fille de Malika.

- Rosemary, nous avons rendez-vous avec le jeune Tunisien – *elle n'arrivait jamais à mémoriser son prénom* - dans la maison de Gunther dans trente minutes. Mais nous ne devons pas nous faire remarquer par la police. Donc, je propose que nous sortions par la porte de la plage comme si nous allions nous promener. Nous ferons le tour de la propriété des Malet pour revenir à la villa de Gunther par l'arrière.

- Faire une promenade sous la pluie ? Ne vont-ils pas trouver cela bizarre ?

- Nous allons vite nous changer et nous habiller avec des tenues adaptées. Et puis, rappelez-vous que nous sommes Anglaises, nous sommes habituées à la pluie !

- A vos ordres, Darlene, répondit Rosemary en souriant.

- Faites-moi penser à demander un service insolite à Moira : je veux absolument consulter son testament. Je ne sais pas comment je vais demander cela, mais je trouverai au moment.

Frank allait intervenir, mais sa cousine lui fit un signe de ne pas insister. Il changea la conversation et insista encore pour sortir avec elles.

- Non, Frank, vous ne nous accompagnez pas. Par contre, vous pouvez tout à fait nous surveiller de loin... Ce jeune homme n'est pas du tout notre ennemi, nous ne craignons rien. Je lui ai promis de venir seule avec Rosemary, je dois tenir ma parole.

Frank pensa plutôt aux voyous de l'Ordre qui pourraient être tapis dans l'ombre pour les surveiller. Il préféra ne rien dire, il avait déjà son plan.

▼▼▼▼

Nathaniel Steinway regardait la pluie tomber par la fenêtre de la bibliothèque. Il n'avait pas cessé de pleuvoir depuis la veille au soir et la mer avait pris une couleur gris sale inhabituelle.

La bibliothèque était située au premier étage de la villa des Barnes, en face de la chambre de Madame Bartell.

Nathaniel aimait venir se réfugier dans la quiétude de cette pièce. Il échappait d'abord aux pinailleries et aux questions continues de son épouse. Ensuite il pouvait s'asseoir dans l'un des confortables fauteuils Chesterfield, à côté de la grande cheminée.

Une flambée crépitante animait son âtre. Plongé dans son livre, un roman de Dorothée Sayers, il appréciait la littérature policière et particulièrement cet auteur.

La porte s'ouvrit doucement avec son grincement caractéristique. Nathaniel vit la tête de son ami Robert Barnes qui semblait chercher quelqu'un.

- Ah ! Nathaniel, te voilà... Tu aimes cet endroit comme moi, c'est bien ! Puis-je venir te tenir compagnie ?

Nathaniel se leva et sourit :

- Je te rappelle que tu es chez toi, cher ami, et que ce serait plutôt à moi de te demander cela. Viens t'asseoir près de moi. Cette cheminée dégage une chaleur bien agréable, surtout lorsque ce mauvais temps réveille mes vilaines douleurs. J'aime venir dans ta bibliothèque, le matin, avant le déjeuner.

Robert Barnes s'assit dans le fauteuil proposé par son ami et laissa échapper un long soupir.

- Robert, tu m'inquiètes beaucoup depuis quelques jours. Je te vois à peine, nous ne faisons plus nos promenades ensemble et tu me sembles très inquiet ou alors dépressif.

Le maître de maison sourit à son tour à son ami :

- Ne t'inquiète pas pour moi, mon vieil ami. Je vais mieux que je ne le montre. En fait, toute cette histoire que nous sommes de nouveau en train de subir, ces meurtres et ces enquêtes policières me fatiguent énormément. Imagine que je viens d'entendre, qu'à part les crimes de ce pauvre Dali et de Graham, la police parle aussi du cadavre d'une jeune fille, retrouvé à Byrsa, il y a quelques années. On parle aussi du meurtre d'un gardien... Quatre morts, c'est un peu trop, non ? Surtout si je rajoute ceux de Brandys Bay...

Nathaniel Steinway ne savait pas quoi répondre. Comme d'habitude, il laissa son ami parler.

- Tu vois, lorsque je regarde cette pièce où nous sommes, je l'aime bien, mais en fait je la considère comme une scène de théâtre. Bien arrangée, bien agencée, bien décorée... Elle est ornée de livres que je n'ai jamais lus... Notre décorateur a acheté deux centaines de livres pour meubler les étagères... Chaque maison bourgeoise ou aristocratique a sa bibliothèque, alors nous en avons une. Sauf que chez nous, personne n'en lit ses livres.

Il soupira encore.

- Tout est comédie, ma vie a été une comédie.

Nathaniel se tourna vers son ami.

- Robert, tu te fais du mal. Tu dois accepter ta nouvelle fortune et en profiter, tout simplement. Ta femme s'inquiète, épargne-lui ces soucis. La situation vous en amène suffisamment.

Robert Barnes hocha la tête en signe d'assentiment :

- Je sais que tu as raison, mais ces pensées m'obsèdent, Nathaniel. J'ai l'impression de ne pas être à ma place.

Nathaniel hésita avant de répondre :

- Nous avons tous nos problèmes si cela peut te rassurer. Moi-même, depuis quelques mois, ce n'est pas forcément l'entente cordiale avec Édith. Son humeur de plus en plus mauvaise, ses déplacements continus avec sa Fondation et ses orphelinats me dérangent.

Robert Barnes sourit à son ami :

- Oui, j'ai remarqué cela, Nathaniel. Édith a des idées de plus en plus arrêtées sur certains sujets et son sectarisme m'étonne. Elle n'était pas ainsi avant, je me rappelle.

- En fait, je ne sais pas qui elle rencontre dans sa Fondation, mais je pense que ce sont eux qui lui mettent de telles idées dans la tête. Je lui ai même demandé de consacrer moins de temps à cette Fondation, mais elle m'a opposé une fin de non-recevoir !

- Mais quelle est cette Fondation exactement ?

Nathaniel Steinway toussota :

- Je ne sais pas trop. Elle est financée par des Français, d'après ce qu'elle m'a dit. Elle ne me raconte pas grand-chose, mais elle se déplace beaucoup. Elle est repartie à Alger plusieurs fois.

La porte de la bibliothèque s'ouvrit avec son grincement habituel. Édith Steinway entra, mais ne s'avança pas.

- Ah ! Tu es là, Nathaniel... Je te cherchais partout. Juste pour te prévenir que je vais à l'orphelinat. Je serai de retour pour le dîner. Bonne journée.

Elle referma la porte. Nathaniel Steinway soupira une nouvelle fois et ferma les yeux.

Chapitre 20

Jeudi 24 janvier, fin de matinée

L'agent Cléry frappa sur le carreau de la porte ouverte du bureau de l'Inspecteur Lafouèche qui venait d'arriver de Carthage. Il n'attendit pas que son supérieur l'invite à entrer :

- La voiture est partie pour le Bois des Oliviers, Inspecteur. Ils vont ramener les habitants de la villa s'ils en trouvent...

Le policier sursauta :

- Agent Cléry, ne vous avais-je pas dit de m'attendre pour l'opération du Bois des Oliviers ? Qui vous a permis de prendre de telles initiatives ?

L'Agent Cléry sembla gêné le temps d'une seconde, mais affronta son supérieur avec courage :

- Les ordres viennent de plus haut, Inspecteur. C'est le Commissaire Toutlevent qui a pris cette décision et nous ne pouvions lui refuser...

L'Inspecteur Lafouèche respira profondément et demanda à son assistant s'il avait d'autres choses à lui dire :

- Oui Inspecteur. Nous avons pu trouver l'identité du cadavre de Byrsa, celui que Lynnett Bowridge a trouvé. Omar Sediri, c'est son nom. Il était gardien sur le site des fouilles de la Colline de Byrsa. Sa femme avait signalé sa disparition. Elle a identifié le cadavre comme étant celui de son mari...

- L'avez-vous interrogée ?

- Oui, bien sûr, Inspecteur. Elle a reconnu que son mari avait des comportements bizarres depuis plusieurs jours et qu'il semblait avoir peur de quelque chose. Elle ne savait pas la raison, son mari ne lui disait rien. Omar Sediri était papa de deux enfants. La pauvre femme s'est évanouie lorsqu'elle a vu le cadavre de son mari avec ses yeux...

- Passez-moi les détails, Cléry.

L'Inspecteur se mit à fixer son tableau noir, faisant comprendre à son assistant de disposer.

Il se leva et alla rajouter plusieurs mots à son schéma du tableau noir qui devenait très compliqué. Pourtant, Vincent Lafouèche, lui, le comprenait parfaitement.

Il relut tout haut les mots qu'il avait ajoutés : *Gunther Vandenhind, Estelle Vandenhind (assassinée par l'Ordre ? Omar Sediri (traître assassiné par l'Ordre), lien fiable entre Habiba et Estelle ?*

Il relut aussi les mots qu'il avait ajoutés lorsqu'il avait composé le schéma avec son assistant : *Nathaniel Steinway, Darlene Randwick, Patricia de Launay,*

Il appela Cléry qui se présenta à son bureau moins de dix secondes plus tard :

- Où en sommes-nous sur les enquêtes personnelles sur Nathaniel Steinway, Darlene Randwick et Patricia de Launay ?

- Darlene Randwick, rien à signaler. Nous avons eu la réponse de votre contact à Brandys Bay qui a appelé ses collègues de Londres. Pour Monsieur Steinway, idem. Il est en fait basé à Nice et nos collègues ne nous signalent rien sur ce monsieur. Par contre, c'est un peu plus compliqué pour Mademoiselle de Launay, car elle bouge beaucoup. Elle est de nationalité française mais s'installait à Londres avant la Grande Guerre. Avant de venir s'établir en Tunisie, elle habitait au Caire...

- Cléry, renseignez-vous sur ces gens chez qui elle travaillait au Caire. Je veux leurs noms et je veux qu'ils confirment que Mademoiselle de Launay travaillait bien chez eux. C'est très urgent, Cléry.

L'agent rassura son patron sur sa célérité à lui obtenir les informations.

- Cléry, refermez la porte en sortant. J'ai des appels téléphoniques à faire.

Vincent Lafouèche rouvrit le dossier poussiéreux que Cléry lui avait sorti au sujet de la découverte du cadavre d'une jeune fille qui pourrait bien être Estelle Vandenhind.

Il le relit rapidement, car franchement, il n'y avait rien de très intéressant. Le cadavre avait été trouvé par des gardiens du site de fouilles archéologiques de Byrsa, un matin très tôt...

Quelques analyses avaient été faites, la population avait été invitée par la police à signaler toute disparition de jeune fille. Personne n'avait répondu. Le dossier avait été prestement classé par la police française.

Vincent Lafouèche compara les dates de l'enlèvement d'Estelle Vandenhind et celle de la découverte du cadavre. Quelques semaines les séparaient.

- Je suis sûr que c'est Estelle Vandenhind, pensait le policier. Et voilà pourquoi son père en voulait tant à l'Ordre. Lui, seul, savait qu'elle avait été enlevée par leur entremise. Cette haine aussi féroce, il ne pouvait l'entretenir que pour la mort d'êtres chers, une fille et une épouse, par exemple.

L'inspecteur regarda sa montre, il était déjà tard et il avait rendez-vous avec le représentant secret de la Sûreté Générale au Saf Saf.

▼ ▼ ▼ ▼

Himilkat remercia d'un ton distant les deux jumeaux qui avaient prestement organisé le déménagement de la petite Habiba.

Heureusement que l'Ordre avait des espions partout et notamment au commissariat de La Marsa...

Ils avaient été prévenus qu'une perquisition allait être menée au Bois des Oliviers. Le Maître avait aussitôt quitté la villa, accompagné de Mouni tandis que les domestiques avaient reçu l'ordre de nettoyer à très grande vitesse la maison pour donner l'impression que personne n'y habitait, à part eux.

Himilkat avait supervisé ces travaux de nettoyage et de rangement. Il était passé dans toutes les pièces pour voir si aucun objet appartenant au Maître, à Mouni ou à Habiba n'était resté dans les pièces de la villa.

Il fut rassuré et donna toutes ses consignes aux trois domestiques : ils ne craignaient rien. Ils devaient juste dire que la villa appartenait à un Français de Nice qui venait de temps en temps et qu'ils s'occupaient de l'entretien de la maison et du jardin en son absence. Ils ne devaient rien dire de plus et s'en tenir à cette version. Pour la voiture, elle n'était pas dans la villa et ils ne savaient pas où le propriétaire la parquait lorsqu'il s'absentait.

Himilkat avait quitté la villa du Bois des Oliviers avec une autre voiture que la *Renault 10 Cv*, apparemment remarquée par la police. Un membre de l'Ordre leur avait amené une voiture un peu moins voyante, une *Citroën C3*, et était reparti avec la *Renault 10 Cv* qu'il avait cachée dans un garage, à l'abri de tous les regards.

Les jumeaux avaient même pensé à effacer, devant la villa, les traces de pneus apparentes sur la piste de sable, trempée par la pluie.

- Le passage du Maître et de Habiba est complètement effacé. La police ne pourra rien prouver. Ces fouineurs de flics nous ficheront la paix, pensa Himilkat.

Il regarda les deux jumeaux qui étaient en train de boire une bière *Gruber*.

- Vraiment des têtes d'assassin, se dit Himilkat. Je n'aimerais pas avoir des problèmes avec eux. Ils pourraient me respecter un peu plus, je fais partie des hautes sphères de l'Ordre, quand même !

Mais tout le monde savait, au sein de l'Ordre à Tunis, que les jumeaux ne recevaient leurs ordres que du Maître lui-même. Aucun de ses lieutenants n'avait jamais eu droit à un *bonjour* ou à un *merci* de la part des jumeaux.

Ils se trouvaient maintenant à Raoued, à une distance de quelques kilomètres du Bois des Oliviers. L'Ordre possédait de nombreuses villas et appartements à Tunis.

Cette villa, modeste, de taille identique à celle du Bois des Oliviers, pas loin de la mer, était inhabitée et non meublée. Elle n'avait pas encore reçu sa couche finale de peinture et paraissait, de l'extérieur, encore en chantier.

A l'intérieur, seule une pièce avait été sommairement meublée d'un canapé, de deux fauteuils, d'un petit lit, d'une table de salle à manger et d'une table de salon.

Habiba dormait dans le petit lit. Elle ne semblait pas agitée. La maison, bien évidemment, n'avait pas de chauffage et Himilkat avait amené avec lui deux couvertures épaisses.

Himilkat devait prendre soin de cette petite fille. Il ne le faisait pas par charité, mais parce que le Maître le lui avait recommandé instamment.

- Elle doit rester dans un état végétatif pour ne pas avoir de crise en se réveillant, avait recommandé Himilkat aux deux jumeaux, chargés de sa garde. Donnez-lui un peu à manger et si elle commence à crier ou à s'agiter, vous savez quoi faire. Les piqûres sont ici, prêtes à l'emploi.

Un bruit de portières se fit entendre à l'extérieur. Himilkat savait que le Maître arrivait. En effet, quelques secondes plus tard, il faisait son entrée dans l'unique pièce habitable de la villa. Il était toujours flanqué de Mouni qui toisa Himilkat d'un air hautain.

- Heureusement que nous avons nos indicateurs un peu partout à Tunis, sinon nous aurions été pris comme des rats... J'espère que les domestiques tiendront le coup. Au prix où nous les payons, ils nous doivent bien cela.

Adonibaal s'assit sur le canapé et demanda à Himilkat de s'approcher. Mouni préféra rester debout.

- Himilkat, vous avez compris que nous sommes surveillés. En fait, jamais la police ne nous a autant approchés et ceci ne me déplait. Quand je pense que tout ceci vient de cette vieille bique de Rosemary Bartell, je ne peux le croire.

- Maître, comment ont-ils pu remonter à la villa du Bois des Oliviers ? demanda respectueusement Himilkat.

Adonibaal sourit à son lieutenant :

- Par votre faute, Himilkat. Pourquoi avoir pris la voiture du propriétaire de la villa ? Une voiture voyante en plus ! Le numéro de la plaque d'immatriculation a été relevé par quelqu'un, je ne sais pas qui. Heureusement pour lui ou pour elle... Les Français sont organisés,

Himilkat préféra ne pas argumenter avec Adonibaal, il savait qu'il ne pourrait jamais avoir le dernier mot.

- Si tout ceci était arrivé avant, j'aurais annulé notre cérémonie de demain soir, continua Adonibaal. Il est malheureusement trop tard. Tous les hauts dignitaires de l'Ordre sont là. Ils se ressemblent tous en fait, ils sont prêts à tout pour recevoir gloire et reconnaissance.

Le Maître se releva avec difficulté du canapé trop bas. Mouni se précipita pour l'aider.

- Himilkat, vous allez faire en sorte que cette cérémonie se passe le mieux du monde. Nous ne devons pas nous faire remarquer. Tous les gardiens des sites de fouilles de Byrsa, demain soir, nous sont attachés. Bien évidemment, nos soixante invités ne peuvent arriver en même temps et par le même chemin. Plusieurs itinéraires seront prévus, certains plus longs que d'autres, mais nous n'avons pas le choix. Ils ont déjà reçu leurs tenues pour la soirée... Nous n'avons pas forcé sur le service de sécurité pour ne pas nous faire remarquer...

Le Maître s'interrompit encore une fois. Il sembla réfléchir une seconde et reprit :

- Mouni va s'occuper, avec des disciples de petit rang, de toute la partie réception. Il doit y avoir de l'alcool, du vin et beaucoup de nourriture.

Himilkat hochait la tête régulièrement pour montrer son attention à Adonibaal.

- Je partirai avec Mouni avant la fin de la cérémonie. Nous partirons en pleine nuit au port de Tunis. De là, un bateau nous attendra pour traverser la Méditerranée jusqu'à Marseille. Nous rentrerons à Londres immédiatement.

Le Maître se leva et signifia qu'il voulait partir. Mouni n'avait pas dit un mot, se contentant de toiser Himilkat. Les jumeaux l'attendaient dans l'autre pièce et se levèrent dès qu'ils virent Adonibaal sortir, suivi de Mouni et de Himilkat.

Ils ouvrirent les portières de la voiture qui les attendait. Avant de monter dans le véhicule, une *Renault 15Cv*, la dernière-née de chez le constructeur français, le Maître se retourna vers son lieutenant :

- Himilkat, je ne veux aucun problème demain soir. Vous m'entendez, aucun problème. Si vous réussissez, je vous promets une belle récompense.

Himilkat baissa la tête respectueusement et regarda la voiture s'éloigner. Il savait que la nuit de demain serait la plus longue et la plus éprouvante de sa vie.

▼▼▼▼

Vincent Lafouèche troqua son élégant manteau d'hiver contre un imperméable. La pluie tombait et même si le Saf Saf n'était pas très loin du Commissariat de La Marsa, la distance était quand même trop longue pour sortir sans parapluie et sans imperméable.

En cette fin de matinée, le café n'était pas très fréquenté. Le policier reconnut son serveur, Belhassen, qui se précipita vers lui.

- Monsieur l'Inspecteur, c'est toujours un plaisir de vous recevoir au Saf Saf. Votre invité est arrivé et comme d'habitude, je vous ai placé à la table du fond. Il a déjà commandé un café.

- La même chose pour moi, Belhassen, et essayez qu'il n'y ait pas trop de monde autour de nous.

- Ne vous inquiétez pas, Monsieur Vincent. Il n'y a pas encore grand monde à cette heure de la journée.

Le policier se dirigea vers la table où se trouvait déjà son invité qui ne le vit pas arriver du fait qu'il lui tournait le dos. L'homme se leva lorsqu'il entendit l'Inspecteur Lafouèche le saluer.

- Ravi de vous voir, Inspecteur. Désolé de vous avoir prévenu si tard pour cet entretien. Mais nous sommes en zone dangereuse et je devais absolument vous voir pour conjuguer nos efforts.

Lafouèche s'assit à la table et y posa son chapeau. Son invité avait gardé le sien et avait remonté son col comme d'habitude. Il tournait le dos à la salle et personne ne pouvait le reconnaître.

Sans plus tarder, le policer résuma les derniers évènements qui venaient de se produire : son invité était déjà au courant de la véritable identité de Graham Tatley, mais ne savait rien sur le fait que le cadavre dont on parlait dans la coupure de presse, avait des grandes chances d'être celui de la petite Estelle Vandenhind. Il l'informa également de l'assassinat du gardien aux yeux crevés, des explications plausibles de Lynnett Bowridge et de tout le reste.

- Vous avez bien avancé, Inspecteur, se crut obligé de conclure l'homme, légèrement agacé par les progrès du policier dans l'enquête. Vous attendez le retour de vos hommes de la villa du Bois des Oliviers, je suppose...

Vincent Lafouèche tressauta. Il se demandait comment son interlocuteur pouvait déjà être au courant de cette information.

- Oui, c'est pour cela que je ne peux rester longtemps avec vous. Avez-vous appris, de votre côté, quelque chose de nouveau susceptible de nous aider ?

L'homme hésita. En fait, il n'avait pas grand-chose à annoncer au policier. Il attendit encore, avant de répondre. Belhassen était en train de servir leurs cafés.

- Nous avons placé sous surveillance les nombreuses personnalités qui sont arrivées en Tunisie depuis plusieurs jours. Je vous en avais parlé. Nous avons fait des enquêtes sur ces gens, beaucoup appartiennent à l'Ordre, nous en sommes persuadés. Cela signifie donc qu'une rencontre ou qu'une célébration, je ne sais, va bientôt réunir toutes ces personnes. Nous avons vérifié également leurs jours de départ sur les différentes compagnies de navigation ou de train... Ils quittent la Tunisie à partir de samedi pour certains, dimanche et lundi pour les autres. Cela signifierait donc que leur réunion se tiendrait aujourd'hui ou demain.

L'homme but son café en une seule gorgée.

- Le plus drôle, Inspecteur, est que nous avions mis sous surveillance un Allemand arrivé de Marseille, il y a deux jours. Il appartient au cercle politique de ce Hitler, sous les verrous pour le moment. Sa voiture l'a déposé à l'adresse que vous avez indiquée, rue de l'Amirauté, près du Bois des Oliviers à l'Ariana.

- Cela signifie donc que cette maison est bien l'un des points de rencontre de l'Ordre...

- Oui, je confirme. Voilà ce que je propose que nous fassions. Je veux votre avis.

Après une dizaine de minutes, l'homme se leva, souleva son chapeau rapidement et prit congé du policier. Vincent Lafouèche sortit un peu d'argent de sa poche de veston et laissa ce qui était nécessaire pour payer les deux cafés.

Il avait hâte d'être revenu au commissariat. Il se sentait de plus en plus mal, mais ne devait rien montrer...

Rosemary Bartell et Darlene Randwick pressèrent le pas. La promenade ne les enchantait guère : un vent glacial soufflait sur la plage, la pluie les frappait au visage et leurs parapluies se désarticulaient.

Le policier, stationné à l'arrière de la villa, les avait regardées, avec surprise, sortir sur la plage. Il se dit que ces Anglaises étaient vraiment bien excentriques comparé aux Françaises, pour aller se promener avec un tel temps. Lui, aurait donné tout ce qu'il avait pour être au chaud dans son appartement de La Marsa.

Darlene se retourna et vit que le policier n'était plus visible. Cela la rassura.

Les deux femmes ne parlaient pas. Elles dépassèrent la villa des Malet. Elles avaient peur de trouver d'autres policiers, mais il n'en fut rien. Elles marchèrent encore pendant cinq minutes et tournèrent sur la gauche pour revenir sur leurs pas, mais en contournant de loin la villa Malet.

Elles aperçurent la villa de Gunther au loin. La pluie perdait un peu de son intensité et le vent soufflait moins fort que sur la plage.

- Nous allons passer par la porte de derrière comme je l'ai fait avant. Suivez-moi.

Rosemary suivit docilement Darlene. En quelques minutes, elles arrivèrent à la villa de Gunther. La porte arrière était ouverte. Elles traversèrent le jardin et frappèrent à la porte de la villa qui donnait directement sur la cuisine.

Azzedine ouvrit la porte, salua les deux Anglaises et les laissa entrer. Il ne souriait pas. Il alla jusqu'à la porte du jardin et vérifia que ses deux visiteuses n'avaient pas été suivies. Il ferma la porte avec le verrou et regagna, en courant, la villa. Il ferma également la porte de la cuisine à clef.

- Pardon, Mesdames, je voulais juste contrôler si personne ne vous avait suivies. Asseyez-vous, je vous en prie. Je vous ai fait une petite place autour de la table. Désolé pour ce désordre, mais Monsieur Tatley n'était guère ordonné. Il s'occupait des choses du passé...

- Monsieur Azzedine, je vous présente Madame Rosemary Bartell.

Très poliment, le jeune Tunisien aida Madame Bartell à s'asseoir et prit place lui-même autour de la table.

- Je suis très honoré de vous connaitre, Madame Bartell, car mon patron respectait beaucoup votre mari. Monsieur Bartell a beaucoup soutenu Graham pendant les mauvais moments. Je ne peux que le respecter pour un tel comportement. J'étais très attaché à Monsieur Tatley.

Azzedine crut bon de revenir sur sa vie passée, sur ses erreurs et sur l'époque où Graham lui avait tendu sa main pour le sortir des mauvais chemins.

Il parla également de sa famille, de sa ville natale où il allait bientôt retourner.

Rosemary Bartell savait qu'en Tunisie, il était toujours malvenu d'aller directement au coeur du sujet lorsqu'on s'entretenait avec des personnes. Aussi, elle savait qu'elle ne pouvait aborder le pourquoi de sa venue. Pourtant, l'heure était à l'urgence et il fallait sauver la petite Habiba.

Le jeune homme regarda Rosemary. Il sentit son impatience dans son agitation sur sa chaise et remarqua son tapotement inconscient de doigts sur la table.

Il se leva et se dirigea vers la cuisine. Il en revint quelques instants plus tard avec une grande enveloppe. Il se rassit à la table en posant sa main sur l'enveloppe.

- Graham m'a demandé de vous remettre cette enveloppe, Madame Bartell. Il me l'avait donnée un peu avant son assassinat en me demandant de ne l'ouvrir que s'il mourrait. Ce jour est venu et je vous remets l'enveloppe. Elle contient plusieurs documents, je vous laisse les découvrir. Je vous demanderais seulement de l'ouvrir lorsque vous êtes chez les Barnes, car je vais quitter maintenant Tunis. Je sais que l'Ordre est après moi, ainsi que la police. Je ne veux pas leur donner l'occasion de me prendre si je traîne par ici, surtout avec tous les flics qui sont de faction autour de la villa des Barnes.

Il se leva, imité par Rosemary et Darlene qui n'avaient pas prononcé un mot. Elles souhaitèrent bonne chance au jeune homme.

- Monsieur Azzedine, n'hésitez pas à nous appeler si vous avez un problème. Nous sommes vos amies et nous ne vous laisserons pas tomber.

- Merci pour votre confiance, Madame Bartell. J'en suis honoré. J'aurais aimé rester près de vous pour vous protéger encore, mais...

- Ne vous inquiétez pas, mon cousin Frank Duncan veille sur nous et vous avez vu toute la police autour de la villa. Nous ne craignons rien.

Azzedine hocha la tête pour les contredire :

- Ne croyez surtout pas cela, ils sont partout, silencieux, vicieux et sans pitié. Ils peuvent se débarrasser de vous lorsque vous sortez de cette maison ou même chez les Barnes. Vous ne serez jamais en sécurité tant que l'Ordre sera là. Je vous dis la vérité, Mesdames, et je ne veux surtout pas vous faire peur.

Un bruit se fit entendre derrière la maison. Le sixième sens d'Azzedine lui fit immédiatement comprendre qu'un danger approchait. L'Ordre avait sans doute fini par retrouver sa trace. D'autres bruits se faisaient entendre.

- Des hommes essaient d'entrer dans la villa par l'arrière, ils ne peuvent le faire avec la police qui se trouve devant. Alors, vite, je vous ouvre la porte de devant et vous allez courir jusqu'à la police. Vous êtes en sécurité.

La peur se lisait sur le visage du jeune homme. La clef était restée sur la serrure de la porte principale et il l'ouvrit rapidement. Il pressa les deux amies de sortir.

- Mais vous, Monsieur Azzedine, qu'allez-vous faire ?

- Ne vous inquiétez pas, je prends juste un petit sac que j'ai préparé et je file aussi. Je vais passer par en haut. Il y a un petit escalier qui mène sur le toit... Je vais sauter. N'ayez pas peur, je suis agile comme un singe et je connais bien l'endroit.

Il serra les mains des deux Anglaises qui pouvaient entendre des bruits de forcement de porte. Elles prirent leurs parapluies, sourirent au jeune homme et s'élancèrent sur la piste mouillée et glissante en direction de la villa Barnes à environ trois cents mètres.

Rosemary serrait l'enveloppe sous son imperméable avec sa main gauche et tenait son parapluie fermé dans la droite.

Leurs coeurs battaient la chamade, mais la peur les faisait courir plus vite que jamais. Elles se retournèrent pour voir si on les suivait, mais personne en vue.

Essoufflées, salies par les éclats boueux de la piste lorsqu'elles couraient, elles arrivèrent rapidement devant la villa Barnes où les policiers les regardèrent avec surprise. Ils leur parlèrent en français :

- Êtes-vous sûres de bien aller, Mesdames ? Pourquoi courez-vous ainsi ?

Ils eurent le réflexe d'avancer sur la piste pour voir si on les suivait ou si quelqu'un leur voulait du mal, mais ne virent personne.

Darlene reprit son souffle et imagina la réponse adéquate :

- Nous avons couru à cause de la pluie. Nous voulons vite rentrer au chaud...

- Mais, Mesdames, ce n'est pas bien de courir ainsi à votre âge. D'où arriviez-vous ? Comment êtes-vous sorties ? Il pleut depuis ce matin, pourquoi sortir par un tel temps ?

Rosemary coupa la conversation :

- Monsieur le policier, dit-elle respectueusement, nous sommes fatiguées et nous voulons rentrer. Nous sommes sorties par la plage pour faire une promenade, mais nous n'avions pas pensé que cette pluie serait si persistante et ce vent si froid.

Le policier continua à les regarder de manière suspicieuse, mais n'insista pas. Il était sûr qu'elles sortaient de la villa de Graham Tatley.

- Rentrez vite à la maison, Mesdames, et ne sortez plus sans nous prévenir, s'il vous plaît.

Le policier les oublia vite et demanda à son subalterne d'aller chercher le policier de faction à la porte de la plage.

- Le pauvre policier de la plage va sans doute prendre un savon pour ne pas avoir prévenu son supérieur que nous sortions...

- Rosemary, nous avons rempli notre mission, c'est le principal. Espérons qu'Azzedine ait pu s'échapper.

- Je ne me fais pas trop de souci pour lui. Il est plein de ressources.

Les deux amies arrivèrent enfin dans le hall de la villa. Décoiffées, mouillées, leurs chaussures toutes crottées et couvertes de tâches de boue, elles voulurent filer discrètement à leurs chambres, mais en vain.

Patricia de Launay se trouvait en haut des escaliers et les avait vues entrer :

- Mesdames, où étiez-vous passées ? Je m'inquiétais pour vous.

Elle descendit quatre à quatre les escaliers et leur demanda si elles voulaient une bonne tasse de thé.

Les deux amies refusèrent, prétextant que le déjeuner n'était plus très loin et lui répondirent qu'elles devaient aller se changer.

- Voulez-vous que je vous débarrasse, Madame Bartell ?

Rosemary fit un signe de tête signifiant non. Elle savait que la gouvernante la fixait.

Elle monta rapidement les escaliers pour regagner sa chambre. La chaleur, dégagée à la fois par la cheminée et le chauffage, la rasséréna.

Elle posa la grande enveloppe sur son lit et allait passer à la salle de bains quand quelqu'un frappa à sa porte. Elle espéra que ce n'était pas Patricia. Elle cacha l'enveloppe dans un des tiroirs de la commode.

Elle ouvrit la porte et se trouva nez à nez avec Frank Duncan qui lui demanda la permission d'entrer.

- Rosemary, j'ai bien rempli ma mission. Vous ne m'avez pas vu lorsque j'étais caché dans les fourrés derrière la maison de Graham, enfin... Gunther.

Madame Bartell sourit au courage de Frank. Elle savait qu'elle pouvait toujours compter sur lui. Elle le gronda pour la forme :

- Mais c'est dangereux, Frank. Nous étions en sécurité, la police de la villa était juste à côté.

Frank ne répondit pas et poursuivit :

- J'ai vu trois hommes à l'arrière de la maison de Gunther. J'étais prêt à bondir, car je savais que vous étiez à l'intérieur en train de parler au jeune Tunisien. J'étais bien soulagé lorsque je vous voyais sortir et courir vers la villa des Barnes.

Rosemary Bartell partit d'un éclat de rire :

- Oui, je me sentais retomber en enfance... Je courais ainsi, comme une folle, dans les allées du parc de la maison de mes parents. Sauf qu'aujourd'hui, il semblait que nous courrions pour notre vie !

Frank admira en lui-même la sérénité de Madame Bartell en ces moments pourtant difficiles pour elle.

- J'ai pourtant une mauvaise nouvelle, Rosemary... Le pauvre jeune Tunisien, dont je n'arrive pas à prononcer le prénom, a été rattrapé par ces voyous. Deux autres hommes l'attendaient de l'autre côté de la villa et l'assommaient violemment. Ils l'emmenèrent ensuite, inanimé, dans une voiture qu'ils avaient garée sur le chemin qui passe derrière la maison.

Frank serra les poings :

- Je n'ai pu rien faire, Rosemary. Ils étaient cinq et j'étais seul. A trois, j'aurais tenté ma chance, car vous savez que je me bats très bien.

Rosemary ne répondit rien. Elle savait que l'Ordre allait punir violemment le pauvre Azzedine...

▼▼▼▼

Les conversations allaient bon train. Les Barnes avaient invité, pour le déjeuner, Cécile Malet ainsi que Lynnett Bowridge. Pierre Malet avait été excusé par son épouse.

Il faut dire qu'un déjeuner ou un dîner sans Édith Steinway faisait toute la différence. Personne ne regrettait son absence, car les convives pouvaient converser tranquillement sans craindre d'être interrompus par les questions incessantes de la dame au long cou.

La cheminée avait été allumée dans la salle à manger et la pluie n'arrêtait pas de tomber. Les gouttes de pluie crépitaient contre les carreaux des portes-fenêtres qui donnaient sur le parc dont les palmiers semblaient tordus en deux par un vent violent.

Frank Duncan, comme à son habitude, n'avait pas quitté des yeux la ravissante Lynnett Bowridge dont la tenue des plus élégantes avait attiré tous les yeux. Habillée d'une robe de soie pourpre, longue et droite, qui affichait une rangée verticale de gros boutons dorés sur un côté, Lynnett caressait régulièrement, d'un air distrait, le noeud papillon qui ornait fièrement un col Claudine blanc dans lequel s'entrelaçaient trois longs colliers de perles nacrées.

Cécile Malet la regardait avec envie : elle avait compris qu'elle avait perdu la bataille pour la conquête de Frank Duncan.

Elle détourna son regard et se pencha vers Darlene Randwick, assise à sa gauche :

- Votre cousin a l'air très heureux, Madame Randwick. Il ne peut jamais résister au charme d'une jeune femme. Je dois reconnaître que notre jeune Lynnett est particulièrement en beauté aujourd'hui.

Darlene ne savait pas si Cécile Malet ironisait ou disait la vérité.

- Mon cousin est un très bel homme aussi. Il attire continuellement l'attention des jeunes femmes et des moins jeunes, d'ailleurs...

En prononçant cette phrase, elle fixa Cécile Malet qui brava son regard.

- Oui, sans doute, Madame Randwick. Mais je pense que les moins jeunes femmes, comme vous dites, doivent vite se lasser de lui alors que les jeunes femmes en tombent inexorablement amoureuses et souffrent. La constance de votre cousin avec les femmes n'est certes pas sa première qualité. Lynnett l'apprendra vite.

Darlene Randwick réprima une réponse cinglante. Elle préféra rester polie et bien élevée.

- Je n'en suis pas si sûre, Madame Malet. Je n'ai jamais vu mon cousin aussi amoureux.

Elle omit de lui dire qu'elle n'avait revu son cousin que depuis les épisodes tragiques de Brandys Bay qui remontaient seulement à un peu plus de trois mois. Elle ne connaissait pas vraiment sa vie amoureuse, mais remettre à sa place l'irrévérencieuse Cécile Malet lui causait beaucoup de plaisir.

Cécile Malet toisa Darlene Randwick et engagea la conversation avec son autre voisin de table, Nathaniel Steinway.

- Cher Nathaniel, mais où est donc votre délicieuse Édith ? Sa voix et ses questions nous manquent...

Le mari d'Édith feignit de ne pas comprendre l'ironie perfide de Cécile Malet et répondit le plus naturellement du monde :

- Édith est très attachée à ses devoirs dans ses orphelinats et se trouve très prise, en ce moment, à Tunis. Elle rentrera en fin de journée.

- Quelle patience elle a ! Moi, je n'ai jamais voulu avoir d'enfants... Ils me fatiguent et vous compliquent la vie, n'est-ce pas ?

Nathaniel sembla embarrassé. La tristesse envahit son visage. Il semblait mal à l'aise et passa la main sur son crâne. Un silence avait envahi la table. Des regards haineux fixaient Cécile Malet.

- Cécile, si les enfants vous fatiguent, ceci vous regarde et personne ne vous jugera pour cela. Toutefois, Nathaniel les adore et porte une sainte adoration pour les trois filles de son frère Adi. Il les considère comme ses propres enfants.

Robert Barnes avait parlé d'une voix calme, mais sèche. Il avait voulu venir au secours de son ami, incapable de dire à Cécile Malet qu'Édith n'avait jamais pu avoir d'enfants. Un secret que Nathaniel avait partagé avec lui...

Le personnel qui entra dans la pièce à ce moment, fit diversion. Le nouveau maître d'hôtel, toujours aussi stylé, entouré de serveurs, apportait un énorme plat où se trouvaient des cailles farcies aux raisins, reposant sur un lit de légumes. Un domestique portait, à part, une belle saucière en argent qui dégageait un fumet des plus délicats, panaché d'effluves de cognac.

Les conversations reprirent de plus belle et Rosemary Bartell en profita pour se rapprocher de Darlene Randwick. Frank les observait, mais il était trop loin pour participer à leur conversation en aparté.

Rosemary Bartell avait, avant le déjeuner, demandé discrètement à Moira Barnes de la placer à côté de son amie. La difficulté des moments n'empêchait pas les deux femmes de rivaliser d'élégance : Darlene portait une élégante robe à godets en crêpe de satin marron dont l'échancrure était ornée d'un magnifique foulard de soie grège.

La robe à plastron de Rosemary, plissée en son bas, attirait aussi les regards. Le pastel bleu du tissu allait merveilleusement avec ses yeux et adoucissait encore son visage.

- Je suppose que vous n'avez pas eu le temps de prendre connaissance du contenu de la grande enveloppe...

- Non, Darlene, j'ai juste eu le temps de me changer. J'étais aussi crottée que nos bonnes paysannes de Brandys Bay.

Une ombre d'inquiétude traversa le visage de Darlene.

Rosemary comprit pourquoi et la rassura :

- Ne vous inquiétez pas, Darlene. L'enveloppe est en lieu sûr. J'ai fermé à clef la porte de ma chambre en sortant.

Rosemary Bartell parla plus bas :

- Je reste pourtant convaincue que quelqu'un est en train de visiter ma chambre en ce moment même...

Darlene inquiète, regarda autour d'elle. Personne ne les observait à part Rachid qui s'approchait pour lui servir sa caille aux raisins.

Rosemary soupira à l'idée d'ingurgiter encore de la nourriture. Elle n'avait vraiment pas faim et grignotait chaque plat qu'on lui présentait. Elle avait hâte de se retrouver dans sa chambre pour découvrir le contenu de l'enveloppe. Elle devait aussi prévenir l'Inspecteur Lafouèche.

Le visage d'Azzedine aux mains des individus de l'Ordre vint à son esprit. Où se trouvait-il ? Allaient-ils le tuer ? Ou le garderaient-ils vivant ? Elle ne voulut pas penser aux méthodes qu'ils emploieraient pour le faire parler. De toute manière, Frank avait déjà appelé l'Inspecteur Lafouèche pour lui faire part de ce nouvel enlèvement. Il avait dû se faire remonter les bretelles par le policier français pour lui avoir caché cette rencontre...

- Je ne suis pas trop sûr qu'Azzedine représente une personne importante aux yeux de la police française. Mais il est notre ami et nous devons faire le maximum pour lui, se dit à elle-même Rosemary Bartell.

Elle regarda sa caille d'un air peu convaincu et préféra s'intéresser aux légumes autour. Elle croisa le regard de Robert Barnes qui lui sourit.

- Nathaniel a l'air bien malheureux. En général, lorsque sa femme est un peu loin, il reprend vie. Peut-être la méchante réflexion de Cécile Malet l'a-t-il blessé.

Tout en se faisant ses réflexions, le regard de Rosemary embrassa toute la table. Elle pouvait observer Frank et

Lynnett qui riaient ensemble, le visage défait de Cécile Malet qui ne pouvait s'empêcher d'épier les deux tourtereaux, Robert Barnes qui s'entretenait à voix basse avec son ami Nathaniel et Moira qui conversait avec Darlene sur un sujet qui semblait les captiver, la mode sans aucun doute.

La double porte qui donnait sur le hall s'ouvrit brusquement. Les conversations furent interrompues par l'entrée intempestive de l'Inspecteur Lafouèche, suivie de la gouvernante. Tout le monde comprit en regardant sa tête qu'il n'était pas de la meilleure humeur.

- Désolé d'interrompre votre déjeuner, Messieurs et Mesdames, mais je dois voir de toute urgence Mesdames Bartell et Randwick. Je vous les rends dans cinq minutes.

Moira Barnes, en digne maîtresse de maison, lui proposa d'utiliser le salon et alla même jusqu'à lui proposer de rester déjeuner avec eux.

- Vous êtes très aimable, Madame Barnes. Mais le devoir m'appelle. Madame Bartell, Madame Randwick, veuillez me suivre...

Le ton péremptoire du policier français laissait présager que les deux amies n'allaient pas passer un bon moment... En silence, elles quittèrent la table.

Accompagnées de Vincent Lafouèche, elles se dirigèrent vers le salon. Le policier referma soigneusement la porte après elles. Avant même qu'elles n'atteignent les fauteuils du salon, il s'adressa à elles d'un ton très sec :

- Mesdames, mes hommes m'ont prévenu qu'en fin de matinée, vous êtes sorties toutes les deux par la plage, sans doute pour éviter mon cordon de sécurité placé devant la villa. Je pensais que je pouvais compter sur votre prudence et surtout sur votre honnêteté à tout me raconter du fait de votre implication dans l'enquête, mais je vois que je me suis trompé. Entretemps, Monsieur Duncan m'a appelé pour me raconter ce qui s'était passé avec le serviteur de Gunther Vandenhind...

Comme deux fillettes prises en faute, Rosemary et Darlene ne répondirent pas et baissèrent la tête.

- Alors écoutez-moi bien, Mesdames les détectives. Je vous interdis maintenant de quitter la villa Barnes sans aucune autorisation de ma part. J'ai donné les consignes à mes hommes pour ne plus vous laisser sortir. Madame Barnes, nous savons parfaitement que vous courez un grand danger et je suis surprise, Madame Randwick, que vous ayez incité votre amie à rencontrer cet homme qui n'est pas vraiment très recommandable...

Darlene Randwick allait répondre, mais le regard de l'Inspecteur l'en dissuada. Il se rapprocha des deux amies et leur demanda de s'asseoir. Il avait toujours son chapeau entre les mains qu'il posa sur la table.

- Bien, je veux tout savoir de ce que vous avez fait durant votre soi-disant promenade de ce matin. Frank Duncan nous a juste dit que vous aviez rendez-vous avec Azzedine, mais sans plus... Les scellés ont été brisés, ce qui constitue un délit très grave, Mesdames.

Darlene Randwick se jeta à l'eau avant que Rosemary ne puisse prendre la parole :

- Tout est ma faute, Monsieur l'Inspecteur. C'est à cause de moi si Rosemary s'est rendue dans la villa de Monsieur Vandenhind.

Le policier français se leva. Il semblait étonné par ce qu'il venait d'entendre :

- Je vous croyais beaucoup plus raisonnable, Madame Randwick, vous me décevez beaucoup.

Darlene raconta toute l'histoire et parla du jeune Tunisien et de sa promesse de ne rien dire à la police. Ne sachant pas si son amie voulait parler ou non de l'enveloppe remise par Azzedine, elle n'alla pas plus loin dans ses explications.

L'Inspecteur vint se placer derrière le canapé où se tenaient les deux femmes et les regarda de haut d'un air sévère :

- Qu'avait-il à vous dire, Madame Bartell ? Vous savez que nous recherchons ce Monsieur Azzedine comme témoin-clé de cette affaire. Mais, vous, Madame Randwick, vous lui donnez rendez-vous sans nous en parler, évidemment... Bravo, Mesdames ! Heureusement que nous avions parlé de coopération...

- Ce pauvre Azzedine ne pourra plus aller très loin. Il a été capturé par l'Ordre juste après notre entretien. Allez-vous essayer de le retrouver, Inspecteur ?

Le policier regarda Rosemary Bartell d'un air surpris :

- Nous ne vous avons pas attendu, Madame Bartell. Dès l'appel de Monsieur Duncan, nous avons lancé nos hommes à sa recherche. D'après ce qu'ils m'ont rapporté, vous couriez comme deux folles sur la piste, en sortant de la villa de Vandenhind. Avez-vous pu voir les ravisseurs ?

Les deux amies répondirent ensemble par la négative et confirmèrent que Frank pourrait leur en dire plus. Elles rajoutèrent que Frank les avait protégées pendant toute cette... opération !

Le policier soupira et leva les bras au ciel :

- Madame Randwick, c'est à la police de vous protéger, pas à Monsieur Duncan. On va voir ce que ce monsieur ne nous a pas encore dit.

Joignant le geste à la parole, il sortit du salon et demanda à l'un de ses hommes, de faction dans le hall, d'aller chercher tout de suite Frank Duncan dans la salle à manger.

Moins de quinze secondes après, Frank Duncan arriva avec sa serviette de table à la main. Vêtu d'un très chic costume *prince de galles*, l'homme semblait toujours sûr de lui.

- Inspecteur Lafouèche, que me vaut le déplaisir d'être interrompu dans la dégustation des fameuses cailles au raisin du chef de Madame Barnes, plaisanta-t-il en souriant au policier.

Le policier français ne sembla pas partager les plaisanteries de Frank Duncan. Déjà, il avait du mal avec l'anglais et ensuite, il n'était pas dans l'humeur.

- Monsieur Duncan, qu'avez-vous vu exactement lorsque Azzedine, ce jeune Tunisien qui avait rendez-vous avec nos détectives amateurs, a été enlevé par des individus ?

Frank Duncan sembla surpris de la question, après la traduction de Rosemary. Il avait déjà tout raconté par téléphone au policier. Toutefois, réalisant que Lafouèche semblait passablement irrité, il lui adressa un large sourire et lui parla en anglais, en faisant un clin d'œil à Rosemary pour qu'elle traduise ses propos :

- A vrai dire, Monsieur l'Inspecteur, je n'ai pas vu grand-chose, car je me cachais dans les fourrés, un peu loin derrière la villa où se trouvaient Rosemary et Darlene. J'ai bien vu ma cousine et Rosemary sortir en courant de la villa et quelques secondes après, un homme est apparu sur le toit. Il n'a pas vu que deux autres hommes se trouvaient de l'autre côté de la maison et lorsqu'ils ont entendu des bruits au-dessus d'eux, ils se sont cachés. Azzedine ne s'est douté de rien, pensant être seul, et il a sauté du toit. Il a aussitôt été cueilli et maîtrisé par les deux individus et s'est fait assommer par l'un d'eux d'un violent coup de poing sur la tête. Il s'est écroulé et a été emmené par ces voyous dans une voiture, garée un peu plus loin, sur le chemin qui passe derrière la villa.

Le policier hocha la tête :

- Voilà pourquoi mes hommes n'ont pas vu la voiture. Je connais cette piste bordée de palmiers, elle rejoint la route du Kram et de Salambô.

Frank se rendit compte qu'il avait toujours sa serviette de table dans la main et la posa sur un guéridon.

- Tout a été très vite, Monsieur l'Inspecteur. Moins de deux minutes, peut-être... Que pensez-vous qu'ils vont faire à ce pauvre Tunisien ?

Le policier leva une nouvelle fois les yeux au ciel. Près de la cheminée, il rapprocha ses mains de l'âtre pour se réchauffer.

- Nous pouvons hélas tout imaginer, Monsieur Duncan. Je ne pense pas qu'ils le tueront, car ils voudront apprendre ce qu'il sait exactement sur eux. Une fois qu'ils auront l'impression qu'il ne peut plus servir à rien, je ne donne pas cher de sa peau. Ces gens sont sans pitié. Mais nous ferons le maximum pour intervenir avant... Avez-vous pu voir ces hommes ? Quelque chose vous a frappé ? Leur voiture ? Je suppose que vous étiez trop loin pour noter l'immatriculation...

- En effet, beaucoup trop loin. Je ne connais pas trop les voitures françaises et je ne pourrais pas vous dire sa marque. Elle était assez grande pour contenir cinq personnes. Elle était de couleur bleu marine.

Frank Duncan hésita une seconde avant de continuer :

- J'ai noté qu'un homme boitait légèrement lorsqu'il courait. Comme quelqu'un qui a un problème au genou ou quelque chose de ce genre. A la façon dont ils se déplaçaient, ils étaient sans doute jeunes. Des Arabes, pour sûr, même s'ils étaient habillés à l'européenne.

Vincent Lafouèche le remercia et lui accorda la permission de regagner la salle à manger. Il prit la serviette de table et la lui tendit :

- Bon appétit, Monsieur Duncan. Et beaucoup de plaisir avec vos cailles aux raisin !

Frank Duncan préféra ne pas répondre, car ses fameuses cailles seraient sans doute froides maintenant. Il demanderait à les faire réchauffer.

Vincent Lafouèche attendit que Frank soit sorti pour se laisser choir dans l'un des fauteuils. Il avait envie d'un café bien chaud et bien fort, mais il n'aurait pas le temps de le boire

La pluie continuait à tomber. Rosemary frissonna. Il ne faisait pas très chaud dans le salon.

- Maintenant, Mesdames, vous allez me dire ce que vous avez fait dans la villa de Gunther Vandenhind. Pourquoi ce jeune Tunisien voulait-il vous voir ? Je veux la vérité, et rien que la vérité. Si vous nous aviez signalé ce jeune Azzedine, soit dit en passant, il ne serait pas aux mains de l'Ordre. Il valait mieux pour lui qu'il fasse un petit séjour au commissariat que dans les geôles de l'Ordre.

Darlene regarda d'un air embarrassé son amie. Elle préféra lui laisser la parole, ne sachant pas ce que Rosemary voulait confier au policier.

- Azzedine voulait me confier une enveloppe que Gunther lui avait remise un peu avant sa mort. En fait, je n'ai pas encore ouvert cette enveloppe. Je n'ai pas voulu attirer l'attention en n'assistant pas au déjeuner.

L'Inspecteur ressentit les mêmes craintes que Darlene Randwick :

- Mais où est cette enveloppe ? Elle peut subir le même sort que le manuscrit de votre mari, non ?

Rosemary Bartell sourit :

- *Chat échaudé craint l'eau froide*, Monsieur l'Inspecteur. Vous connaissez ce proverbe français, non ? Alors, ne vous inquiétez pas, mon enveloppe est en sécurité là où elle est.

Le policier ne sembla pas convaincu.

- Je préfèrerais vous voir l'ouvrir maintenant, Madame Bartell. Cela peut nous aider énormément dans notre enquête.

Rosemary se leva.

- Je vous aurais appelé aussitôt après en avoir découvert le contenu, Monsieur Lafouèche. Ne soyez pas fâché avec nous pour notre visite à la villa de Gunther. Nous devions respecter notre parole envers ce pauvre Azzedine. Il pensait pouvoir fuir et ne jamais retourner à Tunis. Avez-vous pu avancer dans votre enquête ?

L'Inspecteur se leva à son tour.

- Oui et non. Nous avons retrouvé le propriétaire de la voiture remarquée par l'employé de cuisine, le matin de l'enlèvement de Habiba, mais il habite à Nice. Les domestiques déclarent qu'ils n'ont aucune idée de l'endroit où se trouve cette voiture lors des absences de leur patron. Nous n'avons strictement rien trouvé, en fait.

- Inspecteur, l'Ordre effraie ses membres en utilisant tous les moyens à leur disposition. Ou alors, ils achètent très cher leur silence. Ce sera toujours très difficile pour vous d'obtenir des renseignements, car un membre de l'Ordre qui parle trop est un membre bientôt exécuté... Rappelez-vous du pauvre gardien et de ses yeux...

Darlene préféra ne pas finir sa phrase. L'Inspecteur Lafouèche ferma les yeux un court instant. Son visage avait pâli, mais il se reprit aussitôt :

- Je sais, Madame Bartell. C'est la raison pour laquelle vous devez être plus prudente que jamais, car l'Ordre est partout. Je suspecte même que nous ayons une taupe au commissariat.

Darlene et Rosemary poussèrent un *oh !* de surprise.

- Oui, des renseignements confidentiels sortent du commissariat. Je dois, à partir de maintenant, travailler en cavalier seul.

Darlene hocha la tête :

- C'est exactement ce que je ressens ici. Je suis surveillée, je le sais, je le sens...

L'Inspecteur Lafouèche reprit son chapeau et se dirigea vers le hall, suivi par Darlene et Rosemary. Avant d'ouvrir la porte du salon, il s'adressa à Rosemary :

- Madame Bartell, pourquoi ne me donnez-vous pas l'enveloppe tout de suite ? Vous venez avec moi et nous l'ouvrons ensemble au Commissariat...

Le policier fixa Rosemary Bartell d'un air à la fois sévère et suppliant.

- Désolé, Inspecteur, je préfère en prendre connaissance toute seule. Ces documents me sont personnels et je vous en révélerai le contenu un peu plus tard dans l'après-midi.

Le policier ne parut pas surpris de sa réponse. Il proposa immédiatement une autre solution :

- Alors, remontez dans votre chambre et prenez connaissance du contenu de l'enveloppe. Madame Randwick dira aux autres que vous vous êtes sentie fatiguée et que vous êtes allée vous reposer. Enfermez-vous dans votre chambre. Je vais rester sur place et accepter l'invitation à déjeuner de Madame Barnes. Lisez attentivement ce que Gunther Vandenhind vous a confié. Attendez que Madame Randwick remonte. Elle frappera trois coups à votre porte. Vous redescendrez avec elle et avec l'enveloppe. Je vous amènerai au commissariat de La Marsa pour faire une nouvelle déposition. Lorsque l'enveloppe sera en notre possession, vous vous sentirez plus tranquille.

Rosemary Bartell ne répondit pas Elle sortit du salon et monta les escaliers sous le regard de Vincent Lafouèche et de

Darlene Randwick qui attendirent le bruit de la clef dans la serrure de sa chambre.

Rassurés, ils s'éloignèrent de l'escalier. A peine étaient-ils entrés dans la salle à manger qu'une ombre sortit de la petite remise, située sous l'escalier, et monta quatre à quatre les marches de l'escalier pour rejoindre le premier étage.

▼ ▼ ▼ ▼

L'agent Cléry reposa sa tasse de café maintenant froid. Il se trouvait dans le bureau de son patron. Il savait que l'Inspecteur Lafouèche ne reviendrait qu'en début d'après-midi, accompagné de Rosemary Bartell.

Il se demandait ce que l'Anglaise avait encore à révéler.

Le jeune policier regarda le tableau noir de son patron. Quelque chose le gênait dans le raisonnement de son supérieur hiérarchique, mais il ne savait pas quoi. Il en savait autant que lui sur l'affaire des meurtres de Carthage, mais il n'aurait sans doute pas mené l'affaire de la même manière s'il avait été aux commandes.

- Mais qui suis-je donc pour me permettre de juger le travail de mon supérieur qui a une dizaine d'années de plus d'expérience que moi ? Je ne suis qu'un petit policier sans grand avenir.

Cléry sourit à sa vantardise : critiquer une conduite d'enquête lorsqu'on n'en est pas premier responsable est bien facile à faire. Toutefois, l'agent savait que la hiérarchie de Lafouèche commençait à s'impatienter. D'ailleurs, sa mauvaise humeur des dernières heures n'était sans doute pas étrangère à un ultimatum que venait de lui poser le Commissaire Toutlevent.

Un détail important, que l'Inspecteur Lafouèche ne connaissait pas encore, venait de lui être révélé quelques instants auparavant : le passé de Patricia de Launay était enfin connu !

Cléry relut le rapport qui lui avait été envoyé par la Sûreté Générale à Paris : Patricia de Launay avait en effet été employée au Caire, mais avait quitté son poste précipitamment après la mort suspecte de son patron, un riche homme d'affaires égyptien, un certain Youssef Larighi. La famille du défunt avait bien confirmé que la jeune femme travaillait chez eux en qualité de gouvernante. La police égyptienne n'avait pas voulu poursuivre l'enquête sur la mort douteuse de l'homme d'affaires. Elle avait préféré classer l'affaire. Patricia de Launay était restée à peine une année au Caire et avait été recrutée via une agence de placement londonienne. Enfin, la Sûreté Générale avait remarqué de nombreux déplacements à l'étranger avant et après sa mission au Caire, notamment aux États-Unis, au Canada, en Suisse et au Luxembourg.

- Bizarre pour une simple gouvernante de voyager autant, se dit Cléry. Bon, peut-être avec sa particule, vient-elle d'une famille aristocratique richissime...

En reposant le rapport sur le bureau de l'Inspecteur Lafouèche, Cléry remarqua une photographie qui sortait d'un dossier que son chef avait intitulé *Meurtres de Carthage*. Il n'avait jamais vu cette photographie qui représentait un homme hautain, un peu ventru, qui portait une montre à gousset et une chevalière un peu voyante. Il se demanda pourquoi l'Inspecteur Lafouèche ne lui avait jamais montré cette photographie. D'où sortait-elle ? En retournant la photographie, il découvrit un signe plutôt bizarre au verso : une espèce de 9 un peu penché.

Cléry remit vite la photographie dans le dossier. Il se dit qu'il n'avait aucun droit de fouiller dans les papiers de son patron.

Il se remit à penser à la gouvernante des Barnes, mais franchement, Patricia de Launay n'était pas le sujet d'importance du moment. Cléry contempla à nouveau le tableau noir en face de lui. Rien n'avait été effacé depuis que Lafouèche avait fait un point sur l'enquête en sa compagnie.

En fait, ces mots écrits sur le tableau et reliés par des flèches ne menaient à rien. Il avait l'impression que toute cette affaire tournait en rond et que l'Inspecteur Lafouèche n'arrivait pas à rompre ce cercle infernal.

Il repensa aux domestiques de la villa de la rue de l'Amirauté près du Bois des Oliviers. Cléry se dit que Lafouèche n'aurait pas dû les relâcher. Il était évident que ces gens mentaient.

- Le fait qu'ils appartiennent à la même famille les rend encore plus forts, réfléchit l'agent de police. Personne ne contredira jamais l'autre et il était évident qu'ils avaient peur. Nous possédions pourtant le témoignage du policier qui avait suivi l'Allemand jusqu'à la villa.

L'Inspecteur Lafouèche avait pourtant raison : aucune preuve ne leur permettait de les garder au commissariat. Il avait rajouté qu'il les placerait sous surveillance.

- Peut-être l'Inspecteur Lafouèche n'est-il pas à la hauteur de sa tâche, continuait à penser Cléry. Il arrive en Tunisie et n'est pas habitué à résoudre des affaires de meurtres. La mentalité des Tunisiens est différente de la nôtre et vous devez apprendre à lire entre leurs lignes et reconnaître leurs codes...

Cléry avait déjà vu passer trois autres Inspecteurs : Lafouèche n'était peut-être pas le meilleur, mais sans doute pas le pire. En tout cas, Cléry lui reprochait seulement de ne pas prendre suffisamment le taureau par les cornes. A part cela, il pouvait être un supérieur hiérarchique agréable et toujours très respectueux.

Les pensées du jeune policier furent interrompues par l'arrivée intempestive d'un autre agent.

- Cléry, le secteur de Carthage vient de me signaler la découverte d'un cadavre : un jeune Tunisien tué d'un coup de poignard en plein coeur. On l'a retrouvé près de la Colline de Byrsa presque au même endroit où on avait retrouvé le gardien, Omar Sediri...

- Avait-il lui aussi les yeux crevés ?

- Non, il était tout simplement poignardé.

L'agent Cléry se demandait s'il devait faire un lien avec les autres meurtres. En son for intérieur, il était convaincu qu'il convenait d'en établir un.

- Avez-vous pu identifier le cadavre ?

- Oui très facilement. Il avait un sac de toile près de lui avec des papiers le concernant. Il s'appelait Azzedine Bsaies. Le pauvre n'avait que trente-trois ans... D'après ce qu'on m'a dit, le crime venait d'être perpétré. C'est un passant qui l'a retrouvé...

▼▼▼▼

Chapitre 21

Ahmed transpirait à grosses gouttes malgré la pluie cinglante et le vent glacial. Il n'arrivait pas à effacer de son esprit l'assassinat du jeune Tunisien, un peu avant midi.

Jamais, il n'avait été prévu de l'assassiner. Son maître l'avait seulement sommé de le ramener dans un endroit précis et de le faire parler. Pourtant, un autre homme, complètement inconnu, qui se disait envoyé par une instance supérieure à celle de son maître, avait préféré le tuer sans même chercher à le faire parler. Cet homme, qui avait disparu après l'assassinat, était accompagné d'un autre individu, plus jeune, à l'air sadique.

Les deux hommes, non prévus dans le plan d'enlèvement de l'employé de Graham Tatley, n'avaient presque pas parlé. Ahmed et son acolyte les avaient retrouvés, par hasard, près de la villa de l'archéologue anglais. Ils avaient seulement échangé le signe secret de l'Ordre qui permettait aux disciples de se reconnaître immédiatement.

Ahmed devait aller rendre compte à Himilkat. Il se demandait quelle serait sa réaction lorsqu'il apprendrait que le Tunisien avait été assassiné sur les ordres d'un membre supérieur de l'Ordre, supérieur à Himilkat en tout cas.

Ahmed savait à peine qu'il pouvait y avoir une hiérarchie supérieure à celle de son maître. Bon, il s'en était douté plusieurs fois lorsque Himilkat refusait de prendre des décisions sur l'instant. C'était pourtant la première fois que quelqu'un, devant lui, passait outre les ordres de son maître.

Ils avaient emmené le Tunisien, assommé par le plus jeune des deux hommes, dans une voiture garée sur la piste. Ils avaient prié Ahmed et son collègue de monter avec eux.

Passant par le Kram puis revenant sur Byrsa, ils avaient arrêté la voiture dans un coin tranquille près du site des fouilles. Alors que le jeune homme commençait à se réveiller, les deux hommes l'avaient fait sortir du véhicule.

Sans plus attendre, l'un des deux comparses avait sorti un poignard d'un étui courbé en laiton et avait transpercé le coeur d'Azzedine, sans aucune autre forme de procès.

Ahmed ne voulait même pas se souvenir de la forme courte et courbée du poignard. Il savait pourtant que c'était un *jambiya*, un poignard surtout utilisé chez les Ottomans, mais qu'on trouvait également en Tunisie.

La voiture qu'il conduisait maintenant - *les trois autres hommes étant descendus à La Marsa* - arrivait près de la villa cossue de Himilkat, située pas loin de l'Hôtel Majestic, au centre-ville de Tunis.

Le gardien, stationné devant le portail peint en bleu de Sidi Bou Saïd, avait reconnu de loin la *Citroën B12* et commençait à ouvrir les deux battants. La voiture s'engouffra dans le parc et s'arrêta devant la double montée d'escaliers qui donnait accès à l'imposante villa, égayée par les volets bleus qui entouraient chaque fenêtre.

Parfaitement peinte en blanche, la maison avait beaucoup d'allure. C'est toujours ce qu'Ahmed se disait en venant rendre visite à son maître. De temps en temps, Himilkat le recevait sur la grande terrasse couverte qui se trouvait derrière la maison. Ahmed appréciait la vue sur le parc, planté de palmiers, d'oliviers et de pins de toutes sortes.

Sous une pluie battante, Ahmed monta quatre à quatre les escaliers et tira sur le cordon qui actionna la cloche. Il avait noté, en sortant de sa voiture, un autre véhicule, une superbe *Renault 15Cv*, toute neuve, de couleur beige, garée un peu plus loin.

Le majordome ouvrit la porte et salua d'un air obséquieux Ahmed qui retira son chapeau. Le domestique nota qu'il avait troqué son habituel costume clair contre un autre, plus chaud et plus confortable, mais toujours de fort mauvaise qualité.

- Je préviens Monsieur que vous êtes là. Il reçoit des visiteurs, peut-être allez-vous devoir attendre.

Mais en fait, il n'attendit pas plus d'une minute. Le majordome, toujours très cérémonieux, et qu'Ahmed comparait à un pingouin, l'amena dans le grand salon.

Ahmed aimait cette pièce qui, pour lui, ressemblait au château de Versailles qu'il n'avait d'ailleurs jamais visité. Ces dorures, ces meubles couverts de velours rouge, ces tapisseries accrochées au mur, ces candélabres et ces lustres de cristal, tout le fascinait.

Comme d'habitude, il n'osait jamais lever les yeux vers Himilkat tant que celui-ci ne lui avait pas parlé.

- Bonjour, Ahmed. Alors, racontez-nous tout.

Ahmed apprécia le "nous" et réalisa que deux personnes étaient assises dans les fauteuils à haut dossier près de la cheminée. Il pouvait seulement voir leurs pieds et comprit à leurs chaussures, qu'un homme et une femme occupaient ces fauteuils.

- En fait, maître, il y a eu un léger problème.

Ahmed guetta la réaction d'Himilkat. Normalement, il aurait dû le fixer d'un air mauvais ou l'insulter, mais curieusement, il ne réagit pas.

- Deux hommes étaient sur place, près de la villa de Graham Tatley. Ils ont dit qu'ils avaient reçu un ordre de tuer Azzedine. Ils ont fait le signe de l'Ordre et l'ont poignardé dans un coin tranquille de Byrsa, près du site des fouilles. Je n'ai pu rien faire, maître.

- Êtes-vous sûr que ce scélérat soit mort ?

Ahmed repensa à la scène du coup de poignard et blêmit :

- Oui, j'ai assisté à son assassinat. Il a reçu un coup de poignard en plein coeur. Il a dû mourir sur le coup.

- Très bien, Ahmed. Vous avez bien fait de laisser faire ces deux hommes. Vous pouvez sortir maintenant. Allez déjeuner à l'office si vous le désirez et attendez notre consoeur Mouni. Vous serez son chauffeur jusqu'à demain soir, entièrement à ses ordres. Mon majordome va vous remettre une enveloppe avec de l'argent pour couvrir largement vos frais jusqu'à la fin de la cérémonie, demain soir. Rappelez-vous, Mouni sera votre maîtresse jusqu'à son départ. A partir de maintenant, Ahmed, vous et moi n'aurons plus aucun contact. Vous prendrez vos ordres de Mouni, exclusivement.

Ahmed baissa les yeux et se retira silencieusement. Il se posait des questions sur l'identité des deux personnes dont il n'avait vu que les pieds. Peut-être la femme était-elle Mouni...

Le majordome l'attendait dans le hall et lui tendit une enveloppe dont l'épaisseur rassura Ahmed. Encore une fois, l'argent lui faisait oublier les noirceurs de ses missions. Bientôt, il pourrait acheter son appartement et répondre aux exigences démesurées de sa femme et de ses filles.

- Votre déjeuner vous sera servi à l'office. Ensuite, vous pourrez attendre dans le petit salon.

Ahmed ne répondit rien. Un mauvais pressentiment l'assaillit.

▼ ▼ ▼ ▼

Rosemary Bartell referma soigneusement la porte de sa chambre à double tour. Par acquit de conscience, elle alla vérifier le verrou de la porte-fenêtre donnant sur la terrasse, facilement accessible par l'extérieur. Il était bien toujours fermé.

Se dirigeant vers ses bagages rangés dans l'un des coins de la chambre, près d'une penderie, elle fit rouler la malle de voyage qui l'accompagnait partout et l'ouvrit. S'accroupissant pour être plus à l'aise, elle commença à défaire le double-fond en tissu et en ressortit l'enveloppe qu'Azzedine lui avait remise.

Refermant soigneusement le double fond, elle remit la malle à sa place et alla s'installer confortablement dans son fauteuil préféré, celui tout près de la cheminée.

Jetant un coup d'oeil sur le feu mourant de l'âtre, elle se releva et alla placer deux bûches de bois qu'elle tira du joli panier d'osier, placé près de la cheminée. Elle saisit le tison et entreprit de réveiller les braises.

Satisfaite du résultat, elle alla se rasseoir et se dit qu'il était temps de lire ce que Gunther Vandenhind lui avait laissé.

Précautionneusement, elle ouvrit la grande enveloppe et commença par en sortir un courrier manuscrit.

Rosemary se dit que, jusqu'au dernier instant, Gunther avait choisi de garder sa fausse identité. Elle posa le courrier sur la table de salon et continua son exploration de l'enveloppe. Elle pouvait sentir qu'il y avait un autre document, plus épais cette fois...

Elle poussa un cri en découvrant ce qu'elle avait extirpé de l'enveloppe, car elle reconnut l'écriture de son défunt mari sur des feuillets qui semblaient avoir été arrachés d'un cahier.

- Oh ! Mon Dieu, les feuillets manquants du cahier de Howard ! Incroyable ! Mais que font ces feuillets à Carthage ? Pourquoi étaient-ils en possession de Gunther ?

Rosemary Bartell avait parlé tout haut. Elle continua à fouiller l'enveloppe et en ressortit une feuille de papier pliée en quatre et trois photographies. Il n'y avait plus rien dans l'enveloppe. Elle la posa sur le sol près du fauteuil.

Elle déplia la feuille et découvrit une liste d'une cinquantaine de noms et prénoms, écrite à la main. Des patronymes tunisiens, lui sembla-t-elle et quelques noms de famille d'origine française. Elle ne se perdit pas en conjectures sur l'identité de ces personnes et examina la première photographie. Elle poussa un nouveau cri d'étonnement : elle représentait le même homme que celui de la photographie, cachée dans le manuscrit de Howard.

- Toujours aussi hautain et méprisant, se dit Rosemary. Pourquoi cet homme me rappelle-t-il quelqu'un ? J'ai toujours l'impression que je l'ai déjà vu, mais où ?

Rosemary passa à la seconde photographie et reconnut tout de suite Freda Vandenhind en compagnie de sa fille Estelle qui ne devait pas avoir plus de sept ans. Elles étaient toutes les deux sur une plage, sans doute à Brandys Bay, la mer derrière elle, habillées de tenues de plage qui lui rappelaient le début du siècle, avant la Grande Guerre.

- Qu'Estelle était mignonne avec ses cheveux longs bouclés et son petit canotier ! Cette petite avait alors toute la vie devant elle...

Elle s'étonna encore plus lorsqu'elle découvrit la troisième photographie : son mari Howard y figurait, accompagné de Gunther Vandenhind. Ils se trouvaient sur un site de fouilles. Près d'une colonne ancienne cassée en diagonale, un chevalet et un tabouret trônaient. Howard Bartell, très élégant dans son costume d'été, coiffé d'un canotier orné d'un ruban sombre, un peu penché en avant selon les codes de l'époque, posait un peu trop fièrement.

Gunther ne portait ni costume ni canotier. Il devait être en train de creuser la terre au moment de la prise de la photographie et n'avait pris aucun soin de sa tenue vestimentaire.

Rosemary laissa couler ses larmes. De revoir ainsi son mari, heureux et souriant, l'émouvait énormément ! Elle regarda longuement la photographie et attendit que son émoi soit passé pour poser la photographie sur la table. Elle n'aimait pas se laisser aller ainsi à ses émotions et se disputa tout haut.

- Tu n'es qu'une sotte, Rosemary Bartell. Howard doit avoir honte de toi. Des vies humaines sont actuellement en danger et toi, tu ne penses qu'à pleurnicher.

Elle essuya ses larmes, mais ne put s'empêcher de reprendre entre ses mains les feuillets du manuscrit de son mari. Elle aimait revoir sa belle écriture, bien formée. Elle se disait que son mari avait touché ces feuillets, les avait noircis. Elle était impatiente de découvrir ce qu'ils cachaient...

Elle se dit qu'elle devait commencer par la lettre de Graham... Elle avait du mal à l'appeler Gunther...

Mon cher Azzedine,

Lorsque tu liras cette lettre, je serais sans doute dans un meilleur monde, loin des tracas de ma vie terrestre. Je sais que tu seras triste, mais ne le sois pas. J'attendais ce moment depuis longtemps, il représente ma délivrance. Ce passage sur terre n'a pas été des plus plaisants... Je vais retrouver ma femme et ma fille !

Je ne t'écris pas pour me plaindre, mais pour te tenir informé de certains détails de ma vie. Tu es la seule personne en qui j'ai confiance à Tunis et je sais que tu suivras mes ordres et que tu feras ce que je te demande.

D'abord, essaie de faire bon usage de l'argent que je te laisse. C'est le seul héritage que je peux te faire. La maison est en location et tu appelleras l'Administration des Antiquités et des Arts pour qu'elle vienne faire le vide de tout le bric-à-brac que j'accumule depuis des années. De véritables trésors archéologiques s'y trouvent. C'est vrai que j'aurais dû déclarer beaucoup de ces richesses, mais j'avais tellement de plaisir à les contempler chaque jour. Dis-leur qu'ils m'envoient l'amende dans ma nouvelle demeure, je ne connais pas l'adresse exacte, désolé !

Plus sérieusement, je vais te raconter le secret de ma vie. Tu dois le connaître, car si je ne suis plus là, tu es maintenant en grand danger. Je vais te résumer...

Il y a bien longtemps, je vivais en Angleterre. J'étais alors professeur d'histoire ancienne dans un collège au sud de ce beau pays. Je m'appelais Gunther Vandenhind. Je menais une vie heureuse avec ma femme Freda et ma fille Estelle. Durant les vacances, je me rendais toujours en Tunisie qui initiait un véritable programme de fouilles pour réveiller les nombreuses richesses archéologiques qu'elle comptait. Spécialiste de la civilisation punique, je me concentrais sur Carthage et je rejoignais bénévolement des équipes de fouilles du British

Museum et du Musée du Louvre. Je me forgeais aux secrets du métier d'archéologue, j'apprenais davantage sur la civilisation punique et je me passionnais pour Carthage.

Qui dit archéologue dit curieux... Un jour, avant la Grande Guerre, pendant mes vacances d'été en Tunisie, lorsque les jours sont très longs, je travaillais tard près de la magnifique Villa de la Volière pour étudier des fragments de mosaïque romaine. Soudain, alors que je m'apprêtais à revenir chez moi à Byrsa, je vis une file d'une dizaine de personnes entrer dans un souterrain près de la Villa. Ils étaient habillés à la mode des Puniques. Imagine ma surprise de voir ces gens en file indienne, psalmodiant des chants en punique ancien. Je devais en savoir plus... Je ne pouvais malheureusement pas les suivre, car deux colosses que tu connais bien - les deux jumeaux, Leith et Youssef - gardaient l'entrée du souterrain.

Je te passe les détails de ma surveillance de ces gens... Un archéologue ressemble à un détective et j'arrivais à savoir beaucoup de choses sur cette organisation secrète : ils s'appelaient l'Ordre des Disciples de Baal Hammon. Composé de très nombreuses personnalités de tous bords et d'une multitude de sous-fifres à qui on donnait beaucoup d'importance, ce ramassis d'hommes et de femmes pervers, s'adonnait à l'adoration du dieu Baal Hammon, ou plutôt croyait s'adonner, car tout n'était que comédie. Les membres recevaient beaucoup d'argent en échange de leurs pouvoirs d'influence dans leurs pays, mais devaient aussi redonner beaucoup à l'Ordre. Aucun écart n'était permis, sous peine de mort brutale.

Bon, oublions les détails... Apprends seulement que ces gens sont extrêmement dangereux et qu'ils n'hésitent devant rien si on attaque leur organisation. Ils brassent des millions de dollars et contrôlent de plus en plus de gouvernements. Depuis vingt ans, ils ont acquis beaucoup de pouvoir et d'influence. Un jour, toujours en été lorsque je me trouvais en Tunisie, lors d'une réunion qui rassemblait une quarantaine de disciples, tous venus pour leur cérémonie d'intronisation, je réussissais à prendre la place de l'un d'eux. Ce serait trop long pour expliquer comment, mais tu sais que je ne manque pas de ressources. Malheureusement, je fus découvert... Ils connurent très vite mon identité et normalement, j'aurais dû mourir. Deux jours après, je réussissais à m'échapper. Enfermé dans un souterrain dans le carré des fouilles de Byrsa, je pus, grâce à ma connaissance extrême des lieux, m'enfuir par une voie dérobée. Je me cachais à Tunis pendant deux semaines et me laissais pousser la barbe pour ne pas être reconnu. Je ne pouvais pas prévenir la police, n'ayant aucune preuve tangible pour prouver l'existence de l'Ordre. Je pus récupérer mon passeport, caché chez moi, et je m'embarquais sans encombre sur un bateau vers Marseille, d'où je regagnais Brandys Bay, en me promettant de ne jamais remettre les pieds à Carthage !

Je croyais être tranquille et je n'en parlais même pas à ma femme pour ne pas l'inquiéter. On ne peut jamais se libérer de l'Ordre des Disciples de Baal Hammon, c'est ce que je ne savais pas encore. La rentrée scolaire arriva et je reprenais normalement mes cours d'histoire ancienne à St Ives. Une semaine après, la première lettre arriva, postée à Londres. Elle me faisait savoir que l'Ordre m'avait repéré et qu'il ne me lâcherait plus, moi et ma famille. Si je prévenais la police, ma famille serait immédiatement visée. Ils me proposaient de les rencontrer à Londres le surlendemain pour en parler.

Je partis à Londres, invoquant une réunion professionnelle, et je rencontrais deux hommes étrangers. Ils furent extrêmement courtois, disant qu'ils ne me voulaient aucun mal, mais que je n'avais plus qu'un choix : rejoindre l'Ordre du fait que je connaissais leur existence. Ils me promirent beaucoup d'argent et glissèrent sous mon nez une enveloppe épaisse, bourrée de billets de banque. Tu sais qu'un professeur ne gagne pas beaucoup d'argent en Angleterre, surtout à cette époque, mais je refusais. Ils me dirent alors qu'il serait facile pour eux de se débarrasser de moi ou de ma femme et de ma fille. Ils me laissèrent une semaine pour réfléchir...

Je les menaçais moi aussi, leur disant que je préviendrai la police, et je rentrais chez moi, la mort dans l'âme, mais ne confiais toujours rien à mon épouse, toujours pour ne pas l'inquiéter. Ma fille avait douze ans.

La semaine passa et je ne reçus aucune nouvelle... Trois mois s'écoulèrent. Je commençais à penser que ces gens m'avaient oublié, réalisant mon inoffensivité et mon désir de ne rien dévoiler sur leur existence.

Je me trompais encore lourdement... Un peu avant Noël, ma fille disparaissait sur son trajet entre l'école et ma maison à Brandys Bay. Aucune demande de rançon ne vint, mais je savais que j'allais payer le prix de mon refus. Je dus parler à ma femme de l'existence de l'Ordre. Elle m'en voulut énormément et m'accusa d'inconscience. Elle me porta responsable de la disparition de notre fille et je ne pouvais pas lui en vouloir. A partir de ce jour, nos relations furent toujours très tendues et elle ne manquait jamais une occasion pour me rappeler mes responsabilités.

Elle m'obligea à parler à la police de l'existence de l'Ordre, mais franchement personne ne me crut. La police avait plutôt tendance à me soupçonner, je passais de longues journées dans leurs locaux.

Pendant six mois, ma femme et moi nous espérions le retour de notre fille. La police ne trouva aucun indice à part le témoignage d'une villageoise qui affirma avoir vu ma fille emmenée dans une "grosse voiture" sombre... Nous envisagions toutes les hypothèses. Ma femme allait de plus en plus mal, commençant à perdre la tête. Elle mourait quelques semaines plus tard, emportée par la douleur et refusant de me parler.

Je me retrouvais seul avec ma peine... La police me soupçonna encore de longs mois, mais abandonna devant l'absence évidente de preuves. Estelle fut oubliée, même si les habitants du village en parlaient souvent comme d'un mystère inexplicable...

N'ayant plus rien à faire à Brandys Bay, le coeur plein de vengeance et de haine, je décidais de revenir à Tunis, mais sous une autre identité. La barbe et la moustache qui ornaient maintenant mon visage, combinées avec mon changement physique, causé par mon amaigrissement et mon vieillissement prématuré, suite à la peine causée par la perte de ma famille, m'arrangeaient. J'étais devenu méconnaissable.

Je me faisais faire de faux papiers et je devenais Graham Tatley. Je suis en fait d'origine néerlandaise et je suis devenu anglais de par le mariage avec Freda, ma femme qui détenait un passeport britannique. Je conserve un léger accent néerlandais quand je parle anglais. Mon français est excellent et je pourrais donc me débrouiller en Tunisie.

Je gardais la même profession pour trouver facilement un travail dans le corps professoral. En pleine nuit, je quittais à tout jamais l'Angleterre. Un sixième sens me disait que ma fille avait été emmenée de force en Tunisie et que je la retrouverai là-bas. Je partais donc avec un peu d'espoir dans le coeur.

Je m'installais à Tunis d'abord, puis à Carthage, ensuite, dans la villa d'un ami professeur, là où je réside maintenant. Je me fondais dans la masse et je réussissais à trouver rapidement un poste au Lycée Carnot en m'appuyant sur des recommandations d'un éminent professeur d'université que j'avais dû mettre dans le secret. Je ne mentais pas sur mon expérience, juste sur un nom de famille. Tout en travaillant, je consacrais mes loisirs aux fouilles et à l'archéologie, en rejoignant encore une fois des missions françaises et britanniques en train de découvrir tous les trésors de Carthage.

Je rôdais régulièrement autour de la Villa de la Volière, mais je ne voyais personne. Je retournais au souterrain, mais rien. Je m'installais dans ma nouvelle vie tunisienne. Je ne vivais pas, je survivais. Plusieurs longs mois s'écoulèrent...

Un soir d'hiver pourtant, par hasard, en rentrant chez moi, je trouvais mon nouveau voisin de Carthage, Lord Anton Duncan, sortir de sa villa pour prendre le volant d'une petite voiture. Je trouvais le détail bizarre, car Lord Anton possédait une très belle Peugeot 143 conduite par un chauffeur. Mon sixième sens m'alarma. Ayant moi-même une petite voiture, je le suivais de loin. Il s'arrêta dans une allée sombre, près du carré des fouilles de la Vallée de l'Odéon. Il resta deux ou trois minutes dans sa voiture non éclairée. J'en profitais pour m'approcher sans bruit et je le vis ressortir de sa voiture, vêtu d'une robe de lin blanc, chaussé de sandales et coiffé d'un bonnet de forme pointue. Je ne m'étais pas trompé. Il faisait partie de l'Ordre !

Je le suivais jusqu'à la Villa de la Volière en me cachant dans les ruines environnantes... Je revoyais les deux jumeaux qui m'avaient enfermé auparavant. J'entendais leurs chants puniques et environ trois heures plus tard, ils ressortaient.

Je détenais une piste éclatante pour surveiller l'Ordre : mon voisin, l'aristocrate Lord Anton Duncan ! Je décidais donc de me rapprocher de lui. Il voyageait beaucoup, mais je réussis à l'intéresser. Je te passe là encore les détails, mais je fus régulièrement invité à la Villa Duncan où je faisais connaissance d'un autre homme : Howard Bartell, un architecte de renom à Londres.

Très artiste, Howard Bartell adorait que je l'amène sur les sites de fouilles. Amateur de mosaïque, je le surprenais de temps en temps à peindre de très beaux paysages. Il avait déjà vendu quelques toiles en Angleterre, mais s'était remis à son premier métier, l'architecture, pour soutenir les chantiers de Lord Anton Duncan en Tunisie et à Alger.

Bien sûr, je ne contredisais jamais Howard quand il me vantait les qualités de son ami Anton qui se montrait d'ailleurs extrêmement courtois avec moi.

Quelques semaines plus tard, un article dans la Dépêche Tunisienne attira mon attention : les restes d'un cadavre calciné d'une jeune fille d'environ douze ans avaient été retrouvés... Sans savoir pourquoi, alors que je n'avais aucune preuve que ce soit ma fille, je fus persuadé que c'était Estelle. Je ne pouvais malheureusement rien faire. L'Ordre avait enlevé ma fille, puis l'avait exécutée, j'en étais sûr !

Des milliers de questions se posaient à moi : pourquoi avoir brûlé ma petite fille ? Pourquoi tout ce temps entre son enlèvement et la découverte de son cadavre ?

Je ne dormais plus, je ne mangeais plus et je me laissais aller... Howard Bartell, en long séjour à Tunis, fut toujours là pour moi, Azzedine. Il me demandait de lui confier la raison de sa peine, mais je ne pouvais pas, il était le meilleur ami de... mon meilleur ennemi.

A un moment donné du séjour de Howard en Tunisie, je notais subrepticement un changement dans son attitude avec Anton. Toujours ensemble auparavant, je remarquais qu'Howard ne recherchait plus la compagnie de son ami avec lequel il continuait pourtant à travailler.

Un soir que j'étais invité à la Villa Duncan, en attendant Lord Duncan et Howard dans le salon, j'entendis une violente dispute entre les deux hommes. Des bribes de leur conversation parvenaient à mes oreilles :

- Howard, tu me mets dans une situation dangereuse vis-à-vis de ces gens. Tu étais d'accord pour entrer avec nous et maintenant tu ne veux plus en entendre parler. Mais je t'ai tout dit d'eux alors que j'aurais dû attendre ton intronisation... Et ils savent que je t'en ai trop dit sur l'Ordre.
- Ces gens sont des voyous, Anton. Comment peux-tu frayer avec eux ? Je n'ai rien à voir avec de telles personnes...

Anton Duncan avait violemment interrompu son ami et un bruit de chute avait accompagné ses mots, on aurait dit qu'il avait jeté un objet par terre...

- Mais ces gens nous font travailler, Howard. Ils nous amènent tous ces chantiers sur un plateau d'argent, m'ouvrent les portes des plus hautes autorités du pays et veillent à mon développement en Tunisie. Que peux-tu espérer de plus ?
- Je ne veux rien, plus rien. Je vais rentrer en Angleterre après avoir fini le chantier de l'immeuble de la rue de Bône qui touche à sa fin.

Howard sortit du bureau. Il monta à sa chambre, sans me saluer, et le dîner fut annulé par Anton Duncan qui prétexta, par son maître d'hôtel, un refroidissement soudain.

Le lendemain, j'appelais Howard à son bureau et je l'invitais à dîner chez moi. Il était très mal. Je me permis de lui dire que j'avais entendu une partie de leur conversation et je lui racontais toute mon histoire. Je dévoilais ma véritable identité. Sa réaction de rejet envers Anton Duncan avait renforcé ma confiance en lui.

Je prenais un grand risque, mais je n'eus jamais à m'en plaindre. Howard Bartell me raconta tout également : en effet, au début, il avait accepté d'appartenir à l'Ordre qu'Anton lui avait davantage présenté comme un club d'affaires, composé d'hommes et de femmes très riches.

Je me rappelle, mot pour mot, les paroles de Howard Bartell :

- Au moment où j'ai compris ce qu'était véritablement l'Ordre des Disciples de Baal Hammon, grâce à l'avertissement de l'un de leurs membres dissidents, j'ai refusé catégoriquement d'appartenir à une telle association. Ce sont des gens redoutables qui m'ont agressé physiquement et qui peuvent me tuer à tout moment. Si je vais à la police, j'ai peur que ma femme ne soit mise en danger.

Howard me donna le nom du membre dissident ainsi que son adresse : en fait, l'Ordre n'avait pas encore réalisé son état de dissidence, car le pauvre homme était à l'article de la mort, en phase terminale d'un cancer. Je tairai son nom. Je l'appelais et il accepta de me recevoir, sur la recommandation de Howard. Je dus me déguiser en personnel de nettoyage et accéder à sa superbe maison par l'entrée de service. L'homme avait peur d'être surveillé et je reste persuadé qu'il l'était.

Pour faire bref, il me reçut dans sa chambre. Il avait préféré mourir chez lui et avait été ramené de l'hôpital la veille. Il fit sortir l'infirmière. Il parlait avec difficulté et j'avais de temps en temps du mal à le comprendre. Au crépuscule de sa vie, l'homme avait décidé de ne pas frapper à la porte de l'enfer, mais plutôt à celle du purgatoire.

Je lui racontais toute mon histoire, sans rien cacher, et le moment qui suivit devint le plus noir de ma vie. En effet, avec sa voix faible et éraillée, il me confirma que c'était bien l'Ordre qui avait enlevé ma fille. Ces ignobles individus l'avaient gardée plusieurs semaines...

Ensuite, elle avait été sacrifiée pour le plaisir des membres de l'Ordre. Le Maître avait décidé de passer à la vitesse supérieure en impliquant ses disciples les plus influents dans un assassinat. Ainsi, il les aliénait à tout jamais. Bien évidemment, il maqùilla son assassinat sous son apparat punique : sacrifice d'une jeune vierge sur l'autel de Baal Hammon dans une ambiance orgiaque pour s'attirer les bonnes grâces du dieu, devant une assemblée triée sur le volet, imbibée d'alcool. Et c'était ma fille, ma pauvre Estelle, ma fille chérie et celle de sa défunte maman, qui fut offerte à ces malades. Elle n'avait pas treize ans et ces pervers l'ont exécutée en la brûlant pour respecter les traditions puniques ! Ensuite, ils ont jeté son cadavre... Elle n'a eu droit à aucun égard, même pas à la fosse commune !

Je pleurais comme un enfant devant cet homme qui me demanda d'approcher de son lit. Il me prit la main et voulut me dire qu'il n'avait pas participé à cette bacchanale, me présenter ses excuses, montrer de l'empathie.

Je refusais ses excuses, je l'insultais dans toutes les langues que je parlais, je ne l'écoutais plus, je le quittais sans lui dire au revoir... Il mourut le lendemain en début de matinée.

Howard Bartell rentra en Angleterre quelques semaines plus tard et ne revint jamais à Tunis. Je me suis toujours demandé pourquoi l'Ordre n'avait pas éliminé ce pauvre Howard. Sans doute à cause de son ami Anton... Il me proposa plusieurs fois de le rejoindre à Djerba lorsqu'il s'y trouvait avec sa femme Rosemary, mais j'avais peur d'être suivi et de le mêler encore une fois à ces tragédies.

La guerre fut déclarée en août 1914 et tout ce que je vivais me fit oublier mes peines pour me consacrer à mes élèves et à ce pays qui m'avait si bien accueilli. Durant toute la Grande Guerre, les activités de l'Ordre en Tunisie furent sans doute atténuées même si je sais pertinemment que les membres restaient très actifs dans d'autres pays, notamment dans le secteur de l'armement.

Ma haine n'était pas enterrée et je dirais même qu'elle se construisait de manière plus intelligente, n'étant plus aveugle. A la fin de la guerre, je quittais le Lycée Carnot pour me consacrer à cent pour cent à l'archéologie. J'avais aiguisé mon expérience durant toutes ces années à Carthage.

C'est à ce moment que tu avais la bonne idée de me subtiliser mon portefeuille et que je t'engageais à mon service. J'ai toujours beaucoup apprécié ta discrétion, tu ne m'as jamais posé de questions.

Mon seul lien avec l'Ordre était Lord Anton, mais il n'habitait plus Tunis. La villa Duncan, en face de ma maison, était abandonnée complètement. Je me rabattais donc sur les deux jumeaux, Leith et Youssef, et je te chargeais de les surveiller discrètement.

Grâce à ton excellent travail, nous découvrions le nouveau lieu de rencontre de l'Ordre et nous réalisions combien il avait pris de l'importance durant toutes ces années. Nous récupérions la liste des disciples qui venaient en Tunisie ou qui y vivaient grâce à la carte de visite que tu prenais de chez le gardien.

A la fin de l'année dernière, Brandys Bays revint sur le devant de la scène avec l'assassinat de Lord Anton. Rosemary Bartell se faisait remarquer en dénouant l'intrigue. Deux autres meurtres, liés à celui de Lord Anton, avaient été commis.

J'avais appris, avec beaucoup de tristesse, le décès de Howard. Comme j'aurais voulu assister à son enterrement ! Mais cela était impossible...

A ma grande surprise, Robert Barnes s'installait dans la villa de Lord Anton, en qualité de nouveau propriétaire, accompagné de sa femme Moira. Mes nouveaux voisins étaient sympathiques. J'appréciais leur simplicité et le fait qu'ils m'acceptaient comme j'étais, avec mon côté obscur et mes sautes d'humeur.

Lorsqu'elle décidait de revenir à Tunis, Rosemary Bartell ne savait pas qu'elle revenait se jeter dans la gueule du loup. En effet, lors de l'affaire de Brandys Bay, l'Ordre avait entendu parler des manuscrits de Howard Bartell et craignait que des détails, dévoilant leur existence, n'y soient contenus.

A l'heure où j'écris cette lettre, Azzedine, je pense que Rosemary est en danger... Je l'ai prévenue de ce danger lors du dîner chez les Malet.

Voilà, tu sais tout. Je te demande plusieurs choses :
  - Protège Rosemary Bartell et Darlene Randwick, son amie
  - Fais en sorte que la police soit au courant des agissements de l'Ordre, mais tu dois y aller avec des preuves irréfutables. Celui ou celle qui a tué ma fille doit mourir, mais dans le contexte de la justice. Ne nous mettons pas à leur niveau !
  - Fais attention à toi, tu es maintenant encore plus en danger.

Tu peux montrer cette lettre à Rosemary Bartell. Elle comprendra ainsi ce que j'ai enduré. Remets-lui aussi les 30 pages arrachées du manuscrit de son mari Howard. Il me les a envoyées un peu avant sa mort, quand il s'est su condamné par sa maladie, il ne voulait pas que sa femme soit mêlée à tout ceci. N'oublie pas la liste des membres, elle sera de grande utilité pour la police !

Malheureusement, les circonstances ont fait que Rosemary Bartell est maintenant en ligne de mire... C'est une brave femme, Moira Barnes m'en a dit beaucoup de bien. Elle a gardé beaucoup de vitalité, fais-en toi une alliée. Sa meilleure amie, Darlene Randwick, peut aussi t'aider.

Venge-moi, Azzedine, venge ma petite fille !

Que Dieu, en qui je ne crois plus, soit avec toi s'il le peut !

Gunther Vandenhind

   Pour être sûre qu'elle avait bien tout compris, Rosemary Bartell lut deux fois le courrier de Gunther Vandenhind. Elle parcourut plusieurs fois le passage relatant le sacrifice d'Estelle. Elle ne pouvait pas croire qu'en ce début de vingtième siècle, des hommes puissent commettre de telles ignominies...
   Elle pensa à Habiba et à Azzedine et se dit qu'elle devait parler à l'Inspecteur Lafouèche rapidement.

Pour s'assurer qu'ils ne contenaient pas de révélations, utiles pour l'enquête et pour retrouver la petite Habiba, elle entreprit de lire rapidement les trente feuillets du manuscrit de son mari. Malheureusement, ils ne contenaient aucune information supplémentaire : aucun nom n'était cité, à part celui d'Anton Duncan et même si Howard parlait d'un Maître de l'Ordre de Baal Hammon, il ne le nommait jamais. Par contre, il mentionnait bien " *la noirceur de ces deux forces de la nature, ces jumeaux dénaturés qui se prénomment Leith et Youssef, deux solides piliers au service de ces voyous*".

Elle ne bougea pas durant quelques instants, toujours assise dans son fauteuil, et prit une décision : se dirigeant à nouveau vers sa malle de voyage, elle l'ouvrit et dégagea le double-fond. Elle y rangea les feuillets du manuscrit de Howard et referma à clef la malle.

Rosemary regarda par la fenêtre et constata qu'il pleuvait toujours. Elle allait ouvrir la penderie pour prendre son imperméable lorsqu'on frappa trois fois à la porte. Elle ramassa rapidement la lettre de Gunther, laissée sur la table du salon, et la cacha dans un tiroir de sa commode.

Elle alla ouvrir et se sentit rassurée de voir Darlene.

- J'étais trop impatiente, Rosemary. Savez-vous quelque chose de nouveau ? J'ai une bien mauvaise nouvelle par contre.

Rosemary ne répondit pas et referma la porte à clef. Darlene avait le chic pour annoncer les mauvaises nouvelles de manière abrupte.

- Commençons par la mauvaise nouvelle, Darlene. Une de plus ou une de moins, je pense que je peux tout supporter.

Darlene comprit son manque de tact et s'excusa aussitôt.

- Je suis désolée, Rosemary. Je n'aurais jamais dû vous parler ainsi. Je suis toujours trop rapide dans tout ce que je fais et ce que je dis.

Rosemary Bartell rassura son amie en lui prenant la main. Elle l'invita à s'asseoir et prit elle-même place dans son fauteuil.

- Bon, l'Inspecteur Lafouèche vient d'apprendre qu'Azzedine a été poignardé. Son corps a été retrouvé à Byrsa. Pauvre garçon ! Au moment où il voulait quitter Tunis et se refaire une nouvelle vie, sans doute !

Rosemary Bartell fronça les sourcils et se leva d'un bond :

- Non, non, Darlene, non. Nous devons faire arrêter tout cela. Estelle, Lotfi, Gunther, le gardien et maintenant ce brave Azzedine...

Les larmes coulèrent sur son visage. Elle alla s'asseoir sur son lit et se prit la tête entre ses mains.

- Cela devient trop difficile, Darlene. Je n'en peux plus... Brandys Bay et ses meurtres, Carthage et ces meurtres... C'est trop, Darlene ! Pourquoi toute cette affreuse spirale de meurtres autour de moi ? Et Habiba, maintenant, qui risque d'être sacrifiée au titre d'un rite punique...

Darlene alla s'asseoir sur le lit près de Rosemary et lui prit la main.

- Rosemary, vous n'êtes pas toute seule. Nous sommes avec vous et personne ne vous fera du mal. Vous êtes une femme intelligente, astucieuse mais tout ceci est beaucoup trop lourd pour vous...

Les pleurs de Rosemary redoublant, elle se contenta de la serrer dans ses bras, en silence. Jamais Darlene n'avait vu son amie dans cet état. Elle s'en voulait de lui avoir révélé la mort d'Azzedine. Cela aurait pu attendre.

Lorsqu'elle sentit que Rosemary allait mieux, elle alla prendre un peu d'eau dans la carafe qui se trouvait sur la commode et lui en servit un verre.

- Rosemary, vous m'avez parlé d'un sacrifice, celui de Habiba, sur l'autel de Baal Hammon. Nous avons déjà parlé de ce sujet, mais nous ne faisions que des supputations... Avez-vous eu des confirmations de l'existence de ces sacrifices ?

Madame Bartell alla vers la commode et sortit du tiroir la lettre de Gunther. Elle la tendit à Darlene et alla à sa salle de bains pour réparer les dégâts qu'avaient faits les pleurs sur son visage.

De la salle de bains, elle pouvait entendre les soupirs de stupéfaction que poussait son amie Darlene. Elle se passa un peu d'eau sur le visage, rectifia sa coiffure et finit par une touche de *Soir de Paris*.

Elle se sentait mieux. Gênée d'avoir craqué devant son amie, mais résolument mieux ! Elle revint vers la chambre pour trouver Darlene, prostrée à son tour.

- Je comprends ce que vous avez voulu dire, Rosemary. Nous devons tout de suite aller voir Lafouèche. On doit absolument retrouver Habiba avant... enfin avant... Ils ont tué Estelle de cette horrible manière. Je ne peux le croire.

Comment des êtres humains peuvent-ils commettre de telles atrocités !

Rosemary avait retrouvé toute sa force. Elle décida qu'elle parlerait plus tard à Darlene des trois photographies et des feuillets du manuscrit de Howard.

- Redescendons tout de suite, Darlene. Nous allons montrer cette lettre à l'Inspecteur et j'irai avec lui à La Marsa pour faire ma déposition. Prions pour cette petite Habiba !

▼▼▼▼

- Oh, tu es déjà rentrée, ma chère ! Je raccompagnais l'Inspecteur Lafouèche à la porte. Il était venu me poser quelques questions rapidement.

Cécile Malet sembla surprise de retrouver le policier dans le hall de sa maison. Elle venait de le quitter chez les Barnes. Elle remarqua aussi la gêne de son mari.

- En quoi sommes-nous mêlés à tous ces horribles meurtres, cher Inspecteur ? D'après ce que vous nous avez dit chez les Barnes, un nouveau crime vient d'être commis à Byrsa...

L'Inspecteur Lafouèche hésita avant de répondre :

- Oui, en effet, un jeune Tunisien que nous recherchions. Il travaillait avec Gunther Vandenhind que vous connaissiez sous le nom de Graham Tatley. Je venais juste poser des questions à votre mari sur votre entourage et sur deux employés qui travaillent chez vous, Leith et Youssef.

Cécile était déjà lasse. Les histoires de personnel domestique l'ennuyaient et elle n'était pas d'humeur, même si elle avait trouvé les jumeaux particulièrement attirants. Le comportement de Frank à son égard l'avait exaspérée lors du déjeuner. Il l'avait littéralement ignorée, tout amoureux qu'il était de la petite dinde de Lynnett.

Encore une idée de son mari que de louer le pavillon du fond du jardin ! S'il n'avait pas eu cette idée, cette fille ne serait jamais venue habiter chez eux et Frank serait encore tout à elle.

- En tout cas, on ne peut pas dire que la police soit très performante sur cette enquête, Inspecteur Lafouèche. D'accord avec moi ? Les meurtres se multiplient et vous n'avancez pas. Je ne me sens plus en sécurité dans ma propre maison, vous savez. Ne me dites pas que vous n'avez pas de piste valable !

Pierre Malet fusilla son épouse du regard. Le policier ne trouva rien à répondre.

- La police a pour habitude de ne pas raconter à tout un chacun les avancées de leurs enquêtes, Cécile. Tu devrais le savoir, ton père était Commissaire de Police.

Lafouèche s'étonna de la profession du père de Madame Malet. Elle ne ressemblait en rien à une fille de commissaire.

- Oui, mais mon père, lui, il arrêtait les voleurs et les meurtriers. Ce qui n'est pas votre cas...

Vincent Lafouèche, encore une fois, ne répondit pas à la provocation. Il enfila son manteau et salua son hôte :

- Merci, Monsieur Malet, pour toutes ces informations. Je dois retourner chez les Barnes.

Saluant brièvement Cécile Malet avant de remettre son chapeau, il sortit rapidement.

Pierre Malet attendit que l'inspecteur de police soit sorti pour s'adresser à sa femme :

- Pourquoi agresses-tu Lafouèche et de quel droit ? Il fait son travail. Son enquête n'est pas facile du tout.

Cécile Malet lui lança l'un de ses regards les plus hautains :

- Je ne savais pas que tu faisais partie de la police pour prendre la défense de ce petit inspecteur. Je dis ce que je pense et je pense ce que je dis. Il est nul et je ne suis pas la seule à émettre un tel jugement.

Son mari lui lança des regards de feu :

- Ah oui, tu dis cela parce que tu es en colère. Monsieur Frank Duncan préfère une plus jeune que toi. Tu ne peux le supporter. Ma pauvre Cécile, tu te seras ridiculisée devant tous nos amis.

Cécile Malet se rapprocha de son mari :

- Frank Duncan n'a rien à voir avec ma mauvaise humeur. Je ne me sens pas en sécurité avec cette police qui ne fait rien. C'est tout.

Pierre Malet sourit ironiquement :

- Mais tu as ton mari, ma chère Cécile. Je te protégerai contre vents et marées, tu le sais.

Cécile Malet tourna le dos à son mari et se mit à rire :

- Je n'ai pas besoin de ta protection. Juste contente-toi de fermer les portes à double tour chaque soir. J'ai une arme dans ma chambre, je saurais m'en servir, ne t'inquiète pas pour moi.

Pierre Malet, sans rien dire, la regarda monter l'escalier vers sa chambre. Malgré sa colère envers elle, il ne pouvait, encore une fois, que constater sa grande beauté : sa robe vert émeraude à taille basse, à laquelle elle avait assorti un bandeau serti de plumes autour de sa tête blonde, la rendait encore plus majestueuse.

Pierre soupira et retourna dans son bureau. Il ne pouvait plus supporter les incessantes querelles avec sa femme et il se disait qu'une séparation ne pourrait leur faire que le plus grand bien. Il songeait en fait à envoyer Cécile à Paris durant quelque temps chez sa soeur, d'abord pour la changer un peu de la monotonie de Carthage et de Tunis et ensuite pour mettre un peu de champ entre eux.

Il s'assit à son bureau et bourra sa pipe en bois de rose de son tabac préféré, *Granger*. Le pot à tabac, bleu et décoré d'une feuille dorée, se trouvait toujours près de lui, posé à côté de ses stylographes.

Il alluma sa pipe et en tira une profonde bouffée. Cécile disparut bientôt de ses pensées pour laisser place à l'Inspecteur Lafouèche...

Chapitre 22

- Voilà, Monsieur l'Inspecteur, je vous ai tout remis : le courrier de Gunther Vandenhind et les trois photographies.

Rosemary Bartell ne croisa pas le regard du policier français qui semblait la fixer d'un air suspicieux. Elle avait gardé pour elle les pages déchirées du manuscrit de son défunt mari et elle ne le regrettait pas. Elle avait hâte de les relire plus attentivement.

Dès qu'elle serait rentrée chez les Barnes, elle pensait se faire excuser en prétextant une légère migraine et se faire monter un plateau dans sa chambre. Elle avait envie de se retrouver dans la pièce où avait également vécu son mari pour découvrir ce qu'il avait écrit.

- Un bon potage accompagné d'un dessert léger et d'une tisane fera mon affaire, se dit Rosemary qui s'imaginait déjà dans le fauteuil préféré de sa chambre, près d'un feu de cheminée ronronnant.

Pour l'instant, ils étaient dans le bureau du policier. Rosemary était assise sur l'inconfortable chaise en bois du bureau et regardait de temps en temps le tableau noir en face d'elle.

Elle coupa court à ses pensées. Le policier lui parlait :

- Merci pour votre déposition et ces documents. Je vous promets que nous sommes en train de faire le maximum pour retrouver cette pauvre Habiba.

- Pensez-vous que l'Ordre est en train de planifier un nouveau sacrifice ?

Vincent Lafouèche se leva et se gratta la tête en prenant un air grave :

- Nous en sommes convaincus, Madame Bartell. D'où l'enlèvement de cette jeune fille et l'arrivée de grosses légumes en provenance des États-Unis et d'Europe que nous remarquons depuis plusieurs jours.

- Mais si vous savez que tous ces gens sont liés à l'Ordre, pourquoi ne les arrêtez-vous pas ? Et pourquoi n'avez-vous pas arrêté les jumeaux ? Vous avez maintenant la preuve qu'ils sont membres de l'Ordre. Bizarre qu'ils travaillent chez Monsieur Malet...

En prononçant le nom de Malet, Rosemary Bartell se demanda s'il n'était pas lié à l'Ordre d'une manière ou d'une autre.

Le policier sembla lire ses pensées :

- Vous êtes en train de vous demander si Pierre Malet n'est pas l'un des leurs...

Rosemary Bartell sourit :

- Vous lisez en moi comme un livre ouvert. Oui, la pensée m'a traversé l'esprit, je reconnais.

- Je ne pourrais vous répondre, Madame Bartell, car l'Ordre des Disciples de Baal Hammon a tissé sa toile telle une araignée. Je vous disais : mon propre commissariat a été infiltré, j'en reste persuadé. Même la villa Barnes est sous la coupe de l'Ordre. Sans doute, des employés de la maison qui veulent arrondir leurs fins de mois et qui racontent tout ce qui se passe à l'intérieur à leurs agents. Pour revenir à Pierre Malet, je serais étonné que cet homme s'occupe de l'Ordre, il a d'autres chats à fouetter avec sa femme, d'après ce que des personnes indiscrètes m'ont rapporté.

Rosemary Bartell ne répondit rien, ne voulant pas entrer dans ce type de sujet sensible. Elle préféra laisser éclater son énervement face à l'attitude du policier français qu'elle jugeait trop passive :

- Mais Inspecteur, si vous ne bougez pas plus, nous ne pourrons jamais éradiquer cette organisation. Je ne vous sens pas motivé à le faire.

L'Inspecteur Lafouèche ne répondit pas directement.

- Ne vous inquiétez pas trop, Madame Bartell. La police avance, mais n'est pas obligée de dire comment elle le fait.

Il préféra changer la conversation. Rosemary remarqua son regard fuyant.

- Nous avons eu un retour du Caire sur Mademoiselle Patricia de Launay. Rien de spécial sur elle si ce n'est qu'elle est partie un peu vite d'Egypte et que les circonstances de la mort de son patron n'étaient pas très claires. Vous vous méfiez de cette personne, n'est-ce pas ?

Rosemary Bartell se leva à son tour. Elle enfila rapidement son manteau de fourrure et saisit son sac qu'elle avait posé sur le bureau de l'Inspecteur.

- Oui, je vous ai déjà confié mes suspicions sur cette personne. Je la trouve toujours derrière les portes, elle semble tout observer et la position privilégiée qu'elle occupe, au sein de la villa Barnes, lui permet d'aller partout et de tout régir. Heureusement, Moira Barnes vient d'en prendre conscience. Elle la remet à sa place au grand bonheur de son mari qui a l'impression que sa gouvernante est devenue la maîtresse de maison. La femme de chambre, que Patricia avait renvoyée, l'a vue sortant de ma chambre, avec quelque chose en cuir qui ressemblait au manuscrit de mon mari. Mais bon, peut-être a-t-elle dit cela pour se venger de son renvoi. Mais je serai encline à la croire...

L'inspecteur ne répondit pas et annonça à Madame Bartell qu'il avait prévu une voiture pour la raccompagner à la villa Barnes.

- Ne vous donnez pas cette peine, Inspecteur Lafouèche. Je peux me débrouiller. Je vous assure...

- Il n'en est pas question. Suivez-moi, une voiture vous attend devant la porte de service, à l'arrière de l'immeuble. J'ai peur que vous ne soyez ennuyée par les journalistes. Ils ont décidé de prendre racine à l'entrée principale du commissariat.

Il la précéda, sillonnant entre les bureaux métalliques de couleur grise débordant de dossiers en désordre.

En effet, une voiture les attendait avec un chauffeur en civil. Il attendait, abrité sous le préau. Dès qu'il vit Madame Bartell, il ouvrit son parapluie et alla la chercher en haut du petit escalier.

- Je vous promets que je ne ferai plus de bêtise, confia Madame Bartell. Merci pour tout.

L'Inspecteur ne répondit pas et referma la porte de la voiture. Il fit juste un signe au chauffeur qui démarra rapidement...

Pris d'un nouveau malaise, il eut juste le temps de se rattraper à la rampe de l'escalier…

▼ ▼ ▼ ▼

Ahmed réalisa que les prochains jours seraient très durs pour lui. La femme, cette Mouni qu'il devait escorter, anglaise sans doute à son accent très *british*, n'était vraiment pas facile.

Depuis qu'il l'avait rencontrée dans la villa de Himilkat, elle n'avait pas cessé de lui donner des ordres et de se plaindre qu'il n'allait pas assez vite. Pourtant, avec sa voiture, il prenait de grands risques sur les mauvaises routes de Tunis qui n'étaient souvent que des pistes, surtout du côté de Carthage et du Kram. Pire encore avec cette pluie diluvienne !

Ils se dirigeaient maintenant vers La Marsa et étaient en train de passer devant la résidence du Consul de Grande Bretagne. Il connaissait bien la route de La Marsa, mais ne connaissait pas exactement l'adresse où Mouni désirait se rendre.

- Vous vous dirigez vers la corniche, mais avant d'y arriver, vous tournez sur la gauche... Je vous indiquerai la rue lorsque je la reconnaîtrai, avait précisé Mouni sur un ton impatient.

Ahmed n'avait rien répondu et arrivé au tournant de la corniche, avait bifurqué à gauche comme prévu. Mouni lui demanda de tourner à droite et de s'arrêter cent mètres plus loin, en face de la porte d'une villa aux hauts murs blancs qui devait regarder la Méditerranée.

- Écoutez-moi bien, Monsieur Ahmed.Vous allez retourner au début de cette rue et vous allez attendre qu'une *Citroën B2* de couleur grise n'arrive... Elle transporte des gens très importants pour nous et nous ne voulons pas qu'ils se fassent remarquer. Donc, une fois qu'ils seront entrés dans cette rue, vous placez votre voiture au milieu de la chaussée, en prétextant que le véhicule est tombé en panne, ce qui laissera le temps à nos invités d'entrer dans la maison en toute discrétion. M'avez-vous bien compris ? Une fois que nos invités sont entrés dans la villa, rejoignez-moi, j'aurais encore de quoi vous occuper.

L'air hautain et le ton particulièrement directif de Mouni ne plaisaient pas à Ahmed, mais il ne montra rien. La femme faisait sans doute partie des membres de catégorie supérieure de l'Ordre et sa modeste condition ne lui permettait pas de lui répondre comme il l'aurait souhaité.

Mouni n'attendit pas que le chauffeur lui ouvre la porte et s'engouffra dans le parc de la villa dont le portail s'était ouvert comme par enchantement au bruit de la voiture.

Obéissant, Ahmed retourna au bout de la rue et attendit l'arrivée de la *Citroën B2*. L'attente ne dura pas très longtemps et il fit ce que Mouni lui avait demandé. Dès que la voiture fut entrée dans la rue, il plaça son véhicule au milieu de la chaussée et en sortit pour ouvrir le capot, prétextant une panne. En quelques secondes, il fut trempé par la pluie.

Son jeu ne l'empêcha pas de regarder en direction de la villa. Il aperçut Mouni qui jeta un rapide coup d'oeil dans sa direction avant d'ouvrir la portière, aidée par le chauffeur et par un autre occupant de la *Citroën*...

Ahmed se déplaça sur le côté de sa voiture pour mieux voir ce qui allait se passer. Sa surprise fut grande. En fait, il comprit que les deux hommes, supervisés maintenant par Mouni, étaient en train de sortir un corps, caché sous une couverture... Il lui sembla que c'était le corps d'une femme.

Le chauffeur soupira et se parla à lui-même :

- L'Ordre passe à la vitesse supérieure... Il multiplie crimes et enlèvements pour mieux asseoir son autorité.

Il ferma le capot et remonta dans sa voiture. Il savait qu'il était en grand danger s'il n'obéissait pas à tous leurs ordres et réalisait surtout qu'il ne pourrait jamais sortir de l'Ordre, sauf dans un linceul.

▼ ▼ ▼ ▼

- Frank, je suis vraiment inquiète. Pourquoi Rosemary n'est toujours pas rentrée ? Sa déposition au commissariat ne devait pas prendre très longtemps...

Frank Duncan ne répondit pas. Il partageait les inquiétudes de sa cousine Darlene, mais ne voulait pas l'admettre devant elle.

Ils se trouvaient dans le salon de la villa Barnes. La cheminée avait été allumée et dehors, la pluie redoublait d'intensité. Frank et Darlene avaient à peine touché au thé.

Darlene Randwick ne tenait pas en place. Elle regardait sans cesse vers l'horloge comtoise qui égrenait le temps imperturbablement. Lorsque la demie de six heures sonna, elle sursauta.

Le soleil venait de se coucher derrière l'horizon.

La porte s'ouvrit. Moira et Robert Barnes entrèrent, l'air grave :

- Je viens d'avoir l'Inspecteur Lafouèche. Rosemary a quitté le commissariat voilà plus de deux heures. Le chauffeur n'est pas rentré non plus. Les policiers se mettent à leur recherche. Je suis désolée, Darlene, de devoir vous apporter ces mauvaises nouvelles.

Robert se rapprocha de Darlene, assise sur le canapé, les yeux perdus dans le vide :

- Vous connaissez Rosemary, Darlene. Peut-être a-t-elle profité d'avoir un chauffeur à disposition pour aller quelque part. Notre amie n'a peur de rien...

- C'est bien ce qui m'inquiète, Robert. Rosemary n'a aucune notion du danger et elle peut se révéler particulièrement irraisonnable lorsqu'elle se passionne pour une enquête.

Robert, tout comme Frank, préféra ne pas répondre, car il savait que Darlene avait raison.

Nathaniel Steinway entra à son tour dans le salon. Patricia l'avait mis au courant de la *disparition* de Rosemary Bartell et il voulait en savoir plus.

Devant la mine consternée de ses amis, il préféra ne pas questionner, mais posa affectueusement sa main sur l'épaule de Moira et alla s'asseoir sur le canapé près de Darlene et de Frank.

- Où est Édith ? demanda Robert Barnes d'un ton étonné.

- Elle n'est toujours pas rentrée de Tunis. Je ne pense pas qu'elle sera ici avant tard ce soir. Son orphelinat lui donne de plus en plus de travail, trop à mon goût...

Darlene regarda avec compassion Nathaniel Steinway et reprit le cours de ses pensées qui ne pouvaient se détourner de Rosemary.

- Nous savons tous que l'Ordre n'a aucune pitié... Vous avez vu le sort qu'ils ont réservé à ce pauvre Azzedine. Imaginez...

Elle préféra ne pas continuer... L'idée de ne jamais plus revoir son amie Rosemary, elle ne voulait même pas l'évoquer. Elle évita aussi de relater ce qu'elle avait lu sur le courrier de Gunther Vandenhind. Elle en avait uniquement parlé à Frank : ces histoires de sacrifices la faisaient frissonner à chaque fois qu'elle y pensait.

Nathaniel sembla ne rien comprendre. Robert crut bon de lui expliquer quelques détails et le prit à part dans le coin du salon, près de la bibliothèque.

Patricia entra à son tour dans le salon et annonça l'Inspecteur Lafouèche qui se trouvait juste derrière elle.

La gouvernante resta dans la pièce et ne fit pas mine de sortir.

- Merci, Patricia. Vous pouvez disposer.

Le ton sec et directif de Robert Barnes causa le retrait immédiat de Patricia qui referma sans bruit la porte derrière elle.

- J'aurais aimé vous apporter de bonnes nouvelles, mais ce n'est pas le cas.

En prononçant ces mots, le policier enleva son manteau et posa son chapeau sur la table du salon. Moira vint le débarrasser. Trop intéressée par ce qu'elle allait entendre, elle garda le manteau de l'inspecteur sur ses bras.

Elle nota l'extrême pâleur du policier français et se dit que les nouvelles devaient être très mauvaises.

- Nous pensons que Madame Bartell a été enlevée. Pour assurer sa sécurité, un chauffeur devait la raccompagner ici. Malheureusement, sa voiture a été interceptée, sans aucun doute possible, par les membres de l'Ordre qui ont assommé le chauffeur après l'avoir menacé d'une arme. Ils étaient deux hommes. Lorsque le chauffeur a repris conscience, il nous a immédiatement prévenus, mais Madame Bartell avait disparu...

Darlene joignit les mains et leva les yeux vers le plafond. Des larmes commencèrent à couler sur ses joues. Frank le remarqua et alla immédiatement l'entourer.

- Darlene, nous devons rester positifs. Rosemary est importante pour l'Ordre et je ne pense pas qu'ils vont chercher à...

Il arrêta sa phrase. Lui non plus ne voulait pas penser à l'irréparable.

Robert et Moira Barnes se rapprochèrent également de Darlene. Moira semblait très éprouvée par la nouvelle. Elle alla s'asseoir près de Darlene sur le canapé. Elle lui saisit la main et lui prêta un mouchoir pour s'essuyer les yeux.

- Darlene, nous devons rester fortes pour Rosemary. Elle n'aimerait pas nous voir pleurnicher et ne pas réagir devant l'adversité.

Darlene Randwick secoua la tête et sourit :

- Vous avez raison, Moira. Ce n'était qu'une faiblesse passagère...

Elle serra brièvement la main de Moira et se releva. Elle sembla étonnée par le comportement de Nathaniel, perdu dans ses pensées, tout seul dans son coin près de la bibliothèque. Il n'avait pas participé à la vague de sympathie, engendrée par la mauvaise nouvelle apportée par le policier français.

Darlene se retourna vers l'Inspecteur Lafouèche :

- Comment pouvons-nous vous aider, Inspecteur ?

Le policier fronça les sourcils :

- En ne faisant rien... Le chauffeur qui conduisait Madame Bartell a été amené à l'Hôpital Civil Français et mes hommes vont essayer d'en savoir plus en l'interrogeant.

Lafouèche s'interrompit quelques instants avant de reprendre :

- Madame Bartell a pris trop de risques ces derniers jours, l'Ordre en a profité. L'implication de son défunt mari avec l'Ordre n'a pas arrangé les choses. De plus, elle n'a pas écouté mes conseils de laisser tomber. Je regrette de ne pas lui avoir recommandé de rentrer immédiatement à Londres. J'aurais dû montrer plus de sévérité à son égard, car voilà où nous en sommes maintenant...

Le policier semblait véritablement atterré par l'enlèvement de Rosemary Bartell. Il reprit son chapeau et Moira Barnes lui tendit son manteau.

- Je dois retourner au bureau tout de suite. Je vous tiens au courant si quelque chose se produit.

Darlene Randwick voulut le raccompagner jusqu'à la porte.

- Inspecteur, dites-moi franchement : quelles sont les chances que l'Ordre maintienne mon amie Rosemary en vie ?

L'Inspecteur répondit en lui souriant :

- Plus qu'importantes, Madame Randwick. Je pense que Rosemary Bartell sait des choses sur l'Ordre, ce qui lui confère une garantie pour sa vie. Maintenant, je ne peux pas vous dire pour combien de temps. C'est pour cela qu'il est indispensable de la retrouver le plus rapidement possible.

L'Inspecteur Lafouèche ouvrit la porte de sa voiture stationnée devant la villa. Se sentant de nouveau mal, il dut s'éloigner de la voiture, en proie à des vomissements subits...

Darlene Randwick retourna rapidement vers le salon. Elle devait parler à son cousin Frank. Elle croisa le regard plein de curiosité de la gouvernante qui descendait l'escalier...

▼▼▼▼

Rosemary Bartell se réveillait doucement. Elle avait une forte envie de vomir. Elle ne réalisait pas où elle se trouvait, mais elle savait déjà qu'elle était en danger.

Elle ouvrit petit à petit les yeux et réalisa qu'elle reposait sur un lit dans une chambre au mobilier désuet. Ses mains étaient liées dans son dos, ses jambes étaient attachées et elle avait un bâillon sur la bouche qui l'empêchait de respirer librement. Elle regarda sa jolie robe de crêpe de soie bleue et corail qu'elle portait depuis le matin, n'ayant pas eu le temps de se changer dans la journée. Elle constata d'un air indifférent qu'elle était chiffonnée et tâchée sur le devant. La pluie l'avait également trempée. Un frisson la parcourut...

Elle essaya de bouger, mais n'y parvint pas. Elle avait mal partout, mais put constater qu'elle n'était pas blessée. Pas de trace de sang sur le lit où elle reposait, à même le matelas.

Aucun bruit ne se faisait entendre. Les volets étaient fermés. Une énorme armoire à glace en bois rouge occupait tout un mur de la chambre. Une commode à trois tiroirs, bancale, se trouvait à gauche de la porte-fenêtre, ornée de rideaux sales, d'un blanc grisâtre. Une lampe de chevet, sur une table de nuit, éclairait la pièce d'une lumière blafarde.

Rosemary Bartell referma les yeux et se mit à réfléchir. En fait, elle se rappelait chaque détail de sa capture : elle était montée dans une voiture mise à disposition par l'Inspecteur Lafouèche et ils avaient pris la direction de Carthage pour retourner à la villa Barnes.

Lorsqu'ils se trouvaient sur une petite route qui menait à Carthage, pas loin de Byrsa, ils avaient dû s'arrêter à cause d'une voiture qui stationnait au milieu de la route, sans doute en panne.

Le chauffeur était descendu pour apporter son aide et là, tout se passa très vite : le pauvre homme était ceinturé par le conducteur de l'autre voiture et menacé par un révolver. Un autre homme, surgi du fossé, l'avait assommé, sans aucune pitié, d'un violent coup sur la tête.

Rosemary Bartell se rappela alors la peur et l'angoisse qui la transpercèrent. Elle avait compris que c'était à elle qu'ils en voulaient. Dans un éclair, toute sa vie défila dans sa tête alors que les deux hommes se dirigeaient tranquillement vers sa voiture... Les images de son mari Howard, sa nièce Janice, son amie Darlene se présentèrent à son esprit dans des mises en scène du passé.

Elle revoyait son mari peindre en Tunisie à l'ombre d'une mosquée à Djerba, elle entendait les rires de sa nièce Janice... Des images confuses des drames de Brandys Bay et de son amie Darlene passaient à grande vitesse dans son esprit.

Les deux hommes la prièrent de sortir de la voiture. Elle fut en fait surprise par leur presque politesse. Ils lui demandèrent de la suivre dans l'autre véhicule.

Ses instincts de détective reprirent le dessus, elle se dit qu'elle devait tout observer et tout noter : la couleur grise de la voiture, la marque *Citroën* et le numéro d'immatriculation...

Elle prit place à l'arrière et l'un des deux hommes vint s'asseoir près d'elle... Elle le vit se pencher sur elle et se rappela un grand mouchoir blanc et l'odeur caractéristique du chloroforme...

L'envie de dormir envahit de nouveau Rosemary qui tomba dans un sommeil lourd peuplé de cauchemars qui la firent revenir à Brandys Bay. Elle revivait l'ambiance tragique des meurtres : le visage de Lord Anton Duncan la dérangeait et lui faisait peur... Puis, Julia Harton, dont le cou s'allongeait étrangement comme celui d'Édith Steinway, vint la menacer... Sa main, dont un doigt était orné d'une bague masculine argentée, vint s'écraser contre le visage de Rosemary...

Elle se réveilla en sursaut... Elle réalisa qu'elle rêvait encore. Elle pouvait presque sentir la chaleur de la gifle et eut honte d'avoir fait un tel rêve :

- Oh ! Pauvre Julia, pourquoi me frapperait-elle ?

Rosemary essayait de ne pas paniquer. Elle se disait que si l'Ordre avait voulu la tuer, il aurait déjà accompli son oeuvre. Tout comme Azzedine, ses hommes de main l'auraient jetée dans un fossé au bord d'une route...

- Malgré ma position précaire, je dois me dire et me répéter que j'ai un avantage sur eux. Je dois leur faire croire que je connais plus de choses sur eux que je n'en sais réellement. L'Inspecteur Lafouèche va me retrouver. Ils doivent déjà être à ma recherche... Darlene ne va pas les lâcher, je le sais, ni Frank.

L'évocation de ses amis la réconforta. Elle essaya de trouver une position plus confortable, mais impossible avec ses mains attachées dans le dos. Elle préféra une position latérale. Son cou et son dos lui faisaient mal. Elle voulut se lever pour se tenir assise, mais elle abandonna : sa tête lui faisait mal si elle se levait un peu et une envie de vomir la reprenait. Elle avait toujours le goût du chloroforme dans la bouche et aurait souhaité boire un peu d'eau...

Des pas se firent entendre... Quelqu'un montait un escalier, sa chambre se trouvait donc dans les étages... Les pas s'arrêtèrent rapidement et elle conclut qu'elle devait se trouver à hauteur d'un premier étage.

Un bruit de clefs succéda aux pas et la porte s'ouvrit doucement... Rosemary Bartell vit un homme entrer dans la pièce. Il portait un plateau. Elle fut rassurée d'y voir une carafe d'eau. Lorsque l'homme se rapprocha du lit, elle le reconnut immédiatement... C'était celui qui la suivait depuis Paris avec son sempiternel costume clair...

Pourtant cette fois, il portait un costume sombre, mais toujours d'aussi mauvaise qualité. Il posa le plateau sur le dessus de la commode et s'arrêta net. Il venait de reconnaître l'une des vieilles chouettes que son maître lui avait demandé de suivre depuis Paris... Il ne pouvait en croire ses yeux : la Bartell avait été enlevée par l'Ordre.

- Écoutez-moi bien, Madame Bartell, je vais vous enlever votre bâillon. Ne cherchez pas à crier, je ne tiens vraiment pas à utiliser la violence avec une dame de votre âge. Donc, vous allez vous tenir tranquille. Ensuite, je vais enlever vos liens afin que vous puissiez manger et utiliser la salle de bains qui est à côté. Au moindre cri de votre part, je me charge de vous réduire au silence pour quelques heures, j'espère que je me suis fait bien comprendre.

Rosemary ne répondit rien, trop contente que l'homme lui enlève bâillon et liens, ce qu'il fit rapidement.

Elle poussa une grande respiration et se frictionna les poignets et les chevilles pour faire circuler son sang.

- Merci, Monsieur. Je vois que vous me connaissez et c'est réciproque. Vous nous avez suivies depuis Paris si je ne me trompe pas, je vous avais remarqué dans le *Train Bleu* et aussi sur le *Lamoricière*. Vous faites partie de l'Ordre, donc...

Ahmed ne répondit pas et lui apporta le plateau. Elle se cala contre les deux oreillers sans taie et posa le plateau près d'elle sur le lit. Elle vit une soupe rougeâtre, deux morceaux de pain qui semblaient frais et une assiette de couscous avec un morceau de viande d'agneau.

Elle se servit tout de suite un grand verre d'eau et but avec délectation. Elle s'en resservit immédiatement un second verre sous le regard amusé d'Ahmed qui se plaça au pied du lit.

Rosemary reposa son verre sur le plateau et se tourna vers son gardien :

- Qu'allez-vous faire de moi, Monsieur ? Je ne suis après tout qu'une vieille dame qui ne peut faire beaucoup de mal à votre organisation.

Ahmed sourit encore une fois :

- Vu le temps et l'énergie que l'Ordre dépense pour vous surveiller, je ne dirais pas que vous êtes une vieille dame inoffensive. En effet, je vous suis depuis Paris et vous m'avez causé beaucoup de tracas et de fatigue avec l'autre vieille chouette de Randwick.

Rosemary se demanda comment Darlene aurait réagi à l'appellation de *vieille chouette*.

- Eh bien, grâce à nous, vous avez voyagé et avez pu résider dans de magnifiques hôtels et voyager dans de beaux trains et de luxueux paquebots.

Ahmed partit d'un éclat de rire :

- J'aurais préféré rester chez moi, Madame Bartell. Votre vie de luxe ne m'intéresse pas. Mes goûts sont plutôt modestes...

Rosemary goûta la soupe rougeâtre.

- N'appréciez-vous pas notre cuisine, Madame Bartell ? Pourtant, cette soupe est délicieuse, je viens d'en avaler un grand bol... La cuisine anglaise n'a pourtant rien de génial, d'après ce qu'on dit !

- Désolée, mais elle est trop épicée pour mon gosier britannique. Pas très grave, j'avais beaucoup plus soif que faim. Comment vous appelez-vous au fait ? Si vous connaissez mon identité, je ne connais pas la vôtre.

- Ahmed. Je vais être votre gardien. Alors, pas de bêtise, si vous voulez que tout se passe bien entre nous.

Ahmed était convaincu que la vieille chouette avait du répondant. Même si elle n'en menait pas large, elle ne montrait rien.

- Une sacrée bonne femme, se dit Ahmed. Je dois faire attention à elle, même si elle n'est plus de la première jeunesse. Elle ne se laissera pas faire, c'est sûr...

De son côté, Rosemary Bartell se sentait rassurée : le *Ahmed* en question n'avait pas l'air trop méchant. Elle se dit qu'elle devait l'amadouer si elle voulait en savoir plus sur son futur proche.

- Monsieur Ahmed, qu'est-ce que vous allez faire de moi ? C'est bien évidemment la question que je me pose...

Le gardien hésita avant de répondre :

- Je ne suis qu'un petit serviteur de l'Ordre, Madame Bartell. Je suis chargé de vous garder et je suis aussi le chauffeur de membres influents... Pas plus. Comme vous l'avez vu, je suis chargé par mon maître d'effectuer des filatures de temps en temps.

- Qui est votre maître ?

Ahmed se mit à rire :

- Pensez-vous que je vais vous le dire ? En plus, vous serez étonné, car je ne connais même pas son nom réel. Nous avons des codes à l'intérieur de l'Ordre et nos disciples de rang supérieur reçoivent des appellations puniques. Et jamais, je ne me permettrai de chercher à connaître les personnalités qui se cachent derrière ces noms.

Rosemary goûta un peu du couscous et apprécia. Elle se dit qu'elle devait manger un peu pour conserver ses forces. Elle mangea tout le pain, la viande d'agneau, mais ne finit pas la semoule.

Elle ne voulait pas effrayer Ahmed par ses questions et elle ne parla pas durant son repas rapide.

- Merci, Monsieur Ahmed, pour ce repas.

Elle réfléchit durant quelques secondes avant de continuer à poser ses questions :

- Monsieur Ahmed, vous avez l'air d'être un homme intelligent et cultivé. Vous parlez parfaitement le français, mieux que moi sans doute. Vous avez certainement une famille. Que faites-vous avec des gens aussi vils que ceux de l'Ordre qui n'hésitent pas à tuer, à sacrifier, à voler... ?

Ahmed était sur le point de la rabrouer et de lui dire qu'elle ferait mieux de s'occuper de ses affaires, mais il préféra lui répondre. De toute manière, la fin de vie de cette pauvre femme était déjà programmée par ses patrons... Ils ne la laisseraient jamais repartir, il pouvait le parier.

- Madame Bartell, cela se voit que vous avez beaucoup d'argent et que vous n'avez pas de problème de fins de mois. Ici, en Tunisie, la vie n'est pas tout à fait comme chez vous en Angleterre, alors j'ai choisi la facilité pour pouvoir donner du mieux à ma famille. J'ai une fille et je ne veux pas qu'elle connaisse la misère.

Il omit de parler des exigences financières de sa femme.

- Ce sont les jumeaux Leith et Youssef que vous connaissez de vue, je le sais, qui m'ont approché. Je n'ai pas trop cherché à comprendre le travail et j'ai tout de suite accepté. Je savais que j'avais mis le pied dans un engrenage qui ne finirait jamais, mais tant pis... Le bonheur de ma famille dépassait toutes mes peurs.

Madame Bartell se leva pour reposer le plateau sur le dessus de la commode. Elle se sentait mieux et curieusement, elle avait foi en l'avenir.

- N'avez-vous jamais, à la vue de ces assassinats ou de ces enlèvements, songé à quitter l'Ordre pour revenir vers une vie, disons, plus honnête ?

- Non, Madame Bartell. Vous savez le sort réservé aux dissidents... Le cadavre aux yeux crevés du pauvre Omar nous fait réfléchir. Je le connaissais. Tout comme moi, il s'était acoquiné avec l'Ordre pour améliorer le quotidien de sa famille.

Madame Bartell réfléchit encore à sa prochaine question. Elle devait la jouer fine avec cet homme apeuré.

- Monsieur Ahmed, la police est en train de me rechercher. Les Barnes sont puissants à Tunis et ont le bras très long. Pourquoi ne cherchez-vous pas à vous échapper maintenant ? C'est l'occasion... Aidez-moi et je témoignerai pour vous. La police sera plus clémente avec vous, soyez-en assuré.

Rosemary guetta la réaction dans les yeux de son gardien. Il allait répondre, mais se ravisa au dernier instant.

- Monsieur Ahmed, l'Inspecteur Lafouèche connaît l'existence de l'Ordre et va, dans les prochaines heures, découvrir qui se cache derrière cette organisation criminelle. Alors pourquoi ne pas faire le grand saut maintenant ?

A la grande surprise de Rosemary Bartell, Ahmed éclata de rire... Un rire qui dura plusieurs dizaines de secondes Le gardien se tapait les genoux avec la main droite et répétait à Rosemary qu'elle était trop drôle.

Il réussit à reprendre sa respiration et lui cria dans un souffle rauque :

- Ma pauvre Madame Bartell, Lafouèche fait partie de l'Ordre depuis plusieurs semaines... C'est lui qui a orchestré votre enlèvement avec mon maître !

L'assurance de Rosemary Bartell fondit en quelques secondes... Elle se sentait maintenant complètement perdue.

▼▼▼▼

Chapitre 23

Darlene Randwick n'avait pas dormi de la nuit. Elle se faisait tellement de souci pour son amie Rosemary Bartell qu'elle avait été également incapable de dîner la veille au soir.

D'ailleurs, personne n'avait pu correctement dîner. Frank avait préféré rester dans sa chambre et avait eu la bonne surprise de recevoir la visite de Lynnett Bowridge.

Elle était restée avec lui une partie de la soirée avant d'aller frapper à la porte de Darlene pour lui exprimer également toute sa sympathie.

Darlene Randwick n'avait pu retenir ses larmes. Lynnett lui avait recommandé de se coucher et de prendre un léger somnifère, ce que Darlene avait refusé pour être réactive si quelque chose devait se produire durant la nuit.

Moira et Robert Barnes, Nathaniel Steinway avaient dîné sans aucun appétit. Après le repas, Moira avait monté une tisane et quelques biscuits à Darlene tandis que Robert Barnes recevait la visite du commissaire de La Marsa, Jérôme Toutlevent, qui s'était déplacé spécialement pour rassurer le couple.

- Nous faisons tout pour retrouver Madame Bartell, Monsieur Barnes, avait-il déclaré et nous nous permettrons de vous réveiller dans la nuit si nous avons des nouvelles. J'ai environ trente hommes qui sont à sa recherche. L'Inspecteur Lafouèche est sur la brèche avec tout le commissariat.

Robert Barnes avait remercié le commissaire :

- Commissaire, Madame Barnes m'a rendu un service inappréciable lorsque je me trouvais à Brandys Bay, en Angleterre. Nous lui devons beaucoup de reconnaissance avec Moira. Faites le maximum, nous vous en saurons gré.

Ce matin, tout le monde avait assisté au petit déjeuner, plus pour boire une ou deux tasses de thé que pour se restaurer. Comme à son habitude, Édith Steinway n'avait pas cessé de pérorer :

- Je suis vraiment navrée pour votre amie, Darlene. Mais d'après ce que j'ai pu constater, elle posait beaucoup de questions et si cette organisation criminelle existe réellement, ce dont je suis peu convaincue, elle a dû attirer leur attention. Madame Bartell est une détective dans l'âme d'après ce que j'avais pu lire lors de l'affaire des meurtres de Brandys Bay...

Darlene Randwick avait préféré ne pas répondre, mais la fusilla du regard, n'appréciant pas ses commentaires.

- Édith, Rosemary est une femme extraordinaire qui m'a beaucoup aidé en Angleterre lorsque mon père a été assassiné. Alors, même si elle s'est montrée imprudente dans cette enquête des meurtres de Carthage, nous devons faire tout ce qu'il faut pour la retrouver saine et sauve. Je refuse qu'il lui arrive quelque chose... de fatal !

Frank Duncan et Darlene Randwick apprécièrent l'intervention de Robert Barnes qui semblait curieusement être sorti de sa dépression. Moira approuva par des signes de tête ce que son mari avait dit, ce qui fit taire Édith Steinway... pour quelques minutes.

- C'est bizarre, je trouve, toutes ces allusions à l'existence d'une organisation internationale. Elle a bon dos, cette prétendue organisation qui enlève les vieilles dames en villégiature à Carthage... Je n'y crois pas un instant. Rosemary Bartell, je pense, a été enlevée pour de l'argent et nous allons bientôt recevoir une demande de rançon... Je ne vois pas le danger que pourrait causer Madame Bartell pour le monde entier.

Nathaniel Steinway se retourna vers son épouse :

- Édith, finissez votre petit déjeuner et retournez à votre orphelinat. Je pense que ce sera beaucoup mieux pour tout le monde.

Édith assassina son mari du regard et termina sa tasse de thé en silence.

- Nous avons reçu ce matin un appel du commissariat de La Marsa. Le commissaire Toutlevent nous a dit que, malheureusement, aucune piste n'a été découverte pour retrouver notre amie Rosemary. La presse, évidemment, s'est saisie de l'affaire et tous les gros titres des journaux tunisiens et français du matin ne parlent que de cela, ajouta Moira.

- Oui, j'ai vu en effet, confirma Frank Duncan. Je suis allé à La Marsa tôt ce matin et j'ai acheté les journaux. J'ai lu " *La famille Duncan marquée par le destin*"... Les journalistes font un lien entre les assassinats de Dali et de Gunther. Ils suggèrent également que Rosemary Bartell a été enlevée par une organisation criminelle qui va exiger une forte rançon.

- Je vais aller tout de suite à la poste de La Marsa pour téléphoner à la nièce de Rosemary, Janice, qui habite à Londres. Je suis sûre que la nouvelle s'est propagée en Angleterre et elle doit être morte d'inquiétude. Je dois la rassurer.

- Je vous accompagne, Darlene. Je ne veux pas que vous sortiez seule. Nous en profiterons pour aller au commissariat.

Patricia entra à ce moment dans la salle à manger et annonça d'un ton sec, Pierre Malet.

- Je suis navré et confus de vous déranger durant votre petit déjeuner, mais je souhaitais parler à Madame Randwick et à Monsieur Frank Duncan pour leur exprimer notre sympathie. Cécile se joint à moi... Si nous pouvons faire quelque chose, nous sommes à vos côtés.

Moira, en parfaite maîtresse de maison, fit asseoir Pierre Malet et lui offrit une tasse de café. Les conversations se focalisèrent autour de Rosemary Bartell.

Dès la fin du petit déjeuner, Pierre Malet s'adressa en aparté à Darlene :

- Pouvons-nous nous voir dans un endroit discret ? Je préfère que notre conversation soit menée loin des oreilles trop curieuses...

Darlene regarda par la porte-fenêtre :

- La pluie a cessé. Voulez-vous que nous sortions faire une petite marche dans le parc ? Nous serons tranquilles. Frank va nous accompagner.

- J'allais vous proposer de l'inviter.

Il se retourna pour voir si personne ne pouvait l'entendre. Il croisa le regard de Patricia qui les observait, debout près de la cheminée de la salle à manger. Il prit Darlene par le bras pour sortir de la pièce. Frank Duncan leur emboîta le pas.

- Madame Randwick, poursuivit-il en se dirigeant vers le hall de la villa. Je suis en fait un officier, appartenant aux services de renseignements français, sous couverture de paisible retraité à Carthage. Nous devons absolument retrouver Rosemary Bartell. Elle est en très grand danger...

▼ ▼ ▼ ▼

Ahmed ouvrit la porte de la voiture pour laisser passer Mouni.

Emmitouflée dans un manteau de fourrure qui faisait oublier sa maigreur, Mouni semblait de meilleure humeur et se permit même de lui adresser un sourire. Ils étaient revenus à la villa de Himilkat. D'autres voitures luxueuses étaient déjà garées dans le parc, avec des chauffeurs en uniforme qui discutaient ensemble en fumant.

- Allez rejoindre les autres chauffeurs, Monsieur Ahmed. J'assiste à la réunion des membres de rang supérieur de l'Ordre. Allez-vous restaurer dans la cuisine en attendant. Je vous fais appeler dès que je repars.

Le chauffeur secoua la tête en signe d'obéissance. Il avait pu sentir toute la fierté de Mouni lorsqu'elle lui avait confié la raison de sa présence à la villa de son maître.

Mouni monta l'escalier du perron et pénétra dans la villa d'Himilkat. Le majordome la salua, la débarrassa de son manteau et de son manchon, et la conduisit dans le grand salon où une quinzaine de personnes se trouvait déjà.

La grande cheminée ronronnait. Mouni aimait le luxe raffiné du grand salon d'Himilkat. Il lui rappelait celui de son propre Maître à Londres. Elle admira la beauté des meubles Louis XV, des tableaux de maître, de la finesse des dessins des tapis persans...

En un instant, elle se rendit compte que son ascension dans l'Ordre des Disciples de Baal Hammon était enfin concrétisée, après de longues années dans l'ombre et dans un personnage qui ne lui correspondait plus vraiment, maintenant que son compte en banque avait énormément grossi.

Bon, elle devait garder, même devenue riche, une apparence de femme sévère et particulièrement rabat-joie, mais elle savait qu'elle abandonnerait très bientôt cette mise en scène pour découvrir *ailleurs* la vraie vie de femme riche.

Depuis la fin de la Grande Guerre, ses placements avaient été très fructueux et bon, ses patrons étaient plus que généreux avec elle. Son côté méthodique et rigoureux était apprécié. On lui confiait toujours les missions les plus difficiles, mais pas forcément les plus dangereuses.

Elle avait donc acquis un certain renom dans l'Ordre et sa place privilégiée à côté du Grand Maître créait beaucoup de jalousie. Beaucoup, surtout des femmes, avaient essayé de prendre sa place, mais sans succès.

Mouni savait qu'elle n'était pas belle, mais efficace et son Maître, au plus haut de la hiérarchie de l'Ordre, ne s'intéressait pas aux femmes. Elle l'avait compris depuis longtemps.

Peu de disciples connaissaient exactement l'identité du Grand Maître, tout le monde pensant qu'Himilkat gérait à lui tout seul l'Ordre. Erreur ! Une autre personne, beaucoup plus puissante que Himilkat, tenait en main l'Ordre des Disciples de Baal Hammon.

Le Grand Maître ne se présentait à ses disciples que sous son costume à la mode punique, son visage caché sous une cagoule qui assourdissait et transformait sa voix.

- Mouni, quel plaisir de vous voir en Tunisie ! J'étais sûr de vous retrouver ici et surtout très heureux que vous ayez intégré notre cercle très fermé. Vous le méritez amplement et nous n'entendons que des bonnes choses sur votre travail.

Mouni fit un grand sourire à l'homme qui lui adressait la parole, le ministre du commerce d'une grande puissance européenne. Elle le remercia pour ses bonnes paroles et commença à avancer parmi les invités. Des serveurs circulaient avec des plateaux sur lesquels pétillait du champagne, versé dans de très belles coupes de cristal. D'autres proposaient des canapés et des amuse-bouches, il est vrai qu'il était bientôt l'heure du déjeuner.

A part deux ou trois personnes, elle pouvait mettre un nom sur chacun des invités : des hommes politiques, des diplomates, des hommes d'affaires, une star américaine et même un membre du clergé...

Mouni trouva Himilkat au fond du grand salon, près de la bibliothèque, occupé à parler avec une blonde plantureuse. Son décolleté profond attirait les regards des hommes à l'entour et surtout celui de Himilkat dont le goût avide pour les femmes était bien connu des disciples de l'Ordre.

Mouni reconnut la blonde, une petite comédienne allemande qui soutenait le nouveau mouvement national-socialiste. Elle venait proposer son important réseau en Allemagne, mais aussi en Autriche. Une autre catégorie de recrue que l'Ordre aimait compter dans ses rangs pour soutirer, dans l'intimité, les confidences d'hommes en vue.

- Désolé de vous déranger, Himilkat, mais je voudrais vous parler de manière urgente.

Himilkat savait que Mouni ne le dérangeait jamais pour rien. Il prit congé de la jeune femme allemande en lui faisant promettre de le revoir un peu plus tard dans l'après-midi.

- Himilkat, le colis a été enlevé hier et a bien été livré à la villa de La Marsa. Nous attendons vos ordres pour la suite.

Le maître sourit. Il était décidément de bonne humeur, déjà à cause de la starlette rencontrée précédemment, mais aussi de cette nouvelle. De plus, il avait de nouveau la confiance du Grand Maître. Tout fonctionnait comme il l'avait désiré et Lafouèche avait tenu sa promesse.

- Très bien, Mouni. Nous allons convier la Bartell à notre petite fête de ce soir et nous la jetterons en pâture à nos membres comme la femme du traître de Howard Bartell. Mais, avant tout, je veux retrouver les pages manquantes du manuscrit de son mari. Je suis sûre qu'elle les conserve quelque part. Une fois que nous aurons récupéré ces pages, elle ne nous servira plus à rien. Vous vous en débarrasserez proprement.

Mouni sourit. Elle aussi en avait assez de cette vieille perruche qui les menaçait indirectement depuis son arrivée à Tunis.

- Je vais m'en occuper personnellement, Himilkat... Ne vous inquiétez de rien.

Himilkat remercia Mouni et lui demanda de le suivre :

- Je voudrais vous présenter trois dignitaires du nouveau parti national-socialiste allemand. Notre Grand Maître nous recommande de les recevoir avec tous les honneurs... Nous allons favoriser, par tous les moyens, la montée de ce parti en Allemagne, nous croyons beaucoup à sa force future. Il servira nos intérêts. Ces trois allemands parlent anglais et seront reçus par le Grand Maître, un peu plus tard.

Mouni courba la tête en signe d'obéissance et suivit Himilkat.

▼▼▼▼

Ahmed avait disparu et avait été remplacé par une femme tunisienne beaucoup moins aimable que lui. Elle ne parlait ni français ni anglais et se contenta de poser le plateau de Rosemary Bartell sur le haut de la commode, sans mot dire.

Vers huit heures ce matin, la femme lui avait apporté un thé qui ressemblait davantage à de l'eau de vaisselle... Un morceau de pain accompagnait le breuvage avec deux oranges.

Rosemary se précipita sur les oranges, elle avait toujours soif. Elle demanda de l'eau à la femme qui ne lui répondit pas, mais qui comprit. Elle revenait cinq minutes avec une carafe d'eau dont la transparence laissait à désirer. N'ayant pas de verre, elle but à même la carafe une eau tiède au goût bizarre. Elle dévora le pain qui n'était pas mauvais et se sentit mieux.

Elle avait pu dormir durant la nuit, emmitouflée dans la couverture qu'Ahmed lui avait apportée la veille au soir, en plus d'une paire de draps douteux et d'une serviette qui sentait le renfermé. Elle avait réussi à faire une toilette sommaire et s'était endormie aussitôt après avoir fait son lit.

Elle se sentait mieux maintenant et espérait qu'Ahmed reviendrait Elle ne comptait plus trop sur la police pour la retrouver. Elle pouvait imaginer l'inquiétude de Darlene et de tous ses amis à Carthage. Elle n'osa pas imaginer que sa nièce Janice, en Angleterre, puisse être au courant de son enlèvement.

Elle se rassit sur le bord du lit et essaya de réfléchir sereinement. Sa situation était critique, certes, mais elle pouvait s'en sortir. Elle avait en sa possession le document que l'Ordre cherchait : les pages arrachées du manuscrit de son mari.

Ayant réfléchi à toutes les solutions qui s'offraient à elle, la plus intelligente et la plus sûre serait de monnayer sa propre libération contre la remise de ces pages manuscrites. Depuis quelques semaines, l'Ordre avait essayé, par tous les moyens, de les récupérer et franchement, elle pouvait leur donner quelques pages du manuscrit de son cher Howard pour sauver sa vie.

- Je dois me sortir de là, pensa Rosemary. Je sais que ces voyous sont sans aucune pitié et je peux me maintenir en vie en leur faisant miroiter la chose qu'ils convoitent ardemment.

Seulement, elle devait pouvoir parler à quelqu'un de responsable dans ce fameux Ordre. Elle ne pouvait pas converser avec la femme qui lui apportait ses plateaux et Ahmed avait disparu.

Dans les autres solutions qui s'étaient présentées à elle, Rosemary avait songé à la fuite, mais cela lui avait vite semblé difficile : la porte-fenêtre de sa chambre était scellée par deux serrures et la fenêtre du cabinet de toilette ne s'ouvrait pas. De plus, elle était au premier étage. Les bruits, qui provenaient sans cesse du rez-de-chaussée, prouvaient que la villa était continuellement habitée. Comment fuir sans attirer l'attention ?

Crier n'aurait servi à rien, car ses geôliers l'auraient à nouveau bâillonnée et attachée... Tout sauf le bâillon sur la bouche ! Au pire, ils l'auraient droguée pour l'endormir... Non merci !

Remettre les pages manuscrites contre sa libération et espérer que la police la retrouve... C'était bien la seule solution !

Elle cala son oreiller et s'allongea sur le lit en poussant une grande inspiration : elle ne devait pas céder à la panique et continuer à réfléchir sereinement. Sans aucun doute, elle traversait l'un des pires moments de sa vie, mais elle gardait espoir.

A ce moment, elle entendit des bruits de pas dans l'escalier et quelques minutes plus tard, la porte s'ouvrit dans un cliquetis prolongé de clefs. Deux serrures fermaient la porte de la chambre.

Un homme entra dans la pièce. Il demanda à Rosemary dans un français approximatif de la suivre.

- Où allez-vous m'emmener ?
- Mes maîtres souhaitent vous parler, Madame.

▼▼▼▼

L'agent Cléry ne se sentait pas à l'aise. Il n'avait pas l'habitude de se trouver dans ces riches demeures, surtout en l'absence de son supérieur hiérarchique, l'Inspecteur Lafouèche.

Il était assis dans le hall de la villa Barnes et attendait Frank Duncan. En fait, il se demandait toujours s'il avait bien fait de prendre cette décision, mais au fond de lui, il savait qu'il n'avait pas le choix : des vies humaines étaient en danger et sa mission de policier lui dictait de réagir.

Pourtant, sa démarche ne reposait sur rien de concret, mais juste sur des intuitions, suite à des bizarreries qu'il avait constatées au commissariat... Est-ce qu'elles étaient dues à des faiblesses de raisonnement de son supérieur ou étaient-elles causées par des manipulations volontaires ?

405

L'agent Cléry était une personne foncièrement honnête et la trahison ne faisait pas partie de son vocabulaire. S'il avait eu des preuves, il n'aurait pas hésité une seconde à faire un rapport écrit sur les agissements de son supérieur. Mais il ne possédait rien de tangible et préférait donc faire cavalier seul pour se donner bonne conscience, d'abord, et aussi pour se comporter comme un policier responsable et vertueux.

Il frissonna... Si l'Ordre apprenait ce qu'il avait en tête, Cléry savait qu'il ne serait plus sur cette terre pour bien longtemps...

Il réfléchissait, les yeux presque fermés, et n'entendit pas Patricia entrer dans le hall. Elle sembla surprise de le trouver là, tout seul.

Elle se rapprocha de lui sans bruit.

- Puis-je vous aider, Monsieur Cléry ? Vous semblez perdu... Attendez-vous quelqu'un ?

Le policier sursauta. Il reconnut la gouvernante, Patricia de Launay.

- J'attends Monsieur Duncan, Madame.

Patricia parut surprise que ce soit un subalterne qui cherche à parler à Frank Duncan.

- Avez-vous du nouveau pour Madame Bartell ?

L'agent Cléry savait qu'il ne devait rien révéler à cette femme qui avait fait l'objet d'une enquête de la part de la police.

- Non, Madame, malheureusement, nous ne savons rien de plus. Je désire voir Monsieur Duncan, j'ai un message de la part de l'Inspecteur Lafouèche.

La gouvernante se rapprocha encore du policier et s'assit près de lui. Elle prit son air le plus aimable et décocha son plus beau sourire :

- Je peux transmettre votre message, Monsieur Cléry. Monsieur Duncan ne se sent pas très bien avec la disparition de Madame Bartell qui est son amie...

La réponse du policier fut sèche et sans appel. L'agent Cléry se surprit lui-même :

- Je passerai le message moi-même, Madame. Je vous remercie.

Patricia comprit qu'elle ne devait pas insister et se leva. Elle n'ajouta pas un mot et se retira sans bruit, comme elle était venue, par la porte qui donnait sur l'office.

Au même moment, par la porte d'accès à la salle à manger, Frank Duncan fit son entrée. L'agent Cléry fut soulagé de le voir et se leva avec déférence.

Frank lui sourit et l'invita à sortir pour parler plus tranquillement...

- Beaucoup d'oreilles indiscrètes traînent dans la villa Duncan, agent Cléry. Je préfère que nous sortions. Avez-vous du nouveau ? Ma pauvre cousine Darlene est dans tous ses états à cause de la disparition de sa meilleure amie.

L'agent ne répondit pas tout de suite et attendit qu'ils soient dans le jardin pour commencer à parler. La pluie avait cessé, mais il faisait froid.

- Monsieur Frank, je me suis permis de vous déranger pour me mettre à votre disposition...

Frank Duncan regarda le jeune policier avec étonnement. Il se demandait pourquoi Cléry avait pris cette décision et si sa hiérarchie était au courant de cette rencontre.

- J'ai très peu de temps, Monsieur Frank. Aussi, je vais aller droit au but... Je comprends que ma démarche puisse vous étonner, surtout que je n'ai pas prévenu l'Inspecteur Lafouèche. Mais elle est plus personnelle que professionnelle et je ne suis pas sûr que mes supérieurs fassent vraiment tout ce qui est en leur pouvoir pour contrecarrer les obscurs desseins de l'Ordre... Cet Ordre, Monsieur Frank, existe bel et bien. Beaucoup de ses membres les plus importants se trouvent à Carthage et à Tunis en ce moment même...

Le policier regarda autour de lui. Il semblait soucieux qu'on puisse entendre ses paroles.

- L'Ordre a enlevé Madame Bartell comme il a kidnappé la petite Habiba. Il faut réagir vite et je ne suis pas sûr...

Frank Duncan s'arrêta de marcher et se tourna vers Cléry :

- Est-ce que vous êtes en train de me dire que la police ne fait pas son travail ?

L'agent Cléry détourna son regard de Frank Duncan :

- Je ne dis pas que la police ne fait pas son travail, Monsieur Duncan. Je dis que peut-être, certains policiers ne remplissent pas leurs missions comme ils le devraient...

- Vous parlez de qui, agent Cléry ? De l'Inspecteur Lafouèche ?

Le policier ne répondit pas.

- Je dois partir, Monsieur Duncan. Je prends mon service dans vingt minutes. Sachez que je suis à vos côtés quoi qu'il arrive. N'hésitez pas à m'appeler. Je peux vous aider de par ma connaissance du dossier, croyez-moi !

Frank Duncan prit le policier par le bras :

- Je ne comprends pas exactement ce que vous voulez me transmettre comme message, mais j'accepte votre aide avec plaisir. Le meilleur conseil que je peux vous donner est d'aller voir Pierre Malet... Il sera une meilleure oreille que moi et vous pouvez lui faire confiance. Je ne peux pas vous en dire plus, mais suivez mon conseil !

L'agent Cléry s'éloigna rapidement. Frank Duncan se demandait ce que le jeune policier avait voulu lui dire. En tout cas, ce jeune agent lui avait toujours fait bonne impression. Mais pourquoi venir ainsi lui proposer son aide sans en parler à l'Inspecteur Lafouèche ? Avait-il remarqué des irrégularités au commissariat de La Marsa ? Sans aucun doute...

Frank retourna vers la maison et trouva Darlene Randwick sur le perron. Il se rappela qu'il lui avait promis de l'accompagner à la poste de La Marsa... Il lui parlerait de la visite du policier, il ne voulait rien lui cacher.

▼ ▼ ▼ ▼

Rosemary Bartell respirait avec difficulté à cause de la cagoule que ses ravisseurs lui avaient obligé à porter.

Elle avait roulé en voiture environ dix minutes. Traitée avec politesse, un homme l'avait aidée à sortir du véhicule et elle avait senti, le temps de quelques secondes, la froideur du temps extérieur. On la fit entrer dans une maison où elle apprécia la chaleur ambiante.

Sa cagoule fut enlevée quelques minutes plus tard par un homme qu'elle ne connaissait pas et elle ouvrit les yeux pour découvrir une pièce luxueusement meublée. Une cheminée crépitante dispensait sa chaleur bienveillante.

Elle était assise dans l'un des fauteuils, près de la cheminée. Elle se leva pour se dégourdir les jambes et se rapprocha de la fenêtre pour essayer de voir où elle se trouvait : elle découvrit un parc, entouré d'un haut mur d'enceinte et peuplé de très beaux arbres. Elle ne vit personne.

Se retournant, elle étudia avec plus d'attention le petit salon où elle se trouvait. Malgré les circonstances, elle apprécia les couleurs chatoyantes des scènes orientalistes des différents tableaux pendus sur les murs lambrissés. Les trois fauteuils Voltaire, habillés de velours bordeaux, rehaussaient la beauté des tapis persans et du très beau parquet.

Elle remarqua quelques belles pièces d'art sur les deux commodes à tiroirs dont une sculpture de Tell...

- Le propriétaire est un voyou, assurément, mais un voyou qui a du goût...

Elle entendit un bruit de clefs dans la seule porte de la pièce et vit un homme entrer. Il portait un uniforme de majordome et déposa un plateau sur la petite table du salon. Sans un mot, il se retira, refermant la porte à clef derrière lui.

Rosemary Bartell s'approcha de la table et découvrit avec plaisir une théière fumante et des gâteaux secs sur le plateau. Une très élégante tasse à thé en porcelaine de style anglais attendait d'être remplie du breuvage que Rosemary aimait par-dessus tout.

Elle s'assit et se servit. L'odeur du thé la revigora et elle s'enfonça dans son fauteuil.

- Au moins, le propriétaire sait recevoir ses prisonnières, se dit-elle en souriant. Mais que me réserve-t-il au final ?

Elle préféra ne pas y penser et termina tranquillement sa tasse de thé. Elle allait s'en resservir une deuxième tasse lorsque le cliquetis de clef se fit de nouveau entendre.

Elle reposa sa tasse.

Un homme entra dans le salon, accompagné par un Tunisien que Rosemary reconnut aussitôt : c'était l'un des jumeaux qu'elle avait remarqués avec Pierre Malet à l'Hôtel Saint-Louis.

L'homme qui se présenta comme Himilkat – *Rosemary trouva le nom plutôt bizarre* - s'assit dans le fauteuil en face de Rosemary. Il s'exprima en anglais teinté d'un léger accent français.

- Je suis désolé de devoir vous traiter ainsi, Madame Bartell, croyez-le bien. Mais vous ne nous avez pas laissé le choix.

Rosemary Bartell leva les yeux au ciel en guise de désapprobation :

- Ah bon ? Mais qu'est-ce qui peut vous motiver pour kidnapper une vieille dame très inoffensive ? Je ne comprends pas du tout vos desseins.

Himilkat partit d'un éclat de rire :

- Vous inoffensive, Madame Bartell ? Non, je ne crois pas que vous soyez inoffensive... Vous êtes au contraire une vieille dame, pour reprendre vos propres termes, très rusée qui a déjà démontré toute son intelligence lors de l'affaire des meurtres de Brandys Bay...

Himilkat se tourna vers Leith et lui signifia de se retirer. Il attendit qu'il fût sorti de la pièce pour reprendre la conversation :

- Madame Bartell, vous êtes un danger pour l'Ordre que je représente ici... En fait, vous avez beaucoup de chance, car peu de personnes me connaissent. Mais j'ai pris la peine de vous rencontrer personnellement, car vous m'intriguez. D'abord, une question : pourquoi êtes-vous venue en Tunisie juste après l'affaire de Brandys Bay ? Cherchez-vous quelque chose ?

- Non, Monsieur Himilkat, je ne cherchais rien et c'est justement là où vous vous trompez. Je ne suis qu'une parfaite touriste qui veut revoir ce beau pays tunisien où j'avais séjourné plusieurs fois avec mon mari avant la Grande Guerre...

Un sourire énigmatique apparut sur le visage de Himilkat. Il se leva et alla prendre la théière pour servir Madame Bartell.

- Madame Bartell, je ne tournerai pas autour du pot. Je suis désolé pour tous les tourments que nous vous causons depuis votre arrivée à Carthage. Nous avons essayé de vous faire comprendre que nous désirions quelque chose de vous...

Madame Bartell sentit que la conversation prenait un nouveau ton. Elle devait jouer serré.

- Nous sommes puissants, Madame Bartell, très puissants et je sais que vous connaissez notre existence. Nous sommes l'Ordre des Disciples de Baal Hammon. Nos ramifications s'étendent partout, dans tous les pays, sur tous les continents et nous sommes infiltrés dans tous les gouvernements de ce monde. De puissants hommes politiques font maintenant partie de notre organisation. Nous brassons des millions de dollars, nous progressons chaque jour. Nous aimons les graines de dictateurs, les révolutions, les guerres, les désirs d'indépendance de certains pays du Commonwealth, car nous offrons beaucoup d'argent, beaucoup de promesses...

Madame Bartell se sentait mal à l'aise... Himilkat décrivait son Ordre maléfique comme une vulgaire entreprise internationale.

- Pour nous, ce ne sont que des promesses, car nous profitons des turbulences que traversent les pays pour infiltrer leurs nouveaux gouvernements et pour les placer sous notre emprise. Par exemple, nous aimons ce qui se prépare en Allemagne, nous aimons ce monsieur Adolf Hitler et son parti, car il porte toutes les mauvaises graines que nous, nous saurons faire germer à notre profit.

Rosemary Bartell se permit d'interrompre Himilkat:

- Pourquoi cet habillage punique de votre fameux Ordre ? A quoi cela sert-il ? Vous n'avez pas de préoccupation archéologique ou historique à ce que je vois !

Himilkat sourit encore une fois :

- Vous vous trompez, Madame Bartell... Cette idée d'habillage, comme vous le dites, est une idée de génie de notre Maître Fondateur. Ayant réalisé que ce petit pays tunisien était beaucoup plus discret pour ses affaires, il installa à Carthage le cerveau de son organisation... Passionné d'histoire punique, il eut l'idée, comme vous l'avez dit, d'habiller sa toute jeune organisation de... comment dirais-je, falbalas historiques qui feraient ressembler l'Ordre à une sorte de secte... Il instaura des codes, des cérémonies, différents niveaux d'accès et mit le tout à la sauce de Baal Hammon, un dieu pas très sympathique qui brûlait les enfants et qui réclamait beaucoup de sacrifices de la part des humains... Le tour était joué !

Rosemary Bartell observait l'homme qui lui parlait : elle eut la conviction que, lui aussi, n'était qu'un pion dans l'organisation démoniaque qu'il était en train de décrire.

- Le plus grand évènement, dans la vie d'un membre de l'Ordre des Disciples de Baal Hammon, continua Himilkat, est son intronisation. Une fête que nous transformons en bacchanale pour l'inciter à exprimer ses mauvais penchants... Nous connaissons parfaitement les travers de chacun de nos disciples, leurs vices, leurs secrets et nous pouvons les utiliser si nécessaire, notamment lorsqu'ils ou elles affichent des velléités de quitter l'Ordre.

Himilkat se leva et se dirigea vers la cheminée. Il se retourna en fixant Rosemary Bartell droit dans les yeux :

- Celui qui entre dans l'Ordre des Disciples de Baal Hammon n'en ressort que dans son cercueil.

Rosemary se trémoussa dans son fauteuil. Elle n'était pas du tout à l'aise et pour se donner une contenance, elle saisit à nouveau sa tasse pour finir son thé.

- Madame Bartell, vous possédez quelque chose que nous voulons et que nous n'arrivons pas à trouver, malgré tous nos efforts. Vous voyez ce dont je veux parler, non...

- Monsieur Himilkat, je ne sais absolument pas pourquoi vous me retenez ici...

Himilkat sourit et vint se rasseoir en face de Rosemary. Son sourire s'estompa rapidement pour laisser apparaître un visage fermé et dur.

- Ne jouez pas ce jeu avec moi, Madame Bartell. Vous avez tout à y perdre... y compris votre vie. Mon Maître n'est guère patient et a déjà montré beaucoup de sollicitude à votre égard.

Rosemary apprécia à sa juste valeur le mot *sollicitude* et laissa échapper un sourire narquois.

- Dites-moi ce que vous voulez, demanda-t-elle sans baisser le regard en face de son interlocuteur.

- Nous voulons les pages manuscrites qui ont été arrachées du carnet de votre défunt mari. Il manque environ une trentaine de pages et nous voulons absolument les récupérer. Elles contiennent des détails lâchés sur notre Ordre et nous ne pouvons permettre que de telles informations circulent dans la nature...

Rosemary Bartell se redressa dans son fauteuil :

- Monsieur Himilkat, mon mari n'a rien à voir avec votre secte. C'était un homme intègre et droit, bien éloigné de vos vices et de vos méfaits...

Himilkat éclata de rire :

- Oui, nous le savons et c'est cela le problème. Cet imbécile de Lord Anton Duncan, heureusement rappelé à Dieu grâce à son assassin, lui avait parlé de l'Ordre, voulant le faire entrer. En fait, il l'avait quasiment parrainé, mais votre mari refusait, à la dernière minute, de rejoindre notre organisation Pourtant, entretemps, Duncan lui avait tout révélé sur nous ! Par faiblesse, notre Maître fondateur, à l'époque, a accepté de ne pas faire tuer votre mari, par déférence et amitié envers Duncan...

Rosemary Bartell n'avait jamais réalisé qu'une épée de Damoclès avait plané sur la tête de son cher époux durant tout ce temps ! Elle frissonna. L'épée ne planait plus maintenant, elle était toute proche d'elle...

- Madame Bartell, nous avons une très importante célébration ce soir et j'ai mille choses à faire. Alors, je vais répéter ma question : où se trouvent les pages arrachées du carnet manuscrit de votre mari ? Je veux une réponse immédiate.

Le visage du représentant de l'Ordre fit peur à Rosemary : il respirait méchanceté et cruauté. Le sourire et le côté policé de l'homme avaient disparu pour laisser place à son côté plus obscur.

En quelques secondes, Rosemary Bartell réfléchit à ce que devait être sa réponse : elle savait qu'elle devait jouer avec le temps, car elle jouait avec sa vie. Avant de répondre à Himilkat, elle prit une longue inspiration en le regardant droit dans les yeux.

- Monsieur Himilkat, écoutez-moi bien. Ces pages arrachées sont bien en ma possession, mais elles ne sont pas ici en Tunisie. Je les ai laissées en Angleterre...

- Mais nous avons déjà fait fouiller votre appartement et nous n'avons rien trouvé.

Rosemary Bartell s'esclaffa :

- Ah, vous étiez donc à l'origine de ce pseudo-cambriolage. Merci à l'Ordre ! J'avais déjà arraché ces feuillets, Monsieur Himilkat, car je savais leur importance... En effet, mon mari y raconte beaucoup de détails sur votre horrible organisation du crime.

Himilkat se leva d'un coup et par-dessus la petite table du salon, se pencha violemment sur Rosemary Bartell. Elle pouvait sentir sa mauvaise haleine et se recula dans son fauteuil, apeurée.

- Arrêtons de jouer au chat et à la souris, Madame Bartell. Où se trouvent ces feuillets ? Ma patience a des limites.

Rosemary Bartell s'étonna toute seule de son sang-froid. Une idée subite lui avait traversé l'esprit et elle décida de ne pas lui remettre les feuillets aussi facilement, même si cette décision pouvait la mettre davantage en danger. Elle devait prétendre qu'elle était sûre d'elle et lui montrer qu'elle n'avait pas peur. Elle lui répondit sans sourciller :

- Vous ne croyez tout de même pas que je vais vous remettre ces feuillets sans rien exiger en retour... Je peux faire tomber toute votre organisation si je révèle le contenu de ces feuillets et apporter, en plus, toutes les preuves de vos crimes. Alors, vous allez changer de ton avec moi, Monsieur Himilkat. Si vous me tuez maintenant, vous ne reverrez jamais ce que vous convoitez tellement...

Himilkat et Rosemary se regardaient comme deux animaux sauvages qui allaient sauter l'un sur l'autre. Poussant un soupir, Himilkat se recula et se rassit dans son fauteuil.

- Écoutez-moi encore, Monsieur Himilkat. Si quelque chose de fâcheux devait m'arriver, perdre ma vie par exemple, sachez que les feuillets seraient directement remis à la police par la personne qui les détient...

Rosemary Bartell continuait à s'étonner d'elle-même... Elle venait de trouver cette nouvelle parade.

- Madame Bartell, nous comptons beaucoup de disciples à Londres... Alors, il vous suffit de me dire maintenant où et chez qui sont cachés ces documents et j'envoie immédiatement quelqu'un les chercher... Un appel téléphonique me suffira. Dès que nous les avons récupérés, nous vous relâcherons.

Rosemary Bartell se leva. Elle se sentait plus forte.

- Peut-être suis-je une vieille dame, Monsieur Himilkat, mais la sénilité ne m'a pas encore frappée. Vous croyez peut-être que je vais vous révéler l'identité de la personne chez qui j'ai caché les feuillets, sans aucune garantie de votre part ?

- Vous n'avez pas trop le choix, Madame Bartell. Rappelez-vous que vous êtes à notre merci.

- Non, Monsieur Himilkat. Pour l'instant, vous êtes à la mienne. La police est en train de me chercher, même si l'Inspecteur Lafouèche fait partie de votre Ordre...

Himilkat fronça les sourcils. Il sembla étonné que la vieille femme puisse être au courant de ce détail.

- Mais j'ai des amis influents en Tunisie et en Angleterre qui vont tout faire pour me retrouver. Je possède vos feuillets. Et puis, il y a eu beaucoup de morts, ces derniers temps, qui ont attiré l'attention de Services de Renseignements Etrangers. Alors, ma mort ne vous rapporterait rien, sauf des ennuis et un intérêt encore plus grand sur votre secte. Vous êtes de plus en plus surveillé, Monsieur Himilkat, je le sais...

Himilkat afficha une moue d'énervement. A ce moment, quelqu'un frappa à la porte et Leith entra dans la pièce avant même que Himilkat ne lui dise d'entrer.

Le jumeau avait son air grave des grands jours : il murmura à l'oreille de Himilkat qui hocha la tête plusieurs fois. Leith ressortit du salon sans bruit.

-Madame Bartell, je dois sortir... Je ne vais pas pouvoir m'occuper de votre sort aujourd'hui, car j'ai trop à faire avec notre cérémonie de ce soir et le Maître me demande encore. Je vais vous donner encore jusqu'à demain matin pour me révéler où se trouvent les feuillets de votre mari... Passé ce délai, je m'occuperai de votre cas et dussé-je vous faire torturer pour récupérer ces documents, je le ferais sans aucun scrupule, ni aucune pitié et sans doute sur les ordres de mon Maître.

Rosemary Bartell frissonna de nouveau, mais elle se sentait quand même rassurée : elle avait encore gagné quelques heures et espérait qu'un fait positif surviendrait avant demain matin.

Himilkat se dirigea vers la porte. Avant de l'ouvrir, il se retourna en désignant Rosemary de son doigt :

- Ne jouez plus avec nous, Madame Bartell, car je vous préviens que vous allez le regretter beaucoup plus que vous ne le pensez... Nous n'allons jamais par quatre chemins et il est facile pour nous de trouver vos amis ou amies à Londres. Peut-être avez-vous remis ce document à votre nièce Janice ?

Rosemary Bartell s'affola. Elle se précipita vers Himilkat, l'air furieux, et le prit au collet comme si elle voulait l'étrangler. Il la repoussa tellement violemment que Rosemary perdit presque l'équilibre et n'eut que le temps de se rattraper à la commode qui se trouvait près de la porte.

- Ne touchez pas à ma nièce, elle n'a rien à voir avec tout ceci. Je vous interdis de la mêler à cette histoire.

Le rire sardonique du représentant de l'Ordre résonna dans toute la pièce :

- Vous n'avez rien à nous interdire, Madame Bartell. En attendant, pour vous montrer que nous pouvons être des gens civilisés, Leith va vous accompagner à l'une des chambres du premier étage. Vous pourrez vous y reposer avant la cérémonie de ce soir. Vous y êtes cordialement invitée. Enfin, je dirais plutôt, nous allons vous y convoquer !

Himilkat ouvrit la porte et se retourna encore une fois :

- Madame Bartell, profitez bien de ces moments. Il se pourrait bien que ce soit votre dernière soirée sur cette terre...

Lorsque la porte fut refermée, Rosemary Bartell s'effondra plus qu'elle ne s'assit sur le canapé.

- Ces monstres savent tout sur moi et ma famille et mes amis, se dit-elle. Je suis en train, par mes mensonges, de mettre leur vie en danger...

Elle prit sa tête entre ses mains et se mit à pleurer doucement. L'image de son mari, qui défilait devant ses yeux fermés, ne parvenait pas à la calmer... Elle savait que sa dernière heure était proche si Himilkat l'avait invitée à la cérémonie secrète de l'Ordre des Disciples de Baal Hammon...

▼▼▼▼

Chapitre 24

Vendredi 25 janvier, après-midi/soirée

L'Inspecteur Vincent Lafouèche suait à grosses gouttes... Pourtant, à cause du temps pluvieux et froid, la température de son bureau était anormalement basse.

Il venait de raccrocher le téléphone. Il se leva et alla voir si la porte de son bureau était bien fermée... Cela devait étonner ses hommes, notamment l'agent Cléry, qui avaient l'habitude d'un bureau toujours ouvert à tous ses collaborateurs.

Depuis quelques jours, le policier sentait le regard interrogateur, voire inquisiteur de son assistant. Il devait s'en méfier comme de la peste, car le jeune homme était intelligent. D'ailleurs, il venait de remarquer que la photographie, trouvée par la Bartell dans le manuscrit de son mari, avait disparu... Il était sûr que c'était lui, mais il n'avait aucune preuve.

Un vol ennuyeux, car Vincent Lafouèche avait promis à l'Ordre de leur remettre la photographie ce soir. Il pourrait toujours leur remettre les deux autres photographies, remises à la Bartell par le défunt Azzedine. L'une d'elles représentait le même homme que celui de la photographie disparue...

Le policier se demandait pourquoi ces photographies étaient si importantes. Il n'avait aucune idée de l'identité de l'homme qui semblait si hautain. Un membre supérieur de l'Ordre, il pouvait le parier.

Il repensa à l'appel de son épouse qu'il venait de recevoir. L'Ordre avait parfaitement organisé les choses. Elle croyait simplement avoir été mise sous protection des services de la Sûreté Générale durant deux jours, à cause d'une enquête délicate de son mari, impliquant un réseau international de criminels. Elle avait loué la politesse et la gentillesse de ces deux hommes qui les avaient discrètement surveillées dans leur maison. Mais elles n'avaient pas eu le droit de sortir. Dès que Lafouèche avait rempli sa mission, ils étaient partis sur la pointe des pieds et leur avaient confirmé qu'il n'y avait plus aucun danger, grâce à l'Inspecteur Lafouèche qui avait réussi à mettre ce réseau sous les verrous.

- Pauvre Jacqueline, elle ne pouvait imaginer que ces hommes auraient pu la tuer, sans aucun d'état d'âme… Mon Dieu, mais qu'ai-je fait à ma famille ? Toujours l'appât de l'argent…

Les paroles du Grand Maître de l'Ordre résonnaient encore à ses oreilles :

- Vous venez de nous prouver, enfin, votre attachement à notre Ordre, mon cher Lafouèche, et je vous en remercie personnellement. N'ayez plus aucune crainte pour votre famille en France. Je viens de donner les ordres à nos disciples français. Votre femme et votre fille sont entièrement libres. Dommage, franchement, que nous ayons dû arriver à cette malheureuse alternative pour vous faire réagir… Maintenant, je pense que vous avez compris que nous ne plaisantions pas. Comprenez que vous êtes notre œil et notre oreille au commissariat de La Marsa, mais vous serez, quand nous le désirerons, celui qui fait les basses besognes à moins que vous ne vous éleviez dans notre hiérarchie. La prochaine fois, nous ne serons pas aussi gentils avec vous…

Lafouèche resta un long moment, les yeux dans le vague. Il ne se sentait pas mieux et il ne comprenait pas pourquoi : sa femme et sa fille étaient hors de danger, mais il se sentait toujours aussi mal. Il réalisait dans quel engrenage il s'était fait prendre… Lorsqu'il s'était laissé approcher par l'Ordre, en la personne d'un autre commissaire de police travaillant à Tunis, il n'avait jamais imaginé que sa vie serait ainsi défaite.

Au début, tout n'avait été que facilité : l'épaisse liasse de billets remise par son collègue pour le remercier de son accord de soutenir l'Ordre, suivie d'un important virement sur son compte en France, l'avaient tranquillisé. Il ne communiquait que de menus renseignements à l'Ordre, ralentissait les enquêtes, faisait disparaître des preuves embarrassantes pour des disciples ou ramenait, vers les toiles de l'Ordre, des indics particulièrement efficaces.

Les exigences de l'Ordre avaient commencé avec l'arrivée de Rosemary Bartell en Tunisie : son contact lui avait expliqué que cette Anglaise représentait un vrai danger pour eux. Au début, on lui avait parlé de surveillance, puis d'enlèvement et enfin d'élimination. Il avait refusé officiellement la troisième proposition, ce qui avait conduit à l'avertissement que l'Ordre lui avait adressé, à travers sa famille.

Heureusement, pour lui, l'Ordre allait régler par lui-même l'élimination de Bartell. Son kidnapping, par contre, avait été facile. Avec la complicité de l'un des chauffeurs, membre de l'Ordre, qui s'était fait, moyennant finances, effectivement assommé par les kidnappeurs, la Bartell avait été remise au Maître sans problème.

Lorsqu'il avait appris l'enlèvement de Habiba, le policier avait su qu'un autre crime allait se produire... Même s'il n'y était lié en aucune manière, son devoir de policier l'aurait normalement obligé à en parler à sa hiérarchie.

Il savait déjà qu'il ne ferait rien. Il était pris au piège et avait enfermé avec lui, sa femme et sa fille. Le mieux était de faire profil bas et de profiter de la manne, sans être impliqué dans leurs atrocités.

Ses pensées furent interrompues par l'agent Cléry qui frappa à la porte. Lafouèche se redressa dans sa chaise et lança un tonitruant *Entrez*.

- Est-ce que vous vous sentez bien, Inspecteur ? Vous êtes vraiment pâle. Voulez-vous que j'appelle le médecin ? Il est juste à côté du commissariat, je peux aller le chercher.

Le policier regarda son assistant méchamment :

- Cléry, occupez-vous plutôt de vos enquêtes au lieu de ma santé. J'ai appris que vous êtes passé à la villa Barnes sans ma permission. Des compléments d'information sur votre enquête, je suppose...

Le jeune agent de police n'avait pas prévu la question et hésita à répondre durant quelques secondes. Il se demandait comment son supérieur avait pu connaître ce détail, sauf évidemment si une personne de la villa ne l'avait prévenu...

Heureusement, pour lui, la sonnerie enrouée du téléphone se mit à retentir et Lafouèche fit signe à son assistant de sortir et de refermer la porte.

▼▼▼▼

Les premiers invités arrivaient déjà... Le service de sécurité de l'Ordre, même s'il n'était pas très important, faisait bien son travail et personne ne pouvait accéder au périmètre délimité.

La cérémonie avait été organisée dans le lieu habituel de Byrsa. Les deux jumeaux, Leith et Youssef, demandaient, à chaque personne, le carton d'invitation et cochaient soigneusement leur nom de membre de l'Ordre sur une feuille de papier, placée sur une petite table en bois à l'entrée du souterrain.

Il était environ neuf heures du soir. A cette époque de l'année, en janvier, le soleil était déjà couché depuis longtemps. Seules, des torches, placées sur des supports en fer forgé, éclairaient le chemin et l'accès à la salle souterraine.

Leith et Youssef attendaient exactement soixante-huit personnes, y compris le Maître et sept de ses lieutenants. Environ une cinquantaine de personnes étaient déjà arrivées.

Pour ne pas attirer l'attention, les heures de convocation des disciples avaient été étalées entre huit et dix heures du soir. Les membres savaient qu'ils devaient respecter scrupuleusement les horaires qui étaient indiqués sur leurs cartons d'invitation.

Les jumeaux étaient habillés à l'identique, d'un burnous marron qui les enveloppait entièrement. Le froid s'était installé et la température ne devait pas dépasser les cinq degrés.

Youssef lançait de temps en temps des regards inquiets à son frère jumeau : il savait qu'ils allaient connaître à nouveau les horribles moments, vécus il y a déjà vingt ans.

Les premiers disciples étaient arrivés dans leurs tenues de l'Ordre des Disciples de Baal Hammon : leurs longues tuniques de lin blanc, resserrées à la taille par une ceinture de couleur ocre, indiquaient leur rang inférieur. Le fait qu'ils aient été invités à une telle cérémonie prouvait qu'ils recevraient une promotion prochaine. Ils étaient tous chaussés de sandales blanches et leurs noms de disciples de l'Ordre – *un prénom antique* – étaient brodés sur la poitrine.

Leur tête était recouverte d'une cagoule ample, trouée à hauteur des yeux et de la bouche par une ouverture horizontale. Parfaitement anonymes, répondant uniquement à leur nom de membre de l'Ordre, ils étaient difficilement identifiables.

Un bonnet, posé sur la cagoule, identique à celui que portaient les Carthaginois de l'ère punique, donnait aux membres de l'Ordre l'apparence d'un autre temps.

Un membre organisateur de l'Ordre attendait les invités en bas de l'escalier étroit. Leith et Youssef savaient que c'était Mouni, tellement sa maigreur était encore plus remarquable sous sa tunique, serrée à la taille d'une ceinture pourpre.

Elle accueillait un à un les disciples invités et leur demandait de patienter dans la première salle jusqu'à l'arrivée du Maître. La salle était vide de tout mobilier. Seule, une statue de Baal Hammon, sur son trône, siégeait au centre de la pièce. Flanqué de deux lions, le dieu de Carthage portait une couronne sur sa tête, dans une attitude royale. Tous les membres saluaient Baal Hammon en entrant et prononçaient en punique, tout en se courbant, une phrase de louange.

Un grand nettoyage de la salle souterraine avait été fait par un autre membre de l'Ordre. Elle se tenait près de Mouni. Elle s'appelait Amitis. C'est elle qui avait été chargée de préparer tous les détails de la cérémonie. Aussi maigre que Mouni, sa ceinture ocre indiquait son rang inférieur.

- Est-ce que tout va bien, Mouni ? Sous votre cagoule, je vous sens nerveuse...

Mouni se retourna vers Amitis, agacée.

- J'aurais préféré que le Maître annule la cérémonie, mais les invitations avaient déjà été lancées. Vous savez l'importance des hôtes que nous allons recevoir ce soir. Plus de huit ministres d'état, cinq ambassadeurs, quatre capitaines d'industrie dont les avoirs dépassent plusieurs millions de dollars, deux cardinaux et les représentants du parti national-socialiste allemand, particulièrement importants pour le Maître.

- Sommes-nous en danger ? Je pensais que le fait d'enlever la fouineuse de Bartell nous mettrait à l'abri.

- Pas tout à fait, Amitis. Nous sommes surveillés par plusieurs services de renseignements européens... Le Maître dit et répète que ses relations sont trop nombreuses et trop haut placées pour que nous soyons inquiets. Je n'en pense pas moins que nous devons faire attention. Le Maître va quitter Tunis tout de suite après la cérémonie et je vous conseille d'en faire autant.

Amitis baissa la tête. Il faudrait qu'elle trouve une excuse très valable pour quitter si vite la Tunisie. Pour Mouni, c'était facile, elle suivait le Maître partout... Pour elle, les conditions s'avéraient plus contraignantes.

Elles se turent à l'arrivée de la douzaine de disciples qui descendait les escaliers du souterrain. Malgré leurs ceintures de couleur ocre, Mouni et Amitis les accueillaient avec beaucoup de déférence, surtout Amitis qui n'hésitait pas à leur parler en français, en anglais ou en italien, selon leurs nationalités.

Quatre des disciples, parmi les douze nouveaux arrivés, parlaient peu. Ils s'étaient exprimés en français et en anglais avec Amitis, mais brièvement...

Tout comme les autres membres, ils se courbèrent devant la statue de Baal Hammon. Heureusement, les quatre comparses avaient appris le court texte de la prière, mots arrachés aux véritables disciples de l'Ordre qu'ils remplaçaient ce soir.

- Sans doute une reproduction contemporaine, se dit Darlene en contemplant la statue du dieu punique. Il me semble avoir vu une statuette de même style au Musée Alaoui.

Ne voulant pas trop se mélanger aux autres disciples, les quatre comparses se regroupèrent au fond de la pièce où quelques personnes se trouvaient déjà.

Darlene Randwick, alias Naes durant le temps de la cérémonie, se rapprocha des trois hommes qui l'entouraient. Ils se faisaient appeler Astyage, Malchus et Himilcon.

Ils profitèrent de l'arrivée de nouveaux membres pour parler entre eux.

- Comment vous sentez-vous, Darlene ? demanda à voix basse Frank Duncan, caché sous la tunique brodée au nom de Himilcon.

- Je suis absolument terrorisée et contente de m'être réfugiée sous ma robe et sous ma cagoule. Mon teint doit être verdâtre...

Frank Duncan sourit sous sa cagoule et se tourna vers ses deux acolytes.

- Heureusement que les noms sont brodés sur nos tuniques. Cela nous aidera à ne pas nous perdre de vue... fit remarquer le plus petit des quatre membres.

- Oui, Cléry, je veux dire Malchus... Personne n'a remarqué votre sifflet. Surtout, ne le perdez pas, vous en aurez besoin à un moment bien précis que je ne connais pas encore.

- Ne vous inquiétez pas, Astyage. Je reste toujours dans votre sillage.

Pierre Malet, devenu Astyage, jeta un coup d'œil sur son entourage. De nouveaux disciples descendaient encore l'escalier... Bientôt, tout ce petit monde serait au complet !

Il regarda Mouni et nota qu'elle se dirigeait vers un coin sombre de la pièce. Il la suivit du regard et la vit soulever un rideau, derrière lequel s'ouvrait une autre pièce souterraine, éclairée par des torches accrochées aux parois de la caverne. Sur une longue table, recouverte d'une nappe blanche, des dizaines de bouteilles d'alcool, des rangées de verres vides et des plateaux de nourriture variée attendaient le bon plaisir des disciples, après la cérémonie.

- L'amusement après les faux rituels, conclut Pierre Malet. Tout est prévu pour s'attirer les bonnes grâces de ces puissants membres.

Il se sentait en sécurité relative sous sa tunique ample et longue qui effaçait les formes de la silhouette et qui le rendait méconnaissable. Seule, sa voix pourrait l'identifier, mais il ne parlerait que lorsque nécessaire.

Les quatre complices se turent, car d'autres disciples venaient à leur rencontre... En l'espace d'une seconde, ils se remirent dans la peau des membres qu'ils étaient censés représenter durant le temps de la cérémonie...

Astyage ne remarqua pas le regard appuyé, mais caché par la cagoule, que Mouni lui adressa...

Quelques heures plus tôt

Frank Duncan, après son entrevue avec l'agent Cléry, rentra à la villa Barnes pour mettre Darlene Randwick au courant. Elle était assise dans un fauteuil, près de la cheminée, perdue dans ses pensées. Elle sursauta lorsque Frank lui parla.

- Darlene, l'agent Cléry est tout, sauf sot. Je pense qu'il a voulu nous laisser un message au sujet de l'Inspecteur Lafouèche.

- J'ai toujours dit que cet inspecteur ne se bougeait pas suffisamment. Imaginez qu'il est maintenant en charge de retrouver notre pauvre Rosemary...

Frank Duncan se permit d'interrompre sa cousine et lui confia son plan : ils devaient immédiatement se rapprocher de Pierre Malet qui appartenait à la Sûreté Générale et lui parler des doutes de Cléry face à son supérieur hiérarchique.

Darlene Randwick sembla étonné du rapprochement de son cousin avec Pierre Malet, mais ne dit rien : les anciennes jalousies de Pierre Malet envers son cousin n'étaient plus d'actualité.

Ils n'entendirent pas Moira Barnes qui entra dans le salon. Habillée d'une superbe robe de laine noire sur laquelle elle avait jeté une étole de soie beige, elle fronça les sourcils en voyant Darlene et Frank.

- Qu'êtes-vous en train de comploter ? Avez-vous des mauvaises nouvelles que vous ne voulez pas partager avec moi ? demanda-t-elle d'un ton inquiet.

Darlene la rassura :

- Nous ne complotons pas, ma chère Moira. Nous sommes seulement en train de nous organiser pour ce matin avec mon cousin Frank.

Frank prit la main de Moira et la força à s'asseoir sur le canapé. Il lui décocha son sourire le plus charmeur.

- Moira, vous tombez bien. Pourrais-je vous demander d'emprunter votre voiture ? Nous en aurons besoin pour aller rapidement à la poste afin que Darlene puisse appeler la nièce de Rosemary à Londres.

Moira accepta aussitôt et alla sonner. Frank et Darlene furent surpris de ne pas voir la gouvernante apparaître, mais, Karim, le maître d'hôtel. Il était revenu à son service depuis le matin, malgré les remontrances de Moira Barnes qui lui avait demandé de continuer à se reposer après le meurtre de son fils Dali.

Frank et Darlene se levèrent ensemble pour aller à sa rencontre. Ils le réconfortèrent. Karim parut à la fois gêné et heureux de telles marques de sympathie des amis de sa maîtresse.

- J'ai expliqué à Madame Barnes que si je ne retournais pas à mon travail, je deviendrai fou… La douleur est beaucoup moins pesante lorsque mon esprit est occupé par mes tâches…

Darlene approuva secrètement et admira le courage de cet homme, toujours tellement sympathique et discret.

- Le *chetane* est entré dans notre maison, Miss Darlene. Je vais tout de suite organiser une cérémonie religieuse avec l'accord de Madame Barnes. Cette cérémonie va éloigner tous les mauvais esprits et le mauvais œil.

Darlene regarda Moira Barnes avec des yeux interrogateurs, mais la maîtresse de maison lui fit signe de ne pas faire attention.

- Karim, allez chercher les clefs de la voiture pour Monsieur Frank. Il va emprunter l'une de nos voitures pour la journée. Assurez-vous de sa propreté.

Frank Duncan protesta et dit que ce n'était pas la peine, car ils devaient partir sur-le-champ.

- Nos voitures sont toujours impeccables, Madame Barnes. Je l'amène tout de suite devant la porte.

Karim sortit sans bruit.

Moira Barnes poussa un gros soupir et se laissa choir sur le canapé.

- Karim à bien raison lorsqu'il affirme que son *chetane*, c'est-à-dire le diable, a accaparé notre maison et nos vies… Espérons que la cérémonie de purification va nous aider ! Je ne sais plus à quel saint me vouer…

Frank et Darlene préférèrent ne pas répondre et s'esquivèrent pour se rendre rapidement à la poste de La Marsa.

En un rien de temps, grâce à la conduite sportive de Frank et à la puissance du véhicule, ils furent à la poste. Darlene sortit rapidement de la voiture sans même s'apercevoir des gouttelettes de pluie qui commençaient à tomber.

Environ dix minutes plus tard, elle ressortait de la poste et eut la surprise de trouver Frank à la porte. Il l'attendait galamment avec un parapluie, la pluie tombant de plus en plus fort.

- Merci, mon cher Frank. Pauvre Janice ! Elle m'a vraiment peinée… Elle se fait beaucoup de souci pour sa tante et je n'ai pas pu trouver des mots qui l'auraient vraiment réconfortée. Je m'en veux ! Elle a raccroché en sanglotant… Frank, nous devons tout faire pour retrouver notre Rosemary. Je ne fais pas confiance à cette police ! Quel dommage que Brian Lomar ne soit pas ici, il aurait remué ciel et terre pour la retrouver. Je sais que si nous retrouvons Rosemary, nous allons aussi retrouver Habiba.

Frank approuva sa cousine d'un signe de tête et lui ouvrit la portière de la *Renault KZ* pour la laisser entrer.

Une fois au volant, il décida qu'ils retourneraient sur le champ à la villa des Malet pour parler avec Pierre. Là encore, Frank conduisit le plus rapidement possible malgré la pluie qui redoublait.

Le gardien de la villa était à son poste, abrité dans une petite guérite en bois peint. Il confirma que Monsieur Malet se trouvait dans la villa et ouvrit les deux battants du grand portail d'entrée pour laisser entrer la voiture.

En quelques instants, ils furent introduits dans le bureau de Pierre Malet. Darlene Randwick, toujours très observatrice, remarqua le confort et le côté cosy de la pièce avec ses murs lambrissés et la grande cheminée où des flammes vivaces dégageaient une chaleur agréable, mais sans doute insuffisante au regard de la température extérieure.

Pierre Malet était assis derrière un grand bureau en chêne sur lequel quelques dossiers étaient soigneusement classés. Habillé d'une élégante veste de tweed et d'un pantalon beige, le maître de maison portait une chemise blanche sans cravate. Son teint bronzé lui donnait bonne mine. Un sous-main, un téléphone et quelques stylographes rassemblés dans un pot en cuir constituaient les seuls accessoires du bureau.

- Désolé d'être venu sans prendre rendez-vous, Monsieur Malet. Mais ma cousine et moi-même voulions vous voir de manière très urgente.

Frank s'attendait à voir son hôte froncer les sourcils en le voyant débarquer dans son bureau, mais il fut surpris de voir un sourire rayonner sur son visage.

- Tant mieux si cet homme n'est plus fâché avec moi, se dit Frank, à cause de sa femme volage... Heureusement que j'ai stoppé cette historiette qui ne m'aurait amené que des ennuis... Je ne suis pas venu à Carthage pour retrouver les mêmes problèmes que je connaissais à Londres...

Il se rappela furtivement la dizaine d'hommes mariés qui voulaient le corriger à cause de ses aventures, supposées ou réelles, avec leurs épouses.

Ses pensées furent interrompues par l'entrée de Cécile Malet dans le bureau : une entrée comme elle savait le faire et qui provoquait toujours silence et intérêt de la part des hommes... Vêtue d'une jupe plissée de couleur mauve, évasée à sa base, et d'un pull en mohair blanc sur lequel elle avait enfilé un cardigan de même couleur, Cécile Malet ne marchait pas, mais flottait !

- Bonjour, ma femme de chambre m'a dit que vous étiez arrivés. Je voulais juste vous saluer. Avez-vous des nouvelles de Rosemary et de la pauvre fille ?

Darlene et Frank répondirent par la négative. La maîtresse de maison n'eut aucune réaction, sans doute pas vraiment intéressée par la réponse. Elle regardait seulement Frank, d'une manière tellement insistante que Darlene en était gênée.

- Je vous fais apporter du thé immédiatement. Frank, ce fut un plaisir de vous revoir.

Ignorant complètement son mari et Darlene, elle sortit sans se retourner.

Pierre Malet s'assit derrière son bureau et laissa ses deux invités s'installer sur les deux fauteuils qui faisaient face. Son air redevenu soucieux inquiéta Frank et Darlene.

- Mes amis, la situation n'est pas bonne du tout et nous devons intervenir très rapidement.

Frank ne laissa pas son hôte continuer et alla directement au but de sa visite : relater les propos du jeune agent Cléry sur son supérieur hiérarchique, l'Inspecteur Lafouèche.

Le représentant de la Sûreté Générale écouta avec attention et resta un long moment silencieux.

- Je ne devrais pas vous dire cela, mais je vais le faire quand même le faire, ayant toute confiance en vous... Depuis quelques semaines, nous avons conçu des doutes sur la loyauté de Lafouèche. D'abord, à cause de son train de vie qui a attiré l'attention de ses supérieurs, puis à cause d'une multitude de détails qui nous a mis mal à l'aise dans son enquête sur notre fameuse organisation criminelle. Cléry est un garçon intelligent et foncièrement honnête qui, jusqu'à présent, n'avait jamais osé porter de jugements sur son supérieur. Vu qu'il est le principal assistant de Lafouèche, ses propos, que vous me rapportez, tendent maintenant à me faire croire que nous avions raison...

- Êtes-vous en train d'insinuer que Lafouèche serait du côté de l'Ordre ?

Pierre Malet secoua la tête en signe d'assentiment.

Frank Duncan et sa cousine Darlene se regardèrent, anéantis. Comment cet Inspecteur Lafouèche pouvait retrouver leur amie Rosemary s'il était de mèche avec ces voyous ?

Pierre Malet se leva de son bureau et alla près de la cheminée. Il semblait réfléchir intensément. Frank et Darlene respectèrent son silence.

- Frank, seriez-vous prêt à prendre d'énormes risques pour votre amie Rosemary et la petite Habiba ? Il est impossible pour moi de déplacer, en si peu de temps, des renforts et de toute manière, nous devons montrer beaucoup de discrétion. J'ai déjà un moyen pour intégrer la cérémonie que l'Ordre organise ce soir, mais j'aurais besoin de vous...

Frank ne réfléchit pas une seconde et se mit immédiatement aux ordres de Pierre Malet. Ces moments lui rappelaient la Grande Guerre lorsqu'il était officier de l'armée britannique.

Une petite voix se fit entendre.

- Excusez-moi, Messieurs, mais croyez-vous vraiment que vous allez me laisser au-dehors de vos manigances lorsque la vie de ma meilleure amie est en danger ?

Pierre Malet et Frank Duncan réagirent en même temps : il n'était pas question que Darlene soit mêlée à ceci, l'enjeu était par trop dangereux.

Darlene Randwick se leva. Elle semblait hors d'elle et son visage fit presque peur aux deux hommes :

- Écoutez-moi bien, messieurs les deux futurs héros : il n'est pas question que ce soir, vous alliez quelque part sans moi. Je suis une grande fille, je n'ai pas peur et je ferai tout pour contribuer à retrouver ma chère Rosemary et la petite Habiba… La question est réglée et je ne reviendrai pas dessus !

Pierre Malet se rapprocha de Darlene. Il prit un ton des plus directifs :

- Darlene, votre présence risque plus de nous gêner que de nous aider. Ces gens ont déjà tué de nombreuses fois et n'hésiteraient pas à le faire encore si nous étions découverts. Votre présence entravera notre mission. Je vous en prie, Darlene, soyez raisonnable.

Le visage fermé de Darlene Randwick fixa d'un air mauvais les deux hommes qui préférèrent ne pas insister : Darlene serait de la partie.

- Ce que femme veut… commenta Pierre Malet. Très bien, Madame Randwick, nous vous mettons dans la confidence. Mais écoutez-moi bien, petite Madame. C'est moi qui donne les ordres, c'est à moi que vous obéissez et si je vous dis de faire quelque chose qui ne vous plait pas, vous le faites quand même ! Ai-je bien été clair ?

Les derniers mots de Pierre Malet avaient été plus aboyés que dits… Darlene approuva en baissant la tête en signe de soumission.

Sur ces paroles, le maître de maison invita Frank et Darlene à se rapprocher du bureau. A ce moment, on frappa à la porte et une domestique déposa un plateau sur la table du salon…

Pierre Malet annonça qu'ils allaient se servir et congédia la domestique d'un ton un peu trop sec.

Darlene Randwick se leva et commença à servir le thé. A vrai dire, le bureau de Pierre Malet n'était pas très chaud et la perspective de cette bonne tasse de thé la ravit. Elle connaissait les goûts de son cousin qui prenait son thé avec un nuage de lait, sans sucre, mais demanda à son hôte comment il le désirait.

D'un ton impatient, Pierre Malet lui fit savoir qu'il ne prendrait rien. Darlene se hâta de revenir avec les deux tasses de thé près du bureau.

- Madame Randwick, pouvons-nous nous concentrer ? demanda Pierre Malet, peu intéressé par la cérémonie du thé de Darlene.

Elle répondit timidement par un petit « oui » à peine audible et se rangea sous le regard sévère du maître de maison.

- Voilà comment nous allons procéder...Mes hommes surveillent depuis plusieurs jours l'arrivée en Tunisie de magnats de l'industrie, de personnalités célèbres, d'hommes politiques qui semblent s'être tous donné le mot pour venir passer leurs vacances à Tunis. Une soixantaine de personnes que nous supposons être reliées à l'Ordre ! Nous avons aussi appris, vous êtes au courant, qu'une grande cérémonie aura lieu ce soir au cours de laquelle nous craignons qu'un sacrifice humain ne soit commis...

Darlene se rappela ce qu'avait dit le pauvre Graham sur les sacrifices d'enfants puniques... Une horreur !

- Nous craignons que Habiba ne soit la victime de ce sacrifice, car d'après ce que nous avons appris, ce sont toujours de jeunes vierges qui sont sacrifiées.

Frank et Darlene frissonnèrent en même temps.

- Nous allons nous introduire dans cette cérémonie... Nous avons arrêté ce matin, dans la discrétion la plus complète, trois hommes et une femme arrivés de France... Nous les avons fait parler, ils ont avoué leur appartenance à l'Ordre et nous ont rapporté beaucoup de détails très utiles sur l'Ordre... Nous allons remplacer ce soir ces quatre personnes qui ne se connaissent pas. Nous endosserons leurs tenues de mode punique pour pouvoir nous incruster dans la cérémonie. Rassurez-vous, tout le monde porte une cagoule ressemblant à celle des adeptes du Ku Klux Klan, surmontée d'un bonnet. La femme devait être remplacée par un membre de mon équipe, mais en fait, ce sera maintenant vous, Madame Randwick... comme vous insistez ! Le troisième homme sera l'agent Cléry qui s'est porté volontaire pour cette mission. Je veillerai à ce que ce jeune homme ait un copieux avancement après cette horrible soirée... Vous sentez-vous capable de jouer cette comédie et de supporter tous les dangers liés à la mission ?

Darlene répondit aussitôt par l'affirmative même si la peur la prenait au ventre. Elle put quand même demander à Pierre Malet de l'appeler par son prénom, ce qui simplifierait les échanges...

- Je serai toujours à vos côtés, Darlene, rassura Frank. Ne vous inquiétez de rien.

Pierre Malet opina de la tête et osa un sourire à Darlene.

- C'est exactement cela, nous ne devons jamais nous séparer et rester collés les uns aux autres... Je vais vous confier les biographies des personnes que nous allons remplacer ce soir. Ces quatre personnes sont nouvelles dans l'Ordre et peu connues des autres... Nous devrions donc passer inaperçus...

- Que se passe-t-il si nous devons enlever nos cagoules à un moment donné ? demanda Frank.

- Normalement, nous ne l'enlèverons pas, mais nous ne savons pas comment finissent ces soirées. D'après ce que nous avons appris, elles se transforment en véritables bacchanales. Donc, je suppose beaucoup de laisser-aller en fin de soirée... Normalement, tout sera fini avant ce moment.

Darlene ne put s'empêcher de trembler en pensant à son amie Rosemary au milieu de tous ces gens malsains.

- Mes hommes armés seront tout autour de nous, dans les collines de Byrsa, cachés dans les ruines. Ils seront une trentaine. Des hommes absolument sûrs ! Nous avons mis sous haute surveillance les jumeaux, Leith et Youssef. Ils travaillent pour moi dans ma maison, à construire mes serres, mais en fait, ces deux hommes sont deux importants rouages de l'Ordre. Ils croyaient me surveiller, mais c'est moi qui les surveille depuis plusieurs semaines en les faisant suivre. Difficile, pourtant, car ils sont très malins, très entraînés et très dévoués à leurs maîtres. Par un curieux hasard, en début de semaine, ils m'ont demandé de ne pas travailler aujourd'hui et demain, prétextant un déplacement familial à Souk El Arba. On m'a confirmé qu'ils n'avaient pas quitté Tunis, sans doute affairés à préparer la soirée. Ils géreront, pour l'Ordre, la surveillance des lieux et des invités.

Pierre Malet se leva et laissa ses invités boire leur thé. Il semblait impatient de commencer l'opération. Il regarda d'un air ennuyé Darlene Randwick, contraint de devoir la mêler à cette dangereuse opération.

- Heureusement, se dit-il, elle a exactement la même stature que la personne qu'elle va remplacer à la soirée. Et puis, bon, elle semble motivée pour retrouver son amie... Pourtant, les femmes sont souvent imprévisibles lorsqu'elles sont soumises à des situations extraordinaires.

Pierre Malet espérait juste qu'elle ne serait pas un poids dans son opération. Il prit une cigarette du coffret posé sur la table du salon et l'alluma.

- Écoutez bien. A partir de cet instant, vous ne posez plus aucune question. Vous suivez uniquement mes ordres... Vous ne retournez pas chez les Barnes. Je vais les prévenir que je vous garde à dîner ce soir.

Pierre Malet posa sa cigarette dans ce cendrier et revint vers son bureau en continuant ses explications :

- Très discrètement, par une porte de service, nous allons nous rendre au Tunisia Palace, là où séjournent les quatre personnes dont nous allons prendre l'identité. Elles sont enfermées en lieu sûr. Nous allons investir leurs chambres et nous comporter normalement en attendant l'heure où l'on viendra nous chercher... Je suppose que nous n'allons pas sortir de l'hôtel avec nos stupides tenues puniques. Donc, tout doit être organisé durant le trajet... Le commissariat de La Marsa a été infiltré par l'Ordre. La raison pour laquelle aucun policier de ce commissariat ne participe à cette opération, à part deux ou trois officiers de police en qui j'ai complètement confiance... et l'agent Cléry, bien évidemment.

Debout derrière son bureau, les mains touchant du bout des doigts son bureau, Pierre Malet s'adressa d'un ton martial à Frank et à Darlene :

- M'avez-vous bien compris ? Avez-vous des questions ?

Sans même oser croiser le regard sévère de leur hôte, les deux cousins répondirent par la négative.

▼ ▼ ▼ ▼

Lotfi se cacha encore mieux derrière les hauts fourrés. Il ne croyait pas ce qu'il était en train de voir : des dizaines de personnes habillées bizarrement, entrant en file dans un souterrain... Sa position, au sommet d'une petite colline, lui permettait de bien voir la scène.

Ils étaient accueillis par les jumeaux Leith et Youssef. Lotfi les connaissait bien, mais les évitait comme la peste, tellement leur réputation était sulfureuse au Kram. Même s'il avait dans ses relations des voyous notoires, jamais il ne se serait rabaissé à frayer avec de telles personnes !

Profitant de ce que les deux jumeaux étaient entrés dans le souterrain, laissant à l'entrée un simple vigile, Lotfi se rapprocha en descendant un peu. Il ne devait pas faillir à la mission que Frank Duncan lui avait confiée en fin d'après-midi. Au début, il n'avait pas bien compris de quoi il s'agissait, mais à la lumière des éclaircissements de Frank, il avait réalisé qu'il devait aider. Il s'agissait de sauver Rosemary Bartell et il appréciait beaucoup cette femme pour sa gentillesse et son ouverture d'esprit. De plus, Frank avait précisé que Darlene Randwick serait également mêlée à cette mission.

Lotfi avait remarqué beaucoup de mouvements autour de lui et il comprenait que toute la zone avait été encerclée par la police qui avait maîtrisé, un à un, les gardiens de la zone, employés par l'Ordre. Son rôle était simple : créer une diversion pour permettre aux policiers d'accéder plus facilement au souterrain.

C'était le moment où il devait agir, il le savait. Une grande partie des gardiens se trouvait à l'intérieur du souterrain. Au moment où Lotfi allait se lever, il entendit le bruit d'un véhicule sur la piste...

Il devait se rapprocher encore pour mieux voir. Heureusement, la pleine lune éclairait le ciel, maintenant nettoyé de ses nuages, après les pluies incessantes de la journée... Six torches allumaient l'entrée du souterrain.

En se redressant, une pierre roula sur ses pieds et continua sa course descendante vers l'entrée du souterrain... Le vigile entendit et se redressa sur ses pieds... Il sortit un pistolet, caché sous son burnous, et s'empara d'une torche, tout en avançant dans la direction de Lotfi.

Le jeune Tunisien s'aplatit complètement et garda sa respiration. Il ne pouvait se permettre d'être pris, il en connaissait les conséquences.

Il fut sauvé par l'un des jumeaux qui ressortait du souterrain, il ne savait pas si c'était Leith ou Youssef... Il s'adressa au vigile en tunisien :

- Nejib, où es-tu ? Ne t'ai-je pas demandé de rester à ton poste quoi qu'il arrive ? Tu veux peut-être que je te règle ton compte avant le Divin...

Nejib, plié en deux, s'excusa avec force de *wallah* en invoquant un bruit qu'il avait entendu. Le jumeau ne voulut rien savoir et le gifla violemment.

- Écoute-moi, la fin du monde pourrait arriver, tu fais ce que je te dis et tu ne bouges pas d'un millimètre. As-tu compris ?

Le vigile, se tenant la joue, baissa la tête et maugréa une réponse qui sembla être un oui. Il remit son révolver dans son burnous et reprit sa position.

Lotfi poussa un soupir de soulagement. Il regarda avec intérêt la voiture, une *Citroën B2*, qui se garait devant l'entrée du souterrain. Un homme en sortit – *Lotfi le connaissait, l'ayant déjà aperçu aux alentours de la villa Barnes* – et ouvrit directement la porte arrière.

- Oh, mon Dieu ! Mais c'est Rosemary Bartell ! La pauvre femme…

A la lueur des torches, il remarqua sa mauvaise mine et l'état de sa robe, chiffonnée et sale. L'homme l'enveloppa d'un plaid qu'il avait sorti de la voiture pour la protéger du froid ambiant et piquant. Lotfi s'étonna de cette prévenance, mais l'apprécia.

Entretemps, un autre homme était sorti de l'arrière de la voiture. Il avait un regard de sadique.

- Ahmed, vous pouvez rentrer à la villa, je vais garder Sadok avec moi.

Ahmed, encore une fois, n'apprécia pas du tout le ton autoritaire du jumeau. Mais il se garda de faire une réflexion. Il était bien content de s'éloigner du souterrain. Il savait ce qui allait s'y passer !

La voiture s'éloigna rapidement et Lotfi se sentit plus à l'aise. Le jumeau crut bon d'insulter encore une fois Nejib avant d'entrer dans le souterrain, accompagné de Rosemary et de Sadok.

Lotfi attendit une dizaine de minutes avant de mettre son plan à exécution. Il savait que les jumeaux ne quitteraient pas Rosemary Bartell, trop importante pour rester une seconde sans surveillance. De plus, tous les invités semblaient être arrivés, donc il n'y aurait plus de mouvement à l'extérieur.

Il revint doucement sur ses pas, grimpa à nouveau sur le haut de la colline, passa son burnous et fit un grand détour. Il se mit à siffloter. Il voulait donner l'impression qu'il passait par là, tout à fait innocemment… Pourtant, tous ses muscles étaient prêts à l'act

Chapitre 25

Vendredi 25 janvier, soirée

Un silence de plomb régna bientôt dans la salle souterraine, seulement éclairée par les torches accrochées aux murs. Les grandes ombres qui se promenaient sur les parois du souterrain se figèrent.

Pierre Malet et ses acolytes comprirent que la cérémonie allait véritablement débuter. Il regarda à droite et à gauche et se rassura de voir que Darlene, Frank et l'agent Cléry se trouvaient près de lui. Il avait la complète responsabilité de cette mission, orchestrée directement par Paris, et il ne devait pas faillir.

On leur demanda fort courtoisement de passer dans la salle voisine dont l'accès était jusqu'alors entravé par des cordons rouges tenus en leurs extrémités par des piliers métalliques.

Les disciples de l'Ordre se déplacèrent en ordre et se retrouvèrent dans une salle plus grande et plus haute... La peinture murale antique qui représentait un notable accompagné de ses deux scribes avait été soigneusement nettoyée pour la rendre plus visible, tout comme la céramique du sol, ornée de scènes de flore et de faune.

Au fond de la pièce, la statue de Baal Hammon, dont la tête atteignait presque le plafond en voute, montrait ses flancs ouverts et noircis où un feu crépitait... Devant la statue, un autel de pierre aux veines rougies par le sang d'anciens sacrifices, semblait attendre une nouvelle victime.

Himilkat avait demandé aux jumeaux Leith et Youssef de préparer l'âtre de la statue de Baal Hammon... Des bûchettes de bois avaient été préparées près de l'autel.

Toutes les fumées s'échapperaient par le trou d'évacuation que Leith et Youssef avaient réparé. Des essais avaient été faits en début de semaine pour s'assurer de la performance de l'évacuation de la fumée.

Les flammes de l'âtre conjuguées à celles des torches donnaient l'impression que les personnages antiques peints

433

sur les murs se mouvaient. Une odeur mélangée de myrrhe et d'encens s'échappait par des grands encensoirs posés près de l'autel et renforçait le caractère mystique du lieu.

Darlene Randwick avait eu l'impression d'entrer dans un souterrain enveloppé d'ombres inquiétantes et hanté par des fantômes du passé.

Pierre Malet fit signe à ses trois complices de se placer le long du mur, à l'arrière du souterrain, près de la sortie...Il compta un peu moins d'une soixantaine de disciples...

- Le Maître va bientôt arriver, lui confia sa voisine. Je suis tellement contente d'être là. Pas vous ?

Alcyade se pressa de lui répondre par l'affirmative en allant même à lui dire que c'était, pour lui, un grand jour.

Il put lire son nom : Cysté. Elle parlait avec un fort accent américain... et lui avec un fort accent français lorsqu'il s'exprimait en anglais.

Un silence se réinstalla progressivement, bientôt troublé par une musique lancinante venue de nulle part... D'abord très basse, la musique, provenant d'un tambour en tonneau, s'éleva doucement, bientôt accompagnée par un chant répétitif et monotone en langue punique, telle une mélopée. Les paroles étaient incompréhensibles pour Pierre Malet et ses complices, mais bien claires pour les membres de l'Ordre qui les avait apprises par cœur.

Les disciples commencèrent à chanter à leur tour. Leurs têtes allaient et venaient dans un dodelinement en forme de huit. Darlene et Frank, bercés par cette mélodie, se joignirent au mouvement, bientôt imités par Pierre Malet et Cléry.

- Il ne faut pas nous faire remarquer, pensa Frank Duncan, et nous devons faire exactement ce que font les autres.

La musique et le chant cessèrent subitement. Toutes les têtes se tournèrent en même temps dans un seul élan lorsqu'une voix grave et forte annonça l'arrivée d'Adonibaal, Maître de l'Ordre des Disciples de Baal Hammon et Serviteur Suprême du dieu Baal Hammon.

Un chemin se creusa naturellement parmi les disciples pour laisser passer leur Maître : les têtes se courbaient à son passage et une nouvelle louange, courte et rythmée, fut chantée par l'assemblée en l'honneur d'Adonibaal.

Dans sa toge pourpre, le Grand Maître avait belle allure. Il était cagoulé et coiffé d'un bonnet pointu à la mode punique. Aucun nom ne figurait sur sa tunique, il était le Maître !

Pierre Malet remarqua les deux jumeaux qui le suivaient. Ils restèrent près des disciples à ceinture pourpre, regroupés dans les premiers rangs.

Adonibaal se plaça entre la statue de Baal Hammon et l'autel de pierre. Une estrade avait été installée. Il ne dit rien de longs instants, se contentant de fixer à travers sa cagoule, ses dévoués membres qui lui faisaient face.

Darlene se rapprocha de son cousin Frank. Elle n'en menait pas large, tout en sachant que les trois hommes la protègeraient en cas de danger.

Elle se demandait si elle ne rêvait pas : se retrouver au milieu d'une telle faune d'individus qui s'apprêtait à sacrifier une petite fille... Son inquiétude grandissait, car Rosemary Bartell ne semblait pas faire partie de la cérémonie. Elle l'imagina enfermée dans un cachot humide ou... Non, elle ne voulait pas penser au pire !

Frank Duncan regardait lui aussi dans toutes les directions. Ses pensées allaient à Dali et à Gunther ; il réalisait que leurs assassins se trouvaient là, tout autour de lui. Inquiet tout comme Darlene, il ne connaissait pas exactement les plans de Pierre Malet, mais comprenait qu'il allait se passer quelque chose à un moment donné. La trentaine de policiers, cachée tout autour du souterrain, le rassurait.

Le Maître prit la parole, sa voix résonnait étrangement dans le souterrain... Youssef et Leith, les deux jumeaux, se trouvaient maintenant en bas de l'estrade et observaient attentivement l'assemblée.

- Chers membres de notre Ordre des Disciples de Baal Hammon, acclamons tout d'abord notre dieu...

En se retournant vers la statue de Baal Hammon, juste derrière lui, Adonibaal commença à déclamer une prière en punique ancien. Sa voix, forte et mélodieuse, marquée d'un léger écho, résonnait à travers toute la salle souterraine.

Tous les disciples baissèrent la tête en signe de soumission. Pierre Malet et ses complices les imitèrent.

Le Maître termina sa prière et se courba longuement devant la statue du dieu. Il se releva et prononça encore quelques paroles en punique ancien. A part Pierre Malet et ses acolytes, tout le monde semblait comprendre ce qu'Adonibaal disait.

L'orateur commença un long discours en anglais. Il remercia les disciples présents et souligna l'importance et le haut rang de certains d'entre eux. Pierre Malet pensa qu'il faisait référence à ceux qui portaient la ceinture pourpre, placés au premier rang.

Puis, tour à tour, de manière très habile et sur un ton des plus accrocheurs, il félicita, fustigea, réprimanda, encouragea les actions de l'Ordre, poursuivies à travers le monde. Il ne nomma personne, mais en citant les pays ou les régions, chacun se reconnut.

Pierre Malet, à travers les rapports faits par ses adjoints, savait que l'assemblée qui assistait ce soir à la cérémonie, venait des quatre coins du monde, avec une majorité en provenance des États-Unis.

- Aujourd'hui, tous nos disciples doivent être plus resserrés que jamais, car nos ennemis nous guettent de toutes parts... Même si nos moyens sont inépuisables, nos ramifications innombrables et nos processus de fonctionnement de plus en plus performants, nous devons nous méfier de tous, même de ceux ou celles qui nous semblent les plus inoffensifs...

Le Maître se retourna vers les jumeaux qui comprirent. Ils se dirigèrent vers la sortie du souterrain, frôlèrent Darlene et Frank, et revinrent quelques instants plus tard, accompagnés d'une personne cachée sous une tunique de couleur vert bouteille. Elle était cagoulée et portait une ceinture noire. Au contraire de tous les disciples, elle ne portait pas de bonnet conique. Les jumeaux la soutenaient pour marcher.

Tous les disciples se retournèrent et poussèrent un cri : ils connaissaient la signification de la couleur de la tunique, réservée aux ennemis de l'Ordre et aux traîtres.

Pierre Malet, lui aussi, comprit la signification. Il en fit part discrètement à Cléry qui passa le message à Frank et à Darlene...

Lentement, les jumeaux traversèrent la salle souterraine et accompagnèrent la personne cagoulée jusqu'à l'estrade où attendait le Maître de l'Ordre.

- Merci, Messieurs... Je vous parlais des ennemis de notre Ordre, je vais tout de suite vous en présenter un ou plutôt une... D'un coup sec, il enleva par le haut la cagoule.

- Je vous présente Madame Rosemary Bartell... Vous avez dû entendre parler d'elle si vous êtes britannique.

Darlene Randwick ne put s'empêcher de pousser un petit cri lorsqu'elle reconnut son amie. Tous les disciples, autour d'elle, se retournèrent dans sa direction dans un seul mouvement, mais se remirent vite à écouter leur Maître.

Si Darlene avait pu voir le regard acéré de Pierre Malet caché derrière sa cagoule, elle aurait pu réaliser son degré d'énervement.

Rosemary Bartell écarquillait des yeux. Elle semblait ne pas comprendre ce qu'elle faisait là, dans ce souterrain éclairé par des torches, en face de gens habillés bizarrement et tous cagoulés. Bâillonnée par un morceau de tissu, les mains liées dans le dos, elle affichait une mine défaite. Décoiffée, semblant peu à l'aise dans sa tunique trop longue pour elle, Rosemary Bartell se tenait pourtant aussi droite qu'elle le pouvait et semblait défier ses ennemis.

Frank et Darlene, malgré la gravité de la situation, se sentaient rassurés de voir leur amie en vie. Même si elle ne paraissait pas au mieux de sa forme, Rosemary Bartell se tenait bien là devant eux.

- Ne vous fiez pas à sa silhouette grêle et fragile de vieille dame distinguée. Rosemary Bartell est rusée, intelligente et particulièrement perfide. Elle voulait nous nuire, mais nous l'en avons empêchée. Elle comprendra bientôt ce qu'il en coûte de s'attaquer à notre Ordre...

Le ton était plein de sous-entendus inquiétants. Rosemary Bartell ne put s'empêcher de frissonner. Elle gardait au fond d'elle-même un infime espoir d'être secourue, mais elle pensait aussi que l'Ordre pouvait se débarrasser d'elle à sa guise.

- Madame Bartell n'est qu'un exemple, poursuivit le Maître... Ne lui donnons pas plus d'importance qu'elle n'en a réellement. Son mari, en son temps, nous avait également ennuyés, mais bon, c'est une autre histoire... Je voulais juste vous montrer, chers frères et chères sœurs, que nous restons forts et soudés et que des gens comme Madame Bartell ne représentent que de vulgaires broutilles.

Rosemary Bartell fixa le Maître méchamment. Son bâillon la serrait trop et elle ne se sentait pas bien.

- Passons à des choses plus sérieuses et félicitons nos frères et nos sœurs pour leur promotion dans la hiérarchie de notre Ordre.

Pendant une quinzaine de minutes, les membres appelés par le Maître étaient venus le rejoindre derrière l'autel de pierre. Chaque membre dénouait sa ceinture de couleur ocre et la remettait à Adonibaal qui la déposait, déroulée, sur l'autel.

Leith, à chaque fois, lui amenait, à deux mains, une ceinture pourpre que le Maître prenait pour la nouer autour de la taille du membre promu. Après une longue révérence envers la statue du dieu Baal Hammon et une autre face à Adonibaal, le disciple de Baal Hammon regagnait sa place sous les salutations empressées de ses collègues.

Le cérémonial de remise des ceintures semblait terminé et Leith ramassa une à une les ceintures ocre posées sur l'autel. Lui aussi salua longuement le dieu et son Maître avant de disparaître dans un coin sombre de la salle souterraine.

- Frères et sœurs, vous comme moi, vivons pour notre dieu Baal Hammon qui nous couvre de ses bienfaits. Nous sommes les seuls dans ce monde à continuer à l'honorer. Ne croyez surtout pas que notre dieu avait été vite oublié dans l'antiquité. Des preuves attestent que son culte était toujours bien présent au 11ème siècle après Jésus-Christ... La langue punique vit toujours dans nos langues actuelles et elle palpite dans le dialecte de ce pays, l'arabe tunisien. Ceux qui honorent Baal Hammon, notre Maître absolu, passent des vies riches et protégées.

Le maitre s'arrêta un instant et regarda en direction du fond de la salle...

▼ ▼ ▼ ▼

Tout doucement, les jumeaux s'éloignèrent de Rosemary Bartell pour se diriger vers le fond de la salle. Le silence s'imposa encore une fois, car tout le monde se demandait pourquoi ces deux forces de la nature se dirigeaient ainsi vers le fond de la salle, repoussant presque violemment les disciples qui se trouvaient sur leur chemin.

Astyage, Himilcon, Naes et Melchus n'en menaient pas large en regardant les jumeaux s'approcher d'eux inexorablement.

Le Maître parla à nouveau :

- Ce soir, je voudrais particulièrement reconnaître les mérites de notre disciple Astyage... Leith et Youssef, pouvez-vous nous le ramener en pleine lumière ?

Brutalement, les deux jumeaux se saisirent d'Astyage... Darlene, Frank et Cléry virent Pierre Malet, caché sous le nom d'Astyage, ramené de force au-devant de la salle.

- Mesdames et Messieurs, nous avons parmi nous, ce soir, un invité de marque : il vous dit s'appeler Astyage, mais en fait il s'appelle...

Enlevant d'un seul geste la cagoule, le Maître finit sa phrase :

- Pierre Malet ! Il est le représentant en Tunisie de la Sûreté Générale française,

Des *oh !* de stupeur s'échappèrent de toute l'assemblée. Mouni, à droite d'Adonibaal, laissa échapper un juron à l'encontre de l'intrus. Amitis traduisit sa stupéfaction dans une langue étrangère, inconnue de tous.

Les jumeaux sortirent une cordelette et lièrent les mains de Pierre Malet dans le dos.

- Encore une preuve, chers disciples, de notre invincibilité... Les malheureux et pitoyables essais de nos ennemis, pour nous nuire, ne réussiront jamais... Nous aurons toujours une foulée d'avance sur eux. N'ayez jamais aucun souci, personne ne nous atteindra ! Eh oui, Monsieur Malet, nous sommes également au Tunisia Palace et nous vous observions tout particulièrement !

Darlene Randwick salua la prudence de Pierre Malet qui avait tenu à ce que les quatre acolytes entrent séparément au Tunisia Palace. La surveillance de l'Ordre s'était concentrée sur Pierre Malet.

Rosemary Bartell baissa la tête. Elle savait que ses chances de s'en sortir diminuaient d'heure en heure. Par contre, elle ne faisait qu'observer Adonibaal, tout près d'elle. Sa silhouette enveloppée lui rappelait quelqu'un. Ses pensées furent interrompues par le bruit de la gifle que venait de donner Adonibaal à Alcyade.

Le pauvre Pierre Malet en perdit l'équilibre et fut immédiatement relevé par les jumeaux pour que le Maître puisse le frapper une seconde fois...

Du sang jaillit cette fois, car Adonibaal avait choisi de le frapper avec son imposante bague, trop grosse pour son annulaire boudiné.

Rosemary Bartell crut défaillir : elle avait reconnu, à la lumière des nombreuses torches, la bague qui ornait le doigt de l'homme hautain de la photographie caché dans le manuscrit de son défunt mari.

- Mon Dieu, je me rappelle maintenant où j'ai vu cette bague... C'était à Brandys Bay, en octobre dernier, dans le salon de Lord Anton. Je l'avais remarquée sur le doigt de... Non, c'est impossible, je dois me tromper...

Adonibaal se retourna vers Rosemary Bartell. Il avait noté, en se retournant, son intérêt pour sa bague :

- Vous vous intéressez à nos rites, Madame Bartell... Sachez que chacun de nos disciples reçoit cette bague à son intronisation. Elle nous permet de nous reconnaître les uns les autres.

Rosemary frissonna. Elle ne pouvait le croire.

▼ ▼ ▼ ▼

- Chers disciples, ne nous laissons pas divertir par ces vils ennemis qui paieront très cher pour avoir osé attaquer notre Ordre. Commençons maintenant notre cérémonie et offrons à notre dieu Baal Hammon le plus beau des sacrifices...

Darlene et Cléry n'osaient pas se regarder à travers les fentes de leurs cagoules. Ils commençaient à comprendre que l'Ordre ne les avait pas remarqués, concentrés sur les allées et venues de Pierre Malet. Heureusement, ils n'étaient pas arrivés en même temps au Tunisia Palace. De plus, leurs déguisements leur avaient permis de ne pas se faire reconnaître en arrivant à l'hôtel...

Darlene Randwick réalisa qu'elle et ses acolytes devaient terminer leur mission sans Pierre Malet.

A l'annonce du début de la cérémonie, des oh ! et des cris de stupeur se firent encore entendre : deux disciples de niveau inférieur amenaient, sur un brancard antique, en bois et en toile, un corps inanimé... Sans la voir, Cléry et Darlene surent que c'était Habiba. Ils ne savaient pas si elle était vivante ou morte. En tout cas, elle ne semblait pas bouger.

Le brancard fut placé devant la statue de Baal Hammon dont les entrailles rougeoyaient

Adonibaal commença une longue prière en langue punique. A certains moments, les disciples se prosternaient devant leur dieu et chantonnaient une mélopée.

Après une dizaine de minutes, Adonibaal s'exprima de nouveau en anglais :

- Seigneur Baal Hammon-Hammon, maître de notre univers, et sa face, Tanit, nous te remercions de tes largesses, nous te craignons et nous te vénérons comme notre dieu unique, régissant les forces des hauteurs... Nous déposons à tes pieds, en cette nuit de pleine lune, ô Baal Hammon-Hammon, notre offrante vivante que nous sacrifierons pour toi et dont nous déposerons les cendres sur ton Tophet Sacré.

Les jumeaux s'approchèrent du brancard pour saisir le corps inanimé de Habiba...

- Mes disciples, après nos prières, nous sortirons de la pièce, sauf six membres de haut rang qui m'assisteront pour ce sacrifice. J'ai choisi Himilkat, Mouni, Yatonbaal, Bodachtar, Abdechmoun et Calliope. Nous prierons et laisserons notre Dieu consumer l'enveloppe charnelle de notre offrande. Le paradis de Baal Hammon va s'ouvrir à elle. Sur cette terre, elle n'aura connu que maladie, absence et privations. Elle ne sentira rien, elle dort profondément. Vous, disciples de Baal Hammon, de belles surprises vous attendent dans d'autres pièces de ce souterrain, maison d'Abibaal aux temps glorieux de Carthage. Mais avant, prions...

Rosemary ferma les yeux. Elle avait reconnu Habiba lorsque le brancard était passé devant elle, tout comme Pierre Malet qui sentait le sang couler sur son visage.

Darlene Randwick tourna sa tête vers Frank Duncan et l'agent Cléry. Ils savaient qu'ils allaient intervenir, mais elle ne savait pas comment...

Soudain, alors que les jumeaux recouvraient Habiba d'une couverture de laine pourpre, l'agent Cléry, alias Malchus, sortit son sifflet de police et courut vers la sortie du souterrain, en bousculant de nombreux disciples sur son passage. Il monta à moitié l'escalier en sifflant et en criant *police, police*...

La panique secoua aussitôt l'assemblée... Ils avaient tous compris le mot *police*... Presque tous les membres, tous connus dans les sphères internationales, n'avaient aucune envie de se retrouver à la une de toutes les manchettes des quotidiens de par le monde. Ils devaient sortir de ce piège par tous les moyens.

En quelques secondes, une marée humaine voulut sortir par l'étroite ouverture de l'arrière de la pièce, par où ils étaient entrés. Les disciples hurlaient et criaient en se poussant à qui mieux mieux. La petitesse de l'escalier ne facilitait pas leur tâche. Ils réalisaient vite qu'ils tomberaient entre les mains des policiers armés qui les attendaient en haut des marches... Se sentant pris au piège, certains des disciples se décagoulaient pour prouver leurs identités et leurs immunités, quand ils le pouvaient. D'autres essayaient de rebrousser chemin, mais n'y parvenaient pas, stoppés par l'agent Cléry qui les menaçait avec un pistolet qu'il avait pu cacher sous sa tunique.

Un haut ecclésiastique du Vatican allait en référer au Pape, un ambassadeur à son ministre des affaires étrangères tandis qu'un industriel jurait par tous les dieux qu'il causerait un incident diplomatique sans précédent avec la France… D'autres s'excusaient déjà et prétextaient qu'ils avaient cru se rendre à une soirée costumée ! Un groupe d'Américains invectivait Adonibaal et lui demandait des comptes, en clamant haut et fort qu'ils avaient été floués par cet imposteur.

Entretemps, une quinzaine de policiers avait descendu l'escalier et encerclait les disciples qui semblaient perdus. Beaucoup continuaient à retirer leurs cagoules et préféraient se rendre aux policiers.

Armées de pistolets et de fusils, les forces de l'ordre obligèrent les membres de l'Ordre à sortir de la salle de sacrifice et à attendre en bas de l'escalier.

Adonibaal, trop sûr de lui, n'avait pas prévu assez d'agents de sécurité pour protéger ses disciples.

Sans aucun ménagement, en haut de l'escalier, tous les membres étaient menottés, y compris les femmes qui simulaient des évanouissements pour ne pas se laisser attacher. Des renforts de police avaient surgi de nulle part. et appliquaient les consignes reçues avec zèle : arrêter tous ces curieux personnages et les emmener immédiatement au commissariat de police de La Marsa.

Darlene Randwick et Frank Duncan, entraînés contre leur gré dans cette marée humaine, réussirent à enlever leurs cagoules afin qu'ils puissent être reconnus. Par chance pour eux, l'agent Cléry les aperçut et fit en sorte qu'ils ne furent pas emmenés avec le reste des membres de l'Ordre.

Darlene reconnut également, avec plaisir, Lotfi, le chauffeur des Barnes. Il avait réussi à descendre l'étroit escalier pour aider l'agent Cléry. Il tenait un pistolet à la main, celui qu'il avait emprunté à Nejib. Le pauvre vigile n'en avait plus besoin, Lotfi l'avait assommé dès qu'il s'était approché de lui.

- Content de vous revoir, Madame Randwick. Mais où est Madame Bartell ?

Frank ne répondit pas directement à sa question :

- Lotfi, prenez soin de ma cousine. Je retourne pour aller chercher Rosemary et Pierre…

Frank retourna dans la salle de cérémonie… Un calme angoissant régnait maintenant et il sut rapidement pourquoi : il pouvait apercevoir Rosemary Bartell et Pierre Malet, placés sous la menace des pistolets d'Adonibaal et de Mouni. Un autre membre se trouvait derrière Mouni.

Une ceinture de dix policiers, également armés, ne bougeait pas. Ils avaient reconnu Rosemary Bartell et Pierre Malet. Ils savaient qu'ils ne pouvaient pas jouer avec leur vie.

Frank Duncan s'approcha doucement, malgré les gestes d'injonction des policiers qui lui demandaient de ne plus avancer. Il passa outre et se trouva bientôt près de la ceinture de police.

- Vous ne m'approchez pas, messieurs les policiers, clama Adonibaal. Si vous faites un seul pas vers moi, nous abattrons immédiatement Rosemary Bartell et ce bon Pierre Malet, juste après. Je vais me diriger tranquillement vers la sortie arrière et vous n'allez rien faire.

Pour montrer qu'il ne plaisantait pas, le Maître approcha son pistolet de la tempe de Rosemary. Il se tourna et chercha des yeux les jumeaux, mais en vain. Ils avaient disparu.

- Les chiens, ils m'ont abandonné à la première tempête. Ils vont me le payer, maugréa Adonibaal.

Frank regarda autour de lui pour juger la situation : dix policiers et lui-même d'un côté, quatre disciples encore cagoulés de l'autre côté – *sans doute des fidèles du Maître* - plus Adonibaal et ses deux acolytes. Entre eux, la pauvre Rosemary et Pierre Malet qui saignait abondamment au visage.

Entendant des pas derrière lui, Frank se retourna et leva les yeux au ciel : Darlene Randwick était revenue dans la pièce, accompagnée de l'agent Cléry. Les policiers leur envoyèrent des regards furieux.

- Je n'ai pu rien faire, Monsieur Duncan. Madame Randwick voulait absolument être près de son amie.

Frank Duncan haussa les épaules et fusilla du regard sa cousine qui n'y porta aucune attention.

- Mon Dieu ! Que les femmes peuvent être assommantes quand elles s'y mettent...

Il n'eut pas le temps de poursuivre ses pensées, pas très charitables pour la gent féminine.

Au moment où le Maître se retournait vers Rosemary Bartell, l'un des quatre disciples toujours cagoulés, du nom de Sicharbas, prit son élan et sauta sur Adonibaal en poussant un cri de guerre. Surpris par cette action de l'un des siens, le Maître perdit l'équilibre. L'assaillant, sans doute un homme à cause de sa forte carrure, le plaqua à terre pour éviter qu'il ne se relève. Un autre membre, Himilkat, tenta de le repousser, mais fut aussitôt arrêté dans sa course par un policier.

Mouni poussa un cri qui résonna dans tout le souterrain… Alors que le traître de l'Ordre ceinturait Adonibaal et qu'il lui offrait son dos, Mouni tira à trois reprises sur lui, le visant deux fois au bas de la tête et une fois dans la colonne vertébrale. *Un travail de professionnel*, diront plus tard les policiers.

L'homme, sûrement mort, glissa lourdement près d'Adonibaal qui n'avait pas l'air de réaliser ce qui arrivait… Trois policiers s'étaient déjà précipités sur lui tandis que deux autres avaient ceinturé Mouni qui ne semblait plus opposer de résistance : son Maître était toujours vivant et cela lui suffisait. Elle jeta son arme devenue inutile.

L'autre disciple, qui se cachait derrière Mouni, leva les bras en signe d'abdication.

Frank Duncan, voyant que tous les policiers étaient maintenant occupés à menotter tous les disciples présents, alla vers Rosemary et la prit par le bras pour l'éloigner du tumulte. Il lui enleva d'un geste son bâillon et dénoua ses liens.

Darlene Randwick se précipita vers eux, tout en remerciant Dieu et tous ses saints.

- Rosemary, vous m'avez fait tellement peur…

Elle se mit à pleurer. Rosemary n'eut même pas le temps de se masser les poignets pour refaire circuler son sang. Elle la prit dans ses bras pour la consoler en lui répétant qu'elle allait bien et que tout était maintenant fini. Frank remarqua encore la force de caractère de l'amie de sa cousine. Aucune larme ne coulait sur son visage et il sentait qu'elle était en train de retrouver tous ses esprits.

Pierre Malet, également libre de ses mouvements, vint les rejoindre, le visage en sang. Dans la salle de cérémonie, il ne restait plus qu'Adonibaal, Mouni et Amitis, toujours cagoulés et menottés. Cinq policiers les surveillaient, arme à la main.

La petite Habiba, toujours inconsciente, avait été examinée par un médecin militaire qui avait accompagné les policiers. Il confirma que ses jours n'étaient pas en danger, elle était juste endormie, sans doute droguée par des somnifères.

Rosemary et Darlene se penchèrent sur son brancard et furent émues par son air angélique. Elles ne purent s'empêcher de l'embrasser sur le front et de recommander aux policiers et au médecin de s'en occuper au mieux.

- Ne vous inquiétez pas, Mesdames, nous allons emmener Habiba à l'Hôpital Civil Français pour la mettre sous surveillance médicale durant quelques jours. Ses parents pourront venir la voir dès demain matin.

Darlene et Rosemary ne jugèrent pas opportun de leur préciser qu'il n'y avait pas de père pour la petite Habiba. Elles pouvaient imaginer la joie de Malika lorsqu'elle apprendrait la nouvelle.

Lotfi les avait rejoints, accompagné de l'agent Cléry. Il se permit d'embrasser, par respect, la main de Rosemary :

- Vous êtes une grande dame, Madame Bartell, et je suis honoré de vous connaître.

- Merci, Lotfi, j'imagine que vous, non plus, n'êtes pas resté inactif durant cette soirée.

Pierre Malet s'éloigna pour se rapprocher de l'homme qui avait pu terrasser Adonibaal... Il voulait savoir qui se cachait sous cette tunique, maintenant rougie par le sang de ses blessures, et pourquoi ce disciple s'était retourné contre son Maître.

En voyant Pierre Malet s'agenouiller près du cadavre, tout le monde s'approcha de lui. Les policiers, Rosemary, Darlene, Frank, l'agent Cléry et Lotfi l'encerclèrent et retinrent leur souffle.

Adonibaal voulut s'approcher aussi, mais fut empêché par le policier qui le surveillait.

Le représentant de la Sûreté Générale leva légèrement la tête du cadavre pour plus facilement retirer la cagoule. Il fut le premier à voir le visage de l'homme et ne put cacher son étonnement :

- Inspecteur Lafouèche !

D'un mouvement de tête unique, tous les policiers se retournèrent vers Mouni qui se mit à trembler.

▼▼▼▼

Un regard triste et connivent fut échangé entre Pierre Malet, l'agent Cléry et Frank Duncan.

- Messieurs, annonça Pierre Malet, merci de ramener avec dignité le corps de notre collègue, l'Inspecteur Lafouèche qui a sacrifié sa vie pour sauver Madame Bartell et moi-même. Il a permis de placer, sous les verrous, les membres les plus influents d'une organisation criminelle internationale.

Adonibaal partit d'un grand rire qui parut tout de suite incongru, vu les circonstances :

- Avec dignité ? Mais quelle dignité ! Cet homme faisait partie de mon organisation depuis plusieurs semaines et c'est lui qui m'a permis d'enlever la perruche de Rosemary Bartell.

Pierre Malet lui répondit avec mépris :

- Son dernier geste efface toutes ses fautes et c'est de ce seul geste dont notre administration se souviendra.

Rosemary Bartell se tourna vers Adonibaal :

- Les perruches jacassent beaucoup, Monsieur Adonibaal. Elles jabotent également ou crient tout simplement... Alors vous avez bien choisi mon qualificatif, un peu étonnant dans votre vocabulaire toujours tellement châtié.

Pierre Malet regarda avec curiosité Madame Bartell.

- On dirait que Bartell connaît l'identité d'Adonibaal ... Comment cette vieille dame anglaise pourrait connaître l'identité du Maître de l'Ordre des Disciples de Baal Hammon alors que les services secrets n'en ont pas la moindre idée, se demanda-t-il.

Darlene réalisa que son amie avait froid. Elle retira la couverture de laine qui l'enveloppait et la plaça sur les épaules de Rosemary, toujours affublée de sa tunique verte.

- Madame Bartell, on dirait que vous connaissez personnellement ce monsieur Adonibaal, comme vous l'appelez. Alors, racontez-nous...

- Monsieur Malet, je ne sais pas à quel titre vous vous êtes retrouvé prisonnier de ces vilaines gens. Je connais l'identité du Maître de l'Ordre des Disciples de Baal Hammon ainsi d'ailleurs que mon amie, Madame Randwick et son cousin, Monsieur Duncan. Nous le connaissons depuis Brandys Bay et il nous avait toujours fait une excellente impression.

Frank et Darlene se regardèrent, intrigués. Qui se cachait sous la tunique d'Adonibaal ?

Rosemary se dirigea vers Adonibaal et d'un geste sec, retira sa cagoule. Il n'était pas plus grand qu'elle. Ce fut chose facile.

- Maître Jeremy Temple !

Darlene Randwick, sonnée par la nouvelle, ouvrit la bouche en guise d'étonnement et ne la referma que quelques secondes plus tard. Lorsqu'elle vit que Rosemary se dirigeait vers Mouni pour enlever sa cagoule et qu'elle découvrit le visage de Julia Harton, elle crut s'évanouir et dut se raccrocher à son cousin, tout aussi ébahi qu'elle.

▼▼▼▼

Jeremy Temple ne se départit pas de son calme et eut même l'audace d'afficher le même air hautain que prit Julia Harton.

- Oh ! Mon Dieu... Je me rappelle maintenant... La photographie que vous avez retrouvée dans le manuscrit d'Howard... C'est à Jeremy Temple que cet homme me faisait penser, mais je n'avais pas fait le rapprochement, réalisa Darlene Randwick

- Oui, et cela est normal, car l'homme de la photographie est le père de Jeremy Temple, Albert Temple, Maître Fondateur de l'Ordre. Nous avions vu son portrait dans le bureau de Jeremy à Londres... Vous remarquerez que Jeremy est un fin acteur, il arrive même à changer son intonation de voix lorsqu'il entre dans son personnage d'Adonibaal. Et sa toge très large lui permet de cacher ses rondeurs et son embonpoint.

Malgré les circonstances, Jeremy Temple ne sembla pas heureux qu'on parlât devant tout le monde de son embonpoint :

- Écoutez-moi bien, Madame Bartell Je Sais Tout... Notre Ordre est un tentacule, tellement puissant et immense, que vous n'arriverez jamais à l'éradiquer. Certes, nous allons connaître une ou deux années difficiles, mais nos disciples vont renaître de leurs cendres. Croyez-moi, ils ont tout à gagner ! Des gouvernements entiers sont impliqués dans notre Ordre. Alors, vous croyez qu'en m'arrêtant, vous allez signer la fin de notre organisation... Je suis désolé, Madame, vous n'y arriverez pas et nos puissants avocats vont nous défendre. Je n'ai même pas peur de votre justice. Il va s'avérer difficile de trouver des preuves sans bousculer l'ordre mondial.

Madame Bartell ne daigna pas lui répondre. Pierre Malet demanda à ses policiers d'emmener tout ce petit monde au Commissariat de La Marsa.

- Une toute petite seconde, Monsieur Malet. Je crois que vous oubliez le dernier membre encore cagoulé, Amitis, qui se cache derrière Julia Harton. Cette fois, je vous dis franchement, je n'ai aucune idée sur son identité. Je suis

447

persuadée que c'est une femme craintive. Je l'observais du coin de l'œil. Sa gestuelle traduit sa peur de se trouver ici.

Sans plus tarder, Rosemary Bartell se dirigea vers Amitis. Elle eut un peu de mal à lui enlever sa cagoule, car elle était d'une taille bien supérieure à la sienne.

En se haussant sur ses pieds, elle réussit à enlever la cagoule et ne put réprimer un cri d'effroi :

- Édith Steinway ! Édith Steinway... Mais que faites-vous avec ces gens ?

Darlene, cette fois, ne fut pas étonnée. Elle la détestait cordialement. Quant à Frank et Pierre Malet, ils semblaient aussi surpris que Rosemary.

Édith, fidèle à ses habitudes, oublia ses craintes et retrouva toute sa hargne :

- Vous n'êtes qu'une vieille folle, Rosemary Bartell. Je regrette que nous n'ayons pu nous débarrasser de vous au Tophet de Carthage. C'est moi qui vous avais poussée dans le trou, mais malheureusement, la chance est toujours du mauvais côté. Allez en enfer...

Les policiers l'emmenèrent alors qu'elle continuait à invectiver Rosemary dans une langue inconnue.

- Je suis déçue, je pensais trouver Patricia de Launay, notre chère gouvernante... Je suis persuadée qu'elle est l'une d'entre eux...

- Vous avez tout à fait raison, Madame Randwick. Nous l'avons arrêtée ce soir chez les Barnes pendant la cérémonie. Elle va rester de longs mois en prison, car il est probable que c'est elle qui a assassiné son patron, au Caire, sur les ordres de Jeremy Temple.

Rosemary Bartell s'assit sur un rebord de pierre. La fatigue l'avait assénée d'un coup et elle exprima son désir de rentrer à la villa Barnes pour boire une bonne tasse de thé, enlever cette horrible tunique verte, prendre un bon bain et dormir au moins douze heures.

- Allons-y, ma douce Rosemary, recommanda Darlene en l'aidant à se relever. Robert et Moira doivent vous attendre. Moi aussi, je n'en peux plus de ce souterrain humide et malfaisant.

▼ ▼ ▼ ▼

Chapitre 26

Rosemary Bartell avait dormi d'une seule traite. Accueillie, lors de son retour à la villa, par Robert et Moira Barnes, elle avait annoncé qu'elle voulait monter directement dans sa chambre pour se reposer.

Quelques instants plus tard, Moira avait monté, elle-même, un plateau dans la chambre de Rosemary, avec une théière fumante, quelques sandwiches au concombre et des biscuits.

Rosemary avait apprécié l'attention, car en fait, elle avait très faim. Elle prit un long bain bien chaud tout en sirotant son thé et se coucha vite... Il n'avait pas fallu plus de cinq minutes pour qu'elle s'endorme.

Lorsqu'elle descendit vers onze heures au salon, elle eut la surprise de trouver tous ses amis qui l'attendaient : Robert et Moira, Darlene et Frank, Pierre Malet et Lynnett Bowridge... L'agent Cléry et Lotfi, le chauffeur, avaient également été conviés par les Barnes.

Rosemary remarqua aussi avec plaisir la présence de Chaima, accompagné de son ami de cœur, Elyes. Elle apprit plus tard que Moira Barnes l'avait engagé en qualité de chef jardinier et que les parents de la domestique avaient accepté l'idée de leur mariage.

Toute l'assemblée nota une fois encore son extrême élégance : habillée d'une robe de velours noir aux larges emmanchures gainées d'astrakan et chaussée de talons assortis, Rosemary avait choisi de sortir ses bijoux d'inspiration égyptienne, très à la mode. Elle portait une magnifique broche rectangulaire en forme de scarabée et un bracelet serti d'onyx et d'éclats de rubis et d'émeraude.

Toujours observatrice, Rosemary remarqua l'absence de Nathaniel Steinway, sans doute près de son épouse, et de Malika qui devait se trouver au chevet de sa fille Habiba. Elle savait que Cécile Malet était en route vers Paris.

Darlene Randwick, très élégante avec sa robe grise en crêpe de chine de Cheruit, se précipita sur elle dès qu'elle entra au salon et l'embrassa affectueusement. Des applaudissements fusèrent de tous les coins de la vaste pièce pour l'accueillir.

- Je ne mérite pas toute cette attention, protesta humblement Madame Bartell. Je n'ai rien fait du tout et tout le mérite revient à la police et à mes amis qui ont bravé le danger pour venir délivrer la petite Habiba et ma modeste personne.

Personne ne voulut entendre les protestations de Rosemary qui fut priée de s'asseoir dans le fauteuil, près de la cheminée ronronnante. La température avait encore baissé et il avait recommencé à pleuvoir. Tous les poêles de la villa, ainsi que les cheminées, fonctionnaient à plein régime.

Rosemary comprit que tout le monde attendait des explications sur cette affaire des meurtres de Carthage. Cette ambiance lui rappelait encore celle du manoir de Lord Anton...

Pierre Malet, très chic dans un costume gris anthracite, assis en face de Rosemary, prit la parole dans un silence presque religieux. Seuls, les craquements de l'âtre de la cheminée et le tapotement des gouttes de pluie contre les carreaux troublaient le silence.

Pierre Malet prit la parole :

- Je ne suis pas d'accord avec vous, ma chère Rosemary. Nous vous devons beaucoup et encore beaucoup plus que vous ne pouvez l'imaginer. Il est vrai que nous vous avions mis sous une surveillance constante, mais nous ignorions la réelle et profonde implication de l'Inspecteur Lafouèche dans l'Ordre des Disciples de Baal Hammon. Nous avions quelques doutes, mais grâce à ce que l'agent Cléry nous révélait sur les agissements de son supérieur hiérarchique, nous comprenions que nous avions raté quelque chose... Nous n'aurions jamais dû vous laisser aller seule au commissariat... L'Inspecteur Lafouèche en profitait pour vous enlever avec la complicité du chauffeur qui jouait la comédie, mais qui se faisait réellement assommer par les hommes de l'Ordre pour plus de vraisemblance.

Rosemary Bartell approuva et raconta les circonstances de son enlèvement. Elle demanda si Ahmed, son geôlier, avait été arrêté. A la réponse affirmative de Pierre Malet, elle s'exprima sur cet homme qui l'avait suivie depuis Paris :

- Cet homme m'a surpris. Je pense qu'il était en train de réaliser, mais trop tard, qu'il s'était fourré dans un guêpier dont il ne pourrait jamais plus sortir. Il a été très correct avec moi et je sais qu'il a protégé à sa manière Habiba, mais son niveau d'intervention était très bas et sa soif d'enrichissement trop forte.

Des questions fusèrent de partout et Rosemary éclata de rire.

- Je ne peux répondre à vos questions en même temps, mes amis, et la police pourra vous aider mieux que moi. Toutefois, je vais vous expliquer certains détails que j'ai découverts toute seule et que je n'ai pas encore partagés avec la police.

Robert Barnes confia à Rosemary que Pierre Malet leur avait déjà révélé pas mal de détails et reparla du secret de Gunther Vandenhind.

Rosemary Bartell se carra confortablement et but une gorgée de son thé que Karim, le maître d'hôtel, venait de lui servir.

- Le cœur de cette malheureuse histoire, tout comme celle des meurtres de Brandys Bay, prend ses racines dans le passé. Lord Anton en est le dénominateur commun, je suis désolé, Frank.

Frank Duncan sourit à la narratrice. Il connaissait que trop bien les travers de son défunt père.

- Lord Anton Duncan était un membre très actif de l'Ordre. Il en profitait pour faire fleurir ses affaires en Tunisie et en Algérie. De plus, sa grande amitié avec le Grand Maître de l'époque, Albert Temple, père de Jeremy, le privilégiait encore plus. Ses concurrents français le détestaient, mais il s'en moquait. Lorsque mon défunt mari vint travailler près de lui, Lord Duncan voulut l'embrigader dans l'Ordre. Au début, mon mari fut d'accord, mais se rendit vite compte que l'organisation n'était pas le club d'affaires présenté par son ami. Howard confirma son refus et les problèmes commencèrent du fait que Lord Anton en avait trop dit à mon mari. Une brouille entre les deux hommes naquit... Mon mari fut sans doute agressé physiquement par ces voyous. Il eut beaucoup de chance de ne pas être assassiné. Il ne retourna jamais à Londres, malgré mes demandes répétées.

Rosemary reposa sa tasse.

- L'affaire de Brandys Bay, malheureusement, réveilla cette histoire et inquiéta fortement l'Ordre quand elle entendit parler de carnets de souvenirs écrits par mon défunt mari. Pour eux, Howard avait certainement parlé des disciples de Baal Hammon et il fallait à tout prix récupérer ces manuscrits. Obtenir les carnets devint leur obsession, d'où le cambriolage de mon appartement de Londres. Sans doute après que je ne demande de visiter la remise où avaient été empilés les anciens meubles de la villa, le secrétaire qui devait se trouver dans la chambre de mon mari – *la mienne maintenant* - avait été fouillé en vain. Je fus surprise par la gouvernante qui m'extirpa sans ménagement de cete pièce ! La même Patricia de Launay, leur principale informatrice, réussit à me voler le manuscrit, mais réalisa qu'il y manquait trente pages. Trente pages ô combien importantes pour eux, car elles correspondaient au temps du séjour de mon mari à Carthage lorsqu'il se trouvait ici, dans cette villa, avec Lord Anton. Je suppose qu'il ne désirait pas que je sois mise au courant pour me protéger. Je viens de les récupérer, elles se trouvaient dans l'enveloppe remise par le fidèle serviteur de Gunther. Jeremy Temple s'est fait du souci pour rien, car même si Howard cite l'Ordre des Disciples de Baal Hammon, il n'en dit pratiquement rien, à part sa brouille avec Anton. Il ne dit pas un mot de Gunther à qui il avait promis de garder son secret.

Rosemary Bartell sourit légèrement en reprenant sa tasse de thé :

- L'Ordre réalisa certainement qu'ils avaient commis une faute en essayant de me tuer au Tophet, car même morte, le manuscrit, lui, serait toujours présent pour les inquiéter. Édith Steinway me poussa dans le trou, mais je m'en tirais avec une simple foulure du poignet.

Lynnett sursauta à l'annonce de ce dernier détail.

- Vous êtes en train de nous dire, Rosemary, que la Steinway était un disciple de Baal Hammon...

Rosemary Bartell hocha la tête pour toute réponse.

- Oui, Lynnett. Elle prétextait son travail à l'orphelinat pour se rendre à ses coupables occupations, au sein de l'Ordre. Le Commissaire Toutlevent l'a annoncé au pauvre Nathaniel durant la nuit. Même si elle n'était qu'un membre d'ordre inférieur, elle va être inculpée de tentative d'assassinat. Son mari est complètement sonné par la nouvelle. Il est en train de lui chercher un bon avocat. Je pense qu'il n'osera plus jamais se trouver en votre présence, Rosemary.

Moira Barnes avait prononcé ces paroles avec tristesse. Elle savait que son mari était très proche de Nathaniel.

- Nathaniel va s'en sortir, Moira. Je le connais bien. C'est un homme fort et savoir qu'il va se trouver longtemps éloigné de cette harpie ne me déplait pas. Il mérite une meilleure femme.

Toute l'assemblée approuva les paroles de Robert. Édith Steinway n'était guère en odeur de sainteté à la villa Barnes.

Rosemary reprit :

- Jeremy Temple décida de m'enlever et confia la mission à l'Inspecteur Lafouèche...

Là encore, Lynnett Bowridge sursauta. Elle allait parler, mais se ravisa. Elle savait que cette journée lui réserverait d'autres surprises de taille.

- L'Inspecteur Lafouèche avait rejoint les disciples de Baal Hammon depuis quelques semaines, seulement. Il s'était laissé entraîner par l'appât du gain. J'avais remarqué ses moyens financiers lorsqu'il m'avait amené déjeuner au *Rosbif* et dans la qualité de ses vêtements. Je connais les salaires des inspecteurs de la police française, aussi bas que ceux de nos policiers britanniques. A un moment donné de l'enquête, je me rendais compte que quelque chose clochait, mais en fait, je n'arrivais pas à définir ce que c'était. Je donnais confiance à Lafouèche, mais je faisais en même temps de la rétention d'information. Paix à son âme !

Rosemary se rendit compte que les Barnes n'avaient pas été informés de son décès, ni Lynnett. Elle laissa à Pierre Malet le soin d'expliquer sa mort tragique.

Les Barnes et Lynnett Bowridge ne purent même pas réagir : l'Inspecteur Lafouèche tué de sang-froid par Julia Harton !

- Julia Harton ! Je ne peux le croire... Elle nous montrait une gentillesse exemplaire à Brandys Bay.

Rosemary intervint :

- Moira, Julia était aimable et compréhensive avec vous, car elle devait l'être. Elle était commandée par Jeremy Temple qui savait que vous alliez hériter d'une très grosse somme d'argent. Vous lui faisiez totalement confiance. Robert ne regardait même pas ce que Temple lui faisait signer.

Rosemary s'arrêta un instant et vérifia si Karim, le maître d'hôtel était dans la pièce. Non, il était ressorti.

- Frank, c'était bien vous qui étiez visé lorsque le pauvre Dali s'est fait assassiner à votre place. Jeremy Temple avait programmé votre mort pour hériter plus vite de Robert et de Moira dont il se serait sans doute débarrassé dans un faux accident dans quelques semaines.

Robert et Moira Barnes s'agitèrent. Leurs regards exprimaient l'incompréhension. Frank, quant à lui, ne réagit pas, les yeux dans le vague.

- Robert, vous avez nommé Frank en qualité d'héritier après votre décès et celui de votre épouse. Ce que vous n'avez pas dû lire, c'est le codicille qui indique, qu'en cas de mort prématurée de Frank Duncan, et après vos décès, c'est une œuvre de charité qui hérite de votre fortune, plus précisément la Fondation Duncan… Moira m'a permis de lire la copie de votre testament et tout cela est écrit, noir sur blanc. Mais malheureusement, vous n'aviez pas lu avant de signer ce testament qui devenait plutôt votre arrêt de mort. Lady Duncan, la veuve de Lord Anton, donnait également toute sa confiance à Temple qui devait allègrement falsifier les comptes de la Fondation à son profit.

Robert et Moira se regardèrent, interloqués. Ainsi, le brave Jeremy Temple songeait à les éliminer pour hériter de leur fortune.

- Votre fortune est sans doute plus importante que vous ne le pensez, Robert. Je vous conseille de prendre rapidement contact avec vos banquiers à Londres et de voir les placements que Jeremy a faits pour vous. En fait, je pense qu'il gérait très bien votre argent comme il comptait se l'accaparer très bientôt.

Un long silence envahit le salon. Karim entra à ce moment et se dirigea vers la cheminée pour remettre des bûches. La pluie tombait toujours, sans discontinuer.

- Le pauvre Gunther a été assassiné pour éviter qu'il ne parle. L'Ordre se savait menacé à cause de lui et ils n'avaient plus le choix. La mise en scène du faux suicide fut mal conduite par les disciples et Lafouèche fut obligé de reconnaitre qu'il s'agissait d'un crime. Azzedine connut le même sort. Pauvre homme ! Il a tout fait pour me prévenir et en est mort…

- Gunther, interrompit Pierre Malet, avant son assassinat, était talonné par l'Ordre qui avait sans aucun doute découvert sa véritable autorité. Lors de nos interrogatoires, ce matin, une femme avouait qu'elle s'était débarrassée de sa femme de chambre qui avait communiqué des documents compromettants à un certain Chokri, rapidement identifié par l'Ordre comme étant Azzedine. En fait, ce document était une liste de membres de l'Ordre résidant à Tunis. Elle a été remise à Rosemary par Gunther, ce qui va nous permettre de procéder à de multiples arrestations.

Rosemary garda le silence quelques instants. Elle songeait à tout ce qu'Azzedine aurait pu entreprendre dans sa ville natale si l'Ordre ne l'avait pas assassiné.

- Rosemary, qui était cet homme que vous nous aviez montré sur la photographie retrouvée dans le carnet manuscrit de votre mari ? demanda Lynnett Bowridge.

- Le père de Jeremy Temple, Albert Temple, le fondateur de l'Ordre. Raison pour laquelle les disciples de Baal Hammon voulaient absolument récupérer cette photographie. En fait, Lafouèche avait gardé la photographie sous le coude et ne l'avait jamais transmise pour identification à sa hiérarchie. L'agent Cléry l'a récupérée. Il remettait aussi à Jeremy Temple les deux photographies que j'avais trouvées dans l'enveloppe de Gunther : une autre photographie d'Albert Temple et une de mon mari, accompagné de Gunther Vandenhind. Pourrais-je récupérer cette photographie, Monsieur Malet ? C'est le seul souvenir que j'aurais de la période de ce séjour de mon mari à Carthage.

Pierre Malet répondit par l'affirmative. Il la chercherait et lui remettrait personnellement.

- Quant au 9 penché, au dos de la photographie, il représente le signe de l'Ordre. Howard l'avait dessiné là pour faire le lien avec Temple. La bague qu'Albert Temple porte sur la photographie nous rappelait un souvenir... J'ai enfin réalisé que Julia Harton portait la même bague à Brandys Bays et je lui avais demandé ce qu'elle représentait. Elle n'avait pas répondu, bien évidemment.

- Oui, oui, je m'en rappelle très bien, appuya Darlene. Nous étions en train de prendre le thé dans le salon du manoir de Lord Duncan et vous lui avez posé la question. Elle ne l'a jamais repassée à son doigt ensuite.

- Nous devons reconnaître qu'Albert Temple était un homme très intelligent, poursuivit Rosemary. Son idée de fonder un Ordre, composé des personnalités influentes, rhabillé à la sauce punique et doté de rites et de codes qui la font ressembler à une secte ou à une organisation secrète, relève du génie. Les sacrifices aliénaient à tout jamais les disciples de l'Ordre. Temple connaissait les vices de chaque membre. Il les encourageait pour les sentir encore plus à sa merci.

Pierre Malet intervint. Rosemary en profita pour finir sa tasse de thé.

- Nous sommes au courant de l'existence de l'Ordre depuis plusieurs années. La Sûreté Générale travaille conjointement avec le SIS britannique et les services secrets américains... En fait, pour parler franchement, nous n'arrivions pas vraiment à les cerner. Grâce à Rosemary Bartell, ils sont sortis du bois et se trouvent maintenant sous les verrous. Mais ne nous leurrons pas : nous aurons du mal à les éradiquer complètement, leurs ramifications sont trop nombreuses et souvent couvertes par les gouvernements.

Lynnett Bowridge intervint encore une fois :

- Comment Jeremy Temple a-t-il pu ne pas être reconnu ? Les voix se reconnaissent sous les cagoules, non...

- Peu de gens connaissaient l'identité d'Adonibaal à part Julia Harton et un autre membre qui se faisait appeler Himilkat...

- Pardon de vous interrompre, Rosemary. Ce Himilkat, en question, qui se trouvait tout près d'Adonibaal hier soir, est un haut fonctionnaire de l'administration beylicale. Il a tenté de s'enfuir en sortant du souterrain, profitant de l'agitation. Mais il a été rattrapé par le jeune homme ici présent, Lotfi, que je remercie vivement. C'est aussi lui qui a permis à la police d'entrer dans le souterrain en créant une diversion.

Lotfi ne put s'empêcher de rougir devant tous ces regards qui convergeaient sur lui. Il baissa les yeux tout en tripotant la casquette qu'il tenait entre ses mains.

- Monsieur Lotfi, vous pourriez être un excellent policier. Si vous...

Moira Barnes fit un signe négatif de la main :

- Non, non, Monsieur Malet... Lotfi reste chez nous. Nous sommes très heureux de ses services et le métier de chauffeur comporte moins de risques que celui de policier. Je ne vous le donne pas.

Lotfi ne put s'empêcher de sourire et remercia la maîtresse de maison de sa confiance. Darlene et Rosemary eurent un regard de connivence : elles n'imaginaient pas Lotfi travailler pour la police française !

- Pardon, Madame Bartell... s'excusa Pierre Malet.

- Je vous en prie, cher Monsieur Malet. L'aparté était intéressant. Je disais donc que Jeremy Temple pouvait parfaitement ne pas être reconnu du fait qu'il ne montrait son visage qu'à ses disciples les plus proches. J'ai remarqué également qu'il parvenait à changer sa voix et son intonation lorsqu'il campait son personnage d'Adonibaal. L'ample tunique masquait sa silhouette enrobée. Il avait aussi l'habitude de cacher ses véritables déplacements, tout comme Julia Harton, je pense.

- C'est juste, Madame Bartell. Nous avons découvert que Julia n'arrivait pas d'Angleterre lorsqu'elle est venue séjourner ici. Elle venait de Bône où elle avait accompagné Jeremy Temple, confirma Pierre Malet.

- Voilà pourquoi elle n'a pas prévenu de son arrivée, prétextant que le télégramme ne nous était pas parvenu. Et pourquoi elle n'a pas voulu que nous allions la chercher au port alors qu'elle arrivait par la Gare française ou par la route, rajouta Robert Barnes.

- Je ne peux m'empêcher de penser à ce pauvre Dali, confia Frank. Je regrette tellement de lui avoir prêté mes vêtements...

Frank n'avait pas remarqué le père de Dali, Karim, caché dans un coin de la pièce.

- Vous n'avez pas à vous faire du mal, Monsieur Duncan. Vous avez prêté vos vêtements à mon fils en toute gentillesse. Je ne vous en veux pas. Ni ma femme d'ailleurs. C'est notre *mektoub* et Dieu est le plus puissant.

Frank Duncan ne put s'empêcher de se lever et se dirigea vers le maître d'hôtel qu'il serra dans ses bras. Un silence lourd d'émotions, envahit la pièce. Beaucoup de gorges se serrèrent à cet instant.

Rosemary Bartell crut bon de rompre le silence :

- N'oublions pas non plus Gunther dont la vie était sans aucun doute devenue un cauchemar. Et gardons dans nos mémoires son pauvre serviteur... L'Ordre n'a montré aucune pitié, j'espère que la justice en fera autant.

- Ne vous inquiétez pas, Rosemary. Jeremy Temple et Julia Harton, en qualité de citoyens britanniques, seront pendus. Patricia, suspectée d'avoir également tué son employeur au Caire, Ahmed et Himilkat vont passer de longues années en prison de même qu'Édith Steinway. Par contre, beaucoup d'autres membres de haut rang vont s'en tirer, à cause de leur immunité ou de leur position. C'est cela qui me chagrine...

- Et nos fameux jumeaux, Monsieur Malet ? Avez-vous pu les rattraper ? intervint Darlene Randwick. Ils me donnaient froid dans le dos.

Pierre Malet sembla énervé :

- Ils nous ont donné du mal, mais la police maritime a réussi à les intercepter alors qu'ils s'enfuyaient en bateau vers l'île de Malte. Ils se trouvaient encore dans nos eaux territoriales et ils vont sans doute être exécutés. Ils ont les mains rougies par le sang de leurs nombreuses victimes.

Épilogue

- Jurez-moi que nous allons maintenant profiter de votre présence à Carthage pour nous amuser... Jurez-le-moi !

Le ton suppliant de Moira Barnes fit rire toute l'assemblée et tout particulièrement Darlene Randwick qui partit d'un éclat de rire tonitruant.

- Moi, je suis prête à jurer. Mais cette chère Rosemary Bartell semble avoir le chic pour attirer à elles meurtres et assassins...

Rosemary Bartell sourit en reposant sa coupe de champagne...

- Je vous jure que cette histoire de Brandys Bay est bien terminée. Je vous promets que je n'ouvre plus de boîte de Pandore.

Moira Barnes sembla soulagée. Elle avait réussi à ce que Darlene et Rosemary prolongent leur séjour et elle voulait en profiter pleinement. Il avait aussi été décidé que Frank rentrerait en leur compagnie.

Frank Duncan prit sa cousine Darlene à part :

- Je ne rentre pas seule à Londres... Lynnett a décidé de m'accompagner. Voyez-vous un inconvénient, ma chère Darlene ? Nous serons quatre à voyager au lieu de trois.

Darlene Randwick prit le bras de son cousin :

- Je suis au contraire très heureuse, car je pense que Miss Bowridge est la femme pour vous... Il est temps de vous marier, mon cher Frank, et de cesser vos frasques sentimentales !

Frank Duncan sourit.

- Je suis d'accord et je crois que j'ai trouvé la bonne personne pour ce faire.

Lynnett s'avança vers eux :

- Qu'êtes-vous en train de mijoter tous les deux ? Des secrets ?

Darlene répondit, amusée :

- Non, non, nous causions juste du futur de mon cher cousin auquel je m'intéresse beaucoup...

Lynnett n'insista pas et alla voir Pierre Malet, assis à l'écart près de la cheminée du salon.

- Vous avez l'air bien pensif.

Pierre Malet sursauta.

- Désolé, Mademoiselle Bowridge. Je pensais à Cécile. Notre couple, comme vous avez pu vous en rendre compte, avait besoin de répit.

Lynnett n'osa pas livrer le fond de sa pensée.

- Je crois que vous avez bien fait. Je sais que cela n'a pas été facile pour vous ces derniers temps. J'ai senti beaucoup de tension et de plus, vous étiez impliqué complètement dans cette triste affaire... Nous sommes tous fiers de vous, Monsieur Malet. Vous avez sauvé cette pauvre Rosemary et cette petite Habiba.

Pierre Malet sourit.

- Je n'ai fait que mon devoir, Mademoiselle Bowridge.

La jeune Anglaise serra la main de Pierre Malet et retourna vers Frank qui lui ouvrit ses bras.

- Ma chérie, je ne veux plus jamais me séparer de toi... Je t'aime, Lynnett... Puis-je espérer une certaine réciprocité ?

Lynnett ne répondit pas et l'embrassa.

- Si tu me demandes de t'épouser, je dirai oui tout de suite...

Frank poussa un hourra de joie... Tout le monde se retourna vers le couple...

- Alors mes amis, vous allez être les premiers à connaître cette nouvelle sensationnelle : Lynnett et moi, nous allons nous marier dès que nous serons rentrés à Londres !

Des applaudissements fusèrent de partout. Darlene et Moira essuyèrent une larme tandis que Robert alla serrer la main de son demi-frère...

Rosemary Bartell ne disait rien : elle pensait à son mari Howard et au rôle posthume qu'il avait joué dans cette affaire. Il lui manquait tellement... Elle fut ramenée à la réalité par son amie Darlene.

- Pourquoi cette ombre sur votre visage, ma chère Rosemary ? Vous devriez être radieuse...

Rosemary prit les mains de son amie :

- Je le suis, Darlene... D'abord pour notre couple de tourtereaux, Frank et Lynnett, et ensuite parce que je vais enfin passer de vraies vacances dans cette magnifique Tunisie. Que pensez-vous si nous allions à Hammamet demain ? On m'a dit que ce village de pêcheurs est une petite merveille. Nous pique-niquerons sur la plage, seulement toutes les deux...

Darlene approuva immédiatement.

La porte s'ouvrit de manière brusque. Malika et Habiba firent leur entrée. Pendant un court instant, Habiba resta figée comme cherchant quelqu'un du regard. Elle vit Rosemary Bartell, assise sur le canapé, et courut vers elle.

La prenant par le cou et l'embrassant affectueusement, elle s'arrêta tout d'un coup et se reculant un peu, la regarda dans les yeux, tout en lui prenant les mains :

- Merci, tata Rosemary. Merci, merci...

Rosemary fondit de plaisir et embrassa à son tour Habiba. Tout le monde applaudit.

Imprimé par SIMPACT, Tunis
Décembre 2017